영원한 천국

영원한 천국

정유정
장편
소설

은행나무

차례

1장

해상, 롤라

1

나는 그 남자의 집에 초대되었다. 주저하지 않고 받아들였다. 머뭇대지 않고 출발했다. 부르면 찾아가는 게 내 일이었다. 지금 내가 이 어둡고 낯선 거리에 서 있는 건 바로 그 때문이고. 이정표가 알려주기로, 이 거리의 이름은 만경로란다.

1990년대 소읍을 연상시키는 거리였다. 포트홀이 숭숭 뚫린 2차선 도로, 콘크리트 전봇대와 전깃줄, 전화기 없는 공중전화 부스와 우체통, 낮고 낡은 상가 건물과 색 바랜 점두 간판. 그 사이사이에 21세기 문물들이 슬쩍 끼어 있었다. 바닥 신호등이 들어오는 스마트 횡단보도, 날개를 접어둔 보행자 그늘막, 인도에 드러누운 전동 킥보드. '만경부동산' 앞 버스 승강장의 LED 전광판은 내게 최신 정보를 알려주었다.

11월 30일 06시 03분

현재 기온 영하 12도

서해안 일대 폭설경보 발령

영동역: 100번 / 7분 후 도착

하늘에는 아직 밤이 머물고 있었다. 마을을 에워싼 산봉우리들은 검푸른 어둠 속에 등을 웅크린 상태였다. 상가도 문을 열지 않았다. 24시간 편의점마저 불이 꺼져 있었다. 가로수 틈새에 박힌 가로등 몇 개만 거리를 비추고 있을 뿐.

나는 걷기 시작했다. 추위가 앙칼졌다. 바람이 뺨을 스칠 때마다 고양이 발톱에 할퀴이는 기분이었다. 대기에선 살얼음의 질감이 느껴졌다. 숨을 마시면 콧속이 찌르르 울렸다. 얼마 가지 않아 두통까지 왔다. 그 바람에 거리를 제대로 살펴보지 못했다. 좌석이 두 개뿐인 만경미용실, '임대' 팻말이 걸리고 깨진 창문에 베니어합판을 덧대놓은 만경유도장, 만경마트와 진봉이치킨 정도만 기억에 남는다.

걸음을 멈춘 곳은 만경초등학교 정문 앞이었다. 적막하던 거리에 돌연한 개 소리가 울리고 있었다. 컹컹 짖는 소리도, 으르렁대는 소리도 아니었다. 늑대들이 교신하듯 길게 메아리치는 하울링이었다. 소리의 방향으로 봐서 횡단보도 건너편 집 개 같았다. 지금 찾아가고 있는 집이 아닐까 싶었다. 이 거리에 파란 지붕 집은 거기뿐이었으므로.

횡단보도 바닥 신호등이 파란불로 바뀌었다. 나는 길을 건넜다. 건너편에 이르자 하울링이 멈췄다. 집 대문 앞에 서자 보이지 않는 곳에서 어떤 목소리가 말을 걸어왔다. 젊은 남자의 목소리였고, 나직하지만 명확한 명령어였다.

"거기 서."

나는 이미 거기 서 있었다. 남의 집 대문을 막 밀고 들어갈 작정은 아니었다. 주인을 부르기 전에 마당을 좀 넘겨다볼까 싶었을 뿐. 대문이 낮아 까치발을 들 필요가 없었다. 회양목 울타리 역시 대문만큼이나 낮았다. 그저 눈만 뜨고 있어도 집 전체가 중심 시야로 쏙 안겨 왔다.

동화적 인상을 주는 집이었다. 파란 박공지붕, 흰 외벽과 밖으로 튀어나온 베이 창, 현관문 옆에 붙은 늙은 호박 같은 외등. 등 빛이 어찌나 선명하게 노란지 집 절반을 가린 소나무 둥치가 거대한 단무지처럼 보였다. 둥치 굵기로 봐선 꽤 나이 든 나무 같았다. 지붕 위까지 솟구친 우듬지엔 새빨간 무언가가 꽂혀 있었다. 풍선 같기도 하고 깃발 같기도 하고 산타클로스 모자 같기도 한 무언가.

나는 이마를 젖히고 눈을 얄따랗게 떠서 '무언가'를 봤다. 새였다. 빨간 머리통에 파란 꽁지깃을 가진 커다란 새. 두 번째 명령이 하달됐다.

"암구호."

좀 전에 들었던 개 소리나 명령의 진원지가 어딘지 알 것 같았다. 저 빨강 머리 새의 조동아리였다. 한때 새를 연구했던 자로서 추측건대 홍금강앵무일 것이다. 목소리 장난질과 빨간 머리통을 조합했을 때 떠올릴 수 있는 유일한 새였다.

나는 발끝으로 대문을 슬쩍 밀었다. 맥도 없고 소리도 없이 슥 열렸다. 앵무새 쪽은 반응이 없었다. 이번엔 한쪽 발을 미끄러뜨리듯 안으로 밀어넣었다. 동시에 탕, 하는 총소리가 울렸다. 반사적으로 움찔했으나 발을 빼지는 않았다. 네놈 정체를 알고 있다고 알리는 의미에서 두 발을 다 들여놓았다. 기관총이 난사되기 시작했다.

인간에게 90데시벨 이상의 소리는 본능적 경계심을 일으킨다. 지금의 총소리는 최소 150데시벨은 될 듯했다. 이미 예고 총성이 있었는데도, 앵무새의 조동아리 기관총이라는 걸 알면서도 나는 엉거주춤하게 엉덩이를 내민 자세로 굳어버렸다. 타격감 없이 모양만 빠지게 만드는 교활한 공격이었다. 앵무새는 총질을 멈추고 낄낄거리기 시작했다. 나는 소나무 앞으로 걸어가 놈이 잘 보이는 지점에 섰다.

"네 주인을 만나러 왔는데."

두 개의 답변이 각기 다른 방향에서 연달아 날아왔다. 하나는 소나무 위에서.

"죽었어."

하나는 등 뒤에서.

"여기 있습니다."

나지막이 울리는 조용한 목소리였다. 나는 뒤로 돌아섰다. 두어 발짝 떨어진 현관문 앞에 검은 패딩 점퍼를 입은 남자가 서 있었다. 메신저의 프로필 사진보다 젊은 얼굴이었다. 우선 뺨과 턱을 뒤덮고 있던 이끼 수염이 없었다. 열대우림 같던 머리는 야구장 잔디처럼 잘 손질돼 있었다. 손님맞이용 꽃단장을 한 거라면 나쁘지 않은 선택이었다. 미적 관점에서 봤을 때 남자에겐 짧은 머리가 어울렸다.

"임경주입니다."

남자가 내 앞으로 다가와 악수를 청했다.

"이해상이에요."

나는 손을 맞잡고 경주를 올려다봤다. 창밖을 내다보듯 물끄러미 맞대오는 시선이 낯설지 않았다. 예민한 느낌을 주는 입매나 날카롭게 각이 선 턱도 눈에 익었다. 우리가 만난 적이 있을까. 아니면 어디서 본 적이 있을까. 프로필 사진이 아니라 특정한 시간, 특정한 장소에서.

"내려와서 인사해."

경주는 내 손을 놓고 앵무새를 올려다보며 말했다. 앵무새가 되물었다.

"내가 왜애?"

"우리가 초대한 손님이야. 너도 기다렸잖아."

"내가 언제에?"

그는 매우 현명한 답변을 내놨다.

"그럼 넌 거기서 잣이나 까. 우리는 안에 들어가서 얘기를 나눌 테니까."

단무지 같은 나무는 소나무가 아니라 잣나무였나 보다. 어쩐지 가지에 달린 열매가 솔방울치곤 길고 통통하더라니. 그는 현관 쪽으로 돌아서며 내게 말했다.

"가실까요."

나도 같은 방향으로 몸을 돌렸다. 등 뒤에서 놈이 우는 소리를 내질렀다.

"경주야, 나 추워."

그가 현관문을 열자 푸드덕 깃을 치는 소리가 울렸다. 나는 고개만 돌려 어깨 너머로 뒤를 봤다. 잣나무 위로 새빨간 머리통이 떠오르고 있었다. 잠시 후 놈은 파란 날개를 접으면서 내리꽂히듯 그의 어깨에 착륙했다. 어깻죽지를 앞뒤로 움켜쥔 놈의 발가락 네 개가 내 손가락만큼이나 길어 보였다. 그는 다음 순서를 재촉했다.

"손님한테 인사해."

놈은 빨간 것이 점점이 박힌 흰 눈두덩을 씰룩거렸다. 잠시 후 염소 뿔 같은 놈의 부리가 조금 열렸다. 마지못한 인사가 튀어나왔다.

"안녕하쎄…… 고옹달입……."

말끝이 잘린 팔 푼짜리 인사였다. 그가 주석을 달았다.

"성이 공, 이름은 달입니다."

잠깐 어리둥절했다. 설마 그가 동생이라 칭한 그 공달이 이 공달인가.

공달은 머리를 삐딱하게 기울여서 한쪽 눈으로만 나를 봤다. 노란 눈자위에 박혀 있던 까만 동공이 공격적으로 초롱초롱해지는 느낌이었다. 회백색 부리 안에선 시커먼 혀가 현란하게 움직이고 있었다. 소리는 내지 않았으나 매우 상스러운 말을 주워섬기는 모양새였다. 문득 궁금해졌다. 저런 말을 가르친 자가 누굴까. 앵무새는 보통 제 주인의 언어 습성을 베끼는 법인데. 나는 공달에게 시선을 둔 채로 물었다.

"얘는 늘 이렇게 화가 나 있어요?"

이런 답이 왔다.

"흥분했나 봅니다. 손님은 처음이라."

나는 시선을 돌려 새삼스럽게 그를 뜯어봤다. 그에겐 공달만큼이나 선명한 인상이 있었다. 대해에 외따로 떨어진 섬 같다는 점에서 이 집과 똑 닮았다. 공달이라는 저 앵무새와 단둘이 천년만년 살아왔다 해도 '그랬겠네' 할 인상이었다. 내가 첫 손님이라는 말이 사실로 들리는 이유였다. 그는 내 시선을 비키면서 현관문을 열었다.

"들어가시죠."

집 안도 집 외관의 느낌과 비슷했다. 고적하면서도 질서 정연했다. 흰 페인트칠로 마감된 벽과 천장, 현관문과 마주 보이는 문간방, 그 옆으로 문이 반쯤 열린 욕실. 거실 안쪽에 다른 방이 하나 더 있었다. 방문들 역시 반쯤 열어둔 상태였다. 자동으로 문간방 안쪽이 넘어다 보였다. 방바닥에 레고로 조립한 기차역이 있었다. 방바닥을 거의 차지할 만큼 크고 실물처럼 정교했다. 아무 생각 없이 시간을 보내야 할 때 유용할 장난감이었다.

거실의 주인은 공달로 보였다. 베란다 유리문을 가린 나무색 블라인드, 나무 한 그루를 통째 베어다 만든 횃대, 횃대에 고정된 마이크. 작은 스피커와 구식 CD플레이어, 밥그릇과 물그릇이 나란히 놓인 긴 탁자.

"나, 노래할까?"

거실로 들어서자 공달이 물었다. 그가 대답했다.

"우리 얘기 끝나면."

공달은 그의 어깨에서 뛰어내려 횃대로 걸어갔다. 파란 날개로 뒷짐을 지고 혀를 끌끌 차면서 안짱걸음으로 긴들건들. 노래를 시켜주지 않아 몹시 기분이 상한 기색이었다.

"앉으세요."

그가 말했다. 그의 시선은 주방 앞 아일랜드 식탁을 가리키고 있었다. 밥도 먹고 책도 보고 거실과 주방을 가르는 용도로도 쓰는 듯했다. 곁다리로 달린 선반에 책과 노트, 필기도구, 식기와 컵, 잣 방울이 담긴 바구니 등이 정연하게 정돈돼 있었다. 나는 가장 가까이에 있는 의자에 엉덩이 끝만 걸치고 앉았다. 주방 안쪽이 한눈에 들어오는 자리였다.

"커피 드릴까요?"

그는 주방으로 들어가며 물었다. 네,라고 답할 수밖에 없는 질문이었다. 가정집이 아니라 자그마한 카페의 주방 같았다. 조리대 위에 올라와 있는 물건들은 죄다 커피와 관련된 것뿐이었다. 로스터, 그라인더, 드립포터, 드리퍼, 각종 커피콩이 든 유리병, 그 외 잡다한 도구들. 주방 안쪽에도 문이 하나 있었다. 이 집 문 중 유일하게 닫혀 있었다. 방이 아니라는 의미로 읽혔다. 창고이거나 지하실 문이거나, 둘 중 하나일 것이다.

"나는 안 줘?"

횃대에 안착한 공달이 마이크에 부리를 대고 물었다. 그는 패딩 점퍼를 벗어 식탁 한쪽에 걸쳐둔 뒤 바구니에서 잣 방울을 꺼내 휙, 던졌다. 공달은 한쪽 다리를 쳐들고 거실을 가로질러 날아간 잣 방울을 낚아챘다.

"나이스 캐치."

공달은 유창한 영어로 자화자찬을 시작했다. 와중에 눈알을 휙휙 뒤집어가며 우리를 훔쳐봤다. 나도 그도 관심을 주지 않자 부리로 잣 방울을 쪼기 시작했다. 잠시 후 집 안엔 커피콩 가는 소리와 잣 까는 소리가 엇박자로 울려 퍼졌다. 두 소리의 조합이 참으로 요사스러웠다. 나는 울적한 심정이 되어 그가 보낸 메일을 복기했다. 요약하면 이런 내용이었다.

내 동생 공달이 아버지를 그리워하다 바보가 됐다. 말도 하지 않고, 움직이지도 않고, 종일 창밖만 본다. 아버지와 헤어질 때 '아빠, 안녕'이라는 말을 하지 못해서 그렇다고 한다. 작별 인사를 할 수 있도록 아버지를 다시 만나게 해주고 싶다. 당신이 이 분야의 최고 전문가라고 들었다. 일을 맡아줄 수 있겠는가.

메일을 읽는 내내 궁금했다. 이 남자는 평생 편지라는 걸 써본 적이 없는 것일까? 이처럼 일을 맡기 싫도록 쓰기도 어렵겠다 싶었다. 번지수마저 잘못 짚었다. 연인이나 가족의 감동적 재회 스토리는 내 분야가 아니었다. 이 방면에 정통한 전문가는 따로 있었다. 물론 그에게 정통한 전문가가 누군지 가르쳐주지는 않았다. 대신 내가 그의 메신저로 연락을 취했다.

처량한 얘기지만 근래 들어 일거리가 없었다. 분명 얼마 전까지도 밀려드는 의뢰를 퇴짜 놓느라 바빴는데, 퍼뜩 정신을 차려보니 빈둥빈둥 놀고 있었다. 그의 메시지를 받았을 땐 놀다 지쳐 땅굴이라도 파고 싶던 차였다. 거절할 마음이 생길 리 없었다. 관대한 잣대만 무한정 생겨났다.

의뢰자가 반드시 문학적 소양을 갖춰야 하는 건 아니잖아. 만나서 얘기를 들어보면 의외로 재미난 일일 수도 있잖아. 그 많은 업자 중에서 찾아낸 '최고 전문가'가 바로 나라잖아. 뭘 더 바라는데.

"쿠키와 잣이 있는데, 어느 쪽을……."

그가 내 앞에 커피 잔을 내려놓으며 물었다.

"커피로 충분해요."

대답하면서, 나는 잠시 가망 없는 기대를 품어봤다. 혹시 다른 공달이 있지 않을까. 지금 횃대에서 잣을 까는 놈 말고, 성이 공 이름이 달인 공달 말고, 아버지와 작별 인사를 못해 바보가 된 임경주의 사람 동생 임공달이.

아니라면 이는 명백한 기만이었다. 그는 공달의 정체를 사전에 밝혔어야 했다. 그랬다면 결코 여기에 오지 않았을 것이다. 손톱으로 땅굴을 파서 지하 도시를 건설할지언정.

나는 슬슬 머리를 드는 성미를 누르고자 커피를 한 모금 삼켰다. 뜨거운 기운이 목을 데우며 내려간 후 오묘한 향이 입안에 남았다. 생물학적 견해로는 강력한 도파민 유도 물질, 문학적 표현을 동원하자면 5월의 장미처럼 함빡 만개하는 향이었다.

"근사하네요. 장미 정원에 들어선 기분이에요."

그는 내 평가가 마음에 든 모양이었다. 내리뜨는 눈매에 웃음기와 수줍음이 함께 번졌다.

"예전에 어떤 사람도 이 커피를 두고 같은 말을 한 적이 있어요."

나는 고개를 끄덕였다. 충분히 그럴 만한 솜씨였다.

"내가 아니고 공달이 아빠한테 한 얘깁니다. 그 양반 본업이 바리스타였거든요. 하루 일과를 카페에서 커피 내리는 일로 시작했어요. 공달이는 그 옆에서 노래를 부르고 동네 사람들은 줄을 서서 커피를 기다렸고요."

그는 커피 잔을 오래오래 들여다봤다. 잔 속에서 그 시절 어느 카페의 아침 풍경이 재현되기라도 하는 것처럼. 나는 커피 한 모금을 더 마신 뒤 잔을 내려놨다. 이쯤에서 정통한 전문가를 소개해주는 게 어떨까 싶었다. 앵무새와 바리스타 부자의 애틋한 사랑 얘기는 십 원어치도 궁금하지 않았다. 빨강 앵무새를 잡아먹고 다니는 바리스타 이야기라면 몰라도.

"그때 그 양반 커피를 얻어 마시지 말았어야 했어요. 그랬다면 친해지지 않았을 겁니다."

그가 커피 잔에서 눈을 들었다. 웃음기가 싹 가신 표정이었다.

"친해지지 않았다면 이해상 씨와 만날 일도 없었을 테고요."

나는 반쯤 들었던 엉덩이를 도로 내려놨다. 하려던 작별 인사도 잠시 미뤘다. 확인차 물어봤다.

"그러니까 공달이가 아니라 본인 이야기를 하겠다는 거죠?"

"들어주겠다면 시작할 생각입니다."

그의 말은 형식상 답변이었으나 맥락상으론 질문이었다. 일을 맡을 것이냐, 말 것이냐.

당연한 질문이었다. 마땅히 내가 먼저 의사를 밝혀야 했다. 서로 헛심을 쓰지 않으려면. '일을 맡는다'와 '이야기를 듣는다'는 같은 말이었다. 그러니까 '드림시어터'를 설계하는 디자이너, 롤라의 유저들에겐 '업자'라 불리는 나 같은 사람에게는.

롤라는 거대 네트워크이자 빅 데이터이며 통합 플랫폼이다. 게임과 커뮤니티와 영상 혹은 방송 채널이 무한대로 생성되고 소비되는 곳이다. 이곳엔 지상의 동화와 지하의 신화가 동시에 구현되는 가상세계도 존재한다.

가상세계에선 하고 싶은 일을 실제적으로 경험할 수 있다. 무슨 짓을 저질러도 범죄로 인정하지 않는다. 벌도 받지 않는다. 도덕적 부담을 짊어질 필요도 없다. 나보다 잘난 것들이 내 손에 죽길 바란다면 총을 들면 된다. 몇 놈이 아니라 대륙 단위로 쓸어버리고 싶다면 전쟁을 일으키면 된다. 불량하고 불건전한 환상을 원한다면 술과 약의 세계가 소망을 이뤄줄 것이다. 이 모든 것이 죄다 심심한 자를 위한 궁극의 프로그램도 있다. '아들 셋을 키워보세요'라고.

어디론가 가고 싶은 사람은 어디로든 갈 수 있다. 심해로 내려갈 수도, 에베레스트로 올라갈 수도, 태양으로 직진해 장렬히 산화해버릴 수도 있다. 마찬가지로 되고 싶은 것이 있다면 뭐든 될 수 있다. 남자가 될 수도, 여자가 될 수도, 영웅이나 악당이 될 수도, 여우가 될 수도, 히드라가 돼서 영원히 침만 뱉고 살 수도 있다. 뭐든 할 수 있고, 뭐든 될 수 있다는 건 롤라의 평화를 보장하는 핵심 미덕이다. 남이 가진 어떤 것 때문에 배가 아플 일이 없다는 점에서.

가상세계에서 가장 인기 있는 콘텐츠는 뭐니 뭐니 해도 '롤라 극장'이다. 가상의 삶을 요람에서 무덤까지, 주인공 시점으로 유장하게 살아볼 수 있다는 점에서 그렇다. 이용법도 까다롭지 않다. 요약본 리스트에서 마음에 드는 극장을 고르면 된다. 형식별, 장르별, 시대별로 일목요연하게 정리돼 있다. 신작이 끊임없이 개봉되므로 선택의 폭은 거의 무한대다.

극장 속 서사는 실제 삶과 똑같이 인식된다. 자신의 자아가 서사 속 주인공의 자아로 대체되기에 가상의 삶이라는 걸 인지하지도 못한다. 인지하는 시점은 극장을 벗어난 후다. 극장 속 삶이 끝나야만 본래 자신으로 돌아올 수 있기 때문이다. 따라서 모든 삶은 예외 없이 죽음에 이르도록 설계돼 있다.

본래의 자신으로 돌아왔을 때 극장 속 삶이 좋았다면 반복해서 갈 수도 있다. 스포일러 걱정은 할 필요가 없다. 삶이 재시작되는 순간, 이전 삶에 대한 기억은 말끔하게 사라진다.

반대로 이전의 삶이 싫었다면 다른 극장을 찾으면 그만이다. 점점 더 행복한 삶을 찾다 보니 행복에 내성이 생겨 도무지 행복하지 않다면, 불행하고 고통스럽고 고달픈 삶을 택할 수도 있겠다. 도파민 평형을 되찾는 데 가장 유용한 전략이다. 쾌락 역치를 낮춰 사소한 즐거움에도 행복을 느낄 수 있으므로.

매사가 그렇듯 예외적 소수자도 존재한다. 롤라가 찍어대는 인스턴트 가상극장에 물린 자, 희소한 것에만 끌리는 희소성애자, 고통과 행복을 오가는 도파민 시소 놀이에 지친 자, 반드시 간직해야 할 기억이 있는 자, 너무나 영광스러운 자기 삶을 다시 한번 구현하고 싶은 자 등등…….

그들이 우리 업계의 주요 고객이다. 업자는 그들의 이야기를 듣고 성격이나 습관, 취향, 일상 패턴 등을 파악해 삶의 서사를 설계한다. 극장이라는 틀은 롤라가 제공한다. 롤라의 극장과 작동 방식도 동일하다. 반드시 죽음에 이르도록 설계된다는 점 역시 같다. 의뢰인이 살았던 실제 삶을 토대로 미래가 설계된다는 것과 소유 개념이 없는 롤라에서 유일하게 인정되는 자산이라는 것만 다르다. 롤라가 만든 극장이 공용이라면, 업자가 만든 극장은 개인용인 셈이다.

롤라의 공용 극장은 줄여서 '롤라 극장'이라고 부른다. 개인 극장의 정식 명칭은 '드림시어터'다. 의뢰인은 드림시어터 안에서 자신의 실제 인생을 두 번째로 살게 된다. 고대 철학자 헤라클레이토스의 표현을 빌리자면, 같은 강물에 발을 두 번 담그게 되는 것이다.

"이야기를 시작하기 전에 물어볼 게 있어요."

나는 그를 정면으로 마주 봤다. 물어라, 하듯 그는 슬쩍 턱을 들었다.

"본인 얘기를 할 거면서 왜 공달이를 앞세웠어요?"

"아, 예……" 해놓고 그는 내 정수리 너머를 넘겨다봤다. 공달을 향한 시선이었고, 움직임 없이 한동안 머물렀다. 나 몰래 공달과 신호라도 주고받는 것처럼. 아니면 요령 있게 답할 시간을 벌고 있거나.

"관심을 끌 수 있을까 해서요. 이해상 씨는 드림시어터를 처음 시작한 사람이고 시조새에게 간택되려면 눈에 띄어야 하니까."

이 남자가 하는 말이 사실일까. 그렇다면 그는 글만 못 쓰는 게 아닐 것이다. 낚시꾼으로서도 재능이 없었다. 관심을 끌 미끼로 기껏 생각해낸 게 공달이라니. 그나마 미끼로서 가치가 있는 특이 사항, 공달이 앵무새라는 점은 밝히지도 않았다.

“그렇긴 한데 그저 미끼는 아닙니다. 저 떽떽거리는 목소리로 아빠 어디 갔어?라고 쉴 새 없이 캐묻는 앵무새와 단둘이 산다면 누구든 입 닥치게 할 방법을 궁리할 겁니다. 엄마와 함께 살고 싶지만 잔소리는 피하고 싶은 것처럼.”

나는 머릿속으로 정리를 해봤다. 이 남자와 공달, 바리스타가 한데 얽혀 있는 이야기란 말이지. 그가 다시 입을 열었다.

“나는 롤라의 커뮤니티에 접속하지 않습니다. 오래전엔 혹시나 하는 마음에 여기저기 기웃거리기도 했지만…….”

그는 잠시 말을 멈췄다. 다음 말을 삼켜버리는 눈치였다. 나는 기다렸다.

“그러다 롤라 극장에도 들어가보게 됐어요. 돌아온 후엔 후회했고요. 부질없고 허무했거든요. 한동안 정체성 혼란에 시달리기도 했고. 요샌 라디오를 듣거나 뉴스를 보는 게 답니다. 날씨가 궁금하거나, 세상에 어떤 일이 생겼는지 알고 싶을 때에만 가끔.”

“그럼 나를 어떻게 찾아냈어요?”

“어떤 라디오 프로그램에서 드림시어터 이야기가 나왔어요. 자기 인생이 롤라 극장처럼 설계될 수 있다더라고요. 설계 전문가가 있다는 것도 그때 알았고요. 정보를 더 얻고 싶어서 드림시어터 커뮤니티를 찾아 들어갔는데, 맨 첫 페이지에 박제된 글이 있었어요. 제목이 ‘업자 족보’였는데 열어보니까 업자별로 프로필이나 특징, 연락처 같은 걸 정리한 목록이었어요. 거기서 이해상 씨를 본 겁니다. 그러니까…….” 그는 또 말을 끊었다.

"그러니까 내가……."

이번에도 결국 다음 말을 하지 않았다. 듣는 입장에선 소화불량에 걸릴 것 같은 화법이었다. 답답했던 나머지 한마디 쏘아붙이고 싶었다. 대화 중 가장 열 받는 일은 지금처럼 말을 하다 말다 하는 거라고.

"전직 동물학자라는 점이 눈에 띄었습니다."

한참 후에야 그의 말이 마무리됐다. 맥이 탁 풀렸다. 언젠가, 나를 택한 이유로 '그냥'이라 답하는 자를 만난 적이 있다. '전직 동물학자'라는 이유는 그에 못지않게 성의 없는 답변이었다. 혹시 공달 때문이라면 그는 동물학자에 대해 다시 생각해야 할 것이다. 동물학자와 '앵무새를 좋아한다'는 등가 문항이 아니다. 새를 쫓아다니기는 했으나 엄밀한 의미에서 동물학자라는 호칭은 좀 과하다. 족보 저자가 내 뒷조사를 제대로 했다면 이렇게 써야 맞다. 저명한 동물행동학자의 제자 겸 연구원 겸 딸.

"그게 전부인가요?"

나는 그에게 성의 있게 답변할 기회를 한 번 더 줬다. 롤라에 쌔고 쌘 게 업자다. 일의 성격상 전직 작가가 많지만 색다른 이력을 가진 이도 종종 있다. 범죄심리학자, 프로게이머, 뮤지컬 가수, 댄서, 격투기 선수…….

누구나 업자가 될 수 있고, 많은 이가 도전한다. 어떠한 자격도 필요하지 않다. 기회는 평등하게 열려 있다. 일을 끝낼 수 있느냐 없느냐, 제대로 하느냐 못하느냐의 문제일 뿐. 제대로 끝낼 수 있다면 프로로 인정받는다. 인정에 대한 평가 주체는 사용자이지만, 인정이 평판을 보장하는 건 아니다.

"평판도 고려했고요."

그가 대답했다. 채소 장수 할머니가 풋고추 하나 얹어주며 '옜다, 덤' 하는 듯한 말투였다. 대놓고 거짓말을 하진 않지만 전적으로 솔직하지도 않은 남자였다.

나로 말하면, 프로로 인정받긴 하나 평판이 극단으로 갈리는 업자였다. 운명을 설계하는 방식이 '비상'하다는 파가 있고, '비정'하다는 파가 있다. 비상파는 '어찌나 스릴 있는지, 나는 내가 죽는 줄도 몰랐다'라고 치켜세운다. 비정파는 '꼭 나를 그런 식으로 꼴사납게 죽여야 했느냐'라고 불쾌해한다. 요새 일거리가 없는 걸로 봐선 비정파가 대세인 듯하다. 그가 사전 조사를 했다면 이 점을 모를 리 없었다. 알고도 나를 택했다면 자신에 대한 자부심이 손상될 위험을 감수한 셈이다. 왜 그랬을까.

일 안 할 거야? 내 안에서 불퉁한 목소리가 들려왔다. 계속 그렇게 따지고 있다간 진짜로 땅굴이나 파는 수가 있다고.

"알겠어요."

나는 땅굴보다 일거리를 택하기로 마음먹었다.

"계약하기 전에 먼저 합의해야 할 게 있어요."

그가 고개를 끄덕였다. 나는 말을 이었다.

"사람은 누구나 선의 중심에 자신을 놓고 싶어 하지만, 나와 일할 땐 그러지 말았으면 해요. 사소하고 부끄러운 기억이라도 숨기거나 정당화해선 안 된다는 뜻이에요."

내게 필요한 것은 임경주라는 남자를 빚어낼 정직한 토양이었다. 만약 그가 자신을 주인공으로 내세운 장엄한 신화를 원한다면 딴 업자를 찾아야 할 것이다. 아니면 롤라 극장에 가거나. 숭고하고 자기희생적이며 완전한 올바름을 갖춘 영웅은 그곳에 널리고 깔렸다.

"알겠습니다."

그가 대답했다.

"경주 씨가 기억하지 못하는 일은 물론, 절대로 기억하고 싶지 않은 악몽까지 낱낱이 재현될 거예요."

"압니다."

"기억 못하는 과거와 미래는 본인 기질과 전후 맥락과 인과율에 기반해서 설계되고요."

내가 가장 크게 간여하는 부분이었다. 상상의 영역이지만 이는 내 취향이나 가치관과는 무관하다. 그의 관점에서 가장 진실한 이야기를 찾아내는 작업이다.

"나는 내가 설계한 극장의 저작권을 갖게 돼요. 경주 씨는 이용권을 갖는 거고요."

그의 삶은 그의 것이나 설계된 운명을 입맛대로 바꿀 수 없다는 의미였다. 스스로 하든, 다른 업자를 동원해서 하든. 내 동의 없이 타인에게 대여하거나 복제할 수도 없다. 이를 어길 경우 돌아올 결과를 감당해야 한다.

저작권침해는 롤라에서 중범죄에 해당된다. 우선 드림시어터 이용권을 몰수당할 것이다. 롤라의 서비스도 무기한 사용할 수 없게 된다. 커뮤니티, 자료실, 가상세계 플랫폼은 물론, 그가 종종 듣는다는 라디오나 뉴스까지도.

"알고 있습니다."

"계약을 하면, 가장 먼저 하는 게 의뢰인에 대한 자료를 수집하는 거예요."

자료의 바탕이 되는 건 본인의 진술이겠지만 그게 다는 아니었다.

습관이나 말투, 성격, 취향, 기본적인 배경 감정 등을 파악해야 한다. 그것들은 그를 알려주는 단서이고, 삶에 대한 그의 관점을 반영한다. 더 중요한 것은 감정을 처리하는 그의 고유한 방식을 포착하는 일이다. 감정을 빼고는 한 인간을 구축하는 게 불가능하다. 행동, 생각, 자아, 하다못해 무의식까지도. 이 일을 하려면 그가 내면 언어의 볼륨을 올려야 한다. 나는 그를 향한 감각의 해상도를 높여야 하고.

"충분하다고 결론 내릴 때까지, 경주 씨 곁에 붙어서 시시콜콜 관찰하고 캐묻게 될 거예요. 생각보다 오래 걸릴지도 몰라요. 그래도 괜찮겠어요?"

그는 고개를 끄덕였다. 이렇게 약속해놓고도 중간에 넌더리를 내는 이들이 종종 있다. 혼자 있고 싶으니 나가달라고 하는 것이다. 나는 확인 차원에서 마지막으로 물었다.

"지금껏 공달이와 단둘이 지냈다면 제가 함께 있는 게 거치적거리고 성가실 텐데요."

"설마 공달이보다 더하겠습니까."

나는 시선만 돌려 공달을 봤다. 잣나무의 정령께선 잣 까기를 멈추고 우리 쪽을 건너다보셨다. 이제 노래할까?라고 묻듯.

"먼저 경주 씨 이야기를 들어야 하는데. 언제 시작할까요?"

일순 그의 얼굴이 활짝 갰다. 막 엄마에게 외박을 허락받은 소년처럼 이를 드러내고 천진하게 웃었다. 목소리엔 들뜬 기분이 묻어났다.

"지금 합시다."

2장

경주, 삼애원

2

전화벨이 울리고 있었다. 나는 눈을 떴으나 전화는 받을 수 없었다. 시야가 흐릿한데다 몸이 움직여지지 않았다. 춥고 머리가 아팠다. 숨쉬기가 고통스러웠다. 온갖 냄새가 선방위에서 초파리 떼처럼 덤볐다. 음식물 쉰 냄새, 배수구 냄새, 화장실 지린내, 내 입이 진원지인 게 분명한 술 냄새. 발치에선 텔레비전이 떠들고 있었다.

"……세계 최대의 IT 기업 엑스와 글로벌 제약 회사 SG바이오가 손잡고…… 인류의 마지막 숙제, 죽음을 극복하는 프로젝트……."

뉴스 앵커의 목소리는 끼어드는 전화벨 소리에 툭툭 잘려 나갔다.

"세계 각 나라에서 자원자를 선발…… 극비리에 임상 시험을 한다는 가짜 뉴스를…… 이들 사기 조직은 소위 '롤라행 티켓'을 장당 5천만 원에서 3억…… 피해자가 속출하며 경찰이 수사에…… 저희 YTN 뉴스팀의 확인 결과 SG바이오라는 제약 회사는 존재하지 않는……."

돌연 갈비뼈 밑이 접혔다. 입이 벌어지고 목젖이 경련을 일으켰다. 배꼽 밑에선 방광이 수축을 일으켰다. 몸 안에서 두 개의 생체 신호가 반대 방향으로 달리고 있는 것이었다. 하나는 위장에서 식도로, 하나는 방광에서 요도로.

등을 굴려 몸을 일으키고 욕실로 달렸다. 식도 경련과 요도 경련을 차례로 변기에서 해결했다. 고통과 쾌감 사이를 고속 주행한 뒤 끝으로 현기증이 덮쳐왔다. 시야 가장자리로 먹구름이 몰려들다 이내 껌껌해졌다. 고개가 뒤로 꺾이고, 등이 휘고, 발부리가 위로 들렸다. 와중에 손이 기능하고 있었다는 게 어찌나 신통한지.

언젠지는 모르나 나는 세면대 한 귀퉁이를 붙들고 있었다. 식은땀을 줄줄 흘리면서 뒤로 떨어지지 않도록 필사적으로 버텼다. 죽을 때 죽더라도 변기 옆에서 박이 터져 죽고 싶지는 않았다.

시야가 다시 열리는 데에는 긴 시간이 필요했다. 몸이 스스로 균형을 잡기까지는 더 긴 시간이 걸렸다. 마지막으로 귀가 열리고 뉴스 앵커의 목소리가 다시 들려왔다.

"……동시베리아에 생긴 슈퍼 폴리냐로 인해 한반도엔 때 이른 폭설과 초강력 한파가 폭주하고 있습니다. 강은 물론 바다까지 꽁꽁 얼었습니다. 동아시아 전역을 강타한 한파는 서해 북부와 중부까지 북극해로 만들고 있습니다. 바다가 얼면서 만들어진 얼음 조각인 유빙이 서해안으로 몰려들면서……."

나는 수도꼭지를 열고 얼굴에 찬물을 끼얹었다. 시큼한 냄새가 사라질 때까지 입속을 헹궜다. 고개를 들자 세면대 거울 안에서 낯선 남자가 나를 맞았다. 물방울이 뚝뚝 떨어지는 긴 머리털, 수염으로 뒤덮인 뺨과 턱. 초점 없는 눈동자 위로 죽기 전 아버지와 가출 전 승주의 눈이 겹쳤다. 등 뒤에선 나를 부르는 둘의 목소리가 차례로 울렸다.

"경주야."

"형."

실제 부름일 리 없건만 고개가 저절로 돌아갔다. 레고 조각이 가득 담긴 고무 대야가 먼저 눈에 들어왔다. 배수구엔 시궁쥐만 한 머리털 뭉치와 손잡이가 부러진 칫솔과 말라터진 비누가 나뒹굴었다. 빨래 바구니엔 옷가지와 담요가 마구잡이로 쑤셔 박혀 있었다. 욕실 바닥에서 시작된 검은 곰팡이는 사방 벽을 점령하고 천장으로 진군 중이었다.

나는 시선을 원위치시켰다. 거울 속 남자와 나 사이로 승주와 단둘이 지낸 지난 2년이 지나갔다. 나들목을 통과하는 설날 귀성 행렬처럼 느릿느릿.

아버지가 돌아가신 후부터 승주는 바깥출입을 하지 않았다. 가장 멀리 나가는 곳이 마당 잣나무 앞이었다. 녀석의 말을 빌리자면 형이 원하니까 해주는 '운동'이었다. 작년부턴 그마저도 그만뒀다. 매미 유충처럼 제 방을 고치 삼아 완고하게 틀어박혔다. 뭘 하나, 들여다보면 대체로 셋 중 하나였다. 게임을 하거나, 휴대전화로 애니메이션을 보거나, 레고로 기차역을 만들거나.

처음엔 아버지의 죽음으로 인한 충격 탓이려니 했다. 늦둥이에 딸 같은 아들이었던 승주는 아버지를 엄마로 여겼다. 아버지가 투병을 시작한 후부터 감정이 더 애틋해진 것도 같다. 밤마다 아버지를 보듬고 "아빠, 사랑해"라고 속삭이는 짓을 돌아가실 때까지 계속했으니.

승주에 대한 아버지의 태도도 못지않았다. 우리 둘을 바라보는 시선부터 달랐다. 승주를 향할 땐 어미 잃은 새끼 고양이 보듯 했고, 나를 향할 땐 마당 잣나무 보듯 했다. 인간관계의 상호성을 고려하면 당연한 것인지도 모르겠다. 나도 아버지를 마당가 회양목 울타리 정도로 여겼으니까. 울타리긴 울타리인데 누구나 넘볼 수 있고 누구든 뛰어넘을 수 있는, 울타리 같지 않은 울타리.

'사람은 참 좋다' 하고 소문난 아버지는 운도 나쁘고 인간을 보는 시력도 나빴다. 번번이 사기꾼에게 휘말려 일을 벌이고, 실패하고, 빚을 졌다. 유도 선수 출신답게 패기만 창창해서 가족을 궁핍과 궁지로 몰아넣고도 기죽는 법이 없었다. 실패는 성공의 어머니라며 줄기차게 재기를 도모했다. 문제는 어머니가 너무 많았다는 것이다.

반면 아버지의 아내이자 우리 형제의 생물학적 어머니인 여자는 영리했다. 아버지의 숱한 어머니와 자기 팔자의 함수관계를 비교적 늦지 않게 파악했으니까. 장대비가 내리던 가을 어느 날로 기억한다. 학교를 파하고 집에 와보니 방 안에 승주 혼자 잠들어 있었다. 녀석 곁엔 작별 선물로 놓고 간 기차역 레고 세트가 놓여 있었다. 내가 열 살, 승주가 네 살 때였다.

이혼 후 아버지는 쭉 혼자 살았다. 아내 대신 승주를 물고 빨며 키웠다. 그런 아버지를 잃었으니 승주의 상실감이 오죽할까. 나는 녀석이 마음껏 슬퍼하도록 놔두었다. 길어야 한두 달이겠지, 털고 일어나겠지, 했다.

예상은 빗나갔다. 반년이 넘도록 승주는 방에서 나오지 않았다. 나는 더 놔둘 수가 없었다. 방에서 끌어내려는 나와 버티는 녀석의 싸움이 시작된 건 그때부터였다. 정신과에 끌고 가 치료를 시작했지만 좀체 나아지지 않았다. 의사의 진단으로, 승주를 움켜쥐고 있는 건 상실감이나 슬픔이 아니었다. 암흑 같은 허무요, 진흙탕 같은 무력감이었다.

승주는 점점 나빠졌다. 나 몰래 약을 버리고 병원에 가지 않으려 갖은 수를 다 썼다. 씻지도 않았고 제 방을 치우지도 않았다. 출근길에 방문을 열어보면 밤새 만든 레고 기차역 안에서 잠들어 있었다. 퇴근해서 들여다보면 산산조각으로 부숴버린 기차역 옆에 앉아 게임을 하고 있었다. 먹지도 움직이지도 않아 체중과 근육은 점점 줄어들었다. 더러운 몸에선 살 비린내가 났다. 녀석 특유의 소년 같은 인상은 흔적 없이 사라졌다.

그때의 나는 승주를 이해할 수 없었다. 허무와 무력감은 내 이해 범주 바깥에 있는 감정이었다. 녀석이 하는 꼴을 보면 피가 끓었다. 그 화기를 다스리는 데 내 삶의 에너지 반을 썼다. 녀석이 만든 쓰레기를 치우고, 녀석의 먹을거리를 만들고, 녀석이 갈아입을 옷을 준비하면서 도를 닦았다. 아무것도 요구하지 말자, 화내지 말자. 더 기다리자.

나머지 반은 '내일은 방에서 나올 것이다'라는 기대를 붙드는 데 썼다. 내일이 오면 잘 먹이고 운동을 시켜서 몸부터 회복시켜야지. 아니다, 그 전에 여행이라도 다녀오는 게 낫겠다. 바람도 쐬고 미래에 대한 이야기도 나누고.

계절이 네 번 더 갔다. 여름이 왔다. 승주에겐 아무런 변화도 일어나지 않았다. 변화는 내게 찾아왔다. 한바탕 소나기가 지나간 7월 어느 날 오후에.

내가 근무하는 영동병원 물리치료센터는 여느 때처럼 환자로 북적거렸다. 나는 도수치료를 전담하고 있었으나 딱 잘라 내 업무만 하지는 않았다. 통증치료실에 손이 모자랄 때 도우러 가는 일이 종종 있었다. 업무 분장이 완벽한 병원이 아닌 이상 어쩔 수 없는 일이기는 했다.

그날 오후에도 도움 요청이 있었다. 92세 여성 환자의 열전기 치료를 맡아달라고 했다. 초진 환자였고 뇌졸중으로 인한 왼쪽 편측마비가 있었다. 그 외 고혈압, 골다공증 등 고령 환자가 가질 법한 온갖 문젯거리들을 안고 있었다. 그중 가장 염두에 뒀어야 하는 건 치매 초기 증상이었다. 나는 이를 간과해버렸다.

"팀장님, 저 좀……."

등 뒤에서 다급한 소리가 울렸다. 건너편 침대였다. 통증치료실 막내인 이지은의 목소리였다. 그녀는 덩치 큰 할아버지를 끌어안고 침대에 엎드린 채 내게 SOS를 보내고 있었다. 할아버지는 막무가내로 몸을 일으키려고 하고, 그녀는 할아버지의 몸을 제 몸으로 누르려 안간힘을 쓰는 가운데, 침대는 파도에 올라탄 배처럼 마구 흔들렸다. 나는 단번에 상황을 이해했다.

할아버지는 아들과 함께 매일 물리치료실에 오는 환자였다. 치매 초기지만 대화가 가능하고 얌전하게 행동하는 환자였다. 때문에 그녀는 할아버지가 억제대를 뿌리치고 몸을 일으키는 상황을 예측하지 못했을 것이다. 체구마저 작아서 할아버지를 통제하기엔 역부족이었다.

나는 내 환자의 무릎에 저주파치료용 패드를 붙이고 있다가 그쪽으로 몸을 날렸다. 1초만 생각을 했더라면 몸을 날리기 전에 해야 할 일을 했을 것이다. 내 환자의 침대 가드레일을 올려두는 일. 그리했다면, 내가 할아버지의 몸에 억제대를 채우고 돌아오는 짧은 틈새에 내 환자가 바닥으로 떨어져버리는 일은 일어나지 않았을 것이다.

사고가 일어난 후 몇 번이나 상황을 복기해봤다. 자듯이 눈 감고 누워 있던 할머니는 왜 갑자기 몸을 움직였을까. 옆 침대에서 벌어지는 일이 할머니에겐 재미난 볼거리로 느껴졌을까. 구경하려고 몸을 일으키다 사달이 난 것일까.

사실 이유 같은 건 쥐뿔도 중요하지 않았다. 중요한 건 높이 50센티도 안 되는 침대에서 떨어진 할머니의 오른쪽 대퇴골 전자부가 골절됐다는 점이었다. 이 외상이 발단이 되어 2주 후 할머니가 죽음을 맞았다는 사실이었다.

병원 측은 보호자 측과 초고속으로 합의를 봤다. 일이 커지기 전에 잽싸게 진화한 셈이었다. 덕택에 나는 과실치사 혐의로 법정에 서는 일을 모면했다. 대신 퇴직을 권유받았다. 지난 10년 맡은 바 과업에 충실했던 공로를 감안한 조처라 했다. 더 출근할 필요 없이 바로 자리를 정리하라고 했다.

나는 병원 측의 권유를 순순히 받아들였다. 다만 내 실수는 스스로 받아들일 수 없었다. 하루아침에 실업자가 됐다는 사실도 실감이 나지 않았다. 나는 환자들 사이에서 '임도수 선생'으로 명성을 날리던 병원 대표 도수치료 선수였다. 높은 연봉에 힘입어 아버지가 남기고 간 빚도 다 털어낸 참이었다. 승주만 제정신으로 돌아오면 더는 걱정할 게 없겠다, 생각하던 차였다. 사력을 다해 얻어낸 내 삶의 강철 밥통이 이런 식으로 찌그러질 거라곤 상상조차 해보지 않았다.

사건의 빌미를 제공한 지은은 내게 죄책감을 느끼는 눈치였다. 떠나는 나를 졸졸 따라오며 이미 했던 말을 거듭 되풀이했다.

"죄송해요, 팀장님."

내가 걸음을 멈추자 그녀는 코가 빨개진 채 차려 자세로 섰다. 따지고 보면 그렇게까지 죄송할 일은 아니었다. 다 부주의했던 내 탓이었다. 다만 내겐 그녀의 미안한 마음까지 해결해줄 여력이 없었다. 그럴 만큼 친밀한 사이도 아니었다. 나로선 "잊어버려요"라는 대답이 최선이었다.

나는 할머니의 장례식장을 찾아갔다. 예정된 절차가 기다리고 있었다. 아들로 보이는 남자에게 멱살을 잡혀 끌려 나왔다. 귀뺨을 얻어맞았고 시멘트 바닥에 내던져졌다. 나를 죽이지 않은 것만도 다행이었다.

공교롭게도 그날은 아버지의 기일이었다. 나는 출근을 하면서 승주에게 메모를 남긴 바 있었다.

오늘 아버지 기일이야.

제사 음식 주문해놨으니까, 배달 오면 냉장고에 넣어둬.

집으로 돌아왔을 땐 이미 한밤이었다. 음식 상자는 대문 앞에 그대로 놓여 있었다. 열대야의 습한 대기 속에서 쉰내를 풀풀 풍기면서. 허둥지둥 상자를 들고 들어와 풀어봤다. 나물, 전, 생선, 떡 할 것 없이 모조리 상해 있었다. 나는 머리에 피가 팽팽 도는 것을 느꼈다. 곧장 승주의 방으로 돌진해 문을 열어젖히고 고함을 질렀다.

"임승주."

대답이 없었다. 돌아보지도 않았다. 부숴버린 기차역을 재구축하는 데 정신이 팔려 있었다. 아슬아슬하게 지탱해오던 이성이 속절없이 무너졌다. 어머니가 사라졌을 때에도, 아버지의 죽음 앞에서도 울지 않았건만 그날은 감정 통제가 불가능했다. 눈물을 줄줄 흘리고, 성난 흐느낌을 토하면서 녀석을 죽도록 두들겨 팼다. 벌레 같은 놈이라고 욕하고, 왜 사느냐고 윽박질렀다. 기차역을 발로 차서 박살을 내고 욕실 고무 대야에다 처박았다. 그러고도 모자라 기어코 모진 말을 내뱉고 말았다.

"차라리 나가 죽어라."

승주는 말이 없었다. 정신 차리겠다는 빈말조차 하지 않았다. 풀 한 포기 싹트지 않을 황무지 같은 눈으로 나를 쳐다보기만 했다. 허공에 대고 혼자 주먹질을 한 기분이었다. 그날 내 생애 처음으로 술을 마셨다. 안주도 없이 병째 들이켠 소주 한 병은 술이 아니라 화염방사기였다. 나는 새카만 재가 되어 거실 바닥에 퍼져버렸다.

눈을 떴을 땐 아침이 와 있었다. 집 안은 말끔하게 치워진 상태였다. 거실에 내동댕이친 음식들은 물론, 승주의 방 쓰레기, 그 방의 주인까지 사라졌다. 남아 있는 건 식탁에 놓인 메모 한 장뿐이었다.

형, 나 곧 돌아올게.

찾지 말고 기다려줘.

휴대전화로 연락을 해봤지만 녀석은 받지 않았다. 나는 무턱대고 밖으로 뛰쳐나갔다. 혹여 5분 전에 나간 거라면 버스 승강장에서 붙잡을 수 있을지도 몰랐다. 붙잡으면 사과하고 달래서 데려올 참이었다. 네가 그 망할 놈의 허무인지 무력감인지에서 벗어나길 바랐을 뿐, 정말로 나가 죽길 바란 건 아니라고.

승주는 만나지 못했다. 탐문 끝에 녀석을 봤다는 목격자만 만났다. 아버지의 오랜 지인인 만경부동산 백 사장이었다. 30분쯤 전 백팩을 메고 100번 버스에 타는 걸 봤다고 했다.

"언뜻 본데다 살이 많이 빠져서 긴가민가했는데 네가 찾으러 온 걸 보니 그놈 맞나 보다."

100번 버스면 영동역으로 갔다는 얘기였다. 나는 택시를 탔다. 30분 전이라면 기차에 타기 전에 잡을 수도 있을 것 같아서. 기대는 빗나갔다. 녀석은 역사에 없었다. 기차를 타고 갈 수 있을 만한 곳을 떠올려 봤으나 범위가 너무나 넓었다. 청량리일 수도, 서울역일 수도, 용산일 수도 있었다. 그 밖에 어디라도 갈 수 있을 것이다. 녀석에게도 눈과 발이 달렸으니까.

결국 포기할 수밖에 없었다. 오만가지 불길한 생각으로 머리를 태우면서 집으로 돌아왔다. 그나마 희망이 있다면 내 지갑에서 사라진 오만 원권 두 장과 녀석의 옷가지였다. 죽을 놈이라면 옷을 챙기지도, 돈을 가져가지도 않았을 것이다. 십만 원으로 버틸 수 있는 날은 길게 잡아야 사흘이었다. 돈 떨어지면 돌아오겠지. 암 그렇고말고. 곧 돌아오겠다고 약속도 했잖아.

한 달이 지나갔다. 승주의 휴대전화는 여전히 꺼져 있었다. 숱하게 보낸 문자메시지에도 답이 없었다. 나는 용접 보조 일을 시작했다. 대학 시절 방학 때마다 아르바이트 삼아 하던 일이었다. 손에 익은 일이기도 했고 적절한 일이기도 했다. 병원과는 되도록 거리가 먼 일을 하고 싶었다. 의료사고를 낸 물리치료사를 흔쾌히 받아줄 병원도 없겠지만, 나 역시 그 바닥을 떠나 있고 싶었다. 고달프게 몸을 굴릴 일이 필요했다. 백사장 파도처럼 들어왔다 나갔다 하는 정신을 붙잡으려면.

다시 한 달이 지난 어느 날이었다. 점심시간이었고 막 밥 한술을 떴을 때였다. 경찰로부터 전화가 걸려왔다. 경찰은 내 신분을 확인한 후 이렇게 물었다.

"임승주 씨와 관계가 어떻게 되십니까?"

밥이 목을 막았다. 내 머리털에 불이 붙었다고 해도 그렇게 놀라지는 않았을 것이다. 배 속 깊은 곳에서 치미는 메스꺼움의 정체는 직감이었을 테다. 경찰이 좋은 일로 전화했을 리 없다는 직감, 잠재의식에서 온 계시 같은 직감. 나는 물 한 컵을 다 들이켠 후에야 가까스로 답을 할 수 있었다.

"형입니다."

경찰은 용산경찰서로 나와달라고 했다. 두려움에 휩싸인 나머지 나는 무슨 일인지 묻지 못했다.

"오늘 오전에 시신이 수습됐는데 오셔서 확인해주셔야겠습니다."

길을 가다 벼락에 얻어맞으면 그런 기분일까. 갑자기 바보천치가 된 기분이었다. 눈을 껌벅이고 있었으나 앞이 보이지 않았다. 입이 열려 있는데 말이 나오지 않았다. 무슨 말인가를 들은 것 같은데 기억이 나지 않았다.

"지금 오십쇼."

경찰은 전화를 끊어버렸다. 나는 넋이 나간 상태로 택시를 탔다. 한 시간 후엔 경찰과 함께 어느 병원 영안실에 있었다. 경찰은 내게 시체 안치대에 누운 남자를 보여주며 물었다.

"임승주 씨 맞습니까?"

입에 담아서는 안 될 불경한 질문을 받은 기분이었다. 이 남자가 승주라니. 승주 옷을 입고 있지만, 승주의 신발을 신고 있지만, 승주와 똑같이 생겼지만 승주일 리가 없었다. 승주처럼 생긴 사람이 세상에 어디 승주 하나뿐이겠는가. 나는 고개를 저었다. 내 입은 고갯짓과 다른 답을 내놓고 있었다.

"맞습니다."

대답과 함께 승주의 죽음은 사실이 되었다. 폐가 삽시에 쪼그라드는 것 같았다. 몸이 바닥으로 나뒹그러지는 느낌을 받았다. 승주의 얼굴은 까마득하게 멀어졌다. 나는 안치대에 손을 짚고 숨을 쉬어보려 애썼다. 눈을 감고 무너지는 정신을 붙잡으려 안간힘을 썼다. 눈꺼풀 바깥에선 경찰의 목소리가 울렸다.

"새벽에 용산 노숙자 텐트촌 숲에서 발견됐습니다."

노숙자촌 주민 중 승주와 친분이 있는 사람은 없었다. 그날 아침 숲 속에서 발견될 때까지 관심을 가진 자도 없었다. 그저 '어린애 하나가 숲에서 지내는 걸 본 적이 있다'라는 자만 있었다.

"사망한 지 하루도 되지 않은 걸로 보입니다." 경찰이 말했다.

"정확한 건 부검을 해야 알겠지만, 의사 말로는 심정지 같답니다."

승주에게 심장병이 있었던가. 기억을 더듬어봤으나 딱히 걸리는 일이 없었다. 두문불출하는 동안 건강검진을 받지 못했지만, 체중이 다소 줄긴 했지만, 심정지에 이를 만한 징후나 기저 질환은 없었다. 나는 부검을 요청했다.

"타살의 정황은 찾지 못했습니다만."

경찰이 대답했다. 이미 자기들끼리 자연사로 잠정적인 결론을 내린 듯했다.

"부검까지는 2주나 3주, 어쩌면 그 이상 걸릴지도 모릅니다."

부검 후 일부 결과 통보부터 받았다. 일부라고 하지만 전부나 마찬가지였다. 사인은 심정지였다. 영양 결핍에 의한 총체적인 장기부전 징후가 보인다고 했다. 나는 두 문장이 의미하는 바를 정확하게 알고 있었다. 승주는, 두들겨 패서 쫓아낸 내 동생은 거리에서 굶어죽은 것이었다. 억장이 무너졌다.

일가친척도 조문객도 없이 승주의 장례를 치렀다. 어머니에겐 알릴 수가 없었다. 연락처를 몰랐다. 어머니는 떠난 후 한 번도 우릴 찾지 않았다. 승주의 휴대전화엔 지인이나 친구의 연락처 하나 없었다.

그리 놀랄 일은 아니었다. 승주는 세상과의 접점이 거의 없는 아이였다. 밖에 나가 일을 해본 적이 없었다. 초중고 시절 내내 친구도 없었다. 아버지가 물려준 큰 키와 건장한 골격 덕에 쥐어터지고 다니지 않았을 뿐 늘 따돌림의 대상이었다. 대학은 스스로 포기했다. 내게 제 뒷바라지까지 시키고 싶지 않다고 했다. 일찍 군 복무를 마치고 돈을 벌겠다며 스무 살에 입대했지만 삶은 녀석의 계획대로 흘러가지 않았다. 제대하자마자 아버지가 쓰러졌고 병 수발로 이십대를 보냈다. 연락할 누군가가 있다면 그게 더 놀랄 일이었다.

발인은 장례업체 직원이 도와주었다. 화장 과정은 나 홀로 지켜봤다. 아버지를 모신 천운사에 녀석을 안치할 때에도 나 혼자였다. 따지고 보면 나도 승주와 비슷한 유의 인간이었다. 세상에 나가 돈을 벌었다는 점만 달랐다. 나는 누구와도 충돌하지 않으면서 누구와도 친하지 않았다. 감정노동 없이 만날 수 있는 사람, 흔히 '친구'라 부르는 관계를 맺지 않았다. 인간의 보편적 욕구라는 친밀한 접촉은 오직 승주에게만 허용됐다.

우리에겐 늘 우리뿐이었다. 아버지가 우리를 데리고 만경로에 들어온 그날부터 그랬다. 아버지는 비어 있던 이 집을 월세로 얻고, 근처 유도장의 월급쟁이 관장이 됐다. 아버지가 전국체전에서 딴 메달 몇 개로 얻을 수 있는 일이 그것뿐이었으니까. 그나마도 실업팀 선수

시절 동기인 만경부동산 백 사장 덕에 얻은 자리였다.

나는 학교를 파하면 유도장으로 직행해야 했다. 수업하는 아버지를 대신해 승주에게 밥을 먹이고, 화장실에 데려가고, 엉덩이를 닦아주고, 옷을 갈아입히고, 레고로 기차역을 만들어줬다. 하루 대부분을 유도장에서 지내면서도 유도는 배우지 않았다. 아버지가 가르쳐주지 않았다. 동작을 흉내 내는 것조차 금지했다. 그러면서도 당신의 장남이 남에게 얻어터지고 오는 꼴은 봐주질 못했다. 분한 마음에 눈물을 글썽이면, 아버지는 검지 끝으로 내 바지 앞섶을 쿡쿡 찌르며 묻곤 했다.

"처맞고 와서 울면, 네 수도꼭지한테 창피해, 안 창피해?"

아버지가 내게 유도를 가르치지 않은 데에는 이유가 있었다. 아니, 종교에 가까운 신념이 있었다.

"너는 대학을 나와 월급쟁이가 돼야 한다."

행여 운동에 대한 염이라도 품을까 봐 그랬을까. 운동할 깜냥이 아니라고 나를 세뇌시켰다. 패기 없는 성격을 근거로 들었다. 아주 틀린 말은 아니었다. 나는 일찍이 중학생 시절에 패기를 폐기했다. 내가 생각하기에 패기란 위험을 수용하는 범위와 동의어였다. 위험이란 생존을 압박하는 무엇이며, 내겐 그 '무엇'을 품고 살 이유가 없었다. 태어난 것 자체가 위험인 인생에 뭘 더 얹겠다고…….

대신 이 세상을 저공비행하며 살겠다는 포부를 품었다. 가늘고 길게, 그냥 월급쟁이가 아닌 강철 밥통 월급쟁이로 살 계획을 세웠다. 용접 보조로 용돈을 벌면서, 학비 대출로 대학을 졸업하고 물리치료사 면허를 딴 건 그것이 확실한 패였기 때문이다. 보건 계열을 택한 이유 역시 미래에 대한 확실성 때문이었다. 면허만 있으면 사막에 떨어져도 낙타 다리를 주물러주며 살아남을 수 있을 것 같았다.

만약 아버지가 나를 살림 밑천으로 삼을 속셈이었다면 세뇌는 괜찮은 전략이었다. 공들이지 않고 최저가로 키운 장남이 월급쟁이가 되자 집안 형편이 피기 시작했다. 그래봐야 월세에서 대출을 낀 전세로 바뀐 정도였지만. 그마저도 오래가진 않았다. 살 만하다 싶자 아버지는 또 사고를 쳤다. 화장품 다단계에 몸담은 작은아버지의 대출 보증을 서준 것이었다. 작은아버지는 부도를 내고 잠적해버렸다. 밤 봇짐을 싸는 건 아버지 집안 내력인 듯했다.

아버지의 보증 빚은 내가 떠안았다. 월급쟁이를 포기하지 않는 이상 거부할 도리가 없었다. 화조차도 낼 겨를이 없었다. 아버지가 쓰러진 탓이었다. 공식 진단명은 뇌출혈이었으나 실제 진단명은 화병이었을 테다. 수술을 받고도 반신마비에 실어증과 중증 당뇨까지 겹쳤다. 승주는 회복 불능으로 고장 난 아버지를 4년 동안 돌봤다.

팍팍한 시절이었으나, 불운을 견디는 우리 형제의 능력만큼은 비약적으로 성장한 시기였다. 우리는 질식사하지 않도록 숨 쉴 구멍을 몇 개 뚫어놓았다. 이를테면 아버지가 잠든 후에 나란히 앉아 영화를 본다든가, 메이저리그 중계를 보면서 치킨을 시켜 먹는다든가.

승주는 진봉이치킨의 추종자였다. 맛이 특별해서가 아니라 아버지와 이름이 같다는 점에서 좋아했다. 진봉이의 위력은 실로 대단해서, 100킬로그램짜리 바벨만큼 무거운 녀석의 입술을 나비 날개로 만들 수 있었다. 닭다리 하나를 입에 물면 승주는 속으로 간직하던 소망을 수줍게 꺼내놓았다.

"형, 아빠 나으면 우리 캠핑 가자. 저번처럼 큰 차 빌려서, 이번엔 만경봉 캠핑장 말고 바다에."

승주가 말한 '저번'은 녀석이 열 살이던 해 여름이었다. '큰 차'란, 아버지의 착한 심성에 반한 사기꾼이 아버지를 홀리고자 끌고 온 캠핑카였다. 내가 기억하고 있는 건, 아버지가 폐차 직전인 캠핑카에 탄 대가로 캠핑카 한 대 값을 날렸다는 사실이었다.

"그날 우리 정말 재밌었잖아. 고기도 구워 먹고, 족구도 하고."

말하는 승주의 얼굴에서 장밋빛 광채가 났다. 나는 고개를 끄덕여줬다. 굳이 진실을 일깨워 녀석의 광채를 훼손하고 싶지 않았다. 그때 우리에겐 핏줄을 넘어선 동지애 같은 것이 있었다. 삶이 지옥이라는 생각은 하지 않았다. 그저 전방위에서 짓쳐들어오는 재앙에 함께 맞섰을 뿐. 전투 의지는 우리가 가진 모든 것이었다. 지금의 상황은 '모든 것'을 잃어버린 결과물이고. 승주는 아버지의 죽음으로, 나는 승주의 죽음으로.

나는 뒤늦게야 알게 되었다. 모든 것을 잃는 순간에 인간의 무의식이 어떤 선택을 하는지. 적극적으로 자신을 놔버리는 것이다.

나도 승주의 길을 따라갔다. 씻지도 않고, 옷을 갈아입지도 않고, 음식을 만들지도 않았다. 청소를 하지도, 마당 풀을 뽑지도, 울타리 가지치기를 하지도 않았다. 하루 온종일 멀뚱멀뚱 눈만 뜨고 누워 있었다. 뒤통수가 저려 더 버틸 수 없을 때에만 잠깐 일어나 앉았다. TV를 켜두거나 휴대전화로 웹툰 같은 걸 볼 때도 있었지만 1초 후면 내용을 잊어버렸다. 내가 망하고 있다는 느낌이 불안처럼 떠오르면 마당 잣나무를 내다보며 승주를 생각했다. 녀석이 2년에 걸쳐 밟아간 길을 나는 딱 두 달 만에 주파해버리는구나.

더 나쁜 건 승주와 달리 술까지 마셨다는 점이다. 맨정신으로는 잠을 이룰 수 없었다. 냉장고에 소주가 없으면 불안했다. 술을 사려고 야밤에 만경마트로 내달리는 노력도 마다하지 않았다. 신기하게도 그런 노력은 하나도 귀찮지 않았다.

허기가 지면 주방 수납장과 냉장고를 뒤졌다. 승주를 위해 쟁여둔 라면이나 스팸, 냉동식품이 엉뚱하게도 나를 먹여 살렸다. 그 결과가 쓰레기장이 된 집이요, 지금 거울 속에 있는 내 몰골이었다.

좋은 게 하나 있다면 승주를 조금 이해하게 됐다는 것이다. 나를 집 안에 가둔 건 승주의 죽음으로 인한 죄책감이나 슬픔이 아니었다. 삶의 불운으로부터 벗어날 수 없다는 좌절감도 아니었다. 불공평한 운명에 대한 분노 역시 아니었다. 그런 건 살고 싶어 할 때에나 생기는 감정이었다. 살려는 마음이 사라지면 평화가 온다.

아무것도 하지 않는 평화, 아무 생각도 없는 평화, 아무 감정도 일지 않는 평화. 새로운 평화주의 자아는 내게 밖으로 나가라는 훈계를 하지 않았다. 집 안에 갇힌 나는 한없이 평화로웠다. 그러니까 지금처럼 술에서 막 깨어난 아침만 빼고.

수도꼭지를 잠그고 거실로 나갔다. 휴대전화가 다시 울고 있었다. 끊겼다 울리고, 끊겼다 다시 울리고. 어떤 놈인지 몰라도 빚쟁이만큼이나 끈덕졌다. 나는 TV 근처에서 휴대전화를 찾아 들고 알림창을 확인했다. 어떤 놈은 만경부동산 백 사장이었다. 직감상 받아야 할 것 같았다. 통화 버튼을 누르자 짜증이 밴 목소리가 냅다 귀를 찔렀다.

"왜 그렇게 전화를 안 받아. 하도 연락이 안 돼서 너까지 뭔 일 난 줄 알았다."

뭔 일이 나길 기대했을까. 나는 거실 벽에 세워둔 승주의 영정사진으로 시선을 내렸다. 아무래도 녀석의 얘기가 복덕방 노인들 안줏거리로 떠도는 모양이었다.

"엊그제야 승주 얘기 들었다. 온종일 마음이 안 좋더라. 왜 나한테 연락을 안 했어. 명색이 내가 네 아비 친군데."

백 사장 목소리가 갑자기 걱정스럽다는 어조를 띠었다.

"나도 이리 속상한데 너야 말해 뭐 하겠냐만, 그래도 어쩔 거야, 산 사람은 살아야지. 근데 너 직장에서도 쫓겨났다며. 괜찮은 거냐?"

짜증을 내려면 짜증만 내든가, 위로를 하려거든 위로만 하든가, 걱정을 하려면 걱정만 하든가. 이 노인네는 셋을 뒤섞어서 교묘하게 비위를 건드리고 있었다.

"어제 어디 갔었니? 그 앞을 지나가다가 생각나서 초인종을 눌러봤는데 답이 없더라."

나는 필름이 끊기기 전에 들었던 초인종 소리를 기억해냈다. 인터폰 앞으로 가려다 푹 쓰러진 것도.

"오늘은 집에 있을 거지? 이따 손님이랑 집 보러 갈 생각이다만."

머릿속에서 무언가 꿈틀하는 느낌이 일었다. 오랜만에 내 안에서 자발적으로 일어난 반응이었다. 그 힘으로 목 밑에서 잠영 중인 목소리를 건져 올렸다.

"그게 무슨 말씀이세요?"

백 사장이 되물었다.

"지난주에 내가 문자 보낸 거 안 봤니?"

문자가 왔던가. 되짚어봤지만 아무 기억이 없었다.

"집주인이 집 내놨으니까 네가 사면 어떠냐고 문자 보냈잖아. 전세금에, 담보대출 있는 거 승계하면 큰 무리 안 하고도 살 수 있는데."

관자놀이가 욱신거리기 시작했다. 흉가나 다름없던 집을 내 돈으로 고쳐가며 25년씩 살아왔는데, 말도 없이 집을 내놨다고?

"만경봉 자락 그린벨트가 곧 풀릴 텐데, 그 자리에 호텔식 실버타운이 들어선다는 확실한 정보가 있어. 이 동네 땅값이 벌써부터 뛰고 있고. 너한테 먼저 그걸 알려주려고 전화를 몇 번씩 했는데 그때마다 전화기가 꺼져 있더라."

그랬을지도 몰랐다. 이 전화도 웹툰을 본답시고 충전시켜둔 덕에 받은 거니까.

"아무튼 10시쯤 손님 모시고 갈 테니까 그리 알아라."

전화가 끊겼다. 나는 벽시계를 봤다. 9시 1분. 내 시선은 거실 바닥을 정처 없이 흘러 다녔다. 온갖 쓰레기 위로 지난 석 달간 나의 반려곤충이었던 바퀴벌레들이 나돌아 다니고 있었다. 평화롭던 머릿속이 심란하게 헝클어졌다.

나는 베란다 유리문 앞으로 가서 블라인드 틈으로 밖을 내다봤다. 침울한 잿빛 하늘과 웃자란 회양목 울타리, 경첩 하나가 떨어져 기우뚱한 대문. 삽초에 섬뎅낭한 마낭에는 까마귀 한 마리가 내려 앉아 있었다. 놈은 훌쩍 뛰어 뭔가를 잡거나, 검은 머리를 까닥거리며 까악까악 울어대다가 날개를 퍼덕여 대문 위로 날아갔다. 얼마 후엔 잿빛 하늘 너머로 완전히 사라져버렸다.

문득 질문 하나가 떠올랐다. 나는 저 대문 밖으로 다시 나갈 수 있을까.

내 안에는 성격이 제각각인 내부자들이 산다. 훈수꾼, 모사꾼, 난동꾼, 파수꾼……. 그중 가장 자주 출몰하는 훈수꾼의 목소리가 답을 해왔다. 59분 후에 누가 온다잖아. 이 집을 사겠다잖아. 아니, 그사이에 1분이 지났으니 58분이네. 그러니 당장 일어나서 뭐든 해보라고.

뭘 해야 할까. 뭘 할 수 있을까. 내 인생에서 강판당하기 직전인 지금 이 순간에 뭘. 다시 승주의 영정 사진을 봤다. 표정 없는 눈이 나를 응시하고 있었다. 작년 봄에 찍은 사진이었다. 잠든 녀석을 우격다짐으로 깨우고, 욕실로 끌고 가서 씻기고, 옷을 갈아입혀 잣나무 밑에 서게 했던 기억이 난다. 잣나무 가지를 통과한 아침 햇살이 녀석의 얼굴을 비췄을 때, 아직 남아 있던 앳된 모습이 드러났다. 휴대전화 카메라를 켠 건 그 때문이었다. 셔터를 누른 뒤 녀석에게 했던 말도 기억하고 있다.

"제발 세수만이라도 하자. 어려운 일 아니잖아. 그런 건 동네 고양이도 해."

그 말을 이제 나 자신에게 할 차례였다. 나는 기신기신 움직여 욕실로 되돌아갔다. 몸에 걸친 것들을 벗어던지고 샤워기 밑에 섰다. 알코올중독자처럼 손을 떨면서 샴푸 통을 집어 들었다. 최근 들어 손에 든 물건 중 가장 무거웠다. 마지막으로 면도를 끝냈다. 비로소 땅 밑으로 꺼질 것 같은 느낌이 약간 누그러졌다. 깨끗한 청바지와 셔츠를 찾아 입자 대문을 나설 용기가 났다.

그로부터 10분 후, 나는 만경미용실 의자에 앉아 있었다. 겨울이 온 줄도 모르고 셔츠 바람으로 나온 탓에 몸서리를 내면서 거울을 노려봤다. 이발이 끝났을 땐 갓 제대한 군인 머리가 돼 있었다.

나는 손을 들어 정수리를 한번 쓸어본 후 미용실을 나섰다. 부동산 사무실 문을 열자, 어떤 남자와 얘기를 나누던 백 사장이 고개를 돌려 나를 봤다. 집에서 기다려야 할 놈이 여긴 웬일이냐는 눈이었다.

"안 그래도 지금 막 전화하려던 참이었다." 백 사장은 소파 한쪽을 가리켰다. "앉아서 잠깐 기다려라."

백 사장이 가리키는 자리에 가서 앉았다. 숨을 고르며 생각했다. 지금 내가 무슨 짓을 하려는 건지, 그것이 뭘 의미하는지.

나는 다 잃은 게 아니었다. 남아 있는 게 하나 있었다. 아직 살아 있는 '나'라고 속삭여오는 머릿속 훈수꾼의 목소리를 불과 50분 전에야 들었다. 샤워기 밑에 서서 떨리는 손으로 머리를 감던 그때에. 그 목소리가 설령 자기기만이었다고 해도 지금은 믿어야 했다. 내 본성이 아직은 살고 싶어 한다는 걸.

살 수 있는 방법도 알아냈다. 내가 가장 열렬하게 살았던 시절이 언제였던가 짚어보자 답이 나왔다. 아버지 덕에 빚쟁이가 됐을 때 나는 질주하는 기차처럼 살았다. 빚을 져줄 아버지가 없는 지금은 스스로 빚쟁이가 되어야 했다. 그 선로가 이 부동산 사무실 안에 깔려 있었다.

"어디 나가는 길이냐?"

백 사장이 내 앞자리로 와서 앉았다.

"실은 아침에 집 보러 온다던 분이 좀 늦겠다고……."

"집 말입니다." 나는 백 사장의 말을 잘랐다. 숨이 차서 공손하고 침착하게 말하기가 힘이 들었다.

"제가 사겠습니다."

3

11월 마지막 날이 왔다. 나는 배낭을 메고 집을 나섰다. 하늘은 아직 어두웠고 거리는 고요했다. 오가는 차량도, 인적도 없었다. 버스 승강장 역시 비어 있었다. 전광판은 지금이 6시 3분이며, 영하 12도라고 알려주었다. 서해안 일대에는 폭설경보가 발효된 상태였다. 영동역으로 가는 100번 버스는 7분 후 도착 예정이었다.

7분이 하염없이 길었다. 패딩 재킷의 지퍼를 채우고 모자를 덮어썼지만 발을 구르고 싶을 만큼 몸이 떨렸다. 저절로 어깨가 닫히고 고개가 아래로 꺾였다. 자동으로 시선이 발끝에 떨어졌다. 막무가내로 기억이 되살아났다. 아버지와 우리 형제가 1톤짜리 이사 트럭에 타고 처음 이 거리로 들어섰던 25년 전 겨울, 빚쟁이 가족이 야반도주를 감행한 모질게도 추웠던 새벽의 기억이.

"우리 어디로 가요? 멀리 가요?"

불안해 묻는 내게 아버지는 가슴 떨리는 말을 들려주었다. 서울 근교에 집을 샀다고 했다. 파란 박공지붕과 나무 울타리가 있고 봄이 되면 마당에 꽃이 피는 동화 속 그림 같은 집, 우리 세 식구 행복하게 오래오래 살아갈 집이라고 했다.

트럭이 도착한 곳은 경기도 한 소읍의 폐가 앞이었다. 대문 한 짝이 땅바닥에 떨어져 누운 채 우리를 맞았다. 아버지가 자랑하던 파란 박공지붕은 한쪽이 무너져 내려앉아 있었다. 울타리 나무의 절반은 말라 죽은 상태였다. 지붕 위로 치솟은 거대한 잣나무는 집 전체에 음산한 그림자를 드리우고 있었다. 나중에야 알게 된 건데 아버지가 산 집도 아니었다. 집주인이 고쳐서 살아보라며 과자값에 세를 준 집이었다.

과자값에 얻은 집이니 무엇 하나 멀쩡할 리 없었다. 난방은 고사하고 전기마저 들어오지 않았다. 아버지가 두꺼비집을 찾아 지하실로 내려간 사이, 나는 껌껌한 현관에서 승주를 보듬고 앉아 떨고 있었다. 처음엔 추워서 떨었고 나중엔 무서워서 떨었다. 어둠이 무서웠고, 높다랗게 째지는 바람 소리가 무서웠다. 무엇보다 아버지가 우릴 이집에 버리고 갈까 봐 무서웠다.

거실에 불이 들어오고 아버지가 나타났을 때 승주는 발작하듯 울고 있었다. 나 역시 울음을 터트리기 직전이었다. 아버지는 승주를 안아 올리면서 내 얼굴을 빤하게 들여다봤다. 나는 고개를 숙이고 목 밑에서 끓는 흐느낌을 꾸역꾸역 삼켰다. 눈물을 흘리지 않으려고 힘주어 눈을 끔벅거렸다. 울기 직전이었다는 걸 아버지가 모르길 바랐다. 혹은 모르는 척해주길 바랐다. 남한테만 착한 아버지는 내게 그런 아량을 베풀지 않았다. 손가락 끝으로 내 이마를 꾹 밀어 올리며 물었다.

"우냐?"

아니요,라는 말 대신 목젖 떨리는 소리가 끄르륵 새어 나왔다. 아버지는 잠시 침묵하다 성난 목소리로 한 말씀 하셨다.

"우는 소리도 사내답게 내란 말이야. 강아지처럼 낑낑대지 말고."

그 새벽 이래로 나는 삶에 대해 희망을 품지 않았다. 내게 희망이란, 실체 없이 의미만 수십 개인 사기꾼의 언어가 되었다. 절망의 강도를 드러내는 표지기, 여섯 시간이면 약효가 사라지는 타이레놀, 반드시 그리되리라 믿고 싶은 자기충족적 계시, 그 밖에 자기기만을 의미하는 모든 단어.

그렇기는 하나 아버지의 훈계가 남긴 깨달음은 있었다. 엄살로 피할 수 없는 것 앞에서 낑낑대면 안 된다. 그래봐야 제 신세만 고달프다. 사소하지만 추위도 그중 하나였다. 나는 닫았던 어깨를 열었다. 배낭의 벨트를 허리에 채우고, 숨을 길게 마시고, 등에 힘을 주고 섰다. 사내답게 추울 방법이 더는 떠오르지 않아 집 쪽을 건너다봤다.

집이 보이지 않았다. 춥고 어두웠던 그 새벽 이래 떠나본 적이 없는 집, 열흘 전 어렵사리 내 것이 된 집은 새벽어둠 밑에 파묻혀 있었다. 가슴이 답답했다. 나는 예정된 시간에 내 집으로 돌아올 수 있을까. 돌아왔을 땐 삶이 좀 달라져 있을까. 그때에는 살기 위해 벼랑 끝에 서는 이 극단적인 삶의 매뉴얼과 작별할 수 있을까.

훈수꾼이 답을 주었다. 입 닥치고 그냥 가.

버스는 정시에 도착했다. 예인곶으로 가는 긴 여정이 시작됐다. 영동역에서 경의중앙선을 타고 서울역으로, 서울역에서 KTX를 타고 서산으로. 서산에서 영인시, 영인에서 서해 중부 끄트머리 마을이라는 제의면까지는 버스를 탔다. 기상청 예고대로 정오가 지나면서 눈이 쏟아지기 시작했다. 제의면에 도착했을 땐 눈보라로 진화해 있었다.

'제의면에서 택시를 타라'는 교통정보는 쓸모가 없었다. 눈보라를 뚫고 예인곶으로 가주겠다는 택시가 없었다. 예인곶 바로 옆 동네라는 애동마을로 가는 버스만 하나 있었다. 하루 딱 두 번 오신다는 귀하신 버스였다. 매표소를 겸한 슈퍼마켓의 주인이 알려주기로, 오전 버스는 네 시간 전인 11시에 떠났다. 오후 버스는 날씨에 따라 안 올 수도 있다고 했다.

나는 슈퍼마켓 외벽에 설치된 승강장에서 오후 버스를 기다렸다. 비닐 천막인데다 난방장치도 없었지만 용케 찡찡대지 않고 버텼다. 하늘은 한밤처럼 껌껌했고, 눈보라는 점점 심해져 폭풍에 가까워졌다. 오가는 버스는 점점 줄어들더니 30분 전부턴 한 대도 들어오지 않았다. 이러다 이 천막에서 자야 하는 게 아닐까, 불안해질 무렵 택시 한 대가 승강장 옆에 와서 섰다. 비니를 쓴 중년 여자가 운전석에서 내렸다. 그녀는 슈퍼마켓으로 들어가더니 캔 커피를 사 들고 나왔다.

나는 대기실에서 튀어 나갔다. 유순하고도 상냥한 태도로 그녀에게 물었다.

"혹시 예인곶으로 들어가실 수 있을까요?"

단칼에 거절당했다. 요금을 두 배로 불러봤으나 요지부동이었다. 영인시 소속 택시라 제의면에선 승객을 태울 수 없다는 것이었다. 애가 단 나머지 기사 바짓가랑이를 잡고 눈밭에 드러누울 뻔했다. 맞춤하게 애동마을행 버스가 왔기에 망정이지.

버스는 인가의 불빛 하나 없는 어둠 속을 달리기 시작했다. 승객은 달랑 나 하나였다. 실내등은 꺼져 있고, 차 안은 고요하기 그지없었다. 저승행 버스를 탄 기분이었다. 나는 전조등 속으로 쏟아지는 눈보라를 내다보다 휴대전화를 꺼냈다. 통신사 앱을 열고 통화를 일시 정지시켰다. 당분간은 나를 찾을 사람도, 내가 찾을 사람도, 휴대전화로 업무를 볼 일도 없을 테니까. 한 푼이라도 아껴야 할 내 처지를 생각하면 적절하고 합리적인 조처였다.

내겐 집을 사느라 진 빚이 있었다. 적금을 깨고, 퇴직금과 기존 전세금으로 보태고, 대출을 승계받아 가까스로 돈을 맞췄다. 취등록세는 마이너스 통장으로 해결했다. 그 바람에 빚은 억대에 이르렀다. 빚쟁이가 되겠다는 1차 목표를 손쉽게 이룬 셈이다.

이제 돈을 벌 차례였다. 빚에 떠밀려 거리로 나앉지 않으려면 하루라도 빨리 일을 시작해야 했다. 나는 살고 싶은 것이지 집도 절도 없는 떠돌이 들개가 되려는 건 아니었으니까.

가장 안전한 길은 먹던 밥을 먹는 것이었다. 가진 밑천으로 삶을 설계하는 게 순리이기도 하고. 대학병원이나 2차 병원은 어렵겠지만 경력상의 흠결을 눈감아줄 동네 병원은 있을 터였다. 찾아볼 열의가 생기지 않는다는 게 문제지. 더 솔직하게 말하자면 용기가 생기지 않았다. 병원으로 돌아가면 똑같은 운명을 되풀이할 것만 같았다. 나 때문에 죽을 동생은 이제 없지만 나 때문에 내가 죽을지도 몰랐다. 훈수꾼은 고민하는 내게 이런 말을 들려주었다. 살다 보면 불판을 갈아야 할 때가 있는 법이야.

나는 새로운 직업을 찾기 시작했다. 병원과 무관하면서도 두 가지 조건이 충족되는 일이라야 했다. 기술이나 면허를 요구하지 않는 직종, 대출금과 최저 수준의 생활을 감당할 수 있는 급여. 이에 딱 맞는 일거리를 '보안 잡'이라는 앱에서 찾아냈다.

인천 소재 한 보안업체에서 낸 긴급 채용 공고였다. 급여가 예전 직장과 엇비슷했다. 경력이나 자격증은 요구하지 않았다. 채용 조건이 아주 단순했다. 40세 이하, 범죄 전력이 없는 신체 건강한 남성. 1년 계약직에 2교대 근무였고, 근무지는 예인곶에 있는 '삼애원'이라는 재활원이었다.

나는 구글 지도로 예인곶을 찾아봤다. 뒷골이 아연해지는 오지였다. 삼면이 바다인데도 근처에 펜션이나 민박집 하나 없었다. 유일한 육로인 재활원 뒤편은 산으로 막혀 있고 산 너머에 20여 가구가 사는 마을이 하나 있을 뿐이었다. 구글이 헛것을 보여준 게 아니라면, 삼애원은 천인단애에 표표히 서 있는 암자나 다름없었다.

삼애원 자체에 대한 정보는 거의 없었다. 20년 전 굴지의 식품 회사인 GM그룹의 사회복지 재단에서 건립했다는 것, 알코올이나 약물 의존 전력이 있는 노숙자 재활 시설이라는 것 정도만 검색됐다. 이 빈약한 정보를 바탕으로 몇 가지 추측을 해봤다.

삼애원 보안 요원의 주요 업무는 건물 경비가 아닐 것이다. 입소자 성향상 내부 난동 관리일 공산이 컸다. 신변 안전이 보장되지 않는 근무지라는 의미였다. 고립된 오지와 불안한 근무 환경은 최악의 조합이었다. 통념에 비해 보수가 높을 땐 그만한 이유가 있는 것이다. 아마도 지원자가 많지는 않았을 터였다. 그러니 내 차례까지 왔겠지.

나는 부리나케 이력서를 제출했다. 제출한 다음날엔 면접을 보러 갔다. 수상쩍게도 의자에 앉자마자 채용됐다. 1차로 신체 조건이, 2차로 젊어서 좋다고 했다. 범죄경력회보서를 비롯한 몇 가지 서류를 사흘 안에 구비해 오라는 전갈을 받았다. 근무는 닷새 후인 12월 1일부터였다.

"11월 30일 오후까진 근무지에 도착해야 할 겁니다."

면접관이었던 최 부장이라는 자가 말했다. 나는 잠자코 다음 말을 기다렸다. 마음속에선 경계심이 모락거리고 있었다. 무슨 일이 이렇게 야바위꾼 손놀림처럼 돌아갈까. 모든 것이 지나치게 빨라 멀미가 날 지경이었다.

"준비하려면 시간이 빠듯하겠지만 어쩔 수 없어요. 다급하게 충원한 참이라. 무슨 얘긴지 알아들었죠?"

알아들었다. 선임자가 갑자기 그만두는 바람에 너를 채용한 것이니 잠자코 시키는 대로 하라는 얘기였다.

"혹시 차 있습니까?"

최 부장이 물었다. 나는 아니요, 했다.

"아……." 고개를 끄덕이던 최 부장은 내게 문자 하나를 보냈다. "확인해봐요."

나는 낯선 이름과 전화번호를 확인했다. 나보다 하루 앞서 채용된 신입이라고 했다. 근무지까지 함께 가고 싶다면 사전에 연락해 시간을 맞추라 했다. 그럴 의사는 없었으나 일단 대답은 해두었다.

"알겠습니다."

최 부장은 손을 내밀어 악수를 청했다.

"행운을 빕니다."

어쩐지 안전벨트를 꽉 매라는 말로 들렸다. 사무실을 나온 후 최 부장의 문자를 다시 열었다. 낯선 이름을 보자 때늦은 질문이 솟아났다. 이렇게 덥석 물어도 되나. 아버지처럼 '어머니'를 만드는 일에 휘말린 건 아닐까.

그런 질문은 채용계약서에 사인하기 전에 했어야지. 훈수꾼이 재깍

지적을 해왔다. 채용당할지 말지 고민할 시간을 주시겠습니까?라고.

나는 통장에 남은 전 재산 18만 7530원을 떠올렸다. 질문과 의심이 사르르 녹았다. 이 일이야말로 내게 '맞춤'이라는 믿음이 돋아났다. 재활원에서 공짜로 숙식을 제공한다니 따로 돈 들어갈 일은 없을 테다. 월급을 통째 모을 수 있다는 뜻이었다. 1년 후면 빚 절반을 갚을 수 있다는 의미이기도 했다. 덤으로 한적한 바닷가에서 나를 추스를 기회가 주어진 것이고. 엎드려 감읍할 일이었다.

시간이 찰나처럼 갔다. 떠나기 전에 해야 할 일이 많았다. 은행에도 가고, 청소와 빨래도 하고, 짐도 싸야 했다. 내가 없는 사이 폐가가 되거나 불청객의 숙소가 되지 않도록 집단속도 해두어야 했다. 수도, 가스, 보일러, 보안장치 등등.

만경부동산 백 사장은 단기 세입자를 들이라고 조언했다. 나 대신 자기가 알아서 구해주겠다고도 했다. 안전성과 경제성 면에서 최선책이라는 것이었다. 나는 백 사장의 세의를 두고 고민을 거듭했다. 스스로 깨부순 기차역 레고 조각을 가져다가 승주의 방 안에서 재조립하면서. 조립을 끝내자 고민도 끝났다. 그냥 비워두자.

타인을 들이려면 집 안에 남은 승주의 흔적을 치워야 했다. 새로 만든 기차역도 부숴야 했다. 둘 다 하고 싶지 않았다. 휴일이면 돌아와 쉴 곳을 남겨두고도 싶었다. 집을 떠난 지 열한 시간이 지난 지금에야 깨달은 것인데, 두 번째 이유에 관한 한 완벽한 판단 착오였다. 바닷가 오지라는 건 알고 있었으나 그 정도가 상상을 벗어났다. 나는 1년짜리 군대에 입대한 거나 마찬가지였다. 장기 휴가라도 받는다면 모를까, 휴일에 집에 가는 건 꿈도 꾸지 말아야 했다.

버스는 나를 애동마을 진입로에 떨궈놓고 멀어졌다. 내 앞엔 희끄

무레한 외등과 두 개의 표지판이 나란히 서 있었다. 하나는 애동마을 표지판, 하나는 삼애원 표지판. 표지판에 따르면 삼애원은 내가 서 있는 곳에서 4킬로미터나 떨어져 있었다. 한숨이 새어 나왔다. 바로 옆 동네라더니, 여기가 미국 땅도 아니고…….

어디선가 밝은 불빛이 비쳤다. 고개를 돌리자 진입로로 들어서는 택시 한 대가 눈에 들어왔다. 나는 빠르게 지나쳐 가는 택시를 멍하니 바라봤다. 내 기억이 틀리지 않는다면, 저 까만 개인택시는 나를 퇴짜 놨던 그 택시였다. 내 재주로는 탈 수 없었던 저 택시에는 누가 타고 있을까. 억울한 나머지 소리라도 지르고 싶은 심정이 됐다. 영인시 택시라며. 여기선 영업 못한다며.

나는 휴대전화 플래시를 켜고 걷기 시작했다. 표지판이 일러주는 대로 애동마을 앞을 지나, 산모퉁이를 끼고 도는 오르막길로 접어들었다. 걷기가 쉽지 않았다. 가파르고 바닥이 고르지 않은 비포장도로인데다, 바람이 눈발을 몰고 종잡을 수 없는 방향에서 짓쳐들었다. 그냥 눈이 아니라 뾰족하고 단단하게 얼어붙은 눈이었다. 수천 개의 압정들이 얼굴로 날아와 박히는 느낌이었다. 낡은 운동화는 눈에 덮여 가는 땅바닥 위를 죽죽 미끄러졌다.

산모퉁이를 돌았을 땐 만신창이가 된 심정이었다. 청바지는 눈에 젖어 뻣뻣하고, 손발의 감각은 사라지고, 무릎이 풀려 만취한 주정뱅이처럼 흐느적거렸다. 시야까지 흐릿해 앞을 제대로 볼 수 없었다. 진눈깨비가 결빙이 돼서 눈꺼풀을 뒤덮어버린 탓이었다. 멍멍한 귓가에선 갈매기인지 까마귀인지가 귀를 쪼듯 울어댔다.

전열 정비차 나는 잠깐 걸음을 멈췄다. 배낭을 내리고 수건을 꺼내 뺨과 눈을 닦았다. 마스크와 장갑을 찾아 끼고 털목도리를 둘렀다. 비로소 숨쉬기가 편안해졌다. 시야가 열리면서 내가 서 있는 곳이 어딘지도 알게 됐다.

바닷가 벼랑 위였다. 눈에 덮인 암벽 비탈엔 주황색 안전 로프가 걸려 있었다. 지그재그를 그리며 내려가는 형태로 봐서 해변까지 이어지는 샛길 같았다. 해변이나 바다는 어둠과 눈보라에 가려 잘 보이지 않았다. 눈보라 밑에서 파도의 성난 포효가 울릴 뿐. 포효가 잦아들 땐 쿵, 하는 굉음을 들을 수 있었다. 불규칙하고 단속적인 소리였다. 크고 무거운 무언가가 서로 부딪는 충돌음이었다. 한 번씩 울릴 때마다 발바닥에 미세한 진동이 느껴졌다. 마치 강도가 약한 지진이 일어나고 있는 것처럼.

나는 배낭을 둘러메고 걸음을 뗐다. 순간, 정면에 차량 한 대가 나타났다. 전조등 불빛에 갇히는 바람에 앞이 보이지 않았지만 직관은 차량의 정체를 단숨에 파악해냈다. 그 택시였다. 이번에야말로 놓치지 않겠다는 일념으로 손을 들고 차를 막아섰다. 이번에도 태워주지 않는다면 따져 물을 작정이었다. 좀 전에 태우고 간 건 사람이 아니라 귀신이었느냐고.

"타요."

뜻밖에도 기사는 순순하게 나를 태워주었다. 5분쯤 후 거대한 철문 앞에 차를 세웠다. 고맙다고 인사하자 불쑥 물었다.

"총각도 여기 취직했어요?"

나는 그렇다고 대답했다.

"좀 전에 그 총각도 그렇다던데. 하여간 몸조심해요."

택시는 떠났다. 나는 기사가 태웠다는 '그 총각'에 대해 잠깐 생각했다. 최 부장이 알려준 입사 동기가 아닐까 싶었다. 버스가 떠났다는 걸 알고는 기사의 바짓가랑이를 잡고 드러누웠나 보다, 짐작했다.

나는 대문 앞으로 다가섰다. 눈보라만큼이나 하얀 철문이었다. 외부 경비 초소는 보이지 않았다. 대신 한쪽 문설주 위에 달린 구식 CCTV가 경계 근무 중이었다. 다른 쪽 문설주엔 외등 하나가 매달려 정문 주변을 밝히고 있었다. 외등 밑에 박힌 벨을 누르자 스피커에서 우렁우렁한 남자의 목소리가 흘러나왔다.

"누구십니까."

나는 대답했다.

"보안팀 신입 임경주입니다."

덜컥 소리와 함께 한쪽 철문에 달린 쪽문이 열렸다. 안으로 들어서자 삼애원 전경이 시야에 등장했다. 기차처럼 길고 하얀 단층 건물이었다. 뒤에 뭐가 있는지는 몰라도 정면에서 보기에는 그랬다. 건물 중앙의 금속 문이 현관 같았는데, 그곳까지 일직선으로 진입로가 나 있었다. 진입로 왼편에는 관목 군락지가 있고, 오른편은 주차장이었다. 주차된 차량은 네 대뿐이었다. 삼애원 마크가 찍힌 승합차, 은색 벤츠, 재색 지프, 흰색 SUV.

나는 현관문 앞에 도착했다. 다시 벨을 누를 필요는 없었다. 벌컥 문이 열리면서 거구의 남자가 나타났다. 키도, 몸도, 머리도 컸다. 군청색 근무복 소매 위로 솟은 팔근육의 웅장함에는 지레 주눅이 들었다. 수수깡으로 패도 전치 4주는 나오겠다 싶은 팔뚝이었다. 목에 걸린 신분증에 따르면 남자의 이름은 '박정옥'이었다.

"뭐 하다 이제 오시나?"

박정옥이 물었다. 친절한 일성은 아니었다. 초면에 말도 짧았다. 나는 대답하지 않았다.

"오려거든 둘이 함께 오시든가."

나는 시선을 박정옥의 만두 귀에 붙박았다. 내 아버지와 똑같이 생긴 귀였다. 이 남자도 유도 선수였을까.

"10분 간격으로 오면서 둘 다 전화도 안 받아, 카톡도 무시해……."

박정옥은 말을 멈추고 참깨만 한 눈동자로 나를 훑어봤다.

"어떻게 오는 애들마다 싸가지들이……."

"옥희야." 이상한 목소리가 박정옥의 말을 끊었다.

"바지에 똥 쌌지?"

문 안쪽 어딘가에서 울리는 소리였다. 목소리로만 판단하면 팔십대 할아버지 같았다.

"옥희야, 똥 냄새 나."

"저 쌍놈의 새끼가……."

옥희 씨로 추정되는 박정옥이 소리를 향해 몸을 돌리고 섰다. 덕택에 문 안쪽을 들여다볼 틈새가 조금 생겼다. 넓은 반원형 로비 중앙에 정자 형태의 육각형 구조물이 있었다. 전방위로 창문이 나 있는 걸로 봐서 보안실 같았다. 출입문 앞에는 갈색 트레이닝복을 입은 할아버지가 허리에 손을 얹고 서 있었다. 하얗고 꼬불꼬불하고 헝클어진 베토벤 머리 밑에선 반쯤 감긴 눈이 옥희 씨를 건너다보고 있었다.

"옥희야, 똥꼬 닦아."

복화술을 하는 할아버지인가 싶었다. 입을 꽉 다물고 있는데도 목소리가 쩌렁쩌렁 울렸다.

"좋은 말로 할 때 주둥이 닫아라." 옥희 씨는 점퍼 주머니에서 긴 줄이 달린 호루라기를 꺼내 들었다.

"한마디만 더 하면 잡아다 솥단지에 넣어버린다."

"똥꼬나 닦으라고, 망할 놈아."

베토벤의 입은 여전히 닫혀 있었다.

"저 쥐 불알만 한 새끼가……."

옥희 씨는 호루라기 줄을 윙윙 소리 나게 돌리면서 베토벤을 향해 돌진했다. 나는 재빨리 로비로 발을 들여놓았다.

"명을 재촉해요, 응?"

옥희 씨는 호루라기를 보안실 지붕으로 날렸다. 푸드덕 소리와 함께 새빨간 무언가가 로비 천장으로 솟구쳐 올랐다. 쥐 불알이 아니라 고양이만 한 새였다.

호루라기는 아슬아슬하게 빨간 새를 비켜서 어디론가 떨어졌다. 낙하 궤적으로 봐서 보안실 뒤편 11시 방향이었다. 그곳엔 복도가 있었는데 2동이라는 팻말이 붙어 있었다. 빨간 새는 여유롭게 날개를 접으며 베토벤의 어깨에 내려앉았다.

"그만 놀고 밥 먹으러 가자."

베토벤이 처음으로 입을 열었다. 신기하게도 빨간 새와 목소리가 똑같았다. 그들은 정자에서 2시 방향에 있는 복도로 퇴장했다. 그곳은 3동이었다. 옥희 씨는 오만가지 상소리를 쏟아내며 2동 복도로 호루라기를 찾으러 갔다. 나는 보안실 앞에 서서 멀어지는 베토벤과 빨간 새를 지켜봤다.

승주에게 신나는 추억을 선물한 어느 여름이 떠올랐다. 아버지에게서 캠핑카 한 대 값을 뽑아간 사기꾼이 추억 속에서 불려 나왔다. 그 남자는 아버지에게 이런 제안을 했다고 한다.

몸값이 수천만 원을 호가하는 새가 있다. 영리하고, 사람 말을 알아듣고, 대답도 잘하고, 노래와 춤도 되고, 80년이나 살 수 있는 영물 중의 영물이다. 홍금강이라는 앵무새인데 멸종 위기 2급 조류라 아무나 수입할 수 없다. 대신 태국에서 알을 들여올 수는 있다. 부화만 시키면 그게 바로 로토인 거다.

알은 개당 400만 원 정도인데, 부화시켜 이유조가 될 때까지 키우면 알의 열 배도 더 받는다. 살 사람이 천지에 널리고 깔렸으니 판매처는 걱정할 필요가 없다. 이번에 태국 앵무새 농장 주인과 협의가 잘돼서 100개쯤 수입할 수 있을 것 같은데 돈이 좀 부족하다. 임 관장이 투자를 해봐라. 우린 친구니까 특별히 스무 개를 반값에 넘겨주겠다.

진심과 진실을 구별하지 못하는 사람이 있다. 진심으로 설득하면 진실이라 믿어버리는 사람. 사기꾼의 전문화된 진심이 가장 잘 먹히는 부류다. 아버지가 바로 그런 유의 인간이었다. 몇 년간 착실히 붓던 적금을 깬 건 진심에 대한 믿음 때문이었다. 만경부동산 백 사장에게 부족한 돈을 빌리러 갔을 땐 믿음이 더욱 깊어져 신심에 이르렀을 테다.

아버지는 수십만 원짜리 부화기도 샀다. 새장도 사고, 책도 샀다. 밤잠을 줄여가며 부화법과 육아법을 공부했다. 내게 홍금강앵무의 사진을 찾아 인쇄해 오라는 임무를 맡기기도 했다. 미리 안면도 틀 겸 정도 들일 겸 안방 벽에 붙여둘 계획이라 했다. 밤이면 밤마다 꿈도 꾼다고 했다. 빨간 새가 날아와 당신에게 이런 말을 지저귄다는 것이었다.

"임 관장, 인생은 한 방이라네."

아버지가 유도를 그리 광적으로 했다면 얼마나 좋았을까. 그랬다면 국가대표 감독이 되고도 남았을 것을. 아무도 본 적 없는 절대 신공의 소유자, 만경유도장 임 관장이 아니라.

한 달 후 알이 도착했다. 아버지는 승주를 키울 때처럼 지극정성으로 알을 돌봤다. 새벽이면 신께 기도하듯 간절하고 숭고한 표정으로 알을 들여다봤다. 그때마다 아버지의 가슴에는 집이 한 채씩 들어섰을 것이다. 알이 하나씩 썩어 나갈 때마다 그 집이 한 채씩 무너졌을 것이고. 마지막 알에서 나온 회색 털북숭이가 납작한 주둥이를 벌리고 삐삐 울던 순간엔 아버지의 가슴이 폐허가 됐을 것이다. 새에 대해 무지한 내가 봐도 삐삐는 짜리몽땅한 오리 새끼였으니까.

삐삐는 이틀을 채 못 살았다. 아버지는 마당 잣나무 밑에 삐삐를 묻으며 내게 맹세했다.

"내가 또 어디다 투자를 하면 손에 장을 지진다."

상남자 중에서도 상남자인 임진봉 씨는 맹세를 지켰다. 작은아버지가 밤 봇짐을 싸서 내뺐을 때 손 대신 머리에 장을 지졌다. 그로 인해 아버지의 사랑하는 막내아들은 거리에서 굶어죽고, 동생의 죽음으로 반미치광이가 된 맏아들은 서해 오지로 도망쳐 왔는데, 그곳에는 아버지가 꿈속에서 만나던 전설의 빨간 새가 살고 있었다. 이 운명적 서사가 강력하게 표상하는 것은 경고용 빨간 깃발이었다. 베토벤을 가까이하지 말라.

"임경주."

어느 틈에 다시 나타난 옥희 씨가 내 어깨를 쿡 찔렀다.

"뭘 그렇게 넋 빼고 보시나. 팀장님께 인사하러 가자는데."

나는 눈을 내려 내 어깨를 찌르고 간 옥희 씨의 검지를 쳐다봤다. 어느 인류학자는 개체와 개체 사이에는 반드시 지켜야 할 개인 공간이 있다고 주장했다. 연인이나 가족에게만 허용되는 거리로 반경 46센티미터 정도라고 한다. 그 안으로 낯선 자의 손이 불쑥 들어오면 공격 충동을 불러일으킨다는 것이었다. 그런 의미에서 옥희 씨는 내가 사람인 걸 고마워해야 할 테다. 만약 개였다면 저 불손한 손가락은 송곳니에 씹혀 곤죽이 됐을 테니.

“따라오셔.”

옥희 씨는 보안실에서 9시 방향에 있는 1동으로 걸어갔다. 복도 첫머리에 보안팀 사무실이 있었다. 불과 스무 발짝 정도 거리였는데, 그새 옥희 씨에 대해 스무 가지쯤 알게 되었다. 옥희 씨 본인 입을 통해서 강제 입력된 정보였다.

그는 자기가 나처럼 벼락치기로 보안 요원이 된 어중이떠중이가 아니라고 했다. 여러 운동을 두루 섭렵한 종합 무술인이고, 주로 정치인 개인 경호나 유명인 행사 경호를 맡아왔으며, 이 술꾼 소굴에 온 건 순전히 군 시절 소대장이었던 팀장과의 의리 때문이며…….

“스톱.” 사무실 문 앞에서 옥희 씨는 나를 멈춰 세웠다.

“앞으로 나를 박 주임님이라고 부르도록.”

팀장도 옥희 씨만큼이나 키가 컸다. 다만 옥희 씨 같은 육체파는 아니었다. 옥희 씨가 실버백 고릴라를 닮았다면, 팀장은 설원을 떠도는 잿빛 늑대를 연상시켰다. 옥희 씨는 팀장에게 나를 소개했다.

“얘가 이제 방금 도착한…….”

“임경줍니다.”

나는 옥희 씨의 말을 가로챘다.

“한기준일세.”

팀장은 내게 악수를 청했다. 차분하게 가라앉은 시선이 내 얼굴을 슬쩍 훑고 지나갔다.

“오느라 고생했네.” 팀장의 시선은 등 뒤에 서 있는 남자에게 옮겨 갔다.

"이 친구도 이제 막 도착한 참인데, 서로 인사들 하지."

나와 체구가 엇비슷한 남자가 팀장 뒤에서 내 앞으로 쑥 나왔다.

"박제이입니다."

나는 그가 내미는 손을 내려다봤다. 최 부장이 알려준 그 이름이었다. 내 쪽이 더 늦게 채용됐으니 제이는 나를 모를 테지만. 나는 눈도 들지 않고 제이의 손을 잡았다가 놓았다. 내 이름은 금방 들었을 것이므로 굳이 말하지 않았다. 팀장은 우리를 소파에 앉히고 옥희 씨를 봤다.

"가서 자판기 커피라도 뽑아 오지. 눈보라 속에 오느라 이 친구들 몸이 얼었을 텐데."

"커피요? 밤에 커피 마시면 잠 못 자는 사람이 많은데."

너희도 그렇지? 하듯 옥희 씨의 눈이 우리를 살폈다. 나로 말하면, 커피 때문에 잠을 못 이루는 사람이 아니었다. 뭘 먹든 잠을 못 이루는 사람이었다. 지금은 독약만 아니라면 뭐라도 마시고 싶었다. 기왕이면 펄펄 끓을 만큼 뜨거운 걸로.

"너넨 커피 괜찮은 거야?"

옥희 씨가 침묵을 견디지 못하고 콕 집어 물었다. 우리는 한목소리로 예, 했다. 옥희 씨는 마지못해 사무실을 나갔다. 팀장은 알아둬야 할 것이라며 삼애원에 대해 몇 가지 이야기를 들려주었다.

구글 정보대로 삼애원은 노숙자 재활원이었다. 건립 당시만 해도 이곳은 황무지 같은 바닷가였다. 악명 높은 암초 지대이자 유빙 형성대이고, 서해이면서도 개펄이나 모래밭조차 없었다. 해안은 암벽과 갯바위로 에워싸인데다, 육로 지형마저 험해서 어촌으로도 관광지로도 적합하지 않았다. 산 너머 애동마을 역시 어업이나 농사로 먹고사는 동네가 아니었다. 영인시와 인근 면에서 나오는 재활용 쓰레기를 집하하고 처리하는 일로 먹고살았다. 그로 인해 애동마을은 '쓰레기 마을'이라 불렸다.

삼애원이 들어서면서 예인곶의 고립화는 더 심화됐다. 국토 개발이나 교통 인프라 등에서도 늘 소외됐다. 이해 가능한 대목이었다. 마약이나 알코올 의존증 전력을 가진 노숙자 시설에 누군들 가까이 오고 싶어 할까.

개원 초창기엔 말썽이 많았다고 했다. 입소자들이 술에 취해 근처 면 소재지를 돌아다니거나, 주민에게 시비를 걸다 경찰에 잡혀오는 일이 부지기수였다. 가까이 있는 애동마을이야 말해 무엇 할까. 면사무소에는 하루가 멀다고 민원이 들어왔다. 작업해놓은 재활용품을 풀어헤쳐놓는다는 둥, 집 안으로 들어와 화장실이나 수돗물을 멋대로 쓴다는 둥, 살림살이를 훔쳐 간다는 둥, 진개트럭 바퀴에 펑크를 내놨다는 둥……. 입소자 출입이 통제되고 철망 담장이 생긴 건 그 때문이었다.

삼애원엔 총 네 개의 동이 있었다. 고립된 곳이지만 여타 도시의 재활원이나 쉼터에 비해 시설이나 생활수준은 좋은 편이었다. 공짜로 먹고 자고 생필품을 공급받으면서 유급 노동까지 가능했다. 현재 입소자는 60명, 최대 80명까지 수용할 수 있다고 했다.

그에 비해 직원은 많지 않았다. 총무팀 두 명, 전기기계실 기술자 한 명, 관리팀 세 명, 관리소장까지 총 일곱 명이었다. 소장을 뺀 나머지는 입소자 출신이라 했다. 사무 보조, 창고관리, 세탁, 청소, 식사, 그 외 일상 노동 역시 입소자들이 담당하고 있었다. 재활 프로그램만 외부 강사가 주 1회 정도 방문해 수업을 한다고 했다. 예외적으로 삼애원에 거주하며 강의를 하는 선생이 둘 있었다. 본래는 보안까지도 입소자 출신을 썼다고 했다. 그들이 해고되고 보안팀이 외부 용역으로 바뀐 건 불과 한 달 전이었다.

"최 부장님이 삼애원 보안팀은 자기네 회사 소속이 아니라던데요."

제이가 입을 열었다. 나는 몰랐던 얘기였다.

"아……." 팀장은 고개를 끄덕였다. "자네들은 내 팀원으로 채용된 거야. 우린 팀 단위로 1년간 고용된 사람들이고. 그 업체는 내 부탁을 받고 팀원을 구해준 것뿐일세."

굳이 비유를 하자면, 자치 독립국가에 그 나라 군인을 해고하고 용병을 불러들인 꼴이었다. 나와 제이는 낙오병 자리에 충원된 어중이떠중이겠고. 보안팀을 고용한 곳은 당연히 모회사 쪽 재단일 테지. 다시 의문이 생겼다. 왜 하필 팀 단위로 용병을 샀을까. 보편적 방식으로도 얼마든지 채용이 가능했을 텐데.

"자네들, 이쪽 일은 처음이라고 들었는데, 맞나?"

팀장이 물었다. 나와 제이는 "예" 했다.

"시간 날 때 읽어두도록 해. 그렇게 많은 분량은 아니니까."

우리 앞에 인쇄물이 하나씩 놓였다. 표지에 '보안 요원 표준운영절차'라 쓰여 있었다.

"업무 범위에 대한 표준 매뉴얼이라고 생각하게. 금방 말했다시피 여긴 좀 특수한 곳이고 일반 시설 보안과는 업무 성격도 달라서 그대로 적용하긴 어려울 거야. 거기에 대해서는 오리엔테이션 때 세세히 알려주겠네."

옥희 씨가 쟁반을 들고 돌아왔다. 우리는 뜨거운 커피가 담긴 종이컵을 하나씩 받았다. 팀장은 업무에 대해 개략적인 설명을 시작했다. 팀장을 제외한 세 사람은 열두 시간 교대 근무였다. 주요 업무는 순찰, 보안, 입소자 간의 물리적 충돌 방지 및 해결, 음주 감시와 방지였다. 입소자가 외출을 나가 음주 관련 사고를 쳤을 때 출동해서 데려오는 일도 포함돼 있었다. 의문이 추가됐다. 입소자의 음주 문제를 왜 보안팀이 관리할까. 그건 관리팀 일이 아닐까.

"근데 이 친구 진득하게 일할 수 있을까 싶네요." 말하는 옥희 씨의 눈이 제이를 향해 있었다. "클럽에 여자나 꼬시러 다녀야 맞을 것 같은데."

나는 비로소 고개를 들고 제이를 찬찬히 봤다. 시선을 맞대오는 제이의 눈이 개흙처럼 짙었다. 클럽 친화형 인간인지 아닌지는 모르겠으나 옥희 씨가 짜증이 난 이유는 알 것 같았다. 경쟁자 관점에서 봤을 때, 가능성 있는 자원을 싹쓸이해 갈 부류였다. 눈 달린 자라면 누구라도 기꺼이 호의를 바칠 그런 부류. 아마도 그는 택시 기사 바짓가랑이에 매달릴 필요가 없었을 것이다. 그저 한번 묻는 것만으로도 충분했을 테니까. 기사 누나, 혹시 예인곶까지 갈 수 있어요?

이번엔 근골격계 전문 물리치료사의 관점으로 다시 그를 뜯어봤다. 이 인간이 가까운 미래에 거북목이 될 소지가 있는지, 어깨가 굽고 배가 나올 체형인지, 골반이 틀어졌거나 여자처럼 엉덩이가 크거나 새 다리 유형은 아닌지. 내게 기쁨을 줄 만한 단서 역시 발견되지 않았다. 나도 좀 짜증이 났다.

"이건 지금 살펴보도록 해. 질문 있으면 하고."

팀장이 나와 제이의 손에 각각 근무표를 쥐여주었다. 종합병원 새내기 간호사보다 더 팍팍한 스케줄이었다. 나는 다음날 아침에 당장 옥희 씨와 교대를 해줘야 했다.

"오프는 알겠는데 D와 N은 뭡니까?"

제이가 묻고 옥희 씨가 답했다.

"D는 낮 근무, 아침 8시부터 저녁 8시까지야. N은 밤 근무. 2교대니까 근무시간은 거꾸로 계산하면 되겠지."

팀장이 보충 설명을 붙였다.

"근무가 좀 빡빡할 거야. 근무도 한 사람씩 해야 하고. 팀원이 넷뿐이라."

최근 팀원 중 둘이 갑자기 그만두면서 옥희 씨와 팀장이 24시간 교대 근무를 해왔다고 했다. 그 바람에 제의면까지 우리를 데리러 나올 수가 없었다는 것이었다. 도착이 늦어져서 걱정하고 있었다고도 했다. 행여 우리가 눈보라 속에서 길이라도 잃었을까 봐.

"최 부장은 둘이 함께 떠났을 거라 하고, 한 사람 핸드폰은 없는 번호라 하고, 한 사람은 전화를 받지 않고, 문자를 보내도 답장이 없다고 하고."

팀장의 눈이 내 얼굴을 거쳐 제이의 얼굴로 옮겨 갔다. 왜 따로따로 도착했는지 묻는 눈이었다. 나로선 딱히 할 말이 없었다. 제이는 근무표만 들여다보고 있었다. 속으로 욕을 퍼붓고 있는 게 아닌가 싶었다. 휴일은 여덟 개씩 모두 동일했다. 다만 근무 일정이 달랐다. 옥희 씨는 대부분 낮 근무, 나와 제이는 야근 전담이나 마찬가지였다. 이 근무표를 누가 짰는지 알 것도 같았다. 팀장 옆에서 나와 제이의 낯빛을 살피고 있는 종합 무술인이겠지.

"우선 식당에 가서 저녁 식사부터 하지. 둘 다 배고플 텐데." 팀장이 손목시계를 보며 말했다. "6시 47분이니까 13분 남았네. 식당은 3동에 있으니까 배낭은 여기 두고 다녀와."

저녁 식사 시간은 6시부터 7시까지였다. 늦으면 밥을 먹을 수 없다고 했다.

"박 주임도 애쓰느라 식사 못했을 텐데 같이 가지 그래. 안내도 해 줄 겸."

팀장의 말에 옥희 씨는 고개를 휘휘 저었다.

"애를 너무 썼더니 입도 써요. 이따 컵라면이나 먹겠습니다."

옥희 씨는 로비의 보안실로 돌아갔다. 우리는 3동 복도로 향했다. 영업 종료 직전이라 그런지 식당에는 사람이 없었다. 골대만 있으면 축구도 하겠다 싶을 만큼 넓은 공간이었다. 예상보다 깔끔해서 바닥에 휴지 한 장 떨어져 있지 않았다. 제이는 배식대를 둘러보며 말했다.

"여기선 식사 시간에 늦으면 안 되겠는데요."

뷔페식으로 늘어놓은 반찬 통이 대부분 비어 있었다. 밥통에 남은 밥은 한 공기가 될까 말까 했다. 나는 식판에 밥 반 주걱을 푸고 남은 반찬도 딱 반씩 담았다. 배추김치 네 조각, 감자조림 세 조각, 돼지고기볶음 한 조각과 콩자반 세 알, 된장국 반 국자. 다이어터 관점에서 보면 매우 훌륭한 식단이었다.

우리는 주방 앞 테이블에 마주 앉았다. 주방 안에 사람이 있을 법도 한데 실내가 지나치게 고요했다. 밥을 먹기가 불편할 지경이었다. 젓가락을 내려놓을 때마다 철근 떨어지는 소리가 났다. 제이는 밥을 거의 먹지 않았다. 젓가락질 연습이라도 하듯 밥알을 집었다 놨다 하고 있을 뿐. 입맛이 없다기보다 정신이 없는 게 아닌가 싶었다. 표정이 어찌나 멍한지 머리를 잘라 가도 모를 것 같았다.

사무실로 돌아가자 팀장이 근무복 두 벌을 건넸다. 전임자들의 것이라 했다. 둘 다 같은 사이즈인데다 나와 제이의 체격도 엇비슷해서 고를 필요조차 없었다. 그저 주는 대로 받아 들었다.

"자네들 옷은 새로 주문해야 하니까 며칠 기다리게."

보안팀은 방 두 개를 숙소로 쓰고 있었다. 보안사무실 옆방이 101호, 그 옆이 102호. 팀장과 옥희 씨가 102호를 쓰고 있어 우리 숙소는 자동으로 101호로 결정됐다. 둘이 쓰기엔 좁다 싶은 방이었다. 입구 쪽에 옷장 하나, 양쪽 벽에 싱글 침대와 서랍장이 각각 하나, 창문 밑에 긴 책상 하나와 의자 두 개. 창문 옆엔 벽걸이형 유선전화가 걸려 있었다. 비상 호출 전화였다. 벨이 울리면 통화를 시도하지 말고 곧장 보안실로 오라는 메시지가 붙어 있었다.

"제가 오른쪽을 쓸까요?"

제이가 침대로 시선을 보내며 물었다. 나는 고개를 한 번 끄덕였다. 아무려나.

화장실과 욕실은 입소자들과 함께 써야 했으나 불만은 없었다. 나는 몰디브로 휴가를 온 게 아니었다. 눈보라 치는 밤에 따뜻한 방에서 잘 수 있다는 것만으로도 고마웠다.

밤이 빠르게 깊어갔다. 이런저런 일들을 끝내고 자리에 누웠을 땐 새벽 1시가 넘어 있었다. 늘 그렇듯 잠이 오지 않았다. 멀뚱멀뚱 천장을 바라보다 책상으로 시선이 미끄러졌다. 순간 정신이 멍해졌다.

노트북 앞에 승주가 앉아 있었다. 퇴근 후 문을 열 때마다 마주쳤던 그 모습이었다. 불러도 대답하지 않고 게임에만 몰두해 있던 지난 여름의 모습. 나는 숨을 멈추고 눈을 한번 감았다가 떴다. 승주는 사라지고 제이가 등을 돌린 채 앉아 있었다. 노트북 화면엔 메신저 창이 떠 있었다. 누군가와 채팅을 하고 있는 모양이었다.

나는 배 속에 머금었던 숨을 길게 내보냈다. 소리를 들은 듯 제이가 고개를 돌려 나를 봤다. 움직임이 돌연해서 시선을 비킬 틈이 없었다.

자는 척 눈 감을 새조차 없었다. 그는 내 숨소리를 방이 너무 밝다는 의미로 해석한 모양이었다. 메시지 창을 작업 표시줄로 내리고 일어나서 실내등 스위치가 있는 문 쪽으로 갔다. 자동으로 바탕화면 배경 사진이 눈에 들어왔다.

파란 야구 모자를 쓴 여자가 웃고 있었다. 미소가 너무나 환해서 섬광처럼 눈에 박혔다. 여동생인가. 여자친구인가. 아니면 아내? 결혼반지는 없었던 것 같은데.

딸깍 소리가 울리고 실내가 어두워졌다. 나는 눈을 감았다. 훈수꾼의 목소리가 들려왔다. 저놈한테 신경 꺼. 나와는 만경부동산 백 사장보다도 관계없는 사람이야. 인생의 한 시절에 우연히 함께 지내게 됐을 뿐.

옳은 말씀이었다. 신경을 끈다는 건 관계를 맺지 않는다는 것이었다. 관계를 맺지 않으면 내 오감에 걸리는 상대의 모든 것은 무의미한 신호에 불과하다. 무의미한 것은 편안한 것의 다른 말이기도 하다. 지금처럼 작은 공간에서 일상을 공유해야 할 때 가장 필요한 태도였다.

나는 뻣뻣한 종아리를 힘주어 늘렸다가 탁 풀어놓았다. 까마득한 곳에서 바다가 노호하고 있었다. 몇 시간 전 벼랑길에서 들었던 충돌음도 다시 들려왔다. 쿵, 쿵, 쿵…….

언제부턴가 그 소리는 가까이에서 들려왔다. 묵직한 것들이 엎어지는 듯한 쿵 소리, 금속 물체가 와르르 쏟아지는 소리, 여럿이 동시에 내지르는 고함, 그 사이로 전화벨 소리까지 끼어들었다. 제이의 휴대전화는 아니었다. 정말로 울릴 거라고는 생각지 않았던 비상 호출 전화였다. 나는 침대에서, 제이는 의자에서 동시에 몸을 일으켰다.

4

우리는 보안실 앞에서 달리기를 멈췄다. 잠깐 어리둥절했다. 로비와 각동 복도의 불이 모조리 켜져 있고 보안실 문은 활짝 열려 있는데, 우리를 불렀을 옥희 씨는 온데간데없었다. 보안실 문 앞에 베토벤 혼자 지팡이를 짚고 서 있었다. 우리가 어디로 가야 하는지 알려준 건 보안실 지붕에 올라앉은 빨간 새였다.

"식당."

우리는 3동으로 뛰어들었다. 등 뒤에서 빨간 새가 시끄럽게 떠들어댔으나 뭔 말인지 알아들을 수 없었다. 그렇다고 되돌아가 뭔 말인지 확인할 마음은 없었다. 한 방향으로 힘이 작용하기 시작한 물체를 역방향으로 돌리려면 관성을 이겨낼 에너지가 추가로 필요하다. 내 몸은 이런 유의 낭비를 좋아하지 않는다. 신경 회로는 빨간 새의 '뭔 말'을 잡소리로 판단해 귓등으로 흘려버렸다. 제이도 비슷한 성향인 듯 움직임의 방향을 바꾸지 않았다. 우리는 내처 달렸다.

식당 문은 잠겨 있었다. 문 안에선 흉흉한 소리가 난무했다. 그릇 깨지는 소리, 무거운 밀차 같은 것이 덜걱대며 구르고 부닥쳐서 엎어지는 소리, 쇠붙이들이 와르르 무너지는 소리, 흥분해 악 지르는 남자의 목소리.

"들어와, 쪼다 새끼야. 들어오라고, 씨발."

"그거 내려놓으라고 했다. 한 대 처맞고 뒈지시기 전에."

받아치는 쪼다 새끼의 목소리에도 공격적인 흥분이 묻어났다. 기억이 알리는바, 쪼다 새끼와 옥희 씨 목소리가 정확하게 일치했다. 나는 안으로 들어갈 길을 찾아봤다. 다른 문은 없었다. 창문은 잠겨 있고 두꺼운 커튼에 가려 안이 들여다보이지 않았다. 빨간 새의 잡소리는 화재 경보처럼 반복되고 있었다.

"뒤잇무우운."

비로소 잡소리가 말이 되어 귀에 걸렸다. 나와 제이는 시선을 마주쳤다. 우리는 허둥지둥 보안실 앞으로 되돌아갔다.

"뒷문?"

제이가 빨간 새에게 물었다. 놈은 모가지를 두어 번 움칫거리다 주둥이를 닫아버렸다.

"뒷문이 어딘데?"

제이의 거듭된 질문을 놈은 거듭 무시했다. 사람을 약 올리는 일에 특화된 놈 같았다. 지켜보던 베토벤이 입을 열었다.

"네가 데려다주고 와."

"내가 왜애?"

베토벤은 짚고 있던 지팡이를 흔들어 보였다.

"그럼 늙은 아비가 가리?"

빨간 새는 하, 하고 혀를 찰 뿐 꿈쩍도 하지 않았다.

"갔다 오면 잣방울 하나 주마."

베토벤의 말이 떨어지자마자 놈은 지붕을 박차고 비상했다. 비행 능력이 뛰어난 새라더니, 과연. 날개를 펴고 몸을 띄우자마자 3동 복도로 쏜살같이 사라졌다. 제이가 뒤따라 튀어 나갔다. 반박자 늦게 출발하는 내 손에 베토벤은 까만 지팡이를 쥐여주었다. 잠시 후 응원의 메시지도 날아왔다.

"그거 백만 원짜리다."

온몸에 소름이 돋았다. 머리털이 쭈뼛 섰다. 당장 돌려주고 싶었으나 때가 늦었다. 이미 나는 복도 끝 비상구 문 앞에 도달해 있었다. 먼저 도착해 있던 빨간 새는 문을 향해 한쪽 발을 척 들어 올렸다. 머리가 띵해왔다. 콜럼버스가 달걀을 세웠을 때 사람들이 이런 기분이었을까. 이 문을 열고 나가 건물 뒤편으로 돌면 주방 뒷문이 있으리라는 생각을 왜 못했을까.

제이가 문손잡이를 돌려보더니 고개를 갸웃했다. 문이 열리지 않았다. 나는 손잡이 밑에 붙어 있는 장치를 발견했다. 작고 빨간 불이 반짝거리는 걸로 봐서 출입 통제장치가 아닐까 싶었다. 입소자들이 야간에 무단출입하는 걸 막기 위한 잠금장치로 짐작됐다. 안이든 밖이든 임의로 여는 게 불가능하다는 의미였다.

베토벤은 아직 보안실 문 앞에서 우리를 주시하고 있었다. 내가 손가락으로 문손잡이를 가리켜 보이자 보안실 안으로 쏙 사라졌다. 잠시 후 출입 통제장치의 빨간불이 파란불로 바뀌었다. 제이가 손잡이를 돌리자 허무하게 문이 열렸다. 그와 함께 그의 몸이 뒤로 휘청 휘어졌다. 열리는 문을 밀치고 눈바람이 덮쳐온 것이었다. 어찌나 돌연하고 거친 기세였는지 뒤에 서 있던 나까지 나가떨어질 뻔했다. 빨간 새는 날개를 움츠리며 있는 대로 성질을 부렸다.

"빨리 나가."

제이가 먼저 나갔다. 내가 뒤따라 나가면서 문을 닫았다. 딸깍 소리가 울리면서 문이 다시 잠겼다. 우리는 건물 뒤편으로 돌아갔다. 불빛이 내비치는 창문이 나타났다. 위치상 주방 창문일 듯했다. 제이가 속삭였다.

"갑시다."

이번에도 제이가 앞서고 내가 뒤를 따랐다. 가는 도중에 깨달았는데 우리 둘 다 잠자리 옷차림이었다. 반팔 티셔츠, 트레이닝 바지, 맨발에 슬리퍼. 너무나 추웠던 나머지 마구 내달리고 싶은 심정이 되었다. 창문 옆에 도착했을 땐 근육은 말할 것도 없고 체외 장기까지 납작하게 쪼그라들었다.

우리는 창문 밑으로 몸을 낮추고 고개만 빼서 안을 살폈다. 추측대로 그곳은 주방이었다. 소요의 진원지기도 했다. 흡사 물소 떼가 지나간 자리 같았다. 사방으로 튄 음식물, 깨진 접시와 유리컵과 소주병, 무너져 내린 주방 도구와 식판 들. 옆으로 뒤집힌 식판 거치대와 조리대. 본래 조리대가 있었을 자리엔 남자 다섯이 울타리 대형으로 서 있었다. 둘은 똑같은 갈색 운동복, 셋은 사복 차림이었다. 그들 사이로 울타리 안쪽 풍경이 들여다보였다.

옥희 씨와 팀장이 벽을 등지고 나란히 서서 두 남자와 대치 중이었다. 둘 다 맨손이었다. 옥희 씨의 허리춤에 경봉이 걸려 있긴 했는데 꺼내 들 의사는 없어 보였다. 반면 상대는 둘 다 연장을 들었다. 갈색 운동복을 입은 남자는 먹색 단검을, 조리사 셔츠를 입은 남자는 쇠지렛대를.

짐작건대, 1차 격돌 후 경기를 뛸 선수와 응원단으로 나뉜 상황 같았다. 원정 팀인 옥희 씨와 팀장은 모든 면에서 불리했다. 무기도 무기지만 벽을 등져 퇴로가 없었다. 두 사람이 할 수 있는 일은 두 가지 정도로 보였다. 적을 끌어안고 동귀어진 하거나, 무릎 꿇고 항복하거나.

나와 제이는 잠깐 시선을 맞댔다. 무언의 합의가 이루어졌다. 참전 여부를 고민하지 말자. 자정이 넘었으니 정식 팀원이고, 지원 요청을 받았으니 뛰어드는 게 맞다. 경찰에 신고는 하지 않기로 했다. 신고할 상황이었다면 우리보다 경찰을 먼저 불렀을 테니까.

문제는 믿고 부른 우리의, 아니 나의 전투 능력이었다. 나로 말하면 싸워서 져본 적이 없었다. 싸워본 경험 자체가 없었다. 일방적으로 얻어터진 적만 숱하게 많았다. 군대마저 의무병으로 다녀왔으므로 전투력은 최하수라 봐야 했다. 지금처럼 쪽수까지 밀리는 싸움이라면 더 말할 필요도 없었다.

답답한 나머지 부아가 치밀어 올랐다. 죽은 아버지가 또 무덤에서 소환됐다. 우는 소리도 남자답게 내라고 가르쳤으면서 왜 유도를 가르치지 않았을까. 싸워보기도 전에 도망부터 치고 싶은 건 순전히 다 아버지 탓이었다.

제이는 손끝으로 창문을 슬쩍 밀더니 엄지를 창 쪽으로 젖혔다. 열려 있으니 먼저 들어가라는 의미였다. 내가 도망치고 싶어 하는 걸 알아차린 눈치였다. 나는 다시 한번 창문 안쪽을 살폈다. 창문 바로 밑에 냄비나 주물 웍 같은 주방 도구들이, 옆으로 발랑 뒤집힌 식판 거치대가, 거치대 밑에는 긴 고무호스가 널브러져 있었다. 끝에 스프레이건이 달린 걸로 봐서 바닥 청소용 고압 호스인 듯했다. 소리 없이 들어갈 수 있다면 거치대 뒤에 몸을 숨길 수 있을 듯했다. 숨은 다음에 뭘 할 수 있을지는 아직 모르겠지만.

나는 소리 죽여 창문을 열고 안으로 몸을 밀어넣었다. 제이가 뒤에 붙어 들어왔다. 우리는 성공적으로 잠입할 뻔했으나 운이 끝까지 따라주지는 않았다. 제이의 한쪽 발끝에 무쇠 웍의 손잡이가 걸리면서 야단스러운 쇳소리를 내질렀다. 울타리 대형으로 서 있던 남자들이 일제히 뒤를 돌아봤다.

제이가 잽싸게 스프레이건을 집어 들고 앉아쏴 자세를 잡았다. 나는 타석에 들어선 타자처럼 지팡이를 쳐들고 적들의 시선과 마주 섰다. 그 시선 중엔 단검과 쇠지렛대를 든 두 선수의 눈도 포함돼 있었다. 우리가 보여준 사나이 기개에 황당해하는 표정들이었다. 아마도 그 시간은 1초, 길어야 2초에 불과했을 것이다. 팽팽한 대치 상황에 실낱같은 금이 생긴 찰나이기도 했다. 그 틈새에 나는 아버지의 재림을 봤다.

팀장이 단검을 든 칼잡이의 손목과 옷깃을 번득 잡아채고, 한쪽 발을 앞으로 내밀면서 팔꿈치를 칼잡이의 겨드랑이에 박았다. 다음 순간 몸을 회전시키면서 칼잡이를 업어 메쳐버렸다. 섬광 같은 한 수였다. 칼잡이는 무슨 일이 일어나는지도 모르고 도리깨질을 당했을 것이다. 어쩌면 끝내 모를지도 몰랐다. 온몸으로 바닥을 들이박고 떨어진 후 컥컥 숨을 내뱉다가 쭉 뻗어버렸으니.

업어치기라는 유도의 꽃이 재활원 주방에서 아리땁게 피어나는 순간이었다. 공수 전환이 이뤄진 시점이기도 했다. 어느 틈에 옥희 씨는 조리사를 깔고 앉아 목울대 옆에 주먹을 내리꽂고 있었다.

"빠루 내려놓으라고 했지."

조리사는 켁, 하고 숨통이 잘리는 소리를 토했다. 쇠지렛대는 어디로 날아갔는지 보이지 않았다. 옥희 씨는 조리사의 귀빰을 포핸드로 갈겼다.

"귀때기에 공구리 쳤냐."

백핸드로 반대편 귀빰을.

"곱게 말하면 들어 처먹지를 않아요. 뒈질라고."

마무리로 콧방울에 주먹 꽂기.

"확, 마."

조리사도 코피를 내뿜으며 뻗어버렸다. 그사이 제이는 울타리 5인방의 얼굴을 조준하고 고압 호스 스프레이건을 쐈다. 억센 물줄기에 강타당한 두 사람이 팀장과 옥희 씨의 2차 희생자가 됐다. 나는 정면에서 덮쳐오는 사복 남자의 빰을 지팡이로 후려쳤다. 체중을 모두 실어서 풀스윙으로. 그로 인해 좋은 일과 나쁜 일이 동시에 일어났다. 좋은 일은 사복 남자의 머리가 뒤로 돌아가면서 바닥에 고꾸라졌다는 것이다. 나쁜 일은 백만 원짜리 지팡이가 빡 소리와 함께 부러져버린 것이고.

"그만해."

주방 앞문 쪽에서 고함이 울렸다.

"이게 뭐 하는 짓들이야?"

새로 등판한 선수였다. 어떻게 식당 문을 열었는지 모르겠으나 입소자는 아니었다. 검은 정장에 뿔테 안경을 쓴 남자였다. 뒤에 달고 온 두 남자도 복장이 비슷했다. 전투 의지가 한껏 고양된 제이는 정장 패거리를 향해 고압 물줄기를 발사했다.

"물 꺼. 씨발, 끄라고."

뿔테 안경을 쓴 남자가 양손으로 물줄기를 막으면서 악을 썼다. 흡사 성난 고라니가 펄펄 뛰며 울부짖는 것 같았다. 나는 부러진 지팡이로 그 입을 패주고 싶었으나 거리가 너무 멀었다. 대신 머리통을 얻어맞고 쓰러졌다가 다시 일어나는 사복 남자의 머리통을 재차 후려갈겨버렸다. 맞은 자리를 또 맞았는지 놈은 쌍욕을 토하며 엎어졌다.

제이도 비슷한 심정인 듯했다. 고라니 목소리의 입을 정조준해서 줄기차고도 굳건하게 물을 쐈다. 팀장은 식당 뒷문으로 슬그머니 튀려던 어떤 놈의 뒷덜미를 낚아채 고라니의 발밑으로 집어던졌다. 비명과 함께 박이 터지는 소리가 났다.

우리는 이를 공격 중지 명령으로 받아들였다. 제이는 스프레이건을 내렸다. 나도 지팡이를 내렸다. 주방 안엔 일곱 구의 반송장이 산개 대형으로 널브러져 있었다. 머리털 나고 처음 보는 진기한 광경이었다. 이런 유의 싸움은 아버지의 허풍 속에서나 존재하는 신화인 줄 알았다.

"너, 이 새끼, 이리, 와, 봐."

고라니 목소리는 한 손으로 안경을 밀어 올리고 눈자위를 훔치면서 악을 썼다. 허공으로 뻗어 올린 다른 손은 어딘가를 향해 자발없이 깐닥거리고 있었다.

"오라고, 씹새끼야."

팀장은 반송장들을 훌쩍 뛰어넘어 고라니와 정면으로 마주 섰다. 나는 고라니의 어깨가 순간적으로 움찔거리는 걸 봤다. 아마 탱크가 덮치는 줄 알았을 것이다. 팀장의 키가 고라니보다 족히 15센티미터는 더 컸다. 어깨는 양쪽으로 반 뼘 정도씩 더 넓었다. 남의 편일 땐 공포의 대상이겠으나 우리 편일 땐 한없이 든든할 남자였다.

"금방 관리팀장님께서 부르신 씹새끼가 혹시 나요?"

관리팀장이라 불린 고라니는 어깨를 부풀리고 턱을 치켜들었다. 그 바람에 물벼락을 맞아 벌렁 뒤집힌 앞머리 뿌리 쪽이 훤하게 들여다보였다. 이마 위가 모판처럼 들떠 있는 걸로 봐서 부분 가발이 아닌가 싶었다. 있는 대로 힘을 준 눈알은 금방이라도 안경알을 뚫고 나올 기세였다.

"내가, 내가 말했지. 시끄럽게 하지 말라고. 분명히." 고라니는 엄지와 검지로 권총을 만들어 팀장 얼굴을 조준했다.

"내 말이, 내 말이 말 같지 않아?"

말투가 참으로 독특한 자였다. 주어를 두 번씩 반복하고, 단어를 하나하나 끊어 말하고, 말하면서 숨을 훅훅 들이마시고, 단어 끝마다 센소리 억양을 넣어 자기 말을 강조했다. 나는 귀를 막고 싶은 심정이 됐다. 고라니 하울링을 들으니 정체 모를 분노발작이 일고, 과다한 스타카토 말투에는 과호흡이 왔다.

"말 같지 않냐고?"

고라니가 손가락권총 끝으로 팀장의 가슴팍을 찔렀다. 팀장은 눈을 내리고 버르장머리 없는 그 손가락을 물끄러미 쳐다봤다. 날카롭게 튀어나온 울대뼈가 위아래로 까닥까닥 움직이고 있었다. 온 힘을 다해 말을 삼키고 있는 느낌이었다.

"내가, 내가 알아서 한다고, 빠지라고 했어, 안 했어."

손가락권총이 재차 팀장의 가슴을 찔렀다.

"내가, 내가 니들 할 일이나 하라고 했어, 안 했어?"

고라니는 손가락 총질에 자신감이 붙은 것 같았다. 세 번째로 같은 자리를 찔렀다.

"내가, 내가 우리 애들 패 죽이라고 너흴 쓰는 줄 알아?"

네 번째 찌르기. 비로소 팀장의 입이 열렸다.

"조용히 처리하고 싶었다면 내가 보고했을 때 왔어야지." 팀장의 목소리는 섬뜩할 정도로 고요하고 낮았다. 해일이 오기 직전, 해안가 물이 쭉 빠지는 것처럼.

"일전에도 당신은 보안팀 보고를 무시했다던데. 하필 내가 외출했을 때라 그냥 넘어갔지만 이번엔 안 통할 거요."

"하" 하는 헛웃음 소리와 함께 고라니의 눈이 천장으로 올라갔다가 곧 제자리로 내려왔다.

"지금 나를, 나를 협박하는 거야?" 고라니는 검지로 자기 가슴팍을 가리켰다.

"그 전에 걱정해야 할, 문제 없어? 네놈들, 입소자 폭행죄로 수갑, 찰, 걱정부터……."

"저기 세 사람."

팀장은 고라니의 말을 잘랐다. 시선은 엉덩이로 바닥을 밀면서 주방 뒷문 쪽으로 물러나고 있는 세 사람을 하나하나 짚었다. 울타리 5인방 중 사복 차림인 남자들이었다.

"어디서 온 누구요?" 팀장의 시선이 다시 고라니에게 돌아갔다.

"사복을 입은 걸로 봐서 입소자가 아닌 것 같은데."

"이 새끼, 이거 생각보다 모자란 놈이네. 입소자는 사복을 입지 말라고, 헌법에라도 적혀 있나?"

팀장이 물었다.

"몇 호 입소자들이오?"

"이봐." 고라니의 손가락권총이 다섯 번째로 팀장의 가슴을 찔렀다.

"내가, 내가, 분명히 말해두는데 관리 책임자는 나야, 나. 경비면 경비가 할 일……."

고라니는 말을 끝맺지 못했다. 팀장이 고라니의 손목을 낚아채 비틀어버린 것이었다. 고라니의 목과 얼굴이 한숨에 시뻘게졌다. 잡힌 손목을 빼려고 다른 손으로 팀장의 손을 잡았다가 그 손마저 붙들렸다. 어깨를 비틀어 빠져나가려고 용을 썼으나 팀장의 손은 요지부동이었다. 고라니가 한 번씩 움직일 때마다 조이고 비트는 힘이 두 배씩 증폭되는 모양새였다. 몇 초 지나지 않아 고라니의 이마에서 핏대가 툭툭 불거졌다. 눈알은 튀어나올 것처럼 부풀어 올랐다. 손목이 아니라 목을 졸린 사람 같았다.

내가 보기에 고라니는 자기 인식 체계에 심각한 결함이 있었다. 도발할지 덤빌지 도망칠지 판단 못하고 깐족대면 험한 꼴을 당하는 것이다. 나는 심판이 된 기분으로 소리 없는 카운트다운을 시작했다. 하나, 둘…… 아홉, 열.

"놔."

고라니의 입에서 울부짖음이 터졌다. 명백한 항복의 소리였다. 팀장은 고라니의 손목을 밀치듯 놓고 말했다.

"저 세 사람 어떻게 처리하는지 두고 볼 거요."

고라니는 꼴사나운 뒷걸음을 쳤다. 졸개로 보이는 양복 남자가 고라니의 몸을 받아서 세웠다. 당연한 얘기지만 고라니를 대신해 나서는 자는 없었다. 뼈가 부서지는 고통이 뭔지 꼭 겪어봐야 아는 것은 아니니까.

"사진 찍어놨으니까 어영부영 넘길 생각은 접어두시고." 팀장은 바지 주머니에서 휴대전화를 꺼내 고라니의 면전에 들이댔다.

"누군지 파악해서 알려주지 않는다면 재단에 보고할 거요."

팀장은 고라니와 졸개들 옆을 지나 주방 앞문으로 나갔다. 그제야 팀장의 오른쪽 다리가 조금 불편해 보인다는 것을 깨달았다. 미세하게 저는 것 같기도 하고, 뻗정다리 같기도 하고. 원래 그런 것인지 오늘 밤에 다친 것인지는 알 수 없었다. 팀장의 걸음새를 제대로 본 건 처음이었으므로.

팀장 뒤를 옥희 씨가 따라갔다. 어깨를 뒤로 젖히고 정장 패거리 하나하나와 눈을 맞추면서 지나갔다. 다음으로 제이가 나갔다. 마지막으로 부러진 지팡이를 쥔 내가.

식당 밖 복도는 구경꾼들로 북적거렸다. 젊은 남자도 있고 중년 남자도 있고 노인 남자도 있었지만 여자는 없었다. 하나같이 '삼애원'이라는 로고가 박힌 갈색 운동복 차림이었다. 조금 이상한 사람들이었다. 아까까지도 내다보는 이 하나 없다가 싸움이 다 끝난 후에 몰려와 북새통이라니.

그들은 우리가 지나갈 수 있도록 길을 터주었다. 우리의 등 뒤에선 누군가 고함을 지르고 있었다.

"다들 여기서 뭐 하는 거야? 호떡집 불났어? 가서 잠이나 자."

베토벤은 팀장의 옆방인 103호 문간에 서 있었다. 문손잡이를 잡고 머리만 밖으로 내민 자세였다. 헝클어진 은발 위엔 빨간 새가 우산 꼭지처럼 꽂혀 있었다. 우리가 보안사무실 앞에 다다르자 둘은 문을 닫고 안으로 사라졌다.

"어떻게 알고 왔나?"

의자에 앉으면서 팀장이 물었다. 나와 제이는 맞은편에 앉았다.

"비상 전화가 울려서요."

제이가 대답했다. 옥희 씨는 팀장 옆에 앉으며 고개를 갸웃했다.

“난 호출한 적 없는데. 비상구 문은 또 어떻게 열었대?”

“앵무새를 데리고 다니는 분이 열어줬습니다.”

제이는 여차저차 설명을 덧붙였다.

“그것참 이상하네. 그 노인네가 보안실 도어록을 어떻게 열었지?” 옥희 씨는 연방 고개를 갸웃거리다 팀장에게 물었다.

“팀장님은요?”

“나는 그냥 우연히.”

화장실에서 나오다가 식당에서 울리는 소리를 들었다고 했다. 이후는 우리와 비슷했다. 베토벤이 아니라 본인 손으로 비상구를 열었다는 것만 달랐을 뿐.

“팀장님까지 안 나섰어도 되는데.”

옥희 씨는 뚝 소리가 나게 목을 옆으로 꺾었다. 혼자 해결할 기회를 놓쳐 아쉽다는 표정이었다.

“그 사람들 혼자 상대하지 말라고 얘기했을 텐데.”

팀장의 말에 옥희 씨는 손끝으로 귀밑을 두어 번 긁었다.

“그게 그러려고 해서 그런 게 아네요.”

야간 순찰이 평소보다 늦었다고 했다. 다른 일을 하다 보니 새벽 1시가 됐고, 부랴부랴 순찰에 나섰는데 주방에서 사람들 목소리가 새어 나오더라는 것이었다.

“자정 순찰이 끝난 줄 알고 모였겠죠. 뒷문 잠가놓고 술을 마시는 것 같았는데, 그냥 모르는 척하려고 했어요. 지난번 사건도 있고 해서. 근데 창문으로 내다보니까 외부인이 끼어 있잖아요. 그것도 셋씩이나. 그래서 마스터키로 뒷문 따고 들어간 거예요. 좋은 말로 타일러서 내보내려고."

옥희 씨의 좋은 말이 듣는 이에게도 과연 좋은 말일까. 내 생각에 옥희 씨는 대화를 싸움으로 이끄는 야차 같은 혓바닥을 가지고 있었다.

"근데 이것들이 해산은커녕 나를 다구리 칠 자세로 포위하지 뭡니까. 제 놈들 쪽수가 많다 그거죠."

"혹시 자네는 사복 입은 남자들 본 적이 있나?"

팀장이 물었다.

"애동마을에서 온 놈들이에요. 삼애원에 있었던 놈들이고." 옥희 씨는 반박자 뜸을 들인 후 덧붙였다.

"이전 일도 그놈들 짓일 겁니다."

"자네가 그걸 어떻게 아는데?"

"안다기보다, 하는 짓이 그렇다는 거죠. 싸움판 벌일 때 보니까, 자기들끼리 합이 착착 맞더라고요. 한두 번 맞춰본 솜씨가 아녜요."

팀장은 의자 등받이에 기대며 나와 제이를 차례로 봤다.

"고생들 했네. 그만 가서 쉬지. 경주 씨는 아침에 교대도 해야 하고."

피곤이 묻어나는 목소리였다. 주방 전투에 대해선 더 할 말이 없다는 표정이었다. 우리는 방으로 돌아왔다. 젖은 옷을 갈아입고 자리에 누웠으나 잠이 오지 않았다. 몸이 여전히 흥분 상태였다. 의식도 극도의 각성 상태였다. 머릿속에선 수많은 물음표들이 이합집산하고 있었다. 왜 경찰을 부르지 않았을까. 그 정도 충돌이 일어났다면 불렀어야 맞는 것 아닐까. 외부인이라는 세 남자는 정말로 애동마을에서 넘어왔을까. 정말로 얼마 전에 있었다는 모종의 사건과 관계가 있을까. 그때도 오늘처럼 난리법석이었을까. 전임자 둘이 동시에 그만둔 건 그 때문일까.

제이가 벽을 향해 돌아누웠다. 그도 쉬 잠들지 못하는 기색이었다. 나도 벽을 향해 돌아누웠다. 잠시 잊고 있던 두통거리가 다시 등장했다. 부러진 백만 원짜리 지팡이는 어째야 하나. 왜 하필 그걸 나한테 줘가지고…….

나는 자는 것도, 깨어 있는 것도 아닌 몽롱한 시간을 보냈다. 어디선가 이상한 노랫소리가 들려올 때까지 쭉.

"아이다다 아이다 아이다다 아이다……."

곰곰이 들어보니 나도 아는 노래의 후렴구였다. 아버지가 술에 취하면 숟가락을 마이크 삼아 부르던 러시아 민요였다. 취업 이민 사기를 당한 아버지가 러시아에서 얻어 온 유일한 소득이기도 했다. 브로커에게 삼천만 원을 건네고 도착한 하바롭스크라는 도시엔 아버지가 일할 유도장 대신 CD 가게가 있었다고 했다. 남의 가게에 들어갔다가 그냥 나올 수 없었던 심성 '착한' 아버지는 CD 한 장을 샀다. 그것이 바로 저 〈볼가강의 뱃노래〉였다.

물론 직접 겪어서 기억하는 일은 아니다. 그때 나는 겨우 열 살이었으니까. 훗날 만경부동산 백 사장과 술자리에서 떠드는 얘기를 주워듣고 짜 맞춘 기억에 불과하다. 그렇기는 하나 사실에 가까울 거라 생각한다. 아버지가 '착한 놈'이긴 해도 거짓말쟁이는 아니었으므로.

"아이다다 아이다 아이다다 아이다……."

노래는 후렴구만 되풀이됐다. 성악 창법처럼 들렸지만 박자, 음정, 리듬, 어느 것 하나 맞지 않았다. 볼가강에 잠든 물귀신도 깨우겠다 싶을 만큼 성량만 웅대했다. 나는 결국 침대에서 일어나고 말았다. 손목시계는 6시 30분을 가리키고 있었다.

창밖은 아직 한밤이나 다름없었다. 건너편 침대의 주인도 한밤중이었다. 꿈자리 사나운 노래를 들으면서도 평온한 수면 호흡을 하고 있었다. 나는 어둠 속을 더듬어 양치 도구와 물컵을 찾아 쥐고 방문을 열었다.

"잠 좀 자자, 개새야. 쫌. 쫌. 쫌."

옥희 씨의 짜증 난 목소리가 나를 맞았다. 복도와 로비엔 불이 환하게 들어와 있었다. 옥희 씨는 보안실 뒤편에 서서 지붕을 향해 성을 내는 중이었다. 지붕 꼭대기에선 빨간 새가 노래하고 있었다.

"아이다다 아이다, 아이다다 아이다……."

1동의 방문들이 열리고 방 주인이 하나둘 나오기 시작했다. 누군가는 화장실로 가고 누군가는 욕실로 갔으나 대부분은 한 방향으로 움직였다. 일렬종대로 줄을 만들어 행진하듯 내 앞을 지나갔다. 거의 노인들이었다. 하나같이 머그 컵을 손에 쥐고 있었다.

행렬의 선두에 선 노인은 보안실 앞에서 걸음을 멈췄다. 빨간 새는 노래를 끝내고 선두 노인의 어깨로 내려앉았다. 행렬은 다시 움직이기 시작했다. 누군가는 와인 잔도 세울 수 있을 만큼 부푼 배를 내밀고, 누군가를 지팡이를 짚고, 누군가는 휠체어를 굴리면서 말없이 3동으로 들어갔다. 야릇하고도 으스스한 풍경이었다. 대체 저 빨간 새는 노인들을 어디로 데려가는 걸까.

"자기야, 나 좀 에스코트할래?"

남자인지 여자인지 구분되지 않는 목소리가 귀 뒤에서 말을 걸어왔다. 그와 함께 기다랗고 핏줄이 파랗게 도드라진 손이 내 팔뚝을 휘감았다. 애니메이션에서나 볼 법한 마녀의 손 같았다.

나는 손을 뿌리치는 대신 마녀 손의 주인을 돌아봤다. 젊은이가 아니라는 건 알겠는데 나이를 대중할 수가 없었다. 성별조차 모호했다. 남자치고는 지나치게 예뻤고, 여자치고는 목울대가 너무 컸다. 입술은 홍금강앵무를 잡아먹은 고양이처럼 빨갛고, 속눈썹은 너무 길어서 낙타 눈썹처럼 보였다. 정수리 위로 상투처럼 틀어 올린 머리엔 나무젓가락이 꽂혀 있었다. 다른 입소자처럼 갈색 운동복 차림도 아니었다. 청바지에 검은 스웨터, 새파란 카디건을 망토처럼 두르고 있었다. 나는 판단을 해보려 애썼다. 남성성이 강한 이웃집 누나인가, 여성성에 경도된 옆집 형님인가.

"자기야, 나 그만 뜯어보고 얼른 가자."

그 혹은 그녀가 낙타 눈썹을 펄럭이며 말했다. 나는 얼떨결에 그 혹은 그녀의 자기가 돼서 보안실 앞까지 진출했다. 깡마른 손의 악력이 어찌나 센지 도무지 팔을 뺄 수가 없었다.

"빨리 줄 끝에 붙으라니까. 미적거리다간 국물도 없어요."

보아하니 1동 맞은편인 4동에서도 사람들이 나와 합류하는 중이었다. 그 혹은 그녀는 나를 질질 끌고 가서 줄 끝에 붙었다. 보안실 뒤쪽에 선도부장처럼 팔짱을 끼고 서 있던 옥희 씨가 그 혹은 그녀에게 말을 붙였다.

"랑이 언니, 굿 모닝."

매우 감정 중립적인 인사였으나 히죽히죽 웃는 바람에 희롱으로 들렸다. 랑이 언니는 대답하지 않았다. 시선도 주지 않았다. 낙타 눈썹을 내려 표정을 감추고 입술만 움찔거려서 내게 속삭였다.

"재랑 놀지 마. 완전 저질이야."

옥희 씨는 희롱 대상을 나로 바꿨다. 쥐 이빨처럼 듬성듬성한 앞니를 드러내고 이상한 칭찬을 건넸다.

"야, 이 친구 친화력 좋다. 하룻밤 새에 랑이 언니랑 팔짱 끼고 카페 가는 사이가 됐네."

나는 뒤늦게야 랑이 언니가 들고 있는 컵을 봤다. 황금 장미가 그려진 도자기 찻잔이었다. 줄을 선 다른 이들도 제각각 컵을 하나씩 들고 있었다. 문득 나도 같은 걸 들고 있다는 사실을 깨달았다. 비록 양치 도구가 꽂혀 있긴 했지만.

줄은 빠르게 줄어들었다. 랑이 언니는 내 팔에 손을 건 채 앞으로 나아갔다. 왈츠를 추듯 부드럽게 미끄러지는 움직임이었다. 랑이 언니와 걷는 동안 3동에 있는 공간들이 하나하나 눈에 들어왔다. 복도 왼편엔 식당과 강당과 운동실. 오른편엔 매점, 휴게실, 도서관, 화장실, 양호실. 카페는 양호실 바로 옆인 3동 맨 끝 방이었다. 문에는 아크릴로 된 카페명이 붙어 있었다. '공달 카페.'

열린 문으로 커피 향이 번져 나오고 있었다. 차가운 새벽 공기를 녹이는 따뜻하고 달콤하고 강렬한 냄새였다. 감각을 홀리고 혼을 빼 가는 향이었다. 나는 주술에 걸린 사람처럼 문안으로 들어섰다.

초등학교 교실만 한 공간에 6인용 테이블 여섯 개가 놓여 있었다. 사람들은 벽을 따라 줄을 서 있거나 테이블에 앉아 커피를 마셨다. 카운터 가장자리엔 높은 횃대가 꽂혀 있고, 그 위에 빨간 새가 올라앉아 입장객을 내려다봤다. 횃대 옆에는 쿠키를 담은 바구니와 커피가 가득 담긴 드리퍼 다섯 개가 놓여 있었다. 카운터 뒤편의 개수대와 긴 작업대, 그라인더와 로스팅 기계, 스팀 머신 등도 건너다보였다. 벽 쪽에는 이동식 물품 거치대가 두 개 있었는데, 커피콩을 담은 유리병과 유리 플라스크, 찻잔, 그 밖에 용도를 알 수 없는 도구들로 채워져 있었다.

가장 놀라운 건 바리스타가 베토벤이라는 사실이었다. 드립포터를 들어 올리는 팔동작이 어딘지 어색하고 불편해 보였다. 손끝은 불안할 정도로 달달 떨리고 있었다. 와중에 빨간 새와 듀오로 노래까지 불렀다.

"오히 야하 오 오오오……."

함께 부르는 파트가 끝나자, 베토벤이 선창을 했다.

"닭장 속에는 암탉이."

빨간 새가 뒤를 받았다.

"알 다 부화했대."

알, 부화……. 번득 정신이 났다. 베토벤을 가까이하지 말라는 내 안의 빨간 깃발이 펄럭대기 시작했다. 도망을 치기엔 너무 때늦은 신호였다. 랑이 언니가 어느 틈에 내 컵을 빼앗아다가 베토벤 앞으로 쓱 밀어놓고 있었다.

"삼촌, 우리 자기는 특별한 걸로 부탁해." 랑이 언니는 나 대신 주문까지 해주었다. "어젯밤에 힘 좀 썼잖아."

이번에는 백만 원짜리 지팡이가 기억에서 튀어나왔다. 나를 괴롭히던 고민이 뒤를 따라 나왔다. 지팡이를 어떻게 하나. 내겐 그걸 물어줄 능력이 없는데.

"그런데 우리 자기 먹일 쿠키가 없네."

랑이 언니가 빈 쿠키 바구니를 집어 들고 흔들었다. 베토벤은 카운터 밑에서 뭔가를 한 움큼 꺼내 접시에 담더니 랑이 언니 앞으로 밀어주었다. 잣이었다. 빨간 새는 접시를 내려다보며 버럭 소리를 내질렀다.

"나는?"

베토벤은 빨간 새에게 흘깃 시선을 던졌다.

"먼저 랑이 언니 새 자기한테 인사해."

"내가 왜애?"

빨간 새가 눈을 사납게 번득이며 되물었다. 베토벤은 카운터 밑에서 뭔가를 꺼내 흔들었다.

"그럼 이건 우리끼리 먹는다."

잣방울이었다. 빨간 새의 눈알이 잣방울을 따라 세차게 흔들렸다. 잠시 후 주둥이가 열렸다.

"안녕하쎄…… 고옹달입……."

베토벤은 공달에게 잣방울을 던져주었다. 놈은 한쪽 발을 번쩍 들어 잣방울을 낚아챘다. 순간 발목에 찬 무언가가 실내등 불빛에 반짝 빛을 냈다. 검은 가죽에 도톰한 은장식이 붙은 인식표였다.

"나이스 캐치."

랑이 언니가 갈채를 보냈다. 베토벤은 내 컵에 커피를 따라주며 말했다.

"성은 공, 이름은 달, 내 아들 공달일세."

나는 내 컵에 담긴 커피를 들여다봤다. 홍차처럼 투명한 다홍빛이었다. 피어오르는 뽀얀 김에선 범상치 않은 향기가 났다. 일단 감사의 말부터 늘어놨다.

"감사합니다. 보안팀 임경주입니다. 그런데 그 어제……."

지팡이 이야기를 꺼내려다가 나는 입을 닫았다. 내 컵과 같은 양치 컵이 불쑥 시야로 들어왔다. 어깨 옆에선 귀에 익은 목소리가 들려왔다.

"저도 한 잔 얻어 마실 수 있을까요?"

제이가 내 곁에 서 있었다. 언제 왔을까. 좀 전까지도 자는 것 같더니. 베토벤은 별말 없이 그의 컵에 커피를 채워주었다.

"자기야, 여기 앉자."

랑이 언니는 맨 앞 테이블로 나를 끌고 가서 자기 옆에 앉혔다. 제이는 랑이 언니 맞은편에 와서 앉았다. 두 사람이 격식을 갖춰 목례를 나누는 사이, 나는 커피를 한 모금 마셔봤다. 혀가 델 만큼 뜨거웠다. 연하고 시큼하고 목 넘김이 부드러웠다. 삼키고 난 후엔 오묘한 꽃향이 여운처럼 혀끝에 남았다. 랑이 언니가 눈을 내 턱밑까지 들이밀고 물었다.

"어때?"

복잡 미묘한 쾌감을 남기는 향이었다. 나는 눈만 깜박거렸다. 입을 열고 답을 하면 황홀함이 빠져나갈까 봐.

"내가 제일 좋아하는 커핀데 이거 아무나 안 주는 거다."

랑이 언니는 베토벤에게 물었다.

"삼촌, 내 말 맞지?"

베토벤은 대답 대신 커피 잔을 들고 제이 옆에 와서 앉았다. 제이는 커피 맛을 한참 음미하더니 매우 문학적인 찬사를 바쳤다.

"장미 정원에 들어선 느낌입니다."

베토벤은 별 반응이 없었다. 미간을 찌푸린 채 오른쪽 상박 이두근을 주무르느라 바빴다. 물리치료사로서 판단컨대 어깨에 문제가 있어 보였다.

"우리 삼촌 바리스타야." 랑이 언니가 베토벤을 대신해 입을 열었다. "여기서 바리스타 클래스 강의도 해. 관심 있으면 이따 수업 시간에 들어와봐. 시간 남으면 내 수업에도 들어오고. 우린 잘생긴 학생들을 언제나 환영해."

팀장이 말했던 거주 강사가 베토벤과 랑이 언니인 모양이었다. 지금껏 품었던 여러 의문에 새로운 항목들이 추가됐다. 삼애원에서 장미 정원인지 뭔지 하는 커피를 얻어먹는 게 과연 정상인지. 저 값비싼 기계들과 선반에 꽉 찬 커피 원두, 공달 카페라고 따로 이름 붙인 방, 이런 걸 누가 다 제공하는지.

"저어, 어젯밤에……."

나는 부러진 지팡이 얘기를 꺼내려 했으나 또 실패했다. 랑이 언니가 손톱 끝으로 테이블을 딱딱 두들기며 내 말을 가로챘다.

"근데 자기는 몇 살이야?"

누구에게 묻는 것인지 시선이 애매했다. 나인지 제이인지. 나는 대답 대신 커피를 한 모금 더 들이켰다.

"우리 달이랑 친구 하면 좋을 것 같아서 그래."

이번엔 랑이 언니의 시선이 정확히 내 얼굴로 왔다. 나는 머금고 있던 커피가 목에 걸리는 걸 느꼈다. 그 바람에 호흡이 꼬이면서 기침이 터지고 얼굴이 확 달아올랐다. 머릿속에는 빨간 깃발이 다시 등장했다. 알 사기꾼도 아버지에게 그랬다지. 홍금강은 친구 하기 좋은 앵무새라네.

"왜 수줍어하고 그래? 둘이 사귀라는 것도 아닌데."

랑이 언니는 주먹으로 내 등을 두들겨주었다. 텅텅, 등짝에서 북소리가 났다. 여자의 것이라 생각하기엔 지나치게 박력 있는 주먹질이었다. 나는 대답했다.

"서른다섯입니다."

"와우, 이 총각 나이 야물게 먹었네."

랑이 언니의 눈길이 제이에게로 옮겨 갔다.

"그대는? 나이, 관등성명 대봐."

"보안팀 신입 박제이입니다. 나이는 이 친구랑 같습니다."

제이는 랑이 언니와 눈을 맞추고 환하게 웃었다. 친근하고 솔직해서 마음을 끄는 미소였다. 상대를 무방비 상태로 만드는 일격이었다. 웃는 게 서툰 나로선 신기하기 그지없는 표정이었다. 저런 미소는 타고나는 걸까, 연마되는 걸까.

"옴마야, 자기 끼쟁이구나."

랑이 언니는 화답으로 제이에게 한쪽 눈을 깜박여 보였다. 흔히들 윙크라고도 부르고 추파라고도 부르지만 랑이 언니의 눈짓은 담백했다. 문장으로 바꾸면 '이 친구 맘에 드네' 정도가 될까.

"근데 둘 다 서른다섯이라니. 너무 가슴 아프다."

랑이 언니는 기다란 손가락으로 심장 부위를 꾹 눌렀다. 진심으로 아픈 표정이었다. 하마터면 나는 내 나이에 대해 공손하게 사과할 뻔했다.

"실은 우리 달이가 이번 크리스마스에 스물아홉 살이 되거든. 자기들도 그 정도로 보여서 셋이 친구 하면 좋겠다 생각했는데."

"그러게 말입니다. 저도 제 나이가 몹시 가슴 아픕니다."

제이는 랑이 언니처럼 가슴에 손을 얹었다. 미소만큼이나 신기한 말본새였다. 안 돼요,라는 말을 저렇게나 길게 할 수 있다니.

"어떻게 안 될까." 미련을 버리지 못한 랑이 언니의 시선이 내게로 건너왔다. "우리 달이, 이 외딴 바닷가에서 친구 하나 없이 지내기엔 너무 꽃다운 나이잖아."

일부 동의가 가능한 말이었다. 알 사기꾼은 홍금강앵무가 여든 살까지 산다고 했다. 그게 사실이라면 꽃다운 나이가 틀림없었다.

"여섯 살 차이는 무시하기 좀 그런가?"

랑이 언니는 끈질기게 물었다. 나는 잠자코 커피 잔을 내려다봤다. 다홍빛 커피 밑에서 승주의 눈동자가 어른대고 있었다. 내게 죽도록 두들겨 맞던 밤의 황무지 같은 눈이었다. 녀석도 공달처럼 친구 하나 없는 꽃다운 스물아홉 살이었는데.

그때 나는 승주가 '꽃다운 존재'라는 생각 자체를 해보지 못했다. 사람 구실 못한다고 화를 내느라, 앵무새한테도 주어지는 저 따뜻한 연민을 품어보지 않았다. 어쩌면 나 역시 꽃다웠던 적이 없어서 그랬을지도 모르겠다.

"달아, 친구는 안 된대. 대신 친형처럼 의지하고 잘 지내봐."

랑이 언니가 손날로 우리를 가리켰다.

"여긴 ㅆ생이 세이 헝, 여긴 부끄럼쟁이 경주 형."

공달의 답은 들을 수 없었다. 오도독, 잣 까는 소리만 들었다.

5

첫인상으로 사람을 판단해서는 안 된다. 옥희 씨는 이 교훈에 부합하는 모범 사례였다. 말이 많은 인간인가, 했는데 알고 보니 과묵한 상사였다. 근무 첫날인데도 인수인계를 3초 만에 마치고 퇴근해버렸다. 내겐 딱 한마디를 남겼다.

"이거 잘 숙지해."

'이거'란, 책상에 놓인 업무 일지와 하늘색 파일을 가리키는 지시어였다. 파일엔 이런저런 공문서와 인쇄물이 들어 있었다. 오늘 무사히 근무를 끝내려면 한 번씩 읽어둘 필요가 있었다. 팀장이 오리엔테이션을 하겠다고 했지만 빨라야 월요일일 테니까.

나는 파일 내용물을 순서대로 꺼내서 책상에 쌓아두었다. 근무 규칙, 세부적 업무 내용, 비상시 행동 매뉴얼, 화재 시 행동 요령 및 비상벨 위치, 열쇠 관리, 삼애원 내부 구조 및 부속 시설, 순찰 범위와 경로, 각방 입소자 명단…….

CCTV와 데스크톱에 깔린 업무용 프로그램, 경비실용 인터폰 사용법 등도 독학 과목에 속했다. 공부하지 않고도 쓸 수 있는 물건은 세 가지 정도였다. 보안실 귀퉁이에 놓인 정수기와 커피포트, 책상 위에 펼쳐진 출입자 명부. 책상 아래 작은 서랍장엔 믹스커피와 컵라면 등이 채워져 있었다. 이 역시 설명서 없이도 먹을 수 있었다. 나는 믹스커피 한 잔을 타서 책상에 앉았다.

삼애원의 전체 구조부터 익히기 시작했다. 네 개의 동이 반원형 로비를 축으로 방사형 구조를 이루며 뻗어 있었다. 시계 방향으로 1, 2, 3, 4동이라는 명칭이 붙었고, 바다를 바라보고 있는 1동과 4동이 입소자 숙소였다. 산 쪽으로 나 있는 두 동 중 2동은 교육실과 행정사무실 및 직원 숙소, 3동은 식당과 편의 시설, 지하에는 세탁실과 기계실, 전기실이 있었다.

CCTV는 총 열네 대였다. 건물 규모에 비해서는 적은 숫자였다. 비상구 문에 설치된 출입 통제장치는 점호 후부터 새벽 6시까지 자동으로 작동되고, 수동 해제는 보안실에서만 가능했다. 따라서 야간 순찰을 할 때에는 일시 해제가 가능한 출입문 카드키와 마스터키를 각각 소지해야 했다. 키 없이 열고 나갈 수 있는 외부 통로는 각방 창문뿐이었다.

입소자 명단에는 알 만한 사람이 둘 있었다. 103호 주민인 베토벤과 랑이 언니로 본명은 공돈욱, 공이랑. 실제로 삼촌과 조카 사이였고, 아들 새인 공달까지 셋이 한방을 쓰고 있었다. 103호는 삼애원에서 가장 개체 밀도가 높은 방이자 공씨 집성촌인 셈이었다.

인상적이었던 건 삼애원의 편향된 성비 구성이었다. 입소자와 직원, 심지어 랑이 언니까지 남자였다. 이곳에 살려면 주민등록번호가

1로 시작해야 한다는 규칙이 있는 듯했다. 고립된 공간에서 남녀가 장기간 섞여 지낼 때 생길 수 있는 일을 원천 차단하는 조처가 아닐까 싶었다.

공문서 중에선 한 달 전 관리팀에서 보낸 것이 눈에 띄었다. 요약하면 이런 내용이었다. 점호 후 입소자의 방문을 열어보거나 무단으로 출입하지 말라.

입소자의 사생활 존중 차원이라면 이상할 게 없었다. 지난밤 주방 전투를 떠올려보면 이상한 공문이었다. 입소자들이 몰래 자기 방을 빠져나올 수 있었던 것도, 외부인을 주방으로 끌어들여 술 파티를 벌일 수 있었던 것도 이 공문 때문일 테니까. 그런 일이 또 일어난다면 책임 소재는 과연 어디에 있을지 궁금했다. 조건을 만들어준 관리팀일지, 막지 못한 보안팀일지.

"야, 야."

창문 너머에서 사람 소리가 들렸다. 나를 부르나 싶어 고개를 들었다. 한 번 본 바 있는 얼굴이 유리창에 붙어 있었다. 주방 전투에서 마무리 투수로 등장한 고라니의 정장 졸개 중 하나였다. 본데없게도 검지만 깐닥거려 창문을 밀라는 시늉을 했다. 나는 창문 대신 아래쪽 쪽창을 열고 그 앞에 다리를 벌리고 섰다. 정장 졸개는 허리를 굽혀 쪽창에 얼굴을 들이대고 내 사타구니를 향해 말했다.

"정문 열어. 소장님 들어오신다."

정장 졸개도 제 상사만큼이나 혀가 짧았다. 따지고 보면 저나 나나 똑같이 졸갠데. 나는 버튼을 눌러 정문을 열었다. 그다음에 뭘 해야 하는지에 대해선 판단이 서지 않았다. 현관까지 나가서 소장을 맞아야 하나, 여기 그냥 서 있으면 되나. 답은 졸개가 가르쳐줬다.

"뭐 하는 거야. 나와서 인사해야지."

나는 현관문을 열고 그 앞에 섰다. 정문으로 은색 벤츠가 들어오고 있었다. 어제저녁 이곳에 도착했을 때 봤던 차였다. 어느 틈에 튀어 나갔는지 정장 졸개는 주차장에서 대기 중이었다.

벤츠가 들어와 첫 자리에 섰다. 운전석 문이 열리고 고라니가 내렸다. 정장 졸개는 90도 허리를 유지한 채 차 뒷문을 열었다. 거구의 사내가 차에서 내렸다. 키는 크지 않았으나 몸통 체적이 멧돼지만 했다. 소장이 허리를 펴고 서자 정장 졸개의 머리가 무릎 아래로 내려갔다. 진입로 눈을 치우던 청소팀 역시 일제히 소장을 향해 같은 각도로 허리를 접었다.

고라니는 언제 나간 것일까. 아침 일찍? 아니면 어젯밤에? 생각은 지난밤 주방 전투에서 만난 '외부인' 셋에게로 뻗어갔다. 아직 삼애원에 있을까. 아니면 날이 밝기 전에 나갔을까.

소장은 두꺼운 목을 앞으로 쭉 빼고 이경이경 걸이 현관에 도착했다. 내 앞을 지나쳐 안으로 들어가나 싶었는데 돌연 걸음을 멈췄다. 의당 받아야 할 인사가 없었다는 걸 뒤늦게 깨달은 듯 고개를 젖혀 나를 봤다. 나는 슬쩍 머리를 숙였다가 열중쉬어 자세로 바꿔 섰다. 가파르게 깎인 소장의 너른 이마가 내 눈 밑에 있었다. 툭 불거진 눈썹 뼈 밑에선 현저하게 크기가 다른 짝눈이 이렇게 묻고 있었다. 이 새낀 뭐야.

"어제 난동 피운 경비 중 하납니다."

소장 뒤에 붙어온 고라니가 나를 대신해 나를 소개했다. 이어 소장을 대신해 내게 말씀하셨다.

"너네 팀장한테 가서 소장님 오셨다고 전해."

내 귀에는 이런 말로 들렸다. 너희들은 이제 좆됐다.

소장은 몸을 돌려 안으로 들어갔다. 이하 졸개들이 뒤를 따라갔다. 나는 현관문을 닫고 보안실로 돌아왔다. 팀장 방에 전화를 걸어 고라니의 말을 전했다. 잠시 후 근무복 차림의 팀장이 2동으로 들어갔다.

다시 공문서를 읽어보려 했지만 집중이 되지 않았다. 신경이 온통 2동 소장실로 가 있었다. 휴일에 소장이 나온 이유가 뭔지, 왜 팀장을 불렀는지는 굳이 추측할 필요가 없었다. 소장이 주방 전투에 대해 어떤 판결을 내릴지도 짐작이 됐다. 자기 부하들을 때려눕힌 공로로 상을 줄 리는 없었으므로. 출근과 동시에 내 목은 단두대에 걸린 셈이었다.

팀장이 보안실 창문을 두들긴 건 30분 정도가 지난 후였다. 별일 없느냐 물었다. 무덤덤한 표정에선 아무것도 읽을 수 없었다. 내가 보안실 문을 열려 하자 팀장은 눈짓으로 제지했다.

"무슨 일이 생기면 직접 나서지 말고 나한테 바로 연락해."

팀장은 자기 방이 아닌 보안팀 사무실로 들어갔다. 아직 단두대의 칼이 떨어지지는 않은 모양이었다.

나는 '순찰 중' 팻말을 창문에 세워두고 보안실을 나섰다. 주머니엔 입소자 명단이 들어 있었다. 입소자의 방과 이름과 얼굴을 연계해서 기억하려면 직접 대면이 필요했다. 외부인이 그들 틈에 섞였을 때 직관적으로 골라낼 수 있도록. 지난밤 같은 일이 다시 벌어지지 않는다는 보장이 없었으니까. 한 번 본다 해서 완전하게 기억할 수는 없겠지만 '거의 완전하게'는 가능했다.

우렁이에게도 두렁을 넘는 꾀가 있듯 내게도 타고난 재주가 하나 있다. 기억하는 재주다. 내 관심사 안에 들어온 자라면 얼굴이나 목소리를 정확하게 기억한다. 그에 대한 정보도 부록으로 저장된다. 병원에서 내 환자였던 사람은 물론 그의 가족까지도 헷갈려본 적이 없다. 내가 물리치료실 단골 노인들에게 최고 인기 스타였던 비결 중 하나다. 자가 진단을 해보자면 뇌의 방추상회가 극단적으로 발달한 경우가 아닐까 싶다.

나는 104호부터 124호까지 1동 방을 죽 돌았다. 대부분 새벽 나절 공달 카페에서 만났던 노인들이었다. 신입 인사차 왔다고 하자 그들은 비슷한 답을 들려주었다.

“좀 전에 너 같은 놈 하나 왔다 갔는데.”

‘너 같은 놈’은 아마도 제이일 터였다. 새벽녘 공달 카페에 불쑥 나타난 걸 생각하면 그리 이상할 일도 아니었다. 제이도 땅강아지처럼 빨빨거리고 돌아다니는 중인 것이다. 목적이 있어서인지, 원래 성미가 그렇게 생겨먹은 것인지는 모르지만.

입소자들은 알아서 자기 이름을 대고 악수를 청해왔다. 어떤 노인은 자연스럽게 내 어깨를 감싸안으며 사진을 찍어달라고 했다. 제이가 그렇게 한 모양이었다.

1동에 비해 평균연령이 낮다는 4동은 대부분 방이 비어 있었다. 각 분야에 고용된 일용직들이 사는 방이었고 다들 근무 중이었다. 조리사와 칼잡이 역시 보이지 않았다. 칼잡이의 공식 직책은 ‘감독님’이라는데 어디서 뭘 감독하는지는 알 수 없었다. 나머지 백수들은 식당 앞 휴게실에 모여 있었다.

휴게실은 다른 곳과 달리 온돌방이었다. 백수팀은 소파나 방바닥에 앉아 안쪽 벽에 걸린 대형 TV를 보고 있었다. 채널은 YTN 뉴스에 맞춰져 있었다.

"……육십대 남성이 잔혹하게 살해된 채 발견됐습니다. 비슷한 사건이 한 달 사이에 벌써 세 번째 일어난 것인데요……."

나는 안으로 들어서려다 멈칫했다. 사람들 사이에 제이가 끼어 앉아 있었다. 특유의 친화적 매력과 눈웃음을 현란하게 구사하면서 한 남자와 얘기를 나누는 중이었다. TV 소리 때문에 대화 내용은 들리지 않았다. 남자가 메모지에 뭔가를 적어 제이에게 건네는 것만 보였다. 호구조사 중인가 싶었다. 후발 주자인 내 쪽에서 물러나는 게 맞을 듯했다. 한 장소에서 둘이 같은 짓을 벌이는 건 모양이 좀 이상할 테니까.

"자세한 내용은 용산 노숙자 텐트촌에 나가 있는 김영철 기자를 불러 들어보겠습니다……."

문을 닫으려다 다시 멈칫했다. 용산이라고…….

화면은 뉴스 룸에서 폴리스 라인이 둘러진 현장으로 전환됐다. 기자가 서 있는 곳은 나도 아는 장소였다. 쓰레기와 종이 박스가 쌓여 있는 숲속 한구석, 승주가 발견된 곳이었다.

기자가 말하길 세 사건에는 세 가지 공통점이 있었다. 하나는 피해자가 노숙자라는 점이었다. 범행 장소는 각각 달랐다. 첫 희생자는 서울역 근처에서, 다른 희생자는 부산역 근처에서, 이번 희생자는 용산 텐트촌에서.

두 번째는 모두 유심이 없는 휴대전화를 지니고 있었다는 점이었다.

세 번째로 그들은 누군가가 건넨 술을 마신 후 죽음을 맞았다. 경찰은 연쇄살인이라는 쪽에 무게를 싣고 수사하고 있다고 했다.

"아니, 왜 하필 우리 노숙자야. 우린 막 죽여도 되는 사람인가?"

누군가가 투덜댔다. 다른 누군가가 자기 의견을 내놨다.

"경찰이 헛다리 짚는 걸 수도 있지."

사람들의 눈이 '다른 누군가'에게 쏠렸다. 나도 다른 누군가를 눈으로 찾았다. 소파에 한쪽 다리를 세우고 앉아 있는 사십대 남자였다. 곰방대처럼 생긴 액상형 전자담배를 어찌나 숨차게 빨아대는지 주변 공기가 희뿌옜다. 얼굴을 전체 그림으로 보기가 어려울 정도였다. 이목구비의 부분부분이 니코틴의 포연 위로 드러났다 가라앉았다 했다. 코가 나타나면 눈이 사라지고, 입이 나타나면 코가 사라졌다.

"내가 올 10월까지 용산 텐트촌에 있었잖아. 거기 있을 때 젊은 애가 하나 죽었는데 그 애를 두고 야릇한 소문이 돌았단 말이지."

야릇한 소문에 대한 이야기는 쭉 이어지지 않았다. 곰방대만 빨고 있는 걸로 봐서 청중의 분위기가 안달복달 수준으로 달아오르길 기다리는 눈치였다. 나로 말하면 안달복달을 넘어서 소리쳐 묻고 싶은 심정이 됐다. 그러니까 용산 텐트촌에서 죽은 젊은 애가 어쨌다는 거냐고.

"여기 혹시 롤라라는 말 들어본 사람 있어?"

곰방대가 마침내 입을 열었다. 대답하는 자는 없었다. 청중의 시선만 일제히 곰방대의 입에 꽂혀 있었다. 내 머릿속에선 기억이 되감겼다. 만경부동산 백 사장의 전화로 잠에서 깨어났던 아침, 텔레비전에서 흘러나오던 뉴스가 생생하게 재현됐다.

……세계 최대의 IT 기업 엑스와 글로벌 제약 회사 SG바이오가 손잡고…… 인류의 마지막 숙제, 죽음을 극복하는 프로젝트…….

"언뜻 들으면, 사이비 종교 교리 같은 얘긴데 말이지."

곰방대가 한 박자 말을 끊었다. 실내는 고요해졌다.

"어마무시하게 돈이 많은 미국의 한 생명공학 회사가 인간이 죽지 않는 방법을 찾았다는 거야. 아니다, 죽지 않는 게 아니지. 신과 같은 능력을 가진 새로운 인종이 된다지, 아마. 뭐든 가질 수 있고, 뭐든 할 수 있고, 뭐든 될 수 있다는데, 내 생각엔 그 정도면 신과 같은 게 아니라 그냥 신이야. 아무튼 그 회사가 세계 최고의 게임 회사와 손을 잡고 신들이 거처할 세상을 만들었다 이거야. 부자도 없고, 가난한 자도 없고, 병든 자도 없는 세상. 모두가 평등하고 자유롭게 사는 영원한 천국."

"그게 롤라야?"

누군가가 물었다. 곰방대는 즉각 답을 내놓지 않았다. 곰방대만 대여섯 번 거푸 빨았다.

"아, 진짜. 뜸 한번 오지게 들이네."

누군가가 버럭 소리를 질렀다. 곰방대는 누군가를 곁눈으로 쏘아본 후 이야기를 재개했다.

"근데 말이지. 천국을 만들었으면 일단 실물 인간을 보내봐야 하잖아. 정말로 안 죽고 신이 되는지 확인해야 할 거 아냐. 본선 티켓을 가진 VIP 투자자들을 안전하게 모시려면 예선 리그를 뛰어줄 선수가 필요하다, 이 말씀이지. 그래서 인종별로 골고루 선수들을 선발했다는 거야. 시험에 실패해서 우주의 먼지로 사라져도 뒤탈이 없을 무연고자로, 비밀리에."

스르르 맥이 빠지는 기분이었다. 듣고 보니 경찰이 쫓고 있다는 롤라행 티켓 사기꾼 이야기였다.

"그게 노숙자란 말이지?"

누군가가 엉덩이를 들썩이며 물었다. 곰방대는 손가락을 딱 소리가 나게 튕겼다.

"그렇지. 때가 되면 데려갈 수 있도록 선수들 핸드폰에 롤라 유심을 심어놨다는 거야. 나는 저 살인 사건들이 그 유심과 관계가 있다고 봐. 아까 기자도 그랬잖아. 죽은 사람들 모두 휴대전화에 유심이 없다고."

"니미, 내 귀에 캔디 같은 소리 하고 자빠졌네."

제이와 대화를 나누던 남자가 돌연하게 끼어들었다. 이 화제가 몹시 거슬리는 기색이었다. 테이블에 놓인 리모컨을 집어 들더니 TV 채널을 낚시 방송으로 돌려버렸다.

"어이, 윤식 씨. 아무리 그렇다고 채널을 니 맘대로 변경하면 안 되지."

누군가는 윤식 씨의 태도를 지적했다.

"다들 우리 노숙자랑 관련된 중대한 뉴스를 보고 있는데, 이것이 뭔 경우야?"

나는 윤식이라는 이름을 명단에서 찾아냈다. 1동 입소자로 123호에 거주하고 있었다.

"아, 우리 노숙자랑 하던 얘기나 하셔. 나는 낚시 프로 볼 테니까."

윤식 씨와 누군가는 채널 문제로 티격태격하기 시작했다. 사람들의 관심은 둘의 싸움 쪽으로 옮아갔다. 제이는 뒤로 물러앉아 이 싸움을 지켜보고 있었다. 다른 누군가가 롤라에 대해 물었다.

"아무리 그렇다고 해도 사람을 죽여서 유심을 빼 간단 말이야? 좀 말이 안 된다."

"야야, 우리끼린 좀 솔직해지자."

자기 이야기의 신빙성에 타격을 받은데다 대중의 관심마저 줄어들자, 곰방대의 목소리가 한 옥타브 올라갔다. 말의 속도도 눈에 띄게 빨라졌다.

"너 말이야, 롤라 얘기 듣고 막 가슴이 뛰지 않았냐? 그 유심 내 것이면 좋겠다, 그런 생각 안 들었어? 이름표가 달린 것도 아니고, 법으로 소유권이 있는 것도 아니고, 핸드폰에 유심만 끼우고 있으면 롤라에서 천국으로 모셔 간단 말이지. 내 맘 짚어서 남의 맘도 보는 거야. 난 솔직히 혹하더라. 누군지 몰라서 그렇지, 알기만 하면 그냥……."

잠시 입을 닫고 있던 다른 누군가가 곰방대의 말을 일정 부분 인정했다.

"그렇긴 해. 예전에 유튜브에서 그런 영상 봤는데 정신 나간 헛소리다 하면서도 혹시 하는 마음이 생기던데."

또 다른 누군가도 자기 의견을 피력했다.

"설마 진짜겠어. 사기꾼한테 놀아난 거지. 예전에도 뭔 목사한테 재산 다 바치고 천국에 올라갈 거라고 산속에서 대기 타던 인간들 있었잖아. 휴거파인가 뭔가. 그 머저리들은 지금 뭐 하고 사나 몰라."

"아니, 일단 진짜라고 가정을 해보자니까." 곰방대가 말했다. "우리 삼애원에도 선수가 있다 치자고. 그게 밖으로 알려지면 어떨 거 같아? 바깥세상 인간들이 뭔 짓을 할 거 같냐고?"

이 지점에서 청중의 관심이 일제히 곰방대에게 돌아왔다. 질문이 열광적으로 터져 나왔다.

"삼애원에도 선수가 있어? 누군지 알아?"

"선발 기준이 뭔데? 로토같이 추첨하나?"

"언제쯤 선수를 부른대?"

"롤란지 뭔지 그걸 어디에다 만들었대? 달에다? 우주에다?"

대중의 관심에 힘을 얻은 곰방대의 목소리가 한 옥타브 더 올라갔다.

"봐라, 봐라. 우리 안에 선수가 있다니까 다들 어질어질하지? 계산 바로 나오잖아. 돈 들고 찾아오면 그나마 양반이지. 칼 들고 올 놈이 세상천지에 널리고 깔렸다고. 거액 주고 청부할 놈은 없겠어? 까놓고 말해서 우리 중 누구한테 5억 줄게 유심 가져와라, 하면 눈 뒤집히지 않을 놈이 몇이나 있겠냐고."

다른 누군가가 물었다.

"근데 용산에서 죽은 젊은 애랑 저 살인 사건이랑 뭔 관곈데?"

마침내 내가 원하던 질문이 나왔다. 만약 끝까지 나오지 않았다면 나는 직접 들어가 물었을 것이다.

"아니, 걔는 살인 사건과 관계있는 건 아냐." 곰방대가 이번에는 뜸 들이지 않고 대답했다.

"롤라에서 데려간 거 아니냐는 소문이 돌았다는 얘기야. 여러 가지로 이상한 점이 많았거든. 텐트촌 주민도 아니고, 몇 날 며칠 숲속에서 혼자 지내던 애라."

"그 동네에 이상한 놈이 한둘이야? 밤에 몰래 들어와서 목매는 일반인도 있다던데."

다른 누군가가 토를 달았다. 곰방대는 곰방대를 좌우로 흔들어대며 반박했다.

"자살도 아니고 타살도 아니었다니까. 사인을 못 찾았어요. 경찰이 서둘러서 자연사로 결론 내버렸단 말이지. 자연사하기엔 너무나 젊은 앤데. 가족이 부검 요청을 했는데 그것도 거절했다더라고."

"그렇다고 그게 롤라에서 데려갔다는 증거는 아니지."

다른 누군가가 의심을 거두지 않자 곰방대는 근거를 댔다.

"시신을 처음 발견한 사람이 그러는데 뒤통수에 구멍이 나 있었대. 그게 표식일 거라고 다들 그러던데."

"아니, 그럼 더 문제 아냐? 그 아이가 롤라에 간 거라면 몸이랑 같이 가야지. 몸은 시체가 돼서 텐트촌에 남았는데 그게 어떻게 살아서 천국에 간 거냐고. 죽어서 귀신이 간 거지."

곰방대는 잠시 머뭇대다 자신 없는 목소리로 대꾸했다.

"영생을 얻으려면 이생의 육신은 버려야 한다는 성경 말씀도 있잖아."

나는 기억을 더듬어봤다. 하느님이 그런 말씀을 한 적이 있던가. 성경을 읽어보지 않아 반박은 못하겠으나 곰방대의 말이 헛소리라는 건 장담할 수 있었다. 우선 사실관계부터 틀렸다. 승주는 부검을 했고 뒤통수는 말끔했다. 구멍은커녕 땜빵 자국 하나 없었다.

둘째, 롤라라는 세계관은 인류 역사에서 퇴출된 적이 없는 인기 콘텐츠였다. 구원의 논리는 수천 년 전과 똑같았다. 이름을 천국에서 롤라로 개명하고 교리를 21세기식으로 각색했을 뿐이었다. 텔레비전 뉴스가 벌써 그에 관한 핵심 단서를 확인해줬다. SG바이오라는 제약회사는 지구상에 존재하지 않는다,라고.

그런데도 사람들은 천국이 있고 선수단이 대기 중이라는 말에 솔깃한 눈치였다. 말하기도 새삼스럽지만 이 세상에 넘쳐나는 게 심성만 착한 자들이었다. 배 속에서 신물이 솟구치는 느낌이었다. 화가 나는 것 같기도 하고, 서글픈 것 같기도 하고, 넌더리가 나는 것 같기도 했다.

나는 휴게실 문을 닫고 물러섰다. 승주의 죽음이 이런 식으로 각색돼서 세상천지를 떠돌다 내 귀에 와닿을 줄은 상상조차 못해봤다. 심란했던 나머지 걸음에 정처가 없었다. 문득 정신이 들고 보니 3동 비상구 바깥에 서 있었다. 고개를 들자 세 개의 거대한 창고가 눈에 들어왔다. 삼애원 조감도대로라면 오른쪽부터 기계 창고, 물품 창고, 식자재 창고였다.

3동 비상구에서 20여 미터 떨어진 곳에는 잣나무가 한 그루 있었다. 높이로나 둥치 둘레로나, 생김새로도 내 집 마당의 잣나무와 비슷해 보였다. 다만 쓰임새가 달랐다. 내 집 잣나무가 포토 존이라면 이곳 잣나무는 흡연 존이었다. 나무 밑둥치에 간장독만 한 항아리가 놓여 있고 '흡연 구역'이라는 팻말이 붙어 있었다.

항아리 옆에는 한 남자가 쪼그려 앉아 담배를 피우고 있었다. 주방 전투에서 팀장의 밥이 됐던 칼잡이였다. 나는 반사적으로 도주 충동을 느꼈다. 목줄이 풀린 채 동네 골목을 어슬렁내는 사나운 개와 마주친 기분이었다. 즉각 몸을 돌려 3동으로 되돌아가고 싶었다. 놈이 나를 콕 집어 주시하면서 몸을 일으키지 않았다면 그리했을 것이다. 등을 보이는 건 물릴 기회를 주는 거나 마찬가지였다.

나는 순찰 나온 양 자연스러운 보폭으로 흡연 구역을 향해 걸었다. 눈 쌓인 길 위에는 발자국들이 어지럽게 겹쳐 있었다. 담배를 피우러 오간 이들의 발자국일 터였다. 지금은 칼잡이 말고는 아무도 없었다. 칼잡이는 팔짱을 끼고 서서 내가 다가오는 걸 지켜봤다. 담배를 잇새에 물고 있어서 그런지, 연기 때문에 한쪽 눈꼬리를 접고 있어서인지 실실 웃는 것처럼 보였다.

"아, 네 머리통에다 기스 낸 놈."

칼잡이가 잇새에서 담배를 뽑아내며 말했다. 찡그린 한쪽 눈은 계속해서 나를 주시하고 있었다.

"뭘 조심해, 등신아."

놈은 누군가와 통화를 하는 모양이었다. 양쪽 귓바퀴에 빨래집게 모양의 까만 이어폰이 걸려 있었다.

"혼자 있으니까 나를 쳐다보지도 못하는 쪼다구먼."

나는 평온하게 숨을 쉬려고 안간힘을 썼다. 쫄지 않으려고 어깨와 다리에 힘을 주었다. 시비 걸 빌미를 주지 않으려고 앞만 보고 걸었다. 물론 그런다 해서 무탈하게 지나갈 수 있는 건 아니었다. 칼잡이 앞에 도달한 순간 퉤 소리와 함께 침이 날아와 운동화 끝에 떨어졌다.

"그럴까? 심심한데 회나 좀 쳐봐?"

칼잡이의 목소리는 동네방네 다 들릴 만큼 우렁찼다. 나는 반응하지 않았다. 회 치겠다는 쪼다가 나인지 확실하지 않았고, 나라고 한들 어찌해볼 상황도 아니었으므로 가던 길을 갔다. 종종걸음치고 싶은 마음을 억누르고 칼잡이 앞을 지나쳐 식자재 창고 옆길로 올라갔다. 앞만 보고 걸었으나 앞을 거의 볼 수 없었다. 감관을 총동원해서 보고 있는 건 내 움직임을 따라오는 등 뒤의 눈이었다.

내 보폭은 점점 커졌다. 한 발짝 뗄 때마다 장딴지가 움찔거렸다. 이빨 새에 담배를 문 칼잡이가 히쭉히쭉 웃으며 스카이 콩콩을 타고 쫓아오는 것 같아서. 아무래도 등 뒤 바다에서 울리는 쿵쿵 소리 탓이지 싶었다. 이곳에 온 후로 계속해서 듣고 있는 저 소리의 정체를 알려면 바다에 내려가봐야 할 것 같았다. 그러니까 칼잡이의 시야를 벗어난 후에.

식자재 창고 옆에 도착하면서 나는 새로운 사실을 하나 깨달았다.

눈 위로 찍혀 있는 발자국에 변화가 있었다. 흡연 구역까지 나 있던 발자국들은 흡연꾼들이 남긴 발자국이었다. 흡연 구역을 지나면서부터 발자국은 눈에 덮여서 형태가 흐릿해졌다. 눈이 그치기 전에 누군가 이 길을 걸어갔다는 추측이 가능했다. 한 사람이 아닌 여러 사람의 것이었고 모두 같은 방향으로 향하고 있었다. 불현듯 옥희 씨의 말이 떠올랐다. '애동마을에서 온 놈들이에요. 삼애원에 있었던 놈들이고. 이전 일도 그놈들 짓일 겁니다.'

나는 계속해서 발자국을 따라갔다. 창고 위쪽으로 쭉 올라가 숲으로 둘러싸인 언덕배기에 이르자 철망 담장이 나타났다. 담장 한쪽에는 쪽문이 있었고 주먹만 한 자물쇠가 채워져 있었다. 발자국은 쪽문을 넘어 산으로 들어가는 오르막길까지 쭉 이어졌다.

그 지점에서 발자국 따라가기를 멈췄다. 더 갈 명분도, 이유도 없었다. 담장을 따라 느릿느릿 움직이면서 곁눈으로 발아래를 내려다봤다. 흡연 구역이 식선으로 내려다보였다. 길집이는 아직 그곳에 있었다. 내가 내려오기를 기다리는 눈치였다.

당연한 얘기지만 그 길로 돌아갈 마음은 없었다. 나는 담장을 따라 계속 걸어가서 물품 창고를 지난 다음 2동 비상구로 내려갔다. 원내로 들어서자 귀를 먹먹하게 하던 긴장과 한기가 가셨다. 귀가 열리자 피아노 연주와 노랫소리가 들리기 시작했다.

"……마리아 그라치아 플레나……."

텔레비전이나 라디오 소리가 아니었다. 누군가 실제로 노래를 부르고 있었다. 해금 소리처럼 가느다랗고 쨍한 음색의 소프라노였다. 아니다. 여기엔 여자가 없으니 카운터테너라고 해야 할까.

나는 노래가 새어 나오는 음악교육실 문을 조금 열어봤다. 피아노 위에 앉아 있는 공달이 먼저 눈에 띄었다. 놈의 시선은 피아노 옆에 서서 노래하는 남자에게 붙박인 상태였다. 피아노 연주자는 뜻밖에도 랑이 언니였다.

"마리아 그라치아 플레나……."

한 소절 더 진행됐을 때 랑이 언니가 연주를 멈췄다. 남자도 노래를 멈췄다.

"지난번 발성 교정할 때 했던 얘기, 귓등으로 들었나 보다."

랑이 언니는 건반에서 손을 내리고 턱만 틀어 남자를 봤다. 남자는 입을 꾹 다물었다.

"반가성 쓰지 말라고 했을 텐데."

랑이 언니의 말투는 새벽녘 카페에서처럼 나긋나긋하지 않았다. 목소리는 나직하고 어조엔 날이 서 있었다.

"지금 그대 입에서 나온 건 노랫소리가 아니야. 귀신 소리야."

조금 의외였다. 랑이 언니가 뭘 가르친다는 건 알았으나 종목이 노래일 줄은 몰랐다. 남자의 얼굴에선 서서히 핏기가 가시고 있었다. 귀신 소리라는 말에 충격을 받은 기색이었다. 나아가 분노한 것 같았다. 남자는 눈을 치떠 랑이 언니를 쏘아봤다.

"제가 배운 바가 없어서 그러는데, 선생님께서 몸소 그 노랫소리 좀 들려주세요."

랑이 언니는 말없이 남자를 마주 보다 건반에 손을 올렸다. 전주가 끝나면서 노래가 시작됐다.

"아베마리아, 그라치아 플레나……."

생물학적 경계를 단숨에 지우는 목소리였다. 천상에서 울리는 종소리를 듣는 것 같았다. 노랫소리와 귀신 소리의 차이를 분명하게 알려주는 노래였다. 나로 말하자면 노래에 대해 쥐뿔도 모르는 막귀였으나, 청량하고 힘 있는 목소리 밑으로 저류처럼 휘도는 '무언가'는 느낄 수 있었다. 숨을 멈추고 귀를 기울이게 만드는 무언가. 그 무언가는 내게로 와서 새파랗게 타는 슬픔이 되었다. 나는 숨길을 닫고 눈을 감았다.

"마리아 그라치아 플레나……."

껌껌한 눈꺼풀 안에서, 만경유도장을 맨발로 뛰어다니던 네 살배기 승주가 나타났다가 사라졌다. 캠핑카를 빌려 바다에 가자던 승주의 장밋빛 광채가 나타났다가 사라졌다. 마당 잣나무 앞에 우두커니 서 있던 승주의 모습이 나타났다가 사라졌다. 제가 만든 기차역 안에 미동도 없이 앉아 있던 승주가 나타났다가 사라졌다. 내게 얻어맞던 밤, 물끄러미 나를 보던 승주의 황무지 같은 눈이 나타났다가 사라졌다. 승주가 눈을 감고 누워 있던 시체 안치대가 나타났다가 스르르 사라졌다.

"……마리아 그라치아 플레나 아베 아베 도미누스 도미누스 테쿰……."

혀 밑에 시디신 침이 고이고 있었다. 뜨겁고 아픈 덩어리가 식도를 비집고 올라왔다. 목젖이 조여들고 뜨뜻한 물기가 속눈썹 뿌리까지 차올랐다. 더 듣고 있다가는 물색없이 눈물을 쏟을 것 같아 허둥지둥 눈을 떴다. 뜨자마자 공달과 시선이 딱 마주쳤다. 놈은 눈알을 사악하게 번득이더니 목을 쭉 뽑아 올리고 소리 질렀다.

"꺼져."

그렇지 않아도 꺼질 참이었다. 놈이 소리만 지르지 않았다면 감쪽같이 꺼졌을 것이다. 적어도 문손잡이에 매달린 자세로 굳어지는 일은 없었을 것이다. 랑이 언니는 뒤늦게 노래를 멈추고 뒤를 돌아봤다. 나를 부르는 것도 같았으나 나는 문을 닫아버렸다. 쾅 소리가 복도를 뒤흔들 만큼 세차게. 고의가 아니었다. 당황한 나머지 힘 조절을 못한 탓이었다.

달리기에 가까운 속도로 2동을 빠져나왔다. 보안실을 그냥 지나쳐서 현관문을 열고 밖으로 나갔다. 눈 쌓인 앞마당을 돌진하듯 가로질렀다. 따가운 열감이 발끝에서 얼굴로 빠르게 올라오고 있었다. 이 불꽃들이 화염으로 번지기 전에 몸을 식혀야 했다. 찬 바람이 필요했다.

가닿은 곳은 바다로 내려가는 '해변 계단' 입구였다. 양쪽 난간 사이에는 쇠사슬이 걸려 있고, '출입 금지' 팻말이 달려 있었다. 나는 팻말 앞에서 걸음을 멈췄다. 가만히 서서 시선으로만 주변을 둘러봤다. 계단 오른편은 잣나무 군락지였다. 1동 비상구까지 이어지는 기다랗고 빽빽한 숲이었다. 온전히 잣나무로만 이뤄진 걸로 미루어 수익 창출을 목적으로 조성한 고밀도 조림지가 아닌가 싶었다. 베토벤이 공달에게 던져주는 잣 방울도 저곳에서 나왔을 것이고.

거친 바람이 뺨을 때리고 귀 뒤로 미끄러졌다. 바다에는 납빛 하늘이 낮게 드리워져 있었다. 먼 수평선에선 뗏장 구름이 함대처럼 진격해오는 중이었다. 검푸른 파도는 크고 작고 흰 유빙들을 끌고 해변으로 몰려들었다.

비로소 나는 알게 되었다. 끊임없이 들려오던 쿵 소리의 정체가 뭔지. 먼바다로부터 밀려온 유빙이 갯바위나 이미 밀려와 있던 유빙 덩어리와 충돌하며 내는 굉음이었다. 한 번씩 부딪칠 때마다 산산이 부서진 유빙 가루가 물보라처럼 솟구쳐 올랐다. 몰려온 유빙들은 직소 퍼즐을 맞추듯 해안가 전역에 얼음 벌판을 형성하고 있었다. 영구동

토의 세계를 내려다보고 있는 기분이었다.

쿵쿵……. 언제부턴가는 내 머릿속에서도 유빙이 부딪기 시작했다. 빗장을 걸어 잠가둔 어떤 문이 충돌의 충격으로 열리고 있었다. 문안에서 지금껏 피해왔던 질문, 떠올리지 않으려 몸부림쳤던 생각들이 와르르 떠밀려 나왔다.

승주는 집을 떠난 이후 어떻게 살았을까. 뭘 먹고 어디서 잤을까. 길에서 웅크리고 잤을까. 구걸을 하고 다녔을까. 무료 급식소를 전전하며 밥을 얻어먹었을까. 아니면 심장이 멈출 때까지 내리 굶었을까. 눈을 감기 전 마지막 순간엔 무얼 생각했을까. 자신을 죽음으로 내몬 나를 떠올렸을까.

갑자기 다리에 힘이 빠졌다. 무릎이 접히는 바람에 계단 앞에 고꾸라지듯 주저앉았다. 쿵 소리는 끊임없이 울렸다. 머릿속에서, 바다에서, 아니 온 세상에서. 그 소리가 승주의 부름으로 들렸다. 형. 형…….

"아직도 화났어? 나랑 이제 말 안 하기로 한 거야?"

승주의 부름 사이로 제이의 목소리가 파고들어왔다.

"그렇게 눈꼬리 올려서 쏘아보면 뭐랑 닮은 줄 알아?"

잣나무 군락지 안쪽이었다. 나무에 가려 모습이 보이지 않았으나 목소리는 맞바람을 타고 직선으로 뻗어왔다.

"네가 좋아하는 사막여우랑 똑같아."

가만 보니 옥희 씨보다 더 말이 많은 놈이었다. 좀 전에는 휴게실에서 윤식 씨와 떠들고 있더니, 이번엔 잣나무 숲에서 누군가와 떠들고 있었다. 그것도 연애질할 때에나 쓸 법한 솜사탕 목소리로.

"금방 내 욕 했지?"

나는 쇠사슬을 붙들고 몸을 일으켰다. 제이의 달착지근한 밀어를 등지고 돌아서서 하늘을 봤다.

"눈빛 다 읽혀."

듣다 보니 누군가와 함께 있는 건 아닌 것 같았다. 화상 통화를 하는 게 아닌가 싶었다. 제이의 웃음소리가 등 뒤에서 흘러와서 내 어깨를 타고 넘어갔다. 봄날의 개울물처럼 나직하고 나른하게. 문득 제이의 노트북 화면에서 시원스럽게 웃고 있던 여자가 떠올랐다.

"거기 11시쯤 됐지? 여긴 아직 새벽이야."

나도 모르게 손목시계를 봤다. 여기가 11시였다.

"응. 이제 일어나 씻어야지."

나는 다음 행동을 결정하지 못해 시계만 들여다보고 있었다. 제이의 사생활을 존중해 삼애원으로 돌아갈지, 내 감정을 존중해 바다로 내려갈지.

"참, 당분간 전화 못할지도 몰라. 여기 상황이 그래."

또 제이의 말에 귀가 팔렸다. 여기 상황이 어떻다는 건지 궁금했다. 전화기만 있으면 얼마든지 연락할 수 있는데. 혹시 그새에 내가 모르는 상황이라도 생겨난 걸까.

"시간 날 때마다…… 문자…… 걱정하지……."

이어지는 말은 바람의 하울링과 유빙의 충돌음 때문에 끊겼다 들렸다 했다.

"곧 돌아가. 늦어도 크리스마스 전까지는."

나는 삼애원으로 돌아가기로 했다. 놈의 간질간질한 통화를 엿듣고 있자니 점점 더 우울해졌다. 몸을 돌리고 왔던 길로 발을 내디디며 제이의 마지막 말을 들었다.

"돌아가면 우리 결혼하자."

6

예인곶에 도착한 지 일주일이 지났다. 밤 근무를 시작한 지는 나흘째. 새벽 2시였다. 자정 순찰을 비롯해 밤사이에 해둘 일을 모두 끝낸 참이었다. 지금부터 5시까진 내 시간이었다. 자리만 비우지 않는다면 뭐든 할 수 있었다. 나는 반쯤 누운 자세로 의자 등받이에 기대앉았다. 잠깐이라도 잠들 수 있을까 해서 눈을 감았다.

승주가 떠난 이후 나는 깊이 잠들어본 적이 없었다. 집에 있을 땐 의식을 아예 놔버리려고 술을 마셨다. 금주 구역인 이곳에선 그 일이 불가능했다. 그 바람에 자는 것도 같고 깨어 있는 것도 같은 24시간을 보내고 있었다. 근무시간엔 현실을 놓치기 일쑤고, 잠든 사이엔 현실을 낱낱이 인지하는 이상한 상태였다. 랑이 언니가 보안실 창문에 나타났을 때에도 그랬다.

"자기야."

나는 눈을 떴으나 꿈인지 현실인지 분간하지 못해 마냥 바라보고만 있었다.

“정신 차려. 자기야.”

랑이 언니는 양손을 좌우로 흔들어 보였다. 나는 느릿하게 상체를 일으키고 앉았다. 여전히 정신을 차리지 못한 채로 창문을 열었다.

“의무실 문 열어줘. 얼른.” 발을 구르는 듯한 목소리요, 표정이었다.

“삼촌이 아파.”

나는 두어 번 눈을 끔벅거렸다. 정신이 들진 않았으나 입은 열렸다. 별생각 없이 질문이 튀어 나갔다.

“혹시 어깨가 아파요?”

“옴마야, 그걸 어떻게 알았대?”

랑이 언니가 되물었다. 나는 뭐가 필요한지 물었다.

“진통제랑 파스.”

평소에도 어깨 통증을 달고 산다고 했다. 유서 깊은 지병이라 했다. 당연히 상용하는 약이 있었다.

“요 며칠 괜찮아서 약을 안 먹었거든. 그래서 똑 떨어진 걸 몰랐지 뭐야.”

“같은 약이 의무실에도 있어요?”

“있을 거야. 여기서도 쓰는 약이니까.”

나는 선뜻 의무실로 달려갈 수가 없었다. 삼애원 규칙상 예외적 상황이 아니라면 보안이 야간에 물품 보관 장소의 문을 열어서는 안 된다. 창고는 말할 것도 없고 식당이나 도서관, 의무실, 카페까지도. 열었다가 생기는 불상사에 대한 책임은 온전히 보안 몫이었다. 정석대로 하려면 의무실 담당자를 불러야 했다. 담당자는 왕년에 종로의 큰 약국에서 약사 보조로 근무한 경력이 있다는 오십대 남자였다. 휴게실에서 제이와 이야기를 나누던 이윤식 씨의 룸메이트기도 했다. 사람들은 그를 고 실장이라 불렀다.

"고 실장 외박 나갔잖아."

랑이 언니가 말했다. 나는 그제야 주말 외박 신청자 명단에 고 실장이 있었던 것을 기억해냈다.

"뭐 해. 우리 삼촌 죽는다니까."

나는 일단 의무실로 달렸다. 무슨 약을 어디서 꺼내야 하는지는 랑이 언니가 잘 알고 있었다. 거침없이 약장을 열고 한 번의 손놀림으로 약과 파스를 찾아냈다.

"오늘 밤만 넘기면 돼. 날이 밝으면 둘러메고라도 병원에 가야지."

103호로 돌아가면서 랑이 언니가 말했다. 나는 랑이 언니를 따라갔다. 베토벤의 상태는 꽤 나빠 보였다. 머리털 색만큼이나 새하얗던 얼굴은 흙빛이 돼 있었다. 허리를 제대로 세우지 못하고 침대 등받이에 길게 기대앉아서 어깻숨을 몰아쉬고 있었다. 노상 주물러대던 오른쪽 어깨는 뼈가 빠져나간 것처럼 축 늘어진 상태였다.

"꺼져."

횃대에 앉아 있던 공달이 나를 보자마자 소리부터 질렀다. 베토벤은 눈꺼풀을 반쯤 닫은 채 곁눈으로 나를 봤다. 사납기 면에서 공달의 고함과 다를 바 없는 눈빛이었다.

"삼촌, 파스 붙이기 전에 약부터 먹을래?"

랑이 언니가 파스와 약을 책상에 내려놓으며 물었다. 베토벤은 대답 대신 눈을 한 번 끔벅거렸다.

"여기로 앉아보세요." 나는 의자를 끌어다가 침대 옆에 붙여놓고 말했다. "제가 의사는 아니지만 어깨 아픈 사람 만져본 경험이 좀 있어요."

베토벤은 답하지 않았다. 손끝 하나 움직일 기미도 없었다. 약을 먹을 때에만 잠시 머리를 들 뿐 곧장 눈을 감아버렸다. 좀 만져본 경험자 따위를 믿고 아픈 노구를 움직일 마음이 없다는 뜻이었다. 공달은 같은 말을 30번째 반복하고 있었다. 꺼져.

나는 꺼지려다가 마음을 바꿔 의자에 앉았다. 인류애적 차원에서 한 번 더 기회를 줄 생각이었다. 그냥 꺼지면 노인네는 진통소염제 한 알로 밤을 견뎌야 할 테니까. 통증은 밤에 더 심한 법이었다. 겨울밤은 길고도 긴데.

"아픈 곳을 손으로 짚어보세요."

목이 문제인지 어깨가 문제인지 등이 문제인지 알고자 던진 질문이었다. 베토벤은 여전히 반응이 없었다. 눈치를 살피며 곁에 서 있던 랑이 언니가 끼어들었다.

"대답이라도 해, 삼촌. 우리 자기가 어깨 좀 만져봤다잖아."

베토벤의 입에선 대답이 아닌 신음이 새어 나왔다. 열이 오르는 듯 턱밑에서부터 이마까지 서서히 붉어지고 있었다. 굵은 핏대 한 줄이 이마 한복판에 팽팽하게 섰다. 헝클어진 백발 밑으로 땀줄기가 줄줄 흘러내렸다. 통증이 우르르 덮치는 순간 같았다. 그 순간엔 누구도 도와줄 수가 없다. 스스로 견뎌서 파고를 넘어야 뭐든 해볼 수 있을 터였다. 나는 잠자코 기다렸다.

"여기."

마침내 베토벤의 입이 열렸다. 손으로 짚은 부위는 오른쪽 상완부였다. 나는 어깨의 문제라고 판단했다.

"팔을 앞으로 올려보세요."

유착성 관절낭염인지 회전근개파열인지 구분하기 위한 요구였다. 베토벤은 시도도 하지 않고 성질부터 부렸다.

"네가 해봐라, 그게 되나."

나는 늘어진 노인의 팔을 잡아서 들어 올렸다. 베토벤의 입에서 침과 욕설과 비명이 한 덩어리로 튀어나왔다.

"아파, 이 망할 놈아. 살살 해."

"참으세요. 운동 범위를 봐야 하니까."

나는 베토벤의 허리에 손을 넣고 상체를 세워 앉혔다.

"뒷짐을 져보실래요?"

"못해."

베토벤은 화를 내면서도 손을 돌려보려 했다. 되지 않았다. 옆구리까지도 가지 못하고 손끝이 허벅지 옆에 걸렸다. 유착성 관절낭염에서 나타나는 전형적인 현상이었다. 나는 물었다.

"오십견 같은데 치료받은 적 있으세요?"

베토벤은 그렇다고 대답했다.

"한 10년 전에. 그때도 오십견이라고 해서 약 먹고 주사 맞고 물리치료도 받았는데 그때뿐이야. 일을 그만두니까 그나마 좀 나았지."

"나은 건 아니었지. 파스랑 약을 끼고 살았잖아." 랑이 언니가 다시 끼어들었다. "근데 어제 오후에 기어코 사달이 났지 뭐야. 글쎄, 자기가 무슨 이팔청춘인 줄 아는지 자기 몸만 한 커피콩 단지를 들다가 어깨를 아주 작살내버렸다니까."

이후로 팔을 들지도 뻗지도 못하는 지경이 됐다고 했다. 나는 허벅지 옆에 걸린 그의 손을 허벅지 위로 옮겨주며 말했다.

"제일 좋은 방법은 병원에 가는 건데……."

"기껏 그 말 하려고 사람을 성가시게 한 거야?" 베토벤은 꼬장꼬장한 목소리로 내 말을 잘랐다. "이래봐라, 저래봐라 해서 별 묘수나 있는 줄 알았더니."

"틀린 말 아니잖아. 병원 가면 될 걸 밤마다 이러고 살 일이야?"

이번에도 나를 대신해 랑이 언니가 응수했다. 동의한다는 의미에서 나는 고개를 끄덕였다.

"묘수는 없지만 도수치료 정도는 해드릴 수 있을 것 같은데요."

베토벤이 늘어진 눈꺼풀을 세모로 올려 떴다. 공달과 닮은 눈동자가 나를 정면으로 겨눠 봤다. 늘 느끼는 바지만, 노인네의 정색한 시선은 사람을 긴장시키는 데가 있었다. 흔히 안광이라고 부르는 형형한 눈빛 때문이었다.

"어깨너머로 배운 거 아니니까 안심하셔도 됩니다."

말하면서도 나는 당황스러웠다. 왜 내 쪽에서 해주겠다고 사정하는 기분인지 알 수가 없었다.

"자기 물리치료사였어?" 먼저 흥미를 보인 쪽은 랑이 언니였다. 내 옆으로 한 발짝 다가서면서 덧붙여 물었다. "면허 있는 거지?"

나는 "네" 했다. 머릿속에선 계산기가 작동하고 있었다. 기왕 이리 된 거, 지팡이 변제 문제와 딜을 한번 해볼까. 잘만 하면 앞으로 이 양반을 피해 다니지 않아도 될 테고. 마음 편하게 장미 정원 커피를 얻어 마실 수도 있고.

"근데 여긴 왜 왔어?"

랑이 언니가 다시 물었다. 나는 답을 찾아 머릿속을 뒤졌다. 직장에서 사고를 쳐서, 집 사느라 빚을 져서, 바다를 좋아해서…….

"제이나 자기나 경력 참 특이하다. 제이는 게임 작가였다며?"

나는 고개를 돌려 랑이 언니를 봤다. 눈이 마주치자 랑이 언니가 되물었다.

"한방에 살면서 몰랐단 말이야?"

그런 말을 할 기회가 있었어야 말이지. 둘이 배턴터치를 하듯 근무하고 있는데. 사적인 얘기를 나눌 만큼 친해지지도 않았다. 그의 환한 미소는 방 바깥에서만 쓰는 사회적 표정이었다. 친밀한 태도도 마찬가지고. 방에 들어서는 순간부터 그 표정과 태도는 싹 사라졌다. 멍한 눈으로 창밖을 내다보거나 노트북 혹은 휴대전화를 들여다보는 게 일상의 전부였다. 오며 가며 부딪쳐도 시선 한번 맞추는 걸로 인사를 대신했다. 사적인 관계를 사양한다는 분명한 행동 언어였다. 나도 바라는 바였으므로 똑같이 행동했다. 우리는 처음 만났던 순간과 크게 다를 바 없는 사이였다.

"정말 몰랐나 보네."

랑이 언니는 고개를 갸우뚱하며 말했다. 나는 대답 없이 다음 말을 기다렸다.

"어제 우리 방에 와서 놀다 갔는데 그때 들은 얘기야. 몇 년째 작품을 못해서 여기저기 떠돌아다니는 중이래. 사람들도 만나고, 인터뷰도 하고, 소재도 찾고. 우리한테도 도와달라던데."

근무 첫날 해변 계단에서 들었던 제이의 마지막 말이 떠올랐다. '돌아가면 우리 결혼하자.'

그때 나는 제이의 말을 이렇게 해석했다. 못 돌아가면 못하는 거고.

내 해석이 맞다면 놈의 정체는 결혼을 미끼로 온 세상에 씨를 뿌리고 다니는 떠돌이 농부일 것이다. 게임 작가는 이력서에나 쓰는 경력이겠지. 내가 용접공 보조라고 썼듯.

"아, 떠들다 날 새울 거야? 도수치료 해준다며?"

베토벤의 목소리에 왕가시가 돋쳐 있었다. 나는 의자에서 일어났다.

"앉아서 하는 부분도 있고 누워야 하는 부분도 있는데 일단 의자에 앉아보세요."

베토벤은 엉덩이를 들어 의자로 옮겨 앉으며 투덜거렸다.

"내가 이래서 병원에 안 가. 누워라, 앉아라, 힘을 빼라, 숨을 마셔라, 숨을 뱉어라."

"힘을 빼세요. 숨을 마시고 길게 뱉으세요."

나는 베토벤의 어깨를 손으로 감싸 쥐면서 말했다. 어깨가 아니라 커피 빨대를 잡은 느낌이었다. 가늘고 낭창낭창한 노인의 뼈는 오래된 내 단골 환자를 기억에서 불러냈다. 밤마다 스트레칭과 마사지로 뻣뻣하게 굳은 몸을 풀어줘야 했던 아버지를. 그때 습관처럼 하던 말이 스르르 새어 나왔다.

"저를 믿고 몸을 놔버리세요."

베토벤은 아버지와 똑같은 대답을 내놨다.

"네놈을 뭐로 믿어?"

나는 베토벤의 팔꿈치를 잡고 천천히 외회전시키기 시작했다. 관절낭 구축이 심해 움직임을 만들기 어려웠으나 끈질기게 가동 범위를 확장시켰다. 그러던 어느 순간 어깨에서 뚝 소리가 났다. 베토벤은 몸을 앞으로 접으면서 헉하는 비명을 토해냈다. 잠시 잠잠하던 공달이 등 뒤에서 다시 날뛰기 시작했다.

"아빠. 죽었어?"

나는 하던 일을 계속했다. 푸드덕하는 날갯짓 소리를 듣고도 뒤를 보지 않았다. 의도한 바는 아니나 결과적으론 현명한 행동이었다. 로켓처럼 날아온 놈의 억센 부리가 뒤통수에 빡, 소리 나게 꽂혔으니까. 만약 돌아봤다면 어떻게 됐을까. 상상만으로도 끔찍하다.

"공달, 왜 그래?"

랑이 언니가 허둥지둥 놈의 몸통을 틀어잡았다. 나는 목과 어깨를 움츠리고 머리를 감싸 쥐며 방바닥에 주저앉았다. 놈은 부리만큼이나 억센 발톱으로 내 머리통을 움켜잡고 비상을 시도했다. 독수리가 산양 모가지를 낚아채 날아오르듯이.

"하지 마, 공달."

랑이 언니는 놈을 끌고 뒷걸음질을 쳤다. 내 머리에서 떼어내려는 시도였겠으나 역효과만 났다. 놈은 발톱을 풀지 않았다. 나는 머리통을 따라 목뼈가 길게 늘어나는 느낌을 받았다. 베토벤이 몸을 일으켜 친히 공달을 떼어내지 않았다면 아예 머리가 뽑혀버렸을지도 모르겠다.

"아이고, 내 새끼."

베토벤은 애틋한 눈빛으로 공달을 내려다봤다. 패 죽여도 시원찮을 앵무새를, 좀 전까지는 들어 올리지도 못하던 팔로 보듬어 안고 어화둥둥 얼렀다. 괜찮아. 아빠 안 죽어…….

"아이고, 참 밉다." 랑이 언니는 둘을 향해 눈을 흘기면서 내게 물었다. "괜찮아, 자기?"

괜찮을 리 있을까. 머리 가죽이 훌떡 벗겨진 것처럼 아프고 화끈거렸다. 늘어난 목뼈에선 딸각딸각 소리가 울렸다. 놈을 가마솥에 넣고 싶어 하던 옥희 씨가 이해되는 순간이었다. 호들갑을 떠는 랑이 언니 때문에 머릿속까지 알딸딸했다. 어떡해, 어떡해. 피가 나네. 소독약이 어디 있더라? 삼촌, 달이 광견병 없지?

상황이 진정 국면에 접어들기까진 시간이 꽤 걸렸다. 내가 제 아빠를 죽이려는 게 아니라는 점을 납득하고서야 공달은 횃대로 돌아가 앉았다. 랑이 언니는 내 눈치를 살피며 조심스레 말을 건넸다.

"자기야, 누워서 한다는 거 지금 해야 하지 않을까? 삼촌 또 아픈가 봐."

베토벤은 기진맥진해서 의자에 몸을 놓고 앉아 있었다. 다시 아버지가 떠올랐다. 아마 생의 마지막으로 치닫던 무렵일 것이다. 그나마 쓸 수 있었던 아버지의 왼 다리를 주무르다가 나는 난데없이 턱을 걷어차였다. 주무르고 있던 바로 그 다리에, 아프게 주무른다는 이유로.

그때만큼이나 뜨거운 울화가 식도를 타고 치솟았다. 어찌나 뜨거운지 혀 밑에 고인 침까지 펄펄 끓었다. 소중한 내 머리털이 방바닥에 새까맣게 깔려 있었다.

"자기야?"

랑이 언니가 내 어깨를 흔들었다. 나는 뜨거운 침을 꿀꺽 삼켰다. 어떤 일을 당해도 화를 낼 수 없는 때가 있다. 상대가 환자이거나 털북숭이 생명체일 때 그렇다. 이 경우는 둘 다였다.

"침대에 누워보세요."

나는 본격적인 도수치료에 들어갔다. 베토벤은 소리 없이 통증을 견뎌냈다. 공달이 또 소란을 피울까 봐 이를 물고 참는 눈치였다. 손끝으로 만져지던 몸의 긴장과 저항은 차차 사라졌다. 나중엔 온전히 내게 몸을 내맡겼다. 그 앙상한 몸에서 손을 떼기까지는 꽤 긴 시간이 걸렸다. 나는 노인네를 일으켜 앉혔다.

"팔을 들어보세요."

베토벤의 팔이 어깨관절 위로 올라갔다. 랑이 언니는 의자에서 벌떡 일어났다. 마치 맹인이 눈 뜨는 장면을 목도한 것처럼 양손을 모으고 찬양의 말을 내게 바쳤다.

"와우, 할렐루야."

나는 침대에서 한 발짝 물러서며 말했다.

"뒷짐 한번 져보세요."

베토벤은 시키는 대로 했다. 편한 표정은 아니었으나 어쨌든 양손을 엉덩이 위에서 맞잡을 수 있었다.

"증상이 잠시 완화된 거지 나은 건 아니에요. 꾸준히 스트레칭을 하면 더 좋아질 거고요. 제가 나중에 혼자 하실 수 있는 동작을 가르쳐……."

"귀찮아. 네가 해줘." 베토벤은 내 말을 끊고 눈을 감았다.

"매일 이 시각에, 여기서."

나는 손목시계를 봤나.

"지금 새벽 3시 10분인데요."

"난 괜찮아."

내가 괜찮지 않았다. 비록 불면증에 시달리긴 하나 새벽 3시는 도수치료를 하기에 적절한 때가 아니었다. 잠들려고 애써야 하는 때였다. 그렇다고 딱 잘라 거절할 수도 없었다. 지팡이 문제를 해결할 유일한 카드였으므로. 나는 좀 더 합리적인 제안을 해봤다.

"주무시기 전엔 어떠세요?"

"그럼 그러든가."

이제 지팡이와 도수치료에 대한 협상을 할 차례였다. 나는 조심스레 말을 꺼냈다.

"저 그거 말이에요. 백만 원짜리라고 하셨죠?"

베토벤이 멀뚱하게 나를 봤다. 뭔 말이냐 묻는 눈이었다.

"그 주방 전투 때 저한테 주신 지팡이요. 부러졌어요."

"지팡이? 까맣고 꼬불꼬불한 지팡이?"

되물은 사람은 베토벤이 아닌 랑이 언니였다. 나는 그렇다고 대답했다.

"그거 삼촌 거 아닌데."

원주인은 랑이 언니에게서 돈을 빌려가 갚지 않은 어떤 '놈팡이'였다. 그 놈팡이의 '배 째라' 태도에 열받아 빼앗아 온 것이라 했다. 삼애원에 온 후 옷장에 처박아두고는 내내 잊어버리고 있었다고 했다. 베토벤은 남의 지팡이로 내게 인심을 쓴 것이었다. 정작 지팡이 소유주는 자기 물건이 없어진 것도 몰랐던 눈치였다.

"내가 알기론 그 지팡이, 영국의 장인이 한 땀 한 땀 조각해서 만든 거야. 세상에 하나밖에 없는 오트 쿠튀르라고나 할까."

랑이 언니는 의자로 와서 앉더니 친밀한 눈길로 나를 봤다. 한쪽 손은 왼쪽 고관절 부위를 주물럭거리고 있었다.

"근데 자기야. 나도 좀 봐줄 수 있을까? 예전부터 고관절이 자꾸 빠지고 뚝뚝 소리도 나고. 밤이면 욱신욱신 쑤시고 아파서 잠도 못 자."

아무래도 나는 야밤에, 혼신의 힘을 다해서 내 손으로 내 무덤을 판 모양이었다. 내놓을 수 있는 답은 하나뿐이었다.

"그럼요."

103호에서 나오다 팀장과 마주쳤다. 운동복 바지 주머니에 양손을 찌른 채 건너편 123호 방문 앞에 서 있었다. 화장실에 다녀오는 길은 아닌 것 같았다. 자다 깬 얼굴도 아니었다. 내가 의아한 눈으로 쳐다보자 팀장은 굳이 해명을 내놨다.

"좀 시끄러워서 무슨 일 났나 하고."

무슨 일이 났는지는 이미 알고 있는 눈치였다. 팀장은 내 설명 따윈 기다리지 않고 자기 방으로 들어가버렸다. 나는 내 방 앞으로 갔다. 잠깐 망설이다가 문을 열고 안을 들여다봤다. 아니나 다를까, 제이가 없었다.

제이는 밤마다 방을 비웠다. 그걸 처음 알아차린 건 내가 밤 근무를 시작한 나흘 전이었다. 자정 무렵 야간 순찰을 시작하면서 목도리를 가지러 방에 잠깐 들렀다. 복도 불빛이 비쳐들도록 방문은 두어 뼘 열어둔 채 옷장을 열었다. 실내등을 켰다가 제이를 깨울까 봐.

옷걸이에 걸어뒀던 목도리를 꺼내면서 나는 이상한 느낌을 받았다. 뒤를 돌아보자 비어 있는 제이의 침대가 눈에 들어왔다. 누워본 적도 없는 것처럼 말끔하게 정리돼 있었다. 실내등을 켜고 신발장을 살폈다. 실내용 슬리퍼만 놓여 있었다. 옷장에 걸려 있던 제이의 패딩 재킷도 보이지 않았다.

제이의 부재가 이상해할 일은 아니었다. 그는 입소자가 아니었다. 바깥출입이 자유로운 신분이었다. 밤이든 낮이든, 술을 마시러 가든 춤을 추러 가든 뭐라 할 사람이 없었다. 바로 그 점 때문에 신경이 쓰였다. 정상적으로 문을 통해 나가지 않을 이유가 없었다. 문을 통해 나갔다면 내가 모를 수 없었다. 출입 통제장치를 풀려면 나를 통해야 할 테니까. 몰래 나갈 방법은 하나뿐이었다.

나는 창가로 가서 걸쇠를 확인했다. 추측대로 잠금장치가 풀려 있었다. 일단 보안실로 돌아가 CCTV 화면을 앞으로 돌려봤다. 몽롱한 상태로 앉아 있다가 놓친 순간이 있나 해서. 아무것도 볼 수 없었다. 그렇다 하여 그것이 제이가 나가지 않았다는 증거는 아니었다.

삼애원의 CCTV들은 개원할 때 설치한 구식이었다. 나이트비전은 형편없고 화각이 좁아 보이는 곳보다 보이지 않는 곳이 더 많았다. 건물 뒤편의 카메라들은 아예 작동조차 되지 않았다. 팀장 말에 따르면, 기계실에 수리 요청을 했으나 너무 낡아서 교체해야 한다는 답이 돌아왔다. 관리실에 교체를 요청하자 이런 답변이 왔다고 한다. 내년에 전체적으로 교체할 예정이며, 올해 예산은 이미 바닥났으니 보안팀이 자주 야간 순찰을 돌라.

나는 방을 나와 야간 순찰을 시작했다. 현관문을 열고 밖으로 나가자 '제이가 어떤 문으로 나갔는가'에 대한 확증이 나왔다. 우리 방 창문 밑, 며칠째 눈이 쌓여 있던 화단 옆 이랑에 발자국이 찍혀 있었다. 건물 외벽에 몸을 붙이고 게걸음으로 움직인 발자국이었다. CCTV에 잡히지 않은 게 당연했다.

궁금증이 생겨났다. 야밤에 창문을 넘어서 몰래 가야 할 곳이 어디일까. 이곳에 온 지 며칠 되지도 않았는데.

순찰도 할 겸 궁금증도 풀 겸, 눈 위에 찍힌 발자국을 따라갔다. 1동과 2동 외벽을 빙 돌아서, 식당 뒷문과 흡연 구역을 지나고, 식자재 창고 옆길을 따라 뒷담 쪽문까지. 발자국들은 쪽문을 넘어 숲으로 들어가는 오르막길로 이어졌다. 근무 첫날 순찰을 돌면서 봤던 발자국과 행로가 같았다. 나는 그쯤에서 추적을 멈췄다.

새벽녘, 아마 4시 이쪽저쪽쯤 됐을 것이다. 화장실에 다녀오던 길에 방을 다시 들여다봤다. 제이는 침대에 잠들어 있었다. 방문 밖으로 한 발짝도 나간 적이 없는 것처럼 편안한 얼굴로. 그제 밤에도 같은 일이 일어났다. 어젯밤에도 역시.

오늘 밤이 나흘째였다. 나는 강제로 신경을 껐다. 밤마다 어딜 가는지는 몰라도 곧 돌아오겠지. 지금껏 그랬듯 새벽이면 돌아와서 아무 일 없었던 것처럼 잠들어 있겠지.

지금까지와 달리 5시가 돼가도록 제이는 돌아오지 않았다. 마음이 들썽거리기 시작했다. 나도 모르게 10분에 한 번꼴로 방을 들여다보고 있었다. 아무래도 이곳에 온 후로 나는 몹쓸 병에 걸린 게 분명했다. 나와 아무 상관 없는 '남의 일'에 신경 스위치가 저절로 켜지는 병.

로비 괘종시계가 종을 다섯 번 쳤다. 그때까지도 제이는 돌아오지 않았다. 나는 필요한 것들을 챙겨 보안실을 나섰다. 바깥에는 눈보라가 치고 있었다. 자정 순찰을 돌 때만 해도 눈발이 하나둘 날리는 정도였는데. 바다는 끊임없이 쿵쿵, 굉음을 울리고 있었다. 눈보라에 갇힌 채 듣기엔 스산하고 기분 나쁜 소리였다.

주변은 그리 어둡지 않았다. 창문마다 불빛이 환하게 내비치고 있었다. 대부분 새벽잠 없는 노인들이 사는 방이었다. 나는 화단을 따라 걷다가 우리 방 창 밑에서 걸음을 멈췄다. 살얼음이 들러붙은 유리창에 진눈깨비가 날아와 층층으로 들러붙고 있었다. 손끝으로 얼음을 쓸어내고 랜턴으로 방 안을 비춰보았다. 혹시나 그새 제이가 돌아왔나 해서. 역시나 비어 있었다. 제이의 발자국들은 밤새 내린 눈에 덮여버렸다.

나는 곧장 뒷담으로 올라갔다. 쪽문 앞에 서서 담장 너머로 랜턴을 비춰봤다. 오르막길로 이어져 있던 발자국들은 눈에 덮여 보이지 않았다. 랜턴 빛을 더 위쪽으로 이동시켜봤다. 눈보라 뒤편에서 거무레한 숲의 윤곽이 어른거리고 있었다. 저 산 너머에 애동마을이 있다고 했다. 이 오르막길은 그리로 가는 지름길일 터였다.

잠시 갈등이 일었다. 하던 대로 순찰이나 할까. 아니면 기억 속의 발자국을 따라가볼까. 직감은 후자를 충동질하고 있었으나 발을 내디딜 용기가 나지 않았다. 숲의 어둠이 내뿜는 기운 때문이었을 것이다. 본능적으로 주춤주춤 물러서게 하는, 한 번도 본 적 없는 것들을 상상하게 만드는 기운이었다. 생사가 걸리지 않는 한 스스로 들어가고 싶지 않은 기분 나쁜 기운이었다.

다시 승주가 떠올랐다. 나가 죽어라, 하고 말하던 내 모습도 기억났다. 유일한 핏줄로부터 버림받고 집을 나선 아침, 녀석이 마주친 세상이 저랬을 것 같았다. 까마득한 빙벽 앞에 알몸으로 서 있는 기분이었을 것이다. 어쩌면 버스 승강장에서 집을 건너다보며 서성거렸을지도 모른다. 술에 취해 뻗어버린 형을 기다렸을지도 모르고. 형이 데리러 와주리라는 기대를 가지고 오래오래.

물론 제이는 승주가 아니었다. 승주처럼 어리지 않았고, 승주처럼 담 밖으로 내쫓은 자도 없었다. 그는 자신의 의지로 행동했을 것이다. 누군가 끼어들기를 바라지 않았을 것이다. 나 역시 그럴 의사가 없었다. 살아오던 대로라면 신경을 딱 껐겠지.

제이에겐 그게 되지 않았다. 그에게 어른대는 승주의 그림자를 떼어낼 수가 없었다. 그가 사라졌다 돌아오길 거듭하던 지난 며칠, 어떤 예감이 끈질기게 따라다녔다. 어느 날 갑자기 그가 돌아오지 않을 수도 있겠다는 예감. 지금이 바로 예감했던 어느 날이었다.

나는 쪽문 자물쇠를 따고 담 밖으로 나갔다. 숲으로 이어지는 오르막길은 쪽문 앞에서 봤던 것보다 훨씬 가팔랐다. 눈이 발목 위까지 쌓여 있는데다 눈보라가 시야를 막았다. 새 트레킹화가 아니었다면 전진이 불가능했을 것이다. 내가 산 신발은 아니었다. 전날 아침 새 근무복과 함께 받은 것이었다. 나뿐 아니라 팀원 모두에게 지급됐다. 외부 순찰 시에 반드시 신으라는 팀장의 지시가 있었다. 눈길 낙상 사고에 대비한 배려로 느껴졌다. 순찰만 했다 하면 운동화가 푹 젖어버려 애를 먹던 내겐 두 배로 고마운 배려였다.

숲으로 들어서자 눈보라의 공격이 반쯤 사라졌다. 삼애원의 불빛은 시야에서 완전히 사라졌다. 숲의 어둠이 덮쳐왔다. 랜턴 빛마저 빨아들이는 밀도 높은 어둠이었다. 주변 시야는 완전히 차단됐다. 랜턴 빛의 중심이 닿는 곳만 핀 포인트처럼 볼 수 있었다.

나는 랜턴 빛을 길바닥에 고정시켰다. 길을 오고 간 발자국들이 아직 눈에 덮이지 않고 남아 있었다. 여러 사람의 것으로 보였다. 그중 제이의 것이 있으리라는 보장이 없었으나 달리 방법이 없었다. 그저 따라가는 수밖에.

얼마간 가파른 오르막과 평탄한 길이 번갈아 이어졌다. 숲은 점점 깊어졌다. 어둠도 점점 짙어졌다. 내 걸음은 점점 느려졌다. 어깨에는 힘이 들어가고 오금이 졸아들었다. 거대한 관목림이 주는 위압감과 어둠 속에서 울리는 온갖 잡소리에 주눅이 들었다. 나뭇가지에서 눈 더미만 떨어져도 등이 굳어졌다. 유빙의 충돌음인 줄 알면서도 쿵 소리가 울리면 흠칫해서 숨을 죽였다. 바람이 웅 소리를 내지르며 습격해오면 눈부터 질끈 감았다. 그때마다 머릿속 훈수꾼이 나를 달랬다.

지금은 밤이 아니야. 새벽이야. 귀신도 활동을 접을 시간이라고. 나를 잡아먹겠다고 덤빌 놈도 없어. 내 이름을 지어준 무당 할머니도 그랬다잖아, 이 아이는 죽고 싶어도 못 죽을 때까지 살겠다고.

어떤 말도 도움이 되지 않았다. 바람과 어둠 속의 소리들, 거대한 나무들까지 악의를 품고 자박자박 조여 들어오는 기분이었다. 어느 시점에선 몸을 돌리고 왔던 길로 내달려버리고 싶은 심정이 됐다. 충동을 이겨낸 건 이미 너무 멀리 왔기 때문이었다.

머릿속에선 의문이 끊이지 않고 솟아났다. 동행이 있다 해도 결코 오고 싶지 않은 이 길을, 어찌해서 제이는 혼자 지나다녔을까. 무엇이 그를 이 길로 오게 만들었을까. 산 너머 마을에 작가로서 홀릴 만한 얘깃거리가 있었던 걸까. 물론 스스로 떠벌린 게임 작가라는 직업이 사실일 때의 얘기지만.

답 없는 질문을 이어가던 어느 순간, 나는 소리를 들었다. 지금껏 들었던 소리와는 전혀 다른 유형의 소리였다. 저절로 걸음이 멈췄다. 몸의 움직임과 숨까지 멈췄다. 소리가 들려온 방향으로 귀를 세웠다. 두 번째로 같은 소리가 들렸을 땐 확신할 수 있었다. 희미하긴 했지만 사람의 소리였다. 신음 같기도 하고, 흐느끼는 것 같기도 하고, 한숨 같기도 하고.

등 근육이 경련하듯 펄떡거렸다. 심장에서 뻗어 나온 한기가 혈관을 얼리며 몸 구석구석으로 내달렸다. 머릿속은 어둠만큼이나 짙은 안개로 가득 찼다. 생각이 작동하지 않았다. 소리를 따라가야 할지 멀어져야 할지 판단할 수가 없었다.

나는 엉거주춤한 자세로 굳어진 채 랜턴만 시계 방향으로 움직였다. 빛이 11시 방향에 도달했을 때 세 번째 신음 소리를 들었다. 동시에 나무둥치 밑에 드러누운 검은 그림자를 봤다. 빛의 초점을 그림자 위로 전진시키자 사람의 형상이 눈에 들어왔다. 남자였다.

머릿속에서 온갖 소리가 뒤엉키기 시작했다. 설마, 하는 소리. 제이라고 단언하는 소리. 가서 확인하라 다그치는 소리. 꽉 막힌 목 안에서 혼잣말 같은 물음이 흘러나왔다.

"거기 누구요?"

한숨 같은 신음 소리가 답을 대신했다. 나는 남자 옆으로 다가갔다. 이전보다 조금 더 큰소리로 남자를 불렀다.

"이봐요."

불빛을 얼굴 근처로 비춰봤다. 순간적으로 헛숨이 샜다. 코끼리 발에 밟히면 이런 얼굴이 될까. 입술이 터지고, 코 주변은 피범벅이고, 눈두덩은 퉁퉁 부어올라 있었다. 그런데도 제이의 얼굴이라 확신할 수 있었다. 옷차림으로 봐서도 제이가 맞았다. 나는 한쪽 무릎을 땅에 대고 그 옆에 앉았다. 의식 확인차 귀에 대고 소리를 질러봤다.

"박제이."

제이는 부어올라 살에 묻힌 눈을 조금 떴다. 나는 물었다.

"나 보여요?"

대답이 없었다. 한숨을 흘리며 눈을 감았을 뿐. 나는 더 크게 소리를 질렀다.

"눈 떠요."

제이는 다시 눈을 떴다.

"왜 여기 있어요?"

이번에도 대답 없이 눈을 감았다. 의식은 분명히 있었다. 내 말에 선택적으로 반응하고 있을 뿐이었다. 대답하기 귀찮으면 자동으로 귀가 안 들리는 노인네처럼. 그렇다고 함부로 흔들어 깨울 수도 없었다. 어떤 상태인지도 모르고 만졌다가 더 큰 문제가 생길 수도 있었다.

나는 척추와 경추 손상의 징후부터 확인했다. 그의 패딩 재킷 지퍼를 열고 스웨터를 걷어 올린 후 호흡 양상을 봤다. 배와 가슴을 모두 움직여 정상적으로 숨을 쉬고 있었다. 목덜미를 꼬집자 그는 아, 하는 비명을 터트리며 미간을 찌그러뜨렸다. 그 틈을 타서 나는 말을 걸어 봤다.

"팔 뻗어봐요. 빨리."

제이는 그렇게 해줬다. 높이 들지는 못했으나 어쨌든 뻗을 수 있었다.

"굽혀봐요."

이번에도 그렇게 했다. 나는 그에게 행운과 위험이 공존하고 있다는 결론을 내렸다. 아직 죽지 않은 건 행운이었다. 의식이 있고 몸을 움직일 수 있다는 것도. 척추나 경추 손상의 전형적인 징후도 보이지 않았다. 외견상 뼈가 부러지거나 머리가 깨지지도 않았다. 깨져 죽은 건 그의 휴대전화였다. 액정이 박살 나고 프레임이 우그러진 채로 눈밭에 버려져 있었다. 미끄러지거나 추락했을 가능성은 없어 보였다. 얼굴이나 휴대폰 상태가 이쯤 되려면 눈 덮인 산길이 아니라 암석 벼랑에서 갯바위로 떨어졌어야 맞았다. 말이 되는 설명은 하나뿐이었다. 코끼리인지 사람인지 모를 것에게 죽기 직전까지 얻어맞고 이곳에 버려졌다.

위험은 발견된 시점에 있었다. 입술이 퍼렇고, 몸의 근육이 굳어지는 중인데다 맥박이 느렸다. 저체온증이 심화되고 있는 단계 같았다. 내 얄팍한 의학 지식으로 그 이상의 상황 사정은 불가능했다. 사지를 주무르거나 살을 문질러 체온을 올리는 방법을 섣불리 쓸 수가 없는 것이었다. 중심 체온을 최대한 유지하면서 빨리 따뜻한 곳으로 옮기는 게 최선이었다.

문제는 이동 수단이었다. 팀장을 부르는 것이 가장 현명하겠으나 부를 길이 없었다. 내겐 휴대전화가 없고, 제이의 휴대전화는 박살 났고, 무전기는 먹통이었다. 아마도 우리는 무전기 수신 거리 바깥에 있는 모양이었다. 되든 안 되든 내가 말 노릇을 할 수밖에 없었다.

나는 눈에 젖은 제이의 패딩을 벗겨냈다. 대신 체온이 남아 있는 내 패딩을 입히고 앞 지퍼를 턱 끝까지 채웠다. 휑한 목에 내 목도리를 두르고 뻣뻣하게 얼어붙은 머리에 패딩 모자를 씌운 뒤 양 뺨이 폭 싸이도록 조임줄을 당겼다. 그가 주먹을 틀어쥐고 있다는 걸 안 것은 내 장갑을 끼워주려 했을 때였다.

손가락을 펴자 이어폰 한 짝이 나타났다. 빨래집게 모양의 까만 이어폰이었다. 흡연 구역에서 봤던 칼잡이의 귀가 기억 속에서 튀어나왔다. 그자의 귓바퀴에 물려 있던 이어폰과 비슷해 보였다.

"아아……."

조금 더 큰 신음 소리가 제이의 입에서 흘러나왔다. 이어폰엔 신경 끄고 하던 일이나 계속하라고 하는 것처럼. 나는 이어폰을 내 바지 주머니에 넣었다. 벗겨낸 그의 패딩은 바닥에 펼쳐놓았다. 그 위로 그를 옮긴 뒤 소매끼리 묶어 이중으로 감쌌다. 마지막으로 제이의 상체를 일으켜서 나무둥치에 기대앉혔다.

절대적으로 불가능하다고 여겼으나 나는 그 일을 할 수 있었다. 나와 체급이 비슷한 제이를 둘러메고 눈 쌓인 산길을 내려가는 일. 한 손으로 랜턴을 쥐고 앞을 비추면서, 눈길에 미끄러지지 않도록 몸의 균형을 잡고, 틈틈이 그의 의식을 확인하는 일까지.

"박제이."

내가 부르면 그는 답을 해줬다. 꼬박꼬박은 아니고 두세 번에 한 번

꼴로. 꿈길에서 답하는 양 몽롱한 목소리로.

"왜?"

어쩌면 그때 내가 둘러멘 남자는 제이가 아니라 승주였는지도 모르겠다. 그러니까 무의식 속에서 그랬을 거라는 얘기다. 그게 아니고는 내 안에서 폭발한 불가사의한 힘을 설명할 길이 없다. 나는 넘어지지도, 미끄러지지도, 심지어 다리 한번 휘청거리지도 않았다. 마치 캠핑 배낭을 멘 것처럼 몸을 통제하며 구보 속도로 산길을 내려갔다.

하산하는 길은 멀고도 멀었으나 결국 끝이 나타났다. 영원히 도착할 수 없을 것 같던 담장 쪽문이 랜턴 빛 안으로 들어섰다. 나는 허리를 낮추고 미끄러지듯 내려가 쪽문을 통과했다. 그때부턴 전력으로 내리달았다. 식자재 창고와 흡연 구역을 지나 3동 비상구에 도착할 때까지 한 번도 멈추지 않고 달렸다.

비상구 문을 밀고 들어서자 놀란 얼굴들이 나를 맞았다. 공달 카페 입장을 기다리던 노인들이었다. 따뜻한 공기와 함께 안도감이 밀려들었다. 시야는 갑자기 흐려졌다. 지금껏 나를 끌고 온 광기가 와르르 무너지고 있었다. 1동에서 나오는 랑이 언니를 알아본 건 기적이나 다름없었다. 나는 복도 바닥에 흐물흐물 주저앉으며 랑이 언니를 불렀다. 팀장을 깨우라고.

귓가에선 제이가 다른 사람을 부르고 있었다. 잠꼬대처럼 혹은 속삭임처럼.

"해상아……."

3장

해상, 롤라

7

해상아…….

속삭이는 목소리의 느낌을 나는 너무나 잘 알고 있었다. 목덜미를 쓸어가는 바람의 감촉처럼 다정하고 나른한 목소리. 해상아…….

나는 떨리는 손을 맞잡아서 허벅지에 내려놨다. 정리를 해보려 애썼다. 지금껏 무슨 이야기를 들었는지. 제이에 대한 이야기를 들은 게 맞는지.

처음 제이의 이름이 튀어나왔을 때만 해도 동명이인인가 했다. 우리끼리만 아는 이야기가 나오면서부터 등줄기가 서늘해지기 시작했다. 그래도 설마 했다. 제이가 한국에 있었을 리 없었다. 재활원에서 보안 요원으로 근무하다 죽을 위기에 빠졌을 리가 없었다. 그럴 이유가 없었다. 제이가 나를 불렀다는 대목에 이르자 더는 부정할 수가 없었다. 이제 인정해야 했다. 경주의 룸메이트 제이는 나의 제이였다.

"잠깐 쉴까요?"

경주가 물었다. 내 속내를 살피는 눈치였다. 나 역시 그를 살피고 있었다. 비로소 기억이 되살아났다. 이 남자를 어디에서 봤는지. 책상 앞에서 웃고 있는 제이와 그의 등 뒤에서 카메라를 응시하던 남자, 제이가 메신저로 보내준 사진 속 남자. 기억이 희미해지긴 했지만 물끄러미 응시하는 시선만은 분명하게 기억났다. 사진의 제목은 이랬다. '내 룸메이트를 소개해.'

우리는 크리스마스에 결혼하지 못했다. 아버지에게 전해 듣기로 제이는 가족이 데려갔다. 어찌 된 일인지 아버지는 내막을 모른다고 했다. 안다 한들 어찌해볼 수 없는 지금에 이른 후에야 비로소 진실을 전해줄 이가 등장한 모양이었다. 이 때늦은 전령사가 도무지 반갑지 않았다. 아니, 두려웠다. 시간의 무덤에 잠든 유령이 깨어날까 봐, 아무것도 할 수 없었던 그때의 고통이 눈을 뜰까 봐, 가까스로 얻은 평온이 깨질까 봐 하염없이 두려웠다.

"나를 어떻게 찾아냈어요?"

내 물음에 경주는 고개를 저었다.

"처음에 말한 그대롭니다. 우연히 이름을 발견했어요. 동물학자였다는 프로필을 봤을 때 혹시나 했고." 그는 손끝으로 커피잔을 문지르며 말을 이었다. "확인해보려고 사진을 찾았는데 어디에도 없었어요. 그래서 메일을 보낸 겁니다. 직접 만나면 알아볼 것 같아서. 제이의 노트북 화면에 깔려 있던 해상 씨 얼굴을 거울 속 내 얼굴보다 더 자주 봤으니까."

처음 만나던 순간 내 얼굴을 더듬듯 바라보던 경주의 시선을 떠올렸다. 아마도 그때 확인하고 있었나 보았다. 거울 속 자신보다 더 자주 본 노트북 속 그 여자가 맞는지. 나는 알고 싶었다. 이제 와 내게 제이의 이야기를 들려주려는 이유가 뭔지. 단순히 내가 그 여자라는 이유만은 아닐 것이다. 나는 에두르지 않고 물었다.

"왜 내게 그 얘기를 하는 거예요?"

"해상 씨에게 두 가지 부탁이 있어요."

경계심을 불러일으키는 대답이었다. 저절로 질문이 튀어나왔다.

"거래를 원하는 건가요?"

"상호 호혜라는 착한 말도 있습니다."

상호 호혜라. 이 남자는 확실히 문학적 소양이 부족하다. 아니면 자기가 내게 접근했다는 걸 고의적으로 잊고 있든가. 일방적으로 뭔가를 떠안기고 대가를 요구하는 행위를 우리는 상호 호혜라 하지 않는다. 강요라고 부른다.

"싫다면요?"

그의 대답은 간결했다.

"거절하면 됩니다."

미치도록 진실을 알고 싶었던 때가 있었다. 그때가 지나자 정반대가 되었다. 제이에 관한 어떤 것도 기억하고 싶지 않았다. 제이라는 남자가 내 인생에 머물렀다는 것마저 잊어버리려 애면글면했다. 완벽하게 성공한 건 아니었으나 이젠 기억이 날뛰지 않도록 조절할 정도는 되었다. 제안은 거절해야 맞았다. 내 안으로 불쑥 들어온 손이 물밑을 헤집지 못하도록. 나는 마음이 변하기 전에 재빨리 대답했다.

"거절할게요."

경주는 고개를 저었다.

"지금 말고, 더 생각해본 후에 거절해요. 필요한 만큼 생각해요. 난 기다릴 수 있어요."

나는 의자에서 일어났다. 공달은 잣 까기를 멈추고 고개를 들어 나를 봤다. 초롱초롱 커지는 놈의 눈동자를 보자 울화가 치밀었다. 저 되바라진 새끼까지 나만 몰랐던 제이의 세상 안에 있었단 말이지.

"이제 가봐야겠어요."

다시 만나자는 경주의 작별 인사는 무시해버렸다. 뒤 한번 돌아보지 않고 그의 집을 나섰다. 꼿꼿한 자세로 걸어 만경로를 빠져나왔다. 다시 만날 일은 없으리라고 온몸으로 선언하는 의미에서.

내 거처로 돌아오자마자 몸을 부리듯 주저앉았다. 생각 같은 건 할 수가 없었다. 기억과 감정과 의심과 의문이 뒤엉키고 요동쳤다. 혼란이 덮쳐들었다. 이것은 꿈이 아닐까. 제이가 떠난 후 수없이 꾸었던 꿈, 누군가 찾아와 제이에게 무슨 일이 벌어졌는지 알려주는 꿈, 눈 떠보면 무슨 이야기를 들었는지 전혀 기억나지 않는 꿈.

꿈속의 누군가는 한 번도 만나본 적 없는 제이의 어머니이기도 했고 누나이기도 했다. 이번 역시 그런 유의 꿈일지도 몰랐다. 등장인물만 제이의 룸메이트로 바뀌었을 뿐.

아니다, 그 옛날의 꿈과 분명하게 다른 게 있었다. 내 의식이 명징하게 깨어 있다는 것이었다. 지금껏 들은 이야기가 생생하게 떠오른다는 것이었다. 그 이야기가 의식의 가장 구석진 방에 몰아넣고 봉인한 기억을 막무가내로 끌고 나온다는 것이었다.

나는 속절없이 휘말려 들어갔다. 그해 10월, 제이를 만난 서른두 살 생일 아침으로.

8

나는 카이로의 람세스 힐튼 호텔 로비에 앉아 있었다. 바하리야 사막으로 나를 데려다줄 기사를 기다리는 중이었다. 옆에선 아버지가 10분째 나를 설득하고 있었다.

"내일 아침에 나랑 같이 홍해로 가자. 네가 좋아하는 바닷새를 실컷 보고."

원, 별 이상한 말씀을 다. 나는 바닷새를 좋아하지 않았다. 좋아하는 사람은 아버지겠지. 아버지는 본인이 좋아하는 걸 나도 좋아한다고 착각하는 버릇이 있었다.

"기사가 지금 오는 중이래요."

너무 매정하게 들리지 않도록 나는 어조를 누그러뜨렸다.

"아직 안 늦었다. 취소해."

아버지는 늘 이런 식이었다. 대학에 갈 때, 논문 주제를 정할 때, 학위를 따고 진로를 선택할 때, 연구 분야를 결정할 때……. 덕택에 나는 좋아하지도 않는 텃새 연구자가 되었다. 본래 연구하고 싶었던 건 사막여우였는데.

"내가 후르가다행 비행기표를 구해보마. 홍해에 가면……."

나는 시계를 보는 척했다.

"8시예요. 그만 가보셔야 하는 거 아네요?"

아버지는 동물행동학회 참석차 전날 오후 카이로에 온 참이었다. 기자에 있는 카이로 자연대학 건물에서 열리는 '살 만한 동물의 삶'을 테마로 내건 학회였다. 사막의 나라에서 열리는 만큼 주요 가축인 '낙타의 복지'도 의제 중 하나였다. 오늘 아버지가 반드시 참석해야 할 세미나이기도 했다.

나는 아버지의 비서이자 연구원 자격으로 동행했으나 학회에는 관심이 없었다. 바닷새가 떼로 산다는 홍해도 마찬가지였다. 내가 가고 싶은 곳은 바하리야였다. 어린 왕자와 사막여우가 만났다는 하얀 사막에 누워 별을 보고 싶었다. 아버지는 어린 왕자 같은 건 그곳에 없으며 별은 홍해에도 많다고 했다.

모르는 바 아니었다. 그렇기는 하나 사막여우는 만날 수 있을지도 몰랐다. 반드시 오늘 가야 했다. 사흘 후엔 한국으로 돌아가야 했고, 이집트는 자주 올 수 있는 곳이 아니며, 서른세 번째 생일엔 휠체어에 앉아 있게 될지도 모르니까. 아니면 인공호흡기를 끼고 누워 있거나.

"여자애 혼자 사막에 가는 거 나는 안 내킨다."

"합류할 일행 있어요."

"그게 맘에 안 든다니까." 아버지는 화를 냈다. "지저분한 사내놈들이 집적댈 거 아니냐."

맞춤하게 휴대전화가 울렸다. 기사로 보이는 젊은 이집트 남자가 로비 입구에서 휴대전화를 귀에 댄 채 두리번거리고 있었다. 나는 전화를 받았다. 그 남자가 기다리는 남자가 맞았다. 다행히 지저분해 보이지 않았다. 말끔하게 면도한 얼굴에 눈부시게 하얀 셔츠 차림이었다.

"기사가 왔어요." 나는 자리에서 일어섰다. 행여 아버지가 쫓아올까 봐 남자를 향해 돌진했다. "다녀올게요."

아버지는 쫓아오지 않았다. 대신 풀기 없이 중얼대는 소리가 등을 따라왔다.

"그렇게 막 뛰지 마라. 넘어진다."

평소라면 '차 조심해라' 정도로 들렸을 잔소리였다. 그날 아침엔 좀 달랐다. 순간적으로 목 근육이 굳어지는 바람에 네,라는 답이 나오지 않았다. 흰 셔츠 남자가 다가오든 말든 나는 앞만 바라보면서 로비를 나섰다. 아버지가 보이지 않는 곳에 이르러서야 남자와 인사를 나눴다.

남자는 내게 영어가 가능하냐고 물었다. 그렇다고 답하자 자기소개를 시작했다. 자신은 나를 베두인 마을까지 데려다줄 기사이며 이름은 모하메드라고 했다. 거리에서 부르면 지나가던 남자 열 중 여덟이 돌아보는 인기 있는 이름이라는 자랑도 덧붙였다.

모하메드는 길가에 세워둔 SUV 차량으로 나를 데려갔다. 뒷좌석을 열어주며 3초만 기다리라 말했다. 캐나다인 2인조가 식중독으로 투어를 취소했는데 그 바람에 일행이 둘로 줄었다는 것이었다. 그 둘의 한 조각인 미국인이 지금 도로를 건너오고 있다고 했다. 나는 고개를 쭉 빼서 도로를 살폈다.

도로를 건너오는 사람은 여럿이었다. 그중 외국인이나 여행자로 보이는 이는 없었다. 대신 도로 건너편에 누군가가 서 있었다. 파란 야구 모자에 흰 티셔츠와 반바지, 여행자용 배낭을 멘 남자로 길을 건널 기미는 전혀 없었다. 갓길에 우뚝 선 채 앞서 건너가는 사람들을 응시하고 있었다. 나는 모하메드에게 물었다.

"저 사람인가요?"

모하메드는 그런 것 같다고 대답했다. 내 시선은 다시 도로를 건너 남자에게로 갔다. 지난밤 나도 저 자리에 저 남자처럼 서 있었다. 횡단보도도 신호등도 차선도 없는 도로였다. 대형 트레일러, 덤프트럭, 버스와 승용차, 오토바이와 자전거와 말수레……. 인류 역사에 등장하는 오만가지 이동 수단들이 뒤섞인 채 클랙슨을 울려대며 폭주하는 나일강변의 큰 도로였다. 저 길을 건너는 일은 목숨을 건 활극이나 다름없었다. 카이로 교통 사정에 익숙지 않은 외국인에게는 특히 더.

나는 팔짱을 낀 채 차에 어깨를 기대고 섰다. 매가리 없던 다리근육이 돌연 활력을 얻어 딴딴해지는 걸 느꼈다. 심심할 뻔했던 3초는 재미난 3초가 될 것 같았다. 양손을 번쩍 들고 으악 소리를 지르며 도로를 내달리던 지난밤의 나를 떠올리자 기대가 한층 커졌다. 관전 포인트는 하나였다. 1박 2일 동안 함께할 내 사막 동지가 저 재난을 뚫고 올 수 있느냐, 아니면 모하메드가 데리러 가느냐.

남자는 움직이기 시작했다. 옆도 뒤도 보지 않았다. 손을 들거나 뛰지도 않았다. 인도를 걷듯 앞만 보고 서풋서풋 걸어 이편으로 다가왔다. 덮칠 듯 달려들던 차량들은 알아서 속도를 줄이고 적절하게 그를 피해 갔다. 추측건대 앞서간 이들의 움직임을 관찰해 요령을 터득한 것 같았다.

나는 다가오는 남자를 의심스럽게 바라봤다. 남은 한 조각이 미국인이라더니, 내 눈에 보이는 남자는 파란 LA 다저스 모자를 쓴 동양인이었다. 남자는 모하메드와 인사를 나눈 뒤 내게 한국어로 말을 걸어왔다.

"한국인이죠?"

남자의 눈에 확신의 미소가 담겨 있었다. 대답은 들을 필요도 없다는 듯 자신을 소개했다.

"박제이입니다."

나는 스스럼없이 내미는 그의 손으로 시선을 떨어뜨렸다. 재이인가, 제이인가.

"제일, 제이, 제삼 할 때 그 제이."

제이는 내 머릿속 질문을 들은 것처럼 얼른 덧붙였다. 나는 그의 손을 잡았다. 단단하면서도 편안한 느낌을 주는 손이었다. 여자로서는 결코 작다고 할 수 없는 내 손이 담쏙 싸안길 만큼 컸다. 슬쩍 마주 쥐었다 놓는 손가락의 움직임이 경쾌하고 담백했다.

"이해상입니다." 나는 입이 자동문처럼 열리는 걸 느꼈다. "천상, 지상, 해상 할 때 그 해상."

제이는 하하, 소리 내어 웃었다. 웃음소리가 손의 느낌과 비슷했다. 생면부지 상대에게 갖게 되는 동물적 경계심을 단박에 허무는 힘이 있었다. 나는 눈을 깜박이며 그를 봤다. 내 삶에 그가 웃는 얼굴로 걸어 들어오던 순간이었다. 어디선가 아버지의 목소리가 들려온 순간이기도 했다. 그놈이랑 눈 맞추지마.

"출발합시다."

모하메드는 우리의 배낭을 트렁크에 싣고 뒷좌석에 타라고 말했다. 조수석에도 물건이 있다는 것이었다. 몹시 부담스러운 주문이었다. 우선 행동이 편하지 않을 터였다. 배가 불편할 때 바지 단추를 풀 수도 없고, 트림도 마음껏 할 수 없고, 맨발을 의자에 올려놓고 앉을 수도 없을 테고. 낯선 남자와 나란히 앉아 견뎌야 하는 어색한 침묵은 또 어쩔 것인가. 베두인 마을까지는 다섯 시간이나 걸린다는데.

할 필요가 없었던 걱정이었다. 제이는 차에 타자마자 내게 물었다.

"이집트에 언제 왔어요?"

한 박자 참아도 되건만 나는 허겁지겁 대답해버렸다.

"어제 오후요."

"나보다 오래됐네요."

조금 얼떨떨해서 그를 봤다.

"나는 막 공항에서 오는 길이에요. 파리 경유했는데, 24시간 동안 한숨도 못 잤어요."

어쩌란 말일까. 잠자코 쳐다보자 제이는 황당한 질문을 던졌다.

"가는 동안 자도 돼요?"

내게 허락을 구하는 이유는 알 수 없었으나 일단 승낙해주었다. 나더러 재워달라는 것도 아니니까.

"자요."

허락이 떨어지자마자 제이는 수면 자세를 잡았다. 뒷좌석 한구석에 등을 구겨넣고, 모자챙을 내려 눈을 가리고, 에어팟을 꺼내 끼더니 금세 잠이 들었다. 의자에 앉은 채 자는 게 생활화된 자의 태도요, 입면 속도였다. 저 정도면 비행기 좌석이 불편해서 못 잤을 것 같진 않았다. 일을 하느라 못 잤을까? 머릿속에서 질문이 계속 늘어났다. 직업이 뭘까. 휴가를 온 것일까. 왜 혼자 왔을까.

차는 고가도로로 올라선 후 속도를 내기 시작했다. 얼마 후엔 복잡한 카이로 시내를 완전히 빠져나와 한산한 외곽 도로에 들어섰다. 그 사이 제이는 손가락 한번 움찔거리지 않았다. 숨소리조차 내지 않는 것 같았다. 죽은 게 아닌가, 궁금해서 흔들어 깨워보고 싶은 충동마저 일었다. 미리 허락을 구한 이유가 이건가 싶기도 했다. 아무리 궁금해도 자신을 깨우지 말라고.

나는 제이에게 붙어 있던 시선을 거뒀다. 한쪽 귀에 이어폰을 꽂고 차창 밖을 내다봤다. 사막초가 굴러다니는 모래벌판과 붉은 사암 절벽과 나무 하나 없는 산봉우리들이 끝도 없이 지나갔다. 황폐한 적갈색 세계 안에선 간간이 까마귀만 날고 있었다. 조만간 도래할 내 미래를 물상으로 목도하는 기분이었다.

서른네 살에 ALS, 근위축성측색경화증이라고도 불리는 루게릭병으로 세상을 떠난 여자가 있었다. 감각신경은 놔두고 운동신경세포만 파괴한다는 이 잔인한 병은 발병 3년 만에 여자의 숨통을 막았다.

여자의 딸도 서른두 살 생일을 앞두고 같은 병을 진단받았다. 원인의 10퍼센트 정도에 불과하다는 유전성 소인에 의한 발병이었다.

사실 이상 징후는 꽤 오래전부터 감지됐다. 노트 필기를 할 때 종종 볼펜을 놓쳤다. 밥 먹다 젓가락을 빠뜨리기도 하고, 짐에서 운동을 하다 덤벨을 떨어뜨린 적도 있었다. 몇 달 전부턴 오른쪽 다리에 힘이 들어가지 않는 경우가 간간이 생겼다. 오래 걸으면 다리가 모래에 푹푹 빠지는 느낌도 들었다.

어머니의 병에 대해선 아버지에게 전해 들은 바 있었다. 병리 증세와 진행 과정도 알고 있었다. 그런데도 이런 징후가 일시적인 현상이려니 했다. 아니, 그러기를 바랐다. 지속적으로 이어지고 점진적으로 진행되자 비로소 의심이 생겼다. 의심하면서도 확인은 하고 싶지 않았다. 확인의 순간이 확진의 순간이 되리라는 걸 예감한 탓이었다.

그 순간은 무정하게도 빠르게 찾아왔다. 아버지와 함께 북한산 둘레길을 걷던 한 달 전 아침이었다. 발에 걸리는 것도 없는데 다리가 꺾여 넘어졌다. 하필 바위에다 무릎을 정통으로 찧어버렸다. 그 바람에 살이 찢겨 피가 났지만 더 걷지 못할 만큼 중대한 부상은 아니었다.

아버지의 생각은 달랐다. 즉시 나를 병원으로 끌고 갔다. 동네 정형외과가 아니라 아버지의 친구가 센터장으로 있는 ALS 전문 병원으로. 아버지 역시 직감한 것이라고 생각한다. 어머니 덕에 쌓은 경험치가 있을 테니까.

입원과 함께 온갖 검사가 이어졌다. 근전도 및 근조직 검사, 뇌척수액검사, 혈액검사, 소변검사, 경부와 척추 엑스선, MRI…….

뒤늦게야 알게 된 것인데, 어머니가 세상을 떠난 직후에도 나는 유전자 검사를 받았다. 'ALS와 관련된 염색체 돌연변이가 확인된다'라는 결과지를 받았다고 했다. 태어날 때부터 몸에 폭탄을 품고 있었던 셈이다. 터질 수도 있고 불발탄일 수도 있는 반반의 확률을 갖고 성장한 것이고.

아버지는 후자이길 바라면서 대비했을 것이다. 자라는 내내, 다 성장한 후까지도 나를 당신 곁에 두려 했던 건 그 때문이었을 테다. 증상이 발현된 후 미리 대비했던 것처럼 효율적으로 행동한 것도 그런 이유일 테고.

대학 시절 아버지는 내 지도교수가 아니라 스토커로 명성을 날렸다. 유학을 택했던 것도 스토커로부터 멀어지기 위해서였다. 늦게나마 주거지 독립을 할 수 있었던 건 유학을 다녀온 사이 스토커가 재혼을 한 덕택이었다.

나는 뒤늦게야 나에 대한 아버지의 스토킹을 이해할 수 있게 되었다. 물론 이해한다고 새삼스레 사랑이 싹트는 건 아니었다. 여전히 내 본성은 아버지로부터 벗어나길 원했다. 모순되게도 여전히 아버지의 우산 밑에 안전하게 머무르면서.

아버지의 친구는 병의 진행에 관해선 어떤 것도 확언할 수 없다고 말했다. 예상보다 빠를 수도, 예상외로 늦을 수도 있다고 했다. 가급적 빨리 스케줄을 잡아 치료를 시작하자고 권유했다. 여러 치료를 병행할 것이며 치료 목표는 생존 기간 연장이라고 했다. 그사이 신약이 나와 기적이 일어날 수도 있다는 말을 덧붙였다. 아버지를 위로하는 말이었을 것이다. 내 귀엔 네 운명은 결정돼 있다는 말로 들렸다.

아버지는 본가로 들어오길 원했다. 당신의 보살핌과 시야 안에 있기를 바랐다. 당장 치료를 시작하길 권했다. 나는 모두 거절했다. 본가로 들어가면 새어머니와 마주쳐야 했다. 그녀와는 편안한 관계가 아니었다. 보살핌이 필요한 단계도 아니었나. 아직 내 몸을 다룰 수 있었다. 증상이 툭툭 불거지는 순간이 있기는 해도 크게 표가 나진 않았다. 치료도 마찬가지였다. 당장 시작한다고 나을 수 있는 병이라면 그리했을 것이다.

내게 필요한 건 시간이었다. 혼자 생각할 시간, 맞닥뜨린 현실을 정리하고 받아들일 시간, 남은 삶을 계획할 시간. 내가 원하는 건 일과를 지속하는 것이었다. 이미 닥친 일에 분노하거나 미래에 대한 두려움에 미리 떨지 않는 것이었다. 직장인 생태연구원에 사표나 병가를 내지 않은 이유다. 여전히 직속 상사인 아버지의 일을 돕고, 생태원 내의 텃새들을 관찰하고 기록하고 통계를 내면서 시간을 보냈다.

아버지를 따라 학회에 온 것도 일상의 일과 중 하나였다. 다만 이번 학회는 지금까지와 다른 의미가 있었다. 버킷리스트 같은 건 써본 적 없지만 만약 쓴다면 1번에 올라갈 곳이 바하리야였다. 이전에도 가려 했던 적은 있었다. 이런저런 이유로 번번이 계획이 틀어져서 그렇지. 그때마다 '다음에는 꼭'이라고 나를 달랬다. 그때만 해도 내게 남은 시간이 많은 줄 알았다.

나는 아버지 몰래 투어를 예약했다. 유튜브 정보를 보고 사막 캠핑에 필요하다는 짐을 꾸렸다. 챙 달린 모자, 성능 좋은 고글, 못 씻는 상황에 대비한 물티슈, 벌레 퇴치 약, 모래를 털어내기 쉬운 삼선 슬리퍼, 사막의 추운 밤에 대비한 경량 패딩 등등.

변덕도 병증 중 하나인 모양이었다. 준비하는 과정은 즐거웠고, 기다리는 내내 들떠 있었다. 막상 사막으로 가고 있는 지금은 끝도 없는 심연으로 가라앉고 있었다. 모래 늪에 발이 빠진 것처럼 몸도 마음도 무기력했다. 왜 여기에 오려고 했는지 이유조차 기억나지 않았다. 와본 적도 없는 곳에 대한 그리움이 왜 그리 컸는지 허무하기까지 했다. 혹시 듣고 있는 음악이 청승맞아 그런가 싶어 나는 이어폰을 뺐다.

"화장실 가고 싶어요?"

기다리고 있었던 것처럼 모하메드가 말을 걸어왔다. 전면 차창으로 휴게소 같은 건물이 내다보였다. 나는 내 오른 다리로 시선을 내렸다. 허벅지 근육이 경련을 일으키고 있었다. 통증보다 더 기분 나쁜 감각이었다. 망둑어 한 마리가 근육 안에서 들뛰는 느낌이었다. 펄떡펄떡, 뜀뛰는 소리까지 들리는 것 같았다. 바로 지금 새로 나타난 증상이었다. 어찌 대처해야 할지 알 수가 없어 직감의 말을 듣기로 했다. 가만히 앉아 있는 게 부상을 피하는 길이야.

"그냥 갈까요?"

모하메드가 재차 물었다. 나는 제이를 봤다. 여전히 같은 자세로 앉아 움직이지 않았다.

"모하메드만 괜찮다면 그냥 가요."

정오 무렵 우리는 베두인 마을로 들어섰다. 예상보다 한 시간 빠른 도착이었다. 다행히도 다리 속 망둑어가 잠잠해졌다. 차는 골목을 돌고 돌아 어느 집 대문 앞에 이르렀다. 갈래머리 소녀가 활짝 열린 대문 앞에 서 있었다. 모하메드는 대문을 통과해 마당에 주차돼 있는 지프 옆에 차를 세웠다.

"드라이브, 편안하셨습니까?"

모하메드가 물었다. 나는 질문으로 대답했다.

"100점이라는 말을 이집트어로 뭐라고 해요?"

"메야메야."

모하메드는 활짝 웃으며 엄지를 세워 보였다. 나도 모하메드를 향해 엄지를 들어 보였다. "메야메야."

젊은 남자가 차창 밖에 나타났다. 손에는 차 트렁크에서 꺼낸 나와 제이의 배낭이 들려 있었다.

"제이, 일어나요. 도착했어요."

모하메드가 뒤를 보며 제이를 깨웠다. 그는 꿈쩍도 하지 않았다. 몇 번을 불러도 마찬가지였다. 나도 그를 불러 깨워봤다.

"여보세요. 일어나세요."

대답이라도 하듯 그의 얼굴에서 모자가 툭 떨어졌다. 감긴 눈 아래로 짙은 속눈썹이 반달 같은 그림자를 드리우고 있었다. 구레나룻 끝엔 땀방울 하나가 대롱대롱 맺혀 있었다.

"5분만……."

그는 잠꼬대처럼 웅얼거렸다. 다 왔노라 한 번 더 말해줬지만 그의 눈은 열리지 않았다. 나는 차에서 내렸다. 알아서 일어나겠지 했다. 더 중요한 건 내 다리 상태였다. 무릎이 툭 꺾이면 어떡하나, 발꿈치가 땅 밑으로 꺼지는 느낌이 들면 어떡하나 건건이 걱정스러웠다.

나는 왼발로 먼저 땅을 디디고 오른발을 조심스레 내려놨다. 힘을 주자 발꿈치가 단단하게 땅을 밟았다. 종아리까지 힘이 뻗치는 게 느껴졌다. 안도감이 밀려왔다. 괜찮은 징조였다. 몇 시간씩 차에 갇혀 있었는데도 이 정도라면 사막도 무사히 걸을 수 있지 않을까.

"따라오세요."

남자가 앞장서 집으로 들어갔다. 나는 현관 옆에 있는 방으로 안내됐다. 사방 벽이 붉은 태피스트리로 장식돼 있고 중앙에는 긴 좌식 소파와 테이블이 놓여 있었다. 남자는 배낭들을 내려놓고 친근한 표정으로 인사를 청해왔다.

"센입니다. 1박 2일 동안 캠핑을 책임질 가이드이고요."

우리가 자신을 소개하고 악수를 나누는 사이 제이가 등장했다. 잠이 덜 깼는지 그는 눈을 반만 뜨고 나를 봤다.

"나만 버리고 가면 어떡해요?"

볼멘소리를 하는 제이의 입술이 퉁퉁 부어 있었다. 자고 일어나면 눈이 붓는 사람은 봤어도 오리주둥이가 되는 사람은 처음이었다.

"멀쩡하게 생긴 사람이…… 거참, 의리 없네."

나는 반응을 하지 않았다. 딱히 할 말이 없었다. 제이는 땀에 젖은 앞머리를 쓸어 넘기고 센과 인사를 나눴다.

"두 분 앉으세요." 센이 소파를 가리켰다.

"여기서 점심을 먹고 출발할 겁니다."

기특하게도 내 다리는 좌식 소파에 사뿐히 앉을 수 있도록 잘 작동해주었다. 제이는 어이쿠 소리와 함께 내 옆자리에 무너지듯 엉덩이를 내려놨다. 잠시 후 대문 앞에 서 있던 소녀가 등장했다. 빵이 담긴 쟁반을 들고 조심조심 걸어오는 모습에 나는 친근감을 느꼈다. 기억 속에서 저 또래였던 그 옛날의 한 소녀가 불려 나왔다. 집에 손님이 오면 어머니 대신 거실로 나가 인사하던 일곱 살의 내가.

테이블에 음식이 놓이기 시작했다. 이집트 전통 빵인 에이시와 카레, 샐러드……. 소녀는 바지런히 들락거렸다. 다들 식사를 시작했으나 나는 옛 기억에서 빠져나오지 못했다. 생각은 일곱 살에서 스물여섯 살로 점프했다.

결혼하자는 남자가 있었다. 결혼을 생각하기엔 좀 이른 나이였다. 막 석사를 끝내고 유학을 앞둔 때이기도 했다. 나는 기다려줄 수 있느냐 물었다. 그 남자는 유학과 결혼 중 하나만 선택하라 대답했다. 아버지는 결혼하길 원했으나 나는 유학을 택했다. 이제 와 드는 생각이지만 내 인생에서 가장 잘한 선택이었다. 결혼을 택했다면 같은 일이 대를 이어 벌어졌을 테니까.

오후 1시경, 우리는 바하리야로 출발했다. 센은 지프에 캠핑 물품을 실은 후 조수석에 탔다. 나와 제이는 뒷좌석에 나란히 앉았다. 운전자는 집주인인 알레였다. 단단한 체구를 가진 중년 남자로 표정도 없고 말수도 없고 머리털도 없었다.

모래바람이 어슬렁대는 마을을 벗어나자 갈색 세상이 나타났다. 제이는 에어팟을 꺼내 만지작거리고 있었다. 딱히 할 일도 없고 해서 나도 이어폰을 꽂았으나 음악을 들을 수 없었다. 인터넷이 연결되지 않았다. 미리 파일을 다운로드하지 않은 나를 매우 때리고 싶은 심정이었다.

"이거 껴봐요."

제이가 에어팟 한쪽을 내게 내밀었다. 나는 에어팟을 한번 보고 그를 봤다. 몇 시간씩 자기 귀에 꽂고 있던 걸 나더러 껴보라니. 이 한국계 미국 남자는 한국 드라마를 너무 많이 본 게 아닐까.

"깨끗하게 닦았어요."

제이는 손에 쥔 물티슈를 슬쩍 흔들었다. 엉겁결에 받았고 받은 김에 꽂았다. 익히 잘 아는 저음의 목소리가 귓속으로 쳐들어왔다. 나는 흥얼흥얼 노래를 따라 불렀다. 제이가 고개를 홱 돌려 나를 봤다. 놀란 표정으로 물었다.

"이 노래 알아요?"

"〈아듀〉, 아닌가요? 내가 알기로 이건 리믹스 버전인데."

그의 눈에 광분이라고밖에 표현할 길이 없는 번득임이 지나갔다.

"그러니까 그쪽도 람슈타인을 안다, 그 말이죠?"

나는 대답했다.

"빛이고 어둠이시며……."

말 잇기를 하듯 그가 내 말을 받았다.

"신이고 악마이신……."

내가 마무리를 맡았다.

"형님들."

"동지, 우리 악수 한 번 더 합시다."

제이는 내 손을 덥석 잡고 마구 흔들어댔다. 람슈타인을 좋아하는 사람을 만나다니 로토를 맞은 것 같다는 둥, 변성기 때 메인 보컬인 틸 린데만을 흉내 내다 오늘날 자기 목소리가 이렇게 이상해졌다는 둥, 뮤직비디오를 보다가 '형님'을 부르짖으며 큰절을 올렸다는 둥…….

"혹시 콘서트에 가본 적도 있어요?"

혼자 떠들어대던 그가 돌연 물어왔다. 나는 대답했다.

"형님들 기에 눌려서 심장마비로 갈 뻔했어요."

이번엔 질문 공세가 이어졌다. 그때가 언제냐, 어디 공연이냐, 불쇼를 직접 봤느냐, 틸 린데만의 실제 목소리는 어떠냐. 람슈타인의 어떤 점이 가장 좋으냐. 나는 아직도 내 손을 틀어쥐고 있는 그의 손을 내려다봤다. 잡혀 있는 게 싫지는 않았으나 팔뚝에서 새로운 망둑어가 날뛰고 있었다. 놈의 펄떡임이 그의 손에 전달될까 봐 불안했다.

"손 놓으면 말해줄게요."

아아……. 손을 놓는 제이의 귀밑이 울긋불긋 달아올랐다. 보기보다 무안에 취약한 성격 같았다. 나는 질문에 차례로 답하기 시작했다.

유학 시절 기차를 네 번이나 갈아타고 베를린 공연에 갔으며, 불 쇼더하기 독수리 날개도 봤고, 틸 린데만의 목소리를 듣고 있으면 화약과 불을 동시에 삼킨 기분이라고. 마지막 말은 거의 충동적으로 덧붙였다.

"생각해보니까 린데만의 목소리가 그쪽과 비슷한 것 같아요."

제이는 칭찬에도 취약한 것 같았다. 잠시 진화되는 듯하던 얼굴이 다시 타올랐다. "에이, 설마" 하면서도 이목구비를 총동원해서 좋아하는 티를 냈다. 나를 보는 눈동자는 린데만을 영접한 것처럼 반짝반짝

빛이 났다. 이 정도면 좋아하는 게 아니었다. 신으로 모신다고 봐야 했다.

뒷좌석 분위기가 이상했는지 센이 뒤를 돌아봤다. 나와 눈이 마주치자 알 만하다는 표정으로 슬쩍 웃었다. 뭘 알았는지는 모르겠으나 차라리 대놓고 물었으면 덜 민망했을 것을. 아무것도 묻지 않는데 내가 지레 해명할 수도 없었다. 우리 지금 끼 부리는 거 절대 아니에요.

그러거나 말거나 람슈타인에 대한 제이의 수다는 계속됐다. 사실 람슈타인보다는 어쩌다 자기가 광신도가 됐는지에 대한 간증에 가까웠다. 자동으로 그에 대해 몇 가지 사실을 알게 됐다. 네 살 때 이민을 갔고 샌프란시스코에서 살고 있으며 나와 동갑내기라는 것. 직업은 게임개발자이며, 맡은 프로젝트를 1차로 마무리하고 한 달 휴가를 받았다는 것. 바하리야가 첫 행선지고 다음이 킬리만자로인지라 내일 오후에 탄자니아로 간다는 것.

내일이면 우리는 바이바이할 사람들이었다. 다시 볼 일이 없다면 경계할 필요도 없었다. 그러니 몇 번 남았을지 모르는 생일을, 내 몸을 스스로 통제할 수 있는 마지막 생일을 흘러가는 대로 즐기자고 생각했다. 나이도 같은데 더 간결한 언어를 쓰는 건 어떠냐는 제이의 제안에 "좋아" 하고 답한 것도 그 때문이었다. 몇 시간 전에 만난 남자와의 반말 대화는 한 번도 해보지 않은 일이었으나 생각만큼 이상하지 않았다.

"근데 나한테 궁금한 거 없어? 왜 한마디도 안 물어봐?"

물어볼 필요가 있을까. 알아서 조잘조잘 다 얘기하는데. 마치 수업을 마치고 집에 도착하자마자 엄마한테 쪼르르 달려온 사내아이처럼. 그래도 물어주길 원하는 기색이었으므로 물어봤다.

"막내지?"

제이는 고개를 갸우뚱하게 기울였다. 어떻게 알았느냐는 몸짓이었다. 나는 동물행동학 전공자였다. 인간은 동물의 한 종이고. 사실 그런 이론 따위는 중요하지 않았다. 그는 온몸으로 '나는 막내다'라고 외치는 남자였다.

"형이 있지 않을까? 나이 차이가 좀 나는."

오리주둥이에서 인간 주둥이로 돌아온 그의 입이 동그랗게 벌어졌다. 맞나 보았다. 내 점괘에 도취된 나머지 나는 자신만만하게 덧붙였다.

"형 이름은 제일이겠네. 그치?"

처음 만나던 순간에 그랬듯 제이는 나와 눈을 맞추고 하하 웃었다.

"맞아, 제일. 근데 형이 아니라 누나야. 여섯 살 차이 나는."

잠깐, 어쩌면 잠깐보다 약간 더 긴 시간 우리는 서로 빤히 쳐다봤다. 나는 그의 눈이 나를 향해 활짝 열리는 느낌을 받았다. 그 느낌이 너무 친밀해서 나도 모르게 눈을 깜박거렸다. 순간 아버지의 목소리가 귀를 쿡 찔러왔다. 이해상, 정신 차려.

나는 차창 밖으로 시선을 돌렸다. 이미 늦은 것 같은데요.

차는 어느새 바하리야의 첫 영토인 검은 사막에 도착해 있었다. 센이 뒤를 돌아보며 말했다.

"내리실까요?"

왜 검은 사막이라고 하는지 직관적으로 알 수 있는 곳이었다. 사방천지가 검은 화산암으로 뒤덮인 도상 구릉과 모래언덕이었다. 지평선 근처엔 정상 부근이 유난히 검은 산이 놓여 있었다.

"두 분, 산을 등지고 서보세요."

아무래도 센은 우리를 힘껏 밀어주기로 한 모양이었다. 사진을 찍겠다며 나와 제이를 딱 붙어 서게 만들었다. 당혹스러운 요구 사항이 뒤를 이었다.

"팔 한 쪽씩 올려서 큰 하트를 만드시고."

나는 사진 찍히는 일에 익숙하지 않았다. 직업상 찍는 일을 주로 해왔다. 새나 새알, 새 둥지, 활동 영역 같은 것들. 찍히는 걸 좋아하지도 않았다. 두고두고 감상할 만큼 훌륭한 피사체도 아닐뿐더러, 사진을 찍는 사이 정작 봐야 할 것들은 놓치기 일쑤였으므로.

그런데도 센이 시키는 대로 포즈를 잡았다. 차 지붕이든, 구릉 사면이든 올라가라면 군말 없이 올라갔다. 앞을 가리키면 앞을 보고 제이와 마주 보라면 마주 봤다. 어색하고 무안한 나머지 웃음을 터트리기 일쑤였으나 몰랐던 진리 하나를 터득했다. 경우에 따라선 어색한 감정이 도파민 통제 회로를 끄기도 한다는 것.

나는 어색하지 않으려고 내 안에 가둬둔 천둥벌거숭이의 고삐를 풀어버렸다. 점점 행동이 대담해졌다. 거리낌 없이 즐거워했다. 지프는 검은 사막을 지나고, 오아시스를 거치고, 크리스털 사막을 건넜다. 고원처럼 평탄하고 단단한 모래사막을 횡단할 무렵, 나는 내 처지마저 잠시 잊었다.

지프는 어느새 거대한 모래언덕들 사이로 들어서 있었다. 롤러코스터를 태우듯 모래언덕으로 올라서고, 미끄러지고, 다시 비상하다 어느 모래언덕에 이르러서야 멈춰 섰다. 지금껏 지나온 모래언덕 중 가장 높았다. 나는 알딸딸해진 정신으로 알레를 향해 엄지를 들었다.

"메야메야."

내내 무표정하던 알레가 백미러 속에서 환하게 웃어주었다. 센은 뒤를 돌아보며 말했다.

"샌드보드 타러 갑시다."

제이는 보드와 친숙한 사이 같았다. 반쯤 앉은 자세로 활강하듯 시원스레 미끄러져 내려갔다. 나로 말하면 보드 같은 건 난생처음이었다. 보드는커녕 미끄럼틀도 타본 적이 없었다. 높은 데서 미끄러지는 건 일절 타지 말라는 아버지의 잔소리 때문이었다.

"내려와."

까마득한 언덕 밑에서 제이가 팔을 빙글빙글 돌렸다. 다른 손엔 휴대전화를 들고 영상 촬영 준비를 하고 있었다. 나는 보드에 앉았다. 센이 내 발을 보드 고리에 끼워주었다.

"고리에서 발을 빼지 마세요. 그러면 괜찮아요."

센이 잡고 있던 보드 끝을 놓았다. 내 몸은 미끄러져 내려가기 시작했다. 생각보다 속도가 빨랐다. 경사가 보기보다 가팔랐다. 속도와 낙차감이 예상보다 무시무시했다. 반사적으로 눈이 감겼다. 동시에 오른 다리에 힘이 탁 풀리는 걸 느꼈다. 느끼는 찰나에 내 몸은 보드에서 튕겨 나가 모래언덕에 처박혔다. 처박히자마자 말똥구리처럼 데굴데굴 굴러 떨어졌다. 구르기를 멈췄을 땐 온몸에 모래를 뒤집어쓰고 앉아 기침을 해대고 있었다. 제이의 놀란 목소리가 머리 위에서 울렸다.

"괜찮아?"

전혀 괜찮지 않았다. 입안에 가루약 같은 미세 모래가 꽉 차 있었다. 제이는 내 곁에 앉아 등을 두들겨주기 시작했다. 센은 생수를 가지고 달려 내려왔다. 나는 고개를 숙인 채 모래를 한 움큼 뱉어냈다.

생수 한 병을 다 써서 입을 헹군 후에야 가까스로 정신이 들었다. 비로소 축 늘어진 채 모래에 파묻혀 있는 오른 다리가 눈에 들어왔다. 게다가 맨발이었다. 굴러떨어지는 와중에 슬리퍼가 어디론가 날아가 버린 것이었다.

나는 잠시 멍해 있었다. 부끄러운 건 둘째 문제였다. 모래의 뜨거운 기운이 발을 녹이는 것 같았으나 그것도 다음 문제였다. 나를 충격에 빠뜨린 건 다리를 내 뜻대로 세울 수가 없다는 사실이었다. 신경만 남겨두고 뼈와 근육이 모두 녹아버린 듯했다. 생각지도 못한 상황에, 습격하듯 찾아든 장애였다. 초고속으로 병증이 진행되리라는 내 몸의 경고로 인지됐다. 활활 타는 사막의 태양 빛 아래서 나는 몸서리나는 한기를 느꼈다.

"발목 다친 거 아냐?"

제이가 내 앞에 쪼그려 앉아 물었다. 나는 고개를 저었다. 더 묻지 못하도록 머리 고무줄을 풀어 입에 물고 머리털 사이사이에 박힌 모래를 털어냈다. 다리 힘이 돌아와 몸을 일으킬 수 있을 때까지 시간을 끌었다. 얼마 후 다리는 세울 수 있게 되었으나 발목 힘은 완전하게 돌아오지 않았다. 제이의 부축을 받아 일어났지만 모래언덕을 다시 올라가는 것은 무리였다. 맨발로 걷기엔 모래가 너무 뜨겁기도 했다.

"신발 어디 있어?"

제이가 물었다. 나는 또 고개를 저었다. 이번엔 슬리퍼 찾기가 시작됐다. 제이와 센, 알레까지 나서서 모래언덕을 뒤졌으나 끝내 찾지 못했다.

"이거 신어봐."

제이가 자신의 크록스 샌들을 벗어 내 발밑에 놓았다.

"스트랩을 조이면 신을 만할 거야. 다행히 여자치곤 발이 좀 크네."

칭찬인지 험담인지 헷갈려서 제이를 올려다봤다. 제이는 내 시선을 이런 질문으로 해석한 눈치였다. 넌 어쩌려고.

"난 배낭에 트레킹화 있어."

마땅히 한 번쯤 사양해야 했으나 그럴 마음이 나지 않았다. 흡사 불고기용 불판 위에 서 있는 기분이었다. 발가락은 물론 발바닥까지 익는 것 같아 허겁지겁 크록스에 발을 끼웠다. 제이가 한쪽 무릎을 땅에 대고 앉아 발뒤꿈치 스트랩을 조절해주었다. 나는 시험 삼아 제자리 걸음을 해봤다. 달리기는 어렵겠지만 이상하지 않게 걸을 수 있을 것 같았다.

"어때?"

제이가 물었다. 고맙다고 대답하려 했으나 그의 얼굴이 너무 가까이에 있었다. 나는 대답 대신 입에 물고 있던 고무줄로 머리를 묶었다. 그는 해를 등지고 선 채 물끄러미 나를 지켜봤다. 도파민의 폭주는 끝난 모양이었다. 와락 무안해지고 얼굴에 열이 올랐다. 생난리를 피운 것 같아 부끄러웠다. 제이와 마주 서 있는 게 갑자기 어색하고 불편해졌다. 고맙게도 그때 알레가 차를 언덕 아래로 몰고 내려왔다. 센이 차 뒷문을 열어주었다.

"타요."

차는 바하리야의 세 번째 영토 하얀 사막으로 들어섰다. 최종 목적지이자 우리의 캠핑지였다. 알레는 풍화에 깎여 나간 흰 석회암들 사이로 천천히 차를 몰았다. 사막이 아니라 바다 같았다. 차가 아니라 배를 탄 느낌이었다. 빙산과 유빙이 떠다니는 북극해의 한복판을 통과하는 기분이었다.

차는 새하얀 주상절리 암벽 밑에서 멈췄다. 나와 제이는 차에서 내렸다. 먼저 내린 센이 모자를 벗어 배꼽에 대고 우리를 향해 고개를 숙여 보였다.

"태초의 바다에 오신 걸 환영합니다."

그랬다. 우리는 그 옛날 바다였던 사막에 도착한 것이었다. 물이 돌로 바뀌는 마법에 걸린 세상 같았다. 끝없이 이어지는 석회석 파도, 모래 위에 하얗게 굳어진 물결의 흔적, 세상의 온갖 형상을 닮은 석회석 갯바위. 먼 지평선에선 태양이 낙하하고 있었다.

"별똥별 부스러기가 굳어지며 생긴 돌이에요."

센이 모래 바닥에 박힌 거뭇거뭇한 것들을 가리켰다. 마음에 드는 돌이 있으면 하나씩 가져도 된다고 했다. 공항 검색대도 통과할 수 있을 거라 했다. 나는 바닥을 살피는 척하며 몇 발짝 걸어봤다. 발꿈치 힘이 원래대로 돌아와 있었다. 안도감이 나를 감쌌다. 이 정도면 눈에 띄게 절룩거리지는 않을 것이라고.

"저기 버섯바위 뒤쪽으로 가면 예쁜 게 많아요."

등 뒤에서 센이 말했다. 우리는 걷기 시작했다. 버섯바위를 넘어 지평선에 걸린 태양을 향해 나란히. 핏빛 노을이 세상 위로 번지고 있었다. 암적색 구름이 진군하듯 빠르게 하늘을 덮어오는 중이었다. 정면엔 진홍의 석회암 기둥들이 태양을 호위하는 무사처럼 정렬해 있었다. 하얗게 물결치던 파도는 화염이 되어 일렁거렸다. 나는 걸음을 멈췄다. 몸을 빙그르 돌려가며 붉은 무애의 세상을 바라보았다.

"노을이 짙으면 비가 온다던데."

어깨 옆에서 제이의 목소리가 들려왔다. 나는 맞장구를 쳤다.

"그러게."

"1년에 두 번 온다는 사막 비가 하필 오늘 밤에 쏟아지는 건 아니겠지?"

나는 고개를 들어 하늘을 봤다. 물론 본다 하여 알 수 있는 건 아니었다. 달리 할 게 없어 올려다봤을 뿐.

"골라봐."

제이는 내게 손바닥을 내밀었다. 별똥별 돌 두 개가 놓여 있었다. 하나는 보름달처럼 동그랗고 하나는 별 모양이었다. 선택 범위는 좁았으나 둘 다 마음에 들었다. 나는 별을 골랐다. 그는 자동으로 달을 가졌다. 우리는 별과 달을 각자 손에 쥔 채 진홍의 사막을 걸었다. 말없이, 느릿느릿, 태양이 떠나고 땅거미가 도착할 때까지.

우리가 차로 돌아왔을 때, 캠핑 준비는 다 끝난 상태였다. 네 방위에 말뚝을 박고 양탄자를 둘러 벽을 만든 베이스캠프가 지프 앞에 서 있었다. 바닥에는 두툼한 매트리스가 깔리고, 슬리핑백과 담요들이 쌓여 있고, 조립식 식탁도 놓여 있었다. 조금 놀라웠다. 텐트가 아닌 노지 캠핑이라니. 그것도 바람이 모래를 뿌리며 오가는 사막 한복판에서.

캠프 한쪽, 가스 불 위에선 커다란 냄비가 김을 뿜었다. 알레는 그 옆에 앉아 채소를 다듬는 중이었다. 캠프 앞쪽에선 모닥불이 타오르고, 불 위 그릴에선 메인 메뉴가 익어가고 있었다. 센이 닭고기와 염소 고기라고 가르쳐주었다.

밤은 안개와 함께 왔다. 저녁을 먹을 즈음부터 입김처럼 희끔 퍼지더니 식사 후엔 석회암만큼이나 희고 밀도 높은 안개가 되었다. 눈보라에 휘감긴 듯한 하늘은 이마 위까지 낮게 드리워져 있었다. 설원에서 야숙을 하면 이런 기분일까. 백색 어둠 뒤에서 늑대의 하울링이 들려올 것 같은 밤이었다.

셴은 이곳에서 별을 보지 못하는 건 로토에 맞는 것만큼이나 어렵다고 했다. 밤안개가 이토록 짙게 끼는 건 길을 걷다 날벼락을 맞는 일처럼 희귀하다고 했다. 나와 제이는 로토와 날벼락을 동시에 맞은 셈이었다. 그런데도 미련이 남아 모닥불 앞을 떠나지 못했다. 패딩 점퍼를 등에 걸친 채 제이와 나란히 앉아 노랗게 타는 불길을 바라봤다.

잿빛 연기 뒤편으로 내 인생이 지나가고 있었다. 엄마를 잃은 일곱 살의 나에서 생태원 숲을 나돌아 다니는 서른두 살의 나까지. 나는 멍한 기분으로 수많은 나를 관객처럼 바라봤다. 아무런 감정도 들지 않았다. 상황만 있고 나는 없는 시간 같았다. 그 시절에도 나는 분명 존재했을 텐데.

"이 앱 알아?"

제이가 고개를 옆으로 기울여 휴대전화 화면을 보여주었다. 별자리 앱이 열려 있었다. 내 휴대전화에도 있는 것이었다.

"별자리 대봐. 찾아줄게."

그는 휴대전화 화면을 하늘로 들어 보이며 말했다. 아무리 높게 올려도 별은 볼 수 없을 테지만 김빠지게 하고 싶지 않아 답해주었다.

"전갈자리."

몇 번이나 봤던 특유의 표정이 제이의 눈에 떠올랐다. 아아…… 하는 고갯짓 같은 표정. 퍼뜩 지나가는 단서를 낚아챈 듯한 표정. 그는 그것을 질문의 형태로 내놨다.

"혹시 오늘이 생일이신가?"

나는 대답 없이 웃었다. 축하를 빙자한 그의 깨방정이 이어졌다. 진작 말하지 그랬느냐는 둥, 그랬다면 저녁 식사 때 축하 노래라도 불러줬을 거라는 둥, 원하면 지금이라도 불러주겠다는 둥.

"근데, 생일날 왜 혼자 여기 와 계실까."

제이가 물었다. 웃음기가 밴 목소리였다. 나는 꺼져가는 불길에 시선을 붙박았다. 이유를 설명할 수가 없어서 이번에도 대답하지 않았다. 침묵이 우리 사이에 들어와 앉았다. 어색하고 눈치가 보이는 침묵이었다. 뭐라도 말해야 하는 것 아닐까, 하는 책임감마저 느껴졌다.

"나 어렸을 때 얼바인이라는 곳에 살았거든."

제이가 먼저 입을 열었다. 손으로는 나뭇가지를 부지깽이 삼아 모닥불을 뒤적거렸다. 안개 속으로 불꽃들이 물보라처럼 튀어 올랐다.

"캘리포니아 오렌지카운티에 있는 도시인데 한국인이 많이 살아."

안개는 점점 짙어졌다. 공기는 점점 차가워졌다. 습한 기운이 엉덩이를 찌르고 올라왔다. 오른 다리가 점점 굳어지는 느낌이었다. 일어나 걸어봐야겠다, 하면서도 나는 움직이지 않았다. 제이의 이야기를 듣고 싶었다. 어떤 소년이었는지 알고 싶었다.

"미국 이민자에겐 전설 같은 농담이 하나 있는데, 공항에 누가 마중을 나오느냐에 따라 그들의 직업이 정해진다는 거야."

그의 가족을 마중 나온 사람은 슈퍼마켓을 하던 큰아버지였다. 제이의 양친도 슈퍼마켓에서 일을 하게 되었다.

"기술도 없고 영어도 서툴렀으니까."

제이는 다시 꺼져가는 모닥불을 뒤적거렸다.

"두 분 다 일을 해서 우리 남매한텐 신경 쓸 틈이 없었어. 어머니는 집에 돌아와도 제대로 쉬지 못했고. 다음날 우리 가족이 먹을 음식을 만들어야 했거든."

제이는 어머니가 음식을 만들 때면 곁에 들러붙어 있었다고 했다. 그중 깻잎김치를 담글 때가 가장 좋았다고 했다. 깻잎김치를 좋아해서가 아니었다. 다른 음식과 달리 주방 바닥에 앉아서 만들기 때문이었다.

"서서 하려면 다리도 아프고 지루하고 그렇잖아. 깻잎 한 장 한 장 양념을 발라야 하니까. 엄마는 몹시 피곤한 상태고. 그럴 때 엄마가 졸음을 쫓는 방법은 껌을 씹는 거였어. 내가 엄마 허벅지를 베고 누워 있으면, 껌을 씹을 때마다 어금니끼리 부딪치는 진동이 귀에 다 전달돼. 심장 소리처럼 똑, 딱, 똑, 딱. 가만히 듣고 있으면 배꼽이 간질간질하고 몸이 나른해지고 기분이 좋아지면서 스르르 잠이 들어버리는 거지."

상상을 해봤다. 어머니의 허벅지를 베고 누워 껌을 씹는 어금니의 진동에 귀 기울이는 소년을. 정복 난이도 최하급에 속하는 남자였다. 이 남자를 허벅지에 눕히려면 껌만 잘 씹어도 될 것 같았다. 심장 리듬으로 일정하게 똑, 딱, 똑, 딱. 나는 웃지 않으려고 어금니를 꽉 물었다.

"왜 웃는데?"

제이가 물었다. 언제 내 표정을 봤나 싶었다. 분명히 모닥불을 보고 있는 것 같았는데.

"껌 잘 씹는 편이야?"

재차 묻는 제이의 눈가에 웃음이 매달려 있었다. 나는 터지는 웃음을 가까스로 삼키고 모닥불로 시선을 옮겼다. 어느새 깜부기불이 되어 깜박거리고 있었다. 알레가 켜둔 전등 덕택에 주변이 어둡지는 않았으나 더 앉아 있을 수가 없었다. 모래 바닥이 빙판처럼 차가웠다. 안개는 점점 짙어져 옆에 앉은 제이의 얼굴마저 흐릿해 보였다. 잠자리로 가야겠다 싶어 엉덩이를 들자 제이가 내 팔꿈치를 잡았다.

“잠깐만. 저 소리 들어봐.”

나는 움직임을 멈췄다. 가만히 귀를 기울였다. 자박자박 소리가 희미하게 들려왔다. 아주 작고 가벼운 것의 발소리였다. 전율이 신경절을 타고 발끝까지 퍼져 나갔다. 무언가 오고 있었다. 사막을 집어삼킨 밤안개를 뚫고 모래 위를 걸어서.

우리는 한 방향을 바라봤다. 알레가 음식을 담은 접시와 물이 담긴 종이컵을 놔둔 자리였다. 발소리는 정확히 그 지점에서 멈췄다. 이윽고 먹는 소리가 들려오기 시작했다.

“플래시 비춰볼까?”

제이가 속삭였다. 나도 속삭거렸다.

“포인트에서 약간 비켜서.”

제이는 휴대전화 플래시를 켜서 모랫바닥으로 떨어뜨리고 천천히 전진시켰다. 안개는 플래시 섬광까지 부옇게 산란시켰다. 산란된 빛은 모래 바닥을 구무럭구무럭 기어가다 목표 지점에서 멈췄다. 안개 입자가 부옇게 떠도는 빛의 원 안에 작은 생명체가 있었다. 사막여우였다.

녀석은 알레가 던져둔 포도를 주워 먹다 퍼뜩 고개를 들었다. 기다란 귀를 바짝 세우고 눈을 까맣게 빛내며 우리를 봤다.

그때, 녀석과 눈을 맞대던 바로 그때 나는 또 다른 소리를 들었다. 울음소리였다. 처음엔 녀석이 내는 소리인가 했다. 아니었다. 내 머릿속에서 울리는 소리였다. 아마도 살고 싶어 하는 내 욕망이 내는 소리였을 것이다. 죽음에 대한 두려움이 내는 소리였을 것이다. 너무나 명백해서 어찌해볼 여지가 없는 내 운명에 대한 분노의 소리였을 것이다.

나는 내 미래를 확인하게 된 이래로 울어본 적이 없었다. 의사 앞에서든, 아버지 앞에서든, 나 자신 앞에서든. 감정을 통제하는 나름의 방식이자 나를 대하는 방식이기도 했다. 그것이 왜 하필 여우를 만난 순간에 무너졌는지 도무지 알 수 없었다. 아는 게 있다면 지금 울어서는 안 된다는 것이었다. 나는 입을 꾹 다물었다. 울음이 나를 빠져나가지 못하도록 목을 잠갔다.

여우는 포도를 모두 찾아 먹고 물을 마신 뒤 몸을 돌려 떠났다. 두어 발짝 걷다가 돌아보고, 서너 발짝 내딛고 돌아보다 안개 속으로 완전히 사라져버렸다. 발자국 소리마저 들리지 않게 되었을 때 나는 짤막한 숨을 연달아 뱉어냈다. 숨이 가빴다. 그동안 한 번도 숨을 쉬지 않고 있었던 것처럼.

#

"집에서 저녁 먹자."

수화기 너머에서 아버지가 말했다. 퇴근 20분 전이었다. 아버지는 이런 이야기를 미리 하는 법이 없었다. 당연한 일처럼 선택의 여지를 주지 않는 게 아버지의 대화 방식이었다.

"오랜만에 가족끼리 얘기도 좀 나누고."

선뜻 네,라는 답변이 나오지 않았다. 서울로 가는 차 안에서 아버지와 먼저 얘기를 나눠야 할 것이다. 집에 도착하면 새어머니와 똑같은 얘기를 나눠야 할 테고. 요새 기분은 어떠냐. 몸은 어떠냐, 도와줄 건 없느냐. 아버지와 다른 게 있다면, 그녀는 집으로 들어오라는 말은 하지 않는다는 점이었다. 당연한 일이었다. 전혀 친화적이지 않은 의붓

딸을 어떤 새엄마가 돌보고 싶을까. 게다가 그녀와 나는 열네 살 차이밖에 나지 않았다.

나는 아버지나 새어머니에게 나를 맡기고 싶지 않았다. 내게도 계획이 있었다. 조만간 닥쳐올 '몸을 움직일 수 없는 삶'을 구체적으로 계획해보겠다는 계획. 어떻게 하면 혼자 지낼 수 있을지 세세히 궁리해둘 생각이었다, 지금 당장은 아니고, 라디컷 치료를 위해 입원해야 하는 다음 주 월요일부터.

"네 엄마가 너 좋아하는 거 준비하고 있을 거야."

나는 '네 엄마'라는 호칭을 좋아하지 않는다. 들을 때마다 감정적 혼란을 느낀다. 새어머니가 아니라 얼굴도 기억 못하는 어머니가 먼저 불려 오는 것이다. 아버지가 어머니를 입에 올린 적이 없다는 걸 알면서도.

"네 엄마 말로는……."

"약속 있어요."

나는 나오는 대로 둘러댔다. 아버지는 조용해졌다. 보지 않아도 표정이 충분히 상상됐다. 입술을 오므려 붙이고 말을 참는 중이겠지. 무슨 약속인지 말하기를 기다리고 있을 테고.

"지금 나가봐야 해요."

말은 참 이상한 힘을 가진다. 그러하다,라고 말하면 정말로 그러한 상황이 닥친다. 2주나 비워둘 책상을 정리하기 시작했을 때 다시 휴대전화 벨이 울렸다. 아버지인가 싶어 망설이다 전화기를 봤다. 예상치 못한 발신자가 화면에 찍혀 있었다. 제이였다. 행여 전화벨이 끊길까 얼른 통화 버튼을 눌렀다. "여보세요" 하자 저쪽에서 "박제이입니다" 했다. 그의 목소리를 듣는 순간, 갈비뼈 밑으로 훅하고 숨이 밀려들던 그 순간 나는 내가 이 전화를 얼마나 기다렸는지 새삼스레 느꼈다.

그와 마지막 통화를 한 게 열흘 전이었다. 그는 킬리만자로가 시작되는 모시라는 도시에 있다고 했다. 함께 산에 오를 일행과 합류했고 내일 새벽부터 트레킹을 시작할 참이며 일주일간 연락할 수 없을 거라 했다. 하산 이후 사흘이 지난 셈이었다. 그사이 그는 뭘 했을까. 트레킹에서 만난 킬리만자로 동지에게 '껌을 잘 씹느냐' 묻느라 바빴을까? 이상한 질문이 튀어나올 것 같아 나는 입을 꽉 다물었다.

"어디냐고 안 물어보네?"

제이가 말했다. 나는 물었다.

"어디야?"

"한국."

하마터면 전화기를 놓쳐버릴 뻔했다. 킬리만자로에서 세렝게티로 간다고 하지 않았나? 농담이라면 아주 고약한 농담이었다. 그가 물었다.

"지금 만날 수 있어?"

지금 나를 보러 오겠다고 한 게 맞나. 놀란 목에서 딸꾹질 같은 물음이 튀어나왔다.

"원주로 온다고?"

나는 얼떨결에 교통 안내 방송을 하고 있었다. 인천공항 제1터미널에서 내렸다면 지하로 가서 원주로 오는 리무진 표를 끊고, 제2터미널이라면…….

"원주 왔는데."

제이가 대답했다.

"응?" 나는 당황하고 허둥거리면서도 교통 안내를 이어갔다. "그럼 원주터미널에서 택시 타고 국립생태연구원 정문으로……."

"정문 앞에 왔어."

말문이 막혔다. 머리가 어지러웠다. 3020년대에서 통화를 하고 있는 기분이었다. 생각만 하면 그곳에 도착해 있는 세상에서의 대화가 이렇지 않을까. 어떤 세상이든 간에 대답은 해야 했다.

"정문 근처에 Y라는 카페 있거든. 커피 마시고 있어. 곧 내려갈게."

나는 책상에 꺼내둔 물건들을 정리하기 시작했다. 손바닥을 빗자루 삼아 서랍에 쓸어넣는 짓도 정리에 포함된다면 말이지만. 그마저도 잘되지 않았다. 손이 떨리는데다 힘 조절마저 되지 않아 물건들이 자꾸 튕겨 나갔다. 생각은 바하리야로 되돌아가 있었다. 여우가 떠난 직후 우리에게 남았던 짧은 밤으로.

우리는 캠프로 돌아왔다. 알레와 센은 잠들어 있었다. 맨 끝 쪽 슬리핑백에 알레가, 그 옆에 센이. 제이는 센의 옆자리로 기어 들어갔다. 이어 내가 제이의 옆자리에 누웠다. 몸은 피곤한데 잠이 오지 않았다. 의식을 풀어버리려 애썼지만 잘되지 않았다. 애를 쓰면 쓸수록 눈이 말똥말똥해졌다.

여우를 만나 흥분한 탓은 아니었다. 지프에 연결된 외등 불빛 때문도 아니었다. 자리에 눕자마자 되돌아온 불청객 때문이었다. 이전보다 두 배나 많은 망둑어가 오른 다리 안에서 날뛰고 있었다. 허벅지에서 종아리까지 종횡무진으로 오갔다. 슬리핑백이 들썩거릴까 봐 불안할 지경이었다. 이러다 다리를 움켜쥐고 쌍욕이라도 퍼부을 것 같아 무서웠다.

"자?"

제이가 말을 걸어왔다. 나는 대답할 수가 없었다. 이를 악물고 있느라 답할 시점을 놓쳤다.

"안 잔다는 데 내 발가락 건다."

나는 눈을 뜨고 눈동자만 움직여 제이를 봤다. 제이는 내 쪽으로 고개를 돌려 나를 보고 있었다. 불과 두어 뼘 거리였다.

"진짜 안 잤네." 그의 고개가 제자리로 돌아갔다.

"숨소리가 새근새근해서 자는 줄 알았는데."

새근새근은 개뿔……. 망둑어 떼가 총공세를 퍼붓는데 그리 예쁜 숨소리를 냈을 리가.

"재미난 얘기 해줄까?"

그가 시선을 내 쪽으로 미끄러뜨리며 물었다. 나는 여전히 입을 열 수 없었다. 그저 눈만 한 번 깜박거렸다. 기왕이면 망둑어를 잊을 만큼 재미난 얘길 해달라는 의미에서 한 번 더.

"우리 부모님, 영어를 잘 못한다고 했잖아. 당연히 집에서는 한국말을 썼거든. 나는 엄마랑 얘기를 많이 하는 아이였고. 덕택에 한국말을 안 잊어버리고 자랐어. 대학 다닐 때 한국 유학생들 만나면 한국말을 자기들보다 더 잘한다고 칭찬하더라고. 가끔 아줌마 말투가 나올 땐 확 깨지만."

나는 오른 다리의 망둑어 수가 조금씩 줄어드는 걸 느꼈다. 이에 힘입어 입을 열 수 있었다.

"예를 들어봐."

그는 나를 보고 모로 누웠다. 눈가에는 특유의 서글서글한 웃음이 매달려 있었다.

"아따, 뉘 집 새낀지 탐스럽게도 생겼네. 그래, 남자친구는 있고?"

하마터면 “없어” 할 뻔했다. 나는 물색없이 열리려는 입에 빗장을 채우고 하늘을 올려다봤다. 먼 지평선에서 새벽 동이 파랗게 트고 있었다. 그가 대답을 재촉했다.

“대답 안 하네?”

대답보다는 되묻고 싶었다. 넌?

실제로는 묻지 못했다. 막 입을 열려는 찰나에 지퍼 열리는 소리가 났다. 알레가 슬리핑백을 젖히고 부스스 일어나 앉았다. 이어 센도.

“굿 모닝.”

두 사람이 합창하듯 인사를 보냈다. 우리도 동시에 일어나 앉았다.

“굿 모닝.”

진심으로 굿 모닝이었다. 만세라도 부르고 싶었다. 마침내 망둑어가 사라진 것이다. 놈들이 사라지자 근육 안에서 피가 팡팡 돌았다. 날을 새웠는데도 피곤하지 않았다. 지금부터 사막 투어를 새로 시작해도 끄떡없을 것 같았다. 새삼스러운 말이지만 호르몬의 힘은 위대했다. 나를 지배하고 있는 것이 쾌락의 화신 도파민이든, 에로스의 화신 옥시토신이든, 둘 다이든 간에.

간단한 아침 식사를 마치고 우리는 캠프를 철수했다. 더 머물 수가 없었다. 정오까지는 카이로공항에 도착해야 했다. 제이가 오후 2시 비행기를 탈 예정이었다. 지프는 안개에 휩싸인 하얀 사막을 빠르게 빠져나갔다. 알레의 집에 도착할 때까지도 태양은 낯을 내밀지 않았다. 마당에는 이미 모하메드의 SUV가 도착해 있었다.

카이로 시내의 교통 체증은 최악이었다. 서둘렀는데도 시간이 간당간당했다. 모하메드는 공항을 향해 서커스 하듯 차를 몰았다. 공항이 보일 무렵 제이는 내게 전화번호를 물어왔다. 여우 동영상을 편집

해서 보내주겠다고 했다. 나는 빼지 않고 곧장 전화번호를 찍어주었다. 뺄 이유가 없었다. 내내 기다렸던 말인데.

그는 내 번호를 '사막 동지'로 저장했다. '해상'이라는 이름도 있고, '친구'라는 친밀한 호칭도 있는데 굳이……. 사소한 문제에 나 홀로 신경 쓰는 사이 모하메드는 차를 제2터미널 출구 앞에 댔다. 우리는 차에서 내려 악수를 나누었다. 제이가 작별 인사를 건넸다.

"동지, 또 만납시다."

언제?라고 묻고 싶었으나 그럴 겨를이 없었다. 승객이 아닌 사람은 공항 안으로 들어갈 수 없고 차가 오래 머물 수도 없었다. 보안 요원의 채근에 떠밀려 나는 차에 타야 했다. 제이는 차가 떠날 때까지 그 자리에 서 있었다.

약속대로 제이는 탄자니아에 도착한 후 여우의 영상을 보내주었다. 얼마 후부턴 언제 찍었는지도 모를 내 사진이 한 장씩 날아오기 시작했다. 하나같이 눈을 질끈 감고 싶은 모습뿐이었다. 머리를 풀어 헤치고 모래를 터는 중이거나, 산발한 채 퍼질러 앉아 발을 들여다보고 있거나, 염소 고기를 사자처럼 물어뜯고 있거나. 노상방뇨차 주상절리 암벽 뒤로 숨어드는 뒷모습 사진도 있었다. 설마 이런 걸 예쁘다고 찍은 건가.

때로는 거리나 카페에서 찍은 자기 사진도 보냈다. 그건 또 아주 정상적인 모습이었다. 이유를 묻자 그는 해명하겠다며 곧장 전화를 걸어왔다. 그날부터 전화통을 붙잡고 밤을 새우는 일이 시작됐다. 그가 킬리만자로에 오르기 전날 밤까지 하루도 빼지 않고.

이후 소식이 끊겼다. 내 생활은 갑자기 고요하고 단조로워졌다. 폭풍이 쓸고 간 자리에 서 있는 기분이었다. 그래도 연락 불가 예고가 있었던 일주일은 그럭저럭 견딜 만했다. 이후로도 소식이 없자 안달복달하기 시작했다. 혹시 하산길에 사고가 난 건 아닐까 걱정했다가, 전화할 형편이 아니겠지 하며 나를 달랬다가, 사흘이 넘어가자 배신감이 머리를 들었다가, 그가 연구원 정문에서 전화하기 직전에는 허탈해하고 있었다. 나는 사막바람에 홀렸던 거야. 내 전화번호를 사막동지라고 저장했을 때 척 알아봤어야지.

그가 나를 기다리는 지금은 그 모든 변덕들이 흔적도 없이 사라졌다. 빨리 가야 한다는 조급증만 남았다. 나는 우격다짐으로 책상 서랍을 닫고 화장실 거울 앞으로 갔다. 긴 머리털이 달린 미쉐린 타이어가 거울 안에 서 있었다. 검은 스웨터, 검은 바지, 검은 롱 패딩. 화장이라도 하고 출근할걸. 사막에서와 하등 다를 게 없는 얼굴이었다. 올 거면 온다고 말이나 해주든가. 킬리만자로에서 원주까지 불시에 들이닥치는 남자가 있단 얘기는 아직 들어본 바가 없었다. 물론 그것이 불만은 아니었다.

창백한 입술에 립밤만 바르고 튀어 나갔다. 아버지와 부닥칠까 봐 뱃속은 조릿조릿하고, 사막에서 만난 바람 같은 남자 때문에 가슴은 터질 것 같고, 달리고 싶은 다리를 통제하느라 턱에 힘이 있는 대로 들어갔다. 1층 로비에서 누군가가 인사를 건넸던 것도 같은데 누군가가 누군지 기억나지 않았다. 1킬로미터나 되는 진입로를 어떻게 내려갔는지도 모르겠다.

정문에는 벌써 밤이 도착해 있었다. 제이는 카페에 있지 않았다. 불이 들어와 있는 정문 가로등 뒤편에 서 있었다. 산에서 막 내려온 듯한 차림이었다. 다저스 모자 대신 비니, 고어텍스 패딩 재킷, 눈에 익은 배낭과 트레킹화.

그는 나를 부르지 않았다. 손짓을 하지도 않았다. 정문을 통과해 밖으로 나오는 내 모습을 잠자코 바라보고만 있었다. 불안이 스쳐 갔다. 혹시 내 걸음새가 이상한가. 느낌상으로는 절거나 기우뚱대지는 않은 것 같은데. 그의 앞에 서자 입이 고장 났다. 뭐든 말을 해야 할 텐데. 하다못해 안녕,이라는 인사라도. 먼저 입을 연 쪽은 제이였다.

"매우 훌륭한 신발을 신으셨습니다."

내 시선은 저절로 신발에 떨어졌다. 순간적으로 어지럼증이 났다. 나는 얼굴만 사막에서와 똑같은 게 아니었다. 신발도 여전히 제이의 크록스를 신고 있었다. 사실은 날마다 끌고 다녔다. 숲을 돌아다니기에 편하다고 나 자신에게 핑계를 대면서. "그 이상한 신발은 왜 자꾸 신느냐"라는 아버지의 힐문엔 최신 유행이라고 대꾸했다. 막상 신발 주인이 묻자 뭐라 대답해야 할지 알 수가 없었다.

"안목이 매우 훌륭하십니다."

나는 눈을 내리뜨고 웅얼거렸다.

"매우 잘 어울리십니다."

제이의 목소리가 웃음소리에 가까워졌다. 등 뒤에선 큰 정문이 열리는 소리가 났다. 슬쩍 고개를 돌려 뒤를 봤다. 아버지의 차가 문을 통과해 나오고 있었다. 소리도 없이, 시속 1센티미터 속도로, 상향등을 켠 채 내 등 뒤를 지나갔다. 아버지는 이미 나를 봤을 것이다. 상향등까지 켜서 뜯어보고 있는 쪽은 제이일 터였다. 골치 아프게 됐다는 낭패감이 스쳤으나 이내 털어버렸다. 그보다 더 중차대한 일이 생겼으므로. 제이가 내게 손을 내밀고 있었다.

"동지, 다시 만났으니 악수나 한번 합시다."

나는 그의 손을 맞잡았다.

"고국에 온 걸 환영합니다."

"나는 고국이 아니라……." 그는 내 손을 힘주어 잡았다. "너한테 온 건데."

아마도 나는 그 말을 듣고 싶었나 보았다. 온몸에서 시계 소리가 울리기 시작했다. 배꼽 안쪽, 심장, 턱 밑, 심지어 잇몸까지 똑딱똑딱. 입이 열리고 머릿속에서만 맴돌던 말이 새어 나왔다.

"고마워."

"뭐가?"

묻는 제이의 눈이 생기를 띠며 반짝거렸다. 나는 무엇에 홀린 사람처럼 대답했다.

"나한테 와줘서."

말이 끝나기도 전에 나는 그에게 안겨 있었다. 보고 싶었다고 속삭이는 그의 목소리를 꿈속의 소리인 양 듣고 있었다. 거칠게 울리는 그의 숨소리를 하나하나 세어보고 있었다. 눈을 감고 천지 분간을 해보려 애쓰고 있었다. 지금 나를 안고 있는 이 남자가 진짜 제이인지, 아니면 너무나 간절히 원했던 나머지 찾아든 망상인지. 또 다른 차가 등 뒤를 지나가지 않았다면 밤새 그러고 있었을지도 모르겠다.

20분 후 우리는 중앙시장을 돌아다니고 있었다. 10분 후엔 근처 식당에 들어가 감자탕을 시켰다. 한 시간 후엔 바로 옆 술집에서 맥주를 마셨다. 그는 자신이 얼마나 고군분투하며 킬리만자로를 올라갔는지 들려주었다. 킬리만자로에 서자 아무런 생각도 나지 않았다고 했다. 아무도 떠오르지 않았다고 했다. 아버지도, 어머니도, 누나도, 친구도. 딱 한 가지 생각에만 사로잡혀 있었다고 했다. 나는 물었다.

"무슨 생각?"

그는 한 박자 숨을 멈췄다가 대답했다.

"너를 만나러 가야겠다는 생각."

나는 맥주를 한 모금 넘기다가 사레가 들릴 뻔했다. 뭐라고 답해야 할지 몰라 냅킨으로 입을 박박 닦았다. 이래도 되는 걸까. 이렇게 대놓고 좋아해도 되는 걸까. 네가 모든 일정을 취소하고 어렵사리 비행기표를 구해 찾아온 그 여자가 썩 멀쩡하지 못하다고 지금 말해야 맞지 않을까. 팔다리에서 망둑어가 날뛰는 병에 걸렸는데, 조만간 그놈이 내 숨통을 끊을 거라고 알려줘야 하지 않을까. 그 여자한테 물려 네 신세가 고달파지기 전에 도망가라고 미리 고지하는 게 옳지 않을까. 하다못해 아파트 화단에 해충약을 뿌리는 일도 사전 고지를 하는데.

"집이 이 근처야?"

그가 물었다. 나는 사전 고지를 하지 않기로 마음먹었다. 아직은 아니었다. 다시 만난 지 세 시간 만에 그를 쫓아버리는 건 올바른 일이 아니었다. 너무나 야박한 일이었다. 그가 아니라 내게.

"이 근처만 뱅뱅 도는 게 그런 거 같은데."

그가 말했다.

"바로 건너편이야."

대답하면서도 스스로 한심했다. 원주에서 살기 시작한 지 1년째이건만 지금도 시내 지리를 잘 몰랐다. 밖에 나갈 일이 없었다. 주중에는 직장과 집을 오가기도 바빴다. 주말엔 아버지한테 잡혀 본가로 끌려갔다. 싫은 내색을 하거나 거절한 적이 거의 없었다. 내가 병에 걸렸다는 걸 알기 전까지는 대부분 아버지 뜻대로 살았으니까.

"피곤하지 않아?"

제이가 물었다. 나는 아차 싶었다. 진즉에 물었어야 할 말을 여태 묻지 않고 있었다. 숙소를 정해놨는지, 정해놨다면 어딘지.

"나갈까?"

내가 묻자마자 그는 응, 했다. 빨라도 너무 빠른 반응이었다. 피곤한 건 이해하나 이해의 영역 밖에 있는 감정도 있는 법이었다. 흔히들 '무안하다'라고 말하는 감정도 그 범주에 들어간다. 그걸 감추려고 얼른 일어났다.

"집이 어디라고?"

술집을 나온 후 그가 길 건너를 건너다보며 물었다. 나는 5층 상가 너머로 삐죽 솟은 고층 건물을 가리켰다. 그는 무턱대고 앞장서더니 상가 골목으로 성큼 들어갔다.

"스톱, 스톱. 그 길이 아냐."

나는 달려가서 그를 붙잡고 올바른 길로 인도했다. 집 앞에 다다랐을 때 지금껏 묻지 않았던 것을 물었다.

"숙소 정했어?"

뭔 말이야? 하는 눈으로 그가 나를 봤다. 나는 머뭇머뭇 말을 이었다.

"안 정했으면…… 이 근처에도 호텔이……."

"해상아." 그가 내 말을 끊었다.

"문제 하나 낼게. 동물행동학 문제니까 금방 답할 수 있어." 그는 몸을 돌려 나와 마주 섰다.

"정답을 맞히면 우리한테 마법 같은 일이 일어날 거야."

어리둥절해하면서도 나는 고개를 끄덕였다.

"한 수컷 침팬지가 어떤 암컷 침팬지한테 홀려서 그녀와 독점적 관계를 맺겠다는 일념으로 아프리카 대륙을 종단하고 홍해와 중동 사막과 인도양을 건너서 낯선 땅에 도착했는데……." 한 박자 뜸을 들인 후 그는 문제를 내놨다.

"이 정신 나간 수컷, 누가 책임져야 할까?"

출제자의 의도가 명확하게 읽히는 질문이었다. 답변 같은 건 생각해보고 말고 할 것도 없었다. 오늘을 놓치면 그를 책임질 기회가 다시는 오지 않을지도 몰랐다. 뜸이 들기를 기다릴 만큼 내 인생이 한가롭지도 않았다. 무엇보다 나는 그의 마법에 걸리고 싶었다. 내일이나 다른 언제가 아닌 지금 이 순간에. 그 욕망이 너무나 강렬했던 나머지 스피드퀴즈를 풀듯 답이 튀어 나갔다.

"암컷이."

#

"해상아."

제이가 불렀다. 여느 때와 달리 그의 얼굴에 장난기가 없었다. 나는 들고 있던 맥주 캔을 탁자에 내려놓고 다음 말을 기다렸다.

"너, 나 따라올래?"

앞뒤도 없고, 맥락도 없는 말이었다. 그런데도 곧바로 알아들을 수 있는 말이었다. 대답해줄 수 없는 말이기도 했다.

"아니면, 내가 들어올까."

그 역시 대답할 수 없었다. 나는 시선을 내 허벅지로 떨어뜨렸다. 트레이닝 바지 안에서 근육이 펄떡펄떡 뛰고 있었다. 그러기 시작한 지 5분쯤 된 것 같았다.

"우리, 이런 이야기 할 때가 된 거 같은데. 아닌가?"

그의 목소리는 조심스러웠으나 답변을 요구하는 단호함이 있었다. 나는 고개를 끄덕였다. 그가 온 지 벌써 열흘째였다. 내일이면 샌프란시스코행 비행기를 타야 했다. 아마도 그는 떠나기 전에 나눠야 할 이야기라 판단했을 것이다. 그가 우리 관계에 대한 책임감을 갖고 있다는 의미이기도 했다.

내 입장은 달랐다. 그가 무책임하기를 바랐다. 훌쩍 떠나주기를 바랐다. 아무 약속 없이, 어떤 기대도 품지 않도록 무심하게 돌아서면 이후가 좀 쉬워질 것 같았다. 마법에서 벗어나 현실로 돌아가는 일이.

지난 열흘, 나는 다른 삶을 살았다. 아니, 현실이 쫓아오지 못하도록 다른 세계로 피난을 떠났다는 게 정확한 말이겠다. 제이가 도착한 다음날 아침 한 달째 주차장에 처박아둔 차를 끌어내서 집을 벗어났다. 전화도 꺼버렸다. 제이가 운전을 하고 나는 쉴 새 없이 조잘대며 동해로 내달렸다.

양양의 어느 리조트에 도착한 후, 우리는 이틀 동안 밖으로 나가지 않았다. 방 안에만 있어도 시간이 모자랐다. 먹고, 마시고, 나란히 서서 바다를 내려다보고, 눈 맞추고, 이야기를 나누고, 웃고, 안고, 뒹굴고, 늦잠을 자느라.

월요일 아침엔 병원에 전화를 걸어 입원 예약을 취소했다. 아버지에게도 전화를 걸어 금방 한 일을 보고했다. 그러니 나를 데리러 원주에 오지 말라고 통보했다. 아버지는 긴 침묵 끝에 물었다.

"어디냐."

입을 열자 거짓말이 튀어나왔다. 아버지가 당장 잡으러 올 수 없는, 서울에서 가장 먼 곳의 지명이.

"제주도요."

참으로 이상한 일이었다. 아버지는 더 묻지 않았다. 누구랑 있느냐고도, 그놈이 누구냐고도. 제정신이냐고 질책하지도 않았다. 그저 알겠다고 했다. 금요일 밤에 분명 제이를 봤을 텐데. 그와 마주 선 내 뒷모습을 못 알아봤을 리 없는데. 딸의 사생활을 존중할 만큼 신식 아버지도 아닌데.

어쨌거나 나는 온전히 자유로워졌다. 내일이 없는 것처럼 하루를 보냈다. 바닷바람을 맞으며 제이와 모래밭을 걷고, 제이가 좋아하는 게이샤 커피를 찾아 카페를 순례하고, 록 페스티벌에 가서 실내 체육관 바닥이 꺼지도록 쿵쾅쿵쾅 뛰고, 아무 술집이나 들어가 맥주를 마시고, 술주정뱅이가 되어 노래를 불렀다.

매 순간순간 나는 제이에게 길들여졌다. 여우가 어린 왕자에게 했던 말을 빌리자면, 그는 내게 세상에 단 하나뿐인 존재가 되었다.

원주로 돌아온 건 불과 몇 시간 전이었다. 떠돌고 싶은 대로 떠돌다가 더 떠돌 수 없는 시간이 닥치자 본래 자리로 돌아온 셈이었다. 본래 자리는 현실의 자리이자 내 삶의 자리였다. 이제 정리를 해야 할 시간이었다. 축제가 끝났으므로.

나는 의자에서 일어나 침대로 갔다. 바지를 벗고 팬티 바람으로 침대에 올라앉았다. 다리를 길게 뻗은 다음 허벅지에 손을 올렸다. 근육이 펄떡이는 소리가 손바닥을 뚫고 올라와 귀에 닿았다. 집에 돌아오기 전엔 듣지 못한 소리였다. 아마도 그간 내 몸의 감각기관들은 스위치를 내리고 있었을 것이다. 빛을 따라 움직이는 주광성 벌레처럼 내 몸은 오직 제이에게만 반응했으므로.

"제이. 내 옆으로 와."

그는 별말 없이 내 옆에 와서 앉았다. 어쩌면 내 표정이 '시키는 대로 해'라고 말하고 있었는지도 모르겠다. 나는 허벅지에 올려둔 손을 옆으로 치웠다.

"내가 깻잎김치를 담근다고 생각하고 누워봐."

그가 고개를 돌려 나와 시선을 맞췄다. 거리끼는 기색이 역력했다. 내 행동에 성적인 의미가 없다는 걸 알아차린 눈치였다. 바로 그 점이 의아하고 불길하다 느끼는 것 같았다. 독려 차원에서 나는 고개를 끄덕여 보였다. 해봐, 괜찮아. 내 허벅지가 널 뜯어 먹지는 않을 테니까.

제이는 멈칫멈칫 몸을 눕혔다. 마지못한 동작으로 내 허벅지에 뺨을 내려놨다. 나는 순간적으로 숨을 죽였다. 그가 몸을 일으키고 혼란스러운 표정으로 나를 볼 때까지 꼼짝하지 않고 기다렸다.

"신기하지? 껌 안 씹어도 맥박 소리가 들리고."

말해놓고 스스로 무안해서 웃었다. 만약 그가 함께 웃었다면 나는 정색을 했을 터였다. 놀라서 허둥댔다면 화가 났을 테고. 고약한 심보요, 예민하기 그지없는 신경증적 상태였다. 제이는 용케도 지뢰를 피해 갔다. 웃지 않았고 허둥대지 않았다. 설명을 요구하지도 않았다. 그저 몸을 돌리고 나와 나란히 앉았다.

"할 얘기가 있어." 나는 침대에 등을 기댔다.

"나는 우리 엄마가 걷는 걸 본 기억이 없어. 내가 기억하는 가장 오래전이 일곱 살 땐데, 그 무렵 엄마는 늘 침대에 누워 있었거든. 걷기는커녕 손가락 하나 움직이지 못했어. 목소리도 낼 수 없었어. 목에 인공호흡기를 꽂고 있어서. 나는 엄마의 입 모양을 보고 대답하는 아이가 되었어. 밥 먹었어? 물으면 네, 대답하고. 아빠는? 하면 출근하셨어요, 하고."

그 시절 내가 아침에 일어나 가장 먼저 하는 일은 어머니 방으로 가는 것이었다. 방문을 노크하며 상상을 해보곤 했다. 간병인 아주머니가 아니라 어머니가 문을 열어주는 상상, 입 모양이 아닌 진짜 목소리로 "내 딸 잘 잤어?" 하고 말해주는 상상을. 물론 그런 일은 일어나지 않았다.

"내게도 곧 같은 일이 일어날 거야."

발끝에 시선을 두고 있는데도 제이가 움찔하는 걸 느낄 수 있었다.

"엄마와 같은 병에 걸렸거든."

말해버리고 나자 명치를 조이던 긴장이 풀리는 느낌이었다. 날이 섰던 감정도 한풀 누그러졌다. 머릿속은 조금씩 차분해졌다. 덕택에 냉정한 어조로 얘기를 이어갈 수 있었다. 언제 증상을 감지했는지, 진단을 받던 당시 어떤 심정이었는지, 바하리야에 왜 갔는지, 지금은 어떤 상태인지, 내 앞에 어떤 미래가 기다리고 있는지.

"나는 내 운명을 받아들였어."

제이는 말이 없었다. 그의 얼굴에선 점점 표정이 사라져갔다. 시선은 줄기차게 건너편 벽을 바라보고 있었다.

"그래서 너를 따라갈 수가 없어. 네가 오는 것도 바라지 않고. 왜냐하면……." 나는 옆으로 맥없이 벌어진 내 오른발을 노려봤다. "아버지가 얼마나 고통스러운 시간을 보냈는지 기억하니까."

내 이야기는 끝났다. 그는 여전히 말이 없었다. 나를 돌아봐주지도 않았다. 표정마저 없어 더 답답했다. 마음이 아픈 건지, 나를 동정하는 건지, 아니면 병이 난 여자와 엮인 걸 재수 없어 하고 있는 건지.

그 바람에 알게 된 사실이 하나 있었다. 제이의 표정에서 다정함이 걷히면 빙벽 같은 남자가 나타난다는 것이었다. 말 한마디 붙여볼 수 없을 만큼 강고하고 차가웠다. 그 무정한 침묵 앞에서 나는 키가 5센티쯤 줄어들었다. 마치 내가 사기꾼이 된 것 같았다. 고의로 그를 속여 한국까지 불러들여놓고 "그래서 어쩔 건데?" 하고 있는 것 같았다. 그가 스스로 왔다고 합리화해봤지만 그리 떳떳해지지 않았다.

더하여 내 안에 숨겨져 있던 진실이 무언지 뒤늦게야 깨닫고 있었다. 그가 떠나면 내 생활은 예전으로 돌아갈 거라 생각했다. 쉽지는 않겠지만 어떻게든 되겠지, 했다. 그에 대한 기억을 선물처럼 간직하고 살아갈 수 있을 줄 알았다.

아니었다. 착각이었다. 저 차디찬 눈으로 벽이 아니라 나를 바라볼까 봐 무서웠다. 이 빙벽 같은 남자가 건넬 작별 인사가 두려웠다. 떠난 후 나를 잊을까 봐 무서웠다. 살아 있는 동안 그를 다시 볼 수 없다고 생각하자 진저리가 났다. 내가 이생을 떠날 때 그가 없을 거라 생각하자 엎어져 울어버리고 싶었다. 내가 건강했다면 얼마나 좋았을까. 그랬다면 그의 질문에 재깍 대답해줬을 텐데. 갈게. 데려가기만 해.

시간이 느릿느릿 갔다. 영원처럼 길고 절망처럼 고통스러운 침묵이었다. 나는 점점 작아져서 이젠 눈에 보이지도 않는 먼지가 된 것 같았다.

"나……." 마침내 그가 입을 열었다.

"편의점 가서 맥주 사 올게."

한 방에 힘을 빼는 말이었다. 허탈한 나머지 입이 열리지 않았다. 그는 패딩을 걸치고 곧장 나가버렸다. 현관문이 텅 소리를 내며 닫혔다. 내겐 그와 나를 잇는 통로가 닫히는 소리로 들렸다. 나는 꼼짝도 하지 않고 닫힌 문을 쏘아봤다. 냉장고에도 맥주가 있는데 새로 사러

간다고.

10분, 20분, 30분…… 한 시간. 나는 꼼짝하지 않고 바깥에서 들려오는 소리들을 들었다. 엘리베이터 문이 열리고 닫히는 소리. 누군가 내 방 앞으로 다가오고 지나쳐 가고 멀어지는 소리. 그중 어떤 것도 그의 발소리가 아니었다.

자정이 넘어갔다. 그는 돌아오지 않았다. 편의점은 같은 건물 1층에 있는데. 맥주를 사러 공장까지 간 모양이었다. 아니면 어디 가서 보리 씨앗을 뿌리고 있거나.

나는 조명등만 켜두고 자리에 누웠다. 눈을 감았으나 잠이 올 리 없었다. 두통이 머리를 조여오고 팔다리는 제각각 펄떡거렸다. 두려움의 한기와 분노가 배 속을 교대로 오르내렸다. 아픈 사람은 난데 왜 네가 화를 내? 나 아픈 데 보태준 거 있어? 비겁하게 침묵으로 고문하지 말고 대놓고 성질을 부리든가.

2시가 되자 포기에 이르렀다. 네 맘대로 해라. 들어오든 미국으로 꺼지든.

엘리베이터 문이 열리는 소리가 났다. 이번에야말로 제이의 발소리 같았다. 나는 재빨리 창문 쪽으로 돌아누웠다. 발소리는 문밖에서 멈췄다. 비밀번호 누르는 소리가 이어졌다. 눈을 감고 숨을 골랐다. 잠든 척하려 안간힘을 썼다. 그러면 그럴수록 모든 감각이 그를 향해 뻗쳤다. 내 몸은 공명 장치가 되어 그의 소리를 포착하고 증폭시켰다. 신발 벗는 소리, 욕실로 들어가는 소리, 손을 씻는 소리, 침대로 다가오는 발소리. 머릿속에선 그의 움직임이 화상으로 구현됐다. 그는 바지를 벗고, 셔츠를 벗고, 조심조심 침대로 들어와 나를 향해 모로 누웠다. 곧 그의 맨몸이 내 등에 밀착됐다. 그가 한쪽 팔을 뻗어 내 허리를 안았다. 나는 숨을 멈췄다.

"해상아."

그가 불렀다. 내 귀 뒤에 입술을 대고 늘 듣던 다정하고 나직한 목소리로. 소름이 온몸에서 일시에 일어났다. 살갗에 드러누워 있던 털들이 빳빳하게 곤두섰다. 심지어 머리털까지 부스스 일어서는 기분이었다. 기가 찼다. 이름 한번 불러줬다고 고슴도치가 돼버리는 여자는 정상일까, 미친 것일까?

"해상아."

그가 다시 불렀다. 이번에도 나는 대답하지 않았다. 어쩐지 궁지에 몰린 기분이었다. 내내 자는 척해놓고 뒤늦게 대답하기도 민망하고, 안 자는 걸 들킨 마당에 계속 자는 척하기도 우스웠다. 나는 입을 꾹 다물고 그의 숨 냄새를 맡아봤다. 술을 마신 건 아닌 것 같았다. 밖으로 나돌아 다닌 것도 아닌 듯했다. 몸도, 발도, 손도 따뜻했다. 조곤조곤 말을 걸어오는 목소리는 너 따뜻했다.

"안 자는 거 알아. 대답해."

그의 손이 민소매 티셔츠를 들추고 갈비뼈 위로 올라왔다. 따뜻한 손이 가슴을 감싸 쥐자 나는 숨을 참기가 어려워졌다. 머릿속으로 수를 셌다. 양 한 마리, 양 두 마리…….

"그래, 그럼 듣기만 해. 말은 내가 할 테니까."

그의 팔이 내 목 밑으로 들어와 나를 당겨 안았다.

"요 앞에 피시방 있더라. 거기 잠깐 들어갔는데……."

나를 미치게 만들어놓고…… 어딜 갔다고? 결국 그를 돌아보고 말았다. 그의 눈이 정면에서 기다리고 있었다. 몇 시간 전의 낯선 남자는 사라지고 본래의 제이로 돌아와 있었다.

가까스로 가라앉았던 화가 다시 치밀어 올랐다. 그래. 너 혼자 감정 정리하고 왔단 말이지. 내가 어떤 심정으로 기다렸을지는 생각도 안 했단 말이지.

"뭐…… 여태…… 어째?"

나는 입을 열었으나 말이 엉망진창으로 나왔다. 성미를 억누르느라 그마저도 떠듬떠듬.

"문에 익숙한 포스터가 붙어 있는 게 신기해서 그냥 잠깐 들어가봤어."

신기해서 들어갔다가 새벽 2시까지 게임을 했단 말인가. 그는 흐트러진 내 머리카락을 손가락으로 쓸어 넘겨주었다. 손길이 목소리만큼이나 다정하고 부드러워 나는 점점 더 화가 났다.

"눈 예쁘게 떠. 눈꼬리 내리고."

그는 엄지로 내 눈꼬리를 잡아 내리고 눈꺼풀에 입을 맞췄다.

"드림시어터라는 가상세계 게임인데 흥행작은 아니었어."

제이의 이야기는 다시 게임으로 돌아갔다. 뭔 이야기를 하든 결론이 '새총을 만들어야지'로 귀결되는 빙하기 시절 유머를 듣는 기분이었다. 나는 눈을 감았다. 새총 말고 내가 듣고 싶은 얘기는 뭘까. 그동안 힘들었겠다,라는 말? 이젠 너 혼자가 아니라고 말해주는 것? 어떤 경우에도 너를 떠나지 않는다고 약속해주는 것? 아이고, 미친…….

"7년 전에 출시됐다가 망작이라고 두들겨 맞고 퇴출되다시피 했거든." 그의 게임 이야기는 줄기차게 계속됐다. "근데 그 홍보 포스터가 요 앞 피시방에 걸려 있잖아. 얼마나 희한해."

그래서 어쨌다는 거냐, 묻고 싶은 걸 참느라 종아리에 쥐가 다 났다. 그의 손은 내 머리에서 목덜미로, 어깨로, 허리로, 엉덩이로 자유롭게 돌아다녔다.

"내 첫 작품이야. 그거 밑천 삼아 지금 직장에 들어간 거고."

몇 시간 전이었다면 나는 그의 엉덩이를 두들겨줬을 것이다. 캘리포니아 남부의 어느 도시, 작은 슈퍼마켓 점원의 아들이었던 이민자 소년이, 게임개발자로서 창의성을 인정받아 세계 최고의 IT 기업에 입성한 신화를 야단스럽게 축하했을 것이다. 우리 제이 정말 장해. 얼른 그 피시방에 데려가줘. 네 첫 작품, 나도 해보고 싶어.

지금은 그리되질 않았다. 내내 화내다 돌변하기가 쉽지 않았다. 그 정도로 감정을 잘 다루는 재능이 내겐 없었다. 나는 감정과 표정과 행동이 일치하는 단순한 부류였다.

"설마 이 게임을 하는 사람이 아직도 있나 싶어서 들어가본 거야."

내가 황당해하든 말든 그는 하던 말을 계속했다. 피시방을 쭉 돌아도 그걸 하는 사람은 없었다고 했다. 서운했넌 나머지 스스로 하게 되었다고 했다. 하다가 문득 시계를 보니 새벽 2시였다고 했다.

"돌아와서, 너한테 프로그래밍하는 거 가르쳐줄게. 어렵지 않아."

잘못 들은 줄 알았다. 게임 룰이 아니라 프로그래밍을 가르쳐준다니. 나는 어이없어하다가 생각을 멈췄다. 금방 뭐라고 했더라. 돌아오면,이라고 했나. 아니다. 돌아와서,라고 한 거 같은데.

"나한테 뭘 가르쳐준다고?"

나는 질문의 초점을 조금 틀어서 찔러봤다. 시비를 걸지, 태도를 전격 전향할지 결정하지 못해 나온 뻣뻣한 목소리로. 그는 내 귓불에 입술을 대고 속삭였다.

"자세한 얘기는 이따 해줄게. 지금은 바빠서 못해."

자세한 얘기를 먼저 듣고 싶었으나 불가능했다. 그가 내 티셔츠를 벗기느라 바빴다. '이따'가 됐을 땐 오리주둥이를 벌리고 빠끔빠끔 숨을 불며 자느라 바빴다. 나는 전의를 잃었다. 나도 모르겠다. 될 대로 되라지.

#

아버지가 차 트렁크에서 휠체어를 내려 폈다. 나는 스스로 차에서 내려 주차장 바닥에 발을 디디고 섰다. 한 발짝 내딛자 무릎이 꺾이면서 몸이 앞으로 무너졌다. 길바닥에 엎어지지 않은 건 잽싸게 손을 뻗어 몸을 받쳐준 아버지 덕택이었다. 한순간 참담한 기분이 스쳐 갔다. 이젠 스스로 걷는 게 불가능하구나. 6개월 전만 해도 당연했는데.

"괜찮냐?"

나는 아버지에게 고개를 끄덕여 보였다. 휠체어에 엉덩이를 내려놓으며 마음을 고쳐먹었다. 스스로 설 수 있는 게 어딘가. 팔도 아직 멀쩡하게 쓸 수 있었다. 엄지가 말을 안 듣긴 하지만 나머지 손가락은 괜찮았다. 스스로 밥을 먹을 수 있고, 머리도 감을 수 있고, 화장도 할 수 있고, 원피스의 지퍼도 올릴 수 있었다. 등이 가려울 땐 효자손으로 긁을 수도 있었다.

"들어가자."

아버지는 휠체어를 밀어 주차장을 빠져나갔다. 1층 입국장 전광판은 샌프란시스코를 출발한 항공편이 15분 전에 도착했다고 알려주었다. 출구는 게이트 E였다. 나는 초조해졌다.

"빨리 가요."

"나오려면 시간이 좀 걸릴 거다."

아버지는 무뚝뚝하게 말하면서도 빠르게 휠체어를 움직였다. 게이트 펜스 앞에는 사람들이 많았다. 아버지는 사람들을 뚫고 들어가 펜스 맨 끝에 휠체어를 댔다. 나는 양발을 발판에서 바닥으로 내려놨다. 팔걸이를 손바닥으로 누르면서 혼자 일어나기를 시도했다.

"그냥 앉아 있어라." 아버지가 말했다. "나올 때 되면 일으켜줄 테니까."

나는 고개를 저었다.

"서서 기다릴래요."

아버지는 나직하게 혀를 찼다. 그 소리가 내겐 '부끄러운 줄 알아라'로 들렸다. 나는 부끄럽지 않았다. 휠체어에 앉아 기다리는 게 더 부끄러웠다. 내가 할 수 있는 최선의 모습으로 제이를 맞고 싶었다. 그래야 말할 수 있을 것 같았다. 내게 돌아온 걸 환영해.

나는 몸을 일으키고 펜스를 붙잡았다. 떨리고 흔들리는 다리에 힘을 주고 배를 내밀어 펜스에 기대서자 조금 안정감이 늘었다. 아버지의 눈엔 그 모습이 위태로워 보였나 보다. 누군가의 몸이 내게 닿지 않도록, 그리하여 내가 넘어지거나 엎어지지 않도록 내 오른쪽을 가로막고 섰다. 누군가 근처에만 와도 손을 뻗어 접근을 막았다. 쓸데없이 과잉 경호를 일삼는 경호원처럼.

내 신경은 다른 데 가 있었다. 화장이 경극 배우처럼 된 건 아닌지, 풀어 내린 생머리가 귀신처럼 보이지 않는지, 다리가 말라 장작개비 같지는 않은지. 나는 흰 원피스 주머니에서 손거울을 꺼냈다. 고개를 숙이고 걱정하는 바들을 슬쩍 점검했다.

"그만 봐라. 예쁘다."

아버지가 말했다. 불퉁스러운 목소리에 무안해져서 나는 거울을 주머니에 넣었다.

제이는 6개월 후 돌아오겠노라 약속하고 떠났다. 자신이 맡았던 프로젝트의 최종 테스트가 끝나는 시점이라고 했다. 회사의 기밀 유지 원칙 때문에 그때까지 어떤 연락도 할 수 없을 거라 했다. 그래도 겁내지 말고, 의심하지 말고 자신을 기다리라 했다. 돌아오면 드림시어터를 능숙하게 다룰 수 있도록 만들어주겠노라 했다.

가장 이해되지 않는 약속이었다. 그가 이해시키지 않은 유일한 약속이기도 했다. 그저 필요하게 될 거라고만 했다. 출국장으로 들어갈 때까지도 그는 몇 번이고 나를 돌아봤다. 나를 믿어, 하듯. 그때마다 나는 고개를 끄덕였다. 믿어. 믿고말고.

안다. 그러지 말라고 말했어야 한다는 걸 나도 안다. 알면서도 그렇게 말하고 싶지 않았다. 멀쩡한 남자 고생시키지 말라는 이성의 소리가, 가는 데까지 가보겠다는 욕망에 맥없이 졌다. 그의 말대로 겁내지 않기로 했다. 그와의 관계가 갈등과 고통으로 끝나든, 내 죽음으로 끝나든, 그 밖의 다른 이유로 끝나든 간에. 내 운명을 받아들였듯 나는 내 욕망도 받아들였다.

제이가 떠난 후 라디컷 치료를 위해 입원했다. 1차 치료 결과는 썩 좋지 않았다. 오른 다리의 근력 약화가 또렷하게 진행됐다. 모래밭을 걷는 것처럼 발이 푹푹 빠지는 느낌이 심화됐다. 2차 치료 결과는 더 나빴다. 걸으려면 의료용 지팡이가 필요한 상황이 됐다. 3차는 포기하고 줄기세포 치료를 택했으나 진행이 가속화될 뿐이었다. 아무도 말해주지 않았지만 내가 어떤 유형의 환자인지 알 수 있는 대목이었다. 예감했던 대로 나는 진행이 빠른 환자였다.

참으로 모순된 것은 시간에 대한 내 감각이었다. 내 삶의 시간은 초고속으로 줄어드는데 매일, 매시간, 매 순간순간의 흐름은 진저리나게 길었다. 생태연구원에 사표를 내고 난 이후부턴 더욱 느려졌다. 시간이 올무가 돼 목을 조르는 기분이었다.

시간을 바쁘게 보내고자 프로그래밍 공부를 시작했다. 본격적으로 제이의 수업을 받기 전에 몰래 해두는 예습이기도 했다. 몸이 불편하다 하여 머리까지 불편한 여자가 되고 싶진 않았다. 하나를 가르치면 열을 알아듣는 학생이 되고 싶었다. 뻔뻔하게도 나는 그에게서 사랑과 헌신과 존중을 모두 바라고 있는 꼴이었다.

아버지는 본가로 들어오길 바랐다. 이젠 세심한 보살핌이 필요하다는 것이었다. 나는 돌아갈 마음이 없었다. 아직까진 혼자 지낼 수 있었다. 치료비 문제도 스스로 해결할 수 있었다. 보험비가 지급되는 중이었고 저금해둔 돈과 퇴직금도 남아 있었다. 결국은 아버지의 도움을 받아야 할 테지만 그 시기가 짧기를 바랐다. 내 몸에 갇힌 채 소나무처럼 오래오래 살고 싶지는 않았다.

병기에 맞춘 계획도 세워뒀다. 어느 단계부터 보살핌을 받을 것인지, 어느 시기부터 홀로 죽음을 준비할 것인지. 거기에 아버지의 집으로 간다는 계획은 들어 있지 않았다. 제이에 대해 털어놓게 된 건 그 때문이었다. 내 인생에 가장 소중한 남자가 있으며, 아버지는 2등이 되었으니 뒤로 물러나달라는 의미에서.

아버지는 '그놈'을 의심스러워했다. 그놈이 했다는 약속도 믿지 않았다. 말로 뱉지 않아도 충분히 느낄 수 있었다. 나를 보는 눈빛이 그 증거였다. 한심할 만큼 멍청하고, 멍청한 만큼 짠한 짐승을 보는 눈이었다. 공항에 나오게 된 것도 순전히 아버지의 뜻이었다. 정신이 멀쩡한 놈이라면 나타날 리 없고, 멀쩡하지 않은 놈이라면 내 곁에서 쫓아버리겠다는 의지가 강력해 보였다.

나는 순순히 아버지의 뜻에 따랐다. 어쨌거나 제이는 아버지와 한 번쯤 만나야 할 터였다. 아버지에게 내 시력이 나쁘지 않다는 걸 증명하고 싶기도 했다. 아버지는 공항에 나와 있는 지금까지도 불신의 눈빛을 거두지 않았다. 그놈은 나타나지 않는다는 데 당신의 전 재산을 걸고 있는 눈치였다.

제이가 연락을 해온 건 불과 사흘 전이었다. 마침내 모든 일이 끝났다고 했다. 최대한 빠르게 돌아가겠노라 했다. 나는 정말이지 하기 싫은 일을 해야 했다. 그에게 마지막으로 도망칠 기회를 주는 것. 휠체어에 앉아 있는 내 사진을 메신저로 보냈다. 화답으로 제이는 내게 입국 항공편 e-티켓을 공유해주었다.

나는 입국장 출구에 시선을 고정했다. 사람들이 몰려 나오고 있었다. 그들을 하나하나 살폈다. 행여 그가 날 보지 못하고 지나쳐버릴까 봐. 그는 내가 여기 나와 있으리라곤 생각하지 못할 테니까.

그런 불상사는 일어나지 않았다. 그는 수많은 사람들 사이에 서 있는 나를 단박에 찾아냈다. 오는 내내 자고 온 듯 퉁퉁 부은 오리주둥이로 나를 불렀다.

"해상아."

시선을 내게 붙박은 채로 서풋서풋 걸어와 나와 마주 섰다. 팔을 활짝 열고 말했다.

"동지, 다시 만났으니 한번 안아봅시다."

나는 그의 목에 팔을 걸고 냉큼 안겼다. 내 등을 단단하게 받쳐주는 그의 손을 느끼면서 비로소 실감이 났다. 이 사람이 정말로 내게 돌아왔구나. 그와 뺨을 맞대면서 왈칵 눈물이 솟구쳤다. 정말로 나는 이 남자가 그리웠구나. 그가 등을 다독거리자 목 안에서 흐느낌이 북받쳤다. 나는 정말로 두려워하고 있었구나. 그가 돌아오지 않을까 봐.

아버지가 곁에 있다는 사실 따윈 새까맣게 잊어버렸다. 두 사람이 인사를 나눈 건 그가 나를 휠체어에 앉혔을 때였다. 아버지는 내가 오늘 안에 제정신으로 돌아오기 힘들다고 판단한 듯했다. 직접 그에게 말을 걸었다.

"자네가 해상이 남자친구인가?"

그는 당황한 기색이었으나 이내 상황을 알아차렸다. 허리를 굽혀 깍듯하게 인사했다. 두 사람은 나를 사이에 두고 서서 데면데면한 몇 마디를 나눴다. 비행시간이 길어서 고생했겠다느니, 내내 자고 와서 괜찮았다느니, 저녁때가 다 됐는데 배가 고프겠다느니, 참을 만하다느니.

미리 약속한 대로 아버지는 우리를 원주로 데려다주었다. 제이에게 이런저런 말을 붙이기는 했지만 선을 넘지는 않았다. 말하자면 사윗감을 심사하는 듯한 분위기를 풍기지는 않았다는 얘기다. 아버지로서는 힘든 일이었을 것이다. 집 앞에 도착해서야 나는 아버지에게 고마움을 느꼈다. 내 의사를 온전히 존중해준 것에 대해.

우리는 방 두 개에 거실 하나가 있는 집을 구해 함께 살기 시작했다. 함께 밥 먹고, 함께 넷플릭스를 보고, 함께 목욕하고, 함께 잠들었다. 아버지를 대신해 그가 나를 병원에 데리고 다녔다. 재활치료센터로, 검사실로, 주사실로. 남는 시간엔 프로그래밍을 가르쳤다.

사소한 일로 다투거나 나 홀로 서운해한 적도 물론 있었다. 화가 난 제이가 컴퓨터 방에 틀어박혀 몇 시간씩 게임을 하는 일도 종종 있었고. 어느 연인에게나 있을 법한 일이었고 갈등이 오래가진 않았다.

기본적으로 우리는 기질이 비슷한 사람이었다. 맥주 한 잔 놓고 앉아 사소한 주제로 밤새 떠드는 떠버리들이었다. 강렬한 음악과 공포영화를 좋아하고 감정적으로 복잡한 걸 좋아하지 않았다. 둘 다 취미가 없다는 점에서 취미 취향까지 비슷했다. 식습관도 거의 판박이였다. 배고프면 먹고, 배부르면 안 먹고, 시고 달고 차가운 걸 싫어하고, 풀을 좋아하지 않고…….

상대에 대해 빨리 배우는 발전도상형 연인이기도 했다. 함께 살기 시작한 지 얼마 안 돼 우리는 상대에게 세상에서 가장 쉬운 사람이 되었다. '미안해' 한마디면 모든 게 해결되는 일차원적 관계로 발전해갔다. 까다롭게 굴 이유가 없었다. 사실은 그럴 여유가 없었다. 우리에게는 남은 시간이 많지 않았다. 그도 나도 그걸 잘 알고 있었다.

여름이 가고, 가을이 갔다. 겨울이 왔고 봄이 갔다. 일련의 순환이 한 번 더 되풀이되는 사이, 나는 당연하게 해왔던 일들을 하나씩 할 수 없게 되어갔다. 다리를 세울 수 없게 되고, 스스로 몸을 일으킬 수 없게 되고, 만세를 부를 수 없게 되고, 정확한 발음으로 말할 수 없게 됐다. 망둑어는 사지를 거쳐 얼굴과 목으로 진출했다. 열이 나거나 경련이 멈추지 않아 응급실에 실려 간 것도 여러 번이었다.

그와 맞는 세 번째 봄이 됐을 때, 나는 또 응급실에 실려 갔다. 이전과는 증세의 차원이 달랐다. 혈액 내 산소 수치의 저하로 입원을 해야 했다. 비침습성 보조 호흡기에서 목을 절개해 튜브를 꽂는 인공호흡기로 바꾸는 수술을 받았다. 덤으로 위에 관을 꽂아 음식을 넣어주는 위루술도 받았다.

나는 목소리를 잃었다. 화장실에 가고 싶다는 말조차 할 수 없게 되었다. 이제 원주로 돌아갈 수 없는 날이 온 것이었다. 내 계획상, 요양 병원으로 갈 때가 되었다.

제이는 내 결정을 바꾸려고 애썼다. 나는 그럴 마음이 없었다. 이 정도면 차고 넘쳤다. 여기까지 버텨준 것만으로도 그는 장하고 의연한 남자였다. 나로 말하면, 적어도 이쪽 방면에서는 최고로 축복받은 여자였다. 여기서 더 바라면 서로 불행해질 터였다. 함께 집으로 간다면 그는 지금까지와는 다른 차원의 일을 해내야 할 터였다. 내 곁에 24시간 붙어서 주사기로 밥을 먹이고, 화장실에 앉혀주고 엉덩이를 닦아줘야 할 터였다. 나 스스로 받아들일 수 없는 일이었다.

아버지는 아직 시험 중이라는 인공신경망 이식수술을 신청해보자고 설득했다. 그 역시도 거절했다. 두려웠다. 더 나빠질까 봐 혹은 죽을까 봐 두려운 게 아니었다. 의식만 살아 있는 나무가 되어 이생에 오래오래 머물까 봐 두려웠다. 제이가 살아 있는 나를 지긋지긋하게 여길까 봐 두려웠다. 이 건강한 남자의 정신을 뿌리까지 망가뜨릴까 봐 미치도록 무서웠다.

제이는 매일 아침 같은 시간에 병원에 왔다. 정해진 면회 시간을 꽉 채워 놀아주고 갔다. 전날 오후에 뭘 했는지 얘기해주거나, 마주 보고 앉아서 내 입 모양으로 말 알아맞히기 게임을 하거나, 침대에 나란히 기대앉아 에어팟을 한 쪽씩 끼고 람슈타인의 앨범을 들었다.

주말이 되어 면회 시간이 길게 주어지면, 노트북을 가져와 프로그래밍을 가르쳤다. 가르치는 이유에 대해 나는 더 이상 궁금해하지 않았다. 시선 마우스 사용법을 익히고 그가 가르치는 것들을 열심히 배웠다. 그를 기쁘게 할 수 있을까, 해서. 예상외로 재미있기도 해서.

계절이 또 두 번 바뀌었다. 나는 서른다섯 살 생일을 요양 병원 침대에서 맞았다. 제이가 하루 외박 신청을 해서 가까운 바다라도 다녀오자고 했으나 거절했다. 내 상태가 좋지 않았다. 몸도 몸이지만 감정 회로가 망가져 있었다. 그리 슬프지도 않은데 울음이 멈추지 않았다. 딱히 화나는 일도 없는데 울컥울컥 분노가 치밀었다. 평생 몰랐던 감정을 느낀 것도 그때였다. 혼자 있을 때 나는 죽도록 외로웠다.

이 감정적 요동을 제이에게 들키지 않으려고 안간힘을 썼다. 면회가 한 시간으로 한정돼 있었기에 가능한 일이었다. 1박 2일 동안 내리 함께 있게 된다면 도리 없이 드러날 터였다. 죽기보다 싫은 일이었다. 나는 그에게 여자이기 이전에 온전한 인격체로 남고 싶었다.

생일 아침 제이는 붉은 장미 서른다섯 송이와 케이크를 사 들고 왔다. 케이크에 불을 붙이고, 생일 축하 노래를 불러주고, 침대에 나란히 올라앉아 사진도 찍었다. 우리가 처음 만났던 바하리야의 사진들을 열어보기도 했다.

"내가 너한테 반한 게 언젠 줄 알아?"

제이가 물었을 때 나는 그저 눈만 까막거렸다. 그는 지금껏 그런 말을 한 적이 없었다. 이른바 섬광이 꽂히는 운명적 순간은 딱히 없었던 것처럼. 되짚어보니 사랑한다는 말도 들어본 적이 없었다. 내가 그렇듯 그도 그럴 거라고 여겼을 뿐. 그렇지 않다면 내 곁에 있을 이유가 없었다. 내게 제이를 수령자로 명시한 500억짜리 사망보험 증서가 있는 것도 아니고.

"샌드보드 타다 굴렀을 때 말이야, 너한테 내 신발을 신겨주고 고개를 들었는데, 얼굴이 빨개져서 나를 들여다보고 있더라. 마녀가 나한테 사술을 걸고 있는 줄 알았어. 빨갛게 단 볼이 너무 탐스러워서 하마터면 입에 넣어볼 뻔했잖아."

그런 일이 실제로 일어났다면 나는 어떻게 반응했을까? 예수처럼 다른 쪽 볼도 내밀었을까? 그 장면을 상상하자 나도 모르게 웃음이 터졌다. 얼굴근육이 굳어 웃음은 머릿속에서만 맴돌았지만.

"우리가 다시 만났을 땐데, 그 추운 날 내 샌들을 신은 걸 보고 확신이 들었어. 그때 나한테 사술을 건 게 아니었구나. 그저 나랑 같은 심정이었구나."

제이는 엄지로 내 뺨을 가만가만 쓸며 물었다.

"넌?"

나는 입 모양으로 대답했다.

그때가 아니야. 나는…….

"언제?"

그가 되물었다. 나는 조금 부끄러운 심정이 돼서 대답했다.

나일강변 호텔 앞 도로에서 처음 만났을 때.

마음속으로만 덧붙였다. 만약 네가 사기꾼이었다면 나는 1초도 망설이지 않고 한패가 됐을 거야.

11월의 마지막 날이 되었다. 아침 일찍 제이가 병원에 왔다. 평소와 달리 큰 배낭을 메고 있었다. 킬리만자로에서 돌아왔을 때 메고 있던 그 배낭이었다. 그는 환하게 웃으며 침대로 다가와 내 이마에 입을 맞췄다.

"잘 잤어?"

나는 입 모양으로 물었다.

어디 가?

그는 배낭을 바닥에 내려놓고 침대에 걸터앉았다.

"회사에 잠깐 다녀오려고."

나는 얼떨떨해서 그를 봤다. 언제 취직을 했을까. 함께 지내는 동안 그는 조직에 몸담은 적이 없었다. 아르바이트 삼아 코딩 작업을 맡은 적은 종종 있었지만.

"예전에 맡았던 프로젝트에 문제가 생겼대. 내가 가서 해결해야 해. 내가 개발자니까."

혼자 결정하고 기습하듯 행동하는 것은 그의 특질 중 하나였다. 그것이 기절할 만큼 좋을 때도 있었고, 기함할 정도로 싫을 때도 있었다. 편의점에 다녀오겠다는 투로 미국행을 알리는 일은 당연히 후자에 속했다. 아마도 몇 시간 전에 결정한 일은 아닐 것이다. 최소 며칠 전이겠지. 비행기표를 버스표처럼 살 수 있는 것도 아니니까. 그렇다면 어제 아침에라도 내게 말해주었어야 하지 않을까.

"금방 끝날 거야."

금방? 얼마나 금방? 내 불안감은 두 배로 커졌다.

"정말 금방 와. 나 거짓말한 적 없잖아."

이것은 거짓말인가 아닌가의 문제가 아니었다. 그 '금방' 사이에 내게 무슨 일이 일어날지 하느님밖에 모른다는 게 문제였다. 답답한 나머지 가슴이 터질 것 같았다. 제이를 보내고 싶지 않았다. 아니, 나는…… 그가 내 곁에 없을 때 떠나고 싶지 않았다. 적어도 그에게 작별 인사는 하고 싶었다.

"아, 이번엔 전화도 할 수 있을 거야. 자주는 안 되겠지만."

그는 철부지 어린애를 달래는 듯한 목소리로 덧붙였다.

"밥 잘 먹고 씩씩하게 지내고 있어."

내 눈이 뭘 말하는지 못 읽을 리 없건만 그는 정말로 갈 모양이었다. 나를 한번 안았다가 놓아주고는 침대에서 일어났다.

"다녀올게."

몇 시간 후에 돌아올 것처럼 경쾌한 말투였다. 망설임 없이 배낭을 둘러메고 병실 문 앞으로 걸어갔다. 문을 열고 나가려다 해맑은 얼굴로 돌아보며 농담처럼 덧붙였다.

"나 보고 싶다고 울지 말고."

9

"돌아가면 우리 결혼하자."

제이가 내게 청혼하던 순간을 기억하고 있다. 나는 뭐라 답해야 할지 몰라 눈만 깜박거리고 있었다. 상상 속에서만 들어봤던 말이었다. 우리 결혼하자.

"대답 안 해줘?"

되묻던 그의 목소리도 기억한다. 그때 화면 바깥에서 또렷하게 들려오던 파도 소리도 기억한다. 바다에 와 있다고 했던가. 아니, 내가 그렇게 짐작했던가. 나는 입 모양으로 대답했다.

기다릴게.

기다릴 시간이 허락된다면,이라는 뒷말은 하지 않았다. 그의 표정이 너무나 환해서 할 수가 없었다. 대신 크리스마스 때까지 살아 있게 해달라고 신에게 기도했다.

나는 크리스마스가 지나고 새해가 되도록 살아 있었다. 대신 제이가 돌아오지 않았다. 신은 어찌나 계산도 정확하신지.

그때 내가 할 수 있는 일은 없었다. 그의 행로를 좇을 수도, 그에 대해 말해줄 사람을 찾아 나설 수도, 원망의 말을 쏟아낼 수도, 소리 내어 울 수도 없었다, 내 안의 불길이 나를 태워도 비명조차 지를 수 없었다. 사지를 축 늘어뜨린 채 소처럼 눈만 껌벅이며 누워 있었다. 내게 허락된 것이 있다면 머릿속 세상을 여행하는 것뿐이었다.

나는 매일 바하리야에 갔다. 안개가 삼켜버린 사막에 홀로 앉아 여우를 기다렸다. 때론 모닥불을 피워두고, 때론 그마저 꺼버린 채 여우가 오기를 하염없이 기다렸다. 아니, 사실은…… 죽음이 오기를 기다렸다.

기다리는 내내 답이 없는 질문을 되풀이했다. 제이는 왜 떠났을까.

답을 얻으려면 이제 질문을 바꿔야 할 것이다. 그는 왜 내게 거짓말을 했을까. 왜 거짓말을 해가면서까지 서해 어느 바닷가에 있다는 재활원으로 갔을까. 거기에 무엇이 있어서.

나는 삼애원 휴게실을 상상 속으로 불러들였다. 제이는 작가를 사칭하며 윤식 씨에게 접근하고, 다른 사람들은 롤라에 대해 떠들고 있고, 텔레비전에선 연쇄살인에 대한 뉴스가 흘러나오고, 경주는 문 앞에서 방 안 풍경을 바라본다.

이어 숲길에 쓰러져 누운 제이가 상상의 화면에 나타났다. 경주의 판단에 따르면 두들겨 맞고 눈보라 속에 버려져 저체온증에 빠진 상태였다. 앞뒤 정황으로 미루어 누군가의 뒤를 밟거나 가지 말아야 할 곳에 간 것이 아닐까. 그게 아니라면 밤마다 몰래 나갈 이유가 없지 않을까. 그토록 두들겨 맞을 이유도 없을 테고.

가지 말아야 할 곳은 어디였을까. 누군가는 누구였을까. 윤식 씨였을까?

껌껌한 무의식 밑에서 섬광 같은 것이 번득거렸다. 삼애원 휴게실과 숲길에 쓰러진 제이. 두 장면은 별개가 아닐지도 몰랐다. 인과관계에 놓여 있는지도 몰랐다. 끔찍한 직감이 나를 휘감았다. 설마…….

기다리고 있었던 것처럼 내 안의 목소리가 속삭여왔다. 경주를 찾아가.

결국 이리될 거였다. 경주는 이미 알고 있었을 테다. 내가 상호호혜적 정신머리를 갖추고 훨씬 공손해져서 찾아오리라는 걸.

나는 만경로 버스 승강장 전광판 밑에서 걸음을 멈췄다. 가로등마저 꺼진 거리는 고요하고 어두웠다. 까맣게 젖은 노면 위로 바람이 달리고 눈보라가 불어쳤다. 부연 대기 너머에선 공달이 하울링을 하고 있었다.

4장

경주, 삼애원

10

제이는 119 구급차에 실려 떠났다. 팀장이 본인의 지프를 몰고 뒤따라갔다. 옥희 씨는 내가 아닌 신에게 상황을 물었다. 아이고, 하느님. 이게 다 뭔 일이랍니까.

하느님은 내게 책임을 물으라, 답한 모양이었다. 로비 한복판에 나를 세우고 다그치기 시작했다. 내가 혼쭐이 나고 있다는 걸 온 동네 주민이 다 알도록 큰 소리로. 너희 둘은 야밤에 산에서 뭔 짓을 한 거냐. 야간 순찰 때 담장 밖으로 나가지 말라고 한 거 기억 못하느냐. 굳이 하지 말라는 짓을 해서 이 난리법석을 떨게 만드느냐…….

내 기억력이 보증하는바, 옥희 씨가 줬다는 주의 같은 건 받은 적이 없었다. 물론 그 점을 따지지는 않았다. 아예 입을 열지 않았다. 그럴 기운도 없고, 기분도 아니었다.

제이의 소식은 이후로 듣지 못했다. 옥희 씨는 팀장의 연락을 받았을 텐데 내게 알려주지 않았다. 나도 찾아가 묻지 않았다. 어느 병원으로 갔는지, 상태는 어떤지 궁금했지만 신경을 끄기로 했다. 비록 자존심에 죽고 사는 '사나이'는 아니었으나 그렇다고 배알조차 없지는 않았다.

나는 침대에 늘어진 채 종일 천장만 올려다봤다. 몸은 죽도록 피곤한데 잠이 오지 않았다. 다른 일을 할 만큼 정신이 멀쩡한 것도 아니었다. 하나의 생각이 1분 이상 지속되지 않았다. 맥락도 의미도 없는 기억과 삽화가 떠올랐다 사라지길 반복했다. 점호 후 입소자의 방문을 열어보지 말라는 관리팀 공문서, 담장 쪽문으로 나간 여러 개의 발자국, 신나게 얻어터진 듯한 제이의 몰골, 손에 쥐고 있던 이어폰 한 쪽…….

창밖에선 유빙의 충돌음이 끊임없이 울리고 있었다. 언제부턴가는 쿵쿵 소리 사이로 랑이 언니의 노래가 들려오기 시작했다.

"마리아 그라치아 플레나……."

나는 침대에서 내려와 방을 나섰다. 다리가 알아서 2동으로 걸어갔다. 심해를 걷는 잠수부처럼 사부작사부작. 음악실 문을 조금 열고 틈새에 눈을 들이댔다. 안에는 노래 강습생도, 이전에 본 귀신 소리 수제자도, 공달도 없었다. 랑이 언니 홀로 피아노를 치며 노래를 부르고 있었다. 행여 노래가 끊길까, 조심조심 안으로 발을 들여놨다. 숨소리까지 죽이고 문 근처 의자에 엉덩이를 걸쳤다.

노력이 헛되게도 랑이 언니는 내 기척을 금세 알아차렸다. 노래를 멈추고 뒤를 돌아봤다. 의외의 청중이었는지 랑이 언니의 낙타 눈썹이 이마 중간까지 치켜 올라갔다.

"어머나, 이분이 누구시더라."

나는 무거운 눈을 내리뜬 채 잠꼬대하듯 웅얼거렸다.

"세이렌한테 홀려서 왔어요."

랑이 언니가 작게 소리를 내어 웃었다. 해변 몽돌이 파도에 쓸리는 듯한 소리였다. 이상하게 위안을 주는 소리였다.

"이봐, 선원 총각. 나한테 뭘 원하시나?"

나는 노래를 불러달라고 말했다.

"어떤 노래?"

"금방 그 노래요."

랑이 언니의 눈이 조심스럽게 나를 살폈다.

"자기 혹시 어디 아파?"

나는 고개를 저었다. 대답은 머릿속에서만 맴돌았다. 피곤해요. 너무 오래 잠을 못 잤거든요.

랑이 언니는 피아노 앞으로 돌아앉았다. 연주와 함께 노래가 시작됐다.

"아베마리아, 그라치아 플레나. 마리아 그라치아 플레나……."

목덜미에 힘이 빠지기 시작했다. 머리통이 무거워졌다. 한쪽 뺨이 저절로 책상 위에 내려앉았다. 눈꺼풀이 닫히면서 노랫소리가 아득하게 멀어졌다. 물안개가 퍼지는 새벽 호수처럼 의식이 흐려졌다. 이리저리 휩쓸리던 생각들은 움직임을 멈췄다. 내 몸은 깊고 푸르고 차가운 물밑으로 가라앉았다.

나는 만경로 버스 승강장에 앉아 있었다. 암청색 하늘엔 별 하나 떠 있지 않았다. 길 너머에선 버스 한 대가 맹렬한 속도로 달려오는 중이었다. 영동역으로 가는 버스였다. 승객은 한 명뿐이었고, 맨 뒷자리에 앉아 있었다. 내가 잘 아는 사람이었다.

승주야…….

녀석의 이름을 불렀으나 소리가 되어 나오지 않았다. 벤치에서 일어나려 했으나 다리가 펴지지 않았다. 버스에서 내리라고 손짓하고 싶었지만 손끝 하나 까딱할 수 없었다. 나를 봐주길 바랐으나 녀석의 눈은 앞 차창에 붙박여 있었다. 버스는 정류장을 빠르게 지나쳐 갔다. 이윽고 시야에서 사라져버렸다. 버스가 사라진 길 너머에선 랑이 언니의 노랫소리가 울리고 있었다.

"아베 아베 도미누스 도미누스 테쿰……."

눈을 떴을 때 주변은 물속처럼 고요했다. 나는 어리둥절해서 머리를 들었다. 여기가 어디였더라.

한참을 생각한 후에야 음악실이라는 걸 기억해냈다. 막 꿈에서 깨어났다는 걸 깨달았다. 내 어깨에 따뜻한 것이 덮여 있다는 것도 알아차렸다. 랑이 언니의 파란 카디건이었다. 주변을 밝히고 있는 건 피아노 위에 놓인 사과 모양의 조명등이었다. 랑이 언니의 방에 있던 물건 같았다.

나는 의자에서 일어났다. 사과 조명등과 카디건을 들고 음악실에서 나왔다. 잠을 좀 자서 그런지 몸이 제법 가뿐하게 움직여졌다. 배가 고팠지만 이를 해결할 방법은 없었다. 손목시계가 7시 5분을 가리키고 있었다. 식당이 문을 닫았을 시각이었다. 컵라면이나 먹을까 하고 보안실로 갔는데 안이 비어 있었다. 옥희 씨는 현관에 서서 문을 여는 중이었다. 뜻밖에도 제이와 팀장이 안으로 들어왔다.

"괜찮은 거야?"

옥희 씨가 제이 옆으로 다가서며 물었다. 제이는 대답 없이 팀장을 따라갔다. 팀장은 우리 방으로 들어갔다. 옥희 씨는 멀뚱하게 서 있는 내게 흘끔 시선을 던지더니 부리나케 그들의 뒤를 쫓아갔다. 마지막으로 내가 방으로 들어가 문을 닫았다.

"힘들 텐데 눕지."

팀장이 말했다. 제이는 패딩 재킷을 벗어 의자에 내려놓고 침대에 기대앉았다. 옥희 씨가 팀장에게 물었다.

"이 친구, 괜찮은 거예요?"

"의사가 그렇다고는 하는데……."

뒤통수가 터져 피가 났으나 두개골 골절이나 뇌진탕 징후는 없다고 했다. 경추나 척추 손상도 없었다. 뼈가 부러지지도 않았다. 저체온증에 빠지긴 했지만 쇼크나 동상의 징후 역시 없었다. 고운 얼굴이 좀 불쌍하게 되었을 뿐. 다만 여러 후유증을 우려해 의사가 입원을 권했다고 한다. 한사코 퇴원하겠다고 고집을 부린 건 제이였다.

"잠깐 얘기 좀 할 수 있겠나." 팀장은 제이의 침대 옆으로 의자를 끌어다 앉았다. "몇 가지 물어볼 게 있는데."

물어보지 마세요, 하듯 제이는 눈을 감았다. 검푸른 멍이 깔린 눈두덩에 잔떨림이 지나갔다.

"그 시간에 산엔 왜 갔나?"

팀장이 물었다. 제이는 눈을 감은 채로 대답했다.

"바람 쐬러 갔습니다."

"얼씨구." 옥희 씨가 팀장 옆으로 다가서며 물었다. "눈보라 치는 야밤에?"

제이의 입은 열리지 않았다. 엉덩이를 들썩거려 자세를 고쳐 앉았을 뿐.

"어쩌다 그렇게 다쳤나?" 팀장은 묻고 나서 덧붙였다.

"나는 의사나 경찰이 아니야. 자네 팀장이지. 나한테까지 산에서 굴렀다는 말은 하지 않는 게 좋아."

제이는 대답했다.

"산에서 굴렀습니다."

"정말인가."

팀장의 눈은 납득 가능한 답변을 요구하고 있었다. 제이는 네, 했다. 옥희 씨는 '햐'도 아니고 '캬'도 아닌 이상한 콧소리를 냈다.

"차라리 그 산에 호랑이가 살더라고 해라. 딱 호랑이 아가리에 씹힌 꼬라지구먼."

나는 어떻게든 제이를 이해해보려 했다. 그는 거짓말을 하고 있었다. 지난 새벽, 나는 그의 몸을 확인하면서 흉곽 부근을 휘감고 있는 타박상들을 봤다. 누가 봐도 둔기에 얻어맞은 자국이었다. 어딘가에서 굴렀다면 그렇듯 형태가 명확한 자국이 남진 않을 것이다. 저체온증 역시 제이의 해명으로는 설명되지 않았다. 눈보라가 쳤다고는 하나 삼애원 뒷산은 히말라야가 아니었다. 눈밭에 구른 정도로 저체온증에 빠지지는 않는다. 눈밭에 기절해 있었다면 얘기가 달라지겠지만. 그러려면 그의 머리가 무언가에 부딪쳐서 고장 나 있어야 했다. 최소한 뇌진탕 증세라도 있었어야 한다.

"나한테 더 할 얘기가 없다는 거지?"

팀장이 다시 물었다.

"예."

제이의 목소리는 낮았으나 단호했다. 누가 뭐래도 이 거짓말을 밀고 나가겠다는 고집이 어려 있었다.

"알겠네."

팀장은 의자에서 일어났다. 방을 나가면서 내게도 한마디 남겼다.

"자넨 사무실로 와."

옥희 씨는 팀장을 따라 나가려다 말고 나를 위아래로 훑어봤다.

"그거 랑이 언니 옷 아니냐? 그 요상한 사과도 그렇고."

나는 손에 쥔 카디건과 조명등을 내려다봤다. 랑이 언니에게 돌려주려고 들고 나온 걸 여태 잊고 있었다.

"나, 랑이 언니가 그거 들고 음악실에 들어가는 거 봤는데." 옥희 씨는 염소처럼 입술을 야물거리며 웃었다.

"네가 거기서 나오는 것도 봤고."

모두 사실이긴 하나 맥락을 교묘하게 비트는 말이었다. 해명해봐야 내 꼴만 우스워질 말이기도 했다. 나는 입을 닫았다.

"교회 오빠 같이 생긴 놈이 말이지, 하는 짓은 영……."

옥희 씨는 야릇한 웃음을 흘리며 퇴장했다. 나는 방문 앞에서 잠시 서성거렸다. 바지 주머니에 든 집게 이어폰을 만지작거리며 제이의 침대를 넘겨다봤다. 그는 잠든 것처럼 눈을 감고 움직이지 않았다. 물어야 할 것이 있었으나 때가 아닌 것 같았다. 지금은 불을 끄고 나가줘야 할 때였다.

사무실에 옥희 씨와 팀장이 나란히 앉아 있었다. 나는 맞은편 의자에 앉았다. 마음이 편치 않았다. 뭘 물을지 빤했다. 내가 할 수 있는 답변도 빤했고.

"자넨 숲에 왜 들어갔나. 거긴 순찰 구역도 아닌데."

팀장이 물었다. 예상 순위 1번 질문이었다. 정직한 대답을 할 수 없는 말이었다. 적어도 아직은. 알고 있는 것을 말하기 전에 제이의 얘기를 들어봐야 했다. 전후 관계도 모르는 채 정황에 의지해서 떠들어댈 수는 없는 노릇이었다.

"너도 바람 쐬러 갔어?"

묻는 옥희 씨의 표정이 기대로 반짝거렸다. 내가 어떤 답변을 내놓을지 무척 궁금한 눈치였다. 나는 거짓말은 아니지만 진실도 아닌 대답을 택했다.

"순찰을 하다 쪽문 밖으로 발자국이 난 걸 봤습니다."

"발자국을 따라갔다가 제이를 발견했다, 그 말인가?"

팀장이 내 눈을 들여다보며 물었다. 동공을 뚫고 곧장 머릿속으로 들어오는 듯한 시선이었다. 나도 제이처럼 눈을 내리떠서 시선을 피했다.

"발자국을 따라가보겠다고 마음먹은 이유가 있을 텐데?"

예상 질문 2번이었다. 당연히 준비한 답이 있었다.

"입소자가 몰래 나갔나 싶어서 따라가봤습니다."

팀장은 더 다그치지 않고 다음 질문으로 넘어갔다.

"자네는 제이가 왜 거짓말을 한다고 생각하나?"

이 부분은 예상 질문에 들어 있지 않았다. 나로서는 할 수 있는 말이 없었다.

"그저 자네 생각을 묻는 거야."

"모르겠습니다."

팀장은 의자 등받이에 등을 기대고 차분하게 앉았다. '모르겠다'가 무슨 뜻인지 설명해보라는 의미 같았다. 나는 열심히 머릿속을 뒤졌으나 끝내 적절한 답을 찾아내지 못했다. 침묵이 오래 지속됐다. 한쪽은 기다리는 침묵이었고 한쪽은 버티는 침묵이었다.

"힘들겠지만……." 팀장이 침묵을 깼다.

"당분간 자네가 저 친구 야근을 대신해줘야겠네."

참으로 가혹한 말을 팀장은 아무렇지도 않게 꺼내놓았다. 나와 제이한테 열받아서 감정적으로 내린 명령은 아닌 것 같았다. 평소의 무표정에, 무덤덤한 목소리였다.

"이틀 정도만 책임져주게. 이후는 상황 봐서 결정하기로 하고."

거절할 명분이 없었다. 불평할 처지도 아니었다. 저승행 기차에서 내려 막 이승으로 귀환한 동료를 두고 자기 안위만 챙기는 좀생이가 될 테니. 그렇다고는 하나, 나흘씩 야근을 한 사람한테 이틀을 더 하라는 명령은 너무하다는 생각이 들었다. 하루 정도는 팀장이 주간 근무를, 옥희 씨가 야근을 맡을 수도 있는 것 아닌가. 내 셈법을 읽은 양 옥희 씨가 자기 의견을 내놨다.

"내가 말해줬지? 너희 오기 전에 나랑 팀장님, 둘이서 어떻게 일했는지. 한 번 더 읊으리?"

옥희 씨의 혓바닥이 길어지기 전에 나는 얼른 대답했다.

"알겠습니다."

닷새째 야간 근무가 시작됐다. 세 시간 동안 정신없이 바빴다. 순찰 전에 해둬야 할 업무도 있었고, 베토벤과 랑이 언니의 도수치료도 해야 했고, 점호 시간에 입소자가 자기 방에 있는지 확인도 해야 했다. 점호 후 불이 꺼지자 복도는 삽시에 고요해졌다. 나는 보안실로 돌아와 도어록을 열다가 멈칫했다. 문턱 밑에 반으로 접은 노란 쪽지가 끼워져 있었다. 집어 들고 읽어봤다.

77시 40분 흡연 구역.

잠시 1인지 7인지 헷갈렸으나 곧 1이라고 판단했다. 77시는 머나먼 안드로메다 어느 행성에서나 쓸 법한 시각이었으므로. 내용은 어리둥절할 정도로 간단했다. 쪽지의 성격은 모호했다. 그 시각에 그곳에서 무슨 일이 일어날 거라 예고하는 알림장인지, 나더러 그리로 오라는 초대장인지, 둘 다인지. 익명이었으므로 누가 보냈는지도 알 수 없었다.

한 사람, 칼잡이가 떠오르기는 했다. 그럴지도,라고 생각하자 머리가 복잡해졌다. 나는 그 남자가 제이의 사건과 관련이 있을 거라 추측하고 있었다. 근거는 없고 느낌만 있는 추측이었다. 이제 나도 좀 손봐주고 싶은 건가 싶었다. 그렇다고 얻어맞으러 나오라는 쪽지를 보낼 만큼 바보는 아닐 것 같은데.

일단 칼잡이를 용의자 1번에 올려놓았다. 그 외엔 딱히 생각나는 사람이 없었다. 커피포트에 물을 올리고 끓을 때까지 쪽지를 들여다봤다. 무언가 단서가 있을까 해서. 컵라면에 물을 붓고 기다리면서 시간에 대해 생각을 해봤다. 11시 40분이 뭘 의미하는 시각일까. 내 입장에서 보면 자정 순찰 20분 전이었다. 입소자 입장에서 보면 잠들어 있을 시간이었다. 두 입장을 모두 반영해서 생각하자 이런 결론이 나왔다.

창문을 통해 외부로 나가도 보안 눈에 띄지 않는 때.

생각해보니 제이도 비슷한 시간대에 나갔다. 혹시 그도 이런 쪽지를 받고 나갔을까. 흡연 구역에서 누군가를 만나서 어딘가로 갔을까. 어딘가에서 뭘 했을까. 왜 어제 이전까지는 별 탈이 없었을까.

아는 바가 없다 보니 더 똑똑한 추리는 할 수 없었다. 일단 제이가 쪽지를 받고 나갔다고 가정만 해두었다. 가정하고 나자 쪽지는 초대장으로 분류됐다. 팀장에게 보고해야 할 사안이기도 했다.

밤 근무를 하며 알게 된 것들이 몇 가지 있었다. 사소하지만 쓸데없지는 않은 일들이었다. 옥희 씨의 경우, 퇴근 후부터 방에 처박혀 줄기차게 게임을 한다. 이를 방해하는 자는 분노발작의 희생양이 된다. 근무시간 이후에 연락을 해서는 안 되는 것이다.

팀장은 야밤에 운동하는 습관이 있었다. 점호 직후부터 한 시간 정도 체육실에 머무르는 것 같았다. 11시 30분이면 수건을 어깨에 걸치고 샤워실로 가는 걸로 봐서. 첫인상에서 느꼈듯 세상을 홀로 떠도는 들짐승 같은 데가 있는 남자였다. 무감정한 언행이 그렇고, 잠행하듯 기척 없는 움직임이 그렇고, 땀에 젖은 등에서 날 선 긴장이 느껴진다는 점 또한 그랬다. 때문에 사전 신호 없이 불쑥 접근하는 건 현명한 짓이 아니었다. 나는 팀장에게 무전기로 연락을 보냈다. 보고할 사항이 있노라고.

잠시 후 팀장이 보안실 쪽창 앞에 나타났다.

"무슨 일인가."

나는 쪽창을 열고 쪽지를 내밀었다. 팀장은 받아 들고 들여다봤다. 쪽지가 아닌 편지를 읽는 것처럼 한동안, 곱씹어가며.

"누가 보낸 건가."

"모르겠습니다. 보안실 문 밑에 끼워져 있었습니다."

팀장은 쪽지를 내게 돌려주고 말했다.

"38분까지 올 테니 순찰 준비하고 문 앞에서 기다리게."

팀장은 정확한 시각에 도착했다. 근무복 차림에 LED 랜턴을 들고 있었다.

"갈까."

우리가 3동 비상구 앞에 도착했을 땐 39분이었다. 나는 미리 풀어둔 비상구 문을 열었다. 밖으로 나가자마자 팀장이 랜턴을 켰다. 고휘도의 랜턴 빛이 서치라이트처럼 흡연 구역으로 뻗어갔다. 빛이 닿은 곳에는 유일한 '용의자'였던 칼잡이가 담배를 물고 서 있었다. 그 옆에 서 있는 자들은 123호 고 실장과 윤식 씨였다.

예상 못한 인물들이자 생뚱맞은 조합이었다. 칼잡이가 누군가와 함께 나온다면 그 누군가는 당연히 그들 패거리일 줄 알았다. 조리사라든가, 주방 전투에 참전했던 외부인 3인방이라든가.

우리는 흡연 구역을 향해 걷기 시작했다. 랜턴 빛은 흔들림 없이 그들의 얼굴에 고정돼 있었다. 칼잡이는 허리춤에 손을 걸고 우리를 지켜봤다. 팀장은 칼잡이 앞에 가서 섰다. 나는 어깨 하나 정도 거리를 두고 팀장 옆에 섰다. 자동으로 윤식 씨와 마주 서게 되었다.

"이 시간에 여기서 뭣들 하는 거요."

팀장이 물었다. 칼잡이는 당황한 기색이었다. 당황하면 뵈는 게 없어지는 부류이기도 했다. 잇새에서 담배를 뽑더니 자신을 저승으로 보낼 뻔했던 상대를 향해 연기를 훅 뿜었다.

"눈깔이 삐꾸인가? 담배 피우잖소."

팀장은 칼잡이를 잠자코 내려다봤다. 나는 윤식 씨를 뜯어보고 있었다. 지금 막 2번 용의자로 떠오른 남자였다. 내가 팀장 옆에 섰을 때 윤식 씨는 나와 눈을 마주쳤다가 내빼듯 시선을 비켰다. 눈을 맞췄던 시간이 너무 짧아 확신할 수는 없지만 눈빛에 드러난 바를 읽었다고 생각한다. 깊은 안도. 문장으로 바꾸면 '왔구나' 정도가 될까. 내가 올바르게 읽은 것이라면 쪽지는 초대장이 아니라 SOS 신호였다. 무엇으로부터 구해달라는 요청인지는 아직 모르겠지만.

"지금 11시 42분입니다." 팀장이 손목을 들어 시계를 봤다. "방으로 돌아가요. 세 사람 모두."

"니미……."

칼잡이는 담배꽁초를 팀장의 발끝에다 내리꽂았다. 팀장의 눈이 눈 속에 거꾸로 처박힌 담배로 내려갔다가 칼잡이의 신발로 옮겨 갔다. 발목까지 올라오는 등산화였다. 발등 부분엔 그물 모양의 아이젠이 채워져 있었다. 담배를 피우러 나올 신발로는 좀 과했다.

"당신이 뭔데?" 칼잡이는 아래턱을 쑥 내밀고 팀장에게 반 발짝 다가섰다.

"뭐 소장이라도 돼? 가라 마라 돼먹잖은 명령질이게."

칼잡이는 업어치기 정도로는 학습이 안 되는 인간이었다. 나라면 아무리 뵈는 게 없다 해도 팀장 정면에 목을 갖다 바치는 짓은 하지 않을 것 같은데.

"담배는 다 피운 거 같소만."

팀장의 목소리는 나직하게 가라앉아 있었다. 나는 아슬아슬한 심정으로 허벅지로 늘어뜨린 팀장의 오른손을 곁눈질했다. 저 손이 움직이면 칼잡이를 재교육할 수야 있겠지만 교육에 대한 책임도 져야 할 것이다.

옥희 씨에게 얻어들은 얘기로, 팀장은 주방 전투 건으로 관리소장에게 불려 간 날 온갖 수모를 당했다. 한 번 더 비슷한 일이 일어난다면 그땐 보안팀 전체가 그만두겠다는 각서도 썼다고 했다. 칼잡이는 누군가에게 그 얘기를 전해 들었을지도 모르겠다는 생각이 들었다. 그것이 저 도발적 태도에 대한 가장 적절한 설명이었다. 아마도 그 누군가는…….

나는 거기서 생각을 멈췄다. 왼쪽 시야 가장자리에 불빛이 비쳐들었다. 고개를 돌리자 막 식당 뒷문에서 나오는 두 남자가 눈에 들어왔다. 조리사와 고라니였다. 방금 떠올렸던 그 누군가가 구원투수로 등장하는 순간이었다.

"아, 씨발……."

칼잡이는 웅얼거리며 한 발짝 물러섰다. 시선이 식당 뒷문 쪽으로 향한 걸로 봐서 놈도 고라니를 발견한 것 같았다. 나머지 사람들의 시선도 같은 방향으로 날아갔다. 조리사와 고라니는 이쪽을 향해 걸어오기 시작했다.

"여기서, 뭣들 하는 거요?"

고라니가 칼잡이 옆에 와서 서며 나와 팀장을 훑어봤다. 조리사가 그 옆에 붙어 섰다.

"댁이 말해보시오."

고라니는 검지 끝으로 안경을 추어올리며 팀장에게 물었다.

"저도 그게 알고 싶습니다만."

팀장은 칼잡이에게 시선을 붙박은 채로 대답했다. 고라니도 고개를 돌려 칼잡이를 봤다. 칼잡이의 눈이 왼편의 고라니와 오른편 윤식씨 사이를 오가더니 주눅 든 답을 내놨다.

"그냥 담배 한 대 피우러 나왔습니다."

고라니는 버럭 소리를 질렀다.

"이것들이, 지금 정신이 있는 거야, 없는 거야. 대체, 지금 몇 시야?"

고라니의 스타카토 화법에 나는 또 과호흡이 오는 걸 느꼈다. 상대를 때리지 않고 괴롭히는 초식으로 이만한 것도 없겠다 싶었다.

"아니, 그게 아니고……."

"당장, 방으로, 돌아가."

고라니가 칼잡이의 말을 잘랐다. 칼잡이는 윤식 씨를 곁눈으로 보며 턱을 슬쩍 까딱거렸다. 고 실장과 윤식 씨는 몸을 돌려 식당 뒷문 쪽으로 움직이기 시작했다. 칼잡이는 만만한 나를 한번 노려본 후 그들 뒤를 따라갔다. 그들이 식당 뒷문 안으로 사라지자 팀장은 고라니에게 물었다.

"그런데 관리팀장님께선 웬일로 여기 나오셨습니까?"

"우리 조리사가, 보고해서 온 거요. 댁이 또, 우리 입소자들 모아놓고 쫀다고, 해서."

"아아……." 팀장은 조리사를 쳐다보고 고개를 두어 번 끄덕였다.

"들으셨다시피 저 사람들 담배 피우러 나왔답니다. 보셨다시피 저는 저 사람들 머리털 하나 건드리지 않았습니다."

고라니는 같은 질문을 팀장에게 던졌다.

"그런데 당신은, 여기서 뭐 하는, 거요?"

"저흰 순찰 중이었습니다만."

팀장의 말에 고라니가 토를 달았다.

"언제부터 팀장이, 야간 순찰을 돌게 된 거요?"

"오늘부텁니다. 제 팀원이 다쳤지 뭡니까. 어젯밤에 우연찮게도 이전 팀원처럼 멍석말이를 당하고 119로 실려 갔는데. 혹시 아는 바 있으십니까?"

그럴 리가, 하듯 고라니는 고개를 삐딱하게 기울였다.

"보안팀에서, 그런 일이 계속 일어나는 게, 보안팀장 책임일까, 관리팀장 책임일까?"

"이상한 일입니다. 꼭 CCTV가 없는 데서 일이 벌어진단 말입니다."

"팀원 교육이나 잘, 시키시오. 야밤에 산 너머 마을까지, 기웃대고 다니니까, 그런 일이 일어나지."

몸을 돌려 퇴장하려는 고라니의 뒤통수에 대고 팀장이 말했다.

"저는 산 너머 마을이라고 말한 적이 없습니다만."

고라니는 멈칫해서 뒤를 돌아봤다.

"애동마을에서, 항의가 들어왔단 말이야. 여기 보안들이, 밤에 마을을 들쑤시고 돌아다닌다고. 애들, 조심시키쇼. 소장님이 알기 전에."

고라니는 조리사를 뒤에 달고 식당 뒷문 쪽으로 멀어졌다. 그들이 사라지자 팀장이 말했다.

"말 나온 김에 순찰이나 돌지."

팀장은 앞장서 걷기 시작했다. 나는 뒤따라갔다.

"일은 할 만한가."

팀장이 물었다. 나는 팀장의 옆으로 붙어 서면서 예, 했다.

"병원 일보다 더 힘들지 않나?"

나는 고개를 돌려 팀장을 봤다. 어제 새벽 123호 앞에 서 있던 팀장의 모습이 기억났다. 그때 맞은편 103호에서 일어나는 일을 모두 파악했겠지.

"이력서엔 경력 사항을 빠뜨렸던데. 실수는 아닌 거 같고."

말을 하면서도 팀장은 나를 보지 않았다. 자기 발끝만 보며 성큼성큼 걸었다.

"이전 직장은 왜 그만뒀나?"

팀장이 물었다. 겉으로야 '심심하니 소소한 얘기나 나누자'라는 말투였으나 실제로는 할 말이 있는 기색이었다. 어쨌거나 대답은 해야 했다.

"사고를 쳐서 잘렸습니다."

"나랑 비슷하구먼."

우리는 식자재 창고 옆길로 올라갔다. 팀장은 랜턴으로 눈길을 이리저리 비추면서 산책 속도로 걸었다. 담장 쪽문 앞에 도착하자 걸음을 멈추고 숲길로 이어지는 발자국들을 살폈다. 어젯밤 이후로 눈이 내리지 않아 발자국들이 거의 그대로 남아 있었다.

"이전 팀원 중 하나가 야간 순찰을 하다 여기서 낯선 사람들과 마주친 모양이야."

술을 반입하려던 남자 셋이었다. 근무자는 이들을 저지하려다 숲으로 끌려가서 폭행을 당했다. 전치 4주 상해를 입었고 영인의료원에서 입원 치료를 받았다. 팀장은 제의면 파출소에 신고했으나 폭행범은 잡지 못했다. 어두운 숲에서 일방적으로 맞았기에 근무자는 상대의 얼굴을 제대로 보지 못했다. 당시에도 CCTV 카메라는 고장 나 있어 애동마을 사람인지 재활원 입소자인지도 특정하지 못했다.

그 일로 폭행당한 당사자와 룸메이트였던 다른 팀원이 함께 그만뒀다고 했다. 이해가 가는 대목이었다. 신변의 위협을 느꼈을 것이다. 세상 사람 모두가 팀장이나 옥희 씨 같지는 않으니까.

"의사는 둔기에 얻어맞은 거라던데." 팀장은 이야기의 초점을 제이에게로 옮겨 갔다. "나도 같은 생각이네만."

나도 같은 생각이었다. 물론 생각을 말하지는 않았다.

"왜 거짓말을 하고 있다고 생각하나?"

몇 시간 전에 했던 질문이었다. 단둘이 있는 곳에서 재차 묻는다는 건 일러바칠 기회를 주겠다는 뜻이었다. 비밀을 보장한다는 의미이기도 하겠고. 솔깃하기는 했으나 일러바칠 만한 수준의 이야기가 없었다. 맥락 없는 정황만 있을 뿐.

"잘 모르겠습니다."

팀장은 고개를 끄덕였다. 내 말을 믿는다기보다 일단 넘어가겠다는 고갯짓 같았다. 더 물어봐야 소득이 없겠다 판단한 것도 같고.

"순찰을 돌다가 낯선 자를 보면 그냥 피하도록 해. 나한테 바로 연락하고."

우리는 로비에서 각자 갈 길로 갔다. 팀장은 자기 방으로, 나는 보안실로.

새벽 순찰을 시작하면서 123호로 먼저 갔다. 마스터키로 문을 따고 슬쩍 열어보았다. 점호 후 입소자의 방을 들여다본 건 이번이 처음이었다. 둘 다 침대에 누워 있었다. 고 실장은 코를 골고 있었으나 윤식 씨는 잠들어 있지 않았다. 방이 어두워서 확신할 순 없었지만 나를 보고 있다는 느낌을 받았다. 나는 소리 없이 문을 닫았다. 기왕 들여다본 김에 우리 방도 들여다봤다. 제이는 잠들어 있었다.

외부 순찰은 다른 때보다 두 배쯤 긴장이 됐다. 곳곳이 수상쩍었다. 흡연 구역 잣나무 뒤에서, 식자재 창고 뒤편에서, 그 밖에 보이지 않는 어둠 속 구석구석에서 누군가 튀어나올 것만 같았다. 내 몸의 감각들은 고양이 수염처럼 예민해졌다. 머릿속 훈수꾼은 거듭해서 묻고 있었다. 여기서 뭘 하고 있는 건데. 이렇게까지 긴장하면서 계속 일할 이유가 있어? 지금이라도 용접 보조 일을 찾는 게 낫지 않아?

옳은 말씀이었다. 내 인생의 유일한 밑천인 '나'의 무사를 위해서라면. 팀장의 성정으로 봐선 내일 당장 떠난다고 해도 화를 내지 않을 것 같았다.

나는 담장 쪽문 앞에서 잠깐 걸음을 멈췄다. 바람이 거칠었다. 숲속 어딘가에선 밤새가 울었다. 바다에선 유빙이 끊임없이 충돌하고 있었다. 쿵, 쿵…….

11

"아베마리아, 그라치아 플레나……."

랑이 언니의 노래를 들으며 나는 잠에서 깨어났다. 눈뜨는 순간 노래는 사라지고 어둑한 음악실 풍경이 나를 감쌌다. 또 여기에 와서 잠든 것이었다. 어제와 같이 내 어깨에는 랑이 언니의 카디건이, 피아노 위엔 불 켠 사과가 놓여 있었다. 어제와 달리 바깥이 소란스러웠다. 오가는 발소리, 웅성대는 말소리, 휘파람소리, 웃음소리…….

카디건과 사과를 들고 음악실을 나왔다. 복도와 로비는 깜깜했다. 어둠 속에서 사람들이 카운트다운을 하고 있었다. ……셋, 둘, 하나.

로비 한중심이 환해졌다. 높이가 3미터쯤 돼 보이는 크리스마스트리에 일제히 불이 들어왔다. 수백 개의 전구가 점멸하기 시작했다. 트리 앞에 설치된 봉을 타고 캥거루만 한 산타 인형이 미끄러져 내려왔다. 산타의 모자 위엔 공달이 새초롬하게 앉아 있었다. 호텔 로비에서나 볼 법한 호화로운 트리요, 야단스러운 점등식이었다.

로비를 꽉 채운 군중 규모로 봐서 입소자 전원을 소집한 것 같았다. 베토벤과 랑이 언니도 그들 새에 끼여 있었다. 팀장은 베토벤 뒤에 서 있었다. 팔짱을 끼고 아무 표정 없이 정면을 주시 중이었다. 정면의 산타 인형 앞에 마이크를 쥐고 서 있는 자는 고라니였다. 직속 호위 무사인 정장 졸개 셋은 그 옆에 열중쉬어 자세로 정렬해 있었다. 칼잡이는 보이지 않았다. 나는 빠른 속도로 군중을 훑어봤다. 지난밤 흡연 구역에 함께 있었던 고 실장과 이윤식 씨도 보이지 않았다.

"아아. 주목."

고라니가 한 말씀 하시기 시작했다. 사람들은 주목하지 않았다. 자기들끼리 웅성거리고, 웃고, 산발적인 박수가 튀어나왔다. 빨리 말씀을 끝내라는 의미였다. 고라니는 거꾸로 알아들은 듯했다. 한 말씀이 열 말씀 정도로 늘어났다. 요약하면 이런 이야기였다.

삼애원 크리스마스트리 점등식에 참석한 여러분을 환영한다. 입소자를 위해 매우 스페셜한 트리를 기부해주신 우리 바리스타 선생 공돈욱 씨에게 감사드린다. 크리스마스이브엔 노래 선생인 공이랑 씨와 수제자 김세중 씨의 스페셜 공연이 있을 예정이다. 제빵사 반은 스페셜 케이크를, 바리스타 반에서는 스페셜 커피를 제공할 것이다. 그 날을 기대하시라.

말씀이 끝나자 로비 괘종시계가 종을 한 번 쳤다. 7시 30분이었다. 나는 출근 준비를 하러 내 방으로 돌아갔다. 방은 어두웠으나 완전히 어둡지는 않았다. 창문으로 현관 외등 빛이 희미하게 비쳐들고 있었다. 제이는 깊은 잠에 빠져 있었다. 내가 침대 옆을 스쳐 가도 미동조차 없었다. 책상에 랑이 언니의 물건들을 내려놓고 샤워 도구를 꺼내 방을 나설 때까지도.

샤워장으로 가는 길에 123호 안을 들여다봤다. 보려고 해서 본 건 아니었다. 문이 반쯤 열려 있어 자동으로 눈에 들어왔다. 실내등이 켜진 상태였고, 옷장 문이 열려 있고 방 안엔 아무도 없었다. 나는 샤워장 문 앞에서 걸음을 멈췄다. 바닥에서 30센티미터 정도 떠 있는 문 밑으로 불빛과 함께 귀에 익은 목소리가 새어 나왔다.

"이번에도 개수작 부려봐." 칼잡이였다.

"목을 따버릴 테니까."

목소리는 작았으나 강렬한 살기가 묻어났다. 상대를 주눅 들게 하기에 부족함이 없는 겁박이었다. 상대가 누군지는 모르겠으나 엿듣던 내가 본능적인 요의를 느꼈다. 그들이 밖으로 나오기 전에 나는 화장실로 도망갔다. 샤워 도구를 세면대에 내려놓고 잠시 생각했다. 누구일까. 어떤 개수작을 부리다 '칼침 예고'를 받았을까.

소변기로 옮겨 가 볼일을 보며 거듭 생각했다. 내일 아침에 팀장을 찾아가 후임자를 찾으시라 말할까. 제이가 드러누운 마당에 나까지 내빼는 건 너무 비겁한 처사일까.

나는 문득 옆으로 다가드는 사람의 기척을 느꼈다. 눈을 내리뜬 채 흘깃 시선만 돌렸다가 그만 기함을 할 뻔했다. 옆 칸에서 칼잡이가 바지를 내리고 있었다. 소변기 앞에서 옆 사람의 수도꼭지를 보지 않는다는 만국 공통의 예의를, 놈은 지키려는 시늉조차 하지 않았다. 아주 화끈하게 내놓고 내 쪽을 넘겨다봤다. 그 바람에 수도꼭지가 고장을 일으켜 물이 나왔다 안 나왔다 했다.

"출근하시게?"

째지고 가느다란 놈의 눈이 내 눈으로 올라왔다. 목소리가 3년쯤 묵은 소변처럼 질척질척했다. 나는 세면대로 가서 손을 씻고 양치를 시작했다. 놈은 바지를 추스르고 어기적어기적 움직여 또 내 옆에 와 섰다. 물을 틀고 손끝만 비벼서 씻더니 손가락을 툭툭 튕겨 물을 털었다. 그중 몇 방울이 내 얼굴로 날아와 붙었다. 동네 건달이 동네 쪼다한테 시비를 걸고 있는 분위기였다.

나는 칫솔을 문 채로 거울 속에서 놈과 시선을 마주쳤다. 눈빛이 흔들리지 않으려고 용을 썼으나 잘되지 않았다. 흉곽 속에선 심장이 쿵쾅댔다.

"뭐 하나 알려줄까?"

놈은 내 어깨에 손을 올려놓으며 소리 없이 히죽거렸다. 손가락을 어깻죽지에 문지르는 걸로 봐서 내 셔츠에 물기를 닦고 있는 게 아닌가 의심스러웠다. 나는 생각을 해봤다. 이놈이 내게 왜 이럴까. 팀장한테 맺힌 원한을 만만한 내게 풀고 있는 것인가. 그렇다고 보기엔 도가 지나쳤다.

"나는 니 같은 새끼들, 되세 좋아해. 내 밥이거든."

문득 의문이 생겼다. 전임자 하나는 습격을 당했고, 그의 룸메이트는 당하지 않았다. 그런데 룸메이트까지 함께 그만뒀다. 혹시 룸메이트에게도 이런 유의 시비를 걸었을까.

"목 씻고 기다려. 내가 잘 먹어줄 테니까."

나는 칫솔을 빼고 물을 틀어 입을 헹궜다. 밥으로 취급당하고도 응수하지 않으면 아버지가 무덤에서 튀어나올 터였다. 문제는 입을 너무 오래 헹궜다는 것이다. 다 헹구고 고개를 들어 보니 칼잡이는 사라지고 없었다.

내 방도 비어 있었다. 그새 제이가 사라졌다. 노트북이 켜져 있고 화면엔 메신저 창이 떠 있었다. 누군가와 채팅을 하다 잠깐 자리를 비운 것 같았다. 아니면 대화를 하려고 창을 띄웠다가 그대로 두고 나갔거나.

서랍장에 샤워 도구를 밀어넣는 순간, 전날 넣어둔 집게 이어폰이 눈에 띄었다. 꺼내서 손바닥에 올려놓고 한참을 들여다봤다. 이제 내 거취에 대한 결정을 내려야 할 것 같았다. 여기 남기로 한다면 이 물건의 의미를 제이에게 물어야 했다. 조금 전 화장실에서 물건 주인이 친히 알려주지 않았던가. 나 같은 새끼는 제 밥이라고.

꼴 보기 싫은 것과 무서운 것은 다르다. 꼴 보기 싫은 건 견딜 수 있다. 이를테면 옥희 씨 같은 사람. 한 개체가 어떤 것에 대해 선천적으로 가지고 태어난 반응이 기질이라면, 나는 꼴 보기 싫은 걸 잘 견디는 기질을 지녔다.

견딜 수 없는 건 내 생존을 위협하는 무언가였다. 그것에 대한 내 반응은 '무섭다'다. 어제까지만 해도 칼잡이에 대한 내 감정은 꼴 보기 싫다와 무섭다 중간쯤에 있었다. 이제 '무섭다'로 확실하게 넘어갔다. 무서우면 도망치는 게 내 해결 방식이었다. 해결하기로 결정한다면 굳이 이어폰의 의미를 물을 필요가 없을 것이다. 조용히 사라지면 되는 일이었다.

딩동딩동, 알림 소리가 생각 사이로 끼어들어왔다. 제이의 노트북에서 울리는 소리였다. 화면 하단 메신저에선 메시지가 올라오고 있었다. 맹세하지만 훔쳐볼 마음은 없었다. 서랍장의 위치상 노트북 옆에 서 있었을 뿐. 시선이 메신저 창으로 떨어진 건 자동적인 반응이었다. 자극에 반응하라는 것이 진화가 생명체에게 내린 명령 아니겠는가.

발신자는 '국립생태연구원'이었다. 거기서 눈을 뗐어야 했건만, 잠깐 머뭇대는 사이 메시지가 시야로 쳐들어왔다.

아침에 해상이 데리고 병원에 다녀왔네. 기관지 튜브를 교체하느라.

해상……. 그제밤 제이의 입에서 흘러나온 이름이었다. 결혼하자고 하던 그 여자가 아닐까 싶었다. 배경 화면 안에서 시원스럽게 웃고 있는 이 여자.

간 효소 수치가 올라간 모양이야. 의미 있는 정도는 아니지만, 설사를 계속 해서. 릴루졸 부작용 같다는데, 며칠 더 지켜보기로 했네.

릴루졸이 무슨 약일까. 답이 없는데도 메시지는 계속 올라왔다.

어제부터 뉴덱스타 투약을 시작했는데 효과는 두고 봐야겠지.

문손잡이를 돌리는 소리가 났다. 나는 노트북에서 눈을 뗐다. 거의 동시에 제이가 방으로 들어섰다. 도둑질을 하다 들킨 것처럼 몸이 움칫 굳어졌다. 얼굴이 확 달아올랐다. 책상 옆에 어정쩡하게 서 있는 나를 어떻게 해석했을지에 대해선 굳이 궁금해할 필요가 없었다. 어떤 변명으로도 비켜갈 수 없는 염탐질이었다.

제이는 내 앞으로 걸어왔다. 나는 그 자리에 선 채 기다렸다. 물에 젖은 돌처럼 까맣게 빛나는 제이의 눈이 팔 하나 거리를 두고 멈췄다. 양쪽 귀에 흰 에어팟이 꽂혀 있었다.

"물어볼 게 있는데."

말해놓고 나는 아차, 했다. 이곳을 떠날지 말지 결정하지도 않았는데 말부터 튀어나온 꼴이었다. 제이는 에어팟을 한쪽을 뽑았다. 물어봐, 하듯.

"이거 기억나요?"

나는 왼손을 제이 앞으로 내밀었다. 제이는 내 손바닥에 앉아 있는 이어폰을 내려다봤다. 표정이 연쇄적으로 바뀌었다. '이게 뭐지?'에서 '응?'으로, 이어 '아아……'로. 그가 눈을 든 건 얼굴에서 표정이 완전히 걷힌 후였다. 노트북 창에선 딩동 소리가 바지런하게 울리고 있었다.

"그제 밤에 그쪽이 손에 쥐고 있던 겁니다."

제이는 대답이 없었다.

"본인 물건은 아닌 거 같은데."

나는 제이의 손가락 사이에 걸린 에어팟으로 시선을 보냈다.

"나한테 신경 끄지 그래."

제이가 입을 열었다. 목소리는 나직했으나 날이 파랗게 서 있었다. 당황스러울 정도로 냉랭한 어조였다.

"날 좀 도와줬다고 내 주변을 기웃대고 다녀도 되는 건 아냐."

나는 허리를 펴고 똑바로 섰다. 지금 싸우자는 건가. 얻다 대고 반말인데. 이게 제 목숨을 살려준 은인한테 할 말인가. 덤으로 제 야근까지 대신 해주고 있는 사람한테.

"그건 안 되겠는데." 나도 상대에 대한 존중을 접기로 했다. "너도 알고 나도 아는 놈이 이거랑 똑같은 이어폰을 쓰거든."

제이의 시선이 다시 이어폰으로 떨어졌다.

"어젯밤에도 그놈을 만났는데 이어폰을 한쪽만 끼고 있더라고." 나는 물었다. "어떻게 생각해?"

"더럽게 할 일 없는 놈이라고 생각해."

'그놈'이 아니라 내게 하는 말이었다. 나는 머리가 뜨끈뜨끈해지는 걸 느꼈다. 표정이 굳어지고 입이 저절로 열렸다.

"밤마다 그놈 뒤를 쫓아 어딘가로 가던 어떤 놈이, 그놈한테 들켜서 된통 얻어맞고 눈보라 치는 숲에 버려지는 일이 생겼단 말이지. 그렇다면 죽기 직전인 어떤 놈을 구조한 더럽게 할 일 없는 놈은 궁금한 게 정상 아닌가? 왜 따라갔는지, 어딘가가 어딘지, 그놈이 누군지." 열받은 김에 나는 하지 않아도 좋을 말까지 해버렸다. "게다가 그놈은 어떤 놈의 다음 순서가 누군지, 더럽게 할 일 없는 놈한테 친히 알려주시더라고. 좀 전에 화장실에서."

우리는 눈을 맞대고 움직이지 않았다. 문밖에서 들려오던 소리는 한숨에 사라졌다. 고요가 우리의 주변을 채웠다. 시간마저 우리 사이에 선 채 움직이지 않는 것 같았다. 나는 시선을 비키지 않으려 안간힘을 썼다. 비키는 순간 영원히 뒷심 무른 쪼다로 남을 테니까. 나를 쪼다 취급하는 놈은 칼잡이 하나만으로도 충분했다.

결국 제이가 먼저 눈을 비켰다. 내 질문에 대한 답은 끝내 없었다. 그저 책상 앞으로 가서 의자를 당기고 앉았다. 이후 딩동거리며 올라오는 메시지 창만 들여다보고 있었다. 그 자체로 답이 되었다. 내 추측이 옳았던 것이다.

근무복으로 갈아입으면서 더 묻지 말자는 결론을 내렸다. 목숨 걸고 무언가를 숨길 땐 이유가 있을 것이다. 그런 비밀은 알고 싶지 않았다. 안다 해서 내게 돌아올 이득이 없었다. 해나 입지 않으면 다행이었다. 나는 소리 없이 방문을 닫고 복도로 나왔다.

점등식은 끝났으나 로비에는 사람이 많았다. 몇몇은 줄 타는 산타를 에워싸고 심심한 사내들이 할 수 있는 거의 모든 짓을 하고 있었다. 산타의 발가락을 문지르면서 소원을 빌거나, 바짓가랑이 사이를 들여다보거나, 다리에 매달려서 봉을 타고 오르려고 하거나, 모자를 빼앗아 쓰려 하거나…….

나는 보안실로 들어갔다. 제이와 관련된 의문은 머릿속에서 사라졌다. 그 자리를 두 개의 단어가 채웠다. 릴루졸, 뉴덱스타.

"정신을 얻다 팔고 있는 거야. 사람 말하는데 힘 빠지게."

인계하던 옥희 씨가 팔꿈치로 내 어깨를 찔렀다. 나는 멍하니 옥희 씨를 쳐다봤다.

"아무도 문밖으로 내보내지 말라고 했잖아." 평소와 달리 옥희 씨의 혀가 길었다. "밤에 졸지 말고 눈 크게 뜨고 있으란 말이야. 오늘 아침부터 연말까지 입소자 외출, 외박 모두 금지됐으니까."

관리소장이 내린 특별 지시라 했다. 이미 예정돼 있던 외출 건, 외박 건까지 취소됐다. 연말에 노숙자가 거리를 어슬렁대지 않도록 협조하라는 도청 공문이 있었다고 했다.

"누구든 나가면 네 책임이야."

옥희 씨는 부리나케 사라졌다. 로비는 점호 시간이 되도록 북적거렸다. 나는 점호가 끝난 후에야 베토벤의 방으로 갔다. 도수치료를 하는 동안에도 생각은 딴 데 가 있었다. 베토벤이 버럭 성을 낼 때까지 그랬다.

"아파, 이놈아. 오늘따라 손이 왜 이리 거칠어?"

아무래도 확인을 해봐야 할 것 같았다. 그러지 않으면 내 손은 계속 거칠 예정이었다. 나는 베토벤에게 물었다.

"휴대전화 있으시죠?"

일순 베토벤과 랑이 언니가 눈을 마주쳤다. 이상한 침묵이 몇 초 이어졌다. 나는 얼떨떨했다. 내 질문이 이상한가.

"휴대전화는 왜?"

랑이 언니가 물었다.

"잠깐만 빌려주세요. 검색해볼 게 있어서."

"그럼 꼭 삼촌 거 아니어도 되는 거네?"

랑이 언니는 바지 주머니에서 자신의 휴대전화를 꺼내 건넸다.

"삼촌은 휴대전화를 잘 안 써서 아마 충전이 안 돼 있을 거야."

휴대전화를 받긴 했으나 얼떨떨한 느낌이 가시지 않았다. 팬티를 빌려달라고 한 것도 아닌데 왜들 이래.

"비번 걸려 있는데요."

랑이 언니는 손을 뻗어 잠금을 풀어주었다. 나는 구글을 띄우고 검색창에 '릴루졸'이라고 쳤다. 첫 번째 문서의 헤드라인은 이랬다.

릴루졸, 루게릭병 외 알츠하이머에도 효과

두 번째로 '뉴덱스타'를 입력했다. 이번에도 뉴스 문서가 먼저 떴다.

치매, 루게릭병 등, 뇌신경 질환자의 격앙 행동 치료제인 뉴덱스타 국내 수입길 열려……

구글 창을 닫고, 곁에서 들여다보는 랑이 언니에게 휴대전화를 돌려줬다. 제이의 메신저 창에 올라온 메시지와 두 개의 기사를 조합하

자 하나의 문장이 만들어졌다. '제이에겐 루게릭병을 앓는 해상이라는 연인이 있다.'

나는 루게릭병 환자를 직접 만나본 적이 없다. 내 분야가 아니었다. 병세가 어떤 식으로 진행되는지, 각 단계마다 적용되는 치료법이 뭔지도 잘 알지 못했다. 다만 신경계 재활치료사인 동료에게 들은 바는 좀 있었다. 기관지 절개 튜브를 꽂을 정도라면 초기는 아닐 것이다.

의문이 점점 커졌다. 제이는 왜 여기에 왔을까. 단순히 돈을 벌려고 오진 않았을 것 같았다. 아픈 연인을 두고 서해 오지까지 왔을 땐 그만한 이유가 있을 텐데, 그게 뭘까. 뭘 하려다 그렇게 두들겨 맞았을까. 제이는 정말로 크리스마스에 돌아가 결혼할 생각일까. 그렇다면 애초부터 1년씩 근무할 생각은 없었던 셈이다. 아니면 크리스마스에 돌아갈 생각이 없거나.

분명한 건 제이가 거의 모든 이를 상대로 거짓말을 하고 있다는 점이었다. 랑이 언니한테는 작가라 했다지만 그 말 역시 의심스러웠다. 제아무리 미친 작가라 해도 루게릭병에 걸린 연인을 두고 여기 와 노숙자 인터뷰나 하고 있지는 않을 것이다. 문득 롤라 이야기로 휴게실이 떠들썩했던 날이 떠올랐다. 윤식 씨와 딱 붙어 앉아 이야기를 나누던 제이의 모습도. 둘은 무슨 얘기를 나눴을까.

"뭔 생각을 하느라 넋이 나갔을까, 우리 자기는?"

랑이 언니가 고개를 삐딱하게 기울여 나를 봤다. 나는 눈만 끔벅거렸다. 의식 밑바닥에서 어떤 생각이 꼬물거리고 있었다. 노숙자 인터뷰…….

"여기 오신 지 두 달 됐다고 하셨죠?"

내 물음에 랑이 언니는 눈을 깜박이는 걸로 대답을 대신했다.

"우리가 오기 전에 자체 경비팀이 있었다면서요. 다들 어디로 갔는지 아세요?"

"하나는 여기 있잖아."

랑이 언니는 고개를 갸웃했다. 세상 사람 다 아는 걸 너만 몰랐다고? 하듯.

"삼애원에요?"

어떤 생각이 번득 내 머리를 스치고 지나갔다. 확인을 해봤다.

"혹시 그 하나가 조리사랑 방을 같이 쓰는……."

"아무도 말 안 해줬어? 걔가 경비 대장이었는데." 랑이 언니의 목소리에 갑갑해하는 기색이 묻어났다. "걔 또라이야. 마주치면 그냥 눈 깔아."

보안팀을 향한 칼잡이의 적개심이 단숨에 이해됐다. 팀장이나 옥희 씨는 이를 알고 있는지 궁금해졌다.

"나머지는 어디로 갔는지 아세요?"

듣고 있던 베토벤이 끼어들었다.

"시키는 것만 하고 살아. 눈감고, 귀 닫고, 생각하지 말고, 나서지 말고."

그게 가능한 얘긴가. 박테리아도 그렇게 살진 않는다. 나는 되물었다.

"무슨 말씀이세요?"

베토벤은 성가시다는 듯 눈을 감고 벽을 향해 돌아누웠다. 아는 바가 있느냐는 의미에서 랑이 언니를 봤으나 역시 답을 듣지 못했다. 103호 씨족 집단을 대표해서 공달이 정리 발언을 했다.

"꺼져."

방을 나온 후 1동 입구에서 걸음을 멈췄다. 보안실 문 앞에 윤식 씨가 서 있었다. 원복이 아니라 사복에 진회색 패딩 점퍼 차림이었다. 등에는 빨간 배낭을 메고 있었다.

"거기서 뭐 하세요?"

나는 선 자리에서 물었다. 윤식 씨는 쉿, 하듯 왼손 검지를 입술에 대고 사방 복도를 두리번거렸다. 복도는 고요했으나 어둡지는 않았다. 트리에 달린 수백 개의 새알 전구가 실내등만큼이나 환하게 불을 밝히고 있었다. 동네 사내들에게 온갖 수모를 당하던 산타는 줄타기를 멈추고 바닥에 앉아 잠이 들었다.

"자네 기다리고 있었어."

윤식 씨가 소곤대는 목소리를 냈다. 나는 패딩 주머니에 들어가 있는 윤식 씨의 오른손을 눈여겨봤다. 주먹을 쥐고 있는 것처럼 주머니가 불룩했다.

"뭐 해? 얼른……."

윤식 씨는 왼쪽 손바닥을 위로 향한 채 손끝을 까닥거렸다. 흔히 동네 개를 부를 때 쓰는 지시적 동작이었다. 나는 문을 향해 움직이기 시작했다. 동네 개는 아니었으나 가지 않을 수도 없었다. 어쨌거나 보안실로 들어가야 했으므로.

"중요한 얘기가 있는데 말이야……."

윤식 씨가 한 발짝 마중을 나와 곁에 붙으면서 속삭거렸다. 아양이라 봐도 무리가 없는 목소리였다. 듣기 거북한 속삭임이요, 부담스러운 목소리였다.

"우리 안에 들어가서 차분하게 얘기하세."

입소자를 보안실로 들이는 건 규칙에 어긋나는 일이었다. 규칙이 아니더라도 이 남자와 좁은 공간에 함께 있고 싶지 않았다. 친분도 없는 저 남자가 나를 기다리고 아양을 떠는 데에는 분명 이유가 있을 테니까. 나는 윤식 씨의 팔꿈치를 잡고 산타 옆으로 데려가 세웠다.

"잠깐만 여기 서 계세요."

윤식 씨는 거기 서 계시지 않았다. 내가 보안실 문을 열자마자 잽싸게 몸을 날려왔다. 다행히 내 쪽이 반박자 빨랐다. 나는 보안실로 들어가 후려치듯 문을 닫았다. 문은 자동으로 잠겼다.

"이쪽으로 오세요."

나는 쪽창을 열고 말했다. 윤식 씨는 창문 앞에 와서 섰다. 왼팔을 창턱에 걸치더니, 고개를 뒤로 젖히고 칼눈을 만들어 나를 쏘아봤다. 좀 전보다 훨씬 솔직한 표정이었다.

"안에서 긴히 할 얘기가 있다는데 문을 왜 잠가? 사람 기분 나쁘게."

태도나 말투 역시 매우 진솔해졌다. 우리 사이에 창문이 방패처럼 놓여 있는데도 나는 아랫배가 딴딴해지는 걸 느꼈다.

"내가 무슨 죄수야? 개구멍에 대고 말하게."

윤식 씨가 턱 근육을 씰룩거리며 말했다. 거의 동시에 체육실 쪽에서 쿵 소리가 울렸다. 내가 아는 바로, 팀장이 250킬로그램짜리 바벨을 내려놓는 소리일 것이다. 놀라운 건 그 묵직한 소리에 돌연 마음이 편안해졌다는 점이었다. 나는 비로소 입을 열 수 있게 되었다.

"거기서 말씀하세요."

바벨 소리는 윤식 씨에게도 영향을 준 것 같았다. 불안한 눈으로 체육실 쪽을 흘낏 보더니 손가락 두 개를 눈앞에 세우고 소심하게 까닥거렸다.

"가까이 와봐."

나는 같은 말을 되풀이했다.

"거기서 말씀하세요."

"하, 새끼. 더럽게 꼬장꼬장하게 구네. 얘기 좀 하자는데."

윤식 씨는 나를 겨눠보며 잡도리하듯 성질을 부렸다. 어젯밤 누구에게 도움을 받았는지 싹 잊어버린 표정이었다. 패딩 주머니에 들어가 있는 윤식 씨의 오른손이 점점 수상쩍어졌다.

"문 열어. 나 좀 나갔다 와야겠어."

"오늘부터 외출, 외박 모두 금지됐습니다."

나는 기계처럼 대꾸했다.

"그러니까 하는 말이잖아."

윤식 씨는 들이박듯 쪽창으로 얼굴을 밀어붙였다. 다행히도 머리통이 커서 쪽창 틀에 걸렸다.

"살짝 나갔다가 올 테니까 문 좀 열어줘." 윤식 씨의 목소리는 다시 거북한 소곤거림이 됐다. "원래 내가 오늘 외박하려고 허락까지 다 받았단 말이야. 아침 9시 전에 나갔어야 하는데 5분 늦었더니 이렇게 됐다고."

외박 예정자 명단에서 윤식 씨 이름을 본 게 기억났다. 온종일 뭐 하다가 밤 11시 30분이 돼서야 내보내달라고 조르는 것일까.

"외박까지는 바라지도 않아. 잠깐 외출만 시켜줘. 동생이 제의면에서 기다리는데 잠깐 얼굴만 보고 올 테니까." 윤식 씨는 눈꼬리를 강아지처럼 내렸다. "맹세한다니까. 어려운 거 아니잖아. 거기서 단추만 꾹 눌러주면 된다고."

이번에는 구걸할 때에나 쓸 법한 표정이 되었다. 이처럼 표정을 훌떡훌떡 뒤집는 것도 재주라면 재주일 것이다. 얼굴이 무슨 호떡도 아니고.

"10년이나 동생을 못 봤단 말이야. 그 심정 이해 못해? 넌 가족 없냐?"

나는 대답하지 않았다.

"안 돼? 정말로?"

몇 번을 물어도 내가 할 수 있는 대답은 정해져 있었다.

"제 권한 밖입니다. 관리팀장님께 말씀하세요."

"니미, 좆도 아닌 새끼가……." 윤식 씨의 이마 핏대가 꿈틀 일어섰다. 눈꺼풀이 크게 벌어지고 눈알이 반쯤 밖으로 튀어나왔다. "곱게 얘기하면 들어먹질 않아. 뒈질라고."

윤식 씨의 주머니에서 오른손이 빠져나왔다. 네 개의 손가락에 번쩍거리는 너클이 끼워져 있었다. 나는 숨을 삼켰다. 저걸로 내 머리통이라도 깰 심산이었을까.

"유리 깨고 들어가서 모가지 썰기 전에, 문 열어."

윤식 씨는 손가락을 펴더니 너클의 몸체 어딘가를 눌렀다. 딸깍 소리와 함께 잭나이프가 튀어나왔다. 창문을 사이에 두고 나이프 끝이 내 목을 겨눴다. 나는 살갗이 따끔따끔하게 당겨지는 느낌을 받았다. 만약 아무 생각 없이 저 남자를 보안실 안으로 들여놨다면 무슨 일이 일어났을까. 체육실 쪽에서 다시 바벨 놓는 소리가 울렸다. 쿵 소리가 팀장의 목소리로 들렸다. 무슨 일인가.

"방으로 돌아가세요. 보안팀, 관리팀 모두 부르기 전에요."

나는 비상전화의 수화기를 들었다. 나이프는 유리창 앞에서 움직이지 않았다.

"문 열어, 새끼야. 나 죽으면 네가 책임질 거야?"

윤식 씨의 숨죽인 목소리가 쩍쩍 갈라졌다. 눈에는 살기가 번들거렸다. 지금 내보내주지 않으면 정말로 나를 죽일 기세였다. 만약 그때 팀장이 체육실에서 나오지 않았다면 밤새 대치했을지도 모르겠다. 아마도 팀장은 용변을 보러 가던 참이었던 것 같다. 3동 화장실로 들어가려다 멈칫 서더니 보안실 쪽을 돌아봤다.

"거기, 무슨 일이야."

윤식 씨는 후다닥 팔을 내리면서 너클의 나이프를 접었다. 팀장이 이쪽으로 걸어오기 시작하자 주먹을 패딩 주머니에 넣었다.

"이윤식 씨, 거기서 뭐 합니까?"

팀장이 물었다. 윤식 씨는 뒷걸음질로 슬금슬금 물러섰다.

"거기 서요."

윤식 씨는 서지 않았다. 몸을 홱 돌리고 1동으로 냅다 튀었다. 곧 123호 안으로 모습을 감췄다. 딸깍, 방문 잠그는 소리가 보안실 안까지 들려왔다.

"무슨 일인가."

쪽창 앞에 도착한 팀장이 물었다. 나는 수화기를 내려놓고 대답했다.

"외출시켜달라면서 칼 달린 너클을 보여주던데요."

"별문제는 없었고?"

네,라는 답을 듣고도 팀장은 쪽창 앞에 가만히 서 있었다. 뭔가를 생각하는 기색이었다. 입을 연 건 한참이 지난 후였다.

"순찰할 때 가스총과 무전기 꼭 소지해. 무전기 켜두고 있을 테니 언제든 연락하고."

팀장은 체육실로 돌아갔다. 나는 의자에 주저앉았다. 숨이 빠듯하게 숨길을 빠져나왔다. 무릎이 후들후들 떨렸다. 때늦은 후회가 밀려들었다. 여기가 어떤 곳인지 애초에 철저하게 알아봤어야 했거늘. 자기 의사를 칼로 표현하는 게 예사인 동네란 걸 알았다면 아무리 보수가 많아도 오지 않았을 텐데.

시간이 평소보다 빠르게 갔다. 팀장은 운동을 끝내고 샤워장으로 들어갔다. 나는 야간 순찰 시간이 될 때까지 윤식 씨를 생각하고 있었다. 이상하기 그지없었다. 그자는 왜 내게 현관문을 열어달라고 했을까. 얼마든지 자기 방 창문으로 나갈 수 있었을 텐데. 담장 뒷문으로 나갔다면 감쪽같이 사라질 수 있었을 텐데. 나를 협박하는 수고로운 일도 할 필요가 없었을 것이고.

윤식 씨는 굳이 정문으로 나가는 걸 택했다. 나를 협박하는 쪽이 뒷문으로 나가는 것보다 성공 확률이 높다고 판단한 것이었다. 나는 지난밤 받았던 쪽지와 흡연 구역에서 있었던 일을 떠올렸다. 칼잡이, 고실장, 윤식 씨는 나란히 서 있었다. 누군가를 기다리고 있었던 눈치였다. 조리사와 고라니였을까. 아니면 제3의 누구? 그게 누구든 오늘 일이 어젯밤 일과 연관이 있다는 생각을 지울 수가 없었다.

로비 괘종시계가 자정을 알렸다. 팀장의 지시대로 무전기와 가스총을 허리에 찼다. 손에는 서치라이트 랜턴과 경봉을 들었다. 내부 순찰을 먼저 시작했다. 복도 바닥이 아니라 살얼음판을 디디고 가는 것 같았다. 몸 안의 신경이 더듬이가 되어 몸 밖으로 뻗치는 기분이었다. 방 안에서 기침 소리만 새어 나와도 등 근육이 움찔거렸다.

나는 1동에서 4동까지 내달리듯 돌았다. 입소자 방은 말할 것도 없고, 평소 열어보던 공간도 그냥 지나쳤다. 음악실, 교육실, 식당…….

어디든 문을 열기만 하면 너클을 낀 주먹이 튀어나올 것 같아서.

바깥엔 눈발이 날리고 있었다. 크기가 손톱만 한 함박눈이었다. 날이 새도록 차분하게 내릴 기세였다. 심란하다 못해 의아할 지경이었다. 원래 이렇게 눈이 많이 오는 곳인가. 며칠 전에 내린 눈이 아직도 발목 높이로 쌓여 있는데.

나는 시계 방향으로 순찰을 돌기 시작했다. 현관문에서 1동 비상구를 거쳐 기계 창고 뒤편으로 올라갔다. 걷는 내내 몸에 힘이 들어가 있었다. 시선은 랜턴과 함께 움직이며 사주경계를 하고, 귀는 전방위를 향해 활짝 열렸다. 보이지 않는 곳의 소리를 듣고자 도둑 걸음으로 걸었다. 담장 쪽문 앞에 도착했을 땐 소리에 대한 감도가 최대치로 올라가 있었다. 축축한 한기 속으로 눈송이가 유영하는 소리까지 들리는 것 같았다. 숲길 너머에선 밤새가 구구구 울고 있었다. 등 뒤 바다에선 유빙의 충돌음이 진격해왔다. 그 소리들 사이로 낯선 소리가 훅, 끼어들었다. 사람의 비명처럼 고막을 찔러오는 짤막한 소리였다.

머리털이 곤두섰다. 반사적으로 고개를 돌려 바다 쪽을 바라봤다. 본다 해서 보일 리도 없는데. 삼애원 건물 너머의 광막한 어둠 속을 볼 수 있다면 인간이 아니라 부엉이겠지.

소리는 단발성으로 끝났다. 선 자리에서 기다렸으나 그 소리와 비슷한 것도 들리지 않았다. 어쩌면 밤잠 없는 갈매기의 소리였을지도 몰랐다. 유빙이 좀 색다르게 부딪쳤든가. 아니면 바다 위를 배회하는 바람 소리이거나. 그것도 아니라면 어둠과 겁먹은 내 마음이 합세해 농간을 부렸거나. 사람의 비명이었다고 우기는 훈수꾼의 목소리는 무시해버렸다. 행여 바다로 가보라고 충동질할까 봐.

보안실로 돌아오자마자 CCTV 모니터 앞에 앉았다. 자리를 비운 사이 녹화된 화면을 돌려봤다. 사람 소리가 아니었다는 걸 나 자신에게 납득시켜야 했다. 그래야만 일을 할 수 있을 것 같았다.

현관문, 정문, 4동과 1동 부근을 차례로 살펴봤다. 화면 하나가 눈에 걸렸다. 1동 비상구 근처에서 잣나무 군락지 쪽으로 그림자 같은 것이 휙 스치더니 화면 밖으로 사라졌다. 그림자의 정체를 확인하는 건 불가능했다. 잣나무 군락지는 1동 CCTV 카메라에 잡히지 않는 사각지대였다.

나는 바람에 흔들리는 잣나무 그림자라 단정해버렸다. '그쪽 잣나무는 키가 큰데다 높은 지점에 가지가 달려 있다'라고 말하는 기억의 목소리엔 귀를 닫았다. 중요한 걸 지나쳐버리는 것 아니냐는 직감의 충고도 받아들이지 않았다. 의식 밑에서 신경을 건드리는 무언가가 있었지만 절대로 건져 올리고 싶지 않았다. 대신 내일 아침에 뭘 할 것인지 생각하려 애썼다. 팀장에게 일을 그만두겠노라 말해야지. 후임자가 올 때까지 기다려달라 할 테지만 뿌리치고 떠나버려야지.

인간의 뇌는 부정적 지시를 잘 처리하지 못한다고 한다. 코끼리를 떠올리지 말라고 하면 코끼리만 떠올리게 되는 것처럼. 나는 줄곧 비명 소리와 잣나무 군락지로 사라진 그림자에 붙들려 있었다. 둘을 연결 짓지 않으려 들면 들수록 인과성이 강화됐다.

잣나무 군락지는 1동 비상구 앞에서 시작해 해변 계단 옆에서 끝난다. 실제로 가본 적은 없으나 철망 담장이 군락지 맨 안쪽에 있다고 들었다. 침입이나 탈출을 막는 목적이 아니라 실족 방지가 목적인 담장이었다. 담장 너머는 까마득한 암석 벼랑이고 벼랑 아래는 갯바위가 빽빽하게 서 있는 해변이었다. 떨어지면 뼈도 못 추리는 셈이었다. 혹시 그런 일이 일어난 게 아닐까 생각했다. 하필 마지막이 될지도 모르는 밤에.

달갑잖은 시간이 왔다. 나는 새벽 순찰을 시작했다. 1동 복도를 한 바퀴 돌아 123호 문 앞에 도착했다. 윤식 씨 동정이 궁금했지만 그냥 지나쳤다. 굳이 위험을 자초할 이유가 없었다. 점호 후에 입소자 방문을 열어보는 건 규칙 위반이기도 하고.

밖에는 아직도 눈이 내리고 있었다. 밤사이 쉼 없이 내린 모양새였다. 이래서야 걸을 수나 있을까 싶을 만큼 눈이 쌓여 있었다. 자정과 달리 이번엔 시계 반대 방향으로 돌았다. 4동 비상구와 흡연 구역과 식자재 창고 옆길을 지나서 뒷담을 따라 빙 돈 다음, 기계 창고 옆길을 통해 1동 쪽으로 내려왔다. 그대로 현관을 향해 직진했으면 좀 좋았을까. 잣나무 군락지가 시작되는 지점에서 나는 걸음을 멈췄다.

잣나무 군락지 안쪽에 발자국들이 찍혀 있었다. 눈에 덮여 형체가 분명하진 않았으나 한 사람의 것은 아니었다. 적어도 둘 이상이었다. 랜턴 빛으로만 발자국을 좇아봤다. 군락지 가장자리 나무 뒤편을 따라 죽 이어졌다. 계속 앞으로 간다면 해변 계단에 닿을 터였다.

장담컨대 자정 순찰 때에는 없던 발자국이었다. 나는 기억 속에서 CCTV 녹화 장면을 불러냈다. 그림자처럼 스쳐 간 물체가 사람이었을까. 그렇다고 가정하면 발자국의 주인들은 잣나무 뒤에 몸을 숨기고 해변 계단으로 갔다는 얘기가 된다.

이 발자국들이 어디에서 출발했는지는 확인할 길이 없었다. 잣나무 군락지 바깥은 온통 눈으로 뒤덮여 있었다. 다섯 시간 전의 발자국이 남아 있을 리 없었다. 기계 창고 옆길에 방금 내려온 내 발자국만 선명하게 찍혀 있었다.

다시 CCTV 녹화 장면을 소환했다. 그림자가 촬영된 시각은 0시

15분이었다. 내가 기계 창고를 지나 담장 쪽으로 올라가던 즈음일 것이다. 담장 쪽문에서 비명을 들은 건 그로부터 20분 이내였을 테고. 발자국의 주인은 그 틈을 타고 잣나무 군락지를 통과해 해변 계단으로 간 것이었다. 만약 발자국의 주인과 비명이 인과관계에 놓여 있다면…….

나는 잣나무 군락지 안의 발자국을 따라가기 시작했다. 예상대로 발자국은 해변 계단에서 끝났다. 출입 통제 쇠사슬 너머로 랜턴을 비춰봤다. 계단 형태마저 분명치 않을 만큼 눈이 소복하게 쌓여 있었다. 당연한 얘기지만 발자국 같은 건 보이지 않았다.

이제 결정을 해야 했다. 본능의 명령을 받들어 보안실로 돌아갈 것인가, 직감이 끄는 대로 해변 계단으로 내려갈 것인가. 나는 1동 창문을 돌아봤다. 팀장의 방은 껌껌했다. 아직 잠들어 있는 듯했다. 깨어 있다 해도 부를 명분이 없었다. 혼자 가기 무서우니 함께 가달라고 할 수는 없는 노릇이었다.

베토벤의 방 창문에는 환하게 불이 들어와 있었다. 내 방 창문에선 어둡고 푸른 불빛이 내비쳤다. 노트북의 화면 조명일 터였다. 제이 역시 깨어 있는 것이었다. 어쩐지 위안이 되는 기분이었다.

나는 출입 통제 쇠사슬을 넘어갔다. 조심스럽게 첫 계단에 한 발을 내려놨다. 계단참까지만 내려가볼 작정이었다. 거기라면 해변을 얼추 살펴볼 수 있겠지 싶었다. 눈에 뵈는 게 없으면 실제 없는 거라 결론짓고 미련 없이 올라올 생각이었다.

해변 계단은 위에서 내려다보던 것보다 훨씬 가팔랐다. 벼랑에서 바다로 직하하도록 수직계단을 설치한 꼴이었다. 오래돼서 끽끽 울어대는 철제 계단인데다 눈이 쌓여 계단 발판을 확인하기도 어려웠다. 나는 난간을 움켜쥐고 암벽을 하강하듯 내려갔다. 중간 계단참에 이르자 몸을 낮추고 앉아 랜턴을 아래로 비췄다.

해변과 바다가 구분되지 않았다. 모든 것이 눈에 덮여 광활한 설원을 이루고 있었다. 군데군데 덩치 큰 갯바위들이 거뭇한 얼굴을 내밀고 있을 뿐. 나는 몸을 일으키고 올라가려다 동작을 멈췄다. 바위와 바위가 맞닿아 아치를 만든 틈새에 빨간 물체가 박혀 있었다. 처음엔 부표 같은 것이 떠밀려왔나 했다. 다음엔 물놀이용 공인가 했다. 둘 다 개연성이 없다는 걸 깨달은 후에야 번득 기억나는 물건이 있었다.

그렇다. 언제나 기억이 문제였다. 잊어버려도 될 걸 굳이 기억하는 습성 때문에 이제 보안실로 돌아갈 수 없게 됐다. 갯바위 틈새에 버려진 저 빨간 물체가 내가 기억하는 그것이 맞는지 확인을 해봐야 했다.

나는 남은 계단을 내려갔다. 유빙의 충돌음이 정면에서 덮쳐오는 해변에 기어코 발을 내려놓았다. 사유지인데도 경계를 표시하는 담장 같은 건 없었다. 계단 밑에 입수 금지 팻말만 하나 서 있었다. 하기는 이런 곳에 담장이 무슨 소용이 있겠는가. 사람이 걸어 다닐 공간이 거의 없는데.

까마득한 암석 벼랑이 해안을 빙 두르고 있는데다 벼랑 밑엔 수많은 갯바위가 군집해 있었다. 해변으로 밀려든 유빙은 고무 튜브만 한 것도 있고, 갯바위만 한 것도 있고, 낚싯배만 한 것도 있었다. 그것들이 지진으로 뒤집힌 지표면처럼 울퉁불퉁하게 맞붙은 채 설원을 이루고 있었다. 어둠 속 사방 천지에선 쉴 새 없이 굉음이 울렸다. 쿵, 쿵…….

나는 눈에 덮인 갯바위들을 지나 빨간 '무언가'로 다가갔다. 내 기억은 틀리지 않았다. 무언가는 배낭이었다. 보안실 앞에서 나를 협박

할 때 윤식 씨가 메고 있던 빨간 배낭. 기억 속에서 윤식 씨의 목소리가 들려왔다. '문 열어, 새끼야. 나 죽으면 네가 책임질 거야?'

배낭이 왜 여기 있는지는 굳이 추측할 필요가 없었다. 배낭이 저 스스로 걸어온 게 아니라면 주인이 메고 왔을 테니까. 랜턴을 들어 배낭 너머를 비춰봤다. 20여 미터쯤 떨어진 곳에 또 다른 물체가 뒹굴고 있었다. 눈에 덮인데다 형태가 일정치 않아 뭔지 알 수가 없었다. 갯바위겠지, 생각하려 했다. 그쯤에서 못 본 척 돌아서려 했다. 하필 그 순간에 몸이 머리의 명령을 듣지 않는 하극상이 벌어졌다. 어느새 나는 내 다리에게 질질 끌려가서 정체불명의 물체 옆에 도착해 있었다.

나는 선 채로 허리만 굽혀 물체에서 눈을 털어냈다. 처음엔 그저 거뭇한 덩어리 같았다. 다 털어내고 나서야 뭔지 알아차렸다. 소매가 뒤집힌 채로 얼어붙은 패딩이었다. 짐작건대 그 자리에 버려지기 전에 물에 함빡 젖었을 것이다. 옷이 얼음덩이처럼 얼어붙을 이유는 그것밖에 없었다.

가끔 그런 순간이 있다. 번개가 번쩍이듯 어떤 맥락을 한숨에 이해하는 순간. 나는 배낭과 패딩 다음에 뭘 보게 될지 알아차렸다. 차디찬 손에 덜미를 잡힌 기분이었다. 고개를 들기가 무서웠다. 저절로 진행되는 상상을 확인하고 싶지 않았다.

나는 쓰읍 소리가 나게 잇새로 공기를 빨아들였다. 턱 끝까지 차오른 숨을 골랐다. 고개를 들고 랜턴 빛을 바다 쪽으로 비췄다. 시야 오른쪽 끝에서 왼쪽으로 느릿느릿. 1시 방향에서 문턱에라도 걸린 것처럼 랜턴 빛이 멈췄다. 유빙과 유빙 사이에 무언가가 끼어 있었다. 배낭이나 패딩보다 훨씬 큰 물체였다. 그 역시 눈에 덮여 있었다.

이쯤에서 돌아가. 못 볼 꼴 보기 전에. 훈수꾼이 말했다. 나는 고개를 끄덕였으나 마음대로 되지 않았다. 이번에도 다리가 물체를 향해 주체적으로 움직였다. 눈 덮인 유빙 위를 미끄러지지 않도록 몸을 낮추고 균형을 잡아가며 한 발짝씩 전진했다. 가까워질수록 예측은 확신이 돼갔다. 그 앞에 다다랐을 때 확신은 확인으로 바뀌었다. 거대한 유빙 사이에 낀 것은 한쪽 팔을 길게 뻗고 엎드린 사람이었다.

덜덜 떨리는 숨소리가 목을 빠져나왔다. 현기증으로 암전된 시야에서 흰 벌레들이 날아다녔다. 먹구름 같은 한기가 몸을 휘감았다. 처음으로 알게 된바, 나는 행동에 돌입한 후엔 멈추지 못하는 유의 인간이었다. 머리가 멈추라 명령하는데도 손이 말을 듣지 않았다. 엎드린 사람의 손을 향해 제멋대로 뻗어가고 있었다.

마침내 내 손은 그 사람의 손등 위에 도착했다. 나는 손끝만 움직여서 그 사람의 손에 덮인 눈을 쓸어내렸다. 꽉 움켜쥔 주먹이 나타났다. 손가락에 낀 무언가가 랜턴 빛을 받아 번뜩거렸다. 그것이 무엇인지 알아보는 데에는 1초도 걸리지 않았다. 칼날이 튀어나온 너클이었다.

12

"자, 최종적으로 정리를 해봅시다."

곱슬머리 형사가 내 앞에 와서 앉으며 말했다. 다른 형사들이 '계장님'이라고 부르는 사십대 남자였다. 나를 신문한 세 번째 경찰이기도 했다. 첫 신문자는 제의면 지서 순경, 다음은 영인 경찰서 강력계 형사. 계장님은 서울에서 내려왔다는 특별수사팀 박 경감이었다. 이 지체 높은 형사가 나를 신문하기 시작한 지 여섯 시간째였다. 그간 최종 정리를 네 번 했으니 이번이 다섯 번째였다.

"처음부터 시간 순서대로. 새로 생각나는 게 있으면 망설이지 말고 말씀 하시고."

박 경감은 30분 전에 "잠깐 쉬자"라며 나갔다가 돌아온 참이었다. 그새 자기 혼자만 밥을 먹고 온 모양이었다. 암자색 윗입술을 말아 올리고 긴 트림을 내뿜었다. 나팔이라도 분 것처럼 소리가 요란했다. 나는 엉덩이로 의자를 밀어서 조금 뒤로 물러앉았다. 내용물을 짐작할 수 없는 트림 냄새에 속이 거북해져서.

"윤식 씨를 11시경에 보안실 앞에서 만났다고 했죠?" 박 경감이 질문을 던졌다. "그 전까지 뭐 했어요? 밤 근무는 8시부터 시작이라면서."

박 경감은 한 번도 들은 적이 없는 것처럼 물었다. 나는 똑같은 이야기를 다섯 번째로 하기 시작했다. 베토벤의 방에 갔다는 대목에서 박 경감이 이야기를 끊고 들어왔다.

"그 방엔 왜 갔는데?"

나는 숨을 멈췄다. 횡격막이 조여드는 기분이었다. 금방이라도 토할 것 같은 느낌이 왔다. 같은 말을 수도 없이 반복해야 하는 데서 온 헛구역질이었다.

쉬는 날이었던 지난 이틀, 경찰은 나를 인질처럼 붙잡아놨다. 6일간의 밤 근무 끝에 얻은 내 시간을 경찰에게 강탈당한 셈이었다. 혀가 걸레짝이 되도록 말을 해야 했던 휴일이기도 했다. 평생토록 해온 말의 총량보다 더 많은 말을 쏟아냈을 것이다.

지서 순경과 강력계 형사까지는 그래도 예의가 있었다. 친히 삼애원으로 찾아와서 족쳤으니까. 박 경감의 수사팀은 그런 예의 따윈 차리지 않았다. 박 경감의 졸개가 보안사무실로 전화를 걸어 일방적인 출두 통보를 해왔다. 제의면 지서에 꾸린 임시수사본부로 오후 2시까지 나오라.

"오늘은 쉬고 내일 가지. 내가 데려다줄 테니까." 전화를 끊자 곁에서 듣고 있던 팀장이 말했다.

"오란다고 재깍재깍 가야 하는 건 아니야."

"오늘 가겠습니다."

오늘은 팀장의 배려로 얻은 이틀간의 '특별 휴가' 중 첫날이었다. 내가 해야 할 야근 두 개를 대신 하겠다고 나선 제이 덕에 덤으로 생긴 휴가였다.

"그래……." 팀장은 고개를 끄덕였다. "잠깐 기다려봐."

팀장은 누군가에게 전화를 걸었다. 잠시 후 제이가 사무실에 나타났다.

"자네 운전할 수 있지?"

제이가 "예" 했다. 팀장은 자동차 키를 건넸다.

"이 친구 지서에 데려다주고 와. 나나 박 주임은 근무 중이라."

제이는 키를 받아 들고 사무실을 나갔다. 나도 자리에서 일어섰다.

"끝나면 전화해. 내가 데리러 갈 테니까."

팀장이 말했다. 정말로 그리해줄 것 같은 느낌이었다. '괜찮다'라는 사양의 말 같은 건 하지 않았다. 그간의 경험으로 미루어 해 저물기 전에 끝나지 않을 거라 생각했다. 같은 말을 묻고 또 묻다가 한밤중에나 놔줄 테지. 데리러 와줄 사람이 없다면 영하의 날씨에, 그것도 껌껌한 야밤에, 바닷바람이 몰아치는 외진 길을 걸어와야 하는 거였다. 삼애원은 택시조차 들어오려 하지 않는 곳이고, 나는 제이 같은 얼굴을 갖지 못했으므로.

"형사를 공달이라고 생각하게." 팀장이 현관문까지 따라 나오면서 말했다. "감정 조절하는 데 도움이 될 거야."

직관적으로 와닿는 조언이었다. 실제로 나는 그때 머리 뚜껑이 열리기 직전이었다. 형사와 대면하자마자 소리부터 지를 것 같은 심정이었다. 어디 한번 꼴리는 대로 해보쇼. 댁이 듣고 싶은 말은 한마디도 안 할 테니까.

지서로 가는 동안 나와 제이는 말을 나누지 않았다. 제이는 운전에 만 몰두했다. 나는 그간 진술했던 말을 점검하느라 바빴다. 빠짐없이 기억하고 있어야 했다. 말을 바꾸거나 쓸데없는 말을 섞었다간 꼬투리만 쥐여주는 꼴이 될 테니.

"본 것만 말해." 지서 앞에 차를 세운 후 제이가 말했다. "네 의견이나 추측, 사실관계가 애매한 건 말하지 말고."

나는 안전벨트를 풀다가 녀석을 돌아봤다. 그날 새벽 잣나무 군락지 안의 발자국들이 머리를 스쳐 갔다. 발자국을 따라가면서 일일이 확인한 결과 발자국의 주인은 넷이었다. 하나는 윤식 씨겠고, 셋은 누구누구였을까.

"유튜브에서 어떤 변호사가 한 말이야." 앞 차창에 시선을 둔 채 제이가 말을 이었다. "신문 끝나면 진술서 문구, 토씨까지 확인하고 사인하라더라. 교묘하게 맥락을 비틀어서 소설 쓰는 경우도 있다고."

무감정한 목소리였다. 표정도 목소리만큼이나 무덤덤했다. 불쌍했던 얼굴은 이제 본모습을 찾고 있었다. 턱과 광대뼈 근처에 거무죽죽한 멍이 남아 있긴 했지만. 뱃속에서 생뚱맞은 부아가 끓어올랐다. '이게 다 네 탓'이라고 말하고 싶어 하는 데서 온 어린애 같은 부아였다. 윤식 씨 사건과 제이는 아무 관련도 없으련만. 나는 차에서 내리며 대답했다.

"나도 봤어."

내게도 휴대전화를 빌려줄 사람이 있었다. 랑이 언니가 형사사건 전문 변호사 채널을 열 개도 넘게 찾아서 보여줬다.

"자기야, 이거 보고 공부해. 경찰서에 불려 가본 적 한 번도 없지?"

맞다. 나는 경찰서에 불려 간 적이 거의 없었다. 지난가을 승주 일로 간 것이 내 인생 최초의 경찰서 출입이었다. 당연히 수사 시스템에 대해 아는 게 없었다. 그렇다고는 하나 돌아가는 상황을 읽을 정도의 사회적 지능은 있었다. 서울에서 특별수사팀이 왔다는 건 윤식의 죽음이 사건으로 확정됐다는 의미일 것이다.

물론 확정된 계기에 대해서는 아는 바 없었다. 부검이 결정됐다는 말만 들었지, 이후 과정에 대해서도 들은 바가 없었다. 최근 일어난 노숙자 연쇄살인 사건과 윤식 씨의 죽음이 관련 있다고 보는 게 아닐까, 짐작하는 정도였다. 분명한 게 있다면 내 신분은 참고인이 아닐 거라는 점이었다. 피의자 리스트에 올라 있을 것이다. 그것도 맨 꼭대기에. 경찰마다 나를 불러 신문할 이유가 그것밖에 더 있겠는가. 신문을 당할 때마다 그들에게 해주고 싶은 말이 있었다. 만약 내가 범인이 되려면 세 가지 조건이 충족돼야 한다고.

첫째, 잠자는 윤식 씨를 룸메이트인 고 실장 모르게 방에서 끌고 나와야 한다.

둘째, 윤식 씨를 해변으로 끌고 내려가 바다에 처박아야 한다.

셋째, 바다에 떠다니는 거대한 유빙을 초음속으로 끌고 와 윤식 씨를 눌러 죽여야 한다.

"왜 대답이 없어요. 공돈욱 씨 방에 왜 갔는지 물었잖소."

박 경감이 말했다. 나는 현실로 되돌아왔다. 혀 밑에 고인 신물을 꿀꺽 삼켰다. 성질부려 좋을 게 없었다. 지금은 박 경감의 신문을 통과해야 했다. 정신머리 꽉 잡고 상황에 집중할 때였다.

"도수치료를 해주러 갔습니다."

"도수치료라. 당신이 왜 그런 걸 하는데?"

박 경감은 또 엉뚱한 것을 물고 늘어졌다. 의료법을 동원해서라도 나를 일단 잡아넣고 싶다는 표정이었다. 잡아두면 듣고 싶은 말을 할 때까지 달달 볶아댈 수 있을 것이므로. 나는 대답했다.

"의사 오더가 필요한 도수치료가 아니라 가벼운 스트레칭이었습니다."

박 경감의 손가락이 책상 표면을 딱딱 소리 나게 두들겼다.

"오더고 나발이고 당신이 왜 그런 걸 하느냐고."

나는 박 경감의 손가락을 물끄러미 내려다봤다. 이자가 내 신원 조회를 하지 않았을 리 없었다. 전직이 뭔지, 왜 그만뒀는지도 알고 있을 테다. 이런 식의 옆구리 찌르기를 시전하는 데에는 목적이 있을 것이다. 화가 나거나 겁을 먹거나 불안한 나머지 엉뚱한 진술을 하도록 감정적 항상성을 잃게 만들려는 거겠지.

내 앞에 앉은 놈은 박 경감이 아니라 공달이야. 머릿속 훈수꾼이 팀장의 조언을 상기시켰다. 놈이 지금 노래를 부르고 있노라고. 오이야하, 오오오오…….

"저는 경력 10년차 물리치료사입니다. 당연히 국가고시를 통과해서 받은 면허와 공인 자격증이 있습니다."

아아……. 박 경감이 고개를 끄덕였다.

"그러니까 103호가 당신 영업장이었구먼. 그래, 한 번에 얼마씩 받았소?"

"돈 받지 않았습니다. 매일 아침 그 양반이 만들어주는 커피에 대한 제 나름의 인사였습니다. 타인의 선의에 내가 가진 걸로 보답하는 행위는 보통 영업이라고 하지 않습니다. 도리라고 부르죠. 적어도 정상적으로 사고하는 사람들은."

박 경감은 한동안 나를 빤하게 쳐다봤다. 한 대 쥐어박고 싶은데 쥐어박을 명분이 없어 짜증이 난 시선이었다.

"야근 시작할 때부터 계속해봐요."

나는 이야기를 다시 시작했다. 잣나무 군락지에서 발자국들을 발견했다는 말에 이르자 박 경감이 다시 끼어들었다.

"자정에 순찰할 땐 못 봤던 발자국이 새벽에는 보였단 말이지?"

나는 애초부터 세 가지 사실을 진술하지 않았다. 하나는 그 전날 윤식 씨라고 짐작되는 자로부터 받은 쪽지, 순찰을 하면서 들었던 비명 같은 소리, CCTV에서 어룽대던 물체. '사실'이라기보단 내 추측이나 감각에 가까웠기 때문이다. 말하지 않고도 새벽에야 발자국을 발견하게 된 이유를 설명할 수 있다면 안 하는 게 나은 이야기이기도 했다.

"이윤식 씨 사망 추정 시각은 자정 무렵이야. 그러니까 그 발자국은 자정 순찰 때 당신 눈에 보였어야 해."

박 경감은 턱을 내리고 눈을 치떠 나를 봤다. 나는 못 봤다는 진술이 참이라는 논거를 댔다.

"순찰을 도는 순서는 딱 정해져 있지 않습니다. 빠진 곳 없이 돌아보기만 하면 되니까요. 제 경우는 현관문을 중심으로 시계 방향으로 돌기도 하고 시계 반대 방향으로 돌기도 합니다. 그날 자정엔 시계 방향으로 돌았습니다. 1동 비상구에서 1번 기계 창고 뒤편으로 올라갔고요. 제가 지나간 후에 윤식 씨가 바다로 내려갔다면 못 보는 게 당연하지 않습니까. 특별한 문제가 없는 한, 이미 돌았던 자리를 다시 보러가지는 않으니까요. CCTV 녹화본을 보시면 제 동선을 시간별로 확인하실 수 있을 겁니다."

"내 말이 바로 그 말이잖아. 1동 비상구 뒤편으로 돌아가서 4동 비상구를 돌아 앞마당 나올 때까지 동선 확인이 안 된단 말이오. 잣나무 군락지나 해변 계단 쪽은 아예 안 보이고."

"사각지대가 많습니다. 촬영 거리도 짧은 편이고. 건물 뒤편 카메라는 아예 작동이 안 됩니다. CCTV가 왜 그따윈지는 관리팀에 문의하시면 자세히 알려줄 겁니다."

박 경감의 표정엔 별다른 변화가 없었다. 수긍을 했다는 건지, 하지 못하겠다는 건지.

"그런데 말이오, 초동수사팀이 확인한 바로 잣나무 군락지엔 당신이 봤다는 발자국들도 없었다는데."

"밤새 눈이 내렸습니다. 제가 발자국을 발견했을 때에도 벌써 눈에 묻혀가는 상태였어요."

"그러니까 당신 혼자 본 거잖아. 그걸 환상으로 봤는지, 꿈에서 봤는지, 안 본 걸 봤다고 하는지, 우리가 어떻게 알아?"

나는 상상 속 공달에게 두 번째 노래를 시켰다. 아이다다 아이다, 아이다다 아이다…….

"눈이 내린 게 제 탓은 아닙니다만."

내 답변은 공달이나 할 법한 수준이었지만 국면 전환 효과가 있었다. 박 경감은 눈동자만 좌우로 움직여 나를 주시하다 중얼거리듯 말했다.

"계속하시오."

"윤식 씨를 발견하자마자 팀장님께 무전으로 연락했습니다. 현장 상황과 위치를 알리고, 빨리 와달라고 했고요."

"팀장한테 어떻게 연락했어요? 핸드폰으로?"

"무전으로 연락했다고 금방 말씀드렸습니다."

"아아……. 그게 좀 이상해서 물어본 거요." 박 경감은 정말로 이상하다는 표정으로 고개를 갸우뚱했다. "한 사람씩 근무를 하는 모양이던데 댁의 팀장은 잘 때에도 무전기를 켜두나?"

"윤식 씨가 찾아와 저를 협박한 일 때문에 팀장님이 무전기를 켜놓고 자겠다고 했습니다. 제 신변에 문제가 생기면 연락하라고."

이번에도 박 경감은 아아, 했다.

"그런데 듣자 하니까 당신은 핸드폰이 없다며? 왜 그런 거요? 젊은 친구가."

"없진 않습니다. 이곳에선 쓸 일이 없어서 일시 정지시킨 겁니다."

"가족한테 연락 안 하나? 당신, 의지가지없는 고아야?"

박 경감의 언사는 점점 더 포크와 비슷해져갔다. 남의 뱃속을 푹푹 찔러서 피를 내고 싶어 하는 사악한 포크. 나는 "네" 했다.

"친구나 직장 동료도 없고?"

이번에도 "네" 했다.

"사회생활을 10년이나 했다면서, 당신 성격에 문제가 있는 거 아냐?"

"퇴직 후 연락하는 동료가 많다면 그게 더 이상한 거 아닌가요?"

박 경감은 아랫입술을 쭉 내밀고 물끄러미 나를 봤다.

"퇴직은 왜 했어요? 경비보단 물리치료사가 안정적인 직업일 텐데."

"의료사고를 냈습니다."

오호, 하듯 박 경감의 양 눈썹이 치켜 올라갔다.

"낙상 사고였습니다."

"죽었소?"

"네."

박 경감은 윗입술을 들어 올리며 소리 없이 웃었다. 벌어진 앞니 두 개가 소뿔처럼 쑥 밀려 나왔다. 미학적으로 몹시 거슬리는 이빨이었다.

"이 친구 이거 모호한 사망 사건에 주로 엮여 있구먼."

박 경감은 검지를 내 눈앞에 대고 빙글빙글 돌렸다. 얘기 계속하라는 신호인가 싶었다. 나는 팀장에게 무전 연락을 한 부분부터 다시 시작했다.

"팀장님이 현장에 오기까지는 3분쯤 걸린 것 같습니다."

"당신, 시계만 보고 사는 사람이오?"

박 경감은 눈꺼풀을 내리고 곁눈으로 나를 비껴봤다. 세상 하찮은 생물을 내려다보는 듯한 눈이었다. 나는 궁금했다. 사람이 태어난 후 40년을 어떤 태도로 살면 저런 눈으로 타인을 볼 수 있을까.

"그땐 시계만 보고 있었습니다."

"아무것도 하지 않고? 살았는지 죽었는지 확인이라도 해야 맞는 거 아뇨?"

확인이라고……. 거대한 유빙 사이에 가슴이 낀 상태에서, 빙판에 고개를 꺾고 엎어진 채 밤새 눈을 뒤집어쓰고 있었던 사람이 시체가 아니면 무엇일까.

팀장과 옥희 씨가 도착했을 때, 나는 죽은 자 옆에 웅크려 앉아 죽어가고 있었다. 나도 유빙 사이에 낀 것처럼 숨이 꽉 막힌 상태였다. 생각은 작동을 멈췄고, 심장은 흉곽 안에서 토끼뜀을 하고 있었다. 발밑이 흔들리는 빙판 위에서, 유빙의 충돌음을 쉴 새 없이 들으며 팀장을 기다리던 시간은 내 생애 가장 긴 3분이었다. 팀장이 1분만 늦게 왔다면, 가슴이 짓눌려 죽은 자 옆에서 숨이 막혀 죽은 자를 발견했을

지도 모르겠다.

팀장과 옥희 씨도 윤식 씨를 건드리지 않았다. 팀장이 경찰에 신고하는 사이 옥희 씨는 윤식 씨와 나를 번갈아 보며 중얼거렸다. "난 이제 네가 야근하는 밤이 무섭다."

이후부턴 경찰도 아는 바였다. 윤식 씨의 시신을 수습하는 데 거의 하루가 걸렸다. 기중기도 굴삭기도 들어올 수가 없는 장소였다. 시신의 상태와 사고 현장을 보존하면서 꺼낼 방법이 거의 없었다. 지서 순경은 물론 119 구조대까지 동원돼서 유압식 자키와 플랜지, 지렛대까지 써봤으나 지각 판만큼이나 두꺼운 유빙 틈새를 벌릴 수가 없었다. 이미 유빙끼리 붙어 하나의 덩어리가 된 데다, 이후로 몰려든 유빙이 추가로 들러붙은 탓이었다. 결국 도끼와 쇠지렛대 같은 수동 장비로 주변 얼음을 깨고 썰어서 틈을 만든 후에야 시신을 끌어냈다.

"고개를 앞으로 꺾고 엎어져 있는데 윤식 씨인 건 어떻게 알았소? 얼굴도 확인하지 않았다면서."

"배낭이 윤식 씨 것이었습니다. 손가락에 너클을 끼고 있었고."

"경비가 입소자의 가방이나 액세서리까지 다 알고 있단 말인가?"

나는 대답을 한 박자 늦췄다. 약 30초에 걸쳐 다시 공달의 뱃노래를 들었다.

"보안실 문 앞에서 저를 기다리고 있을 때 원복 차림이 아니었습니다. 사복에 빨간 배낭을 메고 있었습니다. 한 손은 패딩 점퍼 주머니에 넣고 있었고요. 그 손에 끼워져 있던 게 너클이었습니다. 저를 위협할 때 너클에서 나이프가 튀어나왔고요. 경감님은 그런 걸 액세서리라고 부릅니까?"

박 경감은 책상에 팔꿈치를 괴고 나를 이리저리 훑어봤다. 어딜 한

대 쥐어박아줄까, 찾는 것처럼.

"당신 기억력이 정상은 아니라서 물어본 거요. 정신이 나갔다면서 아주 세세한 것까지 기억하는 것도 그렇고." 박 경감의 목소리가 최면을 거는 것처럼 나직해졌다. "몇 시간 동안 토씨 하나 안 틀리고 같은 말을 하고 있잖아. 대본이라도 외운 것처럼."

박 경감의 시선은 내 눈에 와서 붙박였다. 나는 시선을 비키지 않으려 애썼다. 대답은 하지 않았다.

"밤사이에 이윤식 씨 방을 들여다보진 않았어요?"

박 경감이 물었다. 나는 대답했다.

"점호 후에는 입소자 방문을 열거나 안으로 들어가지 않습니다."

"왜? 열어보고 자리에 있는 걸 확인해야 하지 않나?"

"관리팀에서 공문으로 보낸 지시 사항입니다. 공문서는 보안사무실에서 확인하실 수 있습니다."

박 경감은 한동안 말이 없었다. 침묵의 의미는 추측할 수가 없었다. 다만 내가 호감을 주지 못했으리라는 점은 짐작할 수 있었다.

신문이 끝난 건 11시 30분경이었다. 열 시간 가까이 붙잡혀 있었던 셈이다. 박 경감은 '또 부를 것이며, 부를 때마다 재깍 출석하는 게 신상에 이로울 것'이라는 조언을 해주었다. 앞서 신문했던 자들도 내게 비슷한 조언을 한 바 있었다. 어디로 튈 생각은 하지 말라.

내가 지금껏 삼애원에 붙어 있는 이유였다.

"전화 한 통 쓸 수 있을까요?"

나는 박 경감에게 물었다. 파출소 전화를 쓰게 해달라는 말이었는데, 박 경감은 내게 자기 휴대전화를 건넸다. 내가 누구와 통화할지 궁금한 기색이었다. 마뜩잖았으나 전화를 받아 들고 팀장에게 연락했다.

"끝났습니다."

팀장은 내게 파출소 안에서 기다리라고 했다. 나는 휴대전화를 돌려주고 민원인 벤치에 앉았다. 긴장이 풀린 탓인지 갈증과 허기가 맹렬하게 덮쳐왔다. 영화에선 장시간 신문을 하면 국밥이라도 사주던데. 박 경감은 인색하기 그지없는 인간이었다. 맹물 한 잔 건네지 않았다. 나도 달라고 하지 않았다. 갈증을 호소하는 것까지 거짓말의 징후로 볼까 봐.

팀장은 제의면에 와 있었던 듯했다. 5분도 지나지 않아 파출소 앞에 차를 댔다. 차에 타자 내게 얼음을 채운 콜라와 두툼한 샌드위치를 건넸다. 편의점 물건이 아니었다. 포장지로 미루어 어느 카페에서 산 듯했다. 나는 입을 꾹 다물고 샌드위치를 내려다봤다. 목이 따끔따끔 아파왔다. 동시에 궁금해졌다.

승주에게 나는 어떤 형이었을까. 팀장 같은 형이었다면 좋겠다 싶었다. 어쩌면 집에서 쫓아내기 전까진 그랬을지도 몰랐다. 만약 그렇다면 녀석이 그때까지의 기억만 가지고 떠났기를 바랐다.

삼애원으로 가는 동안 팀장은 말을 시키지 않았다. 궁금한 게 있을 텐데도. 나로서는 고마웠다. 내겐 샌드위치를 씹을 힘조차 없었다. 박 경감의 말 대신 공달의 노래를 들으려고 죽을힘을 다한 결과였다. 만약 누군가 내게, 살아서 다시 만나고 싶지 않은 자가 있느냐 묻는다면 주저 없이 대답할 수 있을 것 같았다. 박 경감이라고.

삼애원 창문들은 불이 꺼져 있었다. 베토벤의 방과 옥희 씨가 게임을 하고 있을 팀장의 방 창문만 환했다.

"오늘 지서에서 있었던 일에 대해선 입을 다무는 게 좋을 거야." 팀장이 현관으로 걸음을 옮기며 말했다. "내게 따로 할 얘기가 있다면 내일 사무실로 오고."

팀장의 말이 끝나자마자 현관문이 열렸다. 제이가 얼굴을 내밀고 팀장에게 꾸벅 고개를 숙였다.

"잘 다녀오셨습니까."

그의 뒤편에선 크리스마스트리가 열렬하게 점멸 중이었다. 줄 타는 산타는 바닥에 주저앉은 채 자기 가랑이 사이를 내려다보고 있었다. 팀장이 제이에게 물었다.

"별일 없었지?"

몇 시간씩 외출했다 돌아온 엄마 같은 말이었다. 팀장은 퇴근 후부터 줄곧 제의면에 와 있었던 모양이었다. 제이는 그렇다고 대답하면서도 나와 시선을 맞추지 않았다.

"들어가 쉬어."

팀장이 말했다. 이번엔 내게 한 말이었다. 나는 때늦은 인사를 건넸다.

"고맙습니다."

방으로 들어가자마자 씻지도 않고 침대에 쓰러졌다. 실신하듯 눈이 감겼다. 아득한 어둠의 순간을 통과해 만경로 버스 승강장으로 돌아갔다.

어둡고 고요한 거리 끝에서 버스가 달려오고 있었다. 나는 자리에서 일어나 앞으로 나섰다. 이번에도 승주가 나를 보지 못한다면 승주에게 나를 보여줘야 했다. 바람대로 버스는 내 앞에 와서 섰다. 버스로 다가서자 중간 문이 열렸다. 계단이 없는 저상형 버스였다. 그저 한 발짝 들여놓기만 하면 승차가 끝나는 것이었다.

경주야…….

등 뒤에서 아버지의 목소리가 들려왔다. 버스 문 앞에서 나는 주변을 둘러봤다. 어디에도 아버지는 없었다. 몸을 돌려 버스에 발을 걸치자, 이번엔 고함이 뒤통수를 쳤다.

"경주야."

나는 가까스로 눈꺼풀을 들어 올렸다. 사방이 어두웠다. 손목시계는 지금이 3시 5분이라고 알리고 있었다. 잠깐 어리둥절했다. 밤인가. 잠들었던가. 정신 상태로 봐선 죽었다 깨어난 기분인데 문밖에선 어떤 목소리가 끈질기게 나를 부르고 있었다. 아버지의 목소리가 아니었다. 시끄럽고 사나운데다 상스럽기 그지없는 목소리였다.

"경주야……."

정신이 나기 전에 짜증이 먼저 났다. 저 버르장머리 없는 새가 지금 몇 신데…….

"일어나, 밥통아."

나는 벌떡 몸을 일으켰다. 문을 잡아 뜯듯이 열어젖혔다. 공달이 문 앞에 앉아 있다가 후다닥 물러났다. 용건을 물을 필요는 없었다. 103호에서 랑이 언니의 목소리가 들려왔다.

"자기야, 컴 온."

선걸음에 그 방으로 가봤다. 랑이 언니가 베토벤의 침대 옆에 서서 어쩔 줄 몰라 하고 있었다. 베토벤은 종아리를 움켜쥐고 침대에 쪼그려 앉아 연방 신음을 토해냈다. 얼굴이 땀범벅이었다.

"자다가 일어나서 30분째 이러고 있어. 큰일 났나 봐."

종아리를 살펴본 결과 큰일은 아니었다. 통증이야 크겠지만. 쥐가 좀 세게 났을 뿐이었다. 나는 베토벤의 옆구리 쪽에 엉덩이를 걸치고 앉았다.

"다리를 뻗어보세요."

"못해."

베토벤은 다리를 더 움츠렸다. 나는 배꼽 아래까지 오그라든 그의 왼 다리를 손으로 잡아 쭉 늘렸다. 베토벤의 입에서 악 소리가 튀어나왔다.

"좀 참으세요."

종아리 뒤쪽 근육이 짱돌처럼 뭉친 상태였다. 두 번째와 세 번째 발가락은 기역 자로 오그라들었고, 발등 핏줄이 구리 전선처럼 불거져 있었다. 나는 베토벤의 발을 잡아 발목 쪽으로 젖혔다. 두 번째 악 소리가 터졌다. 날벼락 같은 소리여서 나도 모르게 손을 움찔했다. 행여 실수로 이 뻣뻣하면서도 연약한 발목을 부러뜨린 게 아닌가 싶어서.

"어떠세요?"

발가락이 풀리는 느낌이 들자 베토벤에게 물었다. 베토벤은 고개를 저었다.

"똑같아."

베토벤의 발가락 두개는 어느새 기역 자로 모양으로 되돌아와 있었다. 두 번째 처치로 무릎과 복숭아뼈 사이에 있는 중도혈을 찾았다. 베토벤의 비명 따윈 아랑곳하지 않고 엄지의 감각이 사라질 때까지 꾹 눌렀다. 그러는 사이 경축돼 있던 베토벤의 장딴지 알이 부라타 치즈처럼 누신해졌다. 얼마 후엔 알의 형체마저 살갗 밑으로 자취를 감췄다. 껍질과 뼈만 있는 본래의 종아리로 돌아왔다.

"좀 나아요?"

나는 종아리에서 손을 떼고 물었다.

"됐다."

베토벤은 발가락을 꼼지락거려보며 말했다. 인사치레치곤 좀 인색했다. 늘 그렇듯, 랑이 언니의 반응은 너무 과했다. 손가락을 딱 소리가 나게 튕기며 영어로 찬사를 퍼부었다.

"와우, 미러클."

뒷대로 물러나 있던 공달이 화살처럼 베토벤의 침대로 날아왔다.

"아빠 살았어?"

나는 흠칫 놀라 침대에서 물러났다. 베토벤은 공달을 가슴팍에 올려놓고 부리에 입을 맞췄다.

"그래, 아빠 살았다."

랑이 언니는 물수건을 해 온다며 밖으로 나갔다. 나는 둘을 지켜보고 서 있다가 물었다.

"어깨는 괜찮으세요?"

"요샌 어깨보다 등이 더 아파. 진통제도 안 듣고."

지속적인 등의 통증은 등 문제가 아닐 수도 있다는 내 의견을 베토벤은 진지하게 받아들이지 않았다. 대신 자신이 일흔두 살이라는 점을 상기시켰다. 문제가 있다 해도 어쩔 도리가 없다는 얘기 같았다.

"알고 받아들이기와 모르고 지나치기는 다르지 않겠어요?"

베토벤은 코웃음으로 내 말을 받았다.

"넌 네 인생이 어디로 가는지 다 알고 싶냐? 나는 모르고 싶다."

가만히 생각해봤다. 나도 모르고 싶을 것 같았다. 다 안다면 과연 열렬하게 살아갈 수 있을까. 열렬하게 산다는 건 내가 인생을 존중하는 방식이었다. 그 존중마저 없었다면 나는 험상궂은 내 삶을 진즉에 포기했을 터였다.

"아빠 살았어?"

공달은 세 번 네 번 되풀이해서 물었다. 딴에는 걱정스러웠던 모양이었다. 베토벤은 누구에게도 보여주지 않은 다정한 손길로 공달의 정수리를 쓰다듬었다. 놈은 머리통을 베토벤의 가슴에 기대고 눈을 끔벅거렸다. 돌아온 랑이 언니는 땀에 젖은 베토벤의 얼굴과 팔을 물수건으로 닦았다.

나는 공씨 일가의 집단 애정 행각을 지켜보다 103호를 나왔다. 시선이 습관처럼 보안실 쪽으로 갔다. 뜻밖에도 팀장과 제이가 창을 사이에 두고 마주 서 있었다. 보이는 대로 읽자면 소소한 이야기를 나누고 있는 그림이었다. 손목시계는 3시 25분을 막 넘어갔다. 그림과는 맞지 않는 시간이었다.

일순 기억이 되감겼다. 처음 베토벤의 도수치료를 해주고 나오던 새벽에도 팀장은 화장실 앞에서 어슬렁대고 있었다. 장소가 화장실 앞에서 보안실 앞으로 바뀌었을 뿐 상황은 같았다. 베토벤에게 뭔 일이 생긴다. 팀장은 베토벤 근처를 배회한다.

그러고 보니 크리스마스트리 점등식을 하던 날에도 팀장은 베토벤 뒤에 붙어 있었다. 물론 우연일 수도 있을 것이다. 특히 오늘 밤엔 공달의 목청이 산 너머 애동마을 사람들까지 깨우겠다 싶을 만큼 컸으니. 나는 슬쩍 방으로 들어가려 했으나 반박자 늦었다. 먼저 제이가 나를 발견했고 이어 팀장이 돌아봤다.

"다 끝났나?"

팀장이 물어왔다. 나는 네, 했다.

"괜찮은가?"

괜찮은지 알고 싶은 대상이 베토벤이든 나든 대답은 하나였다. 예.

"여기서 뭐 해?"

랑이 언니의 목소리가 옆에서 들려왔다. 쟁반을 들고 내 옆구리에 붙어 서 있었다.

"얼른 들어와."

마치 자기 방으로 데려가듯 랑이 언니는 앞장서 내 방으로 들어갔다. 책상에 내려놓은 쟁반에는 컵라면과 나무젓가락이 놓여 있었다. 덤으로 깍두기가 든 반찬통도.

"서울에서 형사들이 내려왔다며?" 랑이 언니는 젓가락을 쪼개서 내밀며 물었다. "부검 결과도 나왔다던데."

그걸 어떻게 알았을까. 나는 젓가락을 받아 들고 의자에 앉았다.

"근데 사고가 아니래?"

나는 고개를 저었다.

"잘 모르겠어요."

잠깐 상상을 해봤다. 누군가 윤식 씨 뒤를 쫓는다. 윤식 씨는 걸리적거리는 배낭을 집어던지고 도망치다 유빙 위에서 미끄러져 바다에 빠진다. 하필 그 순간에 유빙이 덮쳐온다. 윤식 씨는 즉사에 가까운 죽음을 맞는다.

설명이 안 되는 부분이 있었다. 얼음판 위에 떨어져 있던 패딩 점퍼였다. 유빙에 끼여 죽은, 혹은 죽어가는 사람이 바닷물에 젖어 무거워진 패딩을 벗어 20미터도 넘게 떨어진 곳까지 던지는 게 가능한가.

가능한 추론은 하나뿐이었다. 추적자가 패딩을 벗겨낸다. 혹은 윤식 씨를 끌어내려다 패딩만 벗겨졌을 수도 있겠다. 어느 쪽이든 추적자는 윤식 씨를 버려두고 되돌아갔다. 흡연 구역에서 만났던 사람들 얼굴이 차례로 시야를 지나갔다. 칼잡이, 조리사, 고 실장, 고라니. 그

중 누굴까? 아니면 전부 다일까?

"아니, 근데 왜 애먼 사람을 불러서 야밤까지 달달 볶아?" 랑이 언니가 낙타 눈썹을 부채처럼 흔들면서 나 대신 화를 내주었다.

"발견한 사람이 뭔 죄라고. 이래서 난 형사가 싫어."

나는 라면 한 젓가락을 집어 들고 물었다.

"여긴 입소 자격만 되면 아무 때나 신청해서 들어올 수 있어요?"

"그렇다던데."

빈 침대가 있으면 언제든 가능하다고 했다. 삼애원은 입주 경쟁률이 높은 재활원은 아니었다. 제아무리 복지나 시설이 좋아도 고립된 오지 생활을 견디지 못하는 노숙자들이 많았다. 그 바람에 입소자가 들고 나는 기간이 대체로 짧았다. 삼애원이 붐비는 때는 길어야 한겨울 석 달 정도였다. 드물게 재활 교육과정을 마치고 자격증을 따서 나가는 사람도 있다고 했다. 아예 삼애원에 직장을 얻어 정착하는 사람도 있고. 현재 직원들이나 각 분야 근로자들처럼.

"근데 말이에요. 재단에선 왜 여기 출신을 직원으로 쓰는 거예요?"

나는 그간 궁금했던 것 중 하나를 물어봤다.

"요새 세상에 누가 여기 와서 일을 하겠어? 대중교통도 없지, 요양원처럼 다루기 쉬운 노인들도 아니지."

초창기에는 재단에서 발령을 냈으나 한 달도 못 채우고 도망가기 일쑤였다고 했다. 오지인 것도 문제지만 더 큰 문제는 입소자들을 통제할 수 없다는 점이었다. 관리소장이 말을 듣지 않으면 입소자들은 파업으로 맞섰다고 한다. 식당, 세탁실, 전기실, 기계실 할 것 없이 일제히 일손을 놓아버리는 것이다. 재단이 미처 예상하지 못한 부분이었다.

그들을 다룰 수 있는 자는 같은 입소자뿐이었다. 소위 개원 멤버라 불리는 삼애원 터줏대감이자 그들의 습성을 잘 알고 기강을 잡을 수 있는 힘이 있는 자. 그가 고라니일 터였다. 칼잡이는 행동대장일 것이고. 소장이 고라니를 부리려면 둘 중 하나여야 했다. 허수아비거나 한패거나. 임기를 못 마치고 그만뒀다는 이전 소장들은 전자였을 것이다. 두 번째 연임을 하고 있다는 현 소장은 후자일 테고.

이를 뒷받침할 만한 단서가 몇 가지 있었다. 고라니는 아침 8시에 벤츠를 몰고 나가 소장을 모셔 오고 오후 6시면 모시고 나갔다. 주군을 대하는 충신의 자세로 곁을 지켰다. 자의든 타의든 허수아비에게 그만한 충성을 바칠 리 없었다. 고라니를 그런 식으로 부리기 위해선 어떤 힘이 필요할 것이다. 물리적 힘이 아닌 보다 사회적인 힘. 혹은 자본주의적 힘.

"소장은 어디 살아요? 혼자 살아요?"

내 질문이 어이없었나 보았다. 랑이 언니는 콧소리를 내며 웃었다.

"자기야, 나는 소장의 마누라가 아니야."

"집에 가본 사람도 없겠네요?"

"누가 거길 가겠어. 소문엔 제의면이라고도 하고 영인이라고도 하는데 알 게 뭐야." 대답하면서도 랑이 언니는 고개를 갸웃거렸다. "근데 왜 갑자기 소장한테 관심을 가져?"

"아…… 베토벤한테 특별 대우를 하는 것 같아서요. 카페도 만들어 주고, 간섭도 거의 하지 않고."

랑이 언니의 얼굴에 황당한 표정이 떠올랐다.

"베토벤? 혹시 우리 삼촌을 말하는 거야?"

"예" 하자 랑이 언니가 "왜?" 했다.

"베토벤처럼 생겨서요."

랑이 언니는 하하, 웃기 시작했다. "그러네" 하고 웃고, "그래그래, 정말 그러네" 하고 또 웃고. 내가 라면을 절반 정도 먹어치웠을 때에야 가까스로 웃음을 그쳤다.

"우리 베토벤이 삼애재단 VIP거든. 20년이나 기부를 해왔단 말이야. 매년 크리스마스 때마다, 그것도 억대로. 비위를 잘 맞춰야 앞으로도 계속 수금을 할 수 있지. 나중엔 유산 일부도 노려볼 수 있고."

말하자면 삼애재단에서 보호하는 VIP라는 얘기였다. 상상도 못해본 얘기였다. 베토벤이 재력가라는 점도, 삼애원에 퍼부은 기부금 액수도 놀라웠다. 20년 동안 1억씩만 기부했다고 해도 20억이었다. 더하여 의아했다. 삼애원은 재정난에 시달리는 곳이 아니었다. 대기업 산하 복지 재단이었다. 왜 이런 곳에 그런 거금을 퍼부었을까. 혹시 모기업과 관련이 있는 인사인가? 임원이라거나 이사라거나.

"근데 왜 여기 오신 거예요? 얼마든지 더 편한 곳에 가실 수 있을 텐데."

"어딜 가도 편하지 않아서겠지."

랑이 언니가 눈을 내리떴다. 얼굴에서 웃음기가 서서히 가셨다. 나는 컵에 남은 라면을 뒤적거리다가 젓가락을 내려놨다.

"여기는 편하시대요?"

"여기는…… 기다리기 좋은 곳이잖아."

나는 랑이 언니의 낙타 눈썹을 물끄러미 내려다봤다. 대놓고 묻고 싶었다. 뭘 기다리는데요. 사람. 시간. 설마, 죽음? 그러기엔 일흔두 살은 너무 젊은 거 아닌가요?

"우리 다른 얘기하자."

랑이 언니가 눈을 들어 나를 마주 봤다. 나는 화제를 바꿨다.

"랑이 언니는 왜 여기 왔어요? 뮤지컬 배우였다면서."

"누가 그래?"

랑이 언니는 배우처럼 다리를 요염하게 꼬면서 물었다. 나는 입속말하듯 어물거렸다.

"유튜브 알고리즘이."

"알고리즘?"

설명을 해보라는 듯 랑이 언니가 낙타눈썹 한쪽을 들어 올렸다.

"며칠 전에 변호사 채널 보라고 휴대전화 빌려줬을 때요. 10년 전 공연 영상이 쇼츠로 뜬 걸 봤어요. 〈베르사유의 장미〉요."

랑이 언니는 물끄러미 나를 봤다. 시선을 맞댄 침묵이 한 박자 지나갔다.

"있잖아, 내가 뭐였든 노래가 망가져서 불러주는 데 없으면 끝난 거야."

무덤덤한 목소리였으나 말끝엔 쓸쓸한 여운이 감돌았다. 나로서는 이해가 되지 않았다. 도대체 어디가 망가졌다는 것인지. 내가 듣기엔 황홀하고 아름다운 노랜데.

"그나마 우리 베토벤이 불러줘서 함께 온 거야. 근데 생각보다 여기 재미있어."

진심처럼 들리지 않았다. 화려한 무대에서 대중의 갈채를 받으며 노래하던 사람이 여기가 재미있다니. 여기에 온 다른 이유가 있을 것 같았다. '베토벤이 불러줘서' 같은 이유 말고 더 합당한 이유가. 나는 물어봤다.

"뭐가 재미있어요?"

"여기 복마전 같아."

복마전이라. 생각지도 못한 말이 내 입에서 튀어나왔다.

"팀장님도 베토벤이 불러서 온 거죠?"

랑이 언니의 눈이 휘둥그레 벌어졌다. 정말로 놀란 모양이었다. 이렇다 저렇다 대답을 하지 못하고 입만 벙긋거렸다. 나는 확인을 해봤다.

"호위 무사로."

"아니…… 어디서 그런 이상한 말을 들은 거야?"

들은 말이 아니었다. 말해놓고 나 스스로 놀란 말이었다. 팀장의 태도가 이상하긴 했지만 그런 식으로 연관 지어본 적은 없었다. 베토벤이 제아무리 별난 사람이라 해도 개인 경호팀까지 고용해가며 이런 험한 곳에 머물 이유가 있을까. 개인 경호팀이 한 기관의 보안팀을 겸할 수 있다는 것도 말이 되질 않았다. 다만 랑이 언니의 과민 반응을 보니 말이 될 수도 있을 것 같았다.

"팀장님이 24시간 베토벤 곁을 맴돌고 있잖아요. 방도 바로 옆이고."

기왕지사 나온 말, 나는 끝까지 밀고 나가봤다.

"그럴 리가 있어?" 랑이 언니는 김치통과 젓가락, 빈 라면 컵을 서둘러 챙겼다.

"어디 가서 그런 말 하지 마. 사람들이 진짜 줄 알아."

잘 먹었다고 인사할 겨를도 없었다. 랑이 언니는 쟁반을 들고 쌩하니 방을 나가버렸다. 나는 침대에 드러누웠으나 다시 잠들지 못했다. 삼애원 기상나팔수인 공달이 〈볼가강의 뱃노래〉를 시작할 때까지 줄곧 생각에 몰두해 있었다. 팀장과 베토벤과 랑이 언니, 제이, 관리소장과 고라니와 칼잡이와 윤식 씨에 대하여.

삼애원에선 지금 무슨 일이 일어나고 있는 것일까. 이 모든 일의 원동자가 무엇일까. 답은 모르겠지만 랑이 언니의 말은 옳았다. 이곳은 복마전이었다.

13

모처럼 경찰이 나타나지 않은 일요일 오후였다. 몇 날 며칠 불난 집처럼 시끄럽던 삼애원은 평화를 찾았다. 적어도 표면적으로는 그랬다. 나는 화장실에 다녀오다 팀장을 만났다. 사복 차림으로 방에서 나오는 참이었다.

"어디 가세요?"

나는 걸음을 멈추고 물었다. 팀장은 시선만 움직여 옆방인 103호를 봤다.

"아, 지서에."

어제는 나, 오늘은 팀장. 내일은 옥희 씨를 부르려나.

"다녀오겠네."

배웅차 나는 팀장 옆구리에 붙었다.

"나오지 마." 팀장은 돌아보며 제지했다.

"참 103호 말인데, 나 없는 동안 신경 좀 써주게."

나도 모르게 "네?" 했다. 팀장은 고개를 돌려 내 시선을 피했다.

"공돈욱 씨 컨디션이 좋지 않아. 월요일에 병원 진료 예약이 돼 있다는데 그 전에 무슨 일 생기면 곤란하니까."

들어본 바가 없는 말이었다. 만일 진료 예약이 돼 있었다면, 전담 간호사 노릇을 하고 있는 내게 가장 먼저 말하지 않았을까. 베토벤이든 랑이 언니든. 나는 팀장과 속도를 맞춰 걸으며 물었다.

"어느 병원으로 가는데요?"

"주치의가 있는 병원이겠지."

주치의가 있다는 건 지병을 치료받고 있다는 뜻이었다. 그 역시 들어본 적이 없는 말이었다. 오래전 어느 병원에서 오십견 치료를 받았다는 얘기 말고는.

"랑이 언니와 함께 가는 건가요?"

"박제이가 동행할 거야."

팀장은 보안실에서 나오는 옥희 씨에게 흘끔 시선을 던졌다. 나는 1동 입구에 선 채 멀어지는 팀장의 뒷모습을 지켜봤다. 제이가 베토벤을 수행해서 병원에 간단 말이지. 그러니까 내일.

두 개의 의문이 동시에 떠올랐다. 제이의 동행을 요구한 게 누구일까? 베토벤일까, 팀장일까? 팀장은 베토벤의 컨디션이 불안한 걸까, 베토벤 곁을 비우는 게 불안한 걸까?

1번 질문에 대한 상식적인 답은 '베토벤이 요청하고 팀장이 수락한다'였다. 두 번째 질문에 대한 답은 이랬다. 팀장은 정말로 베토벤의 호위 무사일지도 모른다고. 만약 이것이 정답이라면 첫 번째 질문에 대한 답은 반대로 바뀌어야 했다. 팀장이 제이의 수행을 제의하고 베토벤이 수락한다.

나는 방으로 돌아왔다. 제이는 서랍에서 양치 도구를 꺼내다 뒤를 돌아봤다. 등 뒤에선 방문 두들기는 소리가 났다. 문을 열자 옥희 씨가 짜증이 밴 목소리로 말했다.

"귀가 먹었냐? 부르는데 대답을 안 해."

생각을 해봤다. 옥희 씨가 나를 불렀던가. 생각에 빠져 있긴 했으나 부름을 듣지 못할 정도는 아니었다. 혹시 눈짓으로 부른 게 아니냐고 묻고 싶은 걸 꾹 눌러 참았다.

"소장이 오란다."

늘 그렇듯 중요한 말은 들려주지 않았다. 소장이 주말 오후에 출근한 이유가 뭔지, 나를 왜 부르는지.

"뭐 해. 지금 가라니까."

하마터면 싫다고 할 뻔했다. 다행히 입 밖으로 나온 말은 "알겠습니다"였다.

"입조심해라."

옥희 씨는 입조심의 기준도 알려주지 않았다. 내 쪽에서 물어볼 새도 주지 않고 휑하니 가버렸다. 제이는 이를 닦으러 나갔다. 나는 내 옷차림을 내려다봤다. 후드 티, 트레이닝 바지, 슬리퍼. 이대로 가도 될까. 근무복으로 갈아입고 가야 할까. 팀장이 있었다면 할 필요가 없는 생각이었다. 묻기 전에 딱 정해줬을 테니. 내 기준대로 하자면 근무시간이 아니므로 신발만 바꿔 신어도 될 것 같았다.

방을 나서긴 했으나 머릿속이 복잡했다. 소장의 호출 사유가 뭔지 짐작되지 않았다. 윤식 씨 사건 때문이라면 팀장을 불렀을 것이다. 팀원을 모두 집합시키든가.

사건 당일 아침에도 팀원 전체가 불려 간 바 있었다. 심지어 방에 있던 제이까지 끌려 나왔다. 소장실엔 고라니도 와 있었다. 그자는 팀장의 상황 보고가 끝나자마자 소장을 대신해 우리를 족쳤다.

야근자는 뭘 하느라 이런 일이 터지는 것도 몰랐느냐, 왜 순찰 때 방을 열어 확인하지 않았느냐, 그랬다면 사전에 예방할 수도 있지 않았느냐, 그게 당신들 할 일 아니냐…….

소장 곁에 있을 때 고라니의 말투는 지극히 정상적이었다. 스타카토 화법은 아랫사람 전용인 모양이었다. 팀장의 대답은 간결했다.

"저흰 관리팀의 지시에 따랐습니다만."

"이 사람이 지금 무슨 말도 안 되는 핑계를 대는 거야."

고라니는 버럭 소리를 내질렀다. 우리의 한기준 팀장은 손에 쥐고 있던 서류를 소장의 책상에 내려놓았다. 관리팀에서 보안팀 앞으로 보낸 공문서였다. 소장은 집어 들고 살피다가 관리팀장에게 건넸다.

"이게 뭔가. 나는 이런 공문서에 결재한 적 없는데."

고라니는 공문서를 받아 들더니 이마까지 시뻘게졌다. 잠시 말이 없었던 건 국면돌파용 답을 찾기 위해서였을 것이다. 입을 열자 답변 대신 질책이 나왔다. 소장이 아니라 팀장을 향해서.

"사건 나기 전에 윤식 씨가 이상한 행동을 했다면서. 그럼 무조건 점호 후에 방을 확인해야지. 사람들이 도대체 유도리가 없……."

"입 닫아."

고라니의 말을 자르는 소장의 목소리가 착 가라앉아 있었다. 참으로 헷갈리는 상황이었다. 소장은 자기가 결재하고도 모르는 척하는 건지, 자기 도장이 도용된 걸 정말로 몰랐던 건지. 만약 후자라면 고라니의 행위는 공문서 위조에 해당됐다. '입 닫아'로 끝낼 문제가 아니었다. 전자라면 두 사람은 약속되지 않은 약속 대련을 하고 있는 셈이었다.

"어떻게 된 일인지 경위서 써 와."

소장은 고라니의 손에서 공문서를 낚아채서 책상 위 매트 밑에 밀어넣었다.

"다들 나가봐." 소장의 시선이 보안팀 쪽으로 옮겨 왔다.

"거기 두 사람은 오늘 아침 사건 경위서 써 오고."

'거기 두 사람'은 근무자인 나와 책임자인 팀장이었다. 소장은 우리의 상습적인 업무 태만이 재단으로 보고될 것이며 응분의 조처가 있을 것이라고 말했다.

"알겠습니다."

팀장의 대답은 의외로 순순했다. 덧붙인 말은 더욱 순순했다.

"아, 참. 소장님께 드린 공문은 사본입니다. 그냥 버리셔도 됩니다. 원본은 보안팀에 있으니까."

그날로부터 일주일이 지난 오늘까지 재단에선 조처가 없었다. 소장이 보안팀에 대한 생사여탈권을 갖고 있지 않다는 점만 증명한 셈이었다. 나로서는 든든하다기보다 놀랍다는 느낌이 더 강했다. 팀장의 고용주는 누구인가에 대한 궁금증이 더 커졌다. 그때만 해도 재단 이사장쯤 되겠거니 했다. 아니면 그보다 더 윗선이거나. 고용주가 베토벤일 거라 확신하게 된 지금에 와서는 다른 의문이 들었다. 베토벤의 정체가 뭘까, 하는 의문.

나는 소장실 앞에서 생각을 멈췄다. 바지 주머니에서 손을 빼고 문을 두드렸다. 안에서 고라니 소리가 들려왔다.

"들어와."

잠시 잊고 있었다. 소장 옆에 늘 그자가 붙어 있다는 걸. 아무래도 나는 홀홀단신으로 2인조를 상대하게 된 모양이었다. 숨을 길게 들이쉬었다. 혼자라 해서 주눅 들 이유는 없었다. 나는 윤식 씨에 대한 혐의만 벗으면 이곳을 떠날 사람이었다. 떠나는 마당에 무서울 게 뭐 있겠는가. 지금 중요한 일은 내 혐의를 벗는 것이었다.

"들어오라니까 뭐 해?"

고라니의 재촉하는 소리가 들려왔다. 나는 고개를 들고 숨을 들이켜서 복압을 채웠다. 그 자세 그대로 문을 열고 들어갔다. 소장은 의자에 길게 기대앉아 나를 훑어봤다.

"부르셨습니까."

나는 소장 앞에서 걸음을 멈추고 고개를 숙여 보였다.

"자네 지금 놀러 왔나?"

소장 옆에 서 있던 고라니가 물었다. 내 옷차림에 대한 지적이지 싶었다. 나는 열중쉬어 자세로 서면서 대답했다.

"저는 오늘 비번입니다."

"비번이든 뭐든, 소장님이 부르시면 근무복 차림으로 와야지. 너희 팀장은 예의 안 가르쳐?"

나는 대꾸하지 않았다. 시선을 소장의 책상 끝에 두고 다음 말을 기다렸다.

"어제 지서에 불려 갔다고 들었는데."

소장이 입을 열었다. 듣고 싶은 얘기가 있는 눈치였다. 나는 "예" 했다. 머릿속으론 지난밤 팀장이 했던 말을 떠올리고 있었다. 지서에서 있었던 일에 대해선 입을 다물라. 옥희 씨의 말이 그 뒤를 따라왔다. 입조심해라.

"뭔 얘기 한 거야?"

고라니가 끼어들어 물었다.

"이전에 했던 얘기를 다시 했습니다."

"구체적으로 말해봐."

소장이 말했다.

"이윤식 씨 발견 당시 상황을 물어서 기억하는 대로 대답했습니다."

소장은 눈썹을 일자로 모으고 얄팍한 입술을 옹졸하게 오므렸다. 내 답변이 마음에 들지 않는 표정이었다. 고라니가 물었다.

"벌써 몇 번째 부른 걸로 아는데, 또 똑같은 말을 물었다고?"

나는 네, 했다.

"그게 말이 돼? 점심 먹고 나갔다가 야밤에 돌아왔다면서. 한나절 동안 그 얘기만 했다고?"

고라니는 고개를 기우뚱하게 두며 눈을 비껴 떴다. 눈을 그렇게 옆으로 뜨면 내 머릿속에 든 말이 보이기라도 하는 것처럼.

"부검 결과는 어떻게 나왔다던가?"

이번엔 소장이 물었다.

"그런 말 못 들었습니다."

소장의 일자 눈썹이 순간적으로 삐뚤어졌다. 한쪽은 올라가고 한쪽은 내려오고. 그 바람에 얼굴 전체가 이렇게 말하는 듯한 느낌을 받았다. 이 새끼 봐라…….

"정말로 자넨 이번 사고와 아무 관련이 없나?"

소장은 나를 자극해보기로 마음먹은 것 같았다. 어조가 박 경감과 비슷해졌다.

"목격자는 자네뿐인데 자네 말을 어떻게 믿나?"

전혀 자극이 되지 않았다. 이미 박 경감에게 혹독한 신문 훈련을 받은 터라 그 정도는 콧바람보다 순했다.

"형사가 왜 널 자꾸 부르는지 알아?"

고라니가 거들고 나섰다. 안경 너머에선 건포도만 한 눈동자가 열의로 번쩍거리고 있었다. 네가 이윤식을 죽인 범인이다,라고 말하고 싶어 하는 열의.

"첫 목격자나 신고자가 가장 수상한 법이거든. 제가 죽여놓고 사고라고 신고했다가 나중에 들통난 놈들 수두룩해."

나는 대응하지 않았다. 이어지는 질문에 대해서도 '모르겠습니다'와 침묵으로 일관했다. 소장의 입에서 '나가보라'라는 말이 나올 때까지.

"가보겠습니다."

내가 고개를 숙이자 소장이 말했다.

"가서 자네 팀장 들어오라고 해."

수상쩍기 그지없는 명령이었다. 들어오는 길에 분명 팀장의 차와 마주쳤을 텐데. 팀장이 나간 후 곧장 소장이 들어왔으니.

"팀장님은 잠깐 외출하셨습니다만."

"그게 뭔 소리야." 소장이 버럭 소리를 내질렀다. "내가 5시 정각에 소장실로 오라고 전화까지 해놨는데."

목소리에 밴 짜증이 어찌나 진정성 있었는지 부지중에 팀장을 감싸는 말이 튀어나왔다.

"사적인 외출이 아니고 지서에서 불러서 나가셨습니다."

소장실에서 나왔을 때 현관으로 세 남자가 들어서고 있었다. 박 경감의 졸개 형사들이었다. 평화는 끝난 듯했다. 나는 로비로 나가지 않고 음악실로 들어갔다. 랑이 언니도, 공달도 없는 곳에 홀로 우두커니 앉아 있었다. 저녁 식사 시간에도 나가지 않았다. 난방이 들어오지 않아 추웠으나 형사와 마주치는 것보다는 나았다.

음악실을 나온 건 점호종이 울린 후였다. 복도는 고요하고 어두웠다. 형사들은 보이지 않았다. 나는 내 방으로 돌아갔다. 제이는 책상 앞에 앉아 있다가 뒤돌아봤다. 들어오든 나가든 일별도 없더니 갑자기 볼일이 생긴 눈치였다. 기회를 주겠다는 의미에서 책상 가까이 다가갔으나 말을 걸어오지 않았다. 싫으면 말든가, 하는 심정으로 수건을 목에 걸고 양치 도구를 꺼냈다.

"저기, 잠깐만."

방을 나가려 했을 때에야 제이는 나를 불렀다. 돌아보자 뜻밖의 말을 꺼냈다.

"나랑 사진 한 장 찍자."

어려운 일은 아니었다. 까다롭게 굴고 싶지도 않았다. 그러기엔 신경 쓸 일이 너무나 많았다. 다만 이유 정도는 알고 싶었다.

"네 얼굴로 약 팔고 다니진 않을 테니까 걱정 말고."

제 딴에는 그게 재미난 말이라 여긴 모양이었다. 제이의 눈이 웃음기를 띠고 길어졌다. 새록새록 느끼는바, 신기하기 그지없는 재주였다. 차가움이 사라진 제이의 눈은 상대로 하여금 웃기지 않아도 웃어주고 싶은 마음을 불러일으켰다. 나는 열심히 아버지의 교훈을 생각했다. 웃는 자를 믿지 말라.

"잘 지낸다고 해도 안 믿어서. 사진 보내줘도 되지?"

제이가 속내를 실토했다. 말하자면 룸메이트 인증 사진을 찍어달란 얘기였다. 사진을 보여줄 상대는 그의 연인인 해상일 테고. 나는 내 침대로 가서 앉았다. 제이의 어깨 너머로 노트북 화면에서 웃고 있는 여자가 넘어다보였다. 제이는 노트북 카메라를 켰다. 제 얼굴은 카메라 정면에, 내 얼굴은 제 어깨 뒤에 보이도록 초점을 조절했다.

"여기 보고. 하나, 둘……."

셋에 찰칵 소리가 울렸다. 제이는 화면에 찍힌 사진을 보여주었다. 톤은 흑백에 가깝고, 내 표정은 뚱한데다 양치 도구를 트로피처럼 들고 있었지만 뭔 상관이 있겠는가. 룸메이트라는 걸 인증만 해주면 되는 거지. 제이는 사진을 저장한 뒤 나를 돌아봤다. 제 목숨을 구해줬을 때에도 하지 않던 인사를 건넸다.

"고맙다."

어떤 생각 하나가 머리를 스쳐 갔다. 짧은 문장으로도 필적 대조가 가능할까? 답을 알려면 해보는 길밖에 없었다. 나는 서랍장 앞으로 돌아가서 서랍을 열고 안쪽에 붙여둔 포스트잇을 떼어냈다.

"나도 부탁이 하나 있는데."

뭐? 하듯 제이가 노트북에서 고개를 들었다. 나는 용건을 꺼냈다.

"저번에 휴게실에서 윤식 씨랑 메모를 주고받는 것 같던데."

"그냥 이름 적어준 거야. 텔레비전 소리 때문에 잘 안 들려서."

"아직 가지고 있어?"

제이는 서랍에서 메모지 뭉치를 꺼냈다. 그중에서 하나를 골라 내게 내밀었다.

이윤식. 77807740.

"이 번호는 뭐야?"

내가 물었다.

"아……. 휴대전화 번호를 적어달라고 했더니 중간과 끝 번호만 적어주더라고."

"7이야, 1이야?"

제이는 대답했다.

"본인 말로는 1이라던데. 7처럼 쓰는 습관이 있나 봐."

나는 내가 가진 메모지와 제이가 준 메모지를 나란히 책상에 내려놨다.

77시 40분 흡연 구역

그렇기를 바라서 그렇게 보인 것일까. 7뿐 아니라 이응이나 기역 자를 쓰는 방식도 비슷해 보였다. 5도가량 기울여서 흘려 쓴 글씨의 느낌도 전체적으로 동일했다. 제이는 두 개의 메모지를 번갈아 보다가 나와 눈을 마주쳤다. 일순 그의 눈이 흔들리는 느낌을 받았다. 쪽지의 의미를 제이가 알아차렸다는 걸 나도 알아차린 순간이었다. 내가 착각한 게 아니라는 확신이 온 순간이기도 했다.

"윤식 씨가 죽기 전날 밤에 받았어. 쓴 사람이 윤식 씨라는 건 지금 막 확인했고."

나는 제이에게 메모지를 돌려줬다. 내 메모지는 다시 서랍장 안쪽에 붙여뒀다.

"그 사람, 그곳에 끌려갈 걸 알고 있었던 거야."

제이는 말없이 메모지만 들여다보고 있었다.

"그곳이 어딘지는 너도 알고 있겠지."

여전히 제이는 반응이 없었다. '그렇다'로 받아들여지는 침묵이었다. 더 말하고 싶지 않다는 침묵이기도 했다. 나는 그에게서 눈을 떼고 방문 쪽으로 걸어갔다. 문을 열기 직전에야 제이는 입을 열었다.

"그래서, 흡연 구역에 가봤어?"

"팀장님이랑 같이." 나는 고개만 돌려 제이를 봤다.

"거기 칼잡이, 고 실장, 윤식 씨, 조리사, 관리팀장 다 나와 있던데."

제이가 되물었다.

"칼잡이가 누군데?"

"첫날 주방 전투에서 단검 들고 설친 놈." 미리 준비한 것도 아닌데 내 입에선 허풍이 줄줄 흘러나왔다. "밤마다 사람들을 불러내는 게 누군지, 어디로 가는지는 그때 알게 됐어. 윤식 씨가 왜 해안으로 탈출하려 했는지, 그날 새벽 잣나무 군락지에서 봤던 발자국 네 쌍이 뭘 의미하는지, 거기서 무슨 일이 벌어졌는지는 방금 알았지만."

나는 잠깐 말을 멈췄다. 패를 삼켜야 할 때인지 패를 까야 할 때인지 판단하느라. 직감과 머리가 모처럼 일치된 의견을 내놨다. 까.

"현장에서 사건을 지켜본 누군가가 있었다는 것도, 누군가가 누군지도 이젠 다 알겠는데 말이지……."

제이의 표정에선 아무 것도 읽을 수가 없었다. 무표정하고 무심하고 무덤덤했다. 일순 불안이 스쳐 갔다. 내가 잘못 짚은 건가. 그렇기는 하나 기왕에 깠으니 밀고 나가는 수밖에 없었다. 나는 내 표정에 '네 얘기야, 이 새끼야'라는 의미가 담겨 있기를 바라며 말을 이었다.

"안타깝게도 한 가지만 아직 몰라."

그게 무엇인지 제이는 되묻지 않았다. 나는 문을 열며 마지막 미끼를 던졌다.

"오늘 밤엔 알게 될 거라고 생각해."

샤워를 끝내고 돌아왔을 때 제이는 방에 없었다. 출근을 한 모양이었다. 오늘 밤은 몹시 바쁠 예정이었으므로 나는 일찌감치 103호로 건너갔다. 아직 초저녁인데도 베토벤은 벌써 잠들어 있었다. 랑이 언니 말로는 고 실장이 준 새로운 진통제를 먹고 잠들었다고 했다.

"약이 어마어마하게 잘 듣는 모양이야."

사소한 의심이 하나 생겨났다. 그처럼 뛰어난 진통제가 있었다면 왜 이제야 줬을까.

윤식 씨 사건으로 나는 고 실장에게 특별한 관심을 갖게 됐다. 팀장에게 전해 듣기로, 고 실장은 자신의 알리바이를 이렇게 주장했다고 한다. 그날 피곤했던 탓에 트리 점등식도 못 보고 일찍 잠자리에 들었으며, 윤식 씨가 나가는 것도 몰랐을 만큼 깊이 잠들었다.

내 기억과는 다른 얘기였다. 트리 점등식 때 123호는 비어 있었다. 실내등은 켜진 상태였고, 윤식 씨는 칼잡이와 샤워장에 있었을 것이다. 고 실장은 그때 어디 있었을까.

"고 실장 어제 영인에 다녀왔잖아."

랑이 언니가 말을 이었다. 나는 되물었다.

"영인에는 왜요?"

"거기 거래 약국이 있거든. 지금껏 먹던 진통제가 단종됐다고 다른 약을 줬나 봐. 성분은 같대."

혹시나 해서 약 이름을 물었다.

"뭐라고 했는데 기억이 안 나. 약 이름이 대체로 어렵잖아. 조그만 병에서 두 알 꺼내준 것만 기억나네. 한 알 먹고 안 들으면 한 알 더 먹으라고. 근데 뭐, 보다시피 한 알로 끝났어."

랑이 언니는 내 손에 남은 약 한 알을 놔주었다. 나는 약사가 아니었다. 약 모양으로 알 수 있는 건 아무것도 없었다. 상품명을 알면 인터넷으로 검색할 수 있어 물었을 뿐. 찜찜한 기분을 애써 털어버리고 약을 돌려주었다. 이전에 먹던 진통제와 성분이 같다니 크게 해될 일은 없겠지. 고 실장이 베토벤을 해코지할 이유도 없을 테고.

"나도 이거나 먹고 잘까 봐. 날이 추워서 그런지 골반이 유난히 쑤시네."

나는 랑이 언니의 도수치료를 끝내고 103호를 나왔다. 화장실로 들어가면서 슬쩍 보안실을 살폈다. 제이가 책상 앞에 앉아 있었다. 아무 일도 하지 않았고, 아무 움직임도 없었다. 표정까지 보이진 않았지만 생각을 하고 있으리라 추측했다. 모쪼록 나와 나눈 대화에 대해 생각하기를 바랐다.

요 며칠 제이는 밤에 나가지 않았다. 일전에 된통 당해서 몸조심을 하는 것인지, 윤식 씨 사건으로 경찰에 의심을 받을까 봐 몸을 사리는 것인지, 다른 이유가 있는지는 모르겠지만.

제이에게 윤식 씨의 쪽지를 보여준 건 글씨체를 비교하려는 의도만은 아니었다. 오늘 밤 네가 가던 그곳에 가겠노라 알려준 것이었다. 출발 시각도 적시해줬다. 양심이 있다면 나를 도우러 오라는 의미였다. 그 정도 맥락은 해독할 수 있을 거라 믿었다. 해례본이 필요할 만큼 심오한 은유도 아니었으므로.

기대가 컸다. 그곳에만 가면 삼애원 뒷담에서 무슨 일이 일어나고 있는지 파악할 수 있을 것 같았다. 제이, 윤식 씨, 칼잡이, 고라니, 소장. 그들은 한통속이 아닐 수는 있겠으나 한 줄기에는 붙어 있었다. 그 줄기 끝에 나도 붙어볼 참이었다. 스스로 생각해도 괜찮은 계획이었다. 사소한 문제가 있다면, 그곳이 어디인지 모른다는 것이었다.

나도 제이와 같은 일을 당할 수 있다는 생각은 접어두었다. 어리석은 짓이라는 생각도 접어두었다. 윤식 씨의 사건은 나의 사건이 되었다. 아직은 표면적 참고인이자 잠재적 피의자이지만 언제 범인으로 특정될지 알 수 없는 일이었다. 당장 내일 아침일 수도 있을 것이다. 그땐 범행 일체를 실토하라고 신문할 테지. 내 입장에선 호소가 아니라 입증을 해야 할 테고. 지금은 머뭇거릴 때가 아닌 것이다. 살길을 찾아 나설 때였다.

나는 샤워장에서 금속 샤워기 줄을 뽑아 들고 방으로 돌아왔다. 만약에 대비해 선택한 무기였다. 적절한 순간에 정확하게 휘두를 수 있느냐 하는 점은 고려하지 않는 게 나았다. 맨손보다 나을 거라 믿는 게 속편했다.

서둘러 길 떠날 채비를 시작했다. 패딩 지퍼를 목 끝까지 잠그고 털모자를 둘러썼다. 장갑과 마스크, 랜턴으로 쓰려고 충전해둔 휴대전화를 패딩 주머니에 담았다. 샤워기 줄은 오른쪽 손아귀에 감아쥐었다.

11시 35분. 나는 창문을 통해 밖으로 나왔다. 눈밭에 두 발을 디딘 다음 잠시 눈을 감고 서 있었다. 공기가 어찌나 찬지 콧속이 아파 숨을 쉴 수가 없었다. 억센 주먹에 코를 얻어맞은 것처럼 눈물까지 찔끔났다.

100년 만의 한파가 올겨울을 지배하겠다는 기상대의 예언은 호들갑이 아니었다. 체감상 영하 20도는 될 것 같았다. 바람이 어제보다 훨씬 거칠었다. 파도 소리와 유빙의 충돌음은 평소보다 크게 울렸다. 대설주의보도 내려져 있었으나 눈이 내릴 기미는 없었다. 맑고 높은 감청색 밤하늘엔 보름달이 떠 있었다. 달빛은 창백하면서도 밝았다.

랜턴을 켜지 않고도 주차장에 팀장의 차가 없는 걸 확인할 수 있을 만큼. 아직도 박 경감에게 잡혀 있는 모양이었다.

패딩 주머니에서 마스크와 장갑을 꺼내 끼고 걷기 시작했다. 건물 외벽 그늘을 타고 1동을 돌아 2동을 지난 후 3동 비상구 앞까지 전진했다. 건너다보이는 흡연 구역엔 아무도 없었다. 당연한 일이었다. 내가 칼잡이라도 같은 시간에, 한번 발각된 장소를 재활용하지는 않을 것이다. 모이는 시각 혹은 접선 장소를 변경했겠지.

나는 흡연 구역을 지나 담장 쪽문까지 걸어 올라갔다. 그때까지 인기척이나 이상한 움직임은 느끼지 못했다. 담장을 넘어 오솔길을 올라갈 때에도, 숲이 시작된 이후로도 마찬가지였다. 랜턴은 켤 필요가 없었다. 나무들 사이로 스며든 달빛이 어찌나 밝은지 길과 숲을 구분하고도 남았다.

처음 왔던 밤과 달리 숲이 그리 두렵게 느껴지지는 않았다. 불과 일주일 만에 용감무쌍해져서 그럴 리는 없을 것이다. 칼잡이 일행과 맞닥뜨릴지도 모른다는 불안, '그곳'을 찾을 수 있을까 하는 막막함이 두려움을 상쇄했을지도 모르겠다. 어쩌면 달빛 때문일지도 모르고.

걷는 동안 딱히 할 일도 없고 해서 윤식 씨 사건을 시간 순서로 정리해봤다. 시작점을 주방 전투로 잡았다. 그날 술판이 어떻게 만들어졌을까? 주방에 있던 일곱 명 중 칼잡이와 조리사, 참전 외부인 셋은 한 패거리일 것이다. 칼잡이가 소집하고, 칼잡이의 졸개로 짐작되는 외부인 셋이 술을 가져오고, 조리사가 음식을 하고. 초대된 자는 원복을 입은 두 남자일 테지.

술판을 벌인 이유나 입소자 둘을 초대한 이유에 대해선 일단 생각을 접어두었다. 중요한 건 그들이 여전히 술판을 접지 않았을 거란 점이었다. 장소를 옮겼을 것이다. 보안팀이 방해하지 못할 곳, 산을 넘어야 도착하는 '그곳'으로. 흡연 구역에 11시 40분에 집합해서 함께 뒷담을 넘어갔겠지. 집합 시각이 11시도, 11시 30분도 아닌 40분이었던 이유는 이제야 알 것 같았다. 팀장이 운동을 끝내는 11시 30분부터 자정 순찰이 시작되는 12시 사이에서 가장 안전할 시각을 찾았겠지.

입소자들 사이에선 소문이 퍼졌을 것이다. 밤마다 둘씩 짝을 맞춰 '그곳'에 불려 간다고. 추측이긴 했지만 근거가 없지는 않았다. 쪽지를 받고 흡연 구역에 갔을 때에도 입소자는 둘이었다. 고 실장과 윤식 씨.

알 수 없는 이유로 윤식 씨는 칼잡이의 초대가 싫거나 무서웠을 것이다. 더구나 다음날 외박 허가를 받아놓은 상태였다. 만약 그곳에 끌려가지 않으려고 외박을 신청한 거라면 나가서 돌아오지 않을 계획이었을 테다. 윤식 씨 입장에선 하룻밤만 넘기면 되는 셈이었다. 칼잡이의 호출에 응하되 그곳에 가지 않을 방법으로 윤식 씨는 훼방꾼을 택했다. 훼방꾼으로 낙점된 자는 그날의 야근자, 나였다.

여기까지는 나쁘지 않은 전술이었다. 윤식 씨는 조용히 사라질 수 있었다. 외출 및 외박 금지령이라는 변수로 실패했지만. 더하여 나를 협박해서 정문으로 나가겠다는 차선책마저 실패했다. 윤식 씨는 마지막 방법으로 해안을 통해 나가기로 마음먹었을 것이다.

탈출 루트로 해안을 택한 이유는 간명했다. '그곳'이 산 너머에 있으니 산길을 택할 수가 없었을 것이다. 물론 해안 탈출로도 만만하지는 않았다. 눈이 쌓인데다 까마득하게 높은 벼랑을 올라가야 할 테니까.

나는 이곳에 처음 오던 날, 삼애원 진입로에서 봤던 풍경을 떠올렸다. 암벽 사이에 가파르고 좁다란 길이 지그재그로 나 있었다. 해안 갯바위만 무사히 넘어간다면 그 길을 타고 올라갈 수 있을 거라 계산했을까. 길을 따라 주황색 안전 로프가 걸려 있으니 가능할 수도 있을 것 같았다.

윤식 씨가 실패한 이유도 추측이 가능했다. 밀고자가 있었으리라. 가장 가까이에 있는 사람, 윤식 씨의 탈출 계획을 알고 도와주는 척했을 사람, 고 실장 아닐까.

제이의 일에 대해선 다음과 같이 정리됐다. '제이는 매일 밤 칼잡이의 뒤를 밟다 발각돼 폭행을 당했다.'

제이가 칼잡이를 미행한 이유는 칼잡이가 입소자들을 데려갔던 목적과 관련이 있을 것이다. 그들이 어디로 갔는지 알면 목적도 알게 될 가능성이 높았다. 나는 그 목적이 윤식 씨의 죽음과 인과관계에 놓여 있다고 추측하고 있었다. 그러기를 바랐다. 그래야만 했다. 내 결백을 입증할 수 있으려면.

제이를 발견했던 지점을 넘어가자 가파른 오르막이 시작됐다. 나무들의 밀도가 점점 높아졌다. 키 큰 관목 사이사이를 키 작은 잡목들이 꽉 채우고 있었다. 잡목 밑으로는 눈이 높게 쌓여 있었다. 지금 오르고 있는 길 말고는 파고들 틈이 없다는 점에서 원시림에 가까웠다.

산등성이를 넘어선 후엔 자세를 낮추고 엉덩이로 미끄러지듯 내려갔다. 기슭에 닿기까지는 올라온 시간의 반도 걸리지 않았다. 발아래엔 대나무들이 군락을 이룬 산모퉁이가 기다리고 있었다. 인가는 보이지 않았지만 애동마을에 도착했다는 건 알 수 있었다. 마스크를 쓰고 있는데도 겨울바람보다 매서운 악취가 코를 습격해왔다.

나는 마스크를 고쳐 쓰고 다시 움직이기 시작했다. 눈 위에 남은 발자국을 따라 산길을 내려갔다. 모퉁이 하나를 돌자 첫 번째 집이 나타났다. 나지막한 돌담 밑에 몸을 낮추고 집을 넘겨다봤다. 함께 산을 넘어온 보름달이 집 전경을 하얗게 비춰주었다.

대나무 숲이 뒤를 감싸고 있는 작고 낡은 기와집이었다. 눈 더미에 꺾인 대나무 몇 그루는 지붕 위로 길게 엎어져 있었다. 경첩이 빠진 방문은 비스듬하게 기울어진 채, 바람이 치고 갈 때마다 끽끽 소리를 내질렀다. 마당엔 검은 비닐하우스 두 동이 있고, 그 사이엔 정체 모를 것들을 욱여넣은 그물 자루들이 던져져 있었다. 그 모양새가 헬기로 투척한 구호 물품처럼 두서없고도 난잡했다. 불빛이나 인기척은 없었다. 사람의 흔적조차 보이지 않았다.

지금껏 따라온 발자국들은 그 집 앞을 지나갔다. 나도 그 집을 지나 다음 집 대문 앞에 도착했다. 그 지점에서 발자국들의 방향이 종잡을 수 없어졌다. 대문 안으로 들어간 것, 대문 앞을 지나간 것, 대문 안에서 나온 것, 담을 따라 왔다 갔다 한 것…….

담장 밑엔 2.5톤짜리 진개트럭이 주차돼 있었다. 연두색 동체에 흰 글씨로 '재활용품수집차량—대의군'이라 적혀 있고, 조수석 쪽은 사고가 난 듯 반파된 상태였다. 금방 돌아왔는지 머드가드 쪽에선 수증기와 물방울이 새어 나왔다. 번호판은 흙탕물을 뒤집어써서 잘 보이지 않았다.

나는 그 집 앞을 지나쳤다. 옆집이 또 있나 해서 몇 걸음 더 전진해봤다. 없었다. 길은 완만한 경사를 그리면서 모퉁이 너머로 사라졌다. 저 모퉁이를 돌아야 애동마을 원주민의 집이 있을 듯했다. 사이좋게 붙어 있는 두 집은 마을과 뚝 떨어진 산기슭 외딴집인 셈이었다.

발길을 돌려 두 번째 집 대문 앞으로 돌아왔다. 담장에 몸을 바짝 붙이고 집 안을 넘겨다봤다. 윗집과 달리 비교적 깨끗한 단층 슬라브

지붕 집이었다. 마당 한쪽에는 창고로 쓸 법한 컨테이너가 놓여 있었다. 재활용 쓰레기로 보이는 것은 쌓여 있지 않았다. 아무래도 비어 있는 윗집을 적하장으로 쓰는 게 아닌가 싶었다. 베란다 유리문 안쪽에선 가느다란 불빛이 비치고 있었다. 사람이 있다는 얘기였다. 이집이 '그곳'일까? 제이는 답을 알고 있을 텐데.

머릿속 훈수꾼이 제이 대신 답을 내놨다. 들어가서 확인해.

곤란한 주문이었다. 내가 원하는 건 염탐이지 가택 침입이 아니었다. 담을 넘다가 발각돼서 신고라도 당한다면, 나는 박 경감 앞으로 신속 배달될 터였다. 박 경감은 무슨 수를 쓰든 나를 잡아넣고 다그칠 궁리만 하고 있을 테니.

나는 옆집으로 다시 올라갔다. 무너진 문설주 사이로 들어가 그 집과 맞닿아 있는 마당가로 향했다. 좁다란 대나무 군락지 사이로 몸을 욱여넣고 옆집 마당을 내다봤다. 산기슭이라는 지형상 이 집이 옆집보다 지대가 높았다. 두 집을 구분하는 담장은 없었다. 대나무 군락지 아래로 콘크리트 축대가 구축돼 있을 뿐이었다.

달이 구름 뒤로 사라졌다. 주변이 갑자기 어두워졌다. 반대로 희미하게 새어 나오던 집 안 불빛은 더 선명해졌다. 방 안에 누가 있는지 확인해야겠다는 생각도 점점 강렬해졌다. 훈수꾼은 악마처럼 꼬드기고 있었다. 보통 이런 집은 뒷마당 쪽으로 창문이 나 있지 않아?

나는 대나무 밖으로 고개만 내밀어 발아래를 살폈다. 달빛이 사라져 축대 높이를 가늠하기 쉽지 않았다. 다만 두 집 간의 지대 차이를 고려할 때 뛰어내리기 불가능할 것 같진 않았다. 용기를 내어 몸을 마저 빼내고 축대 끝에 한발을 걸쳤다. 망설임이 발목을 잡을까 봐 다짜고짜 뛰어내렸다.

예상대로 축대와 마당 지표면의 낙차가 크지 않았다. 눈이 높게 쌓여 있어 착지의 충격도 거의 없었다. 나는 눈 속에 발을 박고 엎드린 채 움직이지 않았다. 들키지 않고 진입했다는 판단이 설 때까지 숨을 죽이고 있었다.

달은 아직 구름 뒤에 머물러 있었다. 집 안은 여전히 고요했다. 나는 몸을 일으켰다. 축대에 등을 붙이고 게걸음으로 뒤꼍을 향해 움직였다. 한 발짝씩, 소리 죽여, 조심조심 뒤뜰로 들어섰다. 시야가 확연하게 밝아지며 불빛이 내비치는 창문이 눈에 들어왔다. 다음으로 지붕 처마에 걸린 외등이 시선을 끌었다. 노랗게 불을 밝힌 외등 옆에서 CCTV의 눈이 나를 조준하고 있었다. 권총 모양의 구식 기종으로 삼애원의 것과 동일했다.

이 집이 그 집 맞았다. 여기가 바로 그곳이었다.

이 깨우침이 기쁘지 않았다. 전혀. 낭패감만 개미 떼처럼 기어들었다. 나는 CCTV 앞에 나를 가져다 대령한 셈이었다. 등 뒤에선 불길한 기척이 감지됐다. 내 감관은 그것이 인기척이라고 알려왔다. 두려웠지만 돌아보지 않을 수 없었다.

댓 발짝 거리에 두 남자가 서 있었다. 하나는 키가 크고 하나는 덩치가 컸다. 둘 다 야구방망이를 손에 쥐고 있었다.

"어서 오시게."

덩치가 실실 웃음을 흘렸다. 키다리는 더 열렬한 환영 인사를 건넸다.

"이렇게 귀한 곳에 누추한 분들이 자꾸 자꾸 와주시네."

기억을 더듬을 필요가 없었다. 나는 단박에 그들을 알아봤다. 주방 전투에서 만난 참전 외부인이었다. 칼잡이의 졸개이자 옛 경비원들이겠지. 이상한 건 셋이 아니라 둘이라는 점이었다.

나는 몸을 사선으로 틀고 섰다. 하나는 어디에 있을까. 곁눈으로 옆과 뒤를 견제하며 생각을 해봤다. 그냥 항복할까, 싸워보기라도 하고 항복할까. 산에서 발견된 제이의 몰골을 떠올리자 답이 나왔다. 어떻게 항복하든 죽도록 얻어터질 터였다. 아니, 죽을 때까지 얻어맞거나. 눈곱만 한 가망이나마 있는 쪽은 맞서 싸우는 척하다 튀는 것이었다.

두 남자가 내 앞으로 다가오기 시작했다. 한 발짝, 두 발짝……. 나는 샤워기 줄을 풀어 내리며 다음 행동을 계산했다. 놈들이 네 발짝쯤 왔을 때 샤워기 줄을 휘두른다. 몸을 돌려 컨테이너 쪽으로 튄다.

그들이 가격 거리에 들어왔다. 나는 샤워기 줄을 휘둘러보지도 못했다. 팔을 들기도 전에 사각지대에서 튀어나온 몽둥이가 뒤통수를 내리쳤다. 통증을 느낄 새조차 없이 어둠이 덮쳐왔다. 머릿속으로 제이의 얼굴이 스쳐 갔다. 입속에선 성난 내 목소리가 울렸다.

왜 여태 안 오는 거냐. 망할 놈아.

14

두통이 의식을 깨웠다. 나는 눈을 떴으나 아무것도 볼 수 없었다. 내 안의 고유수용감각이 알리는바, 내 몸은 차가운 바닥에 이마를 처박고 엎어져 있었다. 뭐든 보려면 머리를 들어야 하는 것이었다. 돌쟁이 때부터 해온 익숙한 일이건만 지금 이 순간엔 그걸 해낼 수가 없었다. 눈꺼풀만 들어도 이마 밑에서 종소리가 울렸다. 뒤통수에선 맥박이 발칵거렸다. 뇌가 직접 숨을 쉬는 기분이었다.

입이 막혀 있다는 건 한 박자 늦게 알아차렸다. 접착제 냄새가 진동하는 걸로 봐서 공업용 테이프를 입에 둘러놓았을 것이다. 팔은 등 뒤로 꺾인 채 밧줄 같은 것에 묶여 있었다. 발목도 같은 신세였다. 꼼꼼하게도, 팔과 다리의 줄을 연결해 매듭까지 지어놓았다. 다리를 펼 수도, 일어나 앉을 수도, 몸을 뒤집을 수도 없었다.

더하여 추웠다. 몸통 사지는 물론 턱뼈까지 달각달각 떨렸다. 바람이 없는 걸로 봐서 한데는 아니었다. 공기 자체가 찼다. 바닥에 처박힌 이마는 얼어서 감각조차 없었다. 한 가지 좋은 징조가 있다면 멍멍하던 머리가 할 일을 하기 시작했다는 점이었다.

가장 먼저 제이와 같은 일을 당하고 있다는 자각이 왔다. 내가 한 방에 뻗었다면 제이는 뻗을 때까지 얻어맞았다는 점만 달랐다. 조만간 도래할 미래가 선명하게 눈에 보였다. 이곳에서 동태가 된 후 산길에 버려질 것이다. 과연 버려진 나를 제이가 주우러 와줄까.

번외로 궁금했다. 놈들은 뒷감당을 어찌하려고 이런 짓을 벌이는 것인지. 제이야 어떤 이유가 있어 당한 일을 떠들지 않았겠지만 나는 아니었다. 사방팔방으로 공달만큼 시끄럽게 떠들어댈 것이다. 그러니까 살아서 돌아간다면…….

텅 빈 위장으로 얼음물 같은 한기가 흘러들었다. 설마, 설마…… 살려 보내지 않으려는 건 아니겠지. 산길이 아니라 유빙이 떠다니는 바다에 버리려는 건 아니겠지. 시야에서 윤식 씨의 모습이 경광등처럼 번뜩거리기 시작했다. 빙판에 처박힌 머리, 유빙 틈새에 낀 몸통, 주먹을 움켜쥔 형태로 굳은 손가락이 나타났다 사라지고 사라졌다 나타났다.

나는 경기를 일으키듯 부르르 떨며 머리를 들었다. 순간 어딘가로 빛이 들어오고 있다는 걸 알아차렸다. 고개가 저 알아서 그쪽으로 돌아갔다. 작은 창이 눈에 들어왔다. 가장자리를 따라 살얼음이 들러붙은 유리창 너머에는 보름달이 떠 있었다. 덕택에 주변이 그리 어둡지 않았다. 거의 모든 사물을 구분해낼 수 있었다.

창문 바로 옆에 출입문이 있었다. 문 옆에는 종이 박스와 정체 모를 물건들이, 달빛이 직선으로 가닿는 창문 맞은편엔 소주 박스들이, 그 옆으로 캠핑장에서 화목 난로를 땔 때나 쓸 법한 장작이 높게 쌓여 있었다. 다만 다리 쪽은 확인을 할 수 없었다. 인간 신체의 특성상 거기까지 목이 돌아가지 않았다. 무언가 공간을 꽉 채우고 있다는 정도만 감지됐다.

나는 이곳이 마당가 컨테이너라고 결론 내렸다. 냉동고 같은 실내라는 점에서, 창문으로 보름달이 보인다는 점에서, 마당에 다른 부속 건물이 없었다는 점으로도. 어딘지 알았으니 이제 빠져나갈 궁리를 할 차례였다.

일단 혀를 내밀고 입술에 들러붙은 테이프를 문질렀다. 침이 닿자 접착면이 떨어지면서 입술과 테이프 사이에 작은 공간이 생겼다. 시험 삼아 "박제이" 하고 불러봤다. 잘 들렸다. 조금 더 긴 말을 해봤다.

"빚 안 갚을 거냐."

막힌 소리이긴 하나 발음은 정확하게 들렸다. 살려달라, 고함칠 수도 있을 것 같았다. 고함을 지르면 소리가 마을에 가닿을 수 있을지, 마을 주민이 달려오거나 신고해줄 가능성이 있을지 계산해봤다. 냉정한 답이 나왔다. 소리가 마을에 닿기도 전에 놈들이 야구방망이를 들고 달려올 것이다.

이번엔 손목을 꼼지락거려봤다. 움직일 여지 없이 밧줄이 꽉 조여져 있었다. 견갑골을 후인 하강시켜 팔을 늘인 후 발목을 만져봤다. 풀리지 않도록 매듭지은 밧줄이 발목을 감고 있었다. 어찌해볼 염조차 들지 않았다.

나는 본래 자세로 바닥에 엎드렸다. 바깥에서 발소리가 울리고 있었다. 여러 사람이었다. 그중 어떤 놈이 큰 소리로 떠들어댔다.

"등신아, 여기가 동네 술집이냐? 꼴릴 때마다 오게."

찰싹 소리가 났다. 미루어 짐작건대 손바닥으로 귀싸대기를 갈기는 소리였다.

"그때 덜 맞아서 섭섭하디? 더 때려달라고 온 거야?"

이번엔 딱 소리가 났다. 주먹으로 이마에 딱밤을 먹이는 소리 같았다.

"이놈 어디다 둘까요, 형님?"

졸개가 묻자 형님이 대답했다.

"일단 그놈이랑 한데 처박아놔."

발소리들이 컨테이너 쪽으로 가까워졌다. 얼른 눈을 감았다. 몸을 축 늘어뜨린 채 감각과 신경을 총동원해 소리를 듣고자 애썼다. 자물쇠가 딸깍 열리고 문의 빗장이 뽑혔다. 문이 열리고 졸개들이 누군가를 끌고 들어와 내 옆으로 홱 밀쳤다. 누군가는 내 허리에 제 어깨뼈를 내리찍으면서 픽 쓰러졌다. 어찌나 아팠는지 하마터면 비명을 지를 뻔했다.

"다리도 묶어놔."

졸개 1이 말했다. 이어 내 끄덩이를 잡아채서 들어 올렸다.

"이 새낀 여태 주무시나?"

고개가 단번에 뒤로 꺾였다. 전등 빛이 눈꺼풀로 쏟아졌다. 나는 몸의 힘을 뺀 채로 움찔하지 않으려고 최선을 다했다. 어쩐지 깨어난 걸 들키면 안 될 것 같았다. 굳이 들키지 않을 이유가 없다는 걸 곧 깨달았지만 때가 좀 늦었다. 그나마 모양이 덜 빠지려면 끝까지 안 깨어나는 쪽이 나을 터였다.

"이런 쪼다들이 보안이야? 아이고, 답답하다."

졸개 1이 내 머리통을 내려놨다. 아니다. 컨테이너가 쿵 하고 울릴 정도로 바닥에다 내동댕이쳤다는 게 더 정확한 말이다. 나는 혀끝까지 튀어 나간 억, 소리를 사력을 다해 거둬들였다.

"뭘 바라냐. 팀장이란 놈부터 쪼다잖아." 바로 옆에서 졸개 2가 말했다.

"특수부대 출신이면 뭐 하냐고. 쫄따구 없으면 그냥 골로 가는데."

골로 간다는 말이 귓바퀴에 걸렸다가 접착테이프를 찢는 소리에 귀 뒤로 밀려났다. 잡혀온 놈의 입에 테이프 공사를 하는 모양이었다. 이어 몸을 일으키는 기척이 느껴졌다. 유리병끼리 서로 부딪는 소리가 이어졌다.

"새끼가 처돌았나. 그걸 왜 꺼내?" 졸개 2가 물었다. "그것도 세 병씩이나. 형님이 알면 어쩌려고."

뭔가를 꺼낸 졸개 1의 목소리는 느긋했다.

"형님이 가져오라고 하셨다. 밤도 긴데 군입질이나 하자고."

졸개 1, 2는 컨테이너를 나갔다. 소리들이 연달았다. 문에 빗장이 걸리는 소리, 자물쇠 잠그는 소리, 컨테이너로부터 멀어지는 발소리, 먼 곳에서 문이 열리고 닫히는 소리. 이윽고 고요해졌다. 둘 다 집 안으로 들어간 모양이었다.

"임경주."

바로 옆에서 잘 아는 목소리가 나를 불렀다. 제이였다. 발음이 정확한 걸로 봐서 놈도 테이프를 붙인 채 말하는 법을 아는 모양이었다.

"정신 차려."

나는 오래전부터 정신을 차리고 있었다. 얼굴을 들고 놈의 낯짝을 보며 대답하려고 했다. 놈의 머리통이 내 머리통을 들이박는 바람에 못했을 뿐. 거의 박치기 수준의 타격이었다. 가뜩이나 금이 가 있던 머리통이 가루가 되는 느낌이었다. 시야에선 화끈한 불 쇼가 벌어졌다. 목 밑에서 짜증이 솟구쳤다. 아, 새끼, 쫌.

어쩌면 입 밖으로 소리가 돼서 나왔는지도 모르겠다. 제이가 이렇게 되받은 걸로 봐서.

“깼으면 깨우기 전에 말을 하든가.”

나를 깨우려는 시도였다면 힘 조절을 했어야지. 나는 고개를 들어 제이를 노려봤다. 달빛을 받은 놈의 얼굴이 새하얬다. 검은 눈동자 안에선 보름달이 반짝반짝 빛을 냈다. 그 바람에 웃고 있는 것처럼 보였다. 점점 더 화가 치밀었다.

“우리 이제 동점인 거 같은데.”

제이가 말했다. 이렇게 해석되는 말이었다. 너를 구하러 내가 왔노라.

일말의 기대가 잠시 화를 누그러뜨렸다. 그렇다면 구해줄 대책도 갖고 왔겠지.

“여기서 나갈 수 있으면 인정할게.”

내 기대를 제이는 침묵으로 무너뜨렸다. 혹시나 해서 한 번 더 확인을 해봤다.

“대책 없어?”

있었는데 뺏겼다고 했다. 가스총, 경봉, 무전기, 발목에 숨겨온 커터 칼까지 죄다. 화나고 한심스럽고 열이 뻗쳤다. 뭐 좀 보탬이 되는 게 있어야지.

“가스총을 쏘려고 했는데 어찌나 오래됐는지 다섯 발 다 불발탄이더라.”

어련하실까. 가스총 쏘는 법은 아는지 묻고 싶었다.

“네가 어디 있을지는 알고 있었어. 꽥소리도 못 내보고 잡힐 거라고 생각했고."

성미를 건드리는 말이었으나 틀린 말은 아니었으므로 잠자코 들었다.

"근데 놈들이 산기슭에 매복하고 있을 줄은 몰랐지."

매복은 상대가 온다는 걸 확신할 때 쓰는 전술이었다. 시간까지 맞춰 매복했다면 더 생각할 것도 없었다. 제이가 산길로 올라가는 걸 지켜본 누군가가 있을 것이다. 그 누군가가 이쪽에 전화를 걸어 '지금 간다. 준비해'라고 말해줬을 테고. 그 누군가는 조리사일까, 칼잡이일까. 아니면…… 고 실장일까.

나는 이 복잡한 전선의 구심점이 누군지 알고 싶었다. 그걸 알려줄 인간은 현재로선 제이밖에 없었다. 그러니 놈에게 직접 물어야 했다.

"윤식 씨 말이야, 넌 왜 구경만 했어?"

제이는 고개를 돌려 앞을 봤다. 대답 대신 내 시선을 외면한 셈이었다.

"숨어서 다 지켜봤잖아."

녀석이 마른침을 삼키는 소리가 또렷하게 들렸다. 나는 더 밀어붙였다.

"최소한 나한테는 알려줬어야 하는 거 아냐? 그때 알려줬으면……."

"알려줬으면……." 제이의 목소리가 입속말처럼 나직해졌다. "윤식 씨가 살아났을까?"

말문이 막혔다. 그러니까 현장에 있었단 말이지. 행여 입을 열까 해서 압박한 건데 정말로 있었단 말이지.

"어차피 죽었으니까 방으로 돌아가서 내가 발견할 때까지 자는 척했다, 그 말이야?"

나는 내 목소리에 어른대는 혐오를 느꼈다. 놈도 그걸 느끼기를 바랐다.

"그날 보안실 앞에서 윤식 씨가 너 협박하는 거 봤어. 팀장이 널 구해주는 것도 봤고." 제이는 반박자 뜸을 들였다가 말을 이었다. "내가 요즘 윤식 씨한테 관심이 많았거든. 레이더가 123호를 향해 서 있었단 얘기야. 자정 전에 나가겠구나, 정문 쪽 담을 넘겠구나, 추측했어. 높긴 해도 넘는 게 불가능한 담은 아니잖아. 담장 앞 잣나무를 타고 올라가는 방법도 있고. 산길 쪽은 너도 아는 이유로 나갈 수 없으니까. 순찰 시간에 나가야 네가 정문 쪽 CCTV를 볼 수 없을 테고."

제이는 내가 1동 앞을 지나간 후 창문을 통해 밖으로 나왔다고 했다. CCTV에 잡히지 않도록 외벽에 바짝 붙어 1동 비상구 근처까지 이동한 다음, 화단 이랑에 몸을 낮추고 엎드려 윤식 씨를 기다렸다.

몇 분 지나지 않아 윤식 씨가 1동 뒤편에서 모습을 드러냈다. 제이의 예상과 달리, 앞마당을 가로질러 정문으로 가는 직선로를 택하지 않았다. 잣나무 군락지로 들어간 걸로 봐서 우회로를 택한 듯했다. 해변 계단까지는 잣나무 군락지를 통해서, 해변 계단에서 정문까지는 잣나무에 가려진 철망 담장을 따라갈 속셈 같았다. 사냥꾼의 눈을 피하기 위해서였을 거라고 제이는 추측했다.

"나도 따라가려고 일어나는데 이번엔 칼잡이하고 조리사가 나타났어."

그들도 잣나무 군락지로 들어갔다. 얼마 후 제이도 따라붙었다. 놈들이 자신의 기척을 알아채지 못하도록 충분한 거리를 두고.

"어쩔 셈이었는데?"

나는 묻지 않을 수 없었다. 이미 한번 죽을 뻔했으면서, 다시 위험

속으로 자신을 밀어넣은 이유가 뭐였는지. 무모하게도 제 몸을 보호할 무기나 대책도 없이.

"그땐 아무 생각이 없었어. 그저 따라가야 한다는 생각 말고는." 제이는 울적한 목소리로 말을 이었다. "나는 윤식 씨하고 거래할 게 있었어. 아직 협상도 못해봤는데, 협상은커녕 말도 못 붙여봤는데, 내가 그토록 찾던 사람이 윤식 씨라는 걸 깨달은 게 불과 몇 시간 전이었는데, 놈들이 내 눈앞에서 낚아채 갈 판이 됐단 말이야. 계획 같은 걸 세울 틈이 있었겠어?"

해변 계단 앞에 다다랐을 때 제이는 비명을 들었다고 했다. 내가 담장 앞에서 들었던 바로 그 소리였을 것이다.

"잠깐 기다렸다가 해변 계단으로 나갔는데 발아래 한곳이 환하더라."

랜턴 빛의 한중심에 윤식 씨가 있었다. 유빙 사이에 낀 채 빙판에 머리를 박고 엎드린 상태였다. 옆에 서서 배낭을 뒤지는 자는 칼잡이였다. 조리사는 윤식 씨의 패딩을 잡아당겨 벗겨내는 중이었다.

"패딩을 왜?"

나는 궁금증을 참지 못하고 끼어들었다.

"찾을 게 있었을 테니까."

"그러니까 그게 뭔데?"

제이는 잠깐 머뭇대다 대답했다.

"휴대전화. 정확하게는 유심이지만."

"유심?"

잘못 들었나 해서 나는 되물었다. 제이는 고개를 끄덕였다.

"바지 주머니에 있을 거라 생각했는지, 조리사가 윤식 씨 옆쪽 틈새로 손을 넣어서 더듬어보기까지 하더라고. 즉사한 것 같네, 휴대전화를 바다에 빠뜨린 것 같네, 끌어내서 확인하네 마네, 불가능하네 어쩌네. 자기들끼리 떠들다 갑자기 조용해지더라. 그제야 사고가 아닌 살인 사건이 될 수 있단 생각이 들었는지도 모르지. 정말로 사고였다면 말이지만. 놈들한테 쫓기다가 빙판에 미끄러져 바다에 빠졌는데, 하필 그 순간에 유빙이 덮쳤다든가."

그들은 패딩과 배낭을 아무 데에나 패대기치고 계단으로 뛰어올랐다. 제이는 정문 쪽 담장 잣나무 뒤에 몸을 숨겼다. 잠시 후 내가 4동 쪽에서 나타났다고 했다. 제이는 내가 현관문을 열고 안으로 들어갈 때까지 기다렸다가 방으로 돌아갔다.

"너무 어두워서 내려가볼 수 없었어. 랜턴도 없고. 직접 확인하지 못했지만 그놈들 말대로 즉사했을 거라고 생각해."

"그렇게 생각해야 마음이 편하겠지."

스스로 움찔할 만큼 내 목소리는 차가웠다. 그 냉담함엔 경멸이 담겨 있었을 것이다. 제이의 목소리에 감정이 섞이기 시작한 걸로 봐서.

"그럼 내가 어떡했어야 하는데? 두 놈이 윤식 씨 패딩을 벗기고 배낭을 뒤지는데 무작정 뛰어들어? 나 혼자 맨몸으로 맞붙어 싸워? 내가 팀장이야?"

"그러니까 최소한 나한테라도……."

"네가 순찰 중에 발견하는 게 나을 거라고 판단했어. 내가 왜 그 시간에 거기 있었는지 납득시키려면 얘기할 수 없는 얘기까지 해야 하니까."

일순 머리 뚜껑이 열렸다. 눈자위 핏줄까지 곤두서는 것 같았다. 할 수만 있다면 놈을 잡아다 이 집 지붕 꼭대기에 매달고 싶었다. 저보다 내가 혐의를 받는 게 낫다니. 그게 멀쩡하게 생긴 주둥이로 할 수 있는 말인가.

"네가 혐의를 받게 될 줄은 몰랐어."

제이는 미안하다고 덧붙였다. 진심이라곤 쥐똥만큼도 담기지 않은 사과였다. 내 귀에는 미안하지 않아서 미안하다는 말로 들렸다. 낯짝이 관리소장 뱃살보다 두꺼운 놈이었다. 나는 고개를 반대편으로 돌렸다. 더 얼굴을 맞대고 있으면 혈압으로 죽을 것 같았다.

"어떻게든 돕고 싶었지만 방법이 없더라고. 어떻게 해보기엔 이미 늦어서." 제이는 안 하느니만 못한 말을 한 소절 더 주절거렸다.

"원래 늦었다고 생각할 때가 가장 늦은 법이잖아."

나는 벽 밑에 놓인 소주 박스를 노려봤다. 다른 소주 박스와 달리 바닥에 내려져 있고, 빈병들이 담겨 있었다. 툭툭 던져놓은 모양새가 아슬아슬했다. 상자를 툭, 건드리기만 해도 와르르 쏟아질 것처럼. 나는 가장 중요한 질문을 던졌다.

"윤식 씨 휴대전화, 아니 유심을 찾는 이유가 뭔지 말해봐."

마른 풀대처럼 나부대던 제이의 입이 갑자기 무거워졌다.

"너도 그걸 찾고 있었다며?" 나는 재차 물었다. 여전히 답이 없었다.

"윤식 씨 문제를 나한테 떠넘겼으면, 내막도 말해줘야 공평한 거 아냐?"

두어 박자 침묵이 흘러간 후 제이의 입이 열렸다.

"사랑하는 여자가 있어."

내 머릿속엔 노트북 화면에서 웃고 있는 여자가 자동 재생됐다.

"이해 안 될지도 모르는데…… 내 무의식이 나와 그 여자를 분리하지 못해. 온전히 내 자아만 있어야 하는 곳에 그 여자가 들어와 살고 있다고. 그 여자가 고통스러워하면 나도 고통스럽고, 그 여자가 슬프면 나도 슬프고, 그 여자가 행복하면 나도 행복하고."

나는 제이를 돌아봤다. 그 순정 믿어줄 테니 이제 유심 얘기를 하라는 의미에서.

"근데 그 여자가 아파."

그것도 이미 알고 있는 바였다. 나는 애벌레처럼 몸을 꿈틀거려 소주 박스 옆으로 움직이기 시작했다.

"루게릭병이야. 지금은 기관지 튜브를 목에 꽂은 채 식물처럼 숨만 쉬는 상태고. 의식과 감각은 멀쩡한데 몸을 움직이지 못해. 자기 몸에 갇혀서 하루하루 죽어가는 중이야. 내게 말을 걸지도 못하고, 나를 보고 웃어주지도 못해. 이대로 가면 조만간 심장도 움직임을 멈추겠지. 근데 내가 그 여자한테 해줄 수 있는 일이 하나 있다면 어떻게 해야 할까. 너라면 어떻게 하겠어?"

나는 움직임을 멈췄다. 고개를 돌리자 제이의 눈이 기다리고 있었다.

"하겠지?"

제이가 물었다. 나는 눈만 깜박거렸다. 짐작하고 있었는데도, 내가 사랑하는 여자도 아닌데 이상한 타격이 왔다. 내게도 그런 사람이 있었다는 데서 온 타격이었다. 제이의 연인과는 반대로 몸이 정신의 감옥에 갇혔던 아이. 나는 그 아이를 풀어줄 열쇠를 찾는 대신 거리로 내쫓았다. 죄책감과 슬픔이 한꺼번에 되살아났다. 무기력하고 뜨거운 기운이 삽시에 몸을 덮었다.

"그게 휴대전화 유심하고 뭔 상관인데?"

감정과 달리 내 목소리는 여전히 냉정했다. 제이가 물었다.

"근무 첫날, 휴게실에서 사람들이 나누던 얘기 기억나? 너도 휴게실 밖에서 듣고 있었잖아."

기억하다마다. 나는 고개를 돌리고 다시 소주 박스를 향해 몸을 움직였다. 어깨로 건드려서 빈병이 쏟아지는 일이 없도록 주의하면서 박스에 바짝 붙었다.

"만약 그게 사실이라면, 다는 아니지만 핵심 부분은 사실이라면 믿을래?"

나는 혀를 길게 빼서 입에 둘러진 테이프 접착면을 핥아냈다. 입 주변에 공간이 생기자 테이프가 턱 밑으로 밀려 내려올 때까지 아에이오우를 반복했다. 머릿속에선 그때의 상황이 시간순으로 재현되고 있었다. 텔레비전에서 나오던 연쇄살인 뉴스, 사이비 종교 교리처럼 들리던 롤라라는 세계, 그 얘기를 하던 놈이 들먹인 승주에 대한 풍문. 그중 어떤 게 사실이라는 걸까.

"롤라 말이야."

제이가 말했다. 나는 소주병 주둥이를 입으로 무는 데 막 성공한 참이었다. 조심해서 다뤄야 할 그 소주병이 제이의 얼빠진 말에 놀라 입을 빠져나갔다. 소주병은 상자 모서리에 부딪친 후 바닥에 떨어져 박살나버렸다. 깨지는 소리가 살 떨리게 요란스러웠다. 행여 졸개들 귀까지 닿지 않을까, 나도 모르게 동작 그만 자세가 돼서 숨을 죽였다.

그런 일은 일어나지 않았다. 집 안에서 들려오는 졸개들의 목소리가 더 컸다. 나는 고개를 돌려 제이를 봤다. 잘못 들은 게 아닌지 확인을 해봤다.

"롤라?"

"그래, 롤라."

하느님은 잘 아시겠지만, 평생토록 나는 타인을 비웃어본 적이 없었다. 적어도 대놓고는 한 번도. 마찬가지로 제이에게도 그럴 마음이 없었다. 입이 말을 듣지 않아서 그렇지. 하, 하고 헛웃음이 터졌다.

"롤라의 가상세계 구축 작업에 나도 참여했었어."

나는 웃음소리가 입안으로 말려 들어가는 걸 느꼈다. 미친놈. 차라리 네가 하느님이라고 해라.

"엑스라는 IT 기업이 있어. 게임 회사로 알려졌지만 실제 주력 분야는 가상세계 플랫폼이야. 해상이 만나기 전까지 거기서 일했어. 게임 개발자로."

엑스라면 나도 알고 있었다. 승주가 좋아하던 '더 플라이'라는 가상세계 게임을 출시한 회사였다. 미친놈의 망상인지 아닌지는 아무래도 더 들어봐야 할 것 같았다. 나는 바닥에 흩어진 병 조각 중 크기가 적절해 보이는 것 쪽으로 몸을 돌렸다. 하체가 뒤집히지 않도록 몸 중심 근육에 힘을 잡고 병 조각을 향해 몸통을 기울였다. 몇 번의 헛손질 끝에 마침내 원하던 병 조각이 손에 들어왔다. 그사이 제이는 제 이야기, 좀 더 압축된 단어를 쓰자면, 허풍을 늘어놓고 있었다.

어릴 때부터 상상해온 게임이 있었다는 둥, '드림시어터'라는 게임이었고 첫 회사에 입사한 후에 만들었다는 둥, 출시 후 망작이 됐지만 엑스의 주목을 받아 스카우트됐다는 둥, 입사 후 두 가지 조건을 전제로 극비리에 프로젝트를 부여받았다는 둥. 조건이란, 개발 종료까지 팀원 전체가 함께 지내야 한다는 것과 사후 비밀 엄수였다.

"당연한 거지만 개발에 성공하면 받게 될 포상도 있었지. 주식배당과 롤라 이주민 자격 중 하나를 선택하게 해주겠다는 거였어."

나는 유리 조각 절단면으로 팔목 줄을 문지르기 시작했다. 손목을

90도로 꺾어야 가능한 움직임인데다, 힘을 주기에는 운신의 폭이 너무 좁았다. 동작이 제어되지 않아 살을 긁어 파기도 하고 유리 조각을 놓치기도 했다. 마음만 조급하고 진행은 한없이 더뎠던 이유다. 그사이 제이는 차분하게 이야기를 이어갔다.

'롤라 극장'이라는 이름이 붙은 프로젝트는 성공적으로 끝났다. 최종 테스트까지 마친 후엔 한 달간의 휴가를 받았다. 제이는 앞뒤 없이 바하리야 사막으로 여행을 떠났다가 해상을 만났다. 만나자마자 사랑에 빠졌다고 했다. 앞선 말대로 자신과 그녀를 구분할 수 없을 만큼, 깊이. 그녀가 아프다는 걸 알게 되자 포상을 선택할 여지가 없어졌다고 했다. 그는 롤라 이주민 자격을 택했다.

"그런데 내 계획에 중대한 문제가 생겼어. 내가 회사로 돌아가 남은 일을 마무리하는 사이에 해상이의 병이 빠르게 진행됐다는 거야. 롤라는 이제 막 인간 사촌 3종 세트를 대상으로 1차 임상을 끝냈는데, 해상인 이미 휠체어에 앉아 있었어."

"무슨 세트라고?"

나는 절단된 면을 손끝으로 만져보며 되물었다. 절반가량이 잘린 것 같았다.

"침팬지, 고릴라, 보노보 말이야. 전해 듣기로 성공적이었다고 하더라. 녀석들이 저 알아서 자기 몸을 홀로그램으로 만들어내고, 자기가 지낼 환경도 구축해낸 모양이야. 실험실에 있던 애들은 롤라에서도 실험실을, 동물원에 있던 애들은 동물원을, 야생에 있던 애들은 야생 정글을. 인간보다 먼저 불멸의 유인원으로 진화한 거야. 이제 마지막 한 조각, 네 번째 유인원만 남아 있는 셈이고."

"뭐 좀 물어보자." 나는 제이의 말을 끊었다. "내가 그쪽 방면에 대해서는 일자무식이니까 초등학생한테 설명하듯 답변해봐."

제이는 고개를 끄덕였다.

"대체 그 유인원들이 어디에 가 있다는 거야? 홀로그램으로 자기 모습과 거주 환경을 만든다는 건 또 뭐고."

"롤라에 보낸다는 건 정보 형태로 네트워크에 업로드시킨다는 얘기야. 몸을 뺀 나머지, 그러니까 한 개체의 고유한 의식, 무의식, 본성, 반사작용, 감각이나 신경 회로 같은 것들 모두."

충격을 받은 나머지 몸에 힘이 빠져서 유리 파편 위에 드러누울 뻔했다. 인간이 정보 형태로 저장된다니, 그게 가당키나 한 말인가.

"오래전부터 롤라 프로젝트가 투 트랙으로 극비리에 진행돼왔다고 들었어. 한쪽은 핵융합 에너지로 가동하는 슈퍼컴퓨터에 롤라를 구축하는 작업, 한쪽은 좀 전에 말한 생명체의 모든 것을 정보로 바꾸는 작업."

"인간을 컴퓨터에 저장한다는 거야? 그럼 컴퓨터를 다루는 사람이 조종하는 대로……."

"아냐. 누구도 그들을 조종할 수 없어." 제이가 내 말을 끊었다. "업로드되면 그들은 주체적으로 자기 삶을 살게 돼. 자기의 정신과 몸, 둘 사이의 협응까지 완벽하게 홀로그램으로 구현해낼 수 있으니까. 자기가 원하는 것도 모두 할 수 있고. 홀로그램은 단순한 이미지가 아니라 실제와 똑같은 가상현실이거든. 유인원 시험이 성공했다는 건 걔네들이 이 작업을 훌륭하게 수행해냈다는 뜻이야."

머리에 잽을 수백 대쯤 얻어맞은 기분이었다. 얼얼하고 얼떨떨하고 얼간이가 된 것 같았다. 뭘 더 물어야 할지조차 알 수 없었다. 그런데도 입을 닫을 수가 없었다.

“네 말이 다 사실이라 치자. 그래도 난 이해를 못하겠네. 과학이 왜 인간한테 그런 짓을 해?”

“과학은 후진이 불가능해. 그저 도착하기로 예정된 곳에 도착한 것뿐이야.”

그러니까 롤라는 인간이 결국 도착하고야 말 숙명이자 특이점이라는 얘긴가. 나는 혼잣말처럼 물었다.

“근데 거길 가고 싶어 하는 사람이 있단 말이지?”

“생명체는 유한하고 인간은 영원히 살고 싶으니까.”

“그걸 산다고 해도 되는 건가?”

“그건 철학의 영역에 속한 문제겠지. 과학의 입장에선 롤라 자체가 하나의 우주고.”

제이에게는 모든 질문에 대한 모든 답변이 준비돼 있었다. 내 입장에선 하나 같이 마음에 안 드는 답변이었다. 오지게 잘난 척은 하는데 알맹이 없는 맹탕 같았다. 나는 물었다.

“그래서, 네 입장은 뭔데?”

“난 철학자도 과학자도 아냐. 게임개발자로서 내게 맡겨진 일을 했을 뿐이지.”

“그러니까 네가 뭘 했다는 거냐고?”

“아까 말했잖아, 극장을 만들었다고. 인간은 놀이 동물이야. 놀이를 통해 삶을 배우고, 순전히 놀기 위해 놀이를 하고, 죽을 때까지 놀이에 몰두하는 철딱서니 없는 종. 그중에서도 가장 고유한 놀이가 아마 서사 놀이일 거야. 영화, 드라마, 뮤지컬, 연극, 문학……. 난 그 콘텐츠들을 만드는 데 참여한 거야. 롤라에 도착할 첫 인간 개체들을 위해서.”

제이는 첫 인간 시험에 해상을 참가시키겠다는 계획을 세웠다고 했다. 계획의 일환으로, 한국인 중 시험단으로 선발된 선수를 찾아 나섰다. 자신의 유심에 내장된 위치 추적 장치를 가동시켜서 선발 선수의 개략적 위치를 확보하고 찾아가는 방식으로. 자신이 가지고 있는 이주민 유심과 바꾸겠다는 계산이었다. 상대가 원할 경우 웃돈을 얹어주겠다는 계획도 갖고 있었다.

와중에 노숙자 연쇄살인 사건이 터졌다. 경찰은 살인 사건의 동기를 파악하지 못했지만 제이는 곧장 알아차렸다고 했다. 자신과 마찬가지로 선수를 찾아다니며 유심을 수거해가는 자가 있다는 걸. 그것도 자신보다 한 보씩 빠르게. 제이는 그자가 위치 정보와 돈을 받고 유심을 수거하는 청부업자일 거라고 추측했다. 어쩌면 전 세계 노숙자들에게 이런 일이 벌어지고 있을지도 모른다고 했다.

"그러니까 보물찾기 게임이 벌어지고 있다는 거지? 지금 삼애원에서."

"같은 청부업자는 아닌 거 같아. 다른 루트야. 누군가에게 제안을 받은 삼애원 내부자가 자기 수하들을 이용하는 것 같아. 눈이 뒤집힐 만한 보상을 내걸었을 테고. 그러니 이 난리지."

"추적 장치가 선수끼리도 가동된다는 거지?"

"아무나 할 수 있는 건 아냐. 할 수 있는 사람이 하는 거지."

"그런 걸 대체 왜 심어놨는데?"

묻는 순간 손목 줄이 끊겼다. 나는 손목을 문지르며 일어나 앉았다. 제이가 나를 돌아봤다.

"회사에서 개략적으로라도 알아야 하잖아. 선수가 어느 구역에서 움직이고 있는지."

"삼애원에선 누가 선수인데?"

나는 발목의 줄을 풀고 제이의 줄도 풀기 시작했다.

"추적 장치가 그 사람까지 찍어주는 건 아니야. 이 블록 안에서 움직인다고 궤적을 그려주는 정도지. 유심을 빼놓거나 휴대전화를 끄면 그나마 잡히지도 않고."

"그럼 그 사람을 어떻게 알아보는데."

"휴대전화 유심을 빼보면 알 수 있어. RL-##, 이런 식으로 고유 번호가 적혀 있고, 보통 때에는 일반 유심처럼 쓰이다가 때가 되면 앱이 활성화되는 방식이야."

"네 휴대전화에도 그 유심이 끼워져 있다는 거지?"

제이도 손발이 자유로워졌다. 그는 몸을 일으키고 앉아 대답했다.

"아니, 여기 오기 전에 해상이 아버지한테 맡겨뒀어. 내가 가지고 있어봐야 상대를 특정할 수 있는 것도 아니고, 내 신변이 어떻게 될지도 몰라서……."

"그러니까 교환해줄 사람을 여자친구 아버지한테 데리고 가야 한다는 말이네."

그렇다는 제이의 대답을 들으면서 나는 창문을 살폈다. 삼애원 보안실의 쪽창 크기와 비슷했다. 내 머리조차 빠져나가기 힘든 크기였다. 제이의 머리통이라면 가능할지도 모르겠지만.

"윤식 씨인 건 알았는데 말도 못 붙여본 거고?"

내가 묻자 제이는 고개를 끄덕였다.

"유심은 휴대전화와 함께 바다로 사라져버렸고?"

이번에도 제이는 고개를 끄덕였다. 나는 장작개비 중에서 손아귀에 착 붙는 것을 하나 골라잡았다. 너도 하나 골라잡으라는 의미에서 제이에게 눈짓을 보냈다.

"어떻게 나갈 건데?"

제이는 장작개비들을 들었다 놨다 하며 물었다.

"누구 하나가 올 거야."

제이가 의아한 얼굴로 돌아봤다. 네가 그걸 어떻게 알아?라고 묻는 표정이었다.

"곧 와."

99퍼센트라고 자신했다. 술꾼 아버지를 둔 덕에 나는 그들의 습성을 잘 알고 있었다. 셋이 소주 세 병을 나눠 마시는 걸로는 성에 차지 않을 것이다. 아예 입을 대지 않았다면 모를까. 더하여 이들은 술꾼의 성지, 삼애원 출신이었다. 주방 전투에서도 이미 그들의 주량을 확인한 바가 있었다. 바닥에 널린 소주병만도 수십 개였다.

"넌 원래 자세로 엎어져 있어."

내 말이 끝나자마자 현관문 열리는 소리가 났다. 나는 창문과 출입문 사이에 섰다. 문이 열리면 자동으로 문짝 뒤편에 모습이 가려지도록. 장작개비를 놓치지 않도록 양손으로 쥐고 타격 자세로 섰다. 제이는 원래 자세로 엎어졌다. 발소리는 컨테이너 앞에서 멈췄다. 열쇠 푸는 소리에 이어 문이 벌컥 열렸다. 안을 살필 생각도 하지 않고 곧장 발을 들여놓았다.

졸개 1이 안으로 발을 들이는 순간, 나는 얼굴을 표적 삼아 짧은 스윙을 날렸다. 느낌상 코와 턱 사이 어디쯤에 맞은 것 같았다. 뼈가 빠개지는 소리와 함께 졸개 1은 피를 뿌리며 엎어졌다. 얼마나 드세게 맞았는지 내 손바닥까지 충격과 통증이 덮쳤다. 나는 엎어지는 졸개 1의 뒤통수를 한 번 더 후려쳤다.

제이가 기절한 졸개 1을 올라타고 앉아 묶었다. 자신을 묶었던 그 밧줄로, 자신이 묶여 있던 것처럼 손과 발을 뒤로 꺾어서. 마지막으로 졸개 1의 뒤통수에다 딱밤을 먹였다. "개새끼"라는 매우 상스러운 말씀과 함께.

우리는 남은 두 졸개도 재워야 한다는 데 암묵적으로 합의했다. 그러지 않으면 얼마 가지도 못하고 그들의 추격을 받게 될 터였다. 작전은 딱 하나였다. 급습해서 각자 하나씩 해치운다.

성공할 가능성이 있었다. 그들은 술에 취해 있을 테고, 우린 장작개비를 무기로 들었으니까. 컨테이너 안엔 쇠지렛대나 곡괭이 같은 더 훌륭한 연장도 있었으나 우리에겐 개 발에 편자였다. 만만하게 다룰 수 있는 게 더 나았다. 마무리용으로 창고에 있던 밧줄 뭉치를 각자 주머니에 담았다.

우리는 컨테이너를 나섰다. 문에 빗장을 걸어두고 현관으로 향했다. 거실은 불이 꺼져 있었지만 어둡지는 않았다. 보름달이 정면에서 거실을 비추고 있었다. 나는 소주를 가지고 돌아오는 것처럼 자연스럽게 발소리를 내며 거실을 가로질렀다. 제이는 소리 죽여 내 뒤를 따랐다. 방문 안쪽이 시끄러웠다. 싸우는 것인지 대화를 나누는 것인지 모를 지경이었다. 방문 앞에서 걸음을 멈추고 제이를 봤다. 입 모양으로 수를 셌다. 하나, 둘, 셋…….

제이가 문을 열어젖히고 안으로 뛰어들었다. 문을 등지고 앉은 졸개 2의 머리통부터 날렸다. 나는 놀라 일어서는 형님을 맡았다. 격전 같은 건 없었다. 졸개 2는 얼굴을, 형님은 목젖을 정통으로 얻어맞고 나자빠졌다. 우리는 둘을 납죽하게 두들겨 패서 꽁꽁 묶은 후 각자 다른 방에 가뒀다.

방 안에 졸개들의 휴대전화가 있었지만 손대지 않았다. 우리 물건만 챙겼다. 경찰에 신고도 하지 않았다. 제이가 경찰의 개입을 원치 않았다. 나도 사실 달갑지 않았다. 경찰이 내 말을 곧이곧대로 믿을 리 없을뿐더러 졸개 셋을 넘겨주는 걸로는 의미가 없었다. 되레 우리가 강도죄로 체포될지도 몰랐다. 칼잡이와 조리사를 행동대장으로 부리고 있는 몸통을 잡아야 했다.

몸통에 대한 나와 제이의 의견은 같았다. 최소한 고라니, 어쩌면 소장, 그 뒤에 어떤 배후. 근거가 있는 의견은 아니었다. 이런저런 정황에서 나온 추정이었을 뿐. 칼잡이 무리를 감싸고도는 태도도 그렇고, 윤식 씨가 쪽지를 보낸 밤에 고라니가 흡연 구역에 나타난 점도 그렇고, 도청 공문을 핑계로 입소자 외출 및 외박을 하루아침에 금지시켜 버린 것도 그렇고. 몸통을 어떻게 잡을 것인가에 대해선 팀장과 의논하는 게 현명할 터였다.

우리는 졸개네 집을 나섰다. 꽤 의기양양한 감정 상태였다. 적장의 수급을 베어 들고 본진으로 귀환하는 전사가 된 기분이었다. 비록 몸은 오리처럼 뒤뚱거리며 눈 쌓인 산길을 올라갔지만. 랜턴은 켜지 않아도 좋았다. 고마우신 달님이 우리를 계속 따라와주고 있었다. 나는 제이에게 말을 걸었다.

"아까 하던 얘기 계속해봐."

"뭔 얘기?"

제이는 되물었다. 자신은 아무런 이야기도 한 적이 없다는 어투였다. 나는 진도가 멈춘 지점을 짚어주었다.

"여자친구 아버지한테 유심을 맡겼단 얘기."

아아…… 해놓고도 제이는 곧장 입을 열지 않았다. 진도를 어디까지 나갈 것인지 새삼 따져보고 있는 모양새였다. 나는 잠자코 기다렸다.

"그 양반도 처음엔 너랑 반응이 비슷했어. 평생을 동물학자로 살았던 양반이라. 그저 미친놈의 발상 정도로 여긴 것 같아. 이를테면 하루 수백 개씩 영양제를 먹으면서 불멸을 꿈꾸는 어떤 재벌처럼. 게다가 나는 게임개발자이지 과학자가 아니잖아. 그 양반을 생물학적으로 납득시킬 지식도 논리도 없었어. 다만 딸의 일이다 보니 한 가닥 믿고 싶은 마음이 생긴 것 같았어. 풀뿌리라도 잡는 심정이었겠지. 그렇게라도 딸을 살리고 싶다는 마음, 성공한다면 딸에게 육체적 자유를 줄 수 있다는 기대 같은 거. 나중엔 돈이 필요하면 당신이 대겠다고 하더라고. 그래주면 고맙기야 하지. 나는 재벌이 아니니까."

"네 여자친구도 동의했어?"

"아직 말하지 않았어. 물론 해상이 선택이 가장 중요한데……. 어떤 선택을 하든 존중할 거고. 그래도 선택지를 내놓으려면 유심을 먼저 확보해야 하잖아. 당장 내가 해야 할 일은 삼애원에 들어오는 거였어."

처음엔 노숙자로 가장해 들어올 계획을 세웠다고 했다. 쉼터 홈페이지를 검색하는 와중에 보안 요원 모집 공고를 보게 되었고, 이후의 과정은 나와 비슷했다. 근무를 시작하면서 가장 먼저 한 일은 휴대전화를 가진 입소자를 파악하는 것이었다.

삼애원엔 인트라넷이 구축돼 있지 않았다. 알 수 없는 이유로 대부분의 일을 수기로 처리했다. 재단의 공문서는 이메일이나 팩스로 받았다. 당연히 입소자 신상을 한눈에 파악할 수 없었다. 휴대전화 번호를 밝힌 입소자도 있었지만 숨기고 있는 자도 있었다. 제이는 일일이 방을 찾아다니며 입소자와 인사를 나누고 휴대전화 유무를 파악하기 시작했다. 총인원 65명 중 24명이 가지고 있었다. 그중 1동은 2명, 4동이 22명이었다. 그날 주방 전투에서 만난 입소자 둘도 거기에 속해 있었다.

첫 야근을 하던 날, 제이는 야밤에 월담하는 자들이 있다는 걸 알았다. 자정 순찰을 하다 뒷문 너머로 난 발자국들을 본 것이었다. 그때만 해도 별생각이 없었다고 했다. 눈여겨보게 된 건 세 번째 야근 때부터였다. 해 질 녘부터 함박눈이 내린 날이기도 했다. 새롭게 내린 눈 위에 발자국 네 쌍이 뒷문 너머로 찍혀 있었다.

휴일이었던 다음날 제이는 점호 후 방을 나가 흡연 구역으로 향했다. 흡연 구역 잣나무 뒤에 숨어 누군가 오기를 기다렸다. 11시 40분경 칼잡이와 조리사가 랜턴을 쥐고 나타났다. 잠시 후 두 남자가 합류했다. 제이는 둘의 얼굴과 방 번호를 단박에 기억해냈다. 418호와 419호 입소자였다. 둘 다 휴대전화 소지자로 제이의 관리 대상이었다. 그들은 담장 뒷문 너머로 사라졌다.

제이는 그들의 발자국을 따라갔다. 도착한 곳이 졸개네 집이었다. 앞서간 넷은 집 안으로 들어간 후였고 누군가가 대문간을 지키고 있었다. 주방 전투에서 본 외부인 중 하나였다.

내가 그랬듯 제이도 옆집 대나무 군락지에 몸을 숨겼다. 추워서 더 있을 수 없을 때까지 그 집을 지켜봤다. 집 안에선 즐거운 일이 벌어지는 것 같았다. 떠들썩한 웃음소리가 나고 쉴 새 없이 술병이 들어갔다. 그 이상을 보려면 집 안으로 들어가야 할 것 같았다.

이틀날 밤 흡연 구역에 모인 자는 420호 입소자 둘이었다. 그들 역시 휴대전화 소지자들이었다. 그날도 같은 일이 반복됐다. 술판을 벌이고, 졸개들은 대문을 지키고, 제이는 옆집 대나무 군락지에 숨어 지켜보는 일.

그다음 날 밤에도 제이는 졸개네 집에 갔다. 어떻게든 집 안으로 들어갈 틈을 찾아야 했다. 추측이 아닌 확신이 필요했다. 그들도 시험단 선수를 찾고 있다는 근거를 찾아야 했다. 제이가 알기로, 1차 시험에 참가할 한국 선수단은 총 다섯 명이었다. 그중 셋은 살해당했고 남은 둘은 삼애원 내에 있었다. 여기에서까지 가로채기를 당한다면 자신의 무능을 더 용서할 수 없을 것 같았다.

"집 외관 구조로 봤을 때 뒤꼍 쪽에 창문이 있겠다고 생각했어. 그래서 기다렸어."

나흘째에 마침내 그는 집으로 들어갈 기회를 잡았다. 보초를 서던 졸개가 대문간의 화장실로 들어갔던 것이다. 그 틈을 타 축대 밑으로 뛰어내렸다. 뒤뜰로 잠입하는 데에도 성공했다. 예상대로 집 뒤편엔 창문이 있었고 안을 들여다보는 데 성공했다.

유심이 목적일 것이라는 제이의 예상은 들어맞았다. 술상 한쪽에선 422호 입소자 둘과 칼잡이가 술을 마시고, 창문 바로 밑에선 조리사가 누군가의 휴대전화에서 유심을 빼내고 있었다. 졸개들이 보이지 않았으나 이상하게 생각하지 않았다. 아니, 신경조차 쓰지 않았다. 설마 했던 일을 확인한 충격으로 사고 회로가 잠시 멈춘 상태였다.

세상사가 그렇다. 일이 요행처럼 풀리면 멈추고 생각해봐야 한다. 왜 이렇게 쉬울까?

물론 제이에게도 빠져나갈 계획 정도는 있었다. 뒤뜰을 돌아서 컨테이너 뒤편으로 들어간 다음 담을 넘는다. 산길까지는 몸을 낮추고 담장에 바짝 붙어서 간다. 홀연히 사라진다.

제이가 생각하기에 충분히 실현 가능한 계획이었다. 대문간의 졸개와 딱 마주치기 전까지는 그랬다.

"누군가 했더니, 너였냐?"

대문간의 졸개가 실실 웃으며 물었다. 손에 야구방망이를 쥐고 있었다. 컨테이너가 있는 쪽에서도 야구방망이를 든 두 졸개가 나타났다. 그제야 제이는 자신이 덫에 걸렸다는 걸 알아차렸다. 그들은 누군가 염탐한다는 걸 알고 있었던 것이다.

이후의 일은 내가 짐작한 바와 같았다. 제이는 소리 한번 질러보지 못한 채 옆집으로 끌려갔다. 쓰레기 더미로 가득 찬 폐가의 방 안에서 재갈을 문 채 야구방망이로 기절할 때까지 얻어맞았다. 눈을 떴을 때 정면에는 칼잡이가 쪼그려 앉아 있었다. 놈은 제이의 머리채를 잡아 고개를 꺾어놓고 이런 말씀을 남겼다.

"네 팀장한테 가서 전해. 한 번만 더 내 손에 걸리면, 그땐 아예 죽여버린다고."

칼잡이는 형님 졸개에게 다음과 같은 명령을 내리고 사라졌다. "우리 가고 나면 갖다 버려."

졸개들은 그렇게 했다. 정신이 가물가물한 상황에서도 제이는 고마웠다고 했다. 팀장이 시킨 짓이라고 착각해준 칼잡이의 단순함에 대해. 병원에서 치료를 받는 와중에 불현듯 깨달았다고 했다. 4동 입소자들이 방 순서대로 초대받았다는 것을. 422호가 끝났으니 이제 1동 입소자 단 두 명만 남은 셈이었다. 123호 고 실장과 이윤식이었다.

"근데 어떻게 이윤식 씨라고 단정해? 고 실장일 수도 있잖아."

내가 물었다. 제이는 소리 없이 웃었다.

"그 사람 휴대전화는 피처폰이야. 그걸로는 롤라 유심을 쓸 수 없어."

아아……. 나는 고개를 끄덕이다가 물었다.

"그 이어폰은 어떻게 된 거야?"

제이는 이야기의 맥락을 놓친 듯 의아한 목소리로 "뭐?" 했다.

"칼잡이 이어폰 말이야. 내가 널 발견했을 때 손에 쥐고 있었잖아. 난 칼잡이랑 육탄전이라도 벌인 줄 알았는데."

"그건 그 집에 잠입할 때 주운 거야. 축대에서 마당으로 뛰어내리면서 땅을 짚었는데, 그게 손바닥 밑에 깔려 있더라고. 어쩌다 빠뜨렸는지는 잘 모르겠지만 그놈 것이라는 건 바로 알았어. 늘 귀에 꽂고 있는데다 모양이 좀 특이하잖아. 아마 무의식적으로 갖고 있었을 거야. 긴장해서 내내 주먹을 꽉 틀어쥐고 있었거든. 그 바람에 놈들이 내 점퍼 주머니에서 휴대전화를 꺼내 가면서도 그건 발견하지 못했을 테고. 별 뜻이 있어서 사수하고 있었던 건 아냐."

수수께끼가 대부분 풀리는 느낌이었으나 끝내 이해되지 않는 것들이 있었다. 그중 하나를 물었다.

"롤라에선 선수를 어떤 기준으로 선정한 거야?"

"그런 거 없어. 롤라에서 한국 쪽 이벤트 회사 하나를 선정하고, 6개월짜리 무료 유심을 노숙자들에게 무작위로 뿌린 거지. 그중에 시험단 선수 유심이 섞여 있는 거고."

"로토 같은 거네?"

내 말에 제이는 고개를 끄덕였다.

"차지하는 사람이 임자고, 사고파는 것도 가능해. 시험에 참가하기 싫으면 하지 않아도 되니까."

이해되지 않았다. 유심을 왜 그처럼 허술하게 배포했는지. 하다못해 동네 마트 행사도 이런 식으로는 진행되지 않는다.

"왜 그렇게 만들었을까. 이 난리가 날 줄 몰랐을까."

내 물음에 대해 제이는 질문으로 대답을 해왔다.

"만약 공식적으로 성과를 발표하고, 각 나라마다 시험에 참여할 선수를 모집하고 철저하게 신분을 검증한다면 어떤 일이 일어날 것 같아?"

지금과는 차원이 다른 난리가 났겠지. 그 이상은 내 상상을 벗어나는 영역이었다. 나는 그처럼 규모가 웅대하고 복잡한 이야기에는 관심을 가져본 적이 없었다.

"공식적으로 상용화될 때까지는, 사실 나는 대중적으로 상용화되지 않을 거라고 생각하지만, 비밀 임상시험이 불가피해. 롤라로 업로드가 돼도, 즉 물리적인 몸이 사라져도 아무도 신경 쓰지 않을 사람이 필요하고. 그런 사람들을 일일이 찾아다니면서 신분 확인하고 선발하는 절차를 밟기 시작하면 그 자체로 이미 비밀이 아니게 되는 거지. 무작위 선발이 최선이라 판단했을 거야. 양도나 매매가 가능해지는 건 어쩔 수 없는 부작용이지만 가장 사소한 부작용이기도 해."

"그럼 그 선수를 어떤 방식으로 경기장에 데려간다는 거야?"

"앱으로 전달해. 유심을 가지고 있으면 언제, 어떤 방식으로 데리러 올지 알게 되는 거지. 그 이상은 나도 몰라. 나는 롤라라는 세계의 작은 점 하나를 설계한 거지, 거대 기업의 수뇌부나 VIP 투자자가 아니니까. 분명한 건 1차 시험단이 한 달 안에 업로드될 거라는 사실뿐이야."

몇 번을 들어도 이해되지 않는 이야기였다. 이해를 포기하고 믿으면, 그러니까 신앙적 관점에서 접근하면 의문들이 해소되는 이야기이기도 했다. 딱 한 가지만 빼고.

삼애원에 있다는 유심 중 하나는 바다로 사라졌다. 하나는 누구에게 있을까. 나는 입소자 외에 휴대전화를 가진 사람을 하나씩 짚어봤다. 삼애원 직원들, 팀장과 옥희 씨, 랑이 언니와 베토벤.

며칠 전 기억이 머리를 스쳐 갔다. 내가 휴대전화를 쓰게 해달라고 하자 당황해서 우물쭈물하던 베토벤의 태도, 랑이 언니와 순간적으로 시선을 교차하던 일, 랑이 언니가 자기 휴대전화를 대신 건네주던 일까지. 이어 팀장과 나눈 대화가 계시처럼 소환됐다. 월요일 아침, 베토벤이 병원에 갈 거라 했다. 누구와 가느냐 묻자 이렇게 대답했다. '박제이가 동행할 거야.'

우리는 삼애원 뒷담 쪽문이 내려다보이는 지점에 다다랐다. 나는 나무둥치 밑에 발을 걸치고 멈춰 섰다.

"베토벤이구나."

제이도 길 건너 나무둥치에 기대섰다. 무슨 말이냐는 듯 고개를 돌려 나를 건너다봤다.

"마지막 유심을 가진 사람 말이야." 나는 확신을 가지고 덧붙였다. "월요일에 국립생태연구원에 함께 가기로 했잖아."

제이는 당황한 것 같았다. 아무런 대답 없이 내리막을 내려가버렸다. 나는 뒤따라갔다. 우리는 곧 담장 앞에 다다랐다. 쪽문에 자물쇠가 채워져 있었다.

"그 양반, 어떻게 설득했어?"

나는 궁금증을 이기지 못하고 물었다. 제이는 쪽문 자물쇠에 시선을 둔 채 대답했다.

"설득 안 했어. 찾아가서 사정을 말했을 뿐이야."

알다가도 모를 일이었다. 어쩌다가 그걸 손에 넣었는지는 모르나, 베토벤이 삼애원에 들어온 건 유심 때문일 것이다. 개인 경호팀까지 은밀하게 고용해서, 랑이 언니 말대로라면, 기다리기에 좋은 곳에서 안전하게 기다리려고. 그런데 어느 날 갑자기 얼굴도 모르는 여자에게 양보해버렸다. 왜 그랬을까.

15

"아…… 멍청이."

제이가 중얼거렸다. 나한테 하는 말인가 싶어 세모눈을 하고 쳐다봤다. 그는 패딩 주머니, 바지 주머니에 손을 넣었다 뺐다 하기 시작했다. 아무래도 저한테 하는 말인 것 같았다. 하는 짓으로 미루어 있어야 할 것이 없는 듯했다. 보다 못해 물었다.

"열쇠 없어?"

제이는 고개를 끄덕였다.

"깜빡한 거 같아. 그 집에서 출발할 때 다 챙긴 줄 알았는데."

나는 깜빡한 게 아닐 거라 생각했다. 다른 물건들을 챙기면서 그것만 빼놨을 리 없었다. 눈에 보이지 않아서 간과했겠지. 오늘 밤 접신의 경지에 오른 내 머리가 알리는바, 마스터키와 보안키 등이 달린 열쇠 꾸러미는 누군가 가져갔을 것이다. 제이가 졸개네 집으로 가고 있다고 알려준 누군가, 졸개 3인방을 산길에 매복시킨 누군가. 그 누군가는 제이 뒤를 따라 졸개네 집까지 왔을 것이다. 만약 내 추측이 맞다면 이는 단순히 열쇠의 문제가 아니었다.

"그 집에 열쇠 없었지?"

제이가 혼잣말처럼 물었다. 그의 얼굴이 달빛에 짓눌린 것처럼 창백했다. 나를 보는 눈에는 낭패감이 떠올라 있었다. 한 박자 늦게 나와 비슷한 생각을 한 모양이었다. 나는 대답했다.

"가자."

우리는 담을 넘어갔다. 있을지도 모를 보초병의 눈을 피해 길이 아닌 담장 그늘을 타고 3동 비상구로 내려갔다. 비상구 문에 이르자 제이는 문손잡이를 조심스레 돌렸다. 돌아가지 않아야 할 손잡이가 부드럽게 돌아갔다. 나는 확인 차원에서 물어봤다.

"나올 때 해제해뒀어?"

제이는 고개를 저었다. 비상구 보안장치는 카드키로 여는 경우, 닫히는 즉시 다시 잠긴다. 보안실에서 잠금을 해제해야만 지속적으로 열어두는 게 가능하다. 뒤집어 얘기하면, 잠금장치 해제 상태는 보안실에 침입자가 있다는 말과 동의어였다. 침입자가 칼잡이 패거리라는 데에는 의심의 여지가 없었다. 그들이 안에서 뭔 짓을 벌이고 있는지는 들어가봐야 알 테고.

우리에겐 안으로 들어갈 수 있는 문이 두 개 있었다. 하나는 우리 방 창문. 다른 하나는 이 비상구. 둘 다 문제가 있었다. 우리 방 창문은 입성하기까지의 동선이 너무 길었다. 안에서 무슨 일인가가 급박하게 진행되고 있다면, 그러니까 주방 전투 때처럼 팀장과 옥희 씨가 궁지에 몰려 있다면 유효한 시점을 놓칠 수도 있었다. 이동 과정에서 놈들의 눈에 띌 수도 있고.

비상구 문을 택한다면 북치고 나팔을 불며 입성하는 거나 다름없었다. 복도 센서등이 켜지고, 우리의 움직임은 보안실 CCTV 화면에 잡힐 테니까. 나는 고개를 돌려 제이를 봤다. 네가 결정하라는 의미에서.

제이는 비상구 문을 열었다. 나는 샤워기 줄을 손에 감았다. 복도로 들어서자 불빛이 와르르 쏟아지며 시야가 환해졌다. 멀리 로비의 보안실이 넘어다보였다. 독수리 시력이라 자부하는 내 눈이 보증하는 바, 보안실 안에는 아무도 없었다. 복도 등이 일제히 켜졌는데도 튀어나오는 자도 없었다. 크리스마스트리의 알전구들만 평소처럼 반짝거리고 있었다.

우리는 발소리를 죽이고 걷기 시작했다. 복도 중간쯤에서 CCTV가 꺼져 있다는 걸 확인했다. 깜박여야 할 카메라의 빨간 불빛이 까맣게 죽은 상태였다. 원내는 불길할 정도로 고요했다.

보안실로 들어가자마자 제이는 꺼져 있는 CCTV부터 켰다. 잠시 후 화면에 현관 앞 풍경이 나타났다. 옥희 씨의 SUV, 삼애원 미니버스, 고라니의 벤츠가 주차돼 있었다. 제이가 말했다.

"관리팀장이 언제 들어왔지. 내가 나갈 때까지도 차가 없었는데."

있어야 할 팀장의 지프는 보이지 않았다. 나는 손목시계를 봤다. 3시. 설마 아직까지 지서에 있는 것인가. 제이는 비상 전화 수화기를 집어 들고 버튼을 눌러본 후 말했다.

"먹통이야."

누가 먼저랄 것도 없이 우리는 팀장 방으로 뛰었다. 문을 두들겼으나 답이 없었다. 방문은 잠겨 있지 않았다. 안에는 아무도 없었다.

"이거 핏자국이지?"

제이가 무릎을 굽히고 문간에 앉더니 검지로 바닥을 쓸어 내게 보여줬다. 찐득하고 검붉은 것이 손끝에 묻어 있었다. 그제야 문 주변에 뚝뚝 떨어져 있는 핏방울이 보이기 시작했다. 복도 바닥으로 길게 끌린 자국까지 있었다.

"불 켜지 마."

나는 방 안으로 들어섰다. 제이가 뒤따라왔다. 책상 위 컴퓨터 모니터에 게임 화면이 띄워져 있었다. 자판 옆엔 헤드폰과 치즈크래커봉지가 놓여 있고, 의자는 뒤로 밀려나 있었다. 게임을 하다 화장실에 가려고 일어난 것처럼.

방 안 풍경이 보여주는 대로 추측을 해봤다. 옥희 씨는 문간에서 급습을 당했을 것이다. 화장실에 가려다가, 아니면 누군가 노크를 하자 별생각 없이 문을 열었다가. 방 안 상태를 봐도 그렇고, 저항의 흔적이 거의 없는 걸로 봐서도 그랬다. 그것 말고는 우리의 종합 무술인이 핏자국만 남기고 사라진 상황을 설명할 수가 없었다.

"저 사람 고 실장 아냐?"

창가로 가서 밖을 내다보던 제이가 내게 손짓했다. 나는 그 옆으로 가서 섰다. 한 남자가 해변 계단 앞에 서 있었다. 야구방망이를 지팡이 삼아 짝다리 자세로 해변 쪽을 내려다보고 있었다. 머릿속에서 랑이 언니의 목소리가 연달아 들려왔다.

"지금껏 먹던 진통제가 단종됐다고 다른 약을 줬어. 성분은 같대."

"한 알 먹고 안 들으면 한 알 더 먹으라고. 근데 뭐 보다시피, 한 알로 끝났어."

"나도 이거나 먹고 잘까 봐. 날이 추워서 그런지 골반이 유난히 쑤시네."

나는 제이를 봤다. 제이도 나를 봤다. 동시에, 같은 생각을 했음을 확인하는 순간이었다. 칼잡이 패거리도 마지막 유심의 소유자를 찾아낸 것이었다.

우리는 103호로 몸을 날렸다. 문을 열자 난장판이 된 방이 나타났다. 이불은 바닥에 널브러져 있고, 베개는 책상 밑으로 날아가 있었다. 방 주인은 보이지 않았다. 베토벤도, 랑이 언니도, 공달도.

그들이 어디 있는지 알 것 같았다. 저 아래 해변이었다. 고 실장이 해변 계단 앞에서 보초를 서고 있는 이유가 그것 말고 뭐가 있겠는가. 이 일에 우연과 설계가 뒤섞여 있다는 것도 알아차렸다. 첫 번째 우연은 나와 제이의 외출이었다. 삼애원에 그대로 있었다면 우리는 옥희 씨처럼 처리됐을 것이다. 두 번째 우연은 팀장의 외출이었다.

이 일을 설계하고 지휘한 자가 누굴까. 칼잡이는 아닐 터였다. 이정도의 일을 벌이려면 최소한 입소자 전체를 통제할 힘이 있어야 했다. 지금 복도를 지배하고 있는 비정상적인 고요가 그렇다고 말하고 있었다.

옥희 씨가 피투성이가 돼서 끌려가고, 베토벤과 랑이 언니가 납치되는 일이 누구의 잠도 깨우지 않을 만큼 은밀하게 진행될 수 있을까. 베토벤과 랑이 언니가 수면제에 취해 있었다고 하더라도 공달은 아니었을 텐데. 천지사방으로 홰를 치고 방문을 찍어대면서 사람들을 깨웠을 테다. 아빠 죽는다,라고 악을 썼을 것이다. 그걸 아무도 듣지 못했을 리 없었다.

돌이켜보면 주방 전투가 있던 밤에도 그랬다. 주방에서 그 난리가 나는데도 아무도 나와 있지 않았다. 베토벤과 공달만 보안실 앞에 나와 우리를 인도해주었다. 입소자들이 밖으로 나온 건 상황이 종료된 후였다.

이 기분 나쁜 고요는 누군가에 의해 강제된 것일 테다. 누군가는 어쩌면…… 언젠지도 모르게 돌아왔다는 고라니와 정장 졸개들이 아닐까.

"가자."

제이가 말했다. 나는 고개를 저었다.

"일단 경찰에 신고부터 하자. 입소자 중에 휴대전화 있는……."

"아니." 제이가 내 말을 끊었다. "경찰이 올 때까지 기다릴 수가 없어. 내가 유심을 손에 넣기 전까지는 경찰이 와서도 안 되고."

무슨 말인지 이해가 됐다. 경찰이 곧바로 출동한다고 해도 최소 20분은 걸릴 터였다. 그사이 베토벤이나 랑이 언니의 신변이 무사하리란 보장이 없었다. 그들의 신변에 문제가 생긴다는 건 유심을 빼앗긴다는 의미였다. 경찰이 적절한 시점에 와서 놈들을 체포한다 해도 유심이 제이의 손에 들어올 가망은 없었다. 십중팔구 이 일이 유심과 관련된 사건이라는 게 밝혀질 테고 유심은 경찰 손에 들어갈 것이다. 덤으로 노숙자 살인 사건과 얽힐 위험마저 있었다.

나는 다시 창밖을 내다봤다. 고 실장은 야구방망이를 어깨에 걸치고 정문 담장을 따라서 4동쪽으로 걷고 있었다. 담장 끝 잣나무에 이르자 해변 계단으로 빠르게 돌아와 바다를 내려다봤다. 잠시 후엔 잣나무 군락지를 따라서 1동으로 움직이기 시작했다.

"내키지 않으면 넌 여기 있어도 돼."

제이가 말했다. 목소리가 착 가라앉아 있었다. 냉정한 시선은 내게 묻고 있었다. 어쩔래?

생각을 해봤다. 지금껏 나를 걸고 타인의 일에 끼어든 적이 있었던가. 없었다. 그것이 일관된 내 삶의 태도였다. 제이에겐 '유심'이라는 절박한 이유가 있었으나 나는 아니었다. 있다면, 머릿속 훈수꾼의 격한 훈수질뿐이었다. 지금이야. 삶에 대한 내 태도를 접어둘 예외적 순간이 있다면 그게 지금이라고.

나는 베토벤과 랑이 언니가 죽도록 내버려두고 싶지 않았다. 제이 홀로 부나방처럼 뛰어드는 걸 뒤편에서 지켜보는 것도 싫었다. 해변 쪽 상황이 어떤지는 모르나, 아직은 어떤 궁리도 해볼 수 없지만, 그건 나중 문제였다. 고 실장을 처리한 후에 생각할 문제. 랑이 언니의 서랍에서 양말과 스카프를 찾아 주머니에 담고 제이에게 물었다.

"1동, 4동. 어느 쪽이야?"

제이는 내 질문의 의미를 바로 알아들었다. 망설임 없이 선택했다.

"4동."

제이는 경봉을, 나는 샤워기 줄을 손에 쥐고 각자 선택한 비상구로 달렸다. 숙소에 있을 고라니와 정장 졸개의 귀에 들어가지 않도록 발소리를 죽여서.

1동 비상구 문을 열고 고개만 내밀어 밖을 봤다. 고 실장은 보이지 않았다. 그새 유턴해서 정문 쪽으로 간 모양이었다. 밖으로 발을 디디자 해변 계단 앞을 지나는 고 실장이 내다 보였다. 나는 잣나무 군락지로 뛰어들었다. 가장자리 나무 뒤로 최대한 빠르게 뛰었다. 눈을 밟는 발소리는 거친 바람과 유빙의 충돌음과 파도 소리가 지워주길 바랐다.

내가 해변 계단에 다다랐을 때 고 실장은 4동 쪽 잣나무 앞에서 돌아섰다. 두 가지 일이 동시에 일어났다. 고 실장이 나를 발견했고, 잣나무 뒤에선 제이가 튀어나왔다. 경봉이 고 실장의 뒤통수로 날았다. 짤막한 비명이 터지는 순간, 혼이 실린 제이의 추가 타격이 이어졌다.

고 실장은 눈밭에 드러누웠다.

제이는 고 실장의 팔을 등 뒤로 꺾어 묶었다. 나는 고 실장의 입에 양말뭉치를 구겨넣고 스카프로 재갈을 물렸다. 우리는 고 실장의 사지를 나눠 쥐고 잣나무 뒤로 가서 던져버렸다. 랑이 언니의 목소리를 들은 건 바로 그때였다. 온 바다로 메아리치는 주파수가 높고 날카로운 비명이었다.

제이가 먼저 해변 계단으로 달렸다. 내가 뒤따라갔다. 우리는 계단 꼭대기에 포복 자세로 엎드려 바다를 내려다봤다. 모처럼 해무가 없는 밤이었다. 보름달은 검푸른 하늘 한복판에 머물고 있었다. 덕택에 갯바위와 바다, 파도를 타고 밀려드는 유빙들이 한눈에 내려다보였다. 유빙이 들러붙어 빙원이 된 해변은 거대한 발광체처럼 하얗게 빛났다.

빙원의 한쪽 구석, 윤식 씨가 죽은 자리, 폴리스 라인이 둘러쳐진 구역 옆에선 고휘도 랜턴이 섬광을 내뿜고 있었다. 빛은 바다를 등진 채 무릎 꿇고 앉아 있는 한 사람과 그의 머리채를 움켜쥐고 있는 한 남자를 비췄다. 머리채를 잡은 남자는 해변 계단을 등지고 있어 정체를 알 수 없었으나 잡힌 자는 한눈에 알아볼 수 있었다. 저 새파란 카디건은 잠실구장 외야석에서도 단박에 눈에 띌 터였다.

"안 돼."

제이가 비명 같은 소리를 내질렀다. 무슨 일인지 물을 틈 같은 건 없었다. 녀석은 이미 눈 쌓인 계단을 미끄러지듯 뛰어내리고 있었다. 당연히 작전타임을 가질 새도 없었다. 그저 허둥지둥 그 뒤를 따라갔다. 따라가면서 랜턴 빛 너머에서 일어나고 있는 일을 보게 됐다. 어떤 놈이 베토벤을 질질 끌고 빙판 가장자리를 향해 가는 중이었다. 유빙이 밀려드는 바다에 곧장 던져버릴 기세로. 베토벤의 깡마르고 긴 몸은 홑이불처럼 축 늘어져 있었다. 수면제에 취해 몸을 가눌 수 없는 게 아닌가 싶었다.

"거기 서."

제이의 고함이 해변에 쩌렁쩌렁 울려 퍼졌다. 베토벤을 끌고 가던 자가 걸음을 멈추고 뒤를 돌아봤다. 제이는 무턱대고 그쪽으로 돌진했다. 나는 자동으로 랑이 언니의 머리채를 움켜쥔 놈과 상대하게 됐다. 놈은 팔다리가 다 묶인 랑이 언니의 턱 밑에 단검 끝을 들이대고 있었다. 칼잡이였다.

"칼 치워."

나는 놈과 2미터 정도 거리에서 걸음을 멈추고 말했다. 숨이 거칠긴 했지만 내 목소리는 의외로 차분했다. 실제로 두려움이 크게 느껴지지 않았다. 긴장으로 머리가 어떻게 된 건지, 앞선 전투의 소소한 승리로 나에 대한 신뢰가 생겨난 건지 이유는 모르겠지만.

"치우라고?" 칼잡이는 랑이 언니의 머리채를 빙판에 들이박듯 놔버리고 나와 마주 섰다. "왜, 네 놈이 대신 놀아주려고?"

랑이 언니는 맥없이 고꾸라졌다. 긴 머리채가 산발 상태로 빙판을 덮었다. 머리에 꽂혀 있던 나무젓가락은 얼음 위를 가볍게 미끄러지며 시야 밖으로 빠져나갔다. 나는 손에 쥔 샤워기 줄을 밑으로 떨어뜨렸다. 바다 쪽에서 시끄러운 소리가 났지만 곁눈질하지 않았다. 베토벤에 대해선 신경을 꺼도 좋을 것이다. 제이가 목숨을 걸고 지킬 테니.

"그거 샤워기 줄 아니냐?" 칼잡이는 단검을 고쳐 쥐며 낄낄거렸다.

"그걸로 나랑 놀겠다고 칠렐레 팔렐레 뛰어왔어요?"

나는 샤워기 줄을 힘주어 잡았다. 저 단검만 쳐서 떨어뜨릴 수 있다면 해볼 만할 것도 같았다. 체급으로는 나도 놈에게 뒤지지 않았으므로.

"혹시 네놈 대장 믿고 온 거야?" 칼잡이는 이 상황이 몹시 즐거운 모양이었다. 나불나불 주둥이를 놀리기 시작했다. "근데 이걸 어쩌냐. 요단강 건너가신 게 한 오백 년은 된 것 같은데."

나는 잠깐 멍해졌다. 무슨 말인지 이해가 되지 않았다.

"내가 벼랑으로 밀어버렸거든." 칼잡이의 목소리 끝이 바르르 떨렸다. 히죽대며 벌어지는 입술도 떨리고 있었다. 이어진 말은 숨찬 속삭임에 가까웠다.

"트럭으로 한 방에, 쾅……."

야구방망이로 뒤통수를 맞았을 때보다 더한 충격이 왔다. 설마…….

"안 그래도 여기 일 끝나면 네놈들 끌고 오라고 할 참이었는데 말이지. 알아서 제 발로 기어 오셨네."

칼잡이는 미친놈처럼 실실대고 재잘거렸다. 내 머릿속에선 졸개네 집 앞에 세워져 있던 진개트럭이 휙 스쳐 갔다. 조수석이 우그러지고 번호판에 흙칠이 된 트럭을 기웃거리던 내 모습도. 트럭 머드가드에서 뚝뚝 떨어지는 물방울을 보며 어딘가에서 막 돌아온 참인가, 생각했던 것도. 졸개 2가 하던 말도 기억났다. '특수부대 출신이면 뭐 하냐고. 쫄따구 없으면 그냥 골로 가는데.'

놈들은 팀장이 어딜 갔는지 어떻게 알았을까. 경찰이나 보안팀이 떠들지 않는 이상……. 혀를 물고 싶었다. 나였다. 팀장의 행선지를 떠든 자는 바로 나였다. 관리소장의 유도신문에 넘어가 지서에 갔다고 불어버린 내 주둥이가 범인이었다.

"아직 못 알아들었어? 네놈들은 이제 좆 됐다, 이 말씀……."

칼잡이는 말을 끝내지 못했다. 엎어져 있던 랑이 언니가 고개를 들고 칼잡이의 종아리를 물어버렸던 것이다.

"놔, 이 미친년아."

칼잡이는 악악대며 다리를 흔들기 시작했다. 그 틈을 타서 나는 칼잡이를 향해 샤워기 줄을 휘둘렀다. 샤워기 줄은 정확하게 단검을 쥔 놈의 팔을 때렸다. 단검은 놈의 손아귀를 벗어나 어딘가로 날아갔다. 랑이 언니는 놈의 발길에 차여 데굴데굴 굴러갔다.

나는 아드레날린이 혈관을 타고 폭주하는 걸 느꼈다. 뭔가를 생각하기도 전에 샤워기 줄이 놈의 얼굴로 날았다. 정통으로 맞혔다는 느낌이 손가락을 타고 전달됐다. 살과 턱뼈를 동시에 바수는 파괴적이고 원시적인 타격감이었다.

억 소리를 토하며 칼잡이는 턱을 감싸 쥐고 뒤로 물러섰다. 나는 세 번째로 샤워기 줄을 휘둘렀다. 놈의 머리를 정조준한 공격이었다. 끝장 볼 심산으로 온 힘을 실어 휘두른 한방이었다. 하필 그때 바다 쪽에서 돌풍 같은 바람이 몰아쳐와 샤워기 줄의 각도를 바꿔놓았다. 맞바람이었던 탓에 속도마저 뚝 떨어졌다. 샤워기 줄은 아리랑 볼처럼 느릿하게 휘면서 놈의 허리통으로 날아갔다.

아차, 했을 땐 이미 늦었다. 샤워기 줄 끝이 칼잡이의 손아귀로 들어갔다. 나는 손에 감은 줄을 놔버리려 했으나 그마저도 늦었다. 몸이 앞으로 홱 쏠리면서 고꾸라지듯 바닥으로 나뒹굴었다. 내 몸은 삽시에 놈의 엉덩이 밑에 깔렸다. 내 목을 움켜쥐려는 놈의 손과 막으려는 내 손이 가슴팍 위에서 뒤엉켰다. 불리한 위치였으나 손목 싸움에선 손목 힘으로 먹고살아온 내가 한 점을 땄다. 나는 놈의 손목을 꺾어서 밀어뜨린 후 놈을 깔고 앉았다. 앉자마자 놈이 내 발목을 잡아 뒤로 넘겨버렸다. 우리는 깔고 깔리며 빙판 위를 굴러다녔다. 먼저 힘이 빠진 건 나였을 것이다. 내가 깔린 상태에서 구르기가 멈춘 걸 보면.

무지막지한 손아귀가 목을 찍어 눌렀다. 강고한 엄지손가락이 울대뼈 옆에 말뚝처럼 박혀들었다. 숨통을 틀어막는 동시에 몸에 힘을 한방에 빼버리는 전문적인 손놀림이었다.

"밥숟갈 놓고 싶어 환장했지?" 칼잡이는 내 얼굴에다 침을 줄줄 쏟아내며 말했다. "어떻게 보내줄까, 응?"

놈은 샤워기 줄에 맞아 부어오른 턱을 바르르 떨면서 히죽거렸다. 내 목젖의 감촉이 너무나 짜릿해서 어쩔 줄 모르는 모양새였다. 나는 놈의 손을 목에서 떼어내려고 죽을힘을 썼다. 허리를 비틀고 다리를 필사적으로 버둥거렸다. 버둥대면 댈수록 손아귀는 두 배, 세 배로 억세게 조여 들어왔다. 발로 몸을 밀어 빠져나가려고 해봤으나 번번이 뒤꿈치가 빙판에 미끄러졌다. 반면 나를 깔고 앉은 놈의 무릎은 빙판에 못이 박힌 듯 움직이지 않았다. 더하여 놈은 어느새 단검을 찾아 손에 쥐고 있었다.

사지 근육이 풀리기 시작했다. 얼굴이 터질 것처럼 부풀고, 머릿속에서 생각이 사라지고, 눈동자가 위로 말려 올라가는 느낌이 들었다. 그때 무기력하게 꿈틀대던 엉덩이에 무언가 걸리는 것을 느꼈다. 얼음 표면을 긁는 가벼운 소리가 귀를 파고들었다. 나는 흐느적거리는 손을 내려 엉덩이 밑을 더듬었다. 그것이 손끝에 잡히자마자 랑이 언니의 젓가락이라는 걸 알아차렸다.

아주 잠깐 시야가 틔는 느낌이 들었다. 칼잡이와 눈이 딱 마주친 순간이기도 했다. 그 섬광 같은 찰나에 나는 하나의 장면을 포착하고 한

가지 일을 수행했다. 새카만 단검이 내 가슴으로 내리찍히는 걸 보면서 손에 쥔 젓가락을 놈의 눈에 꽂았다. 물컹한 구체를 뚫고 들어가는 손의 촉감과 흉곽을 뚫고 들어오는 칼의 충격을 동시에 인지했다.

놈의 것인지 내 것인지 모를 비명이 귀를 꽉 채웠다. 칼잡이의 몸이 내게서 떨어져나가는 것을 느꼈다. 머리가 화염에 휩싸였다. 거대한 유빙에 깔린 것처럼 숨이 턱턱 막혀왔다. 가슴에 박힌 걸 빼내고 싶었으나 팔을 움직일 수 없었다. 나는 빙판에 드러누운 채 눈만 까막거렸다.

검푸른 하늘에서 보름달이 빨갛게 타오르고 있었다. 불길 너머에 선 랑이 언니의 목소리가 울렸다.

자기야, 숨 쉬어. 눈 감지 마…….

하늘이 보이지 않았다. 세상이 온통 불길에 휘감겨 있었다. 고개가 맥없이 옆으로 기울어졌다. 셔터가 닫히듯 눈꺼풀이 서서히 내려앉았다. 시야가 하나의 선으로 닫히기 직전, 나는 심홍의 어둠 속으로 추락하는 누군가를 봤다. 머릿속 목소리로 그의 이름을 불렀을 것이다.

제이…….

16

나는 만경로 버스 승강장에 앉아 있었다. 전광판 시계는 6시 3분을 가리켰다. 높고 어두운 하늘에는 새벽달이 떠 있었다. 달빛이 어찌나 파란지 가로수 사이로 불어드는 바람마저 파래 보였다. 대기는 너무나 맑아 지금 막 모퉁이를 돌아오고 있는 버스 번호까지 또렷하게 볼 수 있었다. 영동역으로 가는 100번 버스였다.

내가 벤치에서 일어나자 버스는 승강장 앞에서 멈췄다. 스르르 문이 열렸다. 나는 버스로 뛰어올랐다. 늘 그랬듯 승주는 맨 뒷자리에 앉아 나를 응시하고 있었다. 새벽달만큼이나 차고 파란 눈이었다.

버스가 출발했다. 나는 녀석의 옆자리로 가서 앉았다. 승주야, 부르려 했으나 입이 열리지 않았다. 미안하다 말하고 싶은데 목이 닫혀 소리가 나오지 않았다. 잘못했노라 용서를 구하고 싶은데 얼굴을 맞댈 용기가 나지 않았다. 고개조차 돌리지 못하고 눈을 내리뜬 채 시선만 승주 쪽으로 움직였다.

녀석의 허벅지 사이에 놓인 손이 시야로 들어왔다. 제 발목보다 클 것 같은 손목뼈, 햄버거만큼 두꺼운 손바닥, 길고 억센 털이 부숭부숭하게 돋아난 손등, 우악스러운 손마디, 짤막하고 굵은 엄지 밑에 감추고 있는 단검의 검은 손잡이. 숨을 삼켰다. 머뭇머뭇 고개를 들었다. 젓가락이 박힌 눈동자가 기다리고 있었다.

나는 의자에서 일어나려 했으나 움직일 수가 없었다. 우악스러운 손이 내 목을 움켜쥐고 의자 등받이로 밀어붙였다.

"도망칠 수 있을 줄 알았지?"

칼잡이의 목소리가 머리 위에서 울렸다. 목을 움켜쥔 손은 뼈를 바술 것처럼 목울대 양쪽을 파고들었다. 흐릿해지는 시야에선 단검의 새카만 검신이 번득거렸다. 다음 순간 그것이 후려치듯 흉곽을 뚫고 들어왔다. 가슴에 말뚝이 박히는 느낌이었다.

승주야…….

내 목소리는 가슴 안에서만 메아리쳤다. 딱딱하고 억센 기둥 같은 것이 목구멍을 꽉 막고 있었다. 그것을 밀어내보려고 용을 썼다. 무언가에 눌린 혀를 이리저리 움직이고, 기침을 하고, 헛구역질을 해봤으나 요지부동이었다.

"임경주 씨."

맑고 높은 여자의 목소리가 나를 불렀다. 나는 눈을 떴다. 시야가 부옜다. 눈동자에 기름막이 덮여 있는 기분이었다. 연달아 의문이 생겨났다. 여긴 어디일까. 나는 살아난 것인가. 아니면 지옥으로 가는 길을 배회하는 중인가. 버스 안이 아닌 것만은 분명했다. 만경로 버스 승강장도 아니었다. 춥지 않고, 어둡지 않고, 고요하지 않았다. 머리맡에서 익히 들어본 기계음이 엇박자로 울리고 있었다. 뚜, 뚜, 뚜…….

"임경주 씨. 정신 드세요?"

목소리의 주인이 내 귓불을 비틀었다. 무신경한 손길이었다. 힘 조절도 돼 있지 않았다. 의도는 알겠으나 아프고 짜증이 났다. 미간이 접히고 신음이 샜다. 목소리가 울린 쪽으로 얼굴을 돌리자 익숙한 냄새가 코를 습격해왔다.

"저 보이세요?"

또렷하지는 않아도 뭔가가 어른어른했다. 향나무처럼 펑퍼짐한 초록 덩어리였다. 여기가 어딘지에 대한 확신을 주는 덩어리였다. 병원일 터였다. 묻는 자는 의사거나 간호사겠지. 나는 죽지 않은 것이고.

"보이면 눈을 한 번 깜박여보세요."

시키는 대로 했다. 곧바로 시끄러운 발소리가 오가기 시작했다. 초록 덩어리 개수가 점점 늘어났다. 이런저런 처치들이 이어졌다. 기계소리가 그치고, 마우스피스가 빠져나가고, 목 안에서 기관지 튜브가 뽑혀 나갔다. 비로소 내 힘으로 숨을 쉴 수 있게 되었다. 의식 단계를 확인하는 의사의 요구에도 응할 수 있었다. 갈라진 쇳소리였으나 내 이름을 말하는 것도 가능했다.

"임경주."

내가 있는 곳은 서산대학병원 중환자실이었다. 영인의료원에서 헬기로 후송됐다고 했다. 칼이 흉벽을 뚫고 들어간 상태에서 중증외상센터를 통해 입원했으며, 응급수술을 받고 중환자실에 누운 지 이틀만에 깨어났다. 주치의는 심장이나 폐, 대동맥 등 중요한 장기 손상은 절묘하게 피해 갔다고 말했다. 두꺼운 오리털 패딩 덕에 목숨을 건졌을 거라 추측했다. 신의 가호가 있었을 것이라고도 했다. 의사의 말대로라면 신이 아닌 오리의 가호일 것이다.

다음날 나는 VIP 병실로 전실됐다. 면회는 허락되지 않았다. 당분간 절대 안정을 취해야 한다고 했다. 혈전이나 염증, 신경 손상 등 여러 합병증을 우려한 처방이었다. 나는 의사와 간호사만 들락날락하는 병실의 침대에서 대부분의 시간을 보냈다. 계속해서 자다 깨다 하는 상태였다. 잠들면 어김없이 같은 악몽에 시달렸다. 만경로 버스 승강장에서 영동역으로 가는 버스를 타는 꿈, 승주가 칼잡이로 변해 내 심장에 칼을 박는 꿈. 나는 삶과 죽음의 궤도를 빙빙 돌고 있었다.

깨어 있을 땐, 기억의 밑바닥에서 튀어나오는 목소리를 거듭 들었다.

임경주, 눈 떠. 잠들면 죽어…….

기억인지 환상인지 모를 피투성이 얼굴이 머릿속을 떠돌았다. 그럴 리 없건만, 내 기억은 그렇다고 주장했다. 내게 말을 걸던 목소리의 주인은 분명 팀장이었노라고.

누가 나를 이곳에 데려왔는지, 어쩌다 헬기로 후송됐는지, 제이는 어찌 되었는지 궁금했으나 알려줄 사람이 없었다. 주치의에게 물었지만 잘 모르겠다고 했다. 답답한 심정이었다.

일주일 후 면회가 허용됐다. 반갑잖은 자가 일등으로 등장했다. 박 경감과 그의 졸개 형사였다. 여전히 박 경감은 나를 물어뜯겠다는 의지를 꺾지 않고 있었다. 내가 깨어나기만 기다렸으며, 면회가 허용된다는 소식을 듣자마자 달려왔고, 병실 밖에서 두 시간씩 기다렸다고 떠드는 걸로 봐서.

"자네가 살아난 데에는 내 공이 좀 있을 거야." 박 경감은 덧붙였다. "내가 하느님한테 간절하게 기도했단 말이지. 온전한 정신으로 깨어나게 해달라고."

나는 박 경감의 빼드렁니 새로 나부대는 혓바닥을 유심히 쳐다봤다. 참 이상한 인간이었다. 내가 제정신으로 깨어난 것에 대해 왜 자기가 생색을 낼까. 정작 생색을 내야 할 하느님은 겸손하게 입을 다물고 계신데.

"사건 전모를 진술할 사람이 현재로선 자네뿐이거든."

무슨 말인지 이해되지 않았다. 해변에 폭탄이 떨어져 거기 있던 이들이 전멸하기라도 했단 말인가.

"다들 자기가 당한 일만 알고 있어서 말이지. 자네 팀장이나 박정옥 씨는 상황이 끝날 무렵에야 현장에 도착했고."

물어야 할 것이 있는데 입이 열리지 않았다. 팀장이 살아 있다는 반가움보다, 머릿속을 맴돌던 팀장의 얼굴이 실제 기억이었다는 놀라움보다 더 강렬한 것이 내 입을 틀어막고 있었다. 승주를 잃었을 때만큼이나 무서운 말을 듣게 될지도 모른다는 예감이었다.

"자넬 찌른 놈은 정당방위였다고 주장하고 있단 말일세. 자네가 먼저 눈을 찔렀다던데, 사실인가."

나는 혀 밑에 고인 미지근한 침을 소리 없이 삼켰다. 아무리 불길해도, 아무리 무서워도 이제 묻지 않을 수 없었다. 사건 전모를 말할 사람이 왜 나뿐인지.

"박제이는 어떻게 됐습니까?"

돌아온 것은 대답이 아닌 "아……" 하는 소리였다. 깜박했다는 '아'가 아니었다. 말을 신중하게 고를 때 쓰는 '아'였다.

"4킬로미터 떨어진 해변 갯바위에서 발견됐네."

의식이 돌연 작동을 멈췄다. 머릿속이 텅 비면서 금방 들은 말이 어디론가 증발해버렸다. 박 경감은 말을 이었다.

"김성동이 칼에 맞고 바다로 떨어졌어. 유빙 때문에 잠수부도 들어갈 수가 없는 상황이었는데 사흘 만에 바닷가로 떠내려온 거야. 가족이 화장해서 미국으로……."

박 경감의 말 뒷부분이 뚝 끊겨 나갔다. 제이와 엉겨 붙어 있던 조리사가 떠오르자 목이 조여들면서 흉통 전체가 찌부러지는 듯한 압통이 왔다. 억센 손아귀가 위장을 쥐어짜는 것처럼 구토증이 치밀었다. 멍멍한 귓속에선 제이의 목소리가 울렸다.

"사랑하는 여자가 있어."

꼿꼿하게 긴장돼 있던 등에서 힘이 빠져나갔다. 몸이 무너지는 느낌이었다. 제이의 목소리는 여전히 내게 속삭이고 있었다.

"근데 그 여자가 아파."

나는 의자에서 일어나려다 바닥에 주저앉았다. 박 경감이 뭐라 소리치며 나를 붙잡았으나 그 손을 뿌리치고 기다시피 화장실로 갔다. 변기를 끌어안고 토하기 시작했다. 배 속에 든 걸 모두 게우고 나자 현기증이 덮쳐왔다. 시야를 가린 어둠 속에서 제이의 목소리만 또렷하게 들려왔다. '내가 그 여자한테 해줄 수 있는 일이 하나 있다면 어떻게 해야 할까. 너라면 어떻게 하겠어?'

나는 머리가 박살 나는 듯한 두통 속에서 의식을 잃었다. 정신이 들었을 땐 의사와 간호사들에게 둘러싸인 채 산소 튜브를 코에 끼고 누워 있었다. 몸에는 또 심전도 패치들이 붙어 있었다.

"정신 드세요?"

주치의가 물었다. 나는 대답 대신 눈을 깜박거렸다. 머릿속에선 아직도 제이가 묻고 있었다.

"너라면 어떻게 하겠어?"

내 머릿속 목소리는 악을 쓰듯 답을 내놨다.

나는 말이지, 유일한 핏줄을 거리로 내몰아서 죽게 만든 놈이야. 그러니까 나한테 그런 거 묻지 마.

주치의는 박 경감의 방문이 나를 위험에 빠뜨렸다고 판단한 것 같았다. 면회가 전면 금지됐다. 의사와 간호사만 만나는 날들이 이어졌다. 나는 창가에 앉아 대부분의 시간을 보냈다. 시선은 창밖 풍경에 붙어 있었으나 시야에선 그날 밤이 끊임없이 반복 재현됐다. 머릿속에선 의미 없는 '만약에'와 '……라면'이 수도 없이 되풀이됐다.

애초부터 좌우 보지 않고 주어진 내 일만 하고 지냈더라면.

그날 밤 방에 처박혀 잠이나 잤더라면…….

애동마을에 오도록 제이를 유인하지 않았다면…….

분노와 자책과 고통이 나를 태웠다. 홀로 남았을 제이의 연인을 떠올리자 참혹한 한기가 밀려들었다. 승주의 죽음이 나를 껌껌한 심해에 가뒀다면, 제이의 죽음은 불과 얼음을 오가는 아비지옥에 집어던졌다. 그 온도차가 너무 커서 매 순간순간 내 안에서 비명이 터졌다.

나흘이 더 지났다. 오후부터 면회가 허용될 거라는 간호사의 말을 들었다. 나는 점심 식사 후 다시 박 경감과 마주 앉았다. 그날 밤 나와 제이에게 있었던 일을 말해주었다. 제이와 롤라에 대한 부분만 얘기하지 않았다. 제이의 비밀을 지켜주는 게 맞겠다고 판단했다.

"삼애원 사람들이 차례차례 애동마을로 불려 간 이유 말이야." 박 경감이 말을 멈추고 나를 봤다.

"자네는 알고 있지? 누가 이 일의 배후에 있는 거야?"

그 복마전의 사다리를 내가 어찌 알겠는가. 그저 단서를 상기시키는 선에서 답변했다.

"그런 건 삼애원 책임자한테 물어야 할 것 같은데요."

박 경감의 얼굴에 처음으로 감정이 드러났다. 갑갑하다는 표정이었다.

"관리팀장이나 소장은 모른다고 발뺌하니까 묻는 것 아냐."

나는 박 경감의 눈에 시선을 붙박았다. 발뺌한다는 심증을 잡았다면 그걸 물증으로 증명해내는 게 본인의 일 아닌가. 죽음의 문턱에서 막 귀환한 피해자를 볶아칠 게 아니라.

"난 일개 보안입니다. 제 일을 하다 다쳤을 뿐이고요."

"그러니까 자네가 그날 밤 애동마을에 간 이유가 있을 거 아냐."

박 경감의 주특기가 다시 나왔다. 했던 질문을 반복하기. 나도 했던 답변을 반복했다.

"밤마다 사람들이 애동마을로 간 이유를 알 수 있을까, 해서 갔습니다."

"자네가 왜 그걸 알아봐?"

"윤식 씨 일로 애먼 제가 의심을 받고 있는데 뭐든 해봐야 하지 않겠습니까."

노크 소리가 났다. 간호사가 들어왔다. 그녀는 링거액과 주사기가 놓인 트레이를 내 옆으로 밀고 와서 섰다.

"면회 시간 끝났습니다."

박 경감은 중요한 얘기 중이니 5분만 더 있겠다고 말했다. 간호사는 대답했다.

"선생님, 지금 중요한 처치를 해야 합니다."

'꺼져라'라는 말의 의료인 버전이었다. 박 경감은 마지못한 표정으로 일어났다. 내일 다시 오겠다고 하면서도 방문 앞에서 몇 번씩 나를 돌아봤다. 마침내 그가 퇴장하자 나는 간호사에게 말을 걸었다.

"뭐 좀 물어봐도 될까요?"

간호사는 링거를 교환하며 '그러시라'고 대답했다.

"제가 헬기로 후송됐다고 들었는데 저를 입원시킨 보호자가 누굽니까?"

간호사도 주치의처럼 모르겠다고 대답했다. 그 문제는 중증외상센터에 알아봐야 한다고 덧붙였다.

"혹시 시간 날 때 알아봐주실 수 있을까요? 좀 자세하게요."

간호사는 그러마 하고 나갔다가 얼마 후 혈압계를 들고 돌아왔다. 나는 이곳에 혼자 온 게 아니었다. 다른 부상자도 함께 후송됐다고 했다.

"혹시 그 사람 이름이 뭔지 아세요?"

한기준이라는 이름이 간호사의 입에서 나왔다.

"지금 1702동에 입원해 계신다고 들었어요."

간호사가 나간 후로도 한동안 소파에 앉은 채 꼼짝하지 않았다. 피투성이였던 팀장의 얼굴을 떠올려놓고 기억을 맞춰보려 안간힘을 썼다. 그 얼굴을 해변에서 봤을까, 헬기에서 봤을까. 알 수가 없었다. 모든 기억이 뒤죽박죽이었다. 중간중간 의식을 놓친 탓일 것이다.

나는 링거 거치대를 끌고 간호사실로 나갔다. 운동 삼아 병원 내부를 돌아다녀도 좋겠느냐 물었다. 병동 밖으로 나가지 않으면 괜찮다는 답을 받았다. 알아들었다는 의미에서 고개를 끄덕였다. 물론 그리하겠다는 의미는 아니었다. 간호사의 눈을 벗어나자마자 1702동으로 향했다.

팀장이 어느 방에 있는지는 물어볼 필요가 없었다. 엘리베이터에서 내려 병동으로 들어서자마자 복도 끝 병실에서 나오는 박 경감과 졸개 형사를 봤다. 허둥지둥 링거 거치대를 들고 비상계단으로 몸을 숨겼다. 문에 귀를 대고 안쪽 소리에 귀를 기울였다. 오가는 발소리, 휠체어나 이동 침대가 구르는 소리, 엘리베이터 알림음이 이어지다 조용해졌다.

나는 비상구 문을 빼끔 열어봤다. 엘리베이터 앞에는 아무도 없었다. 복도에는 간호사 두엇이 오가고 있었다. 서둘러 박 경감이 나온 병실로 향했다. 문을 두들기자 귀에 익은 저음의 목소리가 "네" 했다. 나는 문을 열고 안으로 들어섰다.

팀장의 병실도 나와 똑같은 방이었다. 미니 주방과 냉장고, 욕실과 접대용 소파와 널찍한 창문이 있는 1인실이었다. 팀장은 창가에 서 있다가 서서히 몸을 돌렸다. 환자복에 흉부 브래킷 보호대를 했는데도 여전히 건재하고 건장해 보였다.

우리는 방문과 창문 앞에서 서로 바라보고만 서 있었다. 거리가 꽤 있었지만 팀장의 표정 없는 얼굴 밑에서 어떤 감정이 오가는지 느낄 수 있었다. 연민과 반가움, 나를 살피는 눈빛에선 안도감이 배어났다.

"왔나."

마침내 팀장이 입을 열었다. 그 한마디가 뭐라고 목이 따끔하게 아파왔다. 오만가지 일에 휘둘린 나머지 감정 조절 장치가 고장 난 모양이었다. 동네 일진들에게 두들겨 맞고 돌아와 형을 만난 어린애처럼 정체 모를 설움이 솟구쳤다. 행여 목소리가 떨리기라도 할까 봐 나는 대답을 하지 못했다.

"들어와. 거기 서 있지 말고."

팀장이 링거 거치대를 끌고 내 쪽으로 걸어왔다. 나도 똑같은 걸 끌고 팀장에게 다가갔다. 우리는 병실 한가운데서 마주 섰다. 팀장의 눈이 내 몸을 살피고 얼굴로 올라와 시선을 맞췄다.

"고생했어."

팀장이 한쪽 팔을 들어 내 어깨를 토닥거렸다. 그 커다란 손이 새털처럼 가볍고 조심스럽게 움직였다.

"살아줘서 고맙고."

목에 걸린 뜨거운 덩어리를 나는 안간힘을 다해 삼켰다. 팀장에게 어리광을 부리려고 찾아온 것은 아니었으니까. 제이의 소식을 듣고 싶었다. 정말로 그리됐는지, 어쩌다 그리됐는지.

"앉지."

팀장이 내게서 물러서며 뒤편 소파를 가리켰다. 나는 거치대를 끌고 가서 앉았다. 팀장은 맞은편에 앉았다.

"의식을 찾았다고 전해 듣긴 했네만."

팀장은 말을 할 때마다 통증을 느끼는 듯했다. 몸을 뒤로 젖혀 등받이에 기댄 후 한참이 지나서야 다시 입을 열었다.

"면회 금지라고 해서 가보지 못했네. 혹시 후유증이 있거나 한 건 아니지?"

"괜찮습니다." 나는 묻고 싶었던 질문 대신 다른 말을 먼저 꺼냈다. "그놈들 트럭에 받혀 벼랑으로 굴렀다고 들었는데요."

"박 경감이 그러던가."

나는 고개를 저었다.

"해변에서 그놈한테 들었습니다."

팀장의 눈에 어떤 표정이 지나갔다. 나는 그것이 고통이라고 생각했다.

"내가 조금만 일찍 눈치챘더라면……." 팀장은 한 박자 말을 멈췄다가 다시 입을 열었다. "상황이 좀 나았을 텐데."

내 질문에 대한 긍정으로도, 제이의 죽음에 대한 자책으로도 들리는 말이었다.

그날 신문은 자정 무렵에야 끝났다고 했다. 내용을 듣지 않아도 짐작이 됐다. 내게 했던 것과 똑같이 그랬겠지. 같은 말을 되풀이해 묻고, 온갖 꼬투리를 잡아 이리저리 들쑤시고. 내 추측이지만 박 경감은 윤식 씨 사건과 노숙자 연쇄살인 사건은 연관이 있다고 여기는 것 같았다. 자기 손으로 두 사건을 한 방에 해결하겠다는 야망을 가졌을 테고.

"신문 끝나자마자 박 주임과 통화를 했는데 특별한 문제는 없다고 들었네."

짐작했던 대로 팀장은 삼애원 보안팀장 겸 베토벤의 경호원이었다. 이런 일이 가능했던 것은 베토벤이 삼애원 설립자였기 때문이다. 국내 굴지의 프랜차이즈 커피업체 대표이기도 했다. 더하여 삼애재단의 모기업인 GM그룹 회장이 베토벤의 형이자 랑이 언니의 아버지였다.

이 재벌 노인이 조카를 데리고 삼애원에 은신한 이유를 팀장은 알지 못했다. 그는 삼애재단이 아닌 GM그룹 회장에게 직접 고용되었다고 했다. 임무는 은밀하게 베토벤을 보호하는 것이었다.

팀장이 생각하기에, 삼애원 안에서 베토벤을 은밀하게 보호할 방법은 하나밖에 없었다. 팀을 꾸려서 삼애원 보안팀으로 들어오는 것이었다. 이를 위해 조건을 하나 걸었다고 한다. 혹시 중간에 베토벤이 삼애원을 떠나더라도 보안팀의 근무 기간 1년을 보장하라는 것이었다.

회장은 수락했다. 이전 경비팀과는 마찰 없이 교체됐다. 이미 재단에서 권한 남용이나 입소자 폭행, 행실 불량 등 온갖 지저분한 소행을 이유로 해고 통보를 해놓은 상태였다. 물론 그들 쪽에선 보안팀이 자기 밥그릇을 빼앗았다고 여길 여지는 있었다. 때문에 팀장은 전임자 폭행 사건도 분풀이의 일환으로만 여겼다고 했다.

다만 그 일로는 그들을 고소할 수가 없었다. 관리소장부터 고라니와 졸개들까지 모조리 한통속이었다. 관리소장에겐 그들이 필요하고 그들은 복직을 원했을 터였다. 더하여 팀장의 고용주는 잡음이 나지 않기를 원했다. 베토벤이 그곳에 산다는 게 알려지거나 신변에 문제가 생길까 우려한 것이었다. 팀장은 균형을 잡아야 했다. 삼애원 내부의 골칫거리를 통제하면서도 삼애원이 세상의 주목을 받지 않도록.

이제야 이해가 되었다. 나와 팀장이 대학병원에서 최상의 의료 서비스를 받으면서 VIP 병실에 머무를 수 있는 이유가 무엇인지. 우리가 임무를 다한 데 대한 보상일 것이다. 베토벤이 무사하다는 증거이기도 했다. 문제가 생겼다면 우리는 치료비를 스스로 치러야 했을 것이다. 아니, 아예 여기에 있지도 않았겠지.

"그날은 평소보다 차를 좀 빨리 몰았을 거야. 자정이 넘은데다 이상한 느낌이 있었거든. 그 바람에 운전에 집중을 못했던 거지."

팀장은 느릿느릿 일어나 냉장고 앞으로 가더니 생수 두 병을 꺼내왔다. 목이 탔던 모양이었다. 단숨에 한 병을 다 들이켠 후, 한동안 손바닥으로 가슴을 누르고 있었다.

"애동마을에서 벼랑길로 우회전을 하면서 속도를 줄였는데 좀 늦었어."

어둠 속에서 트럭이 상향등을 번득이며 정면으로 돌진해왔다. 그것도 산기슭 쪽인 길 우측을 점령하며 달려왔다. 앞이 보이지 않는 전조등의 섬광 속에서 팀장은 핸들을 왼쪽으로 꺾었다. 동시에 트럭이 팀장의 지프 옆구리를 들이박고 지나갔다.

지프는 벼랑 아래로 미끄러져 추락했다. 폭발의 굉음과 함께 에어백이 터졌다. 팀장은 화약 냄새 속에서 정신을 잃었다. 그나마 천운이었던 건 눈 덮인 벼랑 비탈을 뒤집히고 구르면서 떨어지던 지프가 무언가에 걸려 추락을 잠시 멈췄다는 것이었다.

정신이 들었을 때 지프는 벼랑 아래로 기울어지고 있었다. 팀장은 깨진 차창을 통해 운전석에서 밖으로 기어 나왔다. 거의 동시에 지프는 바위 아래로 미끄러지며 추락해버렸다. 까마득한 곳에서 충돌음이 울린 걸로 보아 해변 갯바위까지 굴러떨어졌을 거라고, 팀장은 짐작했다.

"그때까지도 나는 내 몸 상태를 잘 모르고 있었네."

팀장은 몸을 일으키려다 가슴의 통증을 느끼고 주저앉았다고 했다. 통증 부위로 봐서 갈비뼈가 부러진 게 아닌가 싶었다. 숨 쉬기 힘들 정도의 통증 강도로 봐서 부러진 뼈가 주변 근육을 뚫고 들어간 것도 같았다. 한 박자 늦게 머리를 다쳤다는 것도 알아차렸다. 핏물로 짐작되는 뜨뜻하고 끈끈한 것이 얼굴과 목으로 흘러내리고 있었다. 마지막으로 계기판 거치대에 끼워둔 휴대전화가 지프와 함께 사라졌다는 것을 깨달았다.

팀장은 스마트워치의 플래시를 켜서 사방을 비춰봤다. 멀리까지 빛이 닿지는 않았지만 주변 상황 정도는 살필 수 있었다. 바위 아래쪽은 깎아지른 암벽이었다. 바위 위쪽은 그나마 경사가 완만한 비탈에 가까웠다. 잘하면 길 위로 올라가는 게 가능할 것도 같았다. 우측으로 20여 미터 떨어진 곳에 주황색 안전 로프가 박힌 샛길이 있었다. 팀장은 바지 벨트로 흉곽 부위를 조여 지지한 후 움직이기 시작했다.

삼애원 근처에 도달하기까지 세 시간 가까이 걸렸다고 했다. 이후의 행로에 대한 얘기는 없었지만, 당시의 악전고투를 충분히 짐작할 수 있는 말이었다.

팀장은 특수부대 장교 출신이었다. 오랜 기간 119 구조대장으로 일했다고 들었다. 몸이 정상이었다면 로프가 있는 벼랑길은 뜀뛰기를 하듯 올라갔을 것이다. 4킬로미터 정도는 트랙 경주를 하듯 뛸 수 있었을 것이다. 세 시간 가까이 걸렸다는 건 몸 상태가 그만큼 참혹했다는 의미였다. 그를 움직인 건 몸이 아니라 정신이었다는 뜻이겠고.

"우연한 사고가 아니라고 생각했어. 내가 보호해야 할 타깃의 신변에 문제가 생겼다고 판단했고."

삼애원 부근에 이르렀을 때 팀장은 어떤 소리를 들었다. 바다 쪽에서 들려온 소리였다고 했다. 시점으로 미루어 나와 제이가 고 실장을 재운 후에 들었던 그 소리 같았다. 우리를 앞뒤 없이 해변으로 뛰어들게 만든 랑이 언니의 비명.

팀장은 벼랑 밑에서 희미한 빛이 비친다는 걸 알아차렸다. 벼랑가로 다가가 내려다봤지만 상황이 제대로 파악되지 않았다. 거리가 멀어 불빛 안에서 누군가 움직인다는 정도만 알아차릴 수 있었다. 상황 판단이 가능해진 건 현장이 정면으로 내려다보이는 지점에 다다랐을 때였다. 나와 칼잡이가 육탄전을 벌이던 시점이기도 했다.

상황 파악이 되자 팀장은 되레 제정신이 아니게 되었다고 했다. 정문까지 내달려 담장을 넘고, 해변 계단을 뛰어 내려가기까지 행로가 거의 생각나지 않는다고 했다. 기억하는 건 현관문을 열고 뛰쳐나오는 옥희 씨를 봤다는 사실뿐이었다. 옥희 씨는 급습을 당해 지하 기계실에 갇혔다가 막 탈출한 차였다.

두 사람이 해변에 도착했을 때 상황은 종료되기 직전이었다. 팀장은 칼잡이를 걷어차 내게서 떼어놨지만 때가 조금 늦었다. 내 가슴엔 칼이 꽂혀 있고, 나는 피를 흘리며 의식을 잃어가고 있었다. 옥희 씨는 제이를 향해 달렸다. 불과 30초도 되지 않았을 그 짧은 시간에, 제이는 조리사의 칼에 찔린 채 바다로 떨어졌다.

옥희 씨는 제이를 구하지 못했다. 조리사가 칼을 세우고 덤비는 바람에 바다로 뛰어들 수 없었다고 한다. 조리사를 제압하고 났을 때 제이는 이미 보이지 않았다. 도처에서 크고 작은 유빙들이 몸을 흔들며 밀려왔을 뿐.

이후는 박 경감에게 들은 말과 같았다. 119와 경찰을 부르고 베토벤과 랑이 언니를 돌본 사람은 옥희 씨였다. 119가 올 때까지 내게 말을 걸고 있었던 사람은 팀장이었고. 환각처럼 떠오르던 팀장의 피투성이 얼굴은 그때의 기억이었다.

갈비뼈 골절로 횡격막이 파열되고 폐에 손상을 입은 팀장은 나와 함께 헬기를 탔다. 칼잡이는 영인의료원에서 응급수술을 받았다. 조리사와 고 실장과 졸개 셋은 모두 체포됐다. 다만 그들은 사건의 핵심 부분을 알지 못했다. 각자 해야 할 일만 알고 있었다. 그들과 고라니 혹은 소장 사이의 연결 고리인 칼잡이는 입을 다물었다. 베토벤과 랑이 언니 역시 롤라나 유심에 대해 끝까지 함구한 모양이었다.

"한 가지 궁금한 게 있어요. 공달이 말이에요."

팀장이 눈을 들어 나를 봤다.

"그날 안 보였거든요."

"나도 엊그저께 면회 온 박 주임한테 들었네만……."

공달은 목이 잘린 채로 베토벤의 방 옷장에서 발견됐다. 녀석의 입이 원천 봉쇄된 셈이었다. 칼잡이는 동네 건달이 아니었다. 동물, 사람, 종을 가리지 않고 명줄을 따는 전문 살수였다. 새삼스레 몸서리가 일었다. 걱정이 뒤따라왔다. 베토벤은 이 일을 어떻게 받아들였을까. 충격이 컸을 텐데. 자신을 지키려다 제이가 목숨을 잃었고, 29년간 아들 삼아 키워온 공달을 잃었으며, 자신이 세운 삼애원에 배신을 당한 꼴이었으니.

나는 그 지점에서 생각을 멈췄다. 병실 스피커에서 '1201동 임경주 님'을 찾는 방송이 나오고 있었다. 그러고 보니 병실을 나선 지 두 시간이 넘었다. 이제 돌아가야 할 시간이었다.

"그동안 고마웠습니다."

문 앞에서 내가 팀장에게 한 작별 인사였다. 여러 의미가 있었다. 짧은 기간이었지만 의지가지없는 내게 기댈 언덕이 돼준 데 대해, 목숨을 걸고 구하러 와준 데 대해, 나를 살리려 애써준 데 대해. 덕택에 나는 살아남을 수 있었다. 팀장도 내게 작별 인사를 건넸다.

"지킬 게 있다면 끝까지 지켜주는 게 친구가 할 일일 거야."

무슨 말인가 싶어 팀장을 봤다. 혹시 내막을 알고 있느냐고 묻고 싶었다. 그는 고개를 한 번 끄덕이고 병실로 들어가버렸다.

일주일 후 나는 퇴원했다. 아직 치료가 더 필요하다고 주장하는 의사에게 각서를 쓰고 승낙받은 퇴원이었다. 만경로 내 집의 썰렁한 거실에서 내 인생 최악이었던 해의 마지막 밤을 보냈다. 텔레비전에선 올해 가장 충격적이었던 뉴스 TOP 10이 소개되는 중이었다. 삼애원 사건이 2위를 차지했다. 기자가 요약한 사건 개요는 이랬다.

무더기 해고에 앙심을 품은 경비들이 벌인 삼애원 설립자 납치 살해 미수 사건.

GM그룹은 내게 산재 보상금을 지급했다. 꽤 액수가 컸다. 당황스러웠던 나머지 은행에 그대로 처박아두었다. 그저 일상을 사는 데에만 힘을 쏟았다. 새벽에 일어나 커피를 내려 마시고, 체육관에 나가 재활 운동을 하고, 집 안을 쓸고 닦고, 저녁을 만들어 먹고, 일찌감치 잠자리에 들었다. 휴대전화를 복원시키기는 했으나 누구와도 연락하지 않고 지냈다. 팀장이나 베토벤, 랑이 언니에게도. 연락처를 알려들면 알 수도 있었겠지만 그러지 않았다. 그들에 대한 생각 자체를 하지 않으려 애썼다.

문제는 무의식 속의 기억이 닫히지 않는다는 것이었다. 잠이 들면 악몽의 형태로 찾아와 나를 그날 밤으로 끌고 갔다. 잠에서 깨어나도 꿈의 잔상은 사라지지 않았다. 지금 이 순간의 일처럼 기억과 감각이 생생하게 되살아났다. 검푸른 밤하늘과 무정하게 밀려들던 유빙과 갯바위와 빙원, 젓가락이 꽂힌 칼잡이의 눈과 가슴에 내리찍히던 칼의 뜨겁고 날카로운 감촉, 활활 타오르던 달, 눈을 감기 직전에 봤던 제이의 마지막 모습. 꿈에서 깨어날 때마다 나는 팔로 눈을 가린 채 소리 죽여 울었다.

1월 세 번째 주로 접어든 월요일 아침이었다. 뜻밖의 전화가 걸려왔다.

"임경주 씨 핸드폰이지요?"

누군지 단번에 알아차렸다. 그처럼 독특한 목소리는 기억상실증에 걸리지 않는 한 모를 수가 없었다. 하마터면 나는 '랑이 언니'라고 소리칠 뻔했다.

"아닌가요?"

조심스러운 목소리가 수화기를 건너왔다. 나는 대답했다.

"저예요."

랑이 언니의 목소리가 단번에 세 옥타브를 올라갔다.

"자기야, 왜 대답을 안 하고 그래. 사람 놀라게."

나는 베토벤의 안부를 물었다. 랑이 언니는 파주의 한 실버타운에서 함께 지내고 있다고 대답했다. 호텔식 실버타운으로 인근에서 꽤 알려진 곳이었다.

"자기 전화번호 알아내려고 내가 애 좀 썼다."

그랬을 것 같았다. 내 번호를 알려면 여러 경로를 거쳐야 했을 테니.

"삼촌이 자기를 만나고 싶어 해. 자기 사는 곳에서 그리 멀지는 않을 거 같은데."

멀지 않았다. 불과 30분 거리였다. 나는 가겠다고 말하지 않았다.

"실은 삼촌이 아파. 폐암이야."

진단받은 지는 꽤 됐다고 했다. 삼애원에 있을 때 등뼈로 진행된 상태였다고 했다. 최근엔 급격하게 나빠져서 몸을 움직이지도 못한다고 했다. 치료마저 거부해서 진통제에 의지해 견디는 상황이라 했다.

"아……" 해놓고 나는 입을 다물었다. 어떤 식으로 반응해야 할지 알 수가 없었다. 뒤늦게야 베토벤이 호소하던 통증의 성격을 이해할 수 있었다. 도수치료 따위론 완화조차 되지 않았을 것이다. 그런데도 좋아진 것처럼 반응한 건 내 수고에 대한 베토벤식의 인사가 아니었을까.

삼애원은 기다리기에 좋은 곳이라던 랑이 언니의 말도 이제 이해할 수 있었다. 베토벤은 그때 이미 치료를 거부하고 은신했을 터였다.

롤라의 호출이 너무 늦지 않기를 바랐을 것이다.

“와줄 수 있겠어?”

랑이 언니가 최종적으로 내 의사를 물었다. 나는 네, 했다.

“언제?”

“지금요.”

랑이 언니는 보고 싶다고 말했다. 어감의 온도가 봄날의 햇살처럼 따뜻했다. 나는 전화를 끊고 멍하니 앉아 있었다. 이상한 감정에 휘둘려 어쩔 줄을 몰랐다는 게 더 정확한 표현이겠다. 내게 그런 어감으로 보고 싶다고 말해준 사람은 랑이 언니가 처음이었다.

실버타운은 편백나무 숲속에 위치해 있었다. 버스에서 내려 20여 분가량 숲길로 걸어 들어가자 휴양지 리조트처럼 말끔한 7층 건물이 나타났다. 경비 또한 삼엄해서 인터폰으로 랑이 언니를 호출하고서야 안으로 들어가게 해주었다.

로비에서 엘리베이터를 타고 5층으로 올라갔다. 굳이 호수를 확인할 필요도 없었다. 현관문 앞에 랑이 언니가 서 있었다. 여전한 모습이었다. 젓가락으로 상투를 튼 머리도, 낙타 눈썹도, 화려하고 푸른 카디건도.

“자기야.”

랑이 언니가 팔을 활짝 열어 나를 안았다. 등을 토닥이는 손길이 너무나 다정해서 저절로 입이 열렸다. 생각지도 않았던 말이 튀어나왔다.

“저도 보고 싶었어요.”

랑이 언니는 나를 풀어주며 하하, 소리 내어 웃었다.

“우리 부끄럼쟁이가 이제 남자가 됐네. 그런 말도 할 줄 알고.”

우리는 거실 소파에 마주 앉았다. 랑이 언니가 내려온 커피는 쓰고 시고 진했지만 뜨거웠다. 베토벤은 좀 전에 잠이 들었다고 했다.

"요샌 밤에 통 못 주무셔. 펜타닐 패치를 붙이고 있는데도 통증이 심한가 봐."

베토벤이 일어날 때까지 기다려 달라는 말이었다. 나는 고개를 끄덕였다.

"건강한 모습 보니까 마음이 좀 놓인다." 랑이 언니는 내 앞에 쿠키 접시를 밀어주었다. "삼촌이 걱정 많이 했어. 행여 자기까지 잃을까 봐."

이야기는 자연스레 그날 일로 흘러갔다. 모든 상황이 팀장에게 들었던 바와 같았다. 새로 알게 된 사실이 있다면, 베토벤의 유심이 공달에게 있었다는 것이다. 제이와 약속한 후 베토벤은 유심을 꺼내 공달의 가죽 인식표 안쪽에 붙여뒀다고 했다. 수면제에 취한 채 바닷가로 끌려 나가서도 베토벤은 유심에 대해 입을 열지 않았다.

"나는 우리 삼촌 조카잖아. 조리사가 삼촌을 유빙이 몰려오는 곳으로 끌고 가는데 하마터면 말해버릴 뻔했어. 아마 자기들이 오지 않았다면 그렇게 했을 거야. 차라리 그랬으면 제이가 그런 일을 당하지 않았을지도 모르는데."

글쎄. 그랬을까. 나는 결과적으로 같았을 거라 생각했다. 유심이 놈들 손에 들어갔다 해도 제이는 부나비처럼 덤볐을 테니까.

"베토벤 말이에요, 지금도 기다리시는 중인가요?"

내가 묻자 랑이 언니가 응? 하듯 낙타 눈썹을 슬쩍 들어 올렸다.

"일전에 저 지서에 갔다 온 밤에 그러셨잖아요. 삼애원은 기다리기에 좋은 곳이라고."

아아……. 랑이 언니는 기억났다는 듯 고개를 끄덕였다.

"아니. 이젠 다른 걸 기다리는 눈치야."

그게 뭔지 묻지 못했다. 그럴 틈이 없었다. 거실 어딘가에서 차임벨이 울리고 있었다.

"잠깐만. 삼촌 깼나 봐."

랑이 언니는 거실 왼편 방으로 들어갔다가 잠시 후 돌아왔다.

"들어가자."

나는 암막 커튼이 드리워진 방으로 들어섰다. 조명등이 켜져 있었지만 사물의 윤곽만 겨우 구분될 정도로 어두웠다.

"삼촌이 밝은 걸 싫어해서. 빛이 닿으면 눈이 아프대."

랑이 언니가 내 옆에 와 서며 말했다. 나는 어스름한 빛 속에 누워 있는 베토벤을 내려다봤다. 30년을 한 번에 건너뛴 듯한 모습이었다. 칼칼한 성미와 총기로 번득이던 눈은 형형한 빛을 완전히 잃었다. 눈자위는 짓물러 빨갛고 시선에는 초점이 없었다.

"저 왔습니다."

내가 먼저 말을 걸었다. 베토벤의 입이 힘겹게 열렸다.

"서랍장 위에 둔 거, 집어봐."

나는 침대 옆 서랍장을 봤다. 흰 봉투와 명함이 하나 놓여 있었다. 랑이 언니가 시키는 대로 하라는 듯 고개를 끄덕였다. 명함과 봉투를 집어 들자 베토벤이 말했다.

"부탁할 사람이 너뿐이라……."

베토벤은 잠시 숨을 몰아쉬다가 말을 이었다.

"네가 찾아가서 전해줘."

나는 명함을 봤다. 알지는 못하나 알 만한 사람이었다.

국립생태연구원장 이은수

CP: 010-42**-****

봉투에 든 내용물이 뭔지도 알 것 같았다. 나는 한 번도 만난 적이 없는 여자의 얼굴을 떠올렸다. 그녀는 아직 살아 있을까.

"가봐. 너 봤으니 됐다."

베토벤은 눈을 감아버렸다. 랑이 언니가 나를 거실로 끌고 나갔다. 나로서는 묻고 싶은 것이 많았다. 어쩌다 유심을 갖게 됐는지, 본인도 죽음을 앞뒀으면서 제이와 유심 교환을 약속한 이유가 뭔지. 제이도 없는 마당에 약속을 지키려는 이유가 뭔지. 묻지 않은 이유는 간단했다. 이제 와 얘기를 들은들 무슨 의미가 있겠나, 싶어서였다. 그저 죽음을 앞둔 노인의 진심 어린 호의라 여기기로 했다.

다시 만났을 때 그랬던 것처럼, 랑이 언니는 헤어질 때에도 나를 안아주었다. 안녕이라고 말하듯 등을 두 번 두들겼다.

나는 집으로 돌아왔다. 명함의 전화번호로 문자메시지를 보냈다.

제이의 직장 동료였던 임경주입니다.

유심을 가지고 있습니다.

잠시 후 전화가 왔다. 어느 직장 동료냐고 묻는 이 교수의 목소리가 미세하게 떨리고 있었다. 나는 삼애원이라고 대답했다. 몇 시간 후, 우리는 영동역 부근의 한 카페에서 만났다.

"따님 이름을 여쭤봐도 되겠습니까."

나는 신분 확인차 물었다. 이 교수는 질문의 의도를 이해한 듯 순순하게 대답했다.

"이해상이오."

나는 주머니에서 봉투를 꺼내 내밀었다.

"제이가 남긴 거라고 생각하시면 됩니다."

이 교수는 봉투를 받아 유심을 확인한 후 주머니에서 작은 봉투를 꺼내 내게 내밀었다.

"제이가 맡긴 겁니다."

나는 멈칫해서 봉투를 내려다봤다.

"아니요, 저는 그저 전달만……."

"부탁이 하나 있어요." 이 교수는 내 손에 봉투를 쥐여주며 말했다. "나는 해상이에게 진실을 말하지 않을 거요."

무슨 말인지 이해되지 않았다. 나는 잠자코 다음 설명을 기다렸다.

"그 아이는 제이가 미국에서 사고를 당해 죽은 걸로 알고 있어요. 앞으로도 그렇게 생각하게 될 테고. 아마도 선량한 누군가가 자기에게 행운을 양보했다고 믿으며 떠나게 될 겁니다."

그것이 옳은지는 모르겠으나 아버지로서 할 만한 선택 같기는 했다. 나는 네, 했다.

"나중에 혹시 그곳에서 그 아이를 만나면……."

이 교수의 눈자위가 빨개지고 있었다. 다음 말은 한참 후에야 나왔다.

"이것이 내 최선이었노라고 전해주세요."

5장

해상, 롤라

17

그게 아버지의 최선이었단 말이지…….

허벅지에 올려둔 내 손을 내려다봤다. 차고 끈적거리는 땀이 손가락 마디마다 배어 있었다. 손끝이 파닥이듯 떨렸다. 손을 폈다 쥐었다 해봐도 떨림의 강도는 누그러들지 않았다. 나는 주먹을 움켜쥔 채 눈을 감았다.

롤라의 홀로그램은 가상이지만 단순한 이미지는 아니다. 나와 상대 모두에게 실제와 같은 질감, 냄새, 형태 등을 가지고 기능한다. 내가 만들어낸 장미 향은 상대에게도 같은 장미 향으로 인지된다. 경주가 만든 커피 '장미 정원'이 내게도 장미 정원인 이유다.

내 몸도 마찬가지다. 감정과 몸의 연계성을 완벽하게 구현해낸다. 의식 밑에서 무의식이 강력하게 작동한다. 신경의 피드백과 호르몬의 작용까지 똑같다. 덕택에 나는 홀로그램으로 구현된 내 몸을 물리적 실체로 자각한다.

이 완벽한 구현이 불편할 때가 종종 있다. 지금처럼 감정을 통제해야 할 때에 몸이 의식의 명령을 무시하는 것이다. 숨기고 싶은 걸 숨기지 못하고, 느끼고 싶지 않은 것을 느끼게 된다. 내 의사와 무관하게 생화학적 반응을 일으킨다. 불안, 분노, 수치심, 슬픔, 고통, 그 외 인간으로서 느끼는 모든 것에 대해.

내가 식은땀을 흘리며 떠는 건 그 때문이었다. 몸이 없어도 여전히 인간일 수밖에 없는 내 본성의 반사작용이었다. 제이의 죽음이 나 때문이었다는 것, 내가 여러 사람의 선의와 희생에 기대 구원받았다는 것, 아버지는 모든 걸 알고 있었다는 것 때문에 공황 상태와 다름없는 충격에 빠진 것이었다.

경주에게 말한 것을 아버지는 실천에 옮겼다. 내게 진실을 숨겼다. 제이에 대한 이야기는 물론, 롤라행 티켓이 내게로 온 경위에 대해서도. 롤라에 대해서는 핵심만 설명했다. 내가 내 몸으로부터 벗어날 수 있으며, 죽음으로부터 자유를 얻을 것이라고 했다. 롤라의 1차 임상 날짜까지는 딱 사흘이 남았다고 했다. 네바다주 해리리드공항으로 가는 특별기 항공편 티켓이 이미 내 앞에 도착해 있다는 것이었다.

정상적이지 않은 상황이었다. 롤라라는 낙원이 실제로 있다면 세상이 발칵 뒤집혔을 것이다. 만인이 만인을 상대로 하는 전쟁이 벌어졌을 테고. 인간이 가지는 궁극의 욕망이 바로 불멸 아니던가. 일요일이면 세계 인구의 3분의 1이 교회로 몰려들어 천국에 보내달라 조르는 이유도 거기 있지 않겠는가.

그때 의심을 해봤다면 어땠을까. 이 비정상적 행운이 왜 하필 내게 왔는지. 내가 뭘 했다고. 교회는커녕 살려달라고 기도 한번 해본 적 없는데.

아무 저항 없이 받아들인 건 그럴 처지가 아니었기 때문이다. 그즈음 나는 내 육신에서 벗어나기를 간절하게 원하고 있었다. 그럴 수 있다면 뭐든 받아들일 준비가 돼 있었다. 죽음이든 지옥이든 천국이든 뭐든.

내 몸은 고슴도치나 다를 바 없었다. 목에는 기관지 튜브가, 위장에는 위루관이, 귀 고막에는 배액관이 꽂혀 있었다. 눈꺼풀마저 고장 나 눈 뜨고 잠드는 날이 많았다. 와중에도 의식은 잔혹할 만큼 명료했다. 감각이 과다하게 예민했다. 온종일 아프고, 저리고, 가렵고, 춥고, 더웠다. 뱀이 몸을 휘감고 올라온다 해도 그저 보고만 있어야 하는 신세였다. 내게 남은 마지막 수의운동은 눈동자의 움직임이었다. 롤라에 가겠느냐, 묻는 아버지에게 부호화된 말로 대답할 수 있었다는 의미다.

"갈게요."

마음에 걸리는 것이 없지는 않았다. 내가 롤라로 가고 난 후 이생에 남은 육신은 시험 장소에서 처리하도록 돼 있다고 했다. 임상 참여자가 사전에 동의해야 하는 규칙이었다. 제이의 말대로, 노숙자를 초기 시험단으로 택한 이유이기도 할 것이다.

문제는 내가 노숙자가 아니라는 점에 있었다. 어느 날 갑자기 지상에서 사라진다면 경찰이 수사에 나설 터였다. 나는 신원이 명확하면서도 스스로 실종되는 게 불가능한 사람이었다. 가장 먼저 아버지가 의심받을 테고. 이 문제의 해결법을 묻지 않을 수 없었다. 아버지의 답변은 시원스러웠다.

"뒷일에 대해선 걱정 마라. 계획이 있으니까."

어떤 계획인지는 말하지 않았다. 나도 묻지 않았다. 그럴싸한 계획이 있으리라 믿는 쪽을 택했다. 그럴싸하지 않을 경우 내게 들이닥칠 갈등을 미연에 봉쇄하는 차원에서, 알아봐야 내가 도울 것이 없으리라는 비겁한 심사에서, 더 캐물어봐야 아버지가 말해주지 않으리라는 편의적 예측에서, 어떻게든 되겠지 하는 근거 없는 낙관에서 나는 그렇게 했다.

아버지는 해리리드공항으로 가는 항공편을 구입해 나와 함께 패스트트랙을 통과했다. 항공편명이 달랐으나 보호자로 확인되자 별문제 없이 통과할 수 있었다. 특별기 탑승 게이트에 도착하자, 아버지는 롤라 앱이 활성화된 휴대전화를 내 가슴에 내려놨다.

"다 잘될 거다."

내 손을 감싸 쥐는 아버지의 표정이 밝았다. 내가 저쪽 생에 무사히 도착하리라고, 새로운 삶을 살게 되리라고, 이생보다 훨씬 행복하리라고, 그러니 슬퍼할 이유가 없다고 믿고 있는 것 같았다.

"내 딸. 다 잊고 가거라."

탑승 시각이 되자 아버지가 작별 인사를 건넸다. 나도 작별 인사를 건넸다. 아빠 고마웠어요,라고 그저 마음속으로만.

나는 직원의 도움을 받아 의료 장비와 함께 특별기 일등석에 탔다. 네바다주에 도착한 후로도 물 흐르듯 일이 진행됐다. 의사 가운을 입고 마스크를 낀 남자가 공항에 마중 나와 있었다. 나 홀로 창문이 모두 가려진 미니버스에 실렸다. 몇 시간을 달려 어딘지 알 수 없는 건물 지하에 도착한 후엔 낯선 백인 여자의 도움을 받아가며 하룻밤을 지냈다. 짐작건대, 내가 루게릭병 환자라는 걸 배려한 조처 같았다.

그사이 다른 참가자는 만나지 못했다. 그런데도 불안하거나 불편하지 않았다. 그들을 믿어서가 아니었다. 보편적 상식을 믿었다. 누가 이렇듯 망가진 몸을 탐내겠는가. 특별기까지 보내서 납치할 만큼 나는 특별한 존재가 아니었다. 설령 나도 모르는 뭔가를 탐낸다 한들 아까울 것도 없었다. 가질 만한 것이 있다면 다 가지라지.

아침이 되자 초록색 수술 가운을 입은 또 다른 의사가 찾아왔다. 그는 롤라로 '간다'라는 말 대신 '업로드'라는 단어를 썼다. 업로드 후 일어날 일에 대해선 자세히 설명하지 않았다. 그때의 내겐 선문답 같던 조언 몇 마디를 건네고 행운을 빌어주었을 뿐.

"편히 자요."

의사는 내게 수면제 주사를 놨다. 약 냄새가 퍼지고 몸이 나른해지다가 어둠이 훅 덮쳐왔다. 어둠 뒤편에서 최면을 걸어오는 듯한 목소리가 울렸다.

"당신은 스스로 선택한 거처에서 깨어나게 될 겁니다."

나는 모닥불 옆에서 깨어났다. 주변은 무섭도록 고요했다. 간간이 모래바람이 휘익 소리를 내며 불어왔을 뿐. 고개를 옆으로 돌리자 눈에 익은 지프가 시야로 들어왔다. 지프 지붕에 달린 조명등이 주변을 환하게 비추고 있었다. 네 방위에 말뚝을 박아 양탄자로 벽을 친 캠프, 캠프 바닥에 깔린 두꺼운 매트와 슬리핑백, 좌식 식탁과 아이스박스와 조리 도구, 물이 담긴 양동이…….

이곳이 어디인지 궁금해할 필요는 없었다. 바하리야였다. 제이와 처음 만난 밤처럼 짙은 안개가 사막을 에워싸고 있었다. 나는 트레이닝 바지에 후드 티, 맨발에 제이의 크록스를 신고 있었다. 모든 것이 그날 밤과 똑같았다. 나 홀로 있다는 것만 달랐다.

나는 몸을 일으키고 앉았다. 믿기지가 않았다. 제이도 센도 알레도 없는 곳, 별도 달도 해도 없는 곳, 짙은 안개 속으로 모래바람이 불어치는 황막하고 어둡고 서늘한 사막이 내가 선택한 거처라니. 제이가 떠난 후 잊으려 몸부림쳤던 하얀 사막이 내 영혼을 차지하고 있었다니.

내 안의 목소리가 속삭여왔다. 그건 그렇고, 너를 좀 봐볼래.

놀랍게도 나는 스스로 일어나 앉아 있었다. 스스로 숨을 쉬고 있었다. 기관지 튜브, 위루관, 귓속 배액관도 사라졌다. 먹먹하던 귀는 바람의 결까지도 읽어낼 만큼 예리해져 있었다. 손을 들고 만세 자세를 해봤다. 다리를 펴고 일어나 서봤다. 안개 속을 걸어 버섯 바위까지 가보았다. 그때에는 하지 못했던 일, 기둥처럼 생긴 바위 꼭대기에 올라가 앉아도 봤다. 목청껏 고함을 지를 수도 있었다.

"아무도 없어요?"

아무도 대답하지 않았다. 대답하지 않는다와 없다는 다른 문제였으므로, 나는 희망을 버리지 않았다. 사람이 없어도 여우는 살고 있지 않을까. 그날 밤 만난 여우를 기억 속에서 불러냈다. 뾰족하고 큰 귀와 눈머리 밑에서 코 옆으로 흐르는 검은 선, 짧은 회갈색 털과 길고 마른 다리, 고양이처럼 사뿐사뿐 걷는 걸음새…….

기억하고 있던 모습 그대로, 녀석이 안개를 뚫고 스르르 나타났다. 총총총 걸어와 멀찌감치 떨어진 곳에 섰다. 눈꼬리에 경계심을 매달고 살피듯 나를 봤다. 조급증이 났다. 물이 있어야 녀석을 끌어들일 수 있을 텐데…….

거짓말 같은 일이 일어났다. 종이컵을 원하자 종이컵이 나타나 모래밭에 박혔다. 투명한 플라스틱 컵으로 생각을 바꾸자 곧장 그대로 재현이 됐다. 여우는 내 앞까지 다가와 물을 마시기 시작했다. 그날 밤 그랬듯 녀석은 물을 다 마신 후 안개 속으로 스며들듯 사라졌다.

나는 센을 불러냈다. 검은 바지, 검은색 티셔츠, 슬리퍼까진 기억이 났다. 얼굴만 제대로 기억할 수 없었다. 내 앞에 나타난 센은 이목구비가 뭉개져 있었다. 알레도 마찬가지였다. 불현듯 의사의 조언이 기억났다.

"홀로그램이 당신을 도와줄 겁니다."

비로소 이해가 되었다. 이 모든 것은 기억이 만들어내는 홀로그램이었다. 기억이 얼마나 구체적인가에 따라 구현의 완성도가 다를 뿐. 문득 충격적인 의문이 생겨났다. 혹시 나도 홀로그램일까? 눈을 감고 허벅지를 꼬집어봤다. 꼬집는 손의 움직임과 꼬집히는 허벅지의 통증 감각이 동시에 느껴졌다. 고유수용감각과 내부수용감각이 정상적으로 작동하고 있는 것이었다.

다시 물컵을 손바닥 위로 불러냈다. 물의 무게를 감지할 수 있었다. 조심스레 한 모금 마셔봤다. 혀를 적시고 목으로 흘러내리는 물은 내가 기억하는 그 물맛이었다. 쪼그려 앉아 모래를 만져보았다. 밤 기온에 차갑게 식은 사막 모래였다. 안개에선 유황 냄새가 났다. 모래바람이 한바탕 내 몸을 통과하고 나자 눈가에 먼지처럼 고운 모래 알갱이가 서걱서걱 만져졌다. 혼란스러웠다. 나는 실재하는 나인지. 내가 서 있는 이 사막은 실재하는 장소인지. 다시 의사의 조언이 떠올랐다.

"당신은 원하는 대로 할 수 있을 겁니다. 방법을 깨닫는다면."

방법은 알려줄 수 없다고 했다. 자기는 각 개인의 한계를 모르기 때문이라고 했다. 롤라에서 내가 뭘 할 수 있는지 스스로 깨달아야 한다는 얘기였다.

의문이 잇따랐다. 나는 시험단의 일원이었다. 그렇다면 나를 보낸 사람들은 롤라라는 세상 안에서 움직이는 나를 볼 수 있어야 한다. 내가 뭘 하는지, 이 세계가 잘 작동하는지 알 수 있어야 평가도 가능할 테니까. 무엇으로 나를 보고, 어떻게 알 수 있을까. 컴퓨터 모니터에 움직임이 나타나는 걸까? 게임 속 세상을 화면을 통해 들여다보듯 볼 수 있는 걸까? 그쪽 세상에서 본다면 나는 죽은 자일까, 산 자일까. 스스로 사고하는 게 가능한 한 덩어리의 정보에 불과할까. 아니면 신과 인간 사이에 위치한 최종 진화물일까.

바위틈을 빠져나가는 강여울처럼, 의식이 종잡을 수 없는 방향으로 빠르게 흘러갔다. 아버지는 지금쯤 뭘 하고 있을까? 새어머니와 편안한 저녁을 보내고 있을까? 나를 생각할까? 혹시 경찰에 잡혀간 건 아닐까? 딸의 행방을 대라고 신문을 받고 있는 건 아닐까?

두 번째 깨달음이 왔다. 단순히 회고하거나 떠올리는 것만으로는 홀로그램이 작동하지 않는다는 것이었다. 내가 의지를 가지고 의도적으로 불러내야 가능한 일이었다. 아버지를 생각하고, 아버지를 기억하고, 아버지를 걱정하고 있는데도 아버지가 재현되지 않는다는 게 그 증거였다.

문득 호기심이 생겨났다. 이 공간과 나 자체가 홀로그램이라면 장소 이동도 가능할까. 제이와 함께 살았던 원주의 집을 기억에서 불러내봤다. 다음 순간 나는 그 집 욕실에 서 있었다. 내가 기억하는 모든 것이 제자리에 놓여 있었다. 심지어 제이의 면도기까지도.

제이도 불러낼 수 있을까. 눈을 감고 제이와 살던 시절을 상상했다. 세면대 앞에 의자를 두고 앉아 스스로 이를 닦고 세수도 할 수 있었던 어느 날 아침을 소환했다. 눈을 뜨자 세면대 위 거울에 제이가 나타났다. 욕실 문틀에 한쪽 어깨를 기대고 서서 소리 없이 웃던 그 모습으로. 그때 했던 실없는 농담까지도 그대로였다.

"나는 집에서도 선글라스를 써야겠다. 눈이 부셔서 맨눈으로는 너를 볼 수가 없네."

허둥지둥 제이를 기억에서 지웠으나 때가 늦었다. 유증기로 가득 찬 공간에 정전기 한 점이 떨어진 것처럼 내 몸 전체에서 통증의 불꽃놀이가 시작됐다. 고통은 폭발적으로 연쇄하고 점증해서 삽시에 나를 잿더미로 만들었다. 나는 밤의 사막으로 냅다 도망쳤으나 소용없었다. 고통의 화기가 너무 커서 차디찬 모래밭에 머리를 파묻고 싶은 심정이었다.

나는 제이에 대한 기억을 압축해서 머릿속 한구석에 가둬놓았다. 다시는 화약고가 열리는 일이 없도록 빗장을 지르고 못질을 해버렸다. 아무리 그리워도 나를 태워가며 함께 살 수는 없었다. 그가 떠오르려 하면 다른 이들을 불러냈다. 친구, 직장 동료, 유학 시절 동기까지 아는 이라면 모조리.

어떤 이도 위안이 되지 않았다. 매 순간 이것은 허상이라는 자의식이 끼어들었다. 그들은 자기 의지로 움직이는 자가 아니었다. 내 기억이 만들어내는 대로 움직이는 자들이었다. 또 다른 고통을 상기시키는 촉매이기도 했다. 그 고통에는 분명한 이름이 있었다. 내가 떠나온 세상에 대한 그리움이었다.

더 견딜 수 없었던 건 롤라의 시간이 흐르지 않는다는 사실이었다. 스스로 시간의 태엽을 감아야 했다. 아침이 왔구나, 생각해야 해가 떴다. 이제 잘 시간이야, 해야 어둠이 왔다. 나는 내가 만든 사막에서 모래알 같은 시간을 보내야 했다. 내가 아는 온갖 것을 사막으로 불러들여 온갖 짓을 다 해도 시간은 줄어들지 않았다. 사막의 모래를 핀셋으로 집어내고 있는 거나 마찬가지였다. 시간이 저주처럼 느껴질 때마다 나는 의사가 했던 말을 떠올렸다. '당신은 원하는 대로 할 수 있을

겁니다.'

그러니까 방법을 깨닫는다면……. 깨달음은 어느 날 잠에서 깬 직후에 질문의 형태로 왔다. 어쩌면 내 세계 바깥에 다른 세계가 있지 않을까. 많은 사람, 최소한 나와 함께 업로드된 사람들의 세계를 모두 수용할 수 있는 롤라라는 큰 세계가. 그곳에선 여러 일이 일어나지 않을까. 기억이 필요하지 않은 일, 자의식의 방해를 받지 않는 일. 모래알 같은 시간을 뭉텅이로 쓸어버릴 일, 그러니까 재미난 일.

그 세계를 찾는 일이 당면한 과제가 됐다. 나는 물리적 실체가 없는 존재였고 내 의식 바깥으로 나갈 방법도 알지 못했다. 알고 있는 유일한 방식은 불러들이는 것이었다. 시험 삼아 제이의 드림시어터를 소환했다. 곧 수도 없이 봤던 초기 화면이 사막 위에 재현됐다.

나는 거대한 원형극장 앞에 서 있었다. 로비 입구엔 안내문이 붙어 있었다.

롤라 극장에 오신 걸 환영합니다. 당신은 무엇이든 될 수 있습니다.

안내문 밑엔 '경고'라는 표지판도 붙어 있었다.

극장에 입장한 후 중간에 되돌아 나올 수 없습니다. 당신이 선택한 세계의 생애가 끝나야만 롤라로 돌아올 수 있습니다. 신중하게 선택하세요.

대형 모니터 화면엔 두 개의 버튼이 떠 있었다. 식물계, 동물계. 나는 동물계 버튼을 눌렀다. 하위 버튼이 차례차례 열렸다. 척삭동물문, 포유강까지 누른 다음 스스로 물었다. 다시 인간의 삶을 살고 싶은가.

내 대답은 '아니오'였다. 영장목 대신 식육목을 눌렀다. 다음 선택은 거의 자동으로 이루어졌다. 여우속, 사막여우.

극장의 문이 열렸다. 안쪽은 방이 아니라 복도였다. 복도를 따라 양편으로 문이 나 있었다. 사하라를 시작으로 북아프리카, 북아메리카, 호주 등 여러 대륙, 수많은 나라의 사막 이름이 문에 붙어 있었다. 나는 '바하리야' 앞에 섰다.

불현듯 불안이 밀려들었다. 인간이었던 시절의 나처럼 어미 배 속에서부터 불운의 씨앗을 품고 태어나면 어떡하지. 태어나자마자 어미를 잃거나 버려지면 어떡하지. 밀렵꾼에게 붙잡혀서 세상의 어떤 낯선 장소로 팔려 가거나, 인간의 손아귀에서 길들여진다면 어떡하지.

어떡하지,라고 묻고만 있으면 아무 일도 일어나지 않아. 내 안의 목소리가 말했다. 무슨 일이 일어나려면 문을 열어야 한다고.

나는 문을 열었다. 한 발짝 안으로 들어서자 발밑이 푹 꺼졌다. 내 몸은 까마득한 어둠 속으로 미끄러져 내렸다. 깊고 축축하고 따뜻하고 좁은 어둠을 통과해 도착한 곳은 어미의 품속이었다. 나는 끽끽 울어대는 아기 여우로 막 태어난 참이었다.

이후 모든 사막에서 여우로 태어나고 죽었다. 살아갈 사막이 바닥나자 시베리아의 늑대가 되었고, 중남미로 넘어가서 성질 더러운 재규어가 되었으며, 새가 되어 하늘을 날아다니다가, 도마뱀 혹은 이집트 코브라가 되기도 했다. 인간의 발이 닿지 못하는 곳에 서식하는 야생 동물의 삶을 무량으로 살았다. 그사이 인간이었던 시절의 기억에 풍화작용이 일어났다. 망각이 깎아낸 두께만큼 고통도 줄었다.

비로소 나는 인간 세상에 가볼 용기를 얻었다. 롤라 극장과 같은 방식으로 입성을 시도했다. 전방위로 길이 뻗어 있는 원형 광장을 상상

해봤다. 곧장 거기에 서 있었다. 광장 한복판에는 대형 모니터가 있었다. 모니터 속 화면에 떠 있는 건 새하얀 얼음별이었다. 화면 하단엔 내가 태어나고 자란 곳의 시간이 표기돼 있었다.

한국 표준시: 120204년 12월 27일 19시 31분 24초

나는 충격을 받았다. '120204'라는 숫자가 뭘 뜻하는지 이해하지 못할 정도로. 더 충격적이었던 건 그쪽 세상의 기온이었다.

서울 현재 기온 영하 120도

인간이 생존할 수 있을까. 인체 내부의 수분이 결빙되는 온도인데. 이에 대한 답을 모니터가 보여주었다. 지구상의 동식물은 대부분 대멸종을 맞았다. 인간은 말할 것도 없고, 인간이 세운 고도 문명의 왕국도 얼음 아래 묻혔다. 지구 전역에는 눈 폭풍이 휘몰아치고 있었다.

나는 광장의 수많은 골목길 중 하나를 택해 안으로 들어갔다. 똑같은 원형 광장이 나왔다. 그곳에서 전방위로 뻗어 나간 길들이 있었다. 롤라의 삶이 무엇인지 보여주는 길이었다. 이 무수한 길 안에서 자기가 원하는 세계를 찾아가고, 생성과 소멸을 무한 반복하는 삶.

나도 내가 원하는 곳을 찾아냈다. 소비자가 아닌 공급자, 직접 극장을 설계하려는 이들이 모이는 광장이 있었다. 망설임 없이 그들 무리의 일원이 되었다. 제이에게 배운 기술을 밑천 삼아 맞춤형 전용 극장을 만들고 '드림시어터'라 이름 붙였다. 마침내 이 지겨운 시간의 사막에서 스스로 할 수 있는 일을 만들어낸 것이었다. 그렇다고 믿었다.

경주를 만나기 전까지는.

이제야 나는 진실을 알게 되었다. 롤라 극장을 설계한 사람이 제이라는 것도. 내게 그토록 열심히 프로그래밍을 가르친 이유가 뭔지도. 나를 이곳에 보내기 위해서였을 것이다. 영겁의 시공간을 버텨낼 수 있도록 재미난 '놀이' 하나를 미리 손에 쥐여준 거였다. 경주를 만나지 않았다면 끝내 몰랐을 진실이었다.

나는 시선을 돌려 거실 창가의 횃대를 건너다봤다. 공달이 한쪽 눈으로 나를 물끄러미 내려다보고 있었다. 기가 찼다. 저놈이 경주가 만든 홀로그램이었다는 걸 왜 알아차리지 못했을까. 왜 실제로 업로드된 앵무새라고 여겼을까.

어쩌면 롤라 입주민 자격을 가진 동물이 있기 때문일지도 모르겠다. 침팬지 같은 유인원도 있다는 풍문은 들었지만 직접 그들에게 초대받은 적은 없었다. 주로 인간이 반려하는 동물이 많았다. 고양이나 개, 아주 드물게 까마귀.

공달이 그들처럼 느껴진 건 경주의 독특한 재능 때문일 것이다. 세세한 부분까지 체화해서 기억하는, 본인 말에 따르면 저주받은 재능. 덕택에 거의 모든 수수께끼가 풀렸다. 이제 내 쪽에서 질문할 차례였다. 그가 얘기하지 않은 것에 대해. 원하는 것에 대해. 입을 열지 못하고 있는 건 순전히 나 때문이었다. 요동치는 감정을 어찌하지 못해 이성적 사고가 멈춘 상태였다.

그는 조용히 기다려주었다. 감정이 제어될 때까지, 내 의식이 제기능을 회복할 때까지, 생각의 회로가 본래 궤도로 들어설 때까지. 내내 느꼈던 바인데, 참는 능력이 뛰어난 남자였다.

"베토벤은 어떻게 됐나요?"

혼란을 뚫고 나온 내 첫 번째 질문이었다.

"열흘 후에 세상을 떠났어요."

답변하는 그의 목소리는 무덤덤했다.

"장례식에 가셨어요?"

그는 고개를 끄덕였다.

"그때 랑이 언니한테서 들었어요. 유심이 어쩌다 베토벤의 손에 들어왔는지."

베토벤은 삼애원에만 기부를 해온 게 아니었다고 했다. 수십 년간 노숙자에게 커피를 제공하는 일도 해왔다. 암 진단을 받고 회사 대표직을 내려놓은 후에도 이 일은 계속됐다. 그러던 어느 날, 매일 커피를 받아 가던 한 노숙자에게서 유심 하나를 받았다. 어디선가 무료로 받은 것이고, 자신에겐 휴대전화가 없다면서 건넨 선물이었다. 공짜 커피에 대한 감사 인사였을 것이다.

경주는 더 자세한 설명을 하지 않았다. 그 자신도 듣지 못했거나, 나한테 할 만한 이야기는 아니라고 판단했거나 둘 중 하나겠지.

"혹시 제 아버지 소식 아세요?"

나는 내내 궁금했던 것을 물었다. 롤라에 온 이후부터 지금까지도 마음에 걸리는 부분이었다. 아버지가 갖고 있다는 그럴싸한 계획이 잘 수행되었는지, 계획이 틀어져서 아버지가 궁지에 몰린 건 아닌지, 그로 인해 평생 쌓아 올린 학자로서의 명성과 업적이 세상의 조롱거리가 된 건 아닌지.

"아뇨." 그는 고개를 저었다.

"이후로 연락하지 않았어요. 혹시라도 난처하실까 봐."

소식을 모른다면 아버지는 무사했을 것이다. 만약 곤란한 처지에 빠졌다면 뉴스로라도 접하지 않았을까. 그렇게 믿고 싶었다. 그는 더 입을 열지 않았다. 한동안 침묵이 이어졌다. 결국 참을성 없는 내가 먼저 물어야 했다.

"제게 아직 말하지 않은 부분이 있을 텐데요."

그는 "아, 예" 했다. 그뿐이었다. 입은 열리지 않았다. 신상명세서에 따르면, 그는 나보다 3년 늦게 업로드됐다. 시험 업로드는 10차에 걸쳐 이어졌고, 이후에야 정식 이주가 시작됐다. 아마도 그는 첫 이주민 자격으로 이곳에 왔을 것이다.

"삼애원 사건 이후부터 업로드될 때까지 행적은 아직 밝히지 않았어요. 3년 가까이, 정확히는 2년 11개월인데."

"별거 없습니다. 출근하고, 퇴근하고, 월급 받고."

그는 거짓말을 하고 있었다. 지금까지와 어조가 달랐다. 부드럽게 이어지는 말투가 아니라 의식의 검증을 거쳐 나오는 말 같았다. 표정도 어색하기 그지없었다. 나를 똑바로 바라보지도 않았다. 이쯤에서 원칙을 상기시켜야 할 것 같았다.

"숨기는 것도, 거짓말도 없어야 한다고 말씀드렸을 텐데요."

그는 답을 하지 않았다.

"이러면 우리 거래는 없었던 일이 될 수밖에 없어요."

"그 얘긴 좀 있다 합시다."

판단컨대 밀어붙인다고 나올 이야기가 아닌 것 같았다. 나는 우회로를 택하기로 했다.

"왜 하필 동거자로 공달일 택했어요?"

경주는 고개를 돌려 공달을 봤다.

"긴 잠에서 깨어났을 때, 나는 이 집 소파에 누워 있었어요."

그도 나와 비슷한 과정을 거친 것 같았다. 업로드된 이라면 예외 없이 그랬을 것이다.

"이제 그 사람을 만날 수 있겠구나 생각했는데, 실제로 만났는데, 그게 예상만큼 좋지 않았어요. 아니, 사실은…… 지옥에 빠져 형벌을 받는 기분이었어요. 그래서 공달을 불러들였어요. 저놈에겐 별다른 감정이 없으니까. 가장 견딜 만한 상대였던 거죠."

이렇게 해석되는 말이었다. 누군가를 다시 만나고자 롤라에 왔으나, 누군가가 오히려 고통이 되었다. 해석이 맞다면, 그도 나처럼 누군가를 가뒀을 것이다. 대신 시끄럽지만 감정을 견딜 만한 공달과 살아왔을 테고. 내가 매번 제이 대신 여우를 불러내는 것처럼. 억겁을 살아도, 모든 것이 가능한 천국에서 살아간다 해도 인간은 달라지지 않는 것이다. 우리는 자기 안의 고통조차 어찌하지 못하는 감정적 존재였다.

그간 만나온 의뢰인들 역시 그랬다. 문제를 잊고자 하는 이들은 대개 롤라 극장으로 뛰어든다. 자기 인생으로 돌아가 문제를 해결하고 싶은 자는 드림시어터를 택한다. 결과는 크게 다르지 않다. 예전의 삶과 비슷하게 살다가 비슷한 문제를 안고 롤라로 돌아온다. 최소한 내가 설계하는 드림시어터에선 그렇다. 나는 내 운명이 나 자신과 일치한다고 생각한다. 아니 나 자체라 믿는다. 이 신념이 내가 설계한 운명에도 적용되기 때문일 것이다.

"내게 원하는 게 뭔가요?"

내가 물었다. 그는 공달에게서 시선을 떼고 나를 봤다.

"제 첫 번째 요구는 삼애원 사건을 겪고 난 이후부터 30쪽을 추가해달라는 겁니다."

무슨 뜻인지 이해하지 못해 나는 눈만 끔벅거렸다. 그는 짧은 설명을 추가했다.

"백지로요."

설마 설계 없는 삶을 설계하라는 말인가. 듣도 보도 못한 요구였다. 롤라 극장의 행복한 이야기에 물려서 나를 찾은 자든, 도파민 리셋을 원하는 이든 백지를 원하지는 않는다. 백지란 무작위인 동시에 무한정을 의미한다. 책처럼 30쪽을 지정할 수가 없다. 무한정 계속된다는 건 롤라나 다를 바가 없다. 아니, 그보다 더한 지옥일지도 모른다. 적어도 롤라에서는 동일한 세계를 무한 도돌이표로 떠돌지는 않으니까.

"그런 건 해본 적이 없어요. 누군가 했다는 말도 들어본 적이 없고."

"할 수 있을 겁니다."

어쩌면 그럴지도 몰랐다. 한 가지 문제만 해결한다면. 그 한 가지가 근본적인 문제라는 점이 문제였다. 나는 물었다.

"원하는 이유를 설명할 수 있어요?"

그는 눈을 내려 자신의 손바닥을 들여다봤다. 마치 거기에 이유가 적혀 있기라도 한 것처럼.

"해상 씨가 내 미래를 설계하면 그게 곧 내 운명이 됩니다. 내겐 해상 씨가 신이나 다름없는 거고요. 그렇죠?"

완전히 옳은 답은 아니었다. 그의 미래는 그의 과거가 만들어내는 그림이었다. 단지 내 손을 통해 그려질 뿐. 나는 그의 다음 말을 기다렸다.

"저쪽 세상에서 살 때 나는 내가 누군지 안다고 생각했어요. 사는 게 좋았던 적은 한 번도 없지만 살다 보면 나아질 거라 믿었고. 결국 그런 믿음은 허상이었어요. 내가 왜 사는지 이해할 수 없게 된 거죠."

"살아 있는 동안 자기 삶을 이해할 사람이 있을까요."

내가 되묻자 그는 고개를 저었다.

"나는 영원히 살고 싶어서 롤라에 온 게 아닙니다. 그저 도망친 겁니다. 그것도 아주 성급하게. 이곳에 와서야 궁금해지기 시작했어요. 그때 도망치지 않았다면 어땠을까. 나는 어떤 삶을 살았을까. 내 삶을 이해할 수 있었을까. 적어도 이해할 만한 실마리라도 찾지 않았을까."

그 이해가 왜 그리 중요한지 나는 이해할 수 없었다. 모든 생명체는 우연에 의해 태어난다. 우연하게 관계를 맺고 우연 속에서 살다가 죽는다. 인과관계가 명확하게 정의되는 삶은 롤라 극장에나 존재할 것이다.

"내겐 운명의 설계 없이 살아볼 기회가 필요해요. 도망치지 않는다면, 견뎌낼 수 있다면 내가 그 세상에 존재했던 이유를 알 것도 같아서."

나는 그가 지금껏 말하고 있지 않은 부분을 다시 짚었다.

"경주 씨 셈법대로 하자면, 경주 씨가 롤라에 온 건 38쪽 맨 아래에 해당돼요. 36쪽부터 백지로 해달라는 건 그사이를 통으로 지우라는 얘기겠죠. 그건 원칙에서 어긋나요. 처음 우리가 했던 약속을 깨는 일이고."

"제겐 백지와 똑같은 시간입니다."

나는 고개를 저었다.

"다시 말하지만, 이미 살았던 시간을 지울 수는 없어요."

"그게 내 두 번째 부탁입니다."

말문이 막혔다. 비어 있는 시간에 대해 끝까지 말하지 않겠다는 뜻이었다. 경주의 눈은 내게 붙박여 있었다. 내가 잠시 잊고 있는 부분을 되짚는 눈이었다. 너는 내게 갚아야 할 빚이 있다.

있었던 일을 바꾸거나 없애는 것이 불가능하지는 않았다. 반드시 있었던 일만 적용해야 한다면 드림시어터는 아무것도 설계할 수 없을 것이다. 이는 융통성의 문제였다. 과거에 한해 사실 적용 원칙을 세운 건 다른 누구도 아닌 나였으므로. 원칙을 깨느냐와 약속을 깨느냐 중 하나를 택하면 되는 일이었다.

나는 전자를 택하고 싶었다. 빚 때문이 아니라 그의 침묵 때문에. 그 침묵에서 고집이 아닌 절박함을 느꼈다. 만약 그가 업로드를 택하지 않고 인간으로 죽는 삶을 선택했다면 어땠을까 궁금하기도 했다. 물리적 죽음 앞에서 그가 자기 삶을 어떻게 평가할지도.

이는 내게도 해당되는 질문이었다. 인간으로 살던 시절 나는 나를 동물이라 정의했다. 동물로서 기능하고 동물의 시간을 사는 유한한 생명체로 여겼다. 그러면서도 그것이 나와 내 삶의 본질이라는 점은 받아들이지 못했다. 받아들일 수가 없었다. 조만간 내게 일어날 일, 죽음을 눈앞에 뒀던 그때에는.

내겐 타협 불가능한 두 길이 제시돼 있었다. 영원히 죽거나, 영원히 살거나. 스스로 택한 후자의 길은 나를 완전히 다른 세계로 던져넣었다. 새 일거리를 맡아 낯선 이의 세상 앞에 서면 그때의 갈림길을 떠올리곤 했다. 아무 의미 없는 질문을 스스로 던지기도 한다. 나는 동전을 잘못 던진 거 같아. 그렇지?

내 안의 목소리는 늘 냉정한 답을 건넨다. 하던 일이나 해.

"결정적인 문제가 있어요."

나는 침묵을 깼다. 그는 물끄러미 나를 쳐다봤다. 아직도 문제가 남왔느냐는 눈이었다.

"롤라 극장의 원칙 말이에요. 일단 들어가면 선택한 생애가 끝나야 나올 수 있어요. 롤라 극장을 기반으로 하는 드림시어터에도 똑같이 적용되는 원칙이에요. 반드시 죽어야만 끝이 나요. 죽지 않으면 롤라로 돌아오지 못해요. 가상의 세계를 유령처럼 영원히 떠돌게 된다는 얘기예요."

"그게 왜 문제가 됩니까?" 그는 고개를 갸우뚱했다. 도무지 이해를 못하겠다는 표정이었다. "죽으면 되잖습니까."

나는 초등학생한테 니체를 강의하는 심정으로 다시 설명했다.

"죽으려면 죽음에 이르는 길이 설계돼야 해요. 어느 날 갑자기 벼락을 맞아 죽는다고 해도 최소한 벼락 맞을 장소와 시점까지는 설계돼야 한다고요. 삶 전체가 죽음과 연결돼 있다는 뜻이에요. 태어나는 것 자체가 죽음을 향한 여정이라는 의미고. 드림시어터 안의 사람들이 설계된 운명을 사는 이유예요. 죽음이라는 보장된 출구가 있고 롤라로 안전하게 돌아올 수 있으니까. 그런데 경주 씨는 백지를 원하고 있잖아요."

"스스로 죽을 수도 있지 않습니까?"

"백지의 의미를 잘 생각해봐요. 무작위와 무한정의 시공간에 스스로 죽는다는 표지를 명확히 세울 수 있겠는지. 로토에 맞으면 나는 부자가 될 거야,라는 가정법과 비슷해요. 로토가 나를 피해 딴 사람에게만 간다는 점에서."

"방법이 없습니까?"

나를 보는 그의 눈에 이해와 답답함과 간절함이 복잡하게 뒤엉켰다. 나는 머뭇대지 않고 대답했다.

"없어요."

"절대로?"

대답 대신 나는 의자에서 일어났다. 그도 일어났다. 우리는 말없이 상대를 마주 보고 서 있었다. 침묵이 끝도 없이 흘러갔다.

"그렇다면 나는……." 마침내 그가 입을 열었다.

"돌아오지 않겠습니다."

18

나는 경주의 집을 나섰다. 거리 풍경을 하나하나 눈여겨보며 산책하듯 걸었다. 등 뒤에선 공달이 그토록 원하던 노래를 부르고 있었다.

"……깊은 산속엔 뻐꾸기가 높은 하늘엔 종달새가……."

버스 승강장을 지나자 어둠의 벽이 나를 막아섰다. 이 벽은 그의 영역이 시작되는 경계선이었다. 나는 걸음을 멈추고 걸어온 거리를 돌아봤다. 그가 대문 앞에 선 채 나를 응시하고 있었다. 공달은 그의 어깨에 내려앉아 목청을 돋우는 중이었다.

"오 히 야하 오 오오 오오. 오 히 야하 오 오오 오……."

가수가 꿈이라더니. 유치원 학예회에도 못 나갈 솜씨였다. 천하의 랑이 언니도 음치는 구제하지 못한 모양이었다. 나는 몸을 돌리고 벽을 향해 섰다. 어둠의 벽이 열리기 시작했다. 밖으로 발을 디디자 만경로가 등 뒤로 물러나며 벽이 닫혔다. 동시에 황막한 사막이 나를 감쌌다. 내 거처로 들어온 것이었다.

롤라에 업로드된 이래 나는 인간으로 살아본 적이 없었다. 가상세계를 돌아다니는 내내 야생동물로만 살았다. 운명을 설계하게 된 이후에도 나를 위한 드림시어터는 만들지 않았다. 내 삶을 돌아보는 것 자체가 고통이었다. 고통을 되풀이해 겪을 용기가 없었다.

이제 용기를 낼 때였다. 나는 그의 운명을 설계하지 않겠다는 약속을 지켜야 했다. 동시에 설계자로서 그를 롤라로 귀환시킬 의무도 수행해야 했다. 그것도 그가 원하는 시기에, 적절한 방식으로. 돌아온 후엔 그로 하여금 순수하게 자기 방식으로 살았던 삶이라 믿게 할 수 있어야 했다. 돌아오면 그에게서 듣고 싶은 것도 있었다. 그가 숨기고 있는 마지막 3년이 백지 상태에서도 원본대로 작동했는지, 어떤 이야기인지, 그가 스스로 던진 질문에 답을 찾았는지.

이 모든 것을 충족할 방법은 하나뿐이었다. 나를 주인공으로 한 드림시어터를 하나 더 만드는 것.

종종 보수공사보다 새집을 짓는 게 더 합리적일 때가 있다. 바로 내 경우가 그랬다. 나는 내가 만든 세계에서 실제 나일 필요가 없었다. 허구의 인물이어도, 실제 인물이어도, 업자로서 만들어냈던 많은 인물 중 하나여도 괜찮았다. 어떻게 펼쳐질지 모르는 경주의 삶에 접점을 만들고 외생변수로 작용할 수 있다면 누구라도 상관없었다. 나는 이것을 속임수라 생각하지 않기로 했다. 대신 출구 전략이라 이름 붙였다.

나는 모닥불 앞으로 가서 앉았다. 노트북을 시야로 불러내 작업을 시작했다. 그의 것은 백지로, 내 것은 65쪽짜리 설계도면으로 만들었다. 우리는 65쪽 끝머리에서 만나게 돼 있었다. 설계한 운명의 인력이 백지보다 강하다는 걸 이용해 내 쪽에서 시점과 접점을 만들었다. 오

차가 발생하지 않는 한 만나는 순간부터 두 세계는 동시 상황으로 작동된다. 내 시점에서 경주와 국수를 먹고 있다면 그의 시점에서는 나와 국수를 먹는 것이다.

일을 마쳤을 때 화면에는 두 개의 드림시어터가 나란히 생겨났다. 그를 데려올 수 있겠다는 자신감도 생겨났다. 나는 흉곽을 두들기는 기분 좋은 진동을 느꼈다. 긴장과 불안과 설렘이 혼재하는 무의식의 신호였다. 한 번도 해보지 않은 일을 앞두었을 때 오는 것, 흔히들 기대라 부르는 감정이었다.

번외로 다른 기대도 품고 있었다. 다른 사람으로 살게 될 내 삶에서 무언가 찾을 수 있을까, 하는 기대. 찾아낸다면 '무언가'는 이 지겨운 영생에 요긴한 덤이 될 것 같았다.

그에게 먼저 파일을 전송했다. 이어 내 파일을 열었다. 실행 버튼을 클릭하면 나는 나를 떠날 것이다. 기나긴 어둠의 통로를 통과할 것이고 새로운 삶이 시작되겠지. 어미의 몸을 빠져나와 사막의 어느 바위굴에서 새끼 여우로 태어났던 그 순간처럼.

나는 실행 버튼을 눌렀다. 어둠이 덮쳐왔다.

6장

경주, 드림시어터

19

나는 주방 뒷문을 열고 집 안으로 들어섰다. 안방과 거실과 주방, 주방 안쪽 지하실 문 앞까지 빙 둘러 살펴봤다. 한 달 전, 집을 떠날 때와 다른 점이 있었다. 안방 문이 열려 있고, 집 안 전체에 흙 묻은 신발 자국들이 찍혀 있었다. 베란다 유리문의 버티컬 블라인드도 한 뼘쯤 열린 상태였다. 블라인드 밑엔 필터가 납작하게 씹힌 담배꽁초 하나가 뒹굴고 있었다. 누군가 집에 들어온 것이었다. 담배를 잇새에 물고 피우는 습성이 있는 누군가가.

신발 밑창 모양이 두 가지인 걸로 봐서 최소 두 사람이었다. 일단 떠오르는 건 철거업자였다. 철거를 시작하기 전, 빈집인 걸 확인하려고 들어왔을지도 몰랐다. 공지문에도 집이 빈 것을 확인할 수 있도록 뒷문을 잠그지 말라는 권고 항목이 있었으니까. 그게 아니면, 주변을 배회하던 노숙자들이 들어왔을 수도 있었다.

어느 쪽이든 마음이 좋지 않았다. 불쾌하다는 감정보다 불길한 느낌 쪽에 가까웠다. 마치 선산을 훼손당한 기분이랄까. 살고 있을 때보다 떠날 때 더 공들여서 청소를 해뒀는데. 빈집 냄새가 나지 않도록 식탁 위에 장미 향 디퓨저도 놔뒀는데. 그것은 55년 동안 살아온 집, 나와 함께 나이 들어온 집, 여기서 눈 감으리라 여겼던 집, 조만간 고속도로의 지반이 되어 깔릴 늙은 내 집에 바친 경례와도 같은 것이었다.

나는 지하실 문 앞으로 걸어갔다. 걸어둔 걸쇠를 벗겨 문을 열고, 손전등을 켜고, 나무 계단을 조심조심 내려갔다. 집을 떠날 때 가장 고민스러웠던 것이 세간 처리 문제였다. 필요 없는 옷가지와 신발은 날마다 야금야금 마당에서 태웠다. 옮길 수 있는 세간은 지하실에 내려다 쌓아두었다. 옷장, 침대, 냉장고, 에어컨, 소파, 의자, 책과 책장, 하다못해 수도관을 교체하고 남은 쇠파이프까지. 팔거나 버리기도 싫고, 새 거주지인 만경빌리지로 끌고 갈 수도 없어 택한 방법이었다.

뒷마당으로 난 지하실 창문은 안쪽에 두꺼운 합판을 대고 나사로 고정해서 가렸다. 창문 바깥쪽엔 물을 채운 고무 물통을 세워두었다. 누군가 창문을 열고 들어와 물건들을 훔쳐 가지 못하도록, 밖에서 창문이 아예 보이지 않도록. 지하실이 파헤쳐지지 않고 집과 함께 묻혔으면 하는 마음이었다.

집을 떠난 지 한 달이 지나도록 철거 작업은 진행되지 않았다. 그럴 기미조차 없었다. 만경로 입구가 폐쇄된 채로 이곳은 유령 마을이 돼가고 있었다. 덕택에 한 번 더 집에 와볼 수 있기는 했지만.

나는 전선과 충전기 플러그 등을 모아둔 상자를 끌어냈다. 그 안에서 방풍 재킷의 발열 내피 충전기를 찾아 쥐고 지하실을 빠져나왔다. 물론 충전기 하나 찾자고 눈보라 치는 날 여기까지 온 건 아니었다.

건강검진차 영동병원에 다녀오는 길에 들른 것이었다. 충전기도 가져갈 겸, 무너지기 전에 한 번 더 집을 돌아볼 겸 겸사겸사.

지하실을 빠져나와 문에 체인 걸쇠를 걸어두었다. 발자국들이 다시 눈에 들어왔다. 찜찜하고 신경 쓰였다. 자물쇠라도 구해다 잠가둘까 하다가 그만두었다. 머릿속 훈수꾼의 훈수를 받아들였다. 미련 갖지 마. 낼모레면 사라질 집이야.

나는 벽에 세워둔 자전거를 끌고 대문을 나섰다. 안전모를 덮어쓰고 고글을 내린 뒤 자전거에 올라탔다. 오후 2시의 하늘이 해거름만큼이나 어두웠다. 눈보라가 휘몰이 파도처럼 정면에서 덮쳐들었다. 도로엔 벌써 눈이 쌓여가고 있었다. 동네엔 황량한 정적이 감돌았다. 마을 초입의 비닐하우스 단지를 지나 도로를 차단한 바리케이드 앞에 이를 때까지 새 한 마리 날지 않았다.

잠시 후 세 개의 길이 만나는 삼거리에 도착했다. 하나는 영동대로에 접도하는 진입로, 두 번째는 금방 지나온 만경로, 세 번째는 만경빌리지로 가는 만경잿길.

만경잿길은 까마득한 골짜기를 에도는 굽잇길이었다. 시작부터 가파르게 오르는 산복 도로이기도 했다. 오랜 세월 MTB 자전거로 세상의 온갖 산악을 누볐건만, 이 소박한 잿길 앞에서 불쑥 주눅이 들었다. 영동병원까지 다녀오느라 체력이 떨어진데다 무릎도 예전 같지 않았다. 겨울 내내 바깥에 널어둔 시래기처럼 뻣뻣했다. 우격다짐으로 페달을 밟았다간 곤죽이 되고 말 것 같았다.

나는 고글을 위로 밀어 올리고 자전거에서 내렸다. 자전거를 끌고 걸어서 오르는 고달픈 안전을 택했다. 눈길에 미끄러지지 않도록 주의하면서 500여 미터쯤이나 갔을 것이다. 등 뒤에서 차 소리가 났다.

갓길로 붙어 서자 지붕에 루프박스를 올린 흰 SUV가 옆을 지나쳐 갔다. 웽 소리를 지르며 가파른 경사를 올라챈 차는 모퉁이를 돌기 직전에 멈춰 섰다. 내가 차 근처에 다다르자 운전석 차창이 스르르 내려왔다.

"만경빌리지로 가시죠?"

창 안에서 단발머리 여자가 얼굴을 내밀고 말을 걸어왔다. 피 끓는 청춘으로 보이진 않았으나 만경빌리지 주민 같지도 않았다. 그러기엔 너무 젊어 보였다. 어쩌면 부모나 친척을 만나러 가는 길인지도 몰랐다. 나는 걸음을 멈추고 대답했다.

"그렇습니다만."

여자는 "타세요" 했다. 자기도 그리로 간다고 했다. 예기치 못한 호의여서 고마움보다 당혹감이 앞섰다. 요즘도 자기 차에 낯선 남자를 태워주는 사람이 있나 싶어서. 이 한적한 산길에서, 그것도 여자가.

"괜찮습니다."

'예의상 사양'보다 거절로 들릴 어조여서 나는 얼른 뒷말을 이었다.

"자전거를 실으면 차가 더러워질 겁니다. 차 뒷좌석도 접어야 하고."

"더럽힐 기회를 드릴게요." 여자는 차 트렁크를 열어주며 말했다. "한 번 더 사양하면 후회하실걸요."

맞다. 이 눈보라에 차 트렁크를 열어주는 훌륭한 분을 만났다면 냉큼 타야 하는 것이다. 나는 차 뒷좌석을 접고, 자전거를 쑤셔넣은 다음 조수석 쪽으로 돌아갔다. 안전모와 옷과 신발에 붙은 눈을 털고 차에 올랐다. 고슬고슬하고 따뜻한 공기가 나를 맞았다. 살 것 같았다.

"고맙습니다."

인사를 건네자 여자는 눈꼬리를 구부려 웃었다.

"별말씀을."

나는 여자에게 잠깐 시선을 붙박고 있었다. 정확히 말하자면, 귓불에 찍힌 두 개의 점을 보고 있었다. 어디선가 본 인상인데 어디서 봤는지 기억나지 않았다. 요즘은 체력뿐 아니라 기억력까지 졸아든 느낌이었다. 여자가 말했다.

"안전벨트 매세요."

차가 출발했다. 나는 안전모를 끌어안고 조용히 앉아 있었다. 쓸데없이 말을 걸어 운전하는 여자의 주의를 흩뜨리고 싶지 않았다. 불필요한 움직임으로 여자를 긴장시키고 싶지도 않았다. 어색한 침묵이 이어졌으나 나는 이 분야의 강자였다. 입 닥치고 가만히 있으라면 한 달도 그리할 수 있었다.

"뭐 하시다 이제 가시는 거예요?"

여자가 물었다. 차는 두 번째 모퉁이를 돌아서 오르막을 오르고 있었다. 나는 고개를 돌려 여자를 봤다. 무슨 말인가 싶었다.

"아까 영동병원에서 봤어요. 제가 막 병원으로 들어설 때 자전거 끌고 나가시던데."

아아…… 그래서 나를 태워줬구나, 싶었다.

"제가 동네에서 이름깨나 날리는 점쟁이인데, 점괘 좀 내볼까요?" 여자는 시선을 앞 차창에 붙박은 채 물었다. "만경빌리지 입주민이죠?"

점쟁이가 맞는 것 같기도 했다. 하나 마나 한 말부터 꺼내는 걸로 봐서. 만경빌리지로 간다고 했으니 당연히 입주민이지 않겠는가.

"한 달 전에 604호에 입주하셨죠?"

나는 눈을 껌벅이며 앞 차창을 내다봤다. 영동역 앞에서 "도를 아십니까"라고 물어오는 여자를 만난 기분이었다.

"긴장 푸세요. 누가 보면 제가 납치라도 한 줄 알겠어요."

인간은 기본적으로 예상할 수 있는 일을 선호하고 거기에 안정감을 느낀다. 예상에 어긋나는 상황이 거듭되면 경계심이 생기고 불안해진다. 지금이 바로 그런 상황이었다. 나를 태워준 것부터 예상치 못한 일이었다. 게다가 차는 희뿌연 눈보라 속을 거침없이 내달리는 중이었다. 실제 속도는 모르겠으나 체감 속도는 시속 100킬로미터를 넘을 것 같았다. 이 아슬아슬한 산복 도로에서 그 정도면 폭주에 가까웠다. 와중에 여자는 내 쪽으로 시선을 옮기며 말을 이어갔다.

"저, 만경빌리지 의무실에서 일해요. 근무한 지 4년째라 입주자들을 잘 알고요. 그쪽도 자주 봤는데. 날마다 산책로에 나가시잖아요. 전망대까지 다녀오시는 것 같던데."

여자를 어디서 봤는지 이제 알 것 같았다. 의무실에는 가본 적 없지만 만경빌리지 내 어디선가 한두 번쯤 스쳐 갔을 것이다. 완전히 낯선 사이는 아닌 것이다. 그런 의미에서 진심 어린 조언을 해주고 싶었다. 속도를 줄이든가 입을 닫든가 앞을 똑바로 보든가, 셋 중 하나는 해달라고. 도로 아래 골짜기에 볼 일이 있는 게 아니라면.

"놀라운 얘기 하나 알려드릴까요?"

별로 놀라고 싶지 않았으나 예의상 고개를 끄덕였다.

"제가 603호에 산다는 거예요. 바로 어제부터."

놀랍긴 했다. 어제 옆집이 시끄럽다 했더니 이사 소음이었나 보았다. 그렇기는 해도 여자의 운전만큼 놀랍지는 않았다. 아무래도 카레이서한테 운전을 배운 모양이었다. 아니면 본인이 F1 선수였든가. 암벽이 툭 튀어나온 기역 자 모퉁이로 접어들었는데도 속도를 줄이지 않았다. 대신 도로를 넓게 쓰면서 바깥쪽으로 돌았다. 차가 왼쪽 바퀴 두 개로만 도는 기분이었다. 배 속 근육이 긴장하는 바람에 배꼽 아래가 테니스공만 하게 뭉쳤다.

"만경빌리지는 남 일에 관심이 많은 동네예요. 그것 말고는 할 일이 없는 데라. 소문에 따르면 그쪽은……."

옆집 여자는 잠깐 말을 멈췄다. 나는 양 무릎이 저절로 내회전해 모이는 걸 느꼈다. 눈보라 저편에서 초록색 진개트럭이 튀어나오고 있었다. 도로에 쌓인 눈을 도도하게 파헤치며 급발진하듯 훅. 육중한 트럭 동체가 나를 덮쳐오는 느낌이었다. 목 안에서 헛숨이 튀어나왔다.

나는 질끈 눈을 감았다. 감은 눈꺼풀 안으로 거대한 철판 코일이 굴러오고 있었다. 27년 전 과거에서 굴러오는 환영이었다. 현기증이 일고 진땀이 났다. 환영인 줄 알면서도 철판에 깔려 몸이 차 밑으로 꺼지는 기분이었다.

"아, 깜짝이야."

옆집 여자가 나직하게 중얼거렸다. 그 혼잣말이 철판 코일의 환영 밑에서 나를 끌어냈다.

"또 저 새끼네."

'또'라 하는 걸 보니 아는 새끼인가 보았다. 아니면 이 모퉁이에서 지금과 비슷한 방식으로 스쳐 간 적이 있거나. 실눈을 떠서 룸미러를 곁눈질했다. 트럭은 사라지고 없었다. 나는 목구멍에 물고 있던 숨을 소리 죽여 내보냈다.

"괜찮으세요?"

그럴 리가. 내 평생에 미치광이가 모는 차를 얻어 탄 건 처음이었다. 하마터면 당장 내려달라고 소리칠 뻔했다. 고함이 터지기 직전에 머릿속 훈수꾼이 브레이크를 걸었기에 망정이지. 입 닫아. 모퉁이 두 개만 더 돌면 이 정신 나간 스피드광의 차에서 내릴 수 있다고.

"얼굴이 창백해요. 놀라셨나 보다."

나는 끝까지 입을 열 수가 없었다. 모퉁이 두 개를 삽시에 통과한 차는 이제 주차장을 향해 돌진하고 있었다. 2루를 향해 헤드퍼스트 슬라이딩을 하는 1루 주자처럼 맹렬하게. 와중에도 그녀의 입은 닫힐 줄 몰랐다.

"2주 전에 바뀐 재활용품 수거업자인데 하는 짓이 동네 깡패 같아요."

차는 곡예를 하듯 좌측으로 반 바퀴를 꺾어 직원 주차 구역에 급정거했다. 어린 시절 비디오방에서 본 홍콩 영화의 한 장면 같았다. 나는 그녀에게 묻고 싶었다. 혹시 코트 안에 쌍권총을 차고 있는 건 아닌지.

"혹시 심장병 있어요?"

옆집 여자는 시동을 끄고 내 낯빛을 살폈다. 나는 태워줘서 고맙다고 대답했다.

"일단 자전거부터 내리세요."

고분고분 시키는 대로 했다. 뒷좌석을 세워놓고 트렁크 문을 닫자 옆집 여자가 말했다.

"자전거 주차시키고 다시 이리로 오세요."

왜 오라는지 궁금했으나 묻지 않았다. 말 잘 듣는 강아지처럼 자전거를 끌고 가 보관소에 세웠다. 차 옆으로 돌아오자 옆집 여자는 큼직한 가방을 둘러메고 차에서 내렸다.

"우리 정식으로 인사해요. 서윤희예요."

그녀는 나와 마주 서면서 불쑥 손을 내밀었다. 나는 땀으로 축축해진 손바닥을 허벅지에 문질러 닦고 그 손을 잡았다.

"임경줍니다."

"들어가실까요."

주술에라도 걸린 것처럼 딸랑딸랑 윤희 뒤를 따라갔다. 어깨 뒤에 붙어 함께 엘리베이터를 탔다.

"저는 이제부터 근무예요."

2층에서 내리며 윤희가 손을 흔들었다. 나는 어정쩡한 자세로 고개를 숙였다. 엘리베이터 문이 닫히자 긴 한숨이 나왔다. 볼모로 붙잡혀 고문을 당하다 열흘 만에 풀려난 기분이었다. 방으로 들어선 후엔 문짝에 등을 기대고 한동안 서 있었다. 방 안 풍경이 낯설어서 선뜻 발을 뗄 수가 없었다.

만경빌리지 6층에 있는 내 방은 나갔다 들어올 때마다 낯선 느낌을 주었다. 살기 시작한 지 한 달째면 익숙해질 법도 하건만. 만경로 내 집과는 비교할 수 없을 만큼 안락하고 편리하고 품위 있는 공간인데도.

고풍스러운 가구와 전등, 초침이 째깍째각 소리를 내며 문자판을 도는 아날로그 벽시계, 호텔식 침구가 깔린 침대, 긴 산책로와 관목 숲이 내다보이는 널찍한 창문, 이중 커튼과 창가에 놓인 1인용 의자, 3인용 소파, 원목 소재의 책상 겸 테이블과 옷장, 동선이 충분하게 확보되는 널찍한 통로, 아일랜드 식탁과 냉장고와 전기 제품, 식기 등이 비치된 간이 주방, 큼직한 욕조가 있는 욕실, 욕실과 침대 머리맡에 각각 설치된 비상 호출 벨…….

만경빌리지는 만경봉 중턱에 들어앉은 레지던스형 실버타운이었다. 만경부동산 백 사장의 주요 홍보 메뉴였던 바로 그 실버타운. 개원한 지 25년 된 20층 건물로, 보증금이나 월세가 서울 못지않게 비싼데다 입주 연령이 65세 이상으로 제한돼 있었다. 그런데도 입주 경쟁률이 높았다. 경영 콘셉트를 잘 잡은 덕일 것이다.

회사 측 홍보에 따르면, 만경빌리지는 전국에서 가장 고전적인 주거지였다. 시스템 대부분이 아날로그 방식으로 작동되는 노인친화적인 동네였다. 최신 문물에 주눅 들 일 없고, AI나 로봇과 기싸움을 하느라 기운 빼지 않아도 되고, 복잡하고 거만한 기계 앞에서 울화통 터트릴 일도 없었다. 기계가 담당하는 건 눈에 보이지 않거나 대체 불가한 부분뿐이었다. 경비, 간호사, 간병인, 식당이나 카페 서빙, 매점, 청소, 건물 관리 등 거의 모든 일을 인간이 해결했다. 도서관이나 체육관 같은 편의 시설, 당구장이나 음악실 같은 문화시설도 인간 도우미가 상시 대기 중이었다. 대부분 말이 잘 통하지 않는 이민자들이었지만 그래도 그게 어딘가. 인구가 반 토막 난 대한민국에서.

나는 이곳에 입주하려고 반년 동안 기다렸다. 내가 만경로를 떠난 마지막 주민인 이유다. 길고양이가 점령한 유령 마을에서 홀로 버티다가 강제 퇴거 직전에야 입주 통보를 받았다. 그렇게 해서라도 만경빌리지에 입주하고 싶었다. 언젠가는 아내가 나를 찾아올 터였다. 그녀가 온 걸 알아차리려면 적어도 내 집터를 볼 수 있는 곳에서 살아야 했다. 어떻게 알 수 있을지는 알지 못하나 그 순간이 오면 알게 될 거라고 믿었다. 그녀가 나를 부르든가, 나 스스로 깨닫고 그녀에게 가든가.

패딩 재킷을 벗어 창가 의자에 던져놓고 주방으로 갔다. 시간을 들여 커피콩을 섞고 볶고 갈았다. 커피 한 잔을 내려 창가 자리에 앉았을 땐 벌써 날이 저무는 중이었다. 저녁 식사 시간까지는 아직 한 시간 이상 남아 있었다. 나는 패딩 재킷의 주머니에서 작은 노트를 꺼냈다. 영동병원에 갔다가 근처 문방구에서 산 새 노트였다.

창가 테이블 위엔 연필과 연필깎이, 지우개, 다 쓴 노트 한 권이 놓여 있었다. 내 집이 철거된다는 통보를 받고 샀던 것들이었다. 집을 떠난다는 건 내게 공간 이동만을 의미하지는 않았다. 인생의 대부분을 그 집에서 보냈기 때문이었다. 그 시간은 곧 견디고자 애썼던 시간이었다. 이제 내게 남은 것은 기다리는 시간이었다. 아내가 데리러 오는 시간, 그녀의 손을 잡고 이생을 떠날 시간. 그때가 오기 전에 기억을 정리해두고 싶었다. 내 인생을 송두리째 뒤바꿔버린 세 사람의 죽음에 대해서. 기록이 끝나면 아등바등 버텨온 삶의 이유를 알 수 있을까, 하는 기대를 갖고.

생생하게 기억하는 능력은 어떤 이에겐 저주가 된다. 그런 사람들은 세월이 주는 축복, 기억을 추억으로 바꾸는 도색 작업이 불가능하다. 당시의 상황과 감정까지 기록물처럼 고스란히 남아 있다. 기억을 되짚는 일은 그 일을 다시 겪는 것과 다를 바가 없다. 노트 작업은 내게 바로 그런 일이었다.

기억은 예상보다 섬세한 극화물로 압축돼 있었다. 이를 푸는 일은 각오한 것보다 훨씬 더 고통스러웠다. 망설이고, 회피하고, 미루면서 한 세월을 보냈다. 결국 만경빌리지에 입주한 후에야 첫 문단을 썼다.

"전화벨이 울고 있었다. 나는 눈을 떴으나 전화를 받을 수가 없었다……."

승주의 죽음에서 시작해 제이의 죽음에 이르렀을 때, 노트도 맨 끝장에 도착했다. 바로 어젯밤이었다. 새로 사 온 노트는 세 번째 죽음에 대한 이야기를 기록할 공간이었다. 나는 다 쓴 노트 표지에 '1'이라고 쓰고 낡은 구두 상자에 담아 테이블 밑에 내려놓았다. 대조가 필요할 때 언제든 꺼내서 확인할 요량이었다. 새 노트 표지에는 '2'라고 표기했다. 몽당이가 된 연필을 버리고 연필깎이에 새 연필을 꽂았다. 이후 한 시간 동안 연필만 깎았다. 심지를 수도 없이 부러뜨리면서 새로운 몽당이를 만들었다.

아무래도 글쓰기에는 관성의 법칙이 적용되지 않는 듯했다. 어젯밤까지 잘 진행되던 글이 세 번째 이야기 앞에서 딱 멈췄다. 생각이 좀체 모이질 않았다. 집중을 하려 들면 들수록 풀대 속 여치처럼 들뛰었다. 무의식이 저항하고 있는 것이었다. 그 바탕에는 두려움이 있을 터였다. 봉인된 기억을 열어야 한다는 두려움. 함께 불려 나올 그때의 고통에 대한 두려움.

나는 연필을 내던지고 노트를 덮었다. 머릿속 훈수꾼이 단골 처방전을 내놓았다.

가서 저녁밥이나 드셔. 헛심 쓰지 말고.

20

어느새 6월이 간다. 나는 영동역 근처에 있는 통증 재활 전문 병원에 출근하기 시작했다. 갓 개원한 병원이었고 통증치료팀, 작업치료팀, 운동재활치료팀, 도수치료팀을 모두 갖춘 대형 물리치료센터가 있었다. 그중 도수치료팀 인원이 가장 적었는데, 팀장인 나를 포함해 총 네 명이었다.

노트 옆에 둔 휴대전화가 연달아 딩동딩동 울었다. 대기 화면엔 재난센터발 폭설경보와 한파경보 문자가 줄줄이 뜨고 있었다. 가능하면 운전하지 말라, 고령자나 기저 질환 환자는 집에 머물라, 수도관 및 보일러 동파에 대비하라 같은 행동 지침이 추가로 날아왔다. 체감 온도가 아니라 실제로 측정된 기온이 영하 22도란다. 만경읍이 블라디보스토크도 아니고, 원…….

나는 눈을 돌려 창밖을 내다봤다. 아침부터 시작된 눈보라가 지금껏 계속되고 있었다. 오후가 되면서 점점 더 심해지는 것도 같았다.

바깥 풍경은 거의 보이지 않았다. 잿빛 대기에 가려 하늘조차 보이지 않았다. 12월로 접어들면서 해를 본 날이 거의 없었을 것이다. 텔레비전 뉴스에선 날이면 날마다 털모자를 쓴 기상캐스터가 호들갑을 떨었다. 북극의 반란, 재앙적 한파, 폭주하는 겨울, 극지방화 된 동아시아…….

실제로 매년 겨울이 길어지는 느낌이었다. 지난해엔 11월 초에, 올해는 10월 말부터 영하로 내려갔다. 30년 후쯤엔 눈보라 치는 8월을 맞을지도 모를 일이었다. 그 시절의 아이들은 8월을 겨울이라 부르겠지. 여름은 노인들의 기억에나 존재하는 계절이 될 것이다. 나는 그때까지 살아 한때 여름이었던 겨울을 맞게 될까.

휴대전화가 다시 울어댔다. 이번엔 지금 할 일을 알려주는 알람 소리였다. 오후 2시가 되었으니 산책하러 나가시라.

알람을 끄자 내 안의 게으름뱅이가 속삭여왔다. 재난센터가 바깥은 위험하다잖아. 오늘은 그냥 방에 있지 그래.

쓰던 거나 쓸까, 생각하자마자 진력이 났다. 오전 내내 첫 문단만 썼다 지웠다 하던 참이었다. 엉덩이를 깔고 앉아 버텨봐야 진전이 있을 것 같지 않았다. 봉쇄된 기억의 저항이 상상 이상으로 컸다. 강력한 자기장에 부딪친 것처럼 그 근처에만 가도 사고 회로가 잡음을 일으켰다. 돌파구가 필요했다. 눈보라라도 맞으면 그걸 찾아낼지도 몰랐다.

연필을 내려놓고 창가 의자에서 일어났다. 발열 내피의 충전 상태를 확인한 후 방풍 재킷을 걸쳤다. 귀달이 털모자를 덮어쓰고 머플러, 마스크, 장갑을 챙겼다. 눈길에 미끄러지지 않도록 접지력 좋은 중등산화를 찾아 신었다. 30년 후까지 살아 있을지는 모르나 죽는 날까진 스스로 움직이고 싶었다. 할 수 있다면 죽음의 땅까지도 내 발로 걸어가고 싶었다. 그러려면 뼈가 무탈해야 했다. 마지막으로 냉장고에서 당근 몇 조각을 꺼내 재킷 주머니에 담고 방을 나섰다.

"자전거 타러 가시오?"

엘리베이터에서 내리자 등 뒤에서 말을 걸어오는 자가 있었다. 굳이 돌아보지 않아도 누군지 알 수 있었다. 주민들에게 '김씨'라 불리는 경비원으로 평판이 썩 좋은 자는 아니었다. 외국인 직원들을 함부로 대한다, 거주 평수로 사람을 차별한다, 사생활을 염탐하고 소문을 퍼뜨린다, 근무시간에 술을 마신다, 불러도 오지 않는다, 말본새나 행동거지가 근본 없는 상놈이다…….

주민 불평이 빗발쳐도 관리사무소 측은 무시로 일관하고 있었다. 하기는 귀를 닫는 게 이 산속 실버타운에서 일할 사람을 구하기보다는 쉬울 것이다. 나는 일별도 없이 로비로 향했다.

"오늘은 방에서 고구마나 드시지."

김씨는 기어코 쫓아와 내 앞에 섰다. 경봉으로 손바닥을 두들기며 덧붙였다.

"그 연세에 낙상이라도 하면 어쩌려고."

네 연세나 내 연세나 그리 차이도 없어 보인다만. 혓바닥에 올라앉은 말을 꿀꺽 삼키고 로비를 나섰다. 눈보라가 정면에서 습격해왔다. 진눈깨비가 탁탁 소리를 내며 얼굴에 들러붙었다. 나는 머플러를 목에 두르면서 정문 쪽을 건너다봤다. 초록색 진개트럭이 들어오고 있었다. 일주일 전 만경잿길에서 마주친 그 트럭이었다. 가만 보니 운전 방식이 서윤희와 매우 흡사했다. 속도를 줄이지 않고 주차장 옆길로 진입하더니 부앙, 하는 굉음을 내지르며 재활용품 수거장이 있는 건물 뒤로 사라졌다.

나는 마스크를 끼고 걷기 시작했다. 주차장을 지나 자전거보관소를 돌아서 산책로로 올라섰다. 눈보라 탓에 시계가 흐릿했으나 흐릿하던 머릿속은 말갛게 갰다. 무겁게 가라앉았던 기분까지 한풀 가벼워졌다. 나오길 잘했구나 싶었다.

에움길이라 이름 붙은 이 산책로는 만경빌리지 뒤편 산기슭을 반 바퀴 도는 길이었다. 아리랑 고개 같은 구불구불한 길이 4킬로미터나 이어졌다. 길 전체에 원목 데크가 깔려 있고, 튼튼한 통나무 난간이 설치돼 있었다. 계단이 없고 경사가 완만한데다 폭도 넓었다. 도보로도, 자전거로도, 휠체어로도 움직이는 게 가능한 셈이었다. 만경빌리지로 내려가는 샛길이 두 개씩이나 있어 급한 용무가 생길 땐 방향을 바꿀 수도 있었다.

만경빌리지의 '젊은것들' 그룹은 주로 조깅이나 자전거 하이킹 코스로 이 길을 이용했다. 이곳에서 나는 젊은것들 중에서도 새파란 젊은것이었다. 식당에 들어가면 "604호 어린이" 하고 불러 세워 잔심부름을 시키는 98세 할머니도 있었다. 만경빌리지 주민의 평균연령이 96세인 걸 감안하면 그리 이상할 일도 아니었다.

나는 평소보다 조금 빠른 속도로 걸었다. 서둘러야 할 것 같았다. 날이 더 어두워지기 전에 산책로 끝에 있는 전망대까지 가려면. 전망대는 산책로에서 가장 고도가 높은 지점이었다. 그곳에 가면 떠나온 내 집을 내려다볼 수 있었다. 만경봉에 정주하는 야생동물을 볼 수 있는 곳이기도 했다. 고라니, 삵, 족제비, 때론 한 무리의 까마귀. 언제나 같은 자리에서 나를 기다리는 잿빛 산토끼도 있었다. 패딩 주머니에 든 당근은 녀석의 몫이었다. 물론 또 만나야 줄 수 있겠지만.

첫 번째 샛길 입구에 도착했을 때였다. 방광이 난감한 신호를 보냈다. 찌릿찌릿 아랫배를 찔러오는 강도로 봐서 다급한 경보령에 가까웠다. 두 가지 해결책 사이에서 잠깐 갈등이 일었다. 자연계의 일원이 되어 근처에서 일을 해결한 후 산책을 계속한다. 문명인으로서 산책을 포기하고 내 방 화장실로 직행한다.

나는 문명인의 길을 택했다. 재활용품 분리수거장을 거쳐서 만경빌리지 뒷문에 닿는 이 샛길은 보기보다 길었다. 수거장에 도착하기까지 5분이나 걸렸다. 수거장 입구에 아직 진개트럭이 머물고 있었다. 안에선 한 남자가 종이 박스를 분류하는 중이었다. 때를 맞춰 로비 뒷문에서 김씨가 걸어 나왔다.

“뭔 일 있어요? 왜 그리 헐레벌떡 뛰어오쇼?”

묻는 김씨를 무시하고 뒷문으로 뛰어 들어갔다. 방으로 올라가 일을 처리한 후엔 창가 자리에 퍼질러 앉았다. 테이블 밑에 둔 낡은 상자가 사라졌다는 걸 알아차린 건 바로 그때였다. 혹시나 싶어 옷장이며 주방을 돌아봤다. 서랍도 열어보고 침대 밑도 들춰봤다. 역시나 없었다. 그것이 누군가의 손에 들어갈 수도 있고, 세상을 떠돌아다닐 수도 있다는 생각을 하자 정신이 아뜩해왔다.

나는 차분하게 생각해보려 애썼다. 어디에 넣어두고 기억 못하는 건 아니었다. 도둑맞은 것도 아닐 터였다. 쓰고 지우고 다시 쓰길 거듭해서 나달나달해진 노트 같은 걸 누가 욕심내겠는가.

새삼스러운 심정으로 방 안 구석구석을 살펴봤다. 침대가 말끔하게 정리돼 있고, 휴지통이 비워졌고, 욕실에 새 수건이 걸려 있었다. 6층을 담당하는 제니퍼라는 필리핀인 하우스키퍼의 솜씨였다. 특별한 요구가 없는 한 그녀는 정오에서 1시 사이에 방을 청소한다. 내가 방을 비우는 점심 식사 시간을 이용하는 것이다.

나는 창가 의자로 돌아와 앉았다. 차근차근 되짚어봤다. 점심 식사 이후 내가 뭘 했던가. 식당에서 올라오자마자 커피를 내려 창가 자리에 앉았고, 뭔가를 써보려 애쓰다 산책을 나갔다. 그때에도 청소가 돼 있었던가? 이 물음에 대한 답변은 할 수 없었다. 의식적으로 새겨보지 않았던 터라 기억 자체가 없었다.

방문을 열고 나가 복도를 두리번거렸다. 제니퍼도, 서비스 카트도 이미 보이지 않았다. 관리사무실로 전화를 걸자 제니퍼의 휴대폰 번호를 알려주었다. 잠시 후 그녀와 통화가 되었다. 서툰 한국말과 서툰 영어가 오간 끝에 재활용 수거장에 버렸다는 답을 얻었다. 상자가 낡고 지저분한데다 휴지통 위에 놓여 있어 쓰레기로 판단했다는 해명도 들었다. 휴지통 위에 뒀을 리 없겠지만 그걸 따질 때가 아니었다. 나는 분리수거장으로 내달았다.

수거 트럭은 아직 그곳에 있었다. 분류 작업을 하던 남자는 플라스틱 용품 자루를 트럭 적재함에 싣는 중이었다. 종이와 박스류는 바닥에 놓여 있었다. 다급한 마음을 누르고 수거업자에게 인사를 건넸다.

"실례합니다."

수거업자가 고개를 들어 나를 봤다.

"잘못 버린 물건이 있어서……."

눈이 마주친 순간 입이 저절로 닫혔다. 발가락부터 혓바닥까지 단숨에 뻣뻣해졌다. 칼잡이였다. 머리가 회색이 되고 안경을 썼을 뿐 인상은 그때 그대로였다. 소가 핥고 간 듯 꺼진 이마도, 미간의 선 굵은 핏대도, 온 세상을 향해 시비를 거는 듯한 눈빛도. 왼쪽 눈에는 초점이 없었는데, 아마도 의안을 넣은 듯했다.

혼란이 뒤따라왔다. 이놈은 왜 여기 있을까. 어찌하여 이리도 멀쩡하게 세상을 나돌아 다니고 있을까. 감형? 가석방? 머릿속에 물음표가 쌓이는 사이 놈도 나를 알아봤다.

"왐마, 이게 누구신가."

말하는 놈의 윗입술이 바르르 떨렸다. 아랫입술이 벌어지며 들쭉날쭉한 아랫니가 드러났다. 콧구멍이 벌름거리고, 뺨이 팽팽하게 당겨지고, 눈꼬리가 올라갔다. 오른쪽 눈동자에는 이상한 빛이 번들거렸다.

나는 이 표정을 전에도 한 번 본 적이 있었다. 내 가슴에 칼을 내리찍기 직전, 내 얼굴에 침을 질질 쏟아내던 그때, 절정의 쾌감으로 치닫는 듯했던 그날 밤 그 순간의 그 표정이었다. 망령이 되살아났다. 내 안에 잠들어 있던 공포라는 이름의 망령이. 몸 안에선 심장이 질주하고 있었다.

"여기 있다는 건 알고 있었는데 말이지……."

칼잡이는 쥐고 있던 유리병 자루를 패대기치듯 떨어뜨렸다. 자루 안에서 병들이 부딪치고 깨지는 소리가 요란하게 울렸다.

"드디어 만났구먼." 놈은 장갑을 벗고 한 발짝 다가섰다.

"어찌나 반가운지 살이 다 떨린다. 너도 그렇지?"

나는 대답하지 않았다. 움직이지도 않았다. 얼어붙은 나머지 눈꺼풀조차 감기지 않았다.

"설마 날 잊은 건 아니겠지? 그랬다면 좀 서운한데. 네놈 덕에 애꾸가 된 채 빵에서 30년을 썩었는데."

오래전 어느 날이 기억에서 불려 나왔다. 놈이 재판을 받던 날, 피해자로서 내가 증인석에 섰던 날, 놈에게 무기징역이 확정되던 그날.

재판이 끝난 후 고개를 돌려 나를 보던 놈의 한쪽 눈이 시뻘겋게 젖어 있었다. 활짝 열린 동공이 공막 위에서 펄떡펄떡 뛰는 느낌이었다. 눈빛으로 사람을 죽일 수 있다면 나는 그때 그 자리에서 죽었을 것이다. 재판정을 빠져나가며 놈은 내게 이렇게 속삭였다. "오래오래 살아 있어라. 넌 내 손에 죽어야 하거든."

어수룩하게도 나는 무기징역을 상수로 판단했다. 감형이라든가 가석방 같은 변수는 떠올려본 적이 없었다. 놈이 내게 한쪽 눈을 들이대고 감옥에서 30년씩 썩었다고 자랑하는 날이 오리라는 상상은 더더욱.

"남의 신세를 털었을 땐 네놈 신세도 털릴 각오는 했겠지. 응?"

칼잡이는 회갈색 수염이 뒤덮인 얼굴을 내게로 들이밀었다. 고개를 기울이고 초점이 명확한 오른쪽 눈으로 내 얼굴을 훑어봤다. 살을 갉듯 꿈틀꿈틀, 느릿느릿. 나는 곁눈으로 비스듬하게 서 있는 트럭의 운전석을 넘겨다봤다. 어떤 남자의 어깨 한쪽 말고는 아무것도 보이지 않았다.

"근데 말이지, 넌 신수가 훤하다. 흰머리도 없고, 면상엔 주름 하나 없네."

나는 시선을 다시 놈에게로 옮겼다.

"나 같은 놈은 감방에서 나와 쓰레기나 뒤질 때, 네놈은 네 친구 목숨값으로 이 으리으리한 실버타운에서 아주 잘 먹고 잘 살았나 보다. 하여간 세상 참 불공평해."

놈은 제 말에 스스로 울컥한 기색이었다. 나 역시 울컥하긴 마찬가지였다. 나는 왜 다짜고짜 주눅이 들어 한마디도 못하고 있나. 이놈이 대체 뭐라고.

"죽은 놈도 열 좀 받겠는데. 제인지 케인지, 등신같이 죽어서도 호구 노릇……."

칼잡이는 말을 끝내지 못했다. 팔이 움찔하는 걸 느낀 순간, 나는 놈의 귀빵으로 주먹을 날리고 있었다. 놈의 얼굴이 90도로 돌아가고 안경이 날아갔다. 나에 대해 새로운 것을 알게 된 순간이었다. 극단적 공포와 극도의 분노가 내 안에서 만났을 때 어떤 일이 일어나는지. 외부 세계가 사라지고, 신경 회로의 입출력이 모두 차단된다. 두 눈 멀쩡하게 뜨고도 눈에 뵈는 것이 없어지는 것이다. 천지 분간 못하게 된 나는 놈의 명치로 두 번째 주먹을 날렸다.

네놈이 감히. 그 입으로 감히 제이를……. 시야가 흐릿해왔다. 왈칵 눈물이 솟구쳤다. 나는 허리를 접고 엎어지는 놈의 어깨를 움켜쥐고 턱 밑에 무릎을 박아넣었다. 아니, 그랬다고 생각했다. 놈이 내 발목을 틀어쥐고 들어 올리듯 넘겨버리기 전까지는. 나는 더러운 시멘트 바닥에 등부터 떨어졌다. 척추뼈가 박살 나는 듯한 충격이 왔다.

"이 새끼가 뒈질라고……."

놈은 다리를 쳐들었다가 발꿈치로 내 명치를 내리찍었다. 반사적으로 뻗은 손바닥에 놈의 발부리가 걸리지 않았다면 내 갈비뼈는 가루가 됐을지도 모르겠다. 나는 온 힘을 다해 놈의 발을 밀쳐버리고 등을 굴려 일어섰다. 놈은 벽에 머리를 찧으며 나자빠졌다가 곧바로 다리를 일으켰다. 우리는 외나무다리에서 만난 염소처럼 상대를 노려보며 마주 섰다.

놈이 퉤 소리 나게 피가 섞인 침을 뱉었다. 그것이 신호탄이었다. 우리는 어깨와 머리로 상대를 들이받았다. 주먹과 다리가 상대를 향해 날았다. 와르르 쏟아진 재활용 쓰레기 더미 안에서 진흙탕 속 하마처럼 나뒹굴며 육탄전을 벌였다. 둘 중 하나는 죽어야 끝날 듯한 싸움이었다. 그 시점은 생각보다 빠르게, 내 바람과는 정반대로 왔다.

나는 가랑이로 날아든 놈의 발을 피하지 못했다. 세상이 허벅지 사이에서 폭발했다. 하릴없이 무릎을 꿇고 고꾸라졌다. 놈은 내 어깨를 발꿈치로 차서 뒤로 밀어뜨렸다. 가슴팍을 깔고 앉아 목을 조르기 시작했다. 익히 알고 있는 흉악한 악력이 목을 짓눌렀다. 두 개의 엄지가 목울대 양편을 송곳니처럼 파고들었다. 단숨에 숨길이 끊겼다. 삽시에 힘이 빠져나갔다. 저절로 저항이 멈췄다. 몸뿐 아니라 정신까지 완벽하게.

내 목을 조르는 건 이제 놈의 손이 아니었다. 섬광화상처럼 머리에 찍힌 기억의 손이었다. 내 가슴에 칼을 꽂아 넣던 살수의 손이었다. 얼굴이 터질 것처럼 부풀었다. 귀가 팽팽하게 곤두섰다. 눈알이 눈꺼풀 밖으로 밀려 나가는 게 느껴졌다.

"이게 뭔 짓이야?"

고함과 함께 목을 조르던 죽음의 손이 사라졌다. 내 몸은 갑자기 풀려났다. 나는 구토하듯 숨을 게워냈다. 발작적인 기침이 터졌다. 왼쪽 옆구리 뒤쪽에서 가슴으로 날카롭게 찌르는 듯한 통증이 번졌다. 놈의 칼에 찔린 후 영구적 후유증으로 남은 늑간신경통이 나타난 것이었다. 나는 두 팔로 가슴을 감싸고 엎어졌다. 누군가 내 등을 두들기고 있다는 걸 알아차린 건 한참 후였다.

"괜찮아요?"

묻는 목소리의 주인은 윤희였다. 그녀의 등 뒤에선 놈이 상소리를 날리고 있었다.

"니미……. 저 밥맛없는 년이 애인이었구먼."

"이봐, 뭔 말을 그따위로 해."

받아치는 목소리의 주인은 김씨였다.

"조용히 하고 밖으로 나갑시다. 경찰 부르기 전에."

김씨는 놈을 끌고 밖으로 나가는 기색이었다. 놈은 끌려 나가면서도 소리를 지르고 있었다.

"놔, 씨발. 경찰 부르려면 부르든가. 난 아무 잘못 없어. 저 새끼가 먼저 때렸다고."

비로소 나는 이곳에 온 이유를 기억해냈다. 등을 두들기는 윤희의 손을 뿌리치고 벌떡 일어났다. 정신 나간 사람처럼 여기저기 흩어진 종이 박스들을 뒤적이기 시작했다. 보이지 않았다. 노트도, 노트를 넣어뒀던 종이 상자도.

"혹시 이거 찾아요?"

윤희가 두어 발짝 떨어진 곳에서 노트를 들어 보였다. 대답 대신 팔을 뻗어 노트를 낚아챘다. 본의는 아니었다. 내가 얼마나 무례하게 구는지도 모를 만큼 제정신이 아니었다. 노트를 점퍼 주머니에 쑤셔넣고 난 후에야 정신이 절반쯤 돌아왔다. 비로소 그녀가 보이기 시작했다. 상기된 얼굴과 꾹 닫은 입술도. 이보셔, 그 노트 내가 훔쳐 간 게 아니야,라고 말하는 표정이었다.

"고맙습니다."

나는 꾸벅 고개를 숙였으나 다음 말을 찾지 못했다. 허둥지둥 밖으로 나와버린 건 그 때문이었다. 어디로 갔는지 김씨와 칼잡이는 보이지 않았다. 트럭만 있던 자리에 그대로 서 있었다.

"코피가 쏟아지는데."

윤희가 어느새 따라 나와 손수건을 내밀었다. 그제야 나는 손으로

코 밑을 만져봤다. 손가락에 뜨뜻한 핏물이 묻어났다. 졸졸졸 새어 나오는 모양새였다. 입술과 턱밑, 스웨터 목 부위에도 피떡이 엉겨 붙은 걸로 봐서.

"얼굴이랑 손에 난 상처도 소독해야 할 것 같고."

윤희가 말했다. 나는 손수건을 받아 코를 눌렀다.

"따라오세요."

이번에는 고맙다는 말조차 나오지 않았다. 그저 잠자코 따라갔다. 시키는 대로 진료실 의자에 앉았다. 잠시 후 족히 아흔 살은 돼 보이는 의사의 진료를 받게 됐다. 그는 달달 떨리는 손으로 지혈제 솜뭉치를 콧구멍 깊이 쑤셔 박고는 자기 방으로 사라졌다. 턱과 코, 뺨 등에 생긴 상처를 소독해준 건 윤희였다.

"수거장엔 어떻게 알고 오셨습니까?"

나는 궁금했던 걸 물었다. 윤희는 창문을 가리켰다.

"가서 밖을 한번 보세요."

가서 보자마자 이해가 됐다. 의무실 창문에서 분리수거장 내부가 같은 높이로 내다보였다.

"아까 제니퍼가 전화를 여기서 받았어요. 청소하다 유리 조각에 손을 찔려서 왔거든요. 통화 내용을 듣고 노트를 잃어버렸다는 것도 알았고요."

윤희는 내가 분리수거장으로 가리라 짐작했다고 한다. 몹시 무료하던 차라 창문으로 주시하고 있었다고 했다. 덕택에 너무 늦지 않은 시점에 김씨를 끌고 출동할 수 있었다고 했다.

"그 수거업자, 주차장에서 마주친 적이 있어요. 지난주에."

보충 설명은 없었으나 다음 말을 짐작하고도 남았다. 칼잡이의 평소 언행으로 미루어 만남이 유쾌하진 않았을 것이다. 다짜고짜 달려가는 나를 불안한 마음으로 지켜본 이유일 테고.

"이만하길 다행이에요."

맞는 말이었다. 조금만 늦었으면 이번에야말로 놈의 손에 명줄이 끊겼을지도 모른다. 어떻게 고마움을 표현해야 할까. 고맙다는 말은 이미 써먹었는데. 머리를 뒤졌으나 적절한 언사가 떠오르지 않았다. 때마침 울린 의무실 전화가 궁색한 순간을 모면하게 해주었다.

"아, 예." 그녀는 전화를 받더니 흘끔 나를 봤다. "여기 계세요."

곧 수화기가 내 손에 쥐여졌다. 김씨였다. 경비실에 놈과 함께 있다고 했다. CCTV를 확인한 결과 내가 먼저 주먹질과 발길질을 한 것이 확인되었다고 했다. 신고를 할 것인지 물었다.

"이쪽 분은 원치 않는 것 같은데."

그렇겠지. 근래에 가석방됐다면 아직 보호관찰 기간일 테니까. 목을 조른 행위만 놓고 보자면 살의로 판단될 공산이 높았다. 어쩌면 가석방 취소가 가능할지도 몰랐다. 문제는 소위 '선빵'을 날린 쪽이 나라는 점이었다.

신고하면 어떤 일이 벌어질지 눈에 선했다. 우리의 관계가 드러날 터였다. 이 말 많은 동네에서 온갖 추문이 나돌 테고. 나도 타격을 입는 셈이었다. 내가 바라는 건 놈과 더 엮이지 않는 것뿐이었다. 경찰과는 말조차 섞고 싶지 않았다. 나는 칼잡이만큼이나 경찰이 싫었다.

"듣고 계시오?" 김씨가 대답을 독촉했다.

"604호 입주자님?"

하마터면 쌍욕이 튀어나올 뻔했다. 604호 입주자님이라니. 옆에 있을 칼잡이에게 내 방 번호를 알려주고 있는 꼴이었다. 나는 치미는 울화를 누르고 대답했다.

"다시는 보지 말자 전해주시오."

"아니, 그렇게 말로 할 게 아니고, 이쪽으로 오셔서 서로 각서라도……."

"그리 전하면 됩니다." 나는 김씨의 말을 잘랐다.

"알아들을 거요."

전화를 끊고 잠시 멍해 있었다. 놈이 나를 다시, 그것도 은밀하게 단둘만 만나고 싶어 한다면 어떡하나. 김씨 덕택에 내 방 번호까지 알아버렸는데.

"그 사람이 정말로 알아들을까요?"

윤희가 물었다. 질문이라기보다 말해주고 싶은 게 있다는 뜻으로 들렸다. 굳이 들을 필요가 없는 얘기일 것이다. 이곳에 나만큼이나 놈을 잘 아는 자가 있겠는가.

"신세를 많이 졌습니다." 나는 자리에서 일어나 그녀에게 고개를 숙였다. "언제 커피라도 대접하겠습니다."

그녀는 턱을 옆으로 기울이고 정말 궁금하다는 듯 물었다.

"언제요?"

예기치 못한 질문이었다. 당황한 나머지 성의 없는 답이 튀어나왔다.

"아무 때나……."

그녀는 불쑥 방문 기록지를 내밀었다.

"기초 정보를 작성해주시겠어요?"

내가 그 일을 하는 사이 그녀는 약장에서 무언가를 꺼내 왔다.

"근육통이 있을 거예요. 특히 목이나 어깨 쪽에. 심할 때 드세요."

근육 이완제와 진통제가 내 손 안에 놓였다.

"내일 상처 소독하러 오시고. 바로 옆이 물리치료실이니까, 필요하면 이용하세요."

나는 오후 내내 방에 처박혀 있었다. 앞으로 어떻게 해야 할지 생각했다. 매주 목요일이면 놈이 올 텐데. 내 방을 확인했으니 필요할 땐 목요일이 아니라도 오겠지. 물론 만경빌리지 내부로 숨어드는 게 쉽진 않을 터였다. 관리사무소 말로는, 보안 시스템만큼은 최첨단이라니까. 그렇다고 아주 불가능하지도 않을 것이다. 내가 택할 수 있는 길은 두 가지뿐이었다. 도망치든가 맞서든가.

전자는 상대적으로 쉬웠다. 짐을 싸서 사라지면 된다. 다음 목요일이 오기 전에, 남모르게, 조용히. 보증금 같은 건 차후에 돌려받으면 될 일이었다. 어디로 갈 것인지도 걱정할 필요가 없었다. 이 넓은 세상에 내 몸 하나 눕힐 곳 없겠는가. 돈 걱정 역시 할 필요가 없었다. 재벌은 아니라도 굶어죽을 처지는 아니었으니까. '도주'라는 행위에 대한 심리적 저항도 거의 없었다. 야반도주는 내 핏줄을 타고 면면히 흐르는 집안 내력이었다. 도망치는 걸로 끝난다면 고민거리조차 아닌 것이다.

짐작하기에, 놈을 만난 건 우연이 아니었다. 내가 여기 사는 걸 알고 있었다고 하지 않았던가. 이는 나를 찾아다녔다는 말과 다르지 않았다. 그렇다면 도망쳐도 또 찾아낼 것이다. 도망치면 죽는 날까지 도망자로 살아야 한다는 뜻이었다.

후자는 전사적 용기가 필요했다. 내 DNA에는 없는 재능이었다. 내 인생은 도주로 점철돼 있었다. 죄책감으로부터, 두려움으로부터, 고통으로부터. 그걸 뒤집고 행동하는 게 과연 가능할까. 가슴 근처로 손이 오기만 해도 움칫해서 피하는 주제에. 그 많은 세월이 흐르도록 커터 칼조차 만지지 못하는 주제에.

밤이 되도록 나는 창가 자리에 앉아 있었다. 바람이 울부짖는 소리를 들으며 시간을 견뎠다. 시야에선 극복했다 여겼던 그날 밤이 악령처럼 되살아나고 있었다. 적어도 다음 주 수요일 밤까지는 놈이 심장마비로 죽었으면 했으나, 아무래도 내가 먼저 그리될 것 같았다.

21

사흘 만에 방을 나섰다. 눈이 치워진 산책로 입구엔 산바람이 부리고 간 숲의 흔적들이 쌓여 있었다. 부러진 나뭇가지와 검게 젖은 낙엽, 누렇게 시든 풀대……. 차디찬 쇳빛 하늘 위로 먹구름이 굼실굼실 움직이고 있었다. 마스크를 벗자 바람이 뺨을 베고 산허리로 내달았다. 칼날이 긋고 간 듯 날카로운 감촉이 살에 남았다.

전망대에서 잿빛 산토끼와 만났다. 녀석은 전나무 아래 눈밭에 몸을 담그고 나를 맞았다. 이곳에 이주한 지 일주일째 되던 날, 우리는 처음 만났다. 생김새가 재미난 녀석이었다. 토끼치고는 체구가 크고 근육질인데다 귀도, 얼굴도, 다리도 길어서 캥거루처럼 보였다. 무엇보다 영리하고 전투적인 눈이 공달과 똑 닮았다. 녀석은 나와 마주칠 때마다 뒷다리로 버티고 서서 빤히 쳐다보곤 했다. 너는 누구냐,라고 묻는 것처럼.

나는 녀석에게 공달이라는 이름을 붙여주었다. 이름을 붙이고 나자 새로운 습관이 하나 생겼다. 산책로로 나가기 전에 샐러드 바에 들러 당근 조각을 훔치는 일. 녀석을 만나면 "공달" 하고 불러 한 조각씩 던져줬다. 공달이라 불릴 때마다 당근이 생기자 녀석은 나를 기다리기 시작했다. 그 시간 그 자리에서, 어김없이. 깜박 잊고 당근을 가져가지 않는 날이면 빽빽 소리를 지르고 화를 냈다. 산토끼가 소리를 낸다는 점에서 신기하기 그지없었다. 당근을 맡겨놓기라도 한 양 화를 낸다는 점에선 오리지널 공달만큼이나 뻔뻔했다.

"공달." 나는 녀석이 마주 보이는 위치에 쪼그려 앉았다. "잘 지냈어?"

놈이 나를 곁눈질하며 빽빽 울었다. 나는 점퍼 주머니에서 당근 조각을 꺼내 던져주었다.

"우리 겁나게 오랜만인 거 같다. 그렇지?"

공달은 제 발밑에 떨어진 당근 조각을 주워 들고 코를 찡긋거리며 먹기 시작했다. 등 뒤에선 사박사박 발소리가 들려왔다. 누군지 확인할 필요는 없었다. 발소리의 주인이 먼저 말을 걸어왔다.

"우리도 겁나게 오랜만인 거 같은데요."

윤희였다. 나는 몸을 일으키고 다가오는 그녀를 지켜봤다. 어깨가 반듯하고, 자세가 꼿꼿하고 걸음새가 활기찼다. 공들여 운동을 하는 게 분명한 몸이었다. 그녀는 내 앞에 마주 선 뒤 물었다.

"의무실에 왜 안 오셨어요? 식당에도 통 안 내려오시던데."

나는 적당한 답변을 찾지 못해 고개를 꾸벅 숙였다.

"지난번엔 경황이 없어 제대로 인사도 못 드렸습니다."

그녀는 난간에 배를 대고 발아래를 내려다봤다. 공달은 당근과 함께 사라지고 없었다.

"누구랑 얘기하고 계셨어요? 공달이라고 부르시던데."

"아…… 그게 저……." 나는 손안에 남은 당근 조각을 들어 보였다. "산토끼인데 그새 가버렸나 봅니다."

그녀의 눈이 웃는 것처럼 길어졌다.

"이름이 독특하네요. 무슨 뜻이에요?"

"성이 공, 이름이 달입니다. 예전에 알고 지내던 앵무새 이름인데, 눈이 닮아서 그렇게 지어줬어요."

그녀는 입속 소리로 쿡쿡거렸다.

"주로 동물하고 친하시구나. 사람하곤 안 친하신 것 같던데."

나는 고개를 돌려 만경로를 내려다봤다. 차가운 햇살 밑에서 중장비들이 개미 떼처럼 움직이고 있었다. 눈 쌓인 도로 위로 트럭이 지나다녔다. 상가 건물이 있던 자리에선 먼지구름이 피어올랐다. 언제부터 철거 작업을 시작했을까. 기억을 더듬어보니, 어제부터 정체 모를 굉음이 울린 것도 같았다.

"저 철거촌 끝에 있는 파란 지붕 집 말이에요." 그녀가 침묵을 깼다. "옛날 동화에 나오는 나무꾼 집 같지 않아요?"

그런가. 나는 새삼스러운 기분으로 내 집을 내려다봤다. 저 개미 떼가 내 집 앞까지 도착하는 데 며칠이나 걸릴까. 이틀? 사흘?

"집 안으로 들어가면 하늘로 가버린 아내를 기다리는 나무꾼이 살 거 같고."

순간적으로 흠칫하게 만드는 말이었다. 나도 모르게 고개를 돌리고 되물었다.

"왜 그렇게 생각해요?"

"지금은 도로가 폐쇄돼서 영동대로로 우회해야 하지만 얼마 전까지도 만경로로 차가 다닐 수 있었거든요."

그렇기는 했다. 도로를 폐쇄한 건 내가 이주한 후였다.

"여기 입주하기 전까지 매일 그 길로 출퇴근을 했어요. 지름길이니까. 오다 보면 파란 지붕 집 앞에서 차를 멈출 때가 있어요. 집 앞에 횡단보도가 있잖아요. 습관이라는 게 참 무서운 거예요. 텅 빈 동네라는 걸 알면서도 파란불에 자동으로 서게 되더라고요."

무슨 이야기를 하려는지 알 것 같았으나 잠자코 입을 닫고 있었다.

"차를 세우고 있으면 재미난 일들이 눈에 들어와요. 담장이 아주 낮아서 마당이 다 들여다보이거든요. 그 시간이면 늘 집주인이 마당 잣나무 밑에 앉아 까마귀 한 쌍에게 밥을 주더라고요. 비가 오나 눈이 오나. 차창을 열면 걔들이랑 주고받는 말도 들리던데요. 집주인이 너네 아기들은 아직도 못 나느냐고 물으면 까마귀들은 까악까악 울며 어딘가를 쳐다보고……."

나는 귀밑부터 뜨뜻하게 달아오르는 걸 느꼈다. 생각조차 해본 적이 없었다. 내 덜떨어진 짓거리를 지켜보는 이가 있었으리라고는.

"어디선가 들은 말인데, 까마귀는 짝을 이루면 늘 함께 다닌다면서요. 둥지에 알이나 새끼가 있을 때를 빼고는 몇 미터 이상 떨어지지 않는다던데."

거기까지는 모르겠지만 직접 목격한 바는 있었다. 녀석들은 날아오르거나 내려앉을 때마다 까악까악 울어 상대를 부른다. 풀밭을 거닐거나 담장 장미나무에 올라앉을 때에도 제 짝이 근처에 있는지 어김없이 확인한다.

"경주 씨가 이곳에 입주하던 날, 우연찮게 로비에서 봤어요. 큼직한 배낭 하나 메고 엘리베이터에 타는데 바로 알겠더라고요. 아, 파란 지붕집 나무꾼이다." 윤희의 눈에는 여전히 웃음이 담겨 있었다. "맞죠?"

나는 대답하지 않았다.

"저한테 차 대접하겠다는 말, 아직 유효한가요? 아침마다 그 방에서 커피 향이 진동하던데."

전망대에서 돌아온 후, 우리는 내 방 창가 자리에 커피를 놓고 마주 앉았다. 그녀는 커피를 한 모금 마시더니 찻잔 안을 한참 들여다봤다.

"커피에서 장미 향이 나네요."

나는 커피 이름이 장미 정원이라고 말해주었다. 그녀는 고개를 끄덕이며 커피 잔을 들어 코에 댔다.

"혹시 전직이 바리스타였어요?"

"공달이 아빠가 바리스타였어요. 나는 어깨너머로 배운 거고."

그녀의 얼굴에 잠깐 의아한 빛이 떠올랐다가 사라졌다.

"아, 경주 씨랑 알고 지냈다는 앵무새. 근데 그 훌륭하신 바리스타는 어디 살아요?"

"오래전에 세상을 떠났어요."

"아……. 친구였어요?"

설명하기 난감한 질문이었다. 나는 국면 전환용 제안을 건넸다.

"장미 정원이 생각나면 언제든 마시러 와요."

"아침마다 와도 돼요?"

그러라 했으나 설마 그럴까, 했다. 그녀는 정말로 그렇게 했다. 말 많은 동네라고 하면서도 이웃 시선에는 신경 쓰지 않았다. 다음날 아침에도 내 방에 들러 커피 한 잔을 마시고 이런저런 얘기를 나누다 출근했다. 다음날에도. 그다음 날에도. 올 때마다 쿠키나 샌드위치 같은 걸 가져왔다. 졸지에 우리는 아침을 함께 먹는 사이가 됐다.

자연스레 그녀에 대해 여러 가지를 알게 됐다. 간호사관학교를 졸업한 후 사단 의무대에서 복무했고, 의무 복무 중에 결혼했으나 일찍 사별했다는 것. 두 번째 직업이었던 119 구급대원으로 정년퇴직을 했다는 것. 옛 상관의 추천으로 이곳 의무실에 재취업했다는 것. 매주 금요일, 천안의 소방학교에서 강의를 한다는 것. 한기준 팀장을 떠올리게 하는 인생 경로였다.

나는 묘한 친밀감을 느꼈다. 한 번도 같은 반이었던 적이 없는 초등학교 동창을 만난 기분이었다. 알고 보니 나와 나이도 같았다. 덕택에 빠른 속도로 친밀해졌다. 식당에서 만나면 같은 자리에 앉아 밥을 먹었다. 산책을 하다 샛길 입구에 다다르면 그녀가 의무실 창가에 서서 손을 흔들어주기도 했다.

이틀이 더 지났다. 새로운 수요일이 왔다. 나는 산책로 전망대를 서성이면서 긴 시간을 보냈다. 오래오래 내 집을 내려다봤다. 만경로 철거 작업은 이제 본격적으로 진행되고 있었다. 어느덧 상가와 마을 절반이 사라졌다. 이곳을 떠난다면 저 파란 지붕 집을 보는 게 오늘이 마지막인 셈이었다. 떠나지 않는다면 모레나 글피일 수도 있겠고.

떠나지 않을 방법이야 있었다. 놈이 올 때 방에 머무르면 되는 일이었다. 아니면 산책 시간을 바꾸거나. 문제는 그것이 한두 번 정도나 통할 임시변통이라는 점이었다. 언제까지나 놈을 피해 다닐 수는 없는 노릇이었다. 필연적으로 마주치는 날이 올 터였다. 놈이 오려고만 한다면 아무 때나 올 수 있으므로.

나는 전망대에서 내려왔다. 왔던 길로 되돌아가다 재활용품 수거장이 있는 샛길 입구에서 멈췄다. 놈을 만난 이후 그길로 내려간 적은 한 번도 없었다. 중간에 방광이 말썽을 일으키지 않도록 산책 전에 미리 화장실을 다녀오는 수고도 마다하지 않았다. 놈이 없다는 걸 알면서도 그 길로는 가고 싶지 않았다. 재활용품 수거장 자체가 두려움의 대상이 돼버린 느낌이었다. 정상이 아니었다. 놈과 마주친 장소마저 두렵다면 떠나야 맞는 것이었다. 그런 의미에서 수거장에 내려가볼 필요가 있었다.

샛길 입구에서 윤희의 손 인사를 받았다. 화답으로 손을 흔들면서도 손짓만큼 기분이 가볍지는 않았다. 수거장이 가까워지자 슬슬 꽁무니를 빼고 싶어졌다. 입구에 다다르자 뒷문을 향해 내달리고 싶은 충동이 일었다. 나를 몰아붙여서 수거장 안으로 들어섰다가 하마터면 비명을 지를 뻔했다.

놈이 수거함 앞에서 뭔가를 하고 있다가 뒤를 돌아보았다. 손에는 꿈속에서 수도 없이 나를 찔렀던 검은 단검을 쥐고 있었다. 나는 주춤주춤 뒷걸음질하다 입구 턱에 발꿈치가 걸렸다. 그 바람에 몸이 휘청 흔들리면서 꼴사납게 엉덩방아를 찧었다. 놈은 손을 내밀고 성큼 다가서며 물었다.

"선생님, 괜찮으세요?"

나는 주저앉은 채로 눈만 끔벅거렸다. 놈이 아니었다. 몇 번 본 적이 있는 건물 미화원이었다. 손에 쥔 건 단검이 아니라 음료수 캔이었다.

"괜찮습니다" 대답했던가. "아뇨" 했던가. 미화원이 뭐라 말을 걸어왔으나 들리지 않았다. 눈에 뵈는 것도 없었다. 온몸에 흙탕물을 뒤집어쓴 기분이었다. 내 인생에서 손에 꼽을 참담한 순간 중 하나였다.

나는 내빼듯이 수거장을 빠져나왔다. 방으로 돌아온 후에야 몇 가지 기억이 되살아났다. 로비에서 윤희와 마주친 것 같았다. 아마 내게 말을 걸었을 것이다. 의무실 창가에서 눈 뜨고 못 볼 꼴을 본 게 아닐까 싶었다. 벌렁 나자빠졌다가 허둥지둥 도망치는 내 꼴을. 무슨 일인가 싶어 뛰어 내려왔을 것이고.

꼴사나운 짓을 벌인 보상이 아예 없진 않았다. 적어도 나에 대한 명확한 평가를 얻었다. 나는 달그림자를 보고 짖는 개와 다르지 않았다. 이 정도면 일상이 불가능한 것이었다. 세상은 사물로 가득 차 있고, 달이 있는 한 그림자를 피할 방법은 없을 테니까. 내일이 오기 전에 달이 안 뜨는 곳으로 가야 했다.

서둘러 도망칠 준비를 시작했다. 옷장에서 배낭을 꺼내 침대 위에 올려놓았다. 당장 필요한 옷가지를 쓸어 담았다. 커피콩 봉지와 미니 로스터와 드립 도구도. 마지막으로 노트와 안경, 연필 등 테이블에 놓아둔 물건들을 욱여넣었다. 와중에 점퍼 주머니 안에서 휴대전화가 울렸고, 그걸 꺼내려고 팔을 들다가 윗배만 빵빵해진 배낭을 쓰러뜨렸다. 허둥지둥 손을 뻗었으나 이미 늦었다. 집어넣은 물건들이 방바닥으로 와르르 쏟아지기 시작했다. 커피 로스터와 부딪친 유리 플라스크가 박살이 났다. 날카로운 파열음과 함께 유리 파편들이 사방으로 튀었다. 대충 접어둔 커피 봉지 입이 벌어지며 커피콩이 온 방 안으로 흩어졌다.

나는 엉거주춤한 자세로 굳어버렸다. 끈질기게 울리는 전화벨 소리를 들으면서 난장판 속에 망연하게 서 있었다. 머릿속에선 훈수꾼이 물어왔다. 그 노트 말이야, 왜 쓴 거야?

얼굴이 확 달아올랐다. 부끄러움과 좌절감이 한꺼번에 왔다. 나는 나둥그러지듯 의자에 주저앉았다. 비참한 심정으로 되물었다. 대체 노트를 왜 썼던가.

대면하기 위해서였다. 피하려고 애쓰며 살아온 기억과 마주 보기 위해서였다. 마주 볼 수 있다면 불친절하고 변덕스러운 운명을 이해할 수 있을 것 같아서. 이해하면 받아들일 수도 있을 것 같아서. 받아들이면 더는 도망치지 않을 것 같아서.

승주와 제이의 이야기를 쓰면서 나는 내 기억을 지배하는 것이 뭔지 깨달았다. 죄책감과 슬픔과 두려움이었다. 그것은 분노의 다른 이름이었다.

어린 시절 나는 '어른스러운 아이'였다. 주로 분노를 성공적으로 억누를 때 듣는 칭찬이었다. 아버지는 내게 사내다움을 강요하는 동시에 어른스럽기를 바랐다. 내가 어른스러울 때 자랑스러워했다. 나는 좀처럼 분노를 드러내지 않는 어른이 되었다.

총량의 법칙은 감정에도 어김없이 적용된다. 드러내지 않는다 하여 없어진 게 아니었다는 얘기다. 분출이 용이한 마그마로 변질돼 내 안에 쌓였을 뿐. 이 마그마는 수시로 이름을 바꾸며 내 안에서 펄펄 끓어오르곤 했다. 죄책감으로, 슬픔으로, 두려움으로, 때론 공황 발작으로. 죄책감과 슬픔과 두려움은 어른스럽고자 했던 아이에게 들러붙은 망령이나 다름없었다.

노트 한 권을 다 쓴 후 나는 용기를 얻었다. 다음 이야기를 쓸 수 있겠다는 기대를 품었다. 내 안에 가둔 망령들을 다 풀어버리면 마침내 자유로워지리라 생각했다. 착각이었다. 죽어야만 이 망령들로부터 벗어나리라는 걸 좀 전의 망상이 확인시켜주었다. 그러니 이제 어째야 할까.

오후 내내 방에 처박혀 있었다. 윤희에게서 문자가 왔으나 읽지 않았다. 전화도 받지 않았다. 저녁때 식당에 내려가지도 않았다. 의자에 앉은 채로 까라져 잠이 들었다. 뜀뛰기하듯 꿈의 궤도에 올라탔다. 첫 정류장은 승주가 누워 있던 시체 안치대였다. 나는 승주를 부르면서 번득 눈을 떴다. 새카만 칼이 가슴으로 내리찍히는 순간, 두 번째로 눈을 떴다. 눈을 뜨고도 꿈을 벗어나지 못해 비명을 내질렀다.

제이. 박제이…….

어느 순간 비명 사이로 다른 소리가 끼어들었다. 문을 두들기는 소리. 문 열어봐요,라고 속삭이는 소리. 나를 부르는 소리.

"경주 씨."

정체 모를 부름은 나를 꿈에서 끌어냈다. 어찌어찌 정신을 차렸으나 부름에는 답할 수가 없었다. 아직도 목 안에서 비명이 튀고 있었다. 문 두들기는 소리는 끈질기게 지속됐다. 문밖의 속삭임도.

"일어나요. 문 열어봐요."

나는 가까스로 몸을 일으켰다. 막 마취에서 깬 사람처럼 비척비척 걸어가 문을 열었다.

"경주 씨."

서서히 눈의 초점이 잡히면서 윤희의 얼굴이 들이닥쳤다.

"괜찮아요?"

윤희는 부축하듯 내 어깨를 잡고 방으로 들어와 실내등을 켰다. 시야가 환해지고, 꿈의 잔상이 그녀의 얼굴 뒤편으로 물러났다. 그녀가 물었다.

"나쁜 꿈 꿨어요?"

그렇다고 말하려 했으나 입이 열리지 않았다. 땀으로 함빡 젖은 몸은 오들오들 떨리고 있었다. 춥고, 부끄럽고, 서글펐다. 성난 흐느낌이 목 밑에서 북받쳤다. 30년이 지난 지금까지 내 삶을 통제하고 있는 살인자에게 분노가 치밀었다, 어떤 식으로도 넘어설 수 없는 골짜기 같은 두려움에 절망을 느꼈다. 윤희는 잠자코 나를 안아주었다. 어깨를 다독이며 소곤거렸다.

"괜찮아요. 이제 괜찮아요."

나도 모르게 윤희의 어깨에 머리를 내려놨다. 몸의 떨림이 가시고, 목 안에서 끓는 비명이 잦아들 때까지 꼼짝하지 않고 안겨 있었다. 그 옛날, 파란 지붕 집에서 보낸 숱한 밤이 떠올랐다. 내가 악몽에서 깨어나 흐느낄 때마다 나를 안고 다독이던 아내를 생각했다. 나를 안심시켜주던 연민 어린 목소리를 들었다. 괜찮아, 선배. 여긴 우리 집이야. 내가 지켜줄게.

윤희는 나를 창가 자리로 데려가 앉혔다. 냉장고에서 생수를 꺼내와 내 손에 쥐여주었다. 나는 차가운 물 한 병을 단숨에 비웠다. 흐느낌이 물과 함께 배 속으로 내려갔다. 머릿속 안개가 서서히 가셨다.

"정신이 좀 들어요?"

맞은편 의자에 앉으면서 윤희가 물었다. 나는 혀뿌리에 고인 침을 꾹 눌러 삼키고 입을 열었다.

"옛날에 말이에요……."

노트를 쓰는 동안, 나는 늘 누군가의 환영을 창가로 불러내 앉혀두곤 했다. 환영을 향해 말을 걸고, 기억을 끌어내고, 글을 썼다. 승주 이야기를 쓸 땐 승주였고, 제이 이야기를 쓸 땐 제이였다. 지금 창가에는 윤희가 앉아 있었다. 내가 불러낸 환영이 아니라 살아 있는 생명체, 이야기를 기록할 노트가 아니라 들어주고 감응해줄 존재. 망설이면 가버릴까 봐 다짜고짜 이야기를 시작했다.

"자기 동생을 죽도록 두들겨 패서 내쫓은 인간이 있었어요. 사람 구실 못한다는 이유로 유일한 제 핏줄을 거리로 내몬 겁니다. 얼마 후 그 아이는 주검으로 돌아왔어요."

이야기가 끝났을 때, 윤희는 멍하니 나를 보고 있었다. 복잡한 감정이 뒤엉킨 시선이었다. 나는 그것을 충격과 당혹으로 읽었다.

"그때 수거장에서 찾은 노트가……."

윤희는 말을 끝맺지 않고 나를 봤다. 나는 그렇다고 대답했다.

"찾으러 갔다가 그놈을 만난 거예요?"

나는 고개를 끄덕였다. 그녀는 말했다.

"우연은 아니겠네요."

다시 고개를 끄덕였다. 목적이 있을 것이다. 피해자로서 삼애원 사건 재판 증인석에 섰을 때, 나는 롤라에 대해 말하지 않았다. 위증하지 않겠다고 선서하고도 박 경감에게 했던 진술을 되풀이했다. 해상이 세상의 표면에 떠오르지 않도록. 그것이 제이에 대한 도리라고 생각했다.

칼잡이나 조리사 역시 롤라를 입에 담지 않았다. 모종의 거래가 있었을 것이다. 졸개들은 내막을 잘 몰랐을 공산이 컸다. 말하고자 해도 말할 게 없는 셈이었다. 제각각 입장이 다르고 약속한 바도 없지만 관련자 모두 일사불란하게 침묵한 꼴이 되었다. 덕택에 중간 배후였던 관리소장과 고라니는 법망을 피해 갔다. 그들의 최종 배후 역시 드러나지 않았다.

칼잡이는 감옥에서 뭘 생각했을까. 놈에겐 반성할 능력이 없었다. 자기가 무슨 짓을 했는지 돌아볼 인지능력조차 없었다. 그러니 밤이면 밤마다 저주하듯 칼을 갈았겠지. 제 한쪽 눈을 망가뜨렸을 뿐 아니라, 잘 풀릴 수 있었던 제 인생을 송두리째 망친 어떤 놈을 향해서. 이제 그 어떤 놈에게 천벌을 내릴 때가 온 것이었다.

"롤라 얘긴 소문으로 들은 적이 있어요. 모 재벌이 어느 날 실종됐다는 소문도 들었고." 윤희가 말했다. "나로선 믿기지 않는 얘기였어요. 프리메이슨이라든가 휴거 소동 정도로 생각했죠."

"제이가 그 세계 일부를 설계했어요. 나는 아직도 제이의 유심을 가지고 있고."

"근데 왜 안 갔어요? 나 같으면 갈 생각을 백 번도 더 했을 것 같은데."

나는 고개를 돌려 창밖을 내려다봤다. 눈 덮인 숲과 산책로가 달빛을 받아 하얗게 반짝이고 있었다. 꿈길처럼 고요한 저 길을 밟고 아내가 올 것 같은 착각에 빠졌다.

"결혼한 적이 있어요. 아주 오래전에."

세상에서 가장 사랑스러운 여자였다. 얼굴도, 목소리도, 몸도, 마음도, 잠든 숨소리마저도. 그러니까 내게는 그랬다는 것이다. 우리가 함께 지낸 시간은 짧았으나 내 인생에서 가장 빛나던 시절이었다. 내게도 누군가를 사랑할 능력이 있다는 걸 깨달은 시절이기도 했다. 그녀는 제이가 말했던 신비로운 존재, 자아라는 내 안의 신전에 들어온 '누군가'였다.

지금도 나는 종종 의심스럽다. 그녀가 정말로 내 삶에 다녀가긴 했는지. 그녀와 함께 지낸 시간이 달착지근한 하룻밤의 꿈은 아니었는지.

22

나와 지은은 동료로 만났다. 아니, 동료로 다시 만났다는 게 더 정확한 말이겠다. 그녀를 도우려다 의료사고를 내고 영동병원을 그만둔 지 딱 1년 만에, 새로 출근한 병원에서.

그녀는 팀원 중 막내였다. 3년 차 물리치료사였으나 도수치료사로선 새내기나 다름없었다. 교육과정을 이수했을 뿐 임상 경험이 없었다. 내겐 이 애송이를 가르쳐야 할 임무가 부여됐다.

영동병원 시절, 우리는 오며 가며 인사나 하는 사이였다. 업무 부서가 달라 마주칠 일도 많지 않았다. 그녀는 통증치료실, 나는 도수치료실. 의료사고가 나기 전까지는 대화 한 번 나눠본 적이 없었다. 누군가 내게 '그녀의 첫인상이 어땠느냐'라고 묻는다면 망설이지 않고 답할 수 있다. 연잎에 올라앉은 새끼 청개구리 같았다.

솔직한 속내를 그대로 표현하자면, 귀엽긴 하나 여자로 보이지는 않는다, 정도가 될 것이다. 승주에 대한 고민으로 정신이 없던 시절이

긴 한데 반드시 그 때문만은 아닐 것이다. 절세미인을 몰라볼 만큼 정신이 아주 없지는 않았으니까. 물론 그녀에게 이런 말은 하지 않았다. 쓸데없는 얘기로 화를 자초할 이유가 없었으므로. 정작 기억에 남아 있었던 건, 병원 밖까지 나를 따라 나와 "죄송해요, 팀장님" 하던 그녀의 목소리였다.

다시 만난 그녀는 생기발랄한 청개구리로 성장해 있었다. 도수치료실에 첫 출근을 하던 날, 팔짝 뛰듯 내 앞으로 와서 해맑게 웃었다.

"우리 다시 만났네요."

내가 기억하는 그 목소리였다. 뽀롱뽀롱, 휘파람새가 지저귀는 듯한 목소리. 양손을 활짝 펼쳐 보이는 모양새가 하이파이브라도 하자고 덤빌 기세였다. 딱히 화답할 말이 떠오르지 않아 "그러게" 했다. 함께 일할 동료라 생각하자 비로소 그녀의 작은 체구가 신경이 쓰였다. 아니, 걱정스러웠다. 이 땅꼬마가 힘든 육체노동을 감당할 수 있을까. 적어도 환자 팔뚝에 깔려 죽는 일은 없어야 하는데.

"혹시 저 팀장님이랑 같은 학교 나온 거 아세요? 17회인데."

그녀는 예상치 못한 질문을 던졌다. 알 리가 없었으므로 나는 대답하지 못했다.

"예전에 말씀드리려고 했는데 기회가 없어서. 실습생 때에도 팀장님 뵌 적 있어요."

기억나지 않았다. 내가 기억을 못한다면 이유는 딱 하나뿐이었다. 관심 밖이었기 때문일 것이다. 매년 수도 없이 거쳐가는 게 실습생이니까. 다만 17회라는 말로 그녀의 나이를 짐작할 수 있었다. 학교를 쉰 적이 없다면 스물대여섯 살 정도일 거라고.

"그때 저한테 친절하게 대해주셨는데."

나는 누구한테나 친절한 사람이었다. 누구와도 친하지 않아서 그렇지.

"역시 기억 못하시는구나."

어색하게 웃는 그녀의 코끝이 빨개지고 있었다. 무안해서 그런 건 아닌 것 같았다. 다급하게 고개를 돌리고 연방 재채기를 해댄 걸로 보아 비염이 있는 것도 같았다.

"선배라고 불러도 돼요? 팀장님이라고 부르면 어쩐지 아저씨 같아서."

너에 비하면 아저씨이기는 하다만. 나는 내가 한 번도 가져보지 못한 것, 아슬아슬하고 당돌한 에너지에 휘둘려 머저리처럼 고개를 끄덕였다. 아무려나. 나를 뭐라 부르든 그게 뭐 그리 중요할까.

그즈음 내겐 중요한 일이 하나도 없었다. 시간을 채우는 기분으로 꾸역꾸역 살고 있었다. 몸은 그럭저럭 회복됐으나 정신은 불치에 가까운 무감 상태였다. 어떤 자극에도 감응이 되지 않았다. 웃을 일도, 성낼 일도 없었다. 지속적으로 불면증에 시달렸다. 어쩌다 잠이 들면 같은 악몽을 꾸었다. 꿈에서 깨도 재깍 제정신으로 돌아오지 못했다. 멍하니 어둠을 들여다보며 밤을 새우기 일쑤였다.

그렇다고 정신과 클리닉에 갈 마음은 없었다. 상담을 하자면 삼애원 사건을 꺼내야 할 것이고, 제이를 빼고는 이야기를 진행할 수 없을 것이며, 롤라에 대해 말해야 했다. 롤라를 입에 담는 순간부터 의사는 나를 조현병 환자쯤으로 여기게 될 터였다.

자가 진단을 해보자면, 나는 정체성을 잃은 복서와 비슷했다. 승주의 죽음이 나를 링에 때려눕혔다면 제이의 죽음은 경기 자체에 대한 회의를 안겼다. 살아 있을 때 녀석은 내게 친구도 무엇도 아니었다.

반면 녀석의 죽음은 내게 근원적인 타격을 입혔다. 이런 일이 끝없이 되풀이되는 게 삶이라면 지금 그만두는 게 낫겠다는 생각이 들었다. 롤라가 부르면 즉시 가버리겠다고 마음먹었다. 그곳은 아픈 사람도, 죽는 사람도, 가난뱅이도, 부자도 없다니까. 두려움도, 불행도, 고통도, 이별도 없이 영원히 사는 곳이라니까.

그렇다고는 해도 그 전까지는 먹고살아야 했다. 여전히 나는 대출 이자와 원금을 갚아야 하는 빚쟁이 신세였다. 삼애재단에서 받은 보상금은 멋진 SUV를 사느라 한 방에 써버렸다. 롤라에 가기로 마음먹은 후 처음으로 해치운 일이었다. 이 세상을 떠나기 전에 해보고 싶었던 일이었다. 실용성이나 가성비 따지지 않고, 꼭 필요한 것인지 분수에 맞는 짓인지 고민하지 않고, 그냥 갖고 싶다는 이유만으로 뭔가를 사는 일.

나는 나 자신을 잘 안다고 생각했다. 내일 지구가 망한다 해도 오늘은 빚을 갚는 자라고 생각했다. 차를 인수하던 날에야 아니라는 걸 깨달았다. 가진 걸 털어서 한을 푸는 부류였다. 그러니 내 몸값으로 차 따위를 샀겠지.

남은 자투리 돈으로 고가의 커피 용품도 사들였다. 로스터, 그라인더, 추출기……. 날마다 각종 커피콩을 사다 날랐다. 어깨 너머로 훔쳐 본 베토벤의 비법을 흉내 내 '장미 정원'을 만들기 시작했다. 베토벤처럼 나눠줄 사람이 없었으므로 양동이만 한 텀블러에 담아 가지고 다니며 혼자 다 마셨다.

할 일이 없는 휴일에는 실제 장미 정원을 만들었다. 회양목 울타리를 뽑고 장미나무 울타리를 만들었다. 잣나무 옆엔 아치를 세우고 덩굴장미를 심었다. 여름이 느릿느릿 갔다. 롤라의 부름은 없었다. 나는 종종 해상을 떠올리고는 했다. 롤라에 잘 도착했을까. 궁금했지만 굳이 알아볼 마음은 나지 않았다. 롤라에 가더라도 찾아다닐 의사 역시 없었다. 이은수 교수의 말을 전할 기회 또한 없으리라 여겼다.

도수치료실에선 외톨이로 지냈다. 팀원들끼리는 잘 뭉치는 분위기였다. 유일한 여자인 지은도 그들과 유연하게 섞였다. 나와의 관계만 서먹서먹했다. 친해질 계기가 없었던 건 아니다. 좁은 공간에서 종일 얼굴을 맞대고 있는데 친해지지 않기가 더 어려운 일이었다. 기술을 가르치려면 상대에게 실습용 더미가 돼주거나 짝을 이뤄 시술을 해야 했으니 더욱 그렇다. 나는 그 어려운 일을 아주 쉽게 해내고 있었다.

상사로서 평가할 때 그녀는 좋은 물리치료사였다. 체구는 작았으나 손이 야무졌다. 영리해서 한 번에 알아듣고 금세 배웠다. 책임감도 강했다. 우리는 손발이 착착 맞는 버디였다. 사소한 상호작용에서 엇박자가 나고 삐걱거리는 점만 빼고.

아침마다 그녀는 탕비실에서 커피를 뽑아다가 내 책상에 놓아두고는 했다. 그리 의미 있는 행동으로 보이지는 않았다. 자기 커피를 뽑아오면서 내 것도 함께 챙기는 호의에 불과했다. 빨리 친숙해지려는 방편이었을 수도 있겠고. 짐작은 하면서도 방정맞은 내 입이 산통을 깼다.

"이 선생, 커피 그만 가져와요. 나 마시는 커피 따로 있어요."

"아…… 네." 대답하는 그녀의 코끝이 빨갰다. 어김없이 고개를 돌리고 재채기를 했다. 아무래도 생리적인 재채기가 아니지 싶었다. 감정적 자극, 그러니까 무안한 상황에 처했을 때 나오는 심리적 알레르기로 추측됐다. 주는 대로 받아서 마실걸, 하고 후회했으나 때가 늦었다. 그녀는 가져온 커피를 가차 없이 회수해 갔다. 오전 내내 내 것까지 꾸역꾸역 마셔 치우는 눈치였다.

점심 문제도 크게 다르지 않았다. 병원 앞에 직원용 식권을 내고 가는 한식 뷔페가 있었는데 나는 그곳에 가본 적이 없었다. 그녀가 몇 번 함께 가자 권했지만 공교롭게도 그때마다 일이 있었다. 배탈이 났다거나, 은행에 가야 한다거나, 차를 수리해야 한다거나, 랑이 언니가 찾아왔다거나.

그녀는 더 권하지 않았다. 주로 다른 팀원들과 갔다. 대학 동기이자 오랜 친구라는 통증치료실 어떤 놈과도 자주 어울렸다. 험담을 하려는 건 아니지만, 못생긴데다 어깨도 좁고 5년 내에 정수리가 텅 빌 가능성이 있는 놈이었다. 나를 깍듯하게 어르신으로 모시는 밥맛없는 놈이었다.

나는 주로 한식 뷔페 옆 체육관에서 점심시간을 보냈다. 달리고, 매달리고, 쇠뭉치를 들었다. 어차피 롤라에 업로드될 때 두고 가야 할 몸이기는 했다. 그래도 근육과 신경과 머리가 협응하는 민첩하고 강인한 느낌을 기억시키고 싶었다. 롤라 앱이 제공한 정식 이주민을 위한 조언 때문이었다. 의식기억은 물론, 무의식 차원의 암묵적 기억, 근육 기억까지 정보화돼서 롤라에서의 정체성을 형성한다고 했다. 나는 이 말을 이렇게 이해했다. 너의 과거가 너의 미래다.

언제부턴가 그녀는 나를 선배가 아닌 '팀장님'으로 부르고 있었다. 너에 대한 인간적 호의를 접었다,로 들리는 호칭이었다. 팀장님, 하고 부르면 대답이 쉬 나오지 않았다. 신경 쓰지 않으려 해도 귀에 거슬리는 건 어쩔 수가 없었다. 처음부터 선배라고 부르지 않았다면 또 모를까.

9월이 되었다. 그녀가 도수치료사로서 데뷔전을 치르는 날이 왔다.

거북목 환자였고 전신 교정 추나요법을 단독으로 진행했다. 나는 내 일을 하면서도 그녀가 있는 드롭침대 쪽을 흘깃거렸다. 감시 차원의 곁눈질이 아니었다. 내 도움이 필요하지 않은지 살피고 있었다. 환자가 들어설 때부터 느낌이 좋지 않았기 때문이었다. 오십대로 보이는 그 남자는 치료실로 들어서자마자 재킷을 벗어 침대에 툭 던지며 그녀에게 말했다.

"아가씨, 이거 좀 걸어줘."

병원이 아니라 술집에 온 손님 같았다. 그녀는 남자를 한번 쳐다보고 한숨을 한번 쉬더니 마지못해 옷을 걸었다. 나는 그때 이미 부아가 치밀어 있었다. 그런 유의 환자 갑질을 처음 보는 것도 아닌데, 나 역시 몇 번이나 당한 바 있는데, 그때에도 화를 내지 않았는데 그녀가 당하자 감정이 단숨에 상승 곡선을 탔다.

시술이 시작되자 남자는 그녀에게 지분지분 말을 걸기 시작했다. 소곤대는 소리라 내용까지 알 순 없었지만 유쾌한 말은 아니었을 것이다. 그녀가 표정을 굳히고 무대응으로 일관하는 걸로 봤을 때.

얼마 후부턴 그녀의 시술 태도가 확연하게 이상해졌다. 엉덩이를 뒤로 빼거나, 다리를 이리저리 비틀거나, 환자를 몸으로 지지해야 할 때 뚝 떨어져 서거나. 이마까지 벌겋게 달아오른데다 이를 악문 표정이었다. 좀 더 지켜보니, 시술 자세를 바꿀 때마다 남자의 손이 교묘하고도 은밀하게 그녀를 만지고 있었다. 허리, 엉덩이, 허벅지, 손이 닿는 곳마다 골고루.

일순 나는 후두신경통과 비슷한 증세를 느꼈다. 뒤통수 안쪽에서 벌에 쏘인 듯한 감각이 연달아 일어났다. 이 통감은 찌릿찌릿하게 뻗치는 두통이 되었다가, 곧장 불화살이 돼서 정수리를 뚫고 나왔다. 화르르, 머리에 불이 붙었다. 저 배불뚝이가 지금 누구 몸에다 손을…….

나는 하던 일을 멈추고 남자 쪽으로 성큼 다가섰다. 그녀의 허벅지에 붙은 남자의 손을 낚아채듯 떼어냈다.

"이 선생, 원장님이 부르시는데 2진료실로 가봐요."

그녀는 바로 알아들었다. 1초도 망설이지 않고 도수치료실을 빠져나갔다. 나는 남자에게 말했다.

"지금부터 제가 시술을 맡겠습니다."

남자는 침대에서 내려와 나와 마주 섰다. 시비를 걸기로 작정한 표정이었다. 배를 내밀고, 허리에 한 손을 올리고, 삿대질을 곁들인 고성방가를 시작했다. 환자한테 허락도 안 받고 멋대로 시술자를 바꿔도 되는 거냐, 내가 우습게 보이느냐, 정말로 원장이 부른 게 맞느냐, 거짓말이면 둘 다 가만 안 두겠다…….

"시술 시작하겠습니다." 나는 남자의 말을 잘라버렸다. "엎드리세요."

남자는 엎드리지 않았다. 도수치료실을 나가 곧장 2진료실로 쳐들어갔다. 얼마 후 원장이 나를 불러들였다.

물리치료실에선 이런 유의 충돌이 종종 일어난다. 물리치료사가 여자인 경우엔 그녀가 당한 것과 비슷한 일이, 남자인 경우엔 정반대의 누명이. 몸을 접촉하는 직업이 가진 숙명일 것이다. 물리치료실 벽에 '바지는 적절한 선까지만 내려주세요' 같은 문구가 붙어 있는 건 그 때문이다.

충돌이 생기면 병원 측은 대체로 우군이 아니다. 그들은 환자와의 마찰을 꺼린다. 차라리 물리치료사를 해고하는 쪽을 택한다. 물리치료사들이 불쾌한 일을 당하고도 적극적으로 나서지 못하는 이유였다.

예외적으로, 조만간 이 세상을 뜰 예정인 자에겐 그 이유가 걸림돌이 되지 않는다. 해고하려면 해보시든가, 하는 마음으로 나는 원장 앞에 앉았다. 사건의 선후 관계를 설명하고 남자가 끝까지 물고 늘어진다면 이쪽에서 성추행범으로 신고하겠다고 말했다. 내 증언을 뒷받침할 CCTV 녹화본이 있다는 것도 상기시켜줬다.

"나는 그저 무슨 상황인지 알고 싶었을 뿐입니다."

원장은 한발 물러섰다. 손익계산서를 내본 결과 나를 징계하거나 자르는 쪽보단 남자를 어르거나 내쫓는 쪽이 낫겠다고 판단한 듯했다. 잘난 척 좀 해보자면, 도수치료 환자의 절반이 영동병원 시절의 '임도수 선생'을 찾아왔기 때문이었다.

"다음번엔 미리 언질이라도 주시오. 사람 놀라게 하지 말고."

원장은 나가보라 말했다. 도수치료실로 돌아가자 그녀가 나를 맞았다.

"또 선배한테 폐를 끼쳤네요."

선배,라는 말에 나가 있던 제정신이 되돌아왔다.

"신경 안 쓰이게 하려고 나름 애쓰는데……."

아니꼽고 꼴 보기 싫은데 고맙기는 하다,라는 말을 생략한 표정이었다. 한순간에 머리가 복잡해졌다. 내가 왜 그랬을까. 나와 관련 없는 일에 끼어들었다가 죽을 뻔한 게 불과 얼마 전인데. 혼란스럽거나 당황하면 튀어나오는 목소리, 내내 잘해놓고 모든 걸 말짱 도루묵으로 만드는 언사가 이번에도 어김없이 출몰했다.

"신경 안 쓰이니까 가서 일 봐요."

9월 마지막 주말은 승주의 첫 기일이었다. 나는 녀석에게 가져갈 물건들을 챙겼다. 새 사진을 끼운 금속 액자, 장미 조화 리스. 인터넷에서 맞춤 주문한 미니어처 컴퓨터와 자판, 마우스는 선물이었다. 내 잔소리가 닿지 않는 세상에서 마음껏 게임을 즐기라는 의미로.

천운사에 도착했을 땐 오후 5시였다. 나는 주차장에 차를 대고 봉안당으로 올라갔다. 주말인데도 사람이 거의 없었다. 실내는 지하로 들어온 것처럼 고요했다. 덕택에 작게 울리는 울음소리를 들을 수 있었다. 대놓고 운다기보다는 흐느낌을 삼키는 소리에 가까웠다. 미로처럼 얽힌 통로 어디쯤이었다. 여자 같았다.

나는 발소리를 죽이고 움직였다. 승주의 봉안함에 이르자 울음 섞인 혼잣말이 들려왔다.

"할머니, 이제 다 끝났다. 나 기특하지?"

바로 뒤편 통로였다. 어디서 많이 들어본 목소리였다. 나는 가방을 열고 가져온 물건들을 꺼냈다. 덤으로 고막도 열어서 여자의 목소리를 들었다.

"내 걱정은 하지 마. 잘 살고 있으니까."

중얼거리는 입속말이었으나 어조와 목소리의 여운이 똑같았다. 한 번만 더 들으면 확신할 수 있을 것 같은데 혼잣말은 거기서 멈췄다. 울음소리도 차차 잦아들었다. 목소리의 주인이 눈치를 챈 모양이었다. 통로 너머에, 혼신의 힘을 다해 엿듣는 자가 있다는 걸.

나는 가져온 미니어처 컴퓨터와 자판을 아크릴 함 속에 배치했다. 작년에 걸어둔 조화 리스를 걷어내고 새 리스를 달았다. 눈을 감고 승주를 위해 기도했다. 그러면서도 승주에 대한 기억은 의식적으로 차단해버렸다. 대신 입구 쪽으로 멀어지는 여자의 발소리를 들었다. 거창하게 포장하자면, 내가 슬픔을 견디는 방식이었다. 주의를 딴 데로

분산시켜 감정의 낙뢰를 피해 가는 방식, 이른바 피뢰침 전략이었다.

형 또 올게.

나는 승주에게 소리 없는 작별 인사를 건넸다. 봉안당을 나와 중앙 계단을 내려가며 슬쩍 주변을 살폈다. 그녀는 보이지 않았다. 우리가 만난 곳은 주차장 입구였다.

"선배."

그녀는 되찾은 뽀로롱, 새소리로 나를 불렀다. 나는 그제야 그녀를 알아본 것처럼 놀란 척했다. 여긴 웬일이냐 물었다. 연기력이 신통찮았는지 그녀는 이상한 소리로 웃었다. 으흥도 아니고 흐흥도 아니고.

"나 좀 태워주세요." 그녀는 반드시 태워줘야 할 이유를 몇 가지 댔다. "버스를 놓쳐서 한 시간이나 기다려야 해요. 날도 저물고, 비도 올 것 같고."

그러고 보니 빗방울이 떨어지고 있었다. 하늘이 어둑해진 걸로 봐서 본격적으로 쏟아질 기세였다. 어색할 게 빤했지만 나는 그러자, 했다. 또 코가 빨개져서 재채기를 할까 봐. 그리하여 팀장님으로 복귀할까 봐.

조수석에 타자마자 그녀는 재잘거리기 시작했다. 주로 싫어하는 것들에 대한 얘기였다. 가을은 너무 짧아서 싫고, 해가 쨍하게 뜬 날은 선크림을 발라야 해서 싫고, 바람 부는 날은 머리가 헝클어져서 싫고, 주말은 심심해서 싫고, 네 맛도 내 맛도 아닌 잔치국수가 싫고, 뼈 없는 닭발은 씹을 게 없어서 싫고…….

"그럼 뭘 좋아하는데."

내가 묻자 그녀는 냉큼 대답했다.

"비 오는 날 김치전에 소주 마시는 거." 그녀는 물었다. "나랑 마시러 갈래요?"

나는 웃자고 하는 말인 줄 알았다. 다음 말을 들어보니 아닌 모양이었다.

"제가 살게요. 차비 대신."

"지금?"

조금 놀란 기분으로 물었다. 그녀는 멀뚱한 표정으로 고개를 끄덕였다. 왜 놀라는데?라고 묻는 것처럼. 나도 묻고 싶었다. 왜 난데? 같이 점심을 먹는 통증치료실 못난이랑 가지. 전화 한 통이면 바로 튀어나올 것 같은데.

"실은 나 혼자 마시러 갈까 했는데……."

그녀는 뒷말을 삼켰다. 안 들어봐도 빤한 말이었다. 때마침 네가 있잖아,겠지. 나는 그녀가 끌고 간 술집에서 김치전에 김치국수를 먹고 소주 두 병을 마셨다. 그녀도 두 병. 술이 들어간 만큼의 이야기가 그녀의 입에서 나왔다.

아버지와 사별 후 재가한 어머니 대신 할머니 손에서 자랐다고 했다. 3년 전 할머니마저 잃었다고 했다. 속상한 일이 있을 때마다 천운사로 달려와 할머니한테 하소연을 늘어놓는다고 했다. 오늘의 하소연은 뭐였는지 궁금했지만 묻지 않았다. 밤이 순식간에 깊어져 있었다. 그녀의 상태도 심상치 않았다. 인사불성 만취 상태를 10이라 치면, 최소 8 정도까지 올라와 있는 것 같았다. 발음이 뭉개지고 말이 점점 짧아지는 걸로 봐서.

"선배, 우리 딱 한 병만 더 마시자."

그녀는 테이블의 호출 벨을 누르려 했다. 내가 손목을 잡고 만류하자 다른 손으로 턱을 받치고 고개를 옆으로 기울였다. 흐트러진 긴 머리가 얼굴 절반을 가렸다.
"나 하나도 안 취했는데."
초롱초롱하던 눈이 초점을 잡지 못해 마구 흔들리고 있었다. 목소리는 두 옥타브쯤 올라갔다.
"선배는 한 번도 빚 같은 거 져본 적 없지?"
나는 그만 나가자고 하려다 말문이 딱 막혔다. 그녀의 다음 질문이 하도 기가 차서.
"좋은 부모님 밑에서 곱게 자랐지?"
헛웃음이 다 나왔다. 내가 그리 오래 살았나 싶기도 했다. 이런 해괴한 말을 듣는 날이 다 오다니. 요즘 이십대는 꼰대라는 말을 이런 식으로 하나 싶기도 했고.
"왜 웃는데? 선배는 내가 우스워?"
"그냥…… 웃었어."
"그냥?"
당돌한 눈이 나를 빤히 들여다봤다. 나는 눈을 내리뜨고 똑같은 말을 되풀이했다.
"그냥."
그녀는 빈 소주병에 수저를 꽂아 들어 올리더니 요령처럼 흔들어 댔다.
"이보시오, 그냥 씨. 딱 한 병만 더 시켜줘요. 내가 재미난 얘기 해줄게, 응?"
나는 재미난 얘기에 솔깃해서 소주 한 병을 더 시키고 말았다. 정말이지 잘못된 선택이었다.
"난 어릴 때부터 빚쟁이였거든. 대학도 빚내서 갔고."

술이 오자 그녀는 빈 잔을 쑥 내밀었다. 한 잔 따라 올려라 하듯. 나는 공손하게 잔을 채워주었다.

"그 빚 어제 다 갚았잖아. 학비 대출이랑 할머니 병원비랑."

할머니 병원비는 캐피털 대출이었다고 했다. 고모와 삼촌이 있었지만 아무도 도와주지 않았다고 했다. 신용불량자가 되지 않으려고 취업한 후부터 이를 악물고 갚았다고 했다.

"나 누구한테든 칭찬을 받고 싶었는데. 그동안 잘 견뎠다고."

그녀는 술잔을 홀랑 비우더니 내 쪽으로 턱을 쑥 내밀었다.

"선배가 해주면 안 되나?"

나는 그렇게 했다.

"장하네. 축하해."

진심이었다. 나로 말하자면 빚쟁이 심리에 관한 한 전문가였다. 빚에 눌려 있을 때의 압박감과 갚아가는 과정의 고통과 다 갚았을 때의 복잡한 심정을 누구보다 잘 알고 있었다. 기쁘고 슬프고 서럽고 허무하다. 이상하게 불안해진다. 또 빚질 일이 생길까 봐. 혹은 앞으로 뭘 목표로 살아야 할지 막막해서.

빚을 갚는 동안 이 아이는 견뎌야 할 일이 많았을 것이다. 화가 나도, 모욕을 당해도, 내일이 두려워도. 또래 친구들과 어울려 여행도 가고 싶었을 테다. 예쁜 사진도 찍고 싶고, 좋은 옷도 입고 싶었을 텐데 그걸 다 참아야 했을 것이다. 기댈 사람 하나 없었다면 늘 외로웠을 것이다. 도토리처럼 아무 데로나 굴러가지 않으려고 죽을힘을 다 했을 것이다. 이 조그만 아이가 홀로 맞서왔을 삶이 장하고 대견했다. 그 바람에 술을 한 잔 더 따라주는 바보짓을 하고 말았다.

"그래, 이제부터 뭘 할 건데?"

내가 묻자 그녀는 덧니를 드러내고 수줍게 웃었다. 아직 젖살이 남아 있는 볼에 보조개가 깊게 패었다.

"선배가 들으면 웃을지도 모르는데."

그럴 리 있을까. 나는 고개를 저었다.

"안 웃어."

그녀는 술을 단숨에 비우더니 제 꿈을 꺼내놓았다.

"일단, 선배처럼 능력 있는 도수치료사가 돼서……."

돈을 모은 다음 대학원에 갈 거라고 했다. 스포츠생리학을 공부하고 싶다고 했다. 석사도 하고 박사도 하고 교수도 하고 싶다고 했다. 나는 고개를 끄덕였다. 의외이긴 했지만 그녀다운 계획 같기도 했다.

"근데 선배는 오늘 누구한테 온 거야? 혹시 부모님 기일이야?"

돌연한 화제 전환이었다. 내겐 답이 준비돼 있지 않았다. 술기운이 오르긴 했지만, 오늘 최고로 행복한 아이를 붙들고 내 생애 가장 어둡고 고통스러운 기억을 토로할 만큼 취하지는 않았다.

"아니……."

나는 화장실로 도망갔다. 돌아왔을 때 그녀는 테이블에 엎드린 채 잠들어 있었다. 어깨를 흔들어도 깨어나지 않았다. 집 주소를 물어도 답이 없었다. 팔을 잡아 일으키자 배추애벌레처럼 몸을 축 늘어뜨리고 의자에 누워버렸다.

당혹스러웠다. 미성년자한테 술을 먹인 남자로 보일까 봐 걱정스럽기도 했다. 허둥지둥 대리를 부르고 그녀를 차에 태웠다. 다시 깨워봤지만, 그녀는 끝내 정신을 차리지 못했다. 당연히 집이 어딘지도 알 수 없었다. 결국 내 집으로 왔고 내 방으로 데려다 눕혔다. 차마 승주 방에 재울 수가 없었다. 대신 내가 그 방에 누웠다.

그때까지도 나는 그녀에게 별다른 감정을 갖고 있지 않았다. 그렇다고 믿었다. 그럴 상대가 아니라 여겼다. 성숙한 여자로 보이지 않는 외모 때문에 더 저항감이 심했을 것이다. 그녀는 그저 다른 세계에서 온 어린 여자, 그 이상도 이하도 아니었다.

이튿날, 해가 하늘 허리에 걸렸을 때에야 그녀는 깨어났다. 나는 주방에서 커피를 갈고 있었다. 방문을 열고 나오던 그녀는 나를 향해 꾸벅 고개를 숙였다. 변명인지 사과인지 모를 말을 주절주절 늘어놨다. 기분이 너무 좋아서 회까닥 돌았나 보다, 중간에 필름이 끊겨 아무것도 기억이 안 난다, 다음에 또 그러면 버리고 가라…….

"다음에 또?"

내 물음을 그녀는 물음으로 되받았다.

"혹시 저 어제 실수한 거 없어요?"

순간적으로 웃음이 터졌다. 지금 내 집에 있는 것 자체가 실수인데 더 얼마나. 나는 커피 드리퍼에 여과지를 깔고 커피를 퍼넣었다.

"미친 짓 많이 했나 보다. 선배가 다 웃네." 그녀는 시무룩한 표정이 돼서 식탁 앞으로 걸어왔다. "선배가 즐거웠으면 됐어요, 뭐."

나는 커피를 내리기 시작했다. 그녀가 물었다.

"근데 저 어제 누구 방에서 잔 거예요?"

내 방이라고 말해줬다.

"그럼 선배는 어디서 잤어요?"

"동생 방."

"동생이랑 둘이 살아요?"

나는 고개를 저었다. 그녀는 중얼거리듯 말했다.

"아…… 가끔 와서 자고 가나 보다."

매일 와서 자고 가는지도 몰랐다. 밤마다 꿈속으로 버스를 타고 오는 걸 보면. 그녀는 플라스크에 추출되는 커피를 물끄러미 보다가 물었다.

"이게 선배 혼자 숨어서 마신다고 소문난 그 커피예요?"

마셔볼 테냐, 묻는 의미에서 나는 빈 머그잔을 시선으로 가리켰다. 그녀는 사양 따위 하지 않았다. 식탁 의자에 턱 앉더니 코끝을 찡긋거리며 혀짤배기소리로 말했다.

"마아이 주쩨요."

그녀가 내민 잔에 커피를 채워주고 고개를 들었다. 순간, 그녀의 눈에 걸려들었다. 아니, 그 순간에 갇혔다. 그녀가 일순 낯설어지는 사술에 빠졌다. 비스듬하게 비쳐든 아침 햇빛이 그녀의 속눈썹에 가닥가닥 걸려 있었다. 검고 깊은 눈동자 안에서는 햇살이 은빛으로 산란했다. 두 뺨이 개울가에 내려앉은 첫눈 같았다. 귓불 아래로 돋아난 솜털들이 포실포실 고개를 든 눈꽃 같았다. 나는 손을 뻗어 쓸어보고 싶은 돌연한 충동을 느꼈다. 그녀의 코끝이 장미 봉오리처럼 빨개지지 않았다면 정말로 그리했을지도 모르겠다.

그녀가 재채기를 터트리기 전에 나는 시선을 비켰다. 베란다로 날아든 까마귀 한 쌍의 움직임에 눈을 붙박았다. 실제로 보고 있는 것은 조금 전 나를 가둔 '그 순간'이었다. 귓속에서 맥박이 쿵쿵거렸다. 모세혈관들이 일제히 팽창하는 것처럼 온몸이 따끔따끔했다. 뱃가죽이 긴장으로 팽팽해졌다. 그녀가 여자로서 내 안에 들어온 첫 순간이었다. 지금도 그녀는 내게, 코가 빨개진 채 아침 햇살 속에 앉아 있는 모습으로 기억돼 있다.

"이 커피, 되게 신기해요." 그녀는 커피 한 모금을 넘긴 후 침묵을 깼다. "장미 향이 나요. 무슨 커피예요?"

묻는 그녀의 시선이 너무나 다정해서 심장이 덜컥 내려앉았다. 순간적으로 혀가 고장 났다. 그 바람에 아무 말이나 튀어나왔다.

"그냥 그……."

그녀가 배시시 웃었다.

"선배가 제일 좋아하는 말 나왔다. 그냥."

"내가?"

"입버릇처럼 쓰잖아. 그냥, 그냥 해요, 그냥 놔둬요, 그냥 일이 좀 있어요."

나는 그냥이라는 말을 좋아하지 않는다. 그냥이라는 말을 그냥 쓰지도 않는다. 난처하거나 당황할 때 튀어나오는 말이었다. 바꿔 말하면 그녀의 말과 행동, 그 밖의 모든 것에 난처했거나 당황했다는 얘기였다. 내가 제일 좋아하는 말이라 인식할 만큼 자주.

"선배, 혹시 그냥 새것 있어……요?"

이래봬도 나는 말귀가 밝은 사람이었다. 남의 집에서 자고 일어나 찾을 '새것'이 뭐 있겠는가. 그녀를 욕실로 끌고 가서 새 칫솔을 꺼내 주었다.

"선배, 이런 일 자주 있나 보다. 그냥 알아듣네?"

그녀는 칫솔을 깐닥거리며 과도한 찬사를 보냈다. 우쭐해진 김에 새 수건도 내주었다.

"씻고 나와. 집에 데려다줄 테니까."

"아침밥은요?"

황당할 정도로 표정이 뻔뻔해서 다시 웃음이 났다. 나는 문밖으로 물러나며 대답했다.

"집에 가서 먹어."

그녀의 집은 병원 근처였다. 집이 어딘지는 알려주지 않았다. 내비게이션이 데려다준 곳은 편의점과 식당 등이 있는 한 상가 앞이었다.

"여기가 집인가?"

내가 묻자 그녀는 안전벨트를 풀면서 대답했다.

"이 근처예요. 여기서 걸어가면 돼요."

아침나절 느낀 거미줄 같은 친근함이 스르르 걷히는 기분이었다. 혼자 친해졌구나 싶어 무안했다. 설마 내가 어제 일을 빌미로 들러붙을까 봐 집을 안 가르쳐주나 싶었다. 그렇지 않고서야 동네 상가 앞에서 내릴 이유가 있을까. 그녀는 차에서 내리며 인사를 건넸다.

"고마웠어요, 선배."

집에 돌아왔을 때, 나는 욕실에서 그녀가 두고 간 칫솔을 발견했다. 칫솔꽂이에 내 칫솔과 나란히 꽂혀 있었다. 불쑥 아침 햇살 속에 앉아 있던 그녀가 떠올랐다. 화장실을 드나들 때, 식탁에 앉을 때, 자려고 누웠을 때 그녀의 첫눈 같은 뺨이 불쑥 불쑥 튀어나왔다. 그 순간에 일어났던 내 안의 변화까지 어김없이 함께 왔다. 그때마다 배꼽 밑에서 나비가 팔랑거렸다. 얼굴만 아는 옆집 여자애를 상대로 가망 없는 꿈을 꾸는 십대처럼. 스스로 낯간지럽고 부끄러웠다. 머릿속 훈수꾼은 잔인무도한 충고를 해왔다.

이보셔, 팀장님. 헛물켜지 마. 나이 서른여섯에 망신살 뻗칠 일 있어?

나는 본래의 태도로 돌아갔다. 주말 일은 없었던 것처럼 그녀를 대했다. 말과 행동 모두 적정 거리 바깥으로 물러나 있으려 했다. 쉽지 않은 일이었다. 주말 이전에는 의식하지 않아도 그리됐다면, 이젠 애를 써야 할 수 있었다.

애써봐야 안 되는 일도 부지기수였다. 그녀의 언행 하나하나에 신경이 쓰이고 의미가 부여됐다. 그녀가 통증치료실 못난이와 점심을 먹으러 가면 짜증이 났다. 점심을 건너뛰고 체육관에 가는 내가 처량맞았다. '애새끼'가 여자로 보이는 변화도 받아들이지 못했다. 그 바람에 업무 후 그녀에게 해오던 일, 도수 수업에 차질이 생겼다. 그녀와 몸이 닿으면 내 몸에 당혹스러운 표징이 나타났다. 그때마다 불에 닿은 것처럼 몸을 움츠리고 뒤로 물러났다. 나는 세상의 선생들이 제자와 연을 끊고 싶을 때 쓰는 말, '하산하라'라는 명령으로 개인 교습을 끝냈다. 접촉면이 사라지면 신간이 좀 편해질까 해서.

오산이었다. 급체라도 한 것처럼 명치 부위가 종일 불편했다. 업무가 끝난 후 부리나케 퇴근해버리는 그녀를 보면 뱃속에서 쩨쩨한 심보가 몽글거렸다. 뭐가 저리 바쁠까. 어딜 가는 것일까. 혹시 밖에서 통증치료실 못난이랑 만나나? 그놈한테도 소주를 사달라고 하나. 그놈에게도 첫눈이 내린 뺨을 보여주나.

더 큰 문제는 이 상태가 일시적이 아니라 항시적이 돼간다는 점이었다. 내 자신을 제어하지 못하는 것에 화가 났다가, 이완기 없이 긴장만 쌓여가는 상황에 넌더리를 냈다가, 이런 상태가 언제까지 지속될지 답답해하다가, 롤라에선 왜 연락이 없는지 안달복달했다.

인간관계란 상호 반응의 결과물이다. 내가 딱밤을 때리면 저쪽에서도 최소한 딱밤이 온다. 처음엔 이상하다는 듯 내 눈치를 살피던 그녀도 곧 나와 비슷한 태도가 되었다. 우리는 이제 서먹한 관계가 아니었다. 최선을 다해 서로 외면하는 사이가 됐다. 상대의 숨소리까지 읽으면서도 눈 한번 마주치지 않았다. 상대와 근거리에 있지 않으려 안간힘을 썼다. 직접 말을 걸지 않았다. 사적인 말은 물론이고 업무적인 대화조차 피했다.

날마다 고민스러웠다. 우선 나에 대한 그녀의 감정을 확신할 수가 없었다. 오해하기 딱 좋은 단서와 긴가민가에 가까운 느낌만 있었다. 그녀에 대한 내 감정 역시 혼란스러웠다. 단순한 물리적 반응인지, 복합적인 화학반응인지. 전자라면 지금의 처신은 잘못된 게 아니었다. 그녀는 물리적 욕망의 대상이어서는 안 되었다. 적어도 나는 그러고 싶지 않았다. 후자라면 나는 인생을 뒤바꾸는 기로에 서 있는 셈이었다. 내 삶의 착륙 지점이 롤라인지 그녀인지 결정해야 하는 것이었다.

겨울은 독감과 함께 왔다. 나는 병가를 내고 집에 드러누웠다. 고열이 끓는 내내 악몽을 꾸었다. 만경로 버스 승강장에 앉아 있는 나를 수도 없이 봤다. 버스를 타는 나와 승주 곁으로 가서 앉는 나도. 어김없이 끔찍한 순간들이 왔다. 승주의 얼굴이 칼잡이의 얼굴로 바뀌는 순간, 우악스러운 손이 내 목을 거머쥐는 순간. 단검이 스웨터와 패딩 점퍼를 뚫고 가슴 한복판에 박히는 순간. 날카로운 통증과 숨통을 끊는 타격감이 덮치는 순간…….

나는 비명을 지르기 시작했다. 꿈의 바깥에선 딩동딩동 소리가 울리고 있었다. 꿈에서 깨어나야 한다고 생각하면서 안간힘을 다해 머리를 흔들었지만, 내 목을 틀어쥔 죽음의 손아귀를 도저히 벗어날 수가 없었다.

눈떠. 꿈이야.

어떤 목소리가 나를 악몽에서 끌어냈다. 열한 살 이래로 들어본 적이 없는 어머니의 목소리였다. 나는 눈을 떴으나 곧장 현실로 돌아오지 못했다. 꿈의 잔상이 강고하게 시야를 가리고 있었다. 여전히 숨을 쉴 수 없었다. 날카로운 통증이 꼬챙이처럼 가슴을 꿰뚫고 있었다. 덜덜 떨리는 잇새로 흐느낌이 샜다.

괜찮아. 나쁜 꿈을 꾼 거야…….

어머니는 내 손을 잡고, 조곤조곤 속삭이고 등을 다독거렸다. 한 번씩 다독일 때마다 어머니의 살냄새가 내 안을 채웠다. 아무래도 나는 하나의 세상을 벗어나면 다른 세상으로 들어오는 꿈의 궤도에 갇혀버린 모양이었다. 다른 설명으로는 이 상황이 납득되지 않았다. 어머니의 살냄새를 기억하는 것 자체가 불가능했다. 어머니는 내게 고생대의 화석 같은 존재였다.

쉬잇, 그만. 울지 마요.

어머니의 목소리가 사라지고 다른 목소리가 끼어들었다. 나는 시야가 서서히 밝아지는 걸 느꼈다. 강고하던 꿈의 손아귀는 내 목을 놓고 물러났다. 흐느낌이 잦아들고 몸 떨림이 멈췄다.

"정신 들어요?"

뾰롱뾰롱 휘파람새 소리가 들려왔다. 머릿속 안개가 한숨에 걷혔다. 자다가 주먹빰이라도 맞은 기분이었다. 나는 벌떡 몸을 일으켰다. 곁에 앉아 내 손을 잡아준 사람은 어머니가 아니었다. 지은이었다. 일순 사고가 작동하지 않았다. 귀신을 본 기분이었다. 끔찍한 추측이 뒤따라왔다. 설마 울지 말라 다독이던 사람이, 그냥 꿈이라고 속삭인 사람도 그녀였을까.

"무슨 꿈을 그렇게 지독하게 꿔요?"

묻는 그녀를 멍하니 마주 봤다. 이 아이는 왜 여기에 있을까. 언제부터 있었을까.

"열은 좀 내린 거 같은데."

그녀의 손이 내 이마를 짚었다. 조심스러운 손의 움직임이 나를 다독이던 손길과 비슷했다. 나는 시선을 내려 내 몸을 봤다. 시원스러운 반나체였다. 언제 벗어던진 건지도 모르는 티셔츠는 침대 밑에 널브러져 있었다.

"물 좀 드세요."

그녀는 책상 위에서 물병을 집어서 건넸다. 나는 눈을 껌벅거리며 받았다. 내가 언제 저걸 책상에 가져다 뒀을까.

"천천히 마셔요."

병에 반쯤 남아 있던 물이 삽시에 목 밑으로 사라졌다. 바짝 말랐던 몸에 미지근한 습기가 번졌다. 비로소 정신이 좀 나는 것 같았다. 그 사이 그녀는 자신이 왜 내 옆에 있는지 열심히 설명하고 있었다. 방에 불이 켜져 있고 대문도 열려 있는데 아무리 벨을 눌러도 응답이 없었다고 했다.

"무슨 큰일이 났나 싶어서 들어왔어요. 선배, 독거노인이잖아."

이 아이는 이걸 유머라고 하고 있는 걸까? 나는 잠자코 그녀를 봤다. 대문은 그렇다 치고, 현관 도어록은 어떻게 열었을까.

"지난번에 봤어요. 일부러 본 건 아니고 옆에 서 있었으니까. 차 번호랑 같아서 자동으로 외워지던데."

'지난번'이란 내 집에서 자고 간 날이었다. 나는 그녀를 데려다주러 나섰다가 뒤늦게 식탁에 키를 두고 나온 걸 깨달았다. 다시 키를 가지러 들어가던 그때 현관문 도어록 비번 누르는 걸 봤다는 얘기였다. 참으로 헷갈리는 아이였다. 철부지인지 선수인지. 세상의 모든 여자가 비밀번호를 안다고 남자 혼자 사는 집에 쳐들어오진 않는다. 그것도 컴컴한 밤중에.

"병원에서 전화를 몇 번 한 줄 알아요? 하도 안 받아서 문자도 보내고. 카톡도 하고. 진짜 뭔 일 난 줄 알았다니까요."

그녀의 이야기는 잔소리로 변해갔다. 이정도로 심하게 아프면 병원에 가야지, 멍청하게 자리보전하고 누워 있었느냐, 내가 안 와봤으면 어쩔 뻔했느냐, 열이 펄펄 끓는데다 헛소리까지 해서 119를 부를 뻔했다, 책상에 약봉지가 있어서 깨워서 먹였는데 기억나느냐…….

"혹시 이틀 동안 아무것도 안 먹고 누워만 있었던 거 아니죠?"

왜 아니겠는가. 이틀간 먹은 거라곤 물과 약밖에 없었다.

"죽 쒀 왔는데. 좀 드실래요?"

"아니, 잠깐만."

대답도 듣지 않고 나가려는 그녀를 붙잡아 세웠다. 일단 화장실부터 다녀와야 할 것 같았다. 목덜미로 땀이 줄줄 흐르고 있었다. 이틀 동안 씻지 않아 머리는 떡이 진 상태였다. 양치는 언제 했는지 기억도 나지 않았다.

"씻고 와서 먹을게."

침대 밑에서 티셔츠를 주워 목을 끼우고 한쪽 팔을 소매에 끼웠다. 순간 그녀의 손이 가슴의 상처 쪽으로 들어왔다.

"선배, 여기 뭐 붙……."

버튼이 눌리는 순간이 있다. 내가 나를 놓쳐버리는 순간. 그 순간에 벌어진 일은 나중에 기억조차 나지 않는다. 그때가 바로 그때였다. 흉터에 손이 닿았을 때 나는 고함을 질렀던 것 같다. 어쩌면 그녀를 밀쳐냈을지도 모르겠다. 정신이 들고 보니 그녀는 코가 빨개진 채 내 앞에 차려 자세로 서 있었다.

"죄송해요. 굵고 빨간 것이 꿈틀거려서 벌레가 붙은 줄 알고."

그녀의 목소리가 떨리고 있었다. 아무래도 내 기억보다 더 심하게 화를 낸 모양이었다. 내가 뭐라 대꾸하기도 전에 그녀는 의자에 걸쳐 둔 패딩 점퍼를 집어 들었다.

"저, 가볼게요."

그녀는 방을 나가버렸다. 데려와서 해명하고 사과해야 한다고 생각하면서도 나는 그리하지 않았다. 대문 밖으로 사라지는 그녀를 창문으로 내다보고 서 있었을 뿐. 해명을 하려면 하고 싶지 않은 이야기를 해야 할 터였다. 해명 없는 사과는 받아들여지지 않을 것이고. 차라리 오해하도록 놔두는 게 낫다고 판단했다.

잘못된 판단이었다. 그걸 깨닫기까지는 오랜 시간이 걸리지 않았다. 거실로 나가자 식탁에 놓인 큼직한 보온병이 눈에 들어왔다. 가슴이 덜컥 내려앉았다. 뚜껑을 열고 김이 폴폴 오르는 죽을 보자 뒤늦은 후회가 밀려들었다. 어쩌자고 그랬을까. 붙잡아 앉히고 차근차근 설명했어야 하거늘. 홀로 앓고 있을 때 유일하게 나를 걱정해준 사람한테. 나를 위해 음식을 만들고, 내 집에 달려와주고, 악몽에 짓눌린 나를 보듬고 다독여준 사람한테.

끔찍하게 괴로운 주말을 보냈다. 안절부절못하고, 허둥대고, 후회했다. 수십 번쯤 전화를 들었다가 놓고 열었다가 닫았다. 덕택에 독감 증세 따윈 까맣게 잊어버렸다. 월요일 아침이 되자 몸은 멀쩡해져 있었다.

반면 그녀는 딴사람이 돼 있었다. 예의바르고 차분하고 차가웠다. 어떻게든 사과할 기회를 잡아보려 했으나 바늘 하나 꽂을 틈이 없었다. 어떻게 해도 넘을 수 없는 암벽이 하나 세워진 느낌이었다.

사랑을 받아본 사람이 사랑하는 법을 안다. 사랑받아본 경험이 없는 자는 자신에게 온 선물을 알아보지도, 받아들이지도 못한다. 상대의 마음은 고사하고 자기 마음도 제대로 몰라 번번이 기회를 놓친다. 내가 바로 그런 인간이었다.

나는 처음으로 제이가 부러웠다. 자신에게 온 사랑을 알아봤다는 점에서. 사랑해야 할 때 온전히 사랑할 줄 알았다는 점에서. 사랑을 지켜야 할 때 지키는 법을 알았다는 점에서. 사랑받을 자격을 스스로 획득할 수 있었다는 점에서.

누군가를 사랑하면 상대는 너를 미치게 하지. 영화 〈문스트럭〉의 대사를 생각하며 지낸 한 주였다. 어떻게 말을 붙일까, 궁리하면서도 그녀를 보면 입이 고장 났다. 모두에게 친절하면서도 내게만 냉랭한 그녀의 태도는 이렇게 말하는 듯했다. 팀장님, 골든 타임 지나갔어요.

시간이 제멋대로 줄었다 늘어났다 했다. 하루가 한 주 같고, 한 주가 하루 같았다. 금요일 오후가 되자 조급증이 났다. 혼자 안달하며 기껏 궁리해낸 돌파구가 문자였다. 내용마저 한심하기 짝이 없었다.

"퇴근하고 만날 수 있을까. 할 얘기가 있는데."

잠시 후 답장이 왔다.

"저녁 약속이 있어요."

그녀는 퇴근해버렸다. 나는 도수치료실 창가에서 그녀가 멀어지는 걸 내다보고 있었다. 일주일 전 내 방 창가에서 그랬듯이. 그때와 다른 건, 내가 뭘 해야 하는지 이제 알고 있다는 점이었다.

10분 후 나는 어느 편의점 건너편에 차를 세웠다. 지난가을 그녀를 내려준 바 있는 그 편의점이었다. 이사를 간 게 아니라면 이 앞으로 지나가겠지, 생각했다. 오래 기다릴 각오도 돼 있었다. 프랑스 귀족도 아니고 밤새도록 밥을 먹진 않을 테니까. 장시간 잠복에 대한 대비책으로 편의점에서 샌드위치와 커피를 사 들고 나왔다.

차에 들어앉아 커피 한 모금을 막 넘겼을 때였다. 저 앞에서 그녀가 걸어오고 있었다. 제 눈과 똑같이 생긴 개구리 눈 머리띠를 하고, 패딩 점퍼 주머니에 손을 찔러넣고, 파자마 같은 털 바지에 슬리퍼를 끌고, 세상만사가 귀찮다는 걸음새로 건들건들. 나는 내 눈을 의심했다. 아무리 후하게 봐도 약속 장소에서 밥 먹고 오는 차림새로는 보이지 않았다.

그녀는 편의점으로 들어갔다. 개구리 눈이 매대 사이로 나타났다 사라졌다 했다. 잠시 후 계산대 앞에 무언가를 잔뜩 내려놓는 게 보였다. 나는 차에서 내렸다. 정상적으로 앞을 보고 다니는 사람이라면 충분히 알아차릴 수 있는 위치에서 걸음을 멈췄다. 거의 동시에 그녀가 한 손에 큼직한 봉지를 들고 편의점에서 나왔다.

이상하게도 그녀는 앞을 보고 걷지 않았다. 시선을 제 발끝에다 둔 채로 내 옆을 스쳐서 왔던 길로 걸어갔다. 나는 그녀를 부르지 않을 수 없었다. 다급했던 나머지 평소 쓰던 '이 선생' 대신 머릿속으로만 불러본 이름이 튀어나왔다.

"지은아."

그녀는 움찔하는 것 같았으나 걸음을 멈추지는 않았다. 못 들었나 싶어 한 번 더 불러봤다.

"이지은."

그녀의 걸음이 미묘하게 빨라졌다. 땅바닥을 보고 있던 개구리 눈은 정면으로 올라가 있었다. 하는 짓을 보니 고의로 못 들은 척한 것 같았다. 어쩌면 편의점 안에서 이미 나를 봤을지도 몰랐다. '꺼져'로 해석되는 행동이었다.

일순, 반갑잖은 훈수꾼의 목소리가 들려왔다. 꼴좋다. 애 꽁무니나 쫓아다니더니.

나는 달려가서 그녀 앞을 가로막고 섰다. 그녀는 걸음을 멈추고 나를 봤다. 내 부름을 듣지 못했던 것처럼 놀란 표정이었다.

“여긴 웬일이세요, 팀장님?”

그렇다. 지난 일주일, 나는 다시 팀장님으로 돌아와 있었다. 기가 한풀 죽는 기분이었으나 마음을 다잡았다. 여기서 어리바리하다간 앞으로도 쭉 팀장님이 될 테니까.

“너 기다렸어.”

그녀는 고개를 갸우뚱하게 기울이며 재차 물었다.

“왜요?”

정말 모르겠다는 그녀의 표정에 나는 또 풀이 죽었다. 그 바람에 생각과 전혀 다른 말이 튀어나왔다.

“집에 죽 통 두고 간 거…… 돌려주려고.”

“아아…….”

그녀는 고개를 슬쩍 기울이고 소리 없이 웃었다. 상대의 표정을 잘 읽는다고 자부하는 내 눈이 해석한바, 웃음의 의미는 이랬다. 나는 네게 죽통을 날리고 싶다.

“줘요.”

그녀는 비어 있는 왼손을 내게 내밀었다. 순간, 충동을 느꼈다. 그녀의 손을 잡아 이야기를 나눌 만한 곳으로 데려가고 싶은 충동.

가장 쉬운 방법이었으나 나는 그렇게 하지 않았다. 섣부르게 행동해서 그녀를 불안하게 만들고 싶지 않았다. 나에 대한 신뢰가 있어야만 대화가 가능할 터였다. 대화가 돼야 그날 일을 해명할 수 있을 테고. 해명이 그녀를 납득시켜야 관계를 재설정할 수 있을 테니까.

나는 내밀고 있는 그녀의 손바닥에 차 키를 놔주었다. 그녀는 차 키를 이렇게 해석한 듯했다. 차에 있으니 네가 알아서 가져가.

그녀는 키를 손에 쥐고 차로 걸어갔다. 나는 뒤를 따라가 조수석 문을 열어주었다. 고개를 차안으로 들이밀고 살피던 그녀가 눈을 가늘게 뜨고 나를 돌아봤다. 이게 뭔 수작이냐 묻는 눈이었다.

"잠깐 타자."

나는 운전석으로 돌아가 차에 탔다. 그녀는 여전히 조수석 문을 잡고 서 있었다.

"어디로 끌고 가지 않을 테니까 걱정 말고. 차 키도 네가 가지고 있잖아."

"팀장님, 난……."

"하고 싶은 얘기가 있어. 듣고 나서 가고 싶으면 가."

나는 실내등을 켜고 앞 차창에 시선을 고정시켰다. 혀가 마르는 기분이었다. 수십 번쯤 연습한 말들은 조각조각 잘린 채 머릿속을 떠돌고 있었다. 마침내 그녀가 차에 탔을 땐 그 조각들마저 사라져버렸다. 그 바람에 한동안 입을 떼지 못했다. 침묵을 깬 쪽은 그녀였다.

"팀장님. 제 룸메이트가 집에서 기다려요."

"지은아." 나는 앞 차창에 눈을 붙박은 채로 입을 열었다. 나를 보는 그녀의 시선이 따가워 고개를 돌릴 수가 없었다.

"그날 일 사과할게. 미안해."

대꾸 없는 시간이 얼마간 지속됐다. 차 안에는 나와 그녀의 숨소리만 뒤엉켰다. 나는 가슴이 갑갑해지기 시작했다.

"뭐가 미안해요?"

한참이 지난 후에 나온 질문이었다. 어조로도 어감으로도 모르고 묻는 게 아니었다. 어떤 답이 나오느냐에 따라 사과를 받든가 말든가 하겠다는 뜻 같았다.

"칼에는 두 가지 종류가 있어." 나는 답변을 시작했다.

"한 면에만 날이 있는 칼을 도라고 하고, 양면에 날이 있는 걸 검이라고 해."

그녀가 황당해한다는 걸 보지 않아도 알 수 있었다. 말머리를 잘못 꺼낸 게 아닌가 싶기도 했지만 이미 내디딘 걸음이었다. 무엇보다 나는 두괄식 어법에 익숙하지 않은 사람이었다. 그저 그녀가 귀를 열어 놔주길 기대하며 얘기를 계속했다. 검이라 불리는 날붙이가 한 인간의 몸과 정신에 미치는 영향에 대해서.

"네가 벌레인 줄 알고 만진 가슴의 흉터 말이야, 그게 1년 전에 어떤 놈이 내 심장을 겨누고 검을 박아넣은 자리라면, 정맥이 반쯤 잘리는 바람에 출혈 쇼크로 죽을 뻔했던 상처라면, 그 일의 후유증으로 칼 같은 건 만지지도 못하는데다 가슴 근처에서 사람 손이 어른대기만 해도 기겁하고 경기를 일으키는 지경이라면, 네가 죽을 가지고 온 날 밤에 하필 그때의 사건이 재현되는 악몽을 꾸고 있었다면 내가 왜 그리 발작하듯 소리를 질렀는지 조금 해명이 될까."

다시 침묵이 찾아들었다. 나는 머뭇머뭇 고개를 돌려 그녀를 봤다. 그녀의 눈이 내 눈에 초점을 고정한 채 움직이지 않았다. 나를 보고 있다기보다 금방 무슨 말을 들었는지 이해하려 애쓰는 눈이었다.

"나는 너한테 소리를 지른 게 아니야. 내 안의 두려움이 내지른 비명이지."

그녀의 시선이 내 눈동자 위를 느릿느릿 움직이기 시작했다. 나는 말을 이었다.

"그동안 내가 너한테 왜 그리 못나게 굴었는지…… 이제 말할게."

한쪽 손을 펼쳐서 그녀에게 내밀었다. 내가 안간힘을 다해 감춰온 말을 꺼낼 수 있도록 네가 도와달라고.

"지은아."

그녀의 시선은 내 손으로 내려갔다가 다시 내 눈으로 올라왔다. 나는 잠자코 기다렸다. 그녀가 자신의 손을 들어 올려 내 손 위에 내려놓을 때까지. 조심조심, 손가락을 오므려 그녀의 손을 쥐어봤다. 새알처럼 작고 부드럽고 따뜻한 손의 느낌이 살을 뚫고 들어와 나를 휘감았다. 내 삶의 전부가 이 뭉클한 감촉으로 수렴되는 기분이었다. 저절로 입이 열렸다.

"인간이라면 누구나 누군가를 사랑하기 마련인데, 나는 그걸 몰랐어." 나는 용기를 짜내 하고 싶었던 말을 꺼냈다.

"지금껏 누군가를 이만큼 사랑해본 경험이 없어서."

한순간 그녀의 시선이 흔들리는 느낌을 받았다. 그녀의 코끝이 빨개지는 걸 볼 수 있었다. 귀와 뺨과 이마까지 빨갛게 달아오르는 것을, 나는 벌을 받는 심정으로 지켜봤다.

"경험도 없다면서……." 마침내 그녀의 입술이 열렸다. 뾰롱뾰롱, 새소리가 새어 나왔다.

"꿀 바른 말을 너무 잘해. 사기꾼 같이."

명치를 틀어막고 있던 답답한 덩어리가 뱃속으로 꺼지듯 내려갔다. 떨리는 숨소리가 새어 나왔다. 머릿속에선 잡념이 사라지기 시작했다. 온몸의 신경이 그녀를 향해 뻗쳤다. 내 몸의 온도는 삽시에 통제 불능 지점으로 올라갔다. 나는 손을 뻗어 그토록 만져보고 싶었던 그녀의 첫눈 같은 뺨을 감쌌다. 보송보송 일어선 눈꽃들을 엄지로 쓸어봤다. 상상하던 것과 똑같은 감촉이었다. 조금만 힘주어 만지면 녹아 사라질 듯한 신기루 같은 감촉.

나는 실내등을 꺼버렸다. 더 망설이지 않고 그녀의 입술을 찾아갔다. 그녀가 무어라 속삭였던 것도 같은데 잘 기억이 나지 않는다. 가로등 불빛을 받아 또랑또랑하게 빛나던 그녀의 눈동자만 기억난다. 아마도 내가 이렇게 말했을 것이다.

"눈 감아."

#

이듬해 5월, 우리는 결혼했다. 지난해에 심은 장미들이 첫 봉오리를 터트리기 시작한 우리 집 마당에서, 우리끼리, 우리 방식대로. 지은이 그러기를 원했다. 양가 부모도 주례도 없었지만, 금반지 하나씩 나눠 낀 게 다였지만, 그녀의 룸메이트와 랑이 언니가 하객의 전부였지만 나는 행복했다. 붉은 장미 다발을 손에 쥐고, 미니 드레스를 입고, 장미나무 아치 아래 선 그녀는 휘파람새보다 더 사랑스러웠다. 랑이 언니는 우리를 위해 축복의 노래를 불러주었다.

아베마리아, 그라치아 플레나

마리아 그라치아 플레나……

랑이 언니의 노래를 들으며 잠들던 삼애원의 날들이 머리를 스쳐갔다. 그땐 이런 날이 오리라는 상상조차 하지 못했다. 아니, 삶을 통틀어 이런 순간 자체를 떠올려본 적이 없었다. 사랑하는 이와 마주 서서 영원을 약속하는 일은 다른 사람의 인생에나 존재하는 축복인 줄 알았다. 나는 목을 타고 오르는 뜨거운 기운을 가까스로 눌러 삼켰다.

"자기야. 축하해." 랑이 언니가 노래를 끝내고 다가와 나를 끌어안았다. 나직한 목소리로 속삭거렸다. "오래오래, 마음껏 행복해라."

그러겠다고 마음먹었다. 들꽃이 만개한 바닷가를 한들한들 흐르는 명주바람처럼 살고 싶었다. 함께 살기 시작하면서 확신을 얻었다. 마음먹은 대로, 바람대로 살아질 거라고.

그녀는 나를 과거로부터 구원해주었다. 악몽에 짓눌려 몸부림치다 깨어 보면 그녀가 나를 안고 다독이고 있었다. 나는 그녀의 품에 눈을 묻고 어린애처럼 울음을 터트리곤 했다. 그때마다 그녀는 기도하듯 속삭였다. 괜찮아, 선배. 여긴 우리 집이야. 내가 지켜줄게…….

악몽을 꾸는 날이 조금씩 줄어들었다. 그해 겨울이 되었을 땐 완전히 꾸지 않게 되었다. 그녀는 결혼과 함께 직장을 그만두고 원하던 대학원 공부를 시작했다. 그 바람에 매일 차를 운전해서 서울과 만경로를 오가야 했다. 꽤 먼 거리였으나 피곤한 줄도 모르는 기색이었다. 꿈을 향해 가고 있다는 기쁨 때문이었을 것이다. 아이를 갖는 일은 자동으로 미뤄졌다. 나는 그마저도 좋았다. 영감, 할멈이 되도록 단둘만 살아도 만족할 것 같았다.

아침이면 그녀는 나를 병원 앞에 떨궈주고 서울로 갔다. 퇴근 시간이 되면 어김없이 병원 앞에 차를 대고 나를 기다렸다. 함께 장을 보고, 집으로 돌아와 함께 저녁을 만들어 먹고, 아무 데서나 몸을 겹치고 누워 이야기를 들려주거나 들었다. 주제는 그날그날 달랐다. 어린 시절에 대해, 상처에 대해, 이별의 고통에 대해, 죽음에 대해.

결혼을 한 이후에야 나는 내가 떠버리였다는 걸 알게 됐다. 노력이 필요하지 않았다는 점에서, 새롭게 발견한 본질적이고 체질적인 특성이었다. 그녀와 있을 때 나는 들판에 풀어놓은 소처럼 시끄러웠다. 그녀는 그리 웃기지 않은 내 농담에 깔깔대고 웃어주는 훌륭한 관객이었다. 무슨 일이든 내 편에 서 있는 열혈 치어리더였다.

세상의 어떤 신혼부부가 제정신일까마는 우리는 좀 유별났다. 부부가 아니라 양가 부모가 반대하는 사랑을 결사적으로 지키려는 연인 같았다. 30년 동안 쓸 장작을 한데 쌓아놓고 불을 지르는 기분으로 하루하루 살았다. 바닷가를 흐르는 명주바람이 아니라 바다 위로 내달리는 폭풍이었던 셈이다.

그래서였는지도 모르겠다. 사랑을 나누고 나란히 누운 밤에, 문득 눈을 뜬 새벽에, 달빛에 잠겨 잠든 그녀의 얼굴을 내려다볼 때 불안이 한기처럼 깃들곤 했다. 이것은 지금껏 꾸던 악몽의 변형이 아닐까 하는 불안. 내 삶을 지배하던 불운이 행운으로 변장해서 나를 완전히 때려눕히려 찾아든 게 아닐까 하는 불안.

여전히 롤라의 부름은 없었다. 덕택에 롤라를 잊어가고 있었다. 그녀는 내가 롤라 유심을 가지고 있다는 것조차 몰랐다. 삼애원 사건이 그걸 두고 벌어진 참극이었으며, 나와 제이가 그 피해자이고, 해상이 롤라에 갔으리라는 정도만 알고 있었다. 말하지 않은 이유는 단순했다. 여전히 유심을 가지고 있다는 건 어느 날 갑자기 내가 감쪽같이 사라질 수 있다는 얘기와도 같았다. 그런 의심의 여지를 그녀에게 주고 싶지 않았다.

무성하던 롤라에 대한 소문도 시나브로 사라졌다. 유튜브나 SNS에서 음모론처럼 은밀하게 다뤄질 뿐이었다. 그마저도 얼마 후면 감쪽같이 삭제되곤 했다. 종종 국내외 유명 인사, 정재계 인물이 실종됐다는 뉴스가 나오기도 했으나 롤라와 연결시키는 매체는 없었다. 적어도 기성 언론 안에서는 그랬다. 나는 롤라의 임상 시험이 결국 실패했는지도 모르겠다고 생각하게 됐다. 그런데도 휴대전화에 롤라행 유심을 끼워두고 있었던 건, 제이가 내게 남긴 선물로 여겼기 때문이다.

겨울이 가고 봄이 왔다. 장미가 피었다. 우리는 첫 결혼기념일을 맞았다. 원래 계획은 동해로 여행을 떠날 예정이었으나 그녀의 갑작스러운 학교 일정 때문에 뒤로 미뤄졌다. 대신 근사한 식당에서 저녁을 먹었고, 기분 좋게 취해 집에 돌아왔고, 침대로 뛰어들어 평소보다 두 배쯤 창의적으로 놀다가 지쳐서 잠에 떨어졌다.

"만약에 말이야……."

여트막한 잠이 몸을 덮어올 무렵 그녀가 말을 걸었다.

"내가 먼저 죽으면 선배는 다른 여자랑 결혼할 거야?"

웃고 넘길 질문이건만 잠기운이 싹 가셨다. 배꼽 아래로 통증에 가까운 한기가 지나갔다. 롤라행 티켓이 떠오른 건 반사적 사고에 가까웠다. 나는 그런 말 하지 말라고 말하는 대신 그녀의 손을 찾아 깍지를 꼈다. 그녀는 깍지를 풀며 재차 물었다.

"이런 거 말고, 말로 해봐."

나는 고개만 돌려 그녀를 봤다.

"네가 먼저 죽는 일은 없어."

"우리 할머니가 그러는데, 선배는 내 것이 아니래."

"할머니 꿈 꿨어?"

그녀는 시무룩하게 고개를 끄덕였다.

"며칠 전에."

아이고…… 나는 그녀를 품으로 당겨 안으며 말했다.

"기억 안 나? 얼마 전까지도 나는 꿈속에서 날마다 죽었어."

"그래도 대답은 해줘야지. 해, 안 해?"

"안 해."

그녀는 내 가슴팍을 밀어내며 투덜거렸다.

"어째 대답이 미지근하네."

나는 최선을 다해 목소리의 온도를 높였다.

"네가 나를 거두러 올 때까지 이 집에서 기다릴게."

"맹세해?"

"하느님 목을 건다."

이튿날 출근길이었다. 그녀는 병원 앞에 차를 세우고 나를 불렀다. 나는 차에서 내리려다 그녀를 돌아봤다.

"나도 하느님 목을 건다."

뭔 뜬금없는 소린가 싶었다. 그녀는 배시시 웃었다.

"나…… 항상 선배 곁에 있을게."

그녀의 차가 멀어지는 것을 나는 내린 자리에서 지켜봤다. 어젯밤 느꼈던 한기가 다시 배 속을 뚫고 갔다. 종일 일에 집중하지 못하고 정신이 딴 데 가 있었다. 지난밤의 대화부터 출근길 일까지 반복해서 생각했다. 그녀에게서 전화가 올 때까지 내내.

"일 아직 안 끝났어?"

나는 시계를 봤다. 퇴근 5분 전이었다. 어디냐고 물었다.

"어디긴 어디야. 병원 앞이지."

종일 들썽대던 마음이 비로소 차분해졌다. 나는 냉큼 대답했다.

"5분만 기다려."

아무 일도 일어나지 않는 날들이 갔다. 그날 밤의 대화는 서서히 의식 밑으로 가라앉았다. 기억 속에서 퍼뜩 튀어 오를 때도 있었으나 무시하고 넘겨버릴 수 있었다. 아니, 그러려고 애썼다는 게 더 정확한 표현일 것이다. 이 불길한 한기의 이름은 예감이 아닌 불안이라고, 나처럼 행복에 익숙하지 않은 사람이 갖는 신경증 같은 거라고, 불안을 보듬고 살아가는 건 삶의 조건 중 하나라고 나를 다독였다.

6월 마지막 주말이 되었다. 우리는 여수로 가는 관광버스에 나란히 앉아 있었다. 병원 개원 기념 직원단합대회에 참석한 참이었다. 1박 2일짜리 부부 동반 행사였는데 딱히 가고 싶은 마음은 아니었다. 단체 행사를 좋아하지도 않을뿐더러 여행 자체가 이상하게 내키지 않았다. 그녀가 옛 동료들과 어울리는 게 거북하다 하면 얼씨구나 하고 빠질 작정이었다. 그녀는 뜻밖에도 가겠다고 했다. 거절할 기회를 주느라 한 번 더 물었다.

"월요일 아침에 학교 가야 하잖아."

"선배 없이 나 혼자 주말 보내기 싫어."

"너 안 가면 나도 안 가지."

그녀는 눈을 끔벅거리며 잠시 생각하다 대답했다.

"부부 동반 행산데 우리만 빠지면 이상하게 생각할 거 아냐. 그냥 가. 바람도 쐴 겸."

여행은 예상보다 즐거웠다. 여수로 가는 길은 멀었지만 중간중간 재미난 곳에 들러 지루하지 않았다. 특히 순천 정원박람회가 좋았다. 우리는 수십만 송이의 장미가 피어난 진짜 장미 정원에서 시간을 보냈다. 화단 사이로 난 산책로를 걷거나, 벤치에 앉아 이야기를 나누거나, 화단 앞에 그녀를 앉히고 사진을 찍거나. 그녀는 이제 막 만개하는 장미처럼 붉고 싱싱하게 빛났다.

여수에는 밤이 돼서야 도착했다. 물리치료실 각 팀은 낭만포차 거리에 모여 늦은 저녁을 먹었다. 불꽃놀이를 구경하면서 술도 마셨다. 나는 꽤 취했던 걸로 기억한다. 쥐도 새도 모르게 그녀를 낚아채 간 '날강도'에게 너도나도 한 잔씩 벌주를 먹인 탓이었다. 그날따라 그녀가 술을 입에 대지 않아 그 몫까지 대신 마신 탓도 있었다. 나는 방으로 돌아오자마자 침대에 대자로 뻗었다.

"지은아."

그녀가 곁에 드러누우며 "왜?" 했다. 나는 천장에서 빙글빙글 도는 실링팬을 한동안 올려다봤다. 지나간 7주 동안 살얼음처럼 덮여 있던 불안감이 마침내 녹아 사라지는 기분이었다.

"너, 나 없이 살 수 있어? 난 아니다."

그녀가 뭐라 대답했는지는 모르겠다. 답을 듣기도 전에 눈이 감겼으니까.

술은 이튿날까지도 깨지 않았다. 오전 내내 숙취에 시달렸다. 해장국조차 넘기기 힘들 만큼 속이 좋지 않았다. 술 종류 가리지 않고 주는 대로 받아 마신 대가였다. 하늘엔 먹구름이 잔뜩 끼어 있었다. 전날만 해도 그토록 해가 쨍하더니 금방이라도 비가 쏟아질 기세였다. 점심 식사 직후 일정으로 잡혀 있던 한려해상 크루즈 관광은 취소하네 마네 하다가 결국 타는 걸로 결정이 났다.

참으로 신기한 크루즈였다. 4층짜리 배였는데 1층 전체가 클럽이었다. 대낮인데도 사이키 조명이 번쩍번쩍 돌았다. 아버지 세대나 들었을 법한 옛날 음악이 쿵쾅쿵쾅 튀어나왔다. 입장료도 없고 술을 마시지 않아도 괜찮다고 했다. 그래서였을까. 배가 출발하자마자 클럽은 사람들로 꽉 찼다. 노년, 중년, 청년이 마구잡이로 뒤섞인 춤꾼들의 일진광풍이 시작됐다. 분명 같은 음악인데 한쪽에선 빨간 스키니진을 입은 할머니가 손자로 보이는 청년과 셔플댄스를 추고, 그 옆에선 남의 남자와 남의 여자로 보이는 커플이 열광적으로 지르박을 당겼다. 보기만 해도 정신이 어쩔어찔했다. 나는 2층으로 올라가려 했으나 지은이 내 손을 당겼다.

"선배, 우리도 들어가자."

안으로 들어서자 먼저 와 있던 도수치료팀이 손을 들어 반겼다. 통증치료팀과 작업치료팀도 그들 옆에 모여 캔 맥주를 마시고 있었다. 다들 멀쩡한가, 싶었다. 어젯밤에 그렇게 마시고도 대낮부터 또 맥주라니.

나는 그녀에게 밖으로 나가자고 말하려다 입을 다물었다. 음악이 〈Y.M.C.A〉로 바뀌면서, 앞에 서 있던 진행자가 구경꾼들을 플로어로 불러냈다.

"거기, 앞으로 나오세요."

물리치료팀은 맥주를 내려놓고 우르르 몰려 나갔다. 지은도 통증치료팀 못난이 손에 이끌려 나갔다. 나는 같이 나가자는 그녀의 권유를 사양하고 구석 자리에 남았다. 춤을 춰본 적도 없을뿐더러 춤을 출만한 몸 상태도 아니었다.

나는 메슥거리는 배를 생수로 달래면서 그들이 노는 걸 지켜봤다. 한 줄로 큰 원을 만들고 진행자의 동작을 따라 라인댄스를 추고 있었다. 생기발랄하게 몸을 놀리는 지은을 보자 새삼스레 그녀의 나이가 실감 났다. 클럽에서 노는 게 더 자연스러운 이십대였구나. 함께 노는 팀원들과 그림이 더 맞는 나이였구나. 배가 점점 꼬이는 기분이었다.

보니 엠이나 모던 토킹의 노래 같은 지난 세기의 음악이 몇 곡 더 지나갔다. 이어 역시 비슷한 시대의 느린 음악이 흐르기 시작했다. 진행자에 따르면 '블루스 타임'이었다. 나는 이제 그녀가 오겠거니 했다. 오면 나가자고 말할 참이었다. 그녀는 오지 않았다. 못난이의 손에 잡혀 블루스를 추고 있었다. 그들이 모르는 남녀였다면 그저 웃으며 지켜봤을 장면이었다. 아이고, 어린것들이…… 좋단다.

문제는 그 어린것들 중 하나가 내 아내라는 데 있었다. 꼬이던 배 속에서 부글부글 열이 끓기 시작했다. 아무리 오랜 친구라도 그렇지, 유부녀한테 뭐하는 짓인가 싶었다. 남편이 두 눈 멀쩡하게 뜨고 지켜보는데. 그녀가 생글생글 웃으며 놈과 스텝을 맞추고 있다는 데서 더 부아가 치밀었다.

나는 혼자 밖으로 나갔다. 그 자리에 앉아 있을 수가 없었다. 화를 내자니 쪼다가 될 것 같고, 가만히 지켜보자니 천불이 났다. 2층 레스토랑을 지나서 3층 카페 전망석도 지나서 4층 옥상으로 올라갔다. 배는 바다 위로 비쭉비쭉 솟아난 섬 사이를 헤치고 나아가는 중이었다. 수평선에 머물던 먹구름은 어느새 배 위까지 뒤덮여 있었다. 바닷바람은 내 기분처럼 후덥지근하고 끕끕했다. 배 속의 불도 통 가라앉질 않았다. 그녀가 올라왔을 즈음엔 두통까지 났다.

"선배, 여기 있었네."

그녀가 옆에 와 섰다. 나는 이미 화낼 채비가 돼 있었다. 여태껏 그 못난이랑 춤추다 온 거야?

"안 보여서 깜짝 놀랐잖아."

그녀가 팔짱을 끼며 벌새처럼 재잘거리는 통에 화낼 시점을 놓쳤다.

"가면 간다고 말이나 하고 가든가. 여기저기 막 찾아다니게 해."

찾긴 왜 찾아. 배에서 내릴 때까지 그놈하고 놀지. 나는 팔에 감긴 그녀의 손을 떼어내고 먼 수평선으로 시선을 옮겼다.

"진짜야. 2층 3층 돌아다니면서 큰 소리로 물어봤다니까." 그녀는 내 겨드랑이 밑으로 얼굴을 쏙 들이밀고 말했다. "동네 사람들아. 혹시 여기 톰 홀랜드처럼 생긴 남자 오지 않았어요?"

살다 살다 원, 별 말 같지도 않은……. 나도 모르게 피식 웃음이 났다. 화가 풀려서 웃은 건 아니나, 웃어놓고 다시 화낼 수가 없어 잠자코 그녀를 내려다봤다. 그녀는 잽싸게 내 앞으로 파고들어와 섰다.

"선배, 계속 그렇게 근엄한 표정 짓고 있으면……."

그녀는 내 양팔을 끌어다 제 허리에 강제로 둘렀다. 파도에 대고 말하듯 배 밑을 내려다보며 소곤거렸다.

"나 우리 아기 얘기 안 해준다."

네 맘대로 해라. 하든가 말든가. 나는 그녀의 허리에 감긴 팔을 철수하려다 멈칫했다. 금방 무슨 말을 들었던가. 아기? 얘기? 차마 확인을 하지 못하고 숨을 멈춘 채 가만히 서 있었다.

"이제 7주래. 오렌지 씨앗만 하다는데 세상에…… 머리도 있고 심장도 있다."

한순간에 사고의 배선이 뒤엉켰다. 머릿속엔 물음표만 연달아 찍혔다. 공부가 끝나면 아이를 갖겠다고 하지 않았나? 알아서 피임한다고 하지 않았나? 7주면 우리 결혼기념일 즈음인가? 그런데 왜 갑자기…….

"언제 알았어?"

나는 가까스로 입을 열었다.

"그제."

그녀가 대답했다.

"근데 왜 여태 말 안 했어?"

"어젯밤에 짠, 하고 초음파 사진을 개봉할 참이었는데. 선배가 맛이 갔잖아."

이제야 이해가 갔다. 지난밤 그녀가 술을 입에 대지 않았던 이유가 뭔지. 나는 그녀의 허리에 두른 손을 내려서 배에 대봤다. 그러니까 오렌지 씨앗만 한데 머리도 있고 심장도 있는 우리 아이가 지금 이 배 안에서 7주째 자라고 있다는 거지. 달나라 토끼가 지상으로 뛰어 내려왔다는 말을 들은 것 같았다. 이런 순간을 상상한 적은 있으나 정말로 그런 순간이 올 줄은 몰랐다. 그것도 이토록 빨리.

"근데 선배, 별로 안 좋아하네?"

그녀가 고개를 돌려 나를 봤다. 내 기분을 살피는 눈이었다. 뭐라고 대답을 해줘야 할 텐데 적절한 표현이 떠오르지 않았다. 막 낚싯줄에 걸려 올라온 물고기처럼 심장만 펄떡펄떡 뛰고 있었다.

"가자."

나는 그녀의 손을 끌고 계단 쪽으로 움직이기 시작했다.

"어딜 가?"

"1층 클럽에."

그녀는 종종걸음으로 따라오며 불안한 얼굴로 물었다.

"거기는 또 왜 가?"

왜긴 왜겠니. 춤추고 소리 지르러 가자는 거지. 이 배 안에서 사람들한테 미친놈 취급을 받지 않고 그럴 수 있는 곳이 거기밖에 더 있겠는가.

여수를 떠날 무렵 비가 내리기 시작했다. 서해안고속도로로 접어들면서 밤이 찾아들었다. 버스 실내등이 꺼졌고 직원들은 대부분 잠들었다. 지은도 어느새 자고 있었다. 배가 불편한지 안전벨트를 느슨하게 풀어두고 내게 몸을 기댄 채, 새근새근.

나는 휴대전화 플래시 빛으로 초음파 사진을 들여다보고 있었다. 눈을 얄따랗게 떴다 크게 떴다 하면서 어떻게든 내 아이의 형체를 알아보려고 끙끙대는 중이었다. 손끝으로 하나하나 짚어가며 지은이 가르쳐준 것들을 복기했다. 동그랗고 검은 구멍 한쪽에 있는 희끔한 씨앗이 아이라고 했지. 가느다란 줄로 연결된 동그란 점이 태반으로 바뀔 난황이라 했고. 아직 이목구비는 없다고 했지. 다음번 진료 때 함께 가면 아이의 심장 소리를 들을 수 있다고 했지…….

생각이 잠시 끊겼다. 그녀가 어깨를 움츠리고 내게 들러붙었다. 에어컨 바람이 차가운 모양이었다. 나는 내 어깨에서 그녀의 머리를 떼어내 좌석 등받이에 기대놓고 안전벨트를 푼 뒤 몸을 일으켰다. 선반에서 배낭을 끌어내려 무릎 담요를 꺼냈다. 그 일이 일어난 건 바로 그때였다.

쾅 하는 굉음과 창유리가 박살 나는 소리가 동시에 터졌다. 암벽이라도 들이박은 듯한 충격과 요동이 뒤따라왔다. 버스가 한 바퀴 휙 돌았다. 달리의 그림처럼 차체가 비현실적으로 비틀리는 느낌이 이어졌다. 이윽고 옆으로 기우뚱하게 기울어지면서 다시 무언가와 충돌한 후 허공을 뚫고 나갔다. 나는 좌석 등받이를 붙잡았으나 충격을 버텨낼 수가 없었다. 무언가에 덜미를 잡힌 것처럼 내 몸은 뒤로 날아갔다. 다음 순간, 차창을 머리로 들이박고 튕겨 나가 어둠 속으로 추락했다.

정신이 들었을 때 나는 쏟아지는 비 속에 반듯하게 드러누워 있었다. 몸 절반이 진흙탕에 잠겨 있었다. 등 밑은 폭신폭신하고 얼굴엔

거칠거칠한 풀대들이 뒤덮여 있었다. 악 소리가 터질 정도로 머리가 아팠다. 정수리 부근에서 솟구친 뜨뜻한 액체가 차가운 빗물과 섞여 흘러내리는 걸 느꼈지만 만져볼 엄두는 나지 않았다. 머리 가죽이 너덜너덜하게 찢긴 게 아닌가 의심스러워서.

나는 눈을 껌벅거려 눈자위로 내리꽂히는 빗줄기를 밀어냈다. 멍한 머리로 열심히 생각을 해봤다. 여기가 어디일까. 무슨 일이 일어난 걸까. 왜 지금 여기 누워 있는 걸까. 대답이라도 하듯 머릿속에서 소리들이 터져 올랐다. 쾅 하는 충돌의 굉음, 차창이 깨지는 파열음, 버스가 비에 젖은 노면을 긁어 파며 미끄러지는 날카로운 마찰음, 차체가 뒤집히던 순간 등 뒤에서 울리던 비명.

시야에선 상상인지 기억인지 모를 장면이 비눗방울처럼 부풀었다가 터지길 반복했다. 선반의 물건들이 우르르 쏟아져 내리는 순간, 둑이 터지듯 차창들이 박살 나던 순간, 지은이 퍼뜩 눈을 뜨던 순간, 모든 것이 한순에 시야에서 멀어지던 순간…….

나는 벌떡 일어나 앉았다. 그제야 알아차린바, 내가 있는 곳은 갈대밭 한가운데였다. 등 뒤 어디쯤에선 비명이 울리고 있었다. 머리 위에선 불빛이 내리비쳤다. 그쪽으로 고개를 돌리자 승용차 한 대가 눈에 들어왔다. 높다란 다리 난간을 반쯤 뚫고 나와 아래를 향해 기울어진 상태였다. 승용차의 전조등은 다리 밑으로 흐르는 강물과 강가 자갈밭에 뒤집혀 누운 버스를 비추고 있었다. 버스 옆쪽으로 버스만 한 철판 코일이 물속에 처박혀 있었다. 아득히 먼 곳에선 사이렌 소리가 울리고 있었다.

일순 토막 난 기억들이 하나의 그림으로 맞춰졌다. 머리를 쪼개던 두통이 한숨에 사라졌다. 무시무시한 깨달음이 들이닥쳤다. 차체 절반이 우그러진 저 버스 안에 지은이 있었다.

나는 갈대밭을 뛰쳐나왔다. 버스를 향해 내달렸다. 깨진 차창으로 기어 들어가 쏟아져 내린 가방들과 겹겹으로 널브러진 사람들을 헤치고 다니며 그녀를 찾았다. 보이지 않았다. 강가 자갈밭에 두 사람이 쓰러져 있었으나 그녀가 아니었다. 그들이 누구였는지는 알지 못한다. 그들이 죽었는지 살았는지도.

나는 버스 주변을 뒤지기 시작했다. 그때 누군가 강가에 서 있었다면, 빗속을 뛰어다니며 울부짖는 미치광이를 볼 수 있었을 것이다. 지은아. 지은아…….

그녀를 찾아낸 곳은 버스 뒤편 갈대밭이었다. 내가 추락한 자리로부터 불과 몇 미터 거리였다. 내가 늪에 가까운 진흙탕에 떨어졌다면, 그녀는 갈대밭 속에 암초처럼 도사린 바위로 추락했다는 것이 달랐다. 바위에 부딪친 머리 뒤쪽이 박살 나 있었다. 사지는 망가진 관절 인형처럼 이상한 각도로 꺾인 채 늘어져 있었다.

나는 뻣뻣하게 굳어진 손을 뻗어서 그녀의 목을 만졌다. 맥박이 뛰지 않았다. 숨도 쉬지 않았다. 그녀의 죽음을 확인하던 순간, 세상이 한숨에 뒤집히던 그 순간 내 몸은 암전 상태에 들어갔다. 숨이 멎고, 움직임이 멈추고, 시야가 닫히고, 귀가 딸깍 잠겼다.

이후에 대한 기억은 없다. 후에 119 대원을 통해 나를 발견한 당시 상황을 전해 들었을 뿐. 나는 아내의 시신 옆에서 무릎을 꿇고 온몸을 떨며 앉아 있었다고 한다.

23

“어쩌다 그런 사고가 난 거예요?”

몇 시간 만에 윤희가 입을 열었다. 나는 눈을 감고 손바닥으로 눈꺼풀을 꾹꾹 눌렀다. 눈알이 에어프라이어에 들어갔다 나온 것처럼 바삭거렸다.

“컨테이너 화물차에서 24톤짜리 철판 코일이 떨어져 내렸어요. 턴버클이 풀렸다는데, 그게 옆 차로로 따라오던 버스를 덮친 거죠. 버스는 뒤따라오던 승용차를 치고 다리 아래로 추락했고요. 그 바람에 희생이 더 컸을 거예요. 버스엔 마흔두 명이 타고 있었는데 살아남은 사람은 반도 안 됐으니까. 그중에서 크게 다치지 않은 사람은 나 하나뿐이고. 사람들은 행운이라고 했어요. 그런데 말이에요…….”

목소리가 갈라지며 잔기침이 났다. 나는 잠시 말을 멈췄다. 윤희가 냉장고에서 새 물병을 가져와 건넸다. 받아 들고 잠시 만지작거리다 말을 이었다.

"어떤 행운은 저주와 같은 말이기도 해요."

윤희가 고개를 끄덕였다. 나를 바라보는 시선에 이해와 연민이 배어 있었다. 손이라도 잡아주고 싶어 하는 표정이었다. 비슷한 일을 겪어본 이의 자연스러운 감응으로 해석됐다. 젊은 날 그녀도 교통사고로 남편을 잃었다니까. 나는 마음이 차분하게 가라앉는 걸 느꼈다.

"그 집에서 내내 혼자 살아온 거예요? 너무나 긴 세월인데."

윤희가 물었다. 나는 생각해봤다. 길었던가. 그렇지는 않았던 것 같다. 아직도 그때의 기억과 감정까지도 생생하게 되살아나는 걸로 봐선.

지은의 장례식을 치를 때까지도 내 머릿속엔 아무 생각이 없었다. 현실감은 말할 것도 없고, 슬픔이나 고통 같은 감정조차 생기지 않았다. 어쩌면 본능이 선택한 해결법이었는지도 모르겠다. 감당할 수 없는 것과는 맞서지 않는 게 생존의 기본 전술일 테니. 나는 그저 그녀의 영정 앞에 가만히 앉아 있었다. 귓속에선 결혼기념일 밤에 그녀에게 했던 약속이 반복해서 울리고 있었다. '네가 나를 거두러 올 때까지 이 집에서 기다릴게.'

장례식 이후로도 나는 여전히 무감 상태였다. 아무런 입력도 출력도 없는 시간이 발밑으로 흘러갔다. 텅 빈 내 집은 늘 어둡고 고요했다. 7월의 눈부신 태양빛이 세상 위로 쏟아지고 마당 울타리 장미나무가 일제히 꽃을 피우는데. 만개한 꽃밭에서 새들이 지저귀는데.

어느 날 오후, 나는 경찰서에서 보낸 택배 상자를 하나를 받았다. 안에 내 휴대전화가 들어 있었다. 사고 현장에서 유일하게 수습돼 돌아온 물건이었다. 별생각 없이 충전을 시킨 후 작동 버튼을 눌러봤다. 아무 이상 없이 작동이 되었다. 화면에 롤라 앱이 자동으로 활성화됐다는 걸 빼면.

초기 화면이 흰색에서 파란색으로 바뀌어 있었다. 페이지를 넘기자 한글로 번역된 안내문이 나타났다. 요약하면 이런 내용이었다. 시험단의 업로드가 성공적으로 끝났으며 1차 이주민 등록이 시작되었고, 정식 이주민에겐 등록 시한이 없으며, 상시적 업로드 신청이 가능하다고 했다. 신청 절차와 방법 등도 자세하게 설명돼 있었다.

안내문이 올라온 날짜를 보니 사고 이틀 후였다. 휴대폰과 함께 사라졌던 유심이 롤라의 입장권이 되어 다시 내게 온 셈이었다. 한동안 앱을 들여다보고 있었다. 왜 하필 지금인지 몹시 궁금했다. 흡사 내게 도피처를 내주는 듯한 시점이었다. 신이 나를 조롱하는 것도 같았다. 도망치든가, 더 버텨보시든가.

나는 무감 상태에서 깨어났다. 내 안에서 무언가 꿈틀거리고 있었다. 처음엔 정체를 알아차리지도 못할 만큼 미약한 불꽃이었다. 그것이 나를 송두리째 사르는 불길이 됐을 때에야 분노라는 걸 알아차렸다. 겨우 스물여덟 살인 내 아내와 오렌지 씨앗처럼 작은 내 아이를 앗아간 사고에 대한 분노, 바윗돌이 구르는 벼랑으로 끝없이 기어올라야 하는 내 운명에 대한 분노, 살아갈 이유를 하나 주었다가 회복 불가능한 방식으로 회수해 간 신에 대한 분노…….

비로소 아내의 죽음을 실감하기 시작했다. 동시에 가장 현실적인 형벌이 시작됐다. 바로 고통이었다. 버스에서 튕겨져 나와 어둠 속으로 떨어져 내렸을 때 아내는 얼마나 무서웠을까. 바위에 온몸을 부딪히며 추락했을 때 얼마나 아팠을까. 그 순간을 상상하면 발작에 가까운 흉통이 엄습해왔다. 그때마다 몸을 옹크리고 엎드려 간절하게 기도했다. 모든 것이 찰나에 끝났기를. 아내가 공포를 느낄 틈도 없이,

육체적 고통을 느낄 찰나조차 없이 빠르게 떠났기를.

나는 휴대전화에서 유심을 빼버렸다. 롤라 대신 새로운 직장을 택했다. 쓰러져 누워 침대 축구를 하는 대신 땅에 발을 디디고 버티기로 마음먹었다. 차를 팔아버리고 MTB 자전거를 사서 출퇴근을 시작했다. 주말이면 내 안의 불덩이를 잠재우고자 자전거를 끌고 밖으로 나갔다. 도로로, 들판으로, 해변으로, 산으로. 아무 때나, 아무 데나 갈 수 있도록 자전거에 맞춰 내 몸을 교화하고 길들였다. 숨 쉴 만한 정신 상태를 만들려고 남는 시간에 커피를 만들었다. 정확한 레시피를 몰랐으므로 실패를 거듭하며 '장미 정원' 재현에 몰두했다.

내 삶에서 미래라는 유니콘은 없애버렸다. 직장에 나가고, 자전거로 도로와 산악을 달리고, 장미 정원을 만들면서 생존 기계처럼 살았다. 그것이 상습적으로 불운한 한 인간이 사납고 변덕스러운 운명에 맞서 할 수 있는 최선이었다.

아내에 대한 기억은 머릿속 지문으로 남았다. 사진 따위 보지 않아도 그녀를 낱낱이 기억해낼 수 있었다. 감정에 따라 미묘하게 질감이 변하는 목소리, 살갗의 부드러운 결과 고슬고슬한 냄새, 머리칼의 색깔과 감촉, 귓불에 찍힌 두 개의 점, 그 밖에 뭐라도 완벽하게 상상해낼 수 있었다. 홀로 살아남은 행운만큼이나 저주받은 재능이었다.

나는 결혼반지를 빼버렸다. 아내의 사진, 옷가지, 신발, 그 밖의 물건들을 모두 상자에 담아 지하실에 가져다 놓았다. 아내를 떠오르게 할 어떤 것도 내 시야에 두지 않았다. 견디기 위해서였다. 나를 파괴하는 분노를, 고통스러운 슬픔을, 어찌할 수 없는 그리움을.

"이제 어떻게 할 생각이세요?" 윤희가 물었다. "또 마주칠 수도 있을 텐데."

어떻게 해야 할까. 나는 아직 아무것도 결정하지 못했다.

"경찰에 보호 요청을 하면 어때요?"

나는 경찰을 믿지 않는다. 이 불신은 삼애원 사건으로 갖게 된 신념에 가까웠다. 그들은 삼애원 사건을 해고 경비원의 앙심 범죄로 종결시켰다. 세 번 연속 일어난 노숙자 살인 사건 역시 영구 미제로 남았다. 언론에는 '롤라'라는 단어 자체가 등장하지 않았다. 어떤 힘이 개입하지 않았다면 불가능한 일이었다. 경찰을 찾아가 모든 걸 털어놓는다 해서 달라질 게 거의 없는 것이었다. 그저 심리적 외상을 품고 늙어가는 한 남자의 정신착란쯤으로 단정될 공산이 더 컸다. 최악의 경우 정신병원에서 생을 마쳐야 할지도 몰랐다.

"생각해볼게요."

내 대답은 내가 들어도 열의가 없었다. 날이 밝은 후에야 윤희는 자신의 방으로 돌아갔다. 우리가 다시 만난 건 점심 식사 때였다. 식당으로 들어서자 그녀가 손을 흔들어 내게 신호를 보냈다. 앞으로 가서 앉자 내 등 뒤로 호기심 어린 눈길이 쏟아졌다. 어쩌면 새벽 나절, 내 방에서 나가는 그녀를 누군가 봤을지도 모르겠다. 그녀는 신경 쓰지 않는 눈치였다. 나도 신경 쓰지 않았다.

"잠 좀 잤어요?"

묻는 그녀의 눈 밑에 그림자가 드리워져 있었다. 잠을 못 잔 건 그녀 쪽일 터였다. 출근 시간이 다 돼서야 내 방에서 나갔으니. 미안하게도 나는 오전 내내 자버렸다. 꿈도 없이, 쭉.

"오늘은 방에 있는 게 어때요?"

그녀가 밥알을 깨작대며 말했다. 칼잡이와 마주칠 일을 하지 말라는 뜻 같았다.

"어제보다 더 춥대요."

나는 시선을 돌려 창밖을 봤다. 하늘이 높았다. 납빛 구름 사이에서 태양이 말간 얼굴을 드러내고 있었다. 어제보다 더 추울 것 같지는 않았다.

"봐서 그렇게 할게요."

그리 대답해놓고도 2시가 되자 방을 나섰다. 떠날 때 떠나더라도 놈에게 피해 다닌다는 인상은 주고 싶지 않았다. 늘 하던 대로 전망대에서 시간을 보냈다. 파란 지붕 집은 눈에 파묻혀 있었으나 아직 철거되지 않았다. 중장비들은 이제 내 집 근처에 이르러 있었다. 이르면 오늘 오후, 늦어도 내일 아침엔 대문 앞에 도착할 것 같았다.

공달은 제 굴에 처박혀 낮잠을 자는 모양이었다. 전망대에서 내려올 때까지 코빼기도 보이지 않았다. 샛길에 이르자 나는 걸음을 멈추고 발아래를 내려다봤다. 분리수거장 입구에 진개트럭의 꽁무니가 붙어 있는 걸 확인할 수 있었다. 2층 의무실 창가엔 윤희가 서 있었다. 수거장 입구 맞은편에서 담배를 피우고 있는 인간은 칼잡이 같았다.

나는 샛길을 내려가기 시작했다. 긴장하지 않으려고 소리 없이 숨을 골랐다. 패딩 주머니에 든 손을 쥐었다 폈다 했다. 무표정을 유지하려고 안간힘을 썼다. 나 자신에게 주문을 걸었다. 쫄지 마. 쪽팔리게 쭈그러들지 말라고.

놈의 앞을 지나쳐야 하는 순간이 왔다. 나는 걸음을 서두르지도, 늦추지도 않았다. 지금까지의 속도대로 움직였다. 놈은 샛길 난간에 등을 기대고 담배를 잇새에 문 채 고개를 갸우뚱하게 기울여서 나를 지켜봤다.

문득 삼애원 흡연 구역이 떠올랐다. 담배를 물고 염소처럼 입을 야물거리며 웃는 놈의 모습은 그때나 지금이나 똑같았다. 나를 주시하던 교활한 눈 역시. 그땐 눈알이 두 개였다면 지금은 하나라는 것만 달랐다.

나는 곁눈으로 슬쩍 트럭을 살폈다. 샛길 어귀에선 보이지 않던 운전석 문짝에 누군가 등을 기대고 서 있었다. 귀달이 털모자에 얼굴 반이 가려졌지만 누군지 단번에 알아봤다. 조리사였다. 나와 눈이 마주치자 조리사는 친구를 대하듯 손을 흔들어 보였다. 아무래도 역전의 용사들이 다시 뭉친 모양이었다.

불현듯 쓰레기 마을이라 불리던 애동마을이 떠올랐다. 그곳은 아직 남아 있을까? 졸개 1, 2, 3은 아직도 그곳에서 살까? 혹시 고라니도?

"그 영감 죽었더라. 오래전에."

칼잡이가 말을 걸어왔다. 그 영감이 누군지는 되물을 필요가 없었다.

"밥맛없는 게이 놈도 죽었고 말이지."

랑이 언니가 세상을 떠난 건 10년 전이었다. 집안 내력인지는 모르나 랑이 언니도 폐암이었다. 항암 치료를 거부하고 베토벤과 살던 집에서 떠날 준비를 하고 있다고 했다. 나는 롤라행 유심을 가지고 병문안을 갔다. 원한다면 기꺼이 건네줄 생각이었다. 랑이 언니는 거절했다. 자신에게 그런 요망한 물건을 떠넘기지 말라고 했다.

"자기야, 삶이 소중한 건 언젠가는 끝나기 때문이야."

내가 잠자코 바라보자 랑이 언니는 깔깔 웃어댔다.

"뭘 또 그렇게 존경스럽게 봐? 내 생각이 아니라 카프카가 한 말인데."

나는 궁금했다. 칼잡이는 어떻게 베토벤이나 랑이 언니의 죽음을 알았을까. 나를 찾는 과정에서 알아낸 것일까, 아니면 아직도 베토벤의 유심을 찾아다니는 것일까.

"어째 네놈 곁에 있는 사람은 하나같이 다 죽는다. 너만 빼고."

놈은 담배를 툭 뱉어냈다. 필터가 잘근잘근 씹힌 담배꽁초가 내 발끝에 떨어졌다. 나는 걸음을 멈췄다. 눈만 내려서 담배꽁초를 봤다가 다시 놈을 봤다. 아무 맥락도 없이 내 집 거실 블라인드 밑에 떨어져 있던 것이 떠올랐다. 필터가 잘근잘근 씹힌 담배꽁초가.

"네놈 마누라도 죽었다며? 결혼 1년 만에 교통사고로 갔다던데."

놈이 입술 안쪽 점막을 오물오물 씹으면서 히죽 웃었다. 나는 놈을 향해 몸을 돌리고 섰다.

"근데 또 너만 살았다더라? 덕택에 한몫 단단히 잡으셨다지. 난 또 로토라도 맞아서 이런 데 사나 했더니."

나는 단박에 거칠어지는 숨을 삼켰다. 위아래로 꿀렁거리는 목울대를 내리누르면서 놈과 눈을 맞췄다. 동시에 손을 뻗어서 놈의 허리벨트를 걸어 쥐고 낚아채듯 내 쪽으로 끌어당겼다. 예기치 못한 일격이었던 듯 놈의 몸이 맥없이 끌려왔다. 우리는 서로 코가 맞닿을 거리에서 눈을 맞댔다.

"쓰레기나 잘 주워 가." 나는 요동치는 감정을 들키지 않으려고 나직하게 속삭였다. "굶어 죽기 싫으면."

불을 댕기듯 놈의 성한 한쪽 눈동자가 확 커졌다. 이 새끼를 여기서 죽일까, 하는 눈이었다. 실제로 한 손이 점퍼 주머니로 움직이고 있었다. 젊어서나 늙어서나 변함없이 테스토스테론에 충성하는 수컷이었다. 슬쩍 건드리기만 해도 부르르 발기한다는 점에서.

나는 놈이 칼을 꺼내기 전에 난간으로 홱 밀쳐버렸다. 몸을 돌리고 걸음을 뗐다. 느릿한 걸음으로 놈에게서 멀어졌다. 등에 칼을 맞을 수도 있겠다 싶었지만 두렵지 않았다. 분노가 두려움을 마비시켰다. 시야가 새카맣게 변해 앞이 제대로 보이지 않을 지경이었다. 배 속 깊은 곳에선 메슥거리는 느낌이 치밀고 있었다. 제정신이 돌아온 건 방으로 들어왔을 때였다. 창가 자리에 주저앉자마자 윤희로부터 전화가 걸려왔다.

"괜찮아요?"

괜찮지 않았다. 괜찮다, 말하는 내 목소리가 아득하게 들릴 정도로 몸이 떨리고 있었다. 이 허세로 인해 나는 윤희 앞에서 계속 괜찮아야 했다. 저녁 식사 때 식당에서 만났을 때에도, 다음날 아침 내 방에서 커피를 마실 때에도, 샐러드 바에서 함께 점심을 먹을 때에도.

"나 오늘 천안 가요. 소방학교 강의가 있는 날이라."

나는 고개를 끄덕였다. 그녀는 밤이 돼야 올 거라고 했다. 심심하면 영화관에 내려가보라고 했다.

"요새 고전 영화 특집을 해줘요. 이번 주는 〈일루셔니스트〉인데 제가 가장 좋아하는 영화예요. 안 봤으면 가서 한번 봐요."

본 적이 있었다. 지은과 함께 몇 번씩 되풀이해서. 우연이겠지만, 지은이 가장 좋아하던 영화였다. 알겠다, 대답해놓고 나는 영화를 보러 가지 않았다. 대신 시간을 들여 산책로를 걸었다. 저녁을 먹은 후엔 부동산 앱으로 집을 검색하며 시간을 보냈다. 주택, 아파트, 빌라, 원룸, 주거 형태 관계없이 신원이 쉬 드러나지 않을 곳을 찾아 제주도까지 뒤졌다. 전국 방방곡곡을 몇 바퀴 돌고 나자 지긋지긋한 기분이 들었다.

나는 휴대전화를 닫아버렸다. 다시 근본적인 물음으로 돌아왔다.

도망친다 하여 해결될 일일까. 언젠가는 다시 만나고야 말 텐데. 의자 등받이에 머리를 기대고 눈을 감았다. 거칠거칠하고 시린 눈을 손으로 누르고 있다가 잠깐 졸았던 것 같다. 전화벨 소리에 번득 눈을 뜬 걸로 봐서. 화상 통화 모드로 걸려온 전화였다.

"경주 씨."

통화 버튼을 누르자 윤희의 얼굴이 튀어나왔다. 나는 휴대전화 화면을 가만히 들여다봤다. 윤희의 표정이 이상했다. 창백하게 질려 있는 느낌이었다. 더하여 얼굴이 화면으로부터 꽤 떨어져 있었다. 화면 각도로 봐서 본인이 손에 들고 있는 것이 아니었다. 누군가 휴대전화를 정면에서 비춰주고 있는 게 아닌가 싶었다.

"나 지금 경주 씨 집이에요."

잠깐 어리둥절했다. 만경빌리지 주차장에 잠수함이 들어왔다고 해도 이렇게 황당하지는 않았을 것이다. 내 집이라니. 설마 만경로 내 집?

"이리로 와줄 수 있어요?"

윤희의 목소리도 이상했다. 잔뜩 주눅이 든 아이처럼 새된 소리였다. 더하여 어딘가에서 달려온 사람처럼 어깻숨을 몰아쉬고 있었다. 어안이 벙벙해서 되물었다.

"지금?"

"지금" 하고 대답한 사람은 윤희가 아니었다. 귀를 막고 들어도 알 수 있는 목소리였다. 윤희 앞쪽으로 칼잡이의 얼굴이 나타났다. 일순간에 머릿속이 멍해졌다. 왜 윤희가 놈과 거기에…….

"롤라 유심 가지고 이리로 와." 놈이 말했다. "15분 안에."

뒤에서 윤희의 목소리가 들려왔다.

"저 사람은 차가 없어요. 그렇게 빨리 올 수……."

다음 말은 들을 수 없었다. 칼잡이의 손이 윤희의 뺨으로 날았다. 짝 하는 소리와 함께 그녀의 비명이 울렸다. 칼잡이의 목소리가 비명을 지웠다.

"쌍년아, 출석 부르면 나와."

나도 모르게 의자에서 벌떡 일어났다. 뒤늦게야 상황 파악이 됐다. 놈들이 윤희를 내 집에 잡아다 놓고 나를 호출한 것이었다.

"딱 15분이야."

칼잡이는 두 개의 장면을 차례로 보여줬다. 하나는 뒤로 묶여 있는 윤희의 손, 다음으로 내 가슴을 찔렀던 것과 똑같이 생긴 단검.

"15분을 넘기면 이년 오른손 엄지가 먼저 없어질 거야."

한숨에 머릿속이 헝클어졌다. 맥박이 몸 구석구석에서 울기 시작했다.

"15분 30초면 왼쪽 엄지. 5분 늦으면 어떻게 될지 계산 나오지?"

계산을 해보려 했다. 경찰에 신고를 한다면…….

"경찰에 신고할 생각은 안 하는 게 좋을 거야. 우리한테 초병이 없을 거라고 생각하진 않겠지?"

놈은 갑자기 윤희의 머리채를 잡아채서 밑으로 누르더니 턱 밑에 단검을 들이댔다.

"그놈들이 여기 도착하면 아마 식탁에서 이년 머리통을 발견하게 될 거다."

윤희는 입을 꽉 다물고 눈을 질끈 감았다. 비명을 지르지 않으려고 안간힘을 쓰는 표정이었다.

"지금 11시 2분이니까, 17분까지 와야겠지?" 놈은 화면에 침이 번

들거리는 주둥이를 들이댔다. "자, 이제 뛴다. 실시."

나는 옷장 앞으로 뛰었다. 신병 훈련소에서도 그처럼 동작이 빠르지는 않았을 것이다. 방풍 재킷을 걸치고, 양말을 신고, 자전거용 클릿 슈즈를 찾아 신었다. 덜덜 떨리는 손으로 서랍에서 유심을 꺼내 자전거 안전모 안쪽 쿠션 패드 밑에 밀어넣었다. 안전모를 손에 쥐고, 느려터진 엘리베이터 대신 비상계단을 뛰어내려서 현관 로비에 도착했을 땐 벌써 11시 6분이 돼 있었다. 로비를 어슬렁거리던 김씨가 앞을 막아섰다.

"이 시간에 어딜 가시오."

짜증이 치솟았지만 대답하지 않을 수 없었다. 김씨가 현관문을 열어줘야 했으므로.

"집안에 급한 일이 생겨서. 빨리 문 열어요."

문이 열리자마자 밖으로 튀어 나갔다. 등 뒤에서 김씨가 물었다.

"자고 올 거요?"

질문을 무시하고 자전거 보관소로 내달았다. 자전거에 오른 후엔 냅다 페달을 밟기 시작했다. 다행히 노면이 그리 미끄럽지 않았다. 그간 내린 눈은 가드레일과 갓길로 치워져 둑을 이루고 있었다. 검푸른 하늘 한복판엔 보름달이 떠올라 있었다. 푸른 기운이 도는 밝은 달이었다. 맨홀 뚜껑만큼이나 커다란 달이었다. 달빛을 받은 만경봉 골짜기는 박빙으로 뒤덮인 해변 같았다. 바람은 눈 덮인 숲을 쓸어가며 파도처럼 노호하고 있었다. 삼애원의 그날 밤과 기묘하게 닮은꼴이었다. 멀쩡하게 눈을 뜬 채 악몽 속으로 질주하는 기분이었다.

길은 죽 내리막이었으나 나는 한 번도 속도를 줄이지 않았다. 무언가를 생각하지도 않았다. 내가 왜 옆집 여자 때문에 이 미친 짓을 하고 있는지, 역시. 머릿속을 완전히 비운 채 광란 상태로 내리달았다. 가드레일의 야광 반사체가 흰 띠가 되어 시야를 획획 긋고 갔다. 전방 도로들이 스르르 일어나 앞을 가로막는 착시까지 찾아왔다. 안나푸르나를 함께 종주한 노쇠한 MTB 자전거는 내 몸처럼 유연하게 균형을 잡고 민첩하게 움직여 주었다.

복병이 있다면 시도 때도 없이 나타나는 굽잇길이었다. 큰 굽이만 다섯 개였다. 하나씩 돌 때마다 노면이 비스듬하게 기울어지면서 가파른 내리막으로 급변했다. 그중 세 번째 곡주로가 가장 위협적이었다. 기역 자 굽이인데다 굽이 전과 후의 경사 낙차가 현기증 나게 컸다. 도로 아래 벼랑은 다른 곳과 달리 깎아지른 암벽이었다. 내 기억이 틀리지 않는다면, 윤희의 차와 칼잡이의 진개트럭이 충돌할 뻔했던 지점이었다.

삼거리에 도착했을 때 11시 15분 30초였다. 만경로 내 집 앞에 자전거를 세웠을 땐 16분 30초. 대문을 밀고 들어가 현관 도어 록을 열고 안으로 뛰어들었다. 17분. 거친 숨을 몰아쉬며 움직임을 멈추는 순간 현기증이 몰아들었다. 시야가 흔들리고 무릎이 후들거렸다. 꼴사납게 무너져 앉지 않도록 나는 이를 악물고 버텼다. 흔들리는 시야 너머에서 칼잡이의 목소리가 들려왔다.

"이야, 이게 되는구나. 사랑의 힘은 실로 위대하구먼."

어둠이 시야 양옆으로 밀려났다. 칼잡이의 얼굴이 정면에 나타났다. 놈은 현관 맞은편 방문 틀에 기대서서 환영 인사를 건넸다.

"어서 와."

나는 눈을 돌려 윤희를 찾았다. 팔을 뒤로 묶인 채 주방 식탁 앞에 서서 나를 보고 있었다. 낯빛이 새파랬다. 바로 옆에서 잭나이프 날을 접었다 폈다 하고 있는 자는 조리사였다. 식탁 위에선 LED 손전등이 불을 밝히고 있었다.

"뭐 하시나? 얼른 애인 옆으로 가셔."

칼잡이는 턱을 틀어서 윤희 쪽을 가리켰다. 나는 윤희 옆으로 가서 섰다. 조리사는 청테이프를 집어 들고 그녀와 같은 방식으로 내 손목을 묶었다. 참으로 울적했다. 붙잡혀서 묶이려고 죽을 둥 살 둥 달려오다니. 칼잡이는 나와 마주 서며 다시 말했다.

"뒤져봐."

조리사는 내 몸을 더듬기 시작했다. 점퍼와 바지 주머니는 물론, 양말 속까지 뒤졌다. 나온 것은 휴대전화뿐이었다. 칼잡이는 점퍼 주머니에서 안경을 꺼내 끼고 휴대전화 유심을 빼서 들여다봤다.

"어디다 뒀어?"

칼잡이는 안경을 이마 위로 밀어 올리고 눈을 치떠 나를 봤다. 나는 계산을 해봤다. 유심을 주면 윤희라도 풀어줄까. 곧바로 아니라는 답이 나왔다. 놈은 둘 다 노리고 있었다. 유심은 유심대로, 복수는 복수대로. 그녀는 이 납치극의 피해자이자 목격자였다. 놈들 입장에서 봤을 땐 내 연인이겠고. 없애버려야 할 존재로 이보다 합당한 조건이 있을까. 게다가 나는 팔이 묶여 있었다. 그런데도 한 가닥 미련을 버리지 못했다. 시간을 끌다 보면 반격할 틈이 한 번쯤 생기지 않을까 하는 미련한 미련.

"딴생각 하나 보다?" 칼잡이가 입술만 길게 늘여서 히죽거렸다.

"내 성질 알면서."

말을 끝내기 무섭게 놈은 다시 윤희의 뺨을 갈겨버렸다. 악 하는 비명을 터트리며 윤희는 바닥으로 고꾸라졌다. 미련이고 뭐고 목구멍에서 소리부터 튀어나왔다.

"안전모 내장 패드 들춰봐."

조리사가 내 머리에서 안전모를 벗겨냈다. 곧 칼잡이의 손바닥에 유심이 얌전하게 올라앉았다. 칼잡이는 머리 위로 올려놨던 안경을 내렸다. 롤라 유심임을 확인하는 칼잡이의 늘어진 눈 밑에 잔경련이 일고 있었다. 눈알이 눈꺼풀 안에서 밀려 나오듯 커지고 있었다. 입가 근육이 헤실헤실 풀어졌다. 금방이라도 침을 질질 흘릴 것처럼.

"그간 고생한 보람이 있네." 칼잡이는 유심을 점퍼의 가슴 주머니에 담았다.

"이제 너희 둘만 있게 해줄게."

칼잡이는 입을 크게 벌리고 소리 없이 웃었다. 입안이 동굴처럼 깊고 시커멨다. 나와 윤희를 꿀꺽 집어삼킬 것 같아 몸서리가 났다.

"좋지? 좋아서 살이 막 떨리지?"

칼잡이는 내 팔꿈치를 움켜쥐고 지하실 문 앞으로 끌고 갔다. 조리사는 윤희의 어깨를 잡아 일으키고 뒤를 따라왔다. 조리사가 걸쇠를 빼고 문을 열었다. 칼잡이가 컴컴한 지하실을 손전등으로 비췄다. 불빛 밑에서 낡은 나무 계단이 징검다리처럼 떠올랐다. 더 뒤로 비추자, 지하실을 채운 세간들이 스르르 나타났다. 나는 오른 다리가 움찔거리는 것을 느꼈다. 이 틈새에 칼잡이의 오금을 걷어차 지하실로 처박아버리고 싶어서.

이후에 일어날 일을 상상하자 충동이 말끔하게 사라졌다. 섣부르게 뭔가를 시도했다가 실패하면 날벼락을 맞을 사람은 내가 아니었다. 윤희였다. 이에 대한 선행 학습이 이미 두 차례나 있었다. 그나마 다행인 건 당장 우리를 죽일 것 같지는 않다는 것이었다.

"지난 30년 동안 밤마다 달콤한 꿈을 꿨거든. 무슨 꿈인 줄 알아?"

칼잡이는 내 쪽으로 몸을 돌리고 마주 섰다. 그와 함께 단검을 쥔 손이 서서히 올라와 내 왼쪽 눈동자 위에서 멈췄다. 단검의 날이 속눈썹에 닿았다. 그 순간 내가 몸을 움찔했다면, 아니 눈만 깜박거렸더라도 눈동자를 갈랐을 것이다.

다행히 내 몸은 미동조차 하지 않았다. 그러려 해서 그런 게 아니었다. 칼끝이 눈동자와 평행선에 놓이는 순간, 신경과 근육에 급브레이크가 걸렸다. 배 속에선 메슥거리는 느낌이 올라오고, 흉곽 안쪽엔 칼로 긋는 듯한 날카로운 통증이 번졌다. 내 몸의 내부감각을 자각하는 내부수용감각은 소름 돋게 현실적인데 외부 세계를 인지하는 감각은 악몽 속처럼 비현실적이었다. 이 분열된 감각에는 이름이 있었다. 삼애원 사건 이후 수없이 겪어온 증세, 칼에 반응하는 내 무의식의 비명, 공황 발작의 전구증상이었다.

"이 귀여운 칼로 네놈 눈깔을 따버리는 꿈."

칼끝이 내 눈동자 가장자리를 따라 원을 그리면서 느릿느릿 움직였다. 안경 너머에서 놈의 성한 눈동자도 단검을 따라 돌았다. 한쪽 눈꺼풀만 깜박깜박 닫았다 열었다 하면서. 눈두덩은 파르르 경련을 일으키고 있었다.

"마침내 그 순간이 왔다, 이 말씀이야."

단검 끝이 내 눈동자 한복판을 조준했다. 놈의 성한 눈동자도 내 눈동자를 조준했다. 침묵이 두 눈동자 사이를 지나갔다. 그 순간엔 놈도 나도 숨을 쉬지 않았다.

"씨발……."

난데없는 욕설과 함께 칼끝이 내 눈동자 앞에서 물러났다.

“어떤 좆같은 분이 터럭 하나 베지 말라고 지랄만 안 했어도 벌써 그렇게 됐을 텐데 말이지.”

놈은 고개를 옆으로 딱 소리 나게 꺾어 보였다.

“운도 더럽게 좋아, 개새끼.”

그 좆같은 분이 대체 누굴까. 유심을 가져오라 의뢰한 자일까. 놈의 칼이 내 손목 근처로 내려왔다. 단숨에 숨이 거칠어졌다. 나는 질끈 눈을 감았다. 하나, 둘, 셋…… 수를 세면서 복식호흡으로 숨을 골랐다. 공황 증세가 덮칠 때마다 유용하게 써먹어온 이완 요법이었다.

“내려가.”

눈꺼풀 바깥에서 칼잡이가 말했다. 손목 테이프가 끊겨 있었다. 나는 눈을 떴다. 몸을 돌리고 계단을 내려가기 시작했다. 내가 지하실 바닥에 닿을 때까지 윤희는 조리사의 손아귀에 잡혀 있었다.

“넌 네 서방한테 풀어달라고 해.”

칼잡이는 윤희의 어깨를 잡아서 지하실 계단으로 밀쳤다. 우악스러운 힘에 떠밀린 윤희는 중심을 잃고 계단 밑으로 휘청 고꾸라졌다. 내 몸은 반사적으로 그녀를 향해 튀어 나갔다. 그녀의 몸이 앞으로 기울어진 채 바닥으로 추락하기 직전에 가까스로 받아 안았다. 낙하의 충격과 그녀의 무게를 고스란히 품고 나는 바닥으로 나자빠졌다.

“괜찮아요?”

고개를 들고 내 위에 엎어진 그녀에게 속삭여 물었다. 와들와들 떨리는 그녀의 몸이 대답을 대신했다. 너 같으면 괜찮겠니? 야밤에 납치돼 이유 없이 뺨을 맞고, 지하실 계단에서 떨어져 목이 부러질 뻔했는데.

“애틋하다, 애틋해.”

칼잡이가 머리 위에서 낄낄거렸다. 눈을 돌려 계단 꼭대기를 올려다봤다. 문틀에 놈과 조리사가 나란히 서 있었다.

"날 새면 너흴 천국으로 보내줄 사신이 오실 거다."

손전등 빛이 스포트라이트처럼 우리를 낱낱이 비췄다. 나는 그녀의 얼굴을 품으로 당겨 안고 그 불손한 불빛을 가려주었다.

"행복해라. 미라가 될 때까지 아주 화끈하게 놀아봐."

낄낄대는 웃음소리와 함께 문이 닫혔다. 우리는 어둠 속에 갇혔다. 문밖에서 자물쇠를 잠그는 소리가 들려왔다. 발소리가 주방 식탁 쪽으로 멀어졌다. 그녀는 몸을 일으키려 했으나 손이 뒤로 묶여 있어 움직이지 쉽지 않았다.

"가만히 있어요. 손 풀어줄 테니까."

나는 내 위에 엎드린 윤희의 손목을 더듬어서 테이프를 뜯어내기 시작했다. 그사이 그녀는 내 어깨에 이마를 대고 엎드려 있었다. 짐작건대 감정을 추스르고 있는 것 같았다. 몸의 격렬한 떨림이 차차로 누그러들고 있었다. 흐느낌에 가깝던 숨소리도 차차 잦아들었다. 나 역시 공황 증세에서 벗어났다. 근육과 신경의 브레이크가 완전히 풀렸다. 비현실적인 감각도 사라졌다. 머리가 빠릿빠릿하게 돌아갔다.

놈들의 말로 미루어 내 집은 내일 아침에 철거될 모양이었다. 나와 윤희는 순장 조로 내 집과 함께 땅에 묻힐 예정이겠고. 내 손목의 테이프를 풀어준 건 칼잡이의 성질을 통제할 수 있는 '좆같은 분'의 명령과 관련이 있을 것이다. 행여 철거 작업 후에 우리가 발견되더라도 사고사로 보일 수 있도록. 야밤에 폐가 지하실에서 신나는 밤을 보내던 육십대 남녀가 철거 작업으로 매몰돼 죽은 사고.

삼애원 시절에 그랬듯 칼잡이는 이번에도 행동대장일 것이다. 칼잡이에겐 이런 그림을 그리고 상황을 배치할 능력이 없었다. 지능적으로도, 경제적으로도. 누군가가 만들어준 상황 안에서 행동하고 있을 터였다. 내가 만경빌리지에 산다는 걸 알고 있는 누군가. 롤라 유심을 가지고 있다는 것도 아는 누군가. 내 유심이 필요한 누군가. 가석방된 칼잡이에게 진개트럭을 사주고, 만경빌리지의 재활용품 수거 용역을 맡도록 주선하고, 철거 작업이 이뤄질 날짜를 알려줄 능력이 있는 누군가. 성공 후 칼잡이에게 한몫 떼어줄 누군가. 누군가가 누군지 특정할 만한 근거는 없었다. 직관적으로 옛 상사를 다시 만났겠다, 싶긴 했지만.

테이프가 다 풀리자 윤희가 몸을 일으켰다. 나도 몸을 일으키고 앉아 손목시계의 플래시 버튼을 켰다. 조광 범위가 넓지는 않았지만 주변 사물을 분간하는 데에는 충분한 빛이었다. 나는 비로소 그녀의 얼굴을 찬찬히 살펴볼 수 있었다. 얼마나 드세게 맞았는지 양쪽 빰이 벌겋게 부어올라 있었다. 나로 인해 날벼락을 맞은 이 여자에게 내가 건넬 수 있는 말은 딱 하나뿐이었다.

"미안해요."

그녀는 고개를 저었다.

"사과는 나중에 해요. 그러니까 우리가 여기서 살아 나가면요."

가장 우선한 문제가 있었다. 뒤늦게 들이닥친 추위였다. 바깥은 영하 20도가 넘을 것이다. 바람만 없을 뿐 지하실도 그에 못지않을 테고. 우리는 냉동고에 들어온 거나 마찬가지였다. 놈들의 계획대로라면, 철거 작업이 시작될 무렵 우리는 저체온증으로 의식을 잃은 상태여야 했다. 나는 방풍 재킷을 벗고 발열 내피를 따로 떼어 그녀에게 건넸다.

"코트 안에 입어요. 좀 나을 거요."

그녀는 시키는 대로 했다. 나는 방풍 재킷을 다시 걸치고 지퍼를 턱 끝까지 올렸다. 종잇장을 입은 기분이었다. 등뼈가 으스스 떨려왔다.

"조금만 기다려요." 나는 자리에서 일어나며 말했다. "둘 중 하나는 곧 집에서 나갈 겁니다."

그녀가 내 옆에 붙어 서면서 물었다.

"그걸 어떻게 알아요?"

"집이 추우니까. 한 놈은 트럭에 가서 히터 틀어놓고 대기할 거요. 트럭은 집 근처에 있을 테고."

나는 떨리기 시작하는 턱을 꽉 물고 숨을 죽였다. 반세기 이상을 버텨온 늙은 집은 늙은 인간만큼이나 하자가 많다. 지나가던 사람이 재채기만 해도 창문이 흔들리고, 집 안 어디에서나 모기 나는 소리까지 들을 수 있다. 지하실에 있어도 위에서 뭔 일이 일어나는지 대충 알 수 있다는 얘기다. 우리는 머리 위에서 울리는 칼잡이의 목소리를 들었다.

"졸지 말고 잘 지켜. 두 시간 후에 교대해줄 테니까."

발소리가 주방 뒷문 쪽으로 이어졌다. 곧 뒷문이 열리고 닫히는 소리가 났다.

"누가 나갔을까요?"

윤희가 속삭거렸다. 나는 대답했다.

"칼잡이일 거요."

윤희는 긴 숨을 소리 없이 토해냈다. 그게 전부였다. 놀랄 만큼 강인한 여자였다. 이 정도 상황이라면 비명을 지르거나 울음을 터트려도 이상하지 않았다. 그녀가 보인 가장 격렬한 반응은 몸을 떠는 정도였다. 지금은 평소보다 오히려 차분해 보였다. 표정이나 목소리에도 감정이 거의 드러나지 않았다.

"이제 여기서 나갑시다."

그녀는 어떻게 나갈 거냐고 묻지 않았다. 나를 믿는다는 눈으로 쳐다볼 뿐. 나는 그녀의 팔꿈치를 잡고 움직이기 시작했다. 뭔가를 걷어차지 않도록, 손목시계 플래시로 발밑을 비추면서 조심조심. 옷장을 세워둔 자리에 도착하자 시계를 풀어 그녀의 손에 쥐여주었다.

"날 좀 비춰줘요."

나는 옷장 안에 둔 연장통에서 십자드라이버를 꺼냈다. 옷장을 옆으로 밀기 시작하자 그녀가 물었다.

"내가 도와줄 거 없어요?"

"기다려요. 많으니까."

옷장 뒤편에서 베니어합판으로 막아둔 창문이 나타났다. 창문 위치가 천장 바로 밑이라 딛고 올라설 것이 필요했다. 윤희가 빠져나가야 한다는 점을 고려하면 의자보다 높고 안정감 있는 발판이라야 했다. 나는 계단 밑에 둔 책 상자들을 끌어다가 창문 밑에 층층으로 쌓았다. 그녀는 그림자처럼 내 동선을 따라다니며 불을 비춰주었다.

"어쩌다 잡혀온 겁니까?"

책 상자에 발을 디디고 올라서며 그녀에게 물었다. 그녀가 대답했다.

"내가 경솔했어요."

발열 내피를 입고도 추위가 가시지 않은 것 같았다. 목소리가 가늘게 떨리고 있었다. 나는 드라이버로 합판에 박힌 나사를 풀기 시작했다. 그녀는 플래시 초점을 나사에 맞추면서 말을 이었다.

"오늘은 소방학교 직원들이랑 저녁을 먹느라 천안에서 좀 늦게 출발했어요."

만경빌리지 전용 도로로 들어선 건 10시 경이었다고 했다. 우리가 처음 만났던 모퉁이 근처에 다다랐을 때 그녀는 뭔가를 봤다. 고라니 같기도 하고, 멧돼지 같기도 한 거대한 물체가 도로 한복판에 드러누워 있었다. 굽잇길 턱 위로 올라서면서 사람이라는 걸 알아차렸다. 덩치로 봐서 남자 같았다.

"그냥 갔어야 했는데. 그랬으면 이런 일은 일어나지 않았을 텐데."

직업병이 도졌다고 했다. 본인 말에 따르면, 자신은 영하 20도까지 내려간 밤에 산길에 쓰러진 사람을 그냥 지나칠 수 없는 직업의 종사자였다. 거의 반사적으로 갓길에 차를 세웠고, 앞뒤 없이 차에서 내려 남자에게 다가갔다. 말을 걸어봤으나 남자는 미동도 하지 않았다. 그녀는 호흡을 확인하려고 남자의 어깨를 잡고 반듯하게 눕혔다. 순간 남자가 번득 눈을 떴다. 피할 틈도, 아니 놀랄 틈조차 없이 손목을 잡혔다. 등 뒤에선 어디선가 나타난 다른 남자가 목덜미에 칼을 들이댔다. 칼잡이였다.

윤희는 손목이 뒤로 묶인 채 자신의 차 뒷좌석에 처박혔다. 칼잡이는 그녀의 차를 내 집으로 몰았다. 뒤에서 초록색 진개트럭이 호위 무사처럼 따라왔다. 그들은 곧장 뒷문으로 그녀를 끌고 들어왔다고 했다.

나는 이 집에 들렀던 날을 떠올렸다. 마당과 집 안 곳곳에 찍혀 있던 발자국들, 문이 열린 방과 조금 벌어져 있던 베란다 블라인드, 블라인드 밑에 버려진 담배꽁초. 철거업자가 아니었던 것이다. 칼잡이와 조리사의 흔적이었다. 오늘을 위해서 사전 답사차 들렀겠지.

한 가지 더 확인할 것이 남았다. 그들은 윤희가 귀가하는 시각을 어떻게 알았을까. 평소보다 늦게 출발했다는데. 삼애원 사건 때 팀장에게 그랬듯 제삼자가 진입로 근처에서 잠복하고 있다가 알려줬을까? 아니면 모퉁이 길에 트럭을 대고 올 때까지 기다렸을까? 그곳에서 내려다보면 차량 불빛이 도로를 타고 올라오는 걸 볼 수 있을 테니까. 나는 윤희에게 물었다.

"칼잡이 말입니다. 이 집에 온 후에 누구와 통화하지 않았어요?"

"집은 아니고, 잡혀서 차에 탔을 때 전화가 걸려왔어요."

나는 떼어낸 합판을 바닥에 내려놓고 물었다.

"혹시 통화 상대를 뭐라고 불렀는지 기억나요?"

"정신이 없어서 기억이 정확하진 않은데……."

윤희는 곰곰이 생각하는 기색이었다. 내가 창문 두 짝과 방충망까지 빼서 벽에 세워놨을 때, 자신 없어 하는 목소리가 들려왔다.

"팀장님이라고 한 것 같아요."

나는 고개를 끄덕였다.

"혹시 영동로에서 진입할 때 갓길에 차 한 대 서 있지 않았어요?"

"그걸 어떻게 알았어요?" 그녀가 신기하다는 듯 되물었다.

"갓길에 승용차 한 대가 서 있었는데 내가 지나간 후에 영동로 쪽으로 나가더라고요."

이제 확신이 들었다. 지금 내 집에서 삼애원 시즌 2가 진행되고 있는 것이었다.

"아마 고라니일 거요."

"고라니? 그 삼애원 관리팀장?"

윤희의 목소리에 놀란 기색이 묻어났다. 우리가 어떤 상황에 놓였는지 깨달은 눈치였다.

"거기 잠복해서 나를 기다린 거예요? 내가 금요일마다 천안에 간다는 걸 알고?"

"내 생각은 그래요."

나는 창밖에 세워둔 고무 물통을 양손으로 밀어봤다. 예상대로 꿈쩍도 하지 않았다. 탱크만 한 고무 물통에 물을 꽉 채워둔 탓이었다. 지금은 아마도 꽝꽝 얼었을 것이다.

"도와드릴까요?"

윤희가 뒤에서 말했다. 부탁한다는 의미에서 나는 옆으로 한 발짝 비켜섰다. 우리는 물통에 손바닥을 붙이고 수를 셌다. 하나, 둘, 셋에 물통을 앞으로 밀었다. 물통이 넘어지거나 끌리는 소리가 크게 나지 않도록 힘 조절을 해가며 조금씩. 물통이 뒤로 물러나면서 바람과 달빛이 동시에 안으로 들이쳤다. 빠져나갈 만큼의 공간이 생기자 손을 떼고 그녀에게 말했다.

"뒤에서 받쳐줄 테니까 먼저 나가요."

윤희는 코트와 발열 내피를 벗어서 창밖으로 내놓았다. 창문이 그리 크지는 않았으나 그녀가 빠져나가는 덴 별문제가 없었다. 내가 허리를 잡아 받쳐 올려주자 민첩하게 지상으로 올라갔다. 나도 방풍 재킷 벗어 그녀에게 건넸다. 연장통 옆에 세워둔 쇠파이프도 집어서 건넸다. 몸의 폭을 최대한 줄이고 창문 밖으로 머리부터 내밀었다. 어깨가 나갈 때에만 요령이 필요했을 뿐 이후는 거의 자동으로 빠졌다. 나는 재킷을 걸치고 쇠파이프를 집어 들었다.

우리는 부엌 창 쪽으로 움직였다. 창밑에 자세를 낮추고 앉아 안을 들여다봤다. 추측한 대로 조리사가 남아 있었다. 담요를 몸에 두르고 아일랜드 식탁 위에 앉아서 담배를 빨아대고 있었다. 문을 닫아놓고 피우는지 집 안이 연기로 뿌옜다. 나는 윤희에게 속삭였다.

"혼자 베란다 문 앞으로 갈 수 있겠어요?"

"그럼요."

나는 고개를 끄덕였다.

"저놈 시선을 끌어봐요."

윤희는 움직이기 시작했다. 집 외벽 모퉁이를 돌아 잣나무가 있는 앞마당 쪽으로 모습을 감췄다. 나는 부엌 창에 눈을 붙인 채 기다렸다. 곧 베란다 창 앞에 윤희가 나타났다. 집 구경이라도 하려는 사람처럼 한가한 태도로 유리문을 두드렸다. 조리사는 담배 연기를 내뿜다가 고개를 베란다로 돌렸다.

처음엔 상황을 이해 못한 듯 움직임이 없었다. 윤희는 생글생글 웃으며 다시 문을 두드렸다. 조리사는 튕기듯 식탁에서 내려섰다. 동시에 내가 부엌문을 열고 안으로 뛰어 들어갔다. 돌아보는 조리사의 목으로 쇠파이프를 휘둘렀다. 정통으로 목뼈를 때렸다는 느낌이 쇠파이프를 타고 전달됐다. 조리사의 눈이 한순간에 풀렸다. 이어 조리사의 옆구리로 쇠파이프가 날았다. 두꺼운 패딩 재킷 속에서 뭔가 단단한 것이 박살 나는 느낌이 전달돼왔다. 조리사는 거위처럼 꺽꺽대며 허리를 접고 비틀거렸다. 나는 고꾸라지는 조리사의 몸을 닥치는 대로 후려쳤다. 어깨, 등, 꼬리뼈……. 조리사의 다리가 꺾이고 마침내 거꾸러졌다.

나와 윤희는 죽이 잘 맞았다. 최소한 누군가를 두들겨 패는 분야에선 그 점이 검증됐다. 내가 쇠파이프 춤을 추는 사이 윤희가 뒷문으로 뛰어 들어왔다. 내가 조리사의 등을 무릎으로 누르고 양팔을 뒤로 꺾자 그녀는 공업용 테이프로 놈의 손목과 발목을 결박했다.

식탁 위엔 담배와 라이터 말고는 아무것도 없었다. 윤희와 내 물건들은 칼잡이가 쓸어간 듯했다. 나는 조리사의 점퍼 주머니를 더듬어 휴대전화를 찾아냈다. 화면이 박살 나 있었다. 쇠파이프로 옆구리를 쳤을 때 와자작 깨진 것이 휴대전화였나 보았다. 경찰을 부를 방법이 없는 셈이었다. 그렇다면 경찰서로 직접 가야 했다. 나는 윤희에게 물었다.

"윤희 씨 차 지문으로 문 열고 시동 걸 수 있죠?"

윤희는 고개를 끄덕였다.

"그럼 영동경찰서로 갑시다."

가기가 어렵게 됐다. SUV 뒤편 2차선 도로 한복판에 초록색 진개트럭이 무법자처럼 버티고 있었다. 엔진 소리가 들리는 걸로 봐서 시동도 켜진 상태였다. 차 안이 들여다보이진 않았지만 칼잡이가 있을 터였다. 만약 놈이 잠들어 있지 않다면 우리는 탈출하자마자 놈의 시야로 들어서는 꼴이었다. 달님은 또 어찌 그리 밝으신지.

우리는 허리를 굽히고 차로 접근했다. 윤희가 지문을 인식시켜 차 문을 열고 운전석에 올라탔다. 나는 조수석에 탔다. 영동경찰서는 만경부동산 쪽으로 빠져나가는 것이 가장 빨랐다. 그러려면 차를 돌려 트럭 옆을 빠져나가야 했으나 공간이 없었다. 도로 양쪽에 건물 잔해들이 쌓여 있어 2차선 도로는 1차선이 돼 있었다. 결국 영동로 진입도로로 우회해야 할 듯했다.

"삼거리로 갑시다."

윤희가 시동 버튼에 지문을 인식시켰다. 그사이 진개트럭의 전조등에 불이 들어왔다. 두 차의 거리는 20여 미터에 불과했다. 육중한 몸인데도 움직임이 민첩하기까지 했다. 시동을 켜는 순간 트럭이 차 뒤를 들이박을 기세로 훅 덮쳐왔다.

아슬아슬한 차이로 윤희의 출발이 빨랐다. 웽 하는 엔진 소리를 내지르며 SUV가 앞으로 튕겨 나갔다. 순간 나는 차체 뒤편이 덜컥 내려앉는 느낌을 받았다. 마지막으로 차를 운전한 게 27년 전이지만 이 느낌의 정체는 기억하고 있었다. 아니나 다를까, 윤희가 혀를 차는 소리를 냈다. 상기된 얼굴에는 낭패감이 번지고 있었다.

"뒷바퀴에 펑크가 난 거 같아요. 저놈들이 바퀴 밑에 뭘 놔뒀나 본데……."

윤희는 앞 차창을 잠시 쏘아보더니 뒤늦게 안전벨트를 맸다.

"안전벨트 매요. 지금부터 밟을 테니까."

말이 끝나자마자 그녀는 삼거리를 향해 냅다 속도를 높이기 시작했다. 나는 쇠파이프를 틀어쥔 채 뒤를 봤다. 트럭은 금방이라도 들이받을 듯 뒤에 바짝 붙어오며 상향등을 쏘아댔다.

내말을 들어봐. 머릿속에서 훈수꾼이 속삭거렸다. 경찰서는 무슨 경찰서야. 저 새끼 그냥 없애버려.

나는 고개를 돌려 앞 차창을 내다봤다. 일순 비명 같은 헛숨이 튀어나왔다. 만경빌리지 산복 도로에서 119 구급차가 내려와 삼거리 꼭짓점으로 들어서고 있었다. 윤희는 속도를 슬쩍 떨어뜨리며 우측으로 좁게 돌았다. SUV는 119 구급차를 들이박듯 비켜서 산복 도로로 들어섰다. 119 구급차는 영동로 진입도로 쪽으로 돌아갔다. 트럭은 잠깐 주춤했다가 다시 뒤를 따라왔다. 머릿속 훈수꾼도 다시 시끄럽게 떠들어댔다.

없애버리라니까. 지금 못하면 영원히 못해. 악몽이 죽을 때까지 따라다닐 거라고.

그럴 것이다. 놈이 어디에 있든, 내가 어디를 가든 악몽은 평생토록 따라다닐 터였다. 이렇게 도망을 치는 한은. 나는 뒤 차창을 돌아봤다. 트럭은 몇 미터 뒤까지 따라붙었다. 윤희는 무시무시한 속도로 오르막 턱을 올라채며 첫 굽이를 돌았다. 현기증 나는 운전이었다. 이 정도 속도라면 만경빌리지까지 늦어도 4, 5분 안에 도착할 것 같았다. 도착만 하면 놈의 손아귀를 벗어날 수 있을 터였다. 경찰도 부를 수 있을 것이다. 그러니까 도착할 수만 있다면.

두 번째 큰 굽이를 돌면서 차체가 한쪽으로 쏠리는 현상이 분명하게 나타났다. 흔들림이 노골적으로 시작됐다. 작은 펑크가 아니지 싶은데 그녀의 표정은 침착하기 그지없었다. 말을 붙일 수 없을 만큼 맹렬하게 운전에 몰두하는 표정이었다. 이 상황을 즐기는 게 아닌가, 의심스러울 지경이었다.

세 번째 기역 자 굽이를 앞두고 트럭은 SUV 뒤에 딱 달라붙은 채 갓길 쪽으로 머리를 들이밀었다. 쇼트트랙 선수가 인코스를 파고들기 위해 탐색하는 것처럼. 누가 봐도 빤한 움직임이었다. 가장 굽이가 심한 구간을 돌 때 차를 벼랑으로 밀어버리려는 속셈이겠지. 한기준 팀장의 지프를 해치운 것처럼.

윤희는 도로 안쪽으로 차를 붙이고 가파른 곡주로를 올라갔다. 손등 뼈가 툭툭 불거지도록 핸들을 틀어쥐고 이를 악문 채 액셀을 밟았다. 차는 점점 더 우악스럽게 흔들렸다. 푹 꺼지고, 튀어 오르고, 위험한 곡주로를 따라 표류하듯 옆으로 미끄러졌다. 마치 늪지 위를 달리고 있는 기분이었다. 속도는 눈에 띄게 떨어졌다.

굽이의 절반이나 올라갔을까. SUV 옆으로 파고들기를 시도하던 트럭이 작전을 바꿨다. 틈이 생기지 않자 차 꽁무니에 박치기를 시작했다. SUV는 급발진하듯 앞으로 튕겨 나갔다. 나는 고개가 뒤로 홱 젖혀지는 걸 느꼈다. 머리가 제자리로 돌아오기도 전에 두 번째 충돌이 일어났다. 동시에 차 뒤쪽이 가드레일 쪽으로 홱 돌았다. 차체가 길게 휘는 느낌이 왔다. 머릿속에서 오래전 사고의 순간이 되살아났다. 버스가 뒤집히면서 허공으로 뚫고 나가던 추락의 순간이.

머릿속 훈수꾼은 쉴 새 없이 떠들고 있었다. 지금 해. 그냥 해치우라고.

나는 안전벨트를 풀면서 그녀에게 말했다.

"도로 바깥쪽으로 붙어서 돌아요."

윤희는 앞 차창에 눈을 붙인 채 고개를 끄덕였다.

"트럭에 받히지 않게, 속도 올리고."

차창을 내리면서 덧붙였다. 그녀가 경례라도 붙일 기세로 "옛썰" 했다. 그 호기로운 기상에 힘입어 나는 해치울 채비를 시작했다. 차창 밖으로 모로 눕는 자세가 되어 상체를 내밀었다. 왼손으로 차창의 손잡이를 틀어쥐고, 한쪽 발로 좌석을 내리밟으면서 차창에서 상체를 완전히 빼냈다. 차 지붕에 쇠파이프를 쥔 오른쪽 팔꿈치를 붙이고 그 순간을 기다렸다.

돌풍에 가까운 바람이 내 몸을 들이받았다. SUV가 마구 흔들리면서 곡주로의 가장자리를 타고 돌았다. 탱크처럼 밀고 올라온 트럭은 차 안쪽으로 머리를 들이밀었다. 이윽고 운전석에 앉은 칼잡이의 웃는 얼굴이 보일 만큼 거리가 가까워졌다.

마침내 그 순간이 왔다. SUV가 굽잇길 정점에 올라섰을 때 나는 쇠파이프를 트럭의 운전석을 향해 던졌다. 창던지기를 하듯 온 힘을 다해서.

물론 쇠파이프로 칼잡이의 이마를 명중시키겠다는 생각은 아니었다. 무언가 자신에게 날아드는 걸 칼잡이가 인식하는 정도면 충분했다. 우리의 신경회로는 무언가 자신에게 날아들면 반사적으로 피하도록 설계돼 있다. 최소한 움찔해서 동작을 멈추기라도 한다. 그 짧은 시간 동안 뇌는 하던 일을 계속 수행하기 어렵다. 특별한 훈련을 받지 않는 한 누구나 그럴 것이다. 칼잡이도 예외가 아니었다.

쇠파이프는 바람을 타고 맹렬한 속도로 날아가 운전석 유리창을 쳤다. 놈이 움찔해서 머리를 옆으로 틀었다. 아마도 찰나 간에 핸들을 놓쳤을 것이다. 트럭이 휘청 흔들리면서 뒤쪽 짐칸이 가드레일 쪽으로 미끄러졌다. 다음 순간 운전석과 짐칸이 비틀리며 뒤로부터 기우뚱하게 기울어졌다. 이윽고 짐칸이 옆으로 완전히 넘어가면서 눈 쌓인 가드레일을 깔아뭉개고 벼랑 아래 어둠 속으로 사라져버렸다.

산 전체를 뒤흔드는 굉음이 두어 차례 울렸다. 날카로운 파열음이 여운처럼 뒤따랐다. 윤희는 도로를 가로질러 가서 갓길에 차를 세웠다.

"끝났어요?"

윤희가 얼이 빠진 얼굴로 물었다. 지금껏 운전한 사람이 자기가 아니라 나인 것처럼. 나는 고개를 끄덕였다.

"그 사람, 어쩐지 저 밑에서도 살아서 올라올 것 같아요."

윤희는 트럭이 떨어져 내린 자리를 돌아봤다. 나는 안전벨트를 풀었다.

"가서 확인해봅시다."

우리는 차에서 내렸다. 도로를 나란히 걸어 내려갔다. 가드레일이 떨어져나간 지점에 서서 컴컴한 벼랑 아래를 내려다봤다. 어둠의 밑바닥에서 미등 하나가 호박색 눈을 뜨고 있었다.

에필로그

롤라

내 몸은 트럭 차창을 뚫고 암벽으로 튕겨져 나갔다. 충돌은 섬광처럼 빨랐고 눈을 뜬 채로 머리가 박살 나는 시점이 덮쳐왔다. 내겐 그 무엇도 느낄 틈이 없었다. 어둠 저편에서 번득이는 호박색 눈 한쪽을 봤을 뿐.

의식이 깨어났을 때 나는 사막에 누워 있었다. 내 거처인 바하리야로 귀환한 것이었다. 홀로그램은 즉각적으로 나를 재구축해내지 못했다. 칼잡이의 형상이 나타났다가 모래알처럼 흩어지고, 흩어졌던 모래알이 내 몸의 형태로 다시 모이기를 반복했다. 지금껏 야생동물의 세상을 수없이 다녀왔지만 이런 경우는 처음이었다. 아무래도 칼잡이의 삶에서 완전히 빠져나오지 못하고 있는 것 같았다. 추측건대, 타인의 삶에 들어갔다 나온 후 통과의례처럼 겪는 정체성의 혼란인가 싶기도 했다.

나는 파도를 타듯 혼란 속을 떠다니며 생각을 정리해보려 애썼다.

잘되지 않았다. 얼떨떨했다가, 어이없었다가, 허망했다가, 헛웃음이 났다. 드림시어터의 실행 버튼을 누를 때만 해도 경주를 데려올 거라 자신했는데…….

이젠 인정하지 않을 도리가 없었다. 설계의 인력이 백지의 무작위를 지배하리라는 내 계산은 틀렸다. 죽음을 통해 경주를 데려오겠다는 계획도 실패로 돌아갔다. 계획이 잘못되지는 않았다고 생각한다. 30년 후 그가 어디에서 뭘 하고 있을지 알 수 없었고, 알 수 없는 것은 통제할 수 없으며, 통제 불가능한 것에는 설계가 먹히지 않는다. 하얀 늑대를 잡겠다고 지구 전체에 무한개의 덫을 놓을 수는 없는 것이다. 대신 흰 늑대만을 표적해서 추적하는 사냥꾼을 택했다.

사냥꾼의 인생행로에 대한 설계는 이랬다. 소년 시절엔 소년원을, 성인이 된 후엔 감옥을, 전과 10범이 된 후엔 삼애원을 둥지 삼아 훗날 무기수가 될 자질을 갈고닦는다. 무기수가 된 사냥꾼의 내면엔 경주를 모항성으로 삼는 사신의 정체성을 부여한다. 자신의 한쪽 눈을 망가뜨린 자에 대한 복수심과 집착을 심어놓은 것이다. 30년 후 사냥꾼은 개천절 특별사면을 받아 출소한다. 자신의 졸개들이 사는 애동마을로 가서 재활용품 수거업체 대표가 된 고라니를 만난다. 고라니는 30년 전과 같은 임무를 부여한다. 대가로 거액의 보수와 평온한 노후를 보장한다.

여기까지가 내 설계였다. 이후부터 모든 것은 사냥꾼이 된 내게 달려 있었다. 나는 경주의 주민번호와 주소지를 중심으로 그의 행적을 쫓았고, 만경빌리지에 거주하는 걸 확인했다. 그곳에 들어갈 수 있도록 도와준 건 고라니였다. 경주의 죽음이 예정된 디데이를 계획한 것도 고라니였다. 윤희라는 여자를 볼모로 삼은 계획은 완벽하게 성공하는 듯했다. 경주 대신 내가 유심을 가지고 죽어버리기 전까지는.

하나하나 복기를 해봤다. 계획이 왜 실패했는지. 경주의 무엇을 보지 못했는지. 어느 지점에서 어긋났는지. 내가 파악한 그는 약점이 많은 사람이었다. 예민하고 내성적인데다 배경 감정의 기본색이 어두웠다. 자기방어적인 삶의 태도를 갖고 있었다. 본인 스스로 내린 평가와 달리 냉정한 성격도 아니었다. 타인에게든 자신에게든. 그로 인해 외상과 내상을 깊게 입었다. 그는 손쉬운 표적이었다.

나는 경주를 오독하지 않았다고 생각한다. 다만 간과한 것이 하나 있었다. 의식이라는 외피에 가려진 '무엇'이었다. 동생의 죽음으로 벼랑 끝에 몰렸을 때 그가 어떤 방식으로 자신을 구원하려 했는지 기억했다면, 가슴에 칼이 박히는 찰나에 기어코 상대의 눈에 젓가락을 찔러넣은 걸 기억했다면 나는 사전에 알아차렸을 것이다. 그의 본성에 웅크리고 있는 '무엇'이 무엇인지.

견디고 맞서고 끝내 이겨내려는 욕망이었다. 나는 이 욕망에 야성이라는 이름을 붙였다. 이는 어쩌면 신이 인간 본성에 부여한 특별한 성질일지도 몰랐다. 스스로 봉인을 풀고 깨어나야 한다는 점에서. 자기 삶에 의미를 부여하는 요소라는 점에서. 어떠한 운명의 설계로도 변질시킬 수 없는 항구적 기질이라는 점에서.

이제 경주는 롤라로 돌아올 수가 없게 됐다. 스스로 자신을 죽이지 않는 한 끝나지 않는 가상세계의 길을 떠돌며 인간의 삶을 살아갈 것이다. 상처 입고, 고통받고, 좌절하고, 일어서고, 다시 사랑하고, 사랑하는 이의 죽음을 지켜보면서.

나도 다시 끝나지 않는 길을 가야 할 것이다. 고통도 죽음도 없고 스스로 나 자신을 죽일 수도 없는 곳. 안전하고 평화로우며 미치기에 딱 좋은 세상. 영원한 천국의 길을.

홀로그램이 내 형상을 완전히 복구했다. 나는 몸을 일으키고 앉았다. 언젠지도 모르게 불려 나온 여우가 모닥불 앞에서 물을 마시고 있었다. 그간 어디 갔다 왔느냐 묻듯 흘끔흘끔 나를 곁눈질하면서. 시야 정면에 나타난 메일함에서 빨간 불빛이 깜박거렸다. 칼잡이로 살다 온 사이 메일이 한 통 와 있었다. 손가락을 뻗어 읽기 버튼을 눌렀다.

이해상 박사님께.

저는 8차 시험단으로 업로드된 이윤세라고 합니다…….

작가의 말

모두 평등하고, 뭐든 할 수 있고, 아무도 죽지 않는 세계, 영원한 천국에 산다면…… 인간은 과연 평화로워질까?

과학은 후진하지 않는다. 세상의 바람이나 우려와 무관하게 앞으로 질주한다. 그 결과 인간은 멀지 않은 미래에 어떤 특이점에 이르게 될지도 모르겠다. 한 세계와 한 세계의 국경을 넘어선 지점. 인간이 사피엔스의 외피를 버리고 데우스의 세계로 업로드되는 시점. 이 이야기는 거기에 자리를 잡고 있다.

어쩌면 이런 질문이 있을 수 있겠다. 당신이 과학에 대해 뭘 아는데?

인정한다. 과학에 대한 내 지식은 미천하기 그지없다. 지식이라 부르기도 낯 뜨거운 수준이다. 그래도 상상은 할 수 있지 않을까. 적어도 상상만큼은 내 전문 분야니까. 상상 좀 한다고 경찰이 와서 잡아갈 것도 아니고.

그래서 실컷 상상을 해봤다. 모두 평등하고 뭐든 할 수 있으며 아무도 죽지 않는 불멸의 삶에 대해. 결핍이나 불운, 갈등 같은 골칫거리가 없는 세상에 대해. 인류 역사가 시작된 이래 한마음으로 염원해온 신화의 세계, 영원한 천국에 대해.

그곳에서 인간은 어떤 삶을 살아갈까? 무엇을 욕망하고, 무엇을 추구할까. 욕망과 추구가 존재하기는 할까? 생각한 대로 이루어진다면 욕망할 대상도 추구할 가치도 없을 텐데. 욕망과 추구에서 벗어난다면 인간은 정말로 평화로워질까. 평화로운 삶은 축복일까, 저주일까? 축복인지 저주인지를 받은 인류에게 마지막까지 남을 인간적 본성은 무엇일까…….

질문들이 줄을 잇는 사이, 내게 욕망이 하나 생겨났다. 운명적 불운으로부터 도망친 남자와 여자를 통해 스스로 던진 질문의 답을 찾고 싶다는 욕망이었다. 무엇이 그들을 구원하는가에 대해서도. 직감과도 같은 첫 문장이 머리를 스쳐 갔다.

나는 그 남자의 집에 초대되었다.

초대된 후 무슨 일이 일어났는지 알고자 길을 떠났다. '그 남자' 경주의 운명이 깃든 지구상의 어느 불운한 장소를 찾아 쇄빙선을 탔다. 거대한 유빙에 포위된 어둠의 바다로 나아가며 그의 세계를 상상했다. 황량하고 메마른 대지를 찾아 지구 반대편으로 날아가기도 했다. 태초에 바다였다는 바하리야의 하얀 사막에서 또 다른 주인공인 '나', 해상의 영혼과 만났다.

얼음과 태양의 세상을 다녀온 후, 비로소 나는 이야기 속으로 진입할 수 있었다. 탈고를 하고 난 후에야 스스로 던진 질문에 답할 수 있었다. 데우스가 되어 영원한 천국에 살더라도 인간은 결국 자기 문제를 끌어안고 끙끙댈 존재라는 것. 욕망과 추구는 인간이 가진 특성이

자 마지막까지 간직할 본성이라는 것.

그러니까 이 소설은 '견디고 맞서고 끝내 이겨내고자 하는 인간의 마지막 욕망'에 대한 이야기다. 자기 삶의 가치라 여기는 것에 대한 추구의 이야기이기도 하다. 이 욕망과 추구의 기질에 나는 '야성'이라는 이름을 붙였다.

종종 야성을 잃어가는 시대에 사는 게 아닌가 싶을 때가 있다. 그 자체를 조롱하거나, 가치를 부정하거나 포기하는 흐름이 읽히기도 한다. 여기에는 사회적 요인도 분명 작용하고 있을 것이다. 그렇긴 하나, 우리는 사회적 존재인 동시에 개별적 존재다. 외면할 수 없는 진실은, 개별적 존재로서의 나는 내 삶의 실행자인 나를 책임져야 한다는 것이다. 그러니 모쪼록 기억해주시기를. 우리의 유전자에 태초의 야성이 숨 쉬고 있다는 것을. 그것이 우리 삶의 소중한 무기라는 것을.

2024. 8

광주에서, 정유정

영원한 천국

1판 1쇄 발행 2024년 8월 28일
1판 3쇄 발행 2024년 8월 30일

지은이 · 정유정
펴낸이 · 주연선

(주)은행나무
04035 서울특별시 마포구 양화로11길 54
전화 · 02)3143-0651~3 | 팩스 · 02)3143-0654
신고번호 · 제1997-000168호(1997. 12. 12)
www.ehbook.co.kr
ehbook@ehbook.co.kr

ISBN 979-11-6737-456-1 (03810)